Katryn Berlinger

Der Kuss des Schokoladenmädchens

Roman

Weltbild

Besuchen Sie uns im Internet:
www.weltbild.de

Genehmigte Lizenzausgabe für Verlagsgruppe Weltbild GmbH,
Steinerne Furt, 86167 Augsburg
Copyright der Originalausgabe © 2009 by Knaur Taschenbuch.
Ein Unternehmen der Droemerschen Verlagsanstalt,
Th. Knaur Nachf. GmbH & Co. KG, München
Umschlaggestaltung: Zeichenpool Design, München
Umschlagmotiv: Getty Images / Shutterstock / Bridgeman Art Library
Gesamtherstellung: CPI Moravia Books, s.r.o., Pohorelice
Printed in the EU
ISBN 978-3-8289-9413-3

2012 2011 2010 2009
Die letzte Jahreszahl gibt die aktuelle Lizenzausgabe an.

1

Juli 1902

Madelaine stand an der Reling des schlanken Segelschiffes und beobachtete, wie die brasilianische Küste im feinen Dunst des Meeres versank. Längst lagen die breiten, dicht mit Palmen gesäumten Sandstrände hinter ihr. Und die Erinnerung an das, was sie als Letztes gesehen hatte, verblasste mit jeder Seemeile schneller, als sie es für möglich gehalten hatte: Salvadors Altstadt mit den vergoldeten Barockkirchen und kolonialen Prachtbauten, das Lachen, die Rufe der Fischer und Händler im Getümmel des betriebsamen Hafens.
Nur das Gesicht ihres Vaters blieb ihr treu, sein leuchtender, zuversichtlicher Blick. Noch immer spürte sie seine feste Umarmung, so als wollte er nicht zulassen, dass die Entfernung zwischen ihnen unerbittlich größer wurde. *Ich werde kommen*, hörte sie seine Stimme, *ich werde kommen*. Allein dieser Klang tröstete sie, denn er blieb unberührt von Wind und Wellenschlag.
Für einen kurzen Moment verweilten ihre Gedanken bei ihm. Sie hatten im Laufe des letzten Dreivierteljahres ausreichend Zeit gehabt, miteinander zu sprechen und sich wieder wie in alten Kindertagen anzunähern, beinahe so, als sei nie etwas geschehen. Nun, da alles gesagt und für die Zukunft geplant war, hatten sie beschlossen, die Vergangenheit ruhen zu lassen und nach vorn zu schauen.
»Man muss die Zukunft im Sinn haben und die Vergangen-

heit in den Akten«, hatte er gemeint und sie fühlen lassen, wie stolz er auf sie war.

Aber es war merkwürdig: Je mehr sie seine Bewunderung genossen hatte, desto unruhiger war sie geworden. Sie wusste, sie brauchte sich keine Sorgen um Billes Kinder zu machen, die noch immer in Urs Martielis Obhut in Riga lebten. Doch fern von ihnen Bahias Schönheiten genießen zu können, ohne das zu tun, was sie für noch wichtiger hielt, hatte sie zusehends gequält. Sie wollte zurück nach Europa, um endlich in András' Heimat Wurzeln schlagen zu können.

Noch vor wenigen Tagen hatte sie mit ihm darüber gestritten, mit welchem Schiff sie heimreisen sollten. Er war zur Hafenkommandantur gegangen und hatte erfahren, dass erst vor kurzem eines der luxuriösen Passagierschiffe der von Albert Ballin geführten Hamburg-Amerikanischen-Paketfahrt-Actien-Gesellschaft aus Buenos Aires eingetroffen war und am übernächsten Tag gen Hamburg abfahren würde. Ohne sie zu fragen, hatte er sofort eine Suite in der ersten Klasse reservieren lassen, doch sie hatte sich geweigert: »Und wenn es auch die berühmteste Linie der Welt ist«, hatte sie ihm gesagt, »ich werde nicht mit ihr fahren! Niemals. Ich habe keinerlei Lust, wieder an das erinnert zu werden, was ich vor sechs Jahren erlebt habe!«

»Du denkst an den Untergang …«

»Nein, nein!«, hatte sie ihn hektisch unterbrochen. »Sprich mich nie darauf an!«

»Ich weiß, verzeih. Aber schneller als mit der Ballin-Linie ginge es wohl kaum …«

»Das ist mir gleich!«

»Wieso?«

»Ja, weißt du denn nicht, dass die Ballinsche Reederei im

Laufe der letzten Jahre durch das Schicksal all jener reich geworden ist, denen es so ging wie mir und meinen Eltern? In all der Zeit ist der Zustrom deutscher und russischer Auswanderer nie abgerissen. Albert Ballins Idee, eigens für diese Armen Zwischendecks zu bauen, hat sich mehr als gelohnt. Zwischendeck! Ich kann dieses Wort nicht mehr hören. Ich werde niemals das Grauen auf den Pritschen in dieser stinkenden, lichtlosen Hölle vergessen! Und du verlangst von mir, wieder ein Passagierschiff zu betreten? Niemals!«
»Aber dies ist ein Luxusliner, Madelaine, kein Auswandererschiff.«
»Dass es ein Zwischendeck hat, reicht mir, um an Land zu bleiben!«
»Dann werden wir hier noch länger warten müssen, bis sich ein geeignetes Schiff für dich gefunden hat.« Sie erinnerte sich noch deutlich daran, dass der Ärger in seiner Stimme sie irritiert hatte. András hatte ihr noch nie eine Meinung oder eine Stimmung übel genommen.
»Hast du einen Grund, sofort abreisen zu wollen?«
»Ich habe nur an dich gedacht«, hatte er knapp geantwortet.
»Dann tue es bitte auch jetzt. Es ist mir wichtig.«
»Aber ja, mein Liebes.«
»Mein Liebes – András, du weißt, dass ich es nicht mag, wenn du das sagst. Das klingt, als sei ich schwindsüchtig und bräuchte Trost.«
»Den gebe ich dir, wenn wir wieder in einen Sturm geraten.«
»Willst du mir etwa Angst machen?«
»Ich würde mich gern von deiner Furchtlosigkeit überzeugen lassen, Madelaine.«

»Nur auf dieser Fahrt oder für alle Zeit?«
»Hm.« Er hatte nichts weiter gesagt, nur dieses »Hm«. Sie fand es sehr merkwürdig, doch bevor sie noch weiter in ihn dringen konnte, hatte sich ihr Vater eingemischt.
»Madelaine braucht frischen Wind, András. Das ist alles. Fahrt noch ein wenig spazieren, ruht euch aus. Ich werde zum Hafen gehen und mich nach einem Schiff erkundigen, das ihr weniger Angst macht.«
Damit war die Missstimmung behoben. Sie waren in die Stadt gefahren und hatten Souvenirs eingekauft. Am Abend überraschte sie ihr Vater mit der Nachricht, er habe auf dem Weg zur Hafenkommandantur zufällig einen alten Bekannten getroffen, der Heizer auf einem Hamburger Postschiff sei. Glücklicherweise hatte dieser gerade Landgang, und so seien sie in ein Hafen-Café gegangen, um Erinnerungen auszutauschen. Währenddessen sei eines der schnellen, zuverlässigen Flying-P-Liner der Hamburger Reederei Laeisz eingelaufen. Das hätte ihn auf eine Idee gebracht. Noch ein wenig zu plaudern, den Kapitän abzufangen und zu fragen, ob er auf seiner Rückfahrt außer Kaffee und Baumwolle auch zwei heimwehkranke Passagiere mitnehmen könne, habe kaum eine Zigarettenlänge gedauert.
Madelaine lächelte. Nun segeln wir also heim, dachte sie freudig, wie die Möwen, im Auf und Ab des Windes.

Sie hielt ihr Gesicht dem Wind, der Sonne entgegen, holte tief Luft. Nichts als lichtbesprenkeltes Blau um sie herum. Keine malmenden Schiffsschrauben, kein Rauch, kein Lärm, kein Gestank. Nur Licht und Wärme: Herrlich!
Aus dem Augenwinkel nahm sie wahr, wie sich zwei Männer dem Hochdeck in der Mitte des Schiffes näherten, wo

die Kommandobrücke untergebracht war. Sie beschattete ihre Augen mit der Hand und erkannte András an der Seite eines Schiffsoffiziers. Er erwiderte ihren Blick, grüßte. Lächelnd winkte sie zurück. Wie immer, wenn sie ihn sah, klopfte ihr Herz ein wenig heftiger.
Sie beobachtete, wie der Offizier ihm die schmale weiße Tür der Kommandobrücke aufhielt und András seine hohe Gestalt beugte, um hindurchzutreten. Er wird sich nie an die Enge gewöhnen können, dachte sie, genauso wie ich. Und auch wenn er es nicht zeigt: Ich weiß, wie sehr er die Weite seiner Heimat vermisst, von der er mir so viel erzählt hat – und ich bin sicher: Ich werde mich dort mit ihm wohl fühlen.
Eine plötzliche Böe riss dem Offizier die Tür aus der Hand. Mit einem lauten Knall schlug sie hinter den beiden Männern zu.

Madelaines Geduld wurde in den nächsten Stunden auf eine harte Probe gestellt. Die Überquerung des Atlantiks zog sich trotz stetig geblähter Segel hin, und nach dem vierzigsten Tag setzte das ein, was sie die ganze Zeit über verdrängt hatte: ein Sturm, der alle in Atem hielt.

Von Deck hörten sie die gebrüllten Befehle des Kapitäns und die Rufe der Mannschaft, das Flattern des Kleinsegels und Knarzen der Maste. Ihre leeren Champagnergläser rollten klirrend über den schwankenden Boden, der Eiskübel war umgestürzt, und die immer kleiner werdenden Eisstückchen rollten im Raum umher, schlugen leise gegen Stuhl- und Tischbeine. Madelaine hielt die Augen geschlossen. Sie war benommen von Lust und Angst zugleich. Sie sog sich an András' Lippen fest, hielt ihn an den

Schultern, umklammerte seinen Rücken mit ihren Beinen, schob sich vor und glitt zurück, um sich seinen Bewegungen anzupassen. Kein Wellental konnte tief genug sein, um ihn ganz in sich aufzunehmen. Kein Wellenkamm so hoch, um ihn noch weiter zu reizen. Und sie hoffte, ihre Lust würde nie mehr aufhören.

Der Rausch verflog, als der Sturm nach mehreren Stunden und einer kurzen Pause noch einmal auflebte. Schlagartig änderte sich Madelaines Befinden. Sie bat András, sie allein zu lassen. Mehrmals ging sie trotz des heftigen Wellenschlages hinaus an die Reling, schaute in Richtung französischer Küste. All die entsetzlichen Bilder vom Untergang der Eleonora tauchten wieder in ihr auf. Der Puls des Meeres ... die Strömung des Ärmelkanals, der Wellenschlag, die Dunkelheit, der Tod. Es war schwierig, den Schmerz auszuhalten. Um ihn zu bekämpfen, rief Madelaine sich immer wieder den Moment ihrer Rettung und das erste Gespräch mit Urs in Erinnerung. Hatte er nicht gesagt: »Der Zauber von Schönheit, Wahrheit und Süße ist immer stärker als das Böse, das Feuer und der Sturm«?
Nie hätte sie András sagen können, wie viel Kraft es sie kostete, ihre Erinnerungen zu ertragen, nie hätte sie sie in Worte fassen können.
Das Schwanken des Bodens unter ihren Füßen hatte zwar im Laufe der letzten Stunden nachgelassen, doch noch immer schien es ihr, als schlüge in ihr der fremde Puls des Meeres. Am frühen Abend kam András zu ihr und bat sie, sich anzukleiden.
»Warum? Ich fühle mich nicht wohl.«
Prüfend musterte er sie.
»Du siehst gut aus, Madelaine, wenn auch erschöpft. Ich

glaube, du brauchst ein wenig Ablenkung.« Er hob den Arm und schwenkte ein seidenes Tuch. »Hast du Lust?«
»Jetzt?«
»Ja, aber nicht hier.«
Fragend sah sie ihn an. Er sagte nichts, lächelte und spielte mit dem Tuch. Sie wurde schwach. Wieder einmal gelang es ihm, sie zu verführen. Sie atmete auf. Ja, es wurde Zeit, die bittere Erinnerung der letzten Stunden zu vergessen. Sie schlug ihr Seidenbett beiseite und ließ sich von ihm die Augen verbinden.

Sie ging, ihren Unterarm auf den seinen gelegt, mit ihm durch die Gänge des Oberdecks. Von irgendwoher erklangen Stimmen und Pianomusik. Sie erinnerte sich daran, im Salon einen kleinen Stutzflügel gesehen zu haben, und zwang sich, nicht weiter darüber nachzudenken. Es hätte nur schmerzliche Erinnerungen heraufbeschworen. Wie gut, dass András sie jetzt fest um ihre Taille fasste.
»Bleib bitte stehen, Madelaine«, flüsterte er in ihr Ohr. »Komm, eine Stufe, noch eine ...«
Bereitwillig folgte sie ihm. Mit sanftem Druck schob er sie weiter, bis vor ihnen knarrend eine Tür aufging.
Madelaine roch Blumen, Pfeifenrauch und den Duft frischherben Eau de Toilettes. Sie hörte Wispern, Tuscheln, unterdrücktes Lachen und stellte sich die Gesichter vor, die sie neugierig und amüsiert zugleich musterten: Kapitän, Offiziere, der britische Botaniker Hermes, der deutsche Holzhändler Grämmel, die beiden katholischen Priester Bruder Ambrosius und Bruder Martinus sowie Leonardo, der reiche Sohn eines *Fazendeiros*, eines Kaffeebarons, aus São Paulo, mit seinem mulattischen Freund und Diener Gilberto.

Im ersten Moment war es ihr peinlich, doch dann, als ein Wiener Walzer einsetzte und András dicht hinter sie trat, wurde sie kribbelig vor Aufregung.

Vor ihrem inneren Auge sah sie, wie er seine Hände über ihre Schultern zu ihrem Kopf emporhob. Und obwohl er sie nicht berührte, hatte sie das Gefühl, die Hitze seiner Hände auf ihrer Haut zu spüren. Am liebsten hätte sie sich rücklings an ihn gelehnt, wären da nicht die zahlreichen Zuschauer gewesen. So richtete sie ihre Aufmerksamkeit auf die Bewegung seiner Fingerspitzen, mit denen er den Knoten des Seidentuches löste, mit dem er vor wenigen Minuten ihre Augen verbunden hatte.

Sie schaute auf. Sie stand auf einem kleinen Podest, vor ihr ein runder Tisch, daneben zwei Stühle. Im Halbkreis um sie herum, stehend oder mit übereinandergeschlagenen Beinen in Sesseln sitzend, all die anderen. Ihr wurde heiß, und sie fragte sich, was das alles zu bedeuten hatte.

»Bitte, setz dich, Madelaine.« András rückte einen der Stühle für sie zurecht, dann nahm er ihr gegenüber Platz.

»Ich habe die tapferste Frau geheiratet, die ich mir je hätte wünschen können«, begann er und legte ein dunkelblaues Samtkästchen in die Mitte des Tischchens. »Als Dank für deine Liebe und den Mut, den du bewiesen hast, diese Reise zu machen. Ich war mir immer bewusst, dass sie alte Schmerzen in dir aufreißen würde. Umso mehr freue ich mich, dass sie dich nicht überwältigt haben. Ich liebe dich, Madelaine ... und bitte dich, dieses Geschenk anzunehmen.«

Sie zögerte, hörte leises Tuscheln. Irgendwo knallte ein Champagnerkorken. Einen Moment lang wusste sie nicht, ob sie sich ärgern oder freuen sollte. Warum musste An-

drás ihr seine Gefühle vor Publikum offenbaren? Das hatte er noch nie getan. Sie suchte seinen Blick.
»Frankreich liegt also hinter uns?« Sie wagte nicht, den Namen der bretonischen Hafenstadt auszusprechen, in der sie nach dem Untergang der Eleonora vor sechs Jahren wieder zum Leben erweckt worden war.
»Ja, seit genau einer Stunde und sechsundvierzig Minuten. Du hast es doch geahnt, oder nicht?«
Sie nickte, bildete sich sogar ein, den markanten bretonischen Küstenstreifen von damals wiedererkannt zu haben. Sie beugte sich vor.
»Warum hier, vor aller Augen? Warum jetzt?«, flüsterte sie vorwurfsvoll.
Er riss die Augen auf, als verstünde er ihr Unbehagen nicht.
»Warum nicht?«, entgegnete er ebenso leise. »Du bist es mir wert, vor aller Augen gefeiert zu werden. Du bist schließlich eine besondere Frau. Meine Frau.«
Madelaine bemühte sich zu lächeln. Sie griff zum Kästchen, öffnete es und stieß einen leisen Schrei aus.
»Gefällt er dir, Madelaine?«
Sie begegnete seinem Blick, nahm den Doppelring, den Diamanten und Perlen verzierten, drehte ihn hin und her. Sie suchte nach den passenden Worten.
»Ja, András, er ist herrlich ... weiß wie Schaumkronen und glitzernd wie die Sonnenflecken auf dem Meer.«
András lächelte. »Genau darauf habe ich angespielt: auf deinen Mut, dem Meer zu trotzen.«
Er hob seine Hand, woraufhin ein Steward herbeigeeilt kam und Champagner ausschenkte. Madelaine fühlte sich nicht wohl dabei, dass András sie auf diese Art und Weise zu dieser Stunde an das erinnerte, wogegen sie die letzten

Tage angekämpft hatte. Da sie ihn aber nicht enttäuschen wollte, und zudem aller Augen auf ihr ruhten, blieb ihr nichts anderes übrig, als das Spiel mitzumachen. Sie ließ sich von den Anwesenden beglückwünschen und beschloss, ihre trüben Erinnerungen für den Rest der Nacht fortzutanzen.

Als András sie zu dem Takt eines Wiener Walzers herumschwenkte, sagte er unvermittelt: »Mein Vater erwartet uns sehnlichst. Er ist sehr neugierig auf dich.«

Sie wandte ihm ihr Gesicht zu.

»Hat er dir geschrieben?«

»Er sagte es mir schon in seinem letzten Brief nach Riga.«

In ihren Ohren klang seine Antwort seltsam hohl, doch in diesem Moment verspürte sie kein Verlangen, darauf einzugehen. »Wie kann ich ihn ansprechen? Mit seinem Vornamen – Imre?«

»Ich empfehle dir, ihn zunächst einmal mit seinem Titel anzusprechen. Du hast es dadurch etwas leichter.« Er lächelte aufmunternd.

»Wie meinst du das?«

»Es ist so üblich«, entgegnete András und hielt in der Bewegung inne, um Madelaine kurz darauf links herumzuschwenken.

»Du meinst, ich soll mich an die Konvention halten?«

»Ja, mein Liebes.«

Sie drohte ihm mit dem Finger.

Lachend tat er, als wolle er nach ihm schnappen. »Du siehst süß aus, wenn du so zornig guckst.«

»Ich hoffe, das sieht dein Vater ebenso, wenn es mir bei ihm nicht gefallen sollte.«

»Bestimmt«, gab András zurück, doch ihr entging nicht, wie sein Blick flackerte.

»Du klingst nicht sehr überzeugt, András. Er wird mich nicht mögen, hab ich recht?«

»Du wirst ihn überzeugen, auch ohne einen einzigen Tropfen blauen Blutes.« Er drückte sie kurz an sich. »Ich wünsche mir, wir würden unsere Reise irgendwann mit einem Spiel würzen.«

Fragend sah sie ihn an. »Was meinst du damit?«

»Nun, damit es dir nicht langweilig wird ... Außerdem möchte ich dich ein wenig mit meinem Land vertraut machen. Natürlich nur, wenn es dich wirklich interessiert.«

Forschend sah er ihr in die Augen, hielt sie einen Moment lang im Wiegeschritt. »Und? Was meinst du dazu?«

»Aber ja, natürlich, András. Aber bitte, tu es auf deine Weise, amüsant, ja?«

»So wie heute Abend? Lustvoll und mit Qualen?«

Madelaine lachte. »Warum nicht?«

»Gut, das hatte ich eigentlich auch vor. Ich weiß nur noch nicht genau, wo und wie.«

»Überlegen Sie es sich, Graf«, gab sie schelmisch zurück, während einer der Offiziere an sie herantrat und um den nächsten Tanz bat. Als Madelaine nach einer Polka und einem langsamen Walzer wieder bei András war, sagte sie: »Ich würde gern noch ein paar Tage in Hamburg bleiben. Mich interessiert, wie sich die Stadt seit meinem letzten Besuch verändert hat. Außerdem hätte ich Lust, Ausschau nach einem Haus für meinen Vater zu halten.«

»Glaubst du, er wird wirklich sein Versprechen halten, innerhalb eines halben Jahres seine Tabakplantage aufzulösen? Es wird nicht ganz einfach sein ... vielleicht dauert es länger. Wir haben offen darüber gesprochen, wie du weißt.«

»Was er verspricht, wird er halten.«

András bedachte Madelaine mit einem zweifelnden Blick. »Das hat er dir und deiner Mutter schon einmal gesagt, und es kam anders, wie du dich erinnern kannst. Aber, wie dem auch sei: Mein Vater erwartet uns. Und wir sollten uns beeilen.«
Madelaine spürte den festen Druck seiner Hand in ihrem Rücken und schloss für einen kurzen Moment die Augen. Er machte sie besinnungslos vor Begehren, und es schien ihr unvorstellbar, dass ihr Glück jemals an den Klippen des Schicksals zerschellen könnte.

Spät in der Nacht wachte sie auf und ließ die letzten Stunden Revue passieren. Ihr Champagnerrausch war verflogen, stattdessen hatte sie Durst. Doch obwohl ihr Kopf ein wenig schmerzte, schossen ihr mit gleißender Klarheit Fragen ins Bewusstsein. Warum, fragte sie sich, hatte ihr András diesen kostbaren Ring nicht schon am Tag ihrer Trauung an Bord, auf der Hinfahrt nach Brasilien, geschenkt? Warum erst heute? Warum war es ihm so wichtig, sich von ihrem Mut zu überzeugen? Was, fragte sie sich mit zunehmender Beklemmung, erwartete sie in Ungarn, und warum war es ihm so wichtig, sie auf den alten Grafen vorzubereiten? War ihre Entscheidung richtig? Wäre es nicht doch besser, András' Widerstand zu ignorieren und in Hamburg auf die Ankunft ihres Vaters zu warten?
Es waren zu viele Fragen, zu viele in einer Nacht wie dieser. Vorsichtig erhob sie sich, trat ans Bullauge und schob die schweren Brokatgardinen beiseite. Der Himmel über dem Meer füllte mal ein Viertel, dann wieder ein Drittel der Aussicht. Unter ihm wogten die Nordseewellen ruhelos auf und ab wie das Raunen eines unberechenbaren

Schicksals. Plötzlich verspürte sie Angst. Dieses Mal hatte sie nicht Angst vor der Gegenwart wie vor sechs Jahren, sondern vor der Zukunft.

Im Halbdunkel der Kabine entdeckte sie auf dem Fußboden neben András' ungestüm abgestreiftem Frack etwas Helles. Sie bückte sich und hob es auf. Es war ein zusammengefaltetes Stück Papier. Sie erkannte, dass es sich um eine Depesche handelte, die in Salvador sechs Tage vor ihrer Abreise eingetroffen war:

Erwarte dich. Dringende Unterredung erforderlich.
Mazary

Madelaine fühlte Kälte in sich aufsteigen. András hatte sie an diesem Abend belogen: Der alte Graf hatte ihm doch geschrieben. Deshalb hatte er also in Salvadors Hafen sofort auf dem nächstbesten Passagierschiff Plätze reserviert. Ihr Gefühl hatte sie also doch nicht getrogen: Er wollte noch schneller heimkehren als sie! Viel schlimmer aber war es, dass sie erkennen musste, dass nicht sie von Imre Graf Mazary erwartet wurde, sondern András allein. Dabei hatte er ihr noch in Riga versichert, dass sein Vater ihm vergeben hatte und sich auf die Frau freue, die er – András – aus tiefstem Herzen liebe.

Sie war geschockt: András hatte sie noch nie belogen. Doch da sie ihm vertraute, sagte sie sich, dass er dafür einen wichtigen Grund haben musste, den er ihr aus Rücksicht auf ihre Gefühle verschwieg. Irgendetwas musste seit seinem letztem Brief vor mehr als einem Jahr geschehen sein, das den Stimmungswechsel seines Vaters bewirkt hatte. Nur was? Und würde sie dem, was sie erwartete, gewachsen sein?

Hinter ihrem Rücken raschelte es. Sie drehte sich um. András hatte sich auf den Rücken gewälzt, ein Zipfel des Betttuches lag quer über seinem Bauch, sein rechter Arm ruhte neben seinem Kopf, das linke Bein war leicht angewinkelt. Er war nackt. Selbst jetzt noch, kurze Zeit nach ihrer letzten Liebesstunde, sah er verführerisch und provozierend männlich aus.

Madelaine verschränkte die Arme und betrachtete ihn, hin- und hergerissen zwischen Besorgnis und Sehnsucht. Schließlich hielt sie es nicht mehr länger aus. Sie ging zum Schrank, zog ihre Reisetasche heraus und holte das Abschiedsgeschenk ihres Vaters hervor: Es war ein Paket, das ein mit einem Brief begleitetes Buch und ein Blechkästchen enthielt. Er hatte es ihr am Vorabend ihrer Abreise gegeben, als András ausgeritten war. »Versprich mir, dass du das, was ich dir sage, für dich behältst, Madelaine. Und öffne das Buch erst, wenn du in Ungarn bist.« Vaters Worte. Ihr Geheimnis. András wusste nichts von diesem Abschiedsgeschenk, oder doch? Selbst wenn er in ihre Reisetasche gesehen haben sollte, hatte er sie nie auf das Paket angesprochen.

Ob er ahnte, dass sie etwas vor ihm verbarg? Nahm er es hin, weil er selbst ein Geheimnis mit seinem Vater teilte?

Madelaine seufzte. Und wir dachten, wir wären frei, zu lieben, wen wir wollten. Dabei können wir beide unsere Herkunft nicht abschütteln wie einen alten Mantel. Und wir tun alles, um unsere Väter zu schützen, sie nicht zu verletzen … Aber was nützt mir das Grübeln? Nichts, gar nichts.

Sie drehte den Brief in ihren Händen, sie hatte ihn schon so oft gelesen, dass sie jede Zeile hätte aufsagen können. Er hatte sie sehr berührt, doch sie musste darüber schwei-

gen. Sie wusste nur, dass es andere Gründe gab als die, die András kannte, die darüber entscheiden würden, wann ihr Vater nach Hamburg zurückkehren würde.
Sie wandte ihren Blick von der Handschrift mit den weiten Bögen und Schleifen, legte den Brief zurück in das Buch und stellte sich vor, wie sie es eines Tages in Ruhe studieren würde. Jetzt war nicht der richtige Zeitpunkt. Jetzt wollte sie etwas anderes. Sie schob das Buch zurück in die Reisetasche und setzte sich mit dem Blechkästchen in einen Sessel.
Sie ahnte, was es enthielt. Vater würde sie sicher nicht enttäuschen.
Und das, was es enthielt, war das, was sie jetzt in dieser Stunde am meisten brauchte.
Es würde ihre Seele wieder beruhigen, ihr Trost spenden und neue Kraft geben.
Vor allem würde sie wieder lachen können.
Sie war sich vollkommen sicher, schließlich kannte sie sich ja mit dem Wundermittel aus ...
Ungeduldig versuchte sie, den Deckel an zwei Ecken gleichzeitig anzuheben. Vergebens. Sie versuchte es Ecke für Ecke, doch sobald sich der Deckel an einer Stelle ein winziges Stückchen lupfen ließ, klemmten die anderen drei Ecken umso fester. Doch Madelaine gab nicht auf. Erst nachdem ihr ein Fingernagel abgebrochen und ein weiterer schmerzhaft eingerissen war, gelang es ihr endlich, das Kästchen zu öffnen. Darin ruhte eine marmorierte Pappschachtel und darin ...
Sie hatte es gewusst!
Dutzende von dunkelglänzenden Pralinen mit blassrosa, hellgrünen und orangenen Zuckerblüten! Sie beugte sich über die Schachtel. Ein verheißungsvolles Bouquet kost-

barer Kakaoaromen strömte ihr entgegen, dazu zartfruchtige Duftfäden. Sie schloss die Augen. Es war, als ob sich ein Fluss über verdurstende Erde ergoss, sich in Rinnsalen verästelte, die überschwappten, sich ausdehnten, die Erde in Besitz nahmen.

Madelaines Sorgen verschwanden. Ihr Kopf wurde frei, frei und zugleich besetzt von der Sehnsucht, zu schmecken, zu genießen, beruhigt zu werden von sinnlichem Begehren. Ihr lief das Wasser im Munde zusammen, und sie öffnete wieder ihre Augen.

Sie trat zu András ans Bett, beugte sich über ihn und sog seinen herbsüßen Körpergeruch ein. Wie gut, dass du ein sich ständig erneuernder Genuss bist, dachte sie belustigt, und kein Praliné ... Am liebsten hätte sie den Bettzipfel hochgehoben, um seinen Bauch zu liebkosen, doch das, dachte sie schelmisch, hatte noch Zeit.

Zuerst wollte sie genießen.

Sie nahm eine Praline mit blassrosa Zuckerblüte zwischen die Lippen, betrachtete versonnen András' Gesicht, kostete das warme Dahinschmelzen der Schokolade und wartete auf den Moment, an dem die lachsrosa Zuckergussmasse ihr Geschmacksgeheimnis offenbaren würde. Madelaine hob ein wenig ihren Kopf, schlürfte die nun beinahe flüssige Schokolade in den Mund, sog dazu ein wenig Luft ein und biss zu: süß-säuerlich, exotisch-fruchtig. Erdbeere ... Erdbeere? Guave! Die Erdbeere der Tropen! Sie schloss die Augen. Es schien ihr nun, als genösse sie doppelte Lust: Sie bildete sich ein, die Nöppchen und Härchen einer festen Walderdbeere reizten raspelnd Zunge und Gaumen, gleichzeitig fühlte sie, wie der schmeichelnde Schmelz der dunklen Criollo-Schokolade sie besänftigte. Es war phantastisch!

Madelaine lächelte, schluckte und probierte nun auch noch eine grün geschmückte Praline, die nach Minze, und eine orangene, die nach reifen Orangen schmeckte.
Lustvoll und provozierend zugleich stieß sie einen kleinen Schrei aus. Wie beabsichtigt reichte er aus, um András aus seinem tiefen Schlaf zu reißen. Er schmatzte leise, röchelte ein wenig und rollte sich auf die Seite, so dass die Decke seinen festen Po und die breiten Schultern freigab.
Ein rascher Blick in die Schachtel bewies Madelaine, dass hemmungslose Genussgier unangebracht war. Man hatte sie zwar großzügig beschenkt, doch wäre es nach ihr gegangen, wäre die Schachtel innerhalb der nächsten Stunde leer gewesen. Sie musste sich also beherrschen – und klug handeln ...
Ein letztes Mal griff sie zu der Praline mit rosa Blüte, wärmte sie zwischen ihren Lippen, kitzelte András im Nacken, woraufhin er sich wieder auf den Rücken drehte.
Zart küsste sie seinen Hals, die Innenseite seines Oberarms, dann tupften ihre Lippen über seinen flachen Bauch, hinunter zur muskulösen Rundung seines Oberschenkels und mit aufreizenden Zungenstupsern zurück zu seinen Lenden ...
Noch im Halbschlaf nahm er verwundert wahr, wie ein süßer heißer Mund seine Sinne weckte. Vergnüglich schmeckte Madelaine seine erwachende männliche Lust, die Guave, Minze und Orange so lange reizten, bis András es nicht mehr aushielt und Madelaine mit festem Griff auf sich setzte, damit sie einander erlösten.

2

Das Schild war nicht zu übersehen. Es tanzte über Zylindern, ausladenden Damenhüten mit Feder- und Blumenschmuck und schmuddeligen Schirmmützen auf und ab. Madelaine starrte wie gebannt auf ihren eigenen Namen, der sie hier im belebten Hafen ihrer Heimatstadt Hamburg begrüßte. Wer mochte sie suchen?, fragte sie sich aufgeregt. Wer wusste, dass sie heute, zur Mittagsstunde des 6. Juni 1902, an Bord eines Flying-P-Liners einlaufen würde, der doch Frachtgut wie Hölzer, Salpeter oder Tabak transportierte? Ihr Lehrmeister Urs? Nein, denn er hatte ihr versichert, so lange die Konditorei in Riga zu führen und für die Kinder ihrer verstorbenen Cousine Bille zu sorgen, bis sie ihm die Nachricht zukommen lassen würde, dass sie in András' Heimat Wurzeln geschlagen habe.

Ihre Gedanken glitten zu den einzigen Verwandten zurück, die sie in Hamburg gehabt hatte: Tante Marie, die Schwester ihrer Mutter, und Bille, ihre Cousine. Beide lebten nicht mehr, und einen Moment lang verspürte Madelaine Bitterkeit darüber, dass Armut und Leid ihnen einen so frühen Tod gebracht hatten.

Sie ließ ihren Blick über die aufgeregt winkenden Menschen am Landungssteg schweifen, die erwartungsfroh zu einem britischen Passagierschiff hinaufsahen, das vor ihnen eingelaufen war. Angestrengt versuchte sie, den Träger des Schildes ausfindig zu machen, doch er war im Gewimmel nicht zu erkennen.

»Madelaine, bist du bereit?«
Sie zuckte zusammen. András kam atemlos über das Deck gelaufen und schwenkte etwas in der Hand, das wie ein Kuvert aussah.
»Ja, natürlich, warum fragst du?«
»Ich habe gerade mit dem Kapitän gesprochen. Er hat für seine Passagiere stets die wichtigsten Fahrpläne an Bord. Und hier habe ich unsere Reiseroute: Wir nehmen noch heute den Zug um dreizehn Uhr zehn nach Wien, dann geht es morgen um neun Uhr fünfunddreißig nach Budapest, wo wir ein wenig bleiben werden. Von Budapest aus fahren wir per Bahn weiter bis nach Szolnok und weiter auf der Theiß bis Szeged ...« Er unterbrach sich. »Was hast du? Warum hörst du mir nicht zu?«
Er folgte ihrem ausgestreckten Arm und zuckte verstimmt zusammen. »Es wird dich doch wohl niemand erwarten, oder?«
Ihre Blicke trafen sich.
»Bestimmt nicht«, gab sie ein wenig verärgert zurück. »Du brauchst nicht zu befürchten, dass mich hier jemand aufhalten könnte. Sicher wartet hier jemand auf eine britische Madelaine ...« Sie machte eine dezente Kopfbewegung in Richtung des britischen Schiffes.
András trat sichtlich nervös an die Reling. »Das hoffe ich, das hoffe ich sehr. Lass uns warten, bis alle von Bord gegangen sind, vielleicht hat sich dann das Problem von allein gelöst.«
Madelaine war sich bewusst, wie unangenehm dieses Schild auf ihn wirken musste. Sie selbst aber gestand sich ein, dass sie sich gefreut hätte, von jemandem begrüßt zu werden, der sie aus alter Zeit kannte. Und wenn es Alma Pütz, die Backgehilfin aus der Eppendorfer Konditorei

wäre! Nach all den Jahren in ein vertrautes Gesicht zu schauen und ein wenig länger hier bleiben zu können, das wäre wirklich schön gewesen.

Schweigend harrten sie aus. Vor ihren Augen strömten unablässig die Neuankömmlinge in die große Menschenmenge der Wartenden, die Taschentücher und gerüschte Sonnenschirme schwenkten. Lange Zeit nahmen Rufe und Jubelschreie kein Ende. Schließlich waren auch die letzten Passagiere beider Schiffe an Land gegangen. Als Madelaine und András sich zum Gehen wandten, hatten sich die Menschen bereits nach allen Richtungen hin verteilt. Erleichtert stellten sie fest, dass das Schild verschwunden war. Am Ende der Gangway bot ihr András seinen Arm und strebte mit ihr auf einen der Ausgänge zu. Den Arbeiter auf der Bank beachteten sie nicht.

»Madelaine Gürtler?« Der Mann hob seinen Kopf, schielte unter dem Schirm seiner fleckigen Schiebermütze eher beiläufig zu ihnen hoch, wobei sich seine Stirn in Ziehharmonika-ähnliche Falten legte.

Widerwillig blieben sie stehen. Da beugte er sich vor und zog einen Stab mit Pappschild unter der Bank hervor. Madelaine erschauerte. Bevor sie etwas sagen konnte, zischte András: »Wer sind Sie? Was wollen Sie?«

Der Mann lehnte das Schild mit ihrem Namen an die Bank und erhob sich. Nie zuvor hatte ihn Madelaine gesehen, und sie konnte sich beim besten Willen nicht vorstellen, wer er sein könnte und was er von ihr wollte. Er war von schwerer Arbeit und ungesundem Leben gezeichnet. War er von Rudolph Terschak, ihrem sozialistischen Lebensretter, zu ihr geschickt worden? Ihr graute bei dem Gedanken. Doch wer immer er auch war, ihm zu begegnen, entsprach nicht ihrer Vorstellung eines freudigen Empfangs in ihrer Heimatstadt Hamburg. Und ganz gewiss war er kein gutes Omen.

Sie zögerte, als er einen Schritt auf sie zuging und ihr seine schwere Hand entgegenstreckte.

»Schlür, mein Name ist Gustav Schlür.«

Ihr schwindelte, und sie klammerte sich an András' Arm. Nein, schrie es in ihr, bitte nicht ... Gustav Schlür war Billes Mann. Der Säufer, Schwängerer, Schläger. Vater von Karl, Nikolas und Svenja. Das musste Probleme bringen. Doch warum holte sie ausgerechnet jetzt die bitterste Seite ihrer Herkunft ein? Vor den Augen ihres Mannes, der sie in den Adelsstand erhoben hatte? Madelaine wurde beinahe schwarz vor Augen.

»Was willst du, Gustav?«

»Das weißt du nicht?« Sein Blick glitt über ihre Schulter, dann über András' elegante Erscheinung. Er spuckte zur Seite. »Du hast mir meine Kinder genommen, Lene Gürtler. Hast du sie in Amerika ausgesetzt? Oder verkauft?«

Von einer plötzlichen Wut ergriffen, stürzte András vor, Madelaine konnte ihn gerade noch rechtzeitig zurückhalten. Dieses hier war ihre Angelegenheit, und sie würde damit allein fertig werden.

»Deinen Kindern geht es gut«, sagte sie energisch. »Bevor Bille starb, gab sie sie in meine Obhut. Auf dich konnte sie sich ja nicht verlassen. Du hattest ja Besseres im Kopf, als dich um deine Familie zu kümmern, Gustav Schlür. Die Kinder haben sich bei mir gut erholt, von deinen ... Verhältnissen. Ich will nur eines wissen: Woher wusstest du, dass ich heute in Hamburg eintreffe? Bist du unter die Spione gegangen?«

Schlür lachte lautlos, wobei er sein lückenhaftes Gebiss in vollem Tabakgelb zeigte, ohne sich dafür zu genieren. Es schien Madelaine, als ob er es bewusst darauf abgesehen hatte, sie zu provozieren.

»Man hat so seine Kontakte, Lene. Wir Hafenarbeiter halten zusammen.«

»Jaja, das ist mir nicht neu. Aber was willst du mir damit sagen?«

»Das willst du wissen? Feine Dame, die du jetzt bist?«

»Du wirst es mir jetzt sagen, Gustav Schlür. Jetzt, ohne Lug und Trug!« Sie stieß ihm den Zeigefinger gegen die Brust. Drohend bohrte sich ihr Blick in seine Augen. Er verstand.

»Ein Freund von mir ist Heizer auf einem der Postschiffe, die zwischen Hamburg und Südamerika hin- und herpendeln. Er versteht sich gut mit einem der Matrosen, dessen Bruder in Salvador verheiratet ist. Er hat damals deinem Vater geholfen, Arbeit zu finden. Als er von ihm hörte, du würdest ihn besuchen kommen, wusste ich Bescheid. Ich musste mich einfach nur gedulden. Ich sprach meine Freunde darauf an, die redeten mit anderen, jeder hielt Ausschau. Wie das so ist. Eine Hand wäscht die andere. Nach Ankunft des letzten Postschiffes erfuhr ich, dass Thaddäus Karten für dich und deinen Mann besorgen wollte. Das war deutlich genug. Reicht dir das?«

»Ja, völlig. Widerlich, wie du mir hinterherspioniert hast! Komm mir nur ja nie wieder vor die Augen!«

Er errötete vor Zorn. »Sutje, sutje, Lene! Ich will wissen: Wo sind Karlchen, Nikolas und Svenja? Bevor du mir nicht sagst, was du mit ihnen getan hast, weiche ich keinen Schritt. Ich glaub dir gar nichts. Du siehst nicht so aus wie eine Ziehmutter. Du doch nicht! Und dass Bille einer solchen wie dir meine Kinder gegeben haben soll, das kann ich schon gar nicht glauben!«

»Meinst du?« Madelaine musterte ihn mit hochgezogener Augenbraue. »Hast du vergessen, wie Bille und die Kinder unter dir gelitten haben? Du hast doch Bille auf dem Gewissen!«

Gustav wischte sich über die Augen, dann schob er trotzig sein Kinn vor. »Red nix mehr. Ich will nur meine Kinder zurück. Siehst du nicht, wie ich aussehe? Ich bin krank, und Svenja ist alt genug, um zu arbeiten.«

Vor Madelaines innerem Auge erschien das Bild fröhlich spielender Kinder am Strand in Jermula. »Du musst verrückt sein. Alle drei sind noch Kinder. Ich werde sie schützen, sogar vor ihrem eigenen Vater schützen müssen, bis sie volljährig sind. Geh lieber betteln, Gustav Schlür. Das Trinken wirst du wohl nicht verlernt haben. Mehr brauchst du doch nicht, oder?« Sie wandte sich angeekelt von ihm ab.

»Haben Sie nicht verstanden?« András' Stimme klang wie ein Befehl, nicht wie eine Frage. Drohend hob er den kupfernen Knauf seines Spazierstockes.

»Das wird sich zeigen, ob ich verstanden habe«, murmelte Gustav Schlür grimmig. Mit einer raschen Bewegung drehte er sich zu dem Pappschild um und zerschmetterte es an der Bank. Fetzen und Holzsplitter flogen auf. Dann eilte er davon, die Fäuste an die Hosennaht gepresst, die Schiebermütze tief im Nacken. Entsetzt blickte ihm Madelaine nach.

3

Am Wiener Hauptbahnhof stiegen sie um in einen Zug Richtung Budapest.

»Du erinnerst dich an mein Versprechen, dir mein Heimatland schmackhaft zu machen?«, fragte András sie, nachdem sie ihre Plätze eingenommen hatten.

»Ach, die Lehrstunde, ja, ich erinnere mich«, log sie, denn in Wahrheit hatte sie gehofft, er würde sie verschonen.

»Ich habe mir ein Spiel überlegt«, fuhr András heiter fort. »Wir werden drei Tage in Budapest bleiben, so dass du ausreichend Zeit hast, dich an die ungarische Luft zu gewöhnen.«

»Und worin besteht das Spiel? In Atemübungen?«

Er lachte. »Ja, so könnte man es sagen. Das Wichtigste aber ist, dass ich dich mit Daten der ungarischen Geschichte füttern werde. Ich werde dich bis an deine Grenzen führen, du wirst dich anstrengen müssen, um durchzuhalten. Und dann …«

»Und dann? Dann setzt du mich auf eines dieser heißblütigen Pferde und lehrst mich auch noch Reiten?«

»Wenn du das könntest, meine Liebe, wäre das natürlich phantastisch.« Lachend wehrte er ihre Hände ab und fuhr rasch fort: »So aber bleiben wir beim Mittelmaß, ja? Du tust, was ich von dir erwarte, ohne zu klagen, und wirst mit Genuss belohnt.«

»Du gibst mir Rätsel auf, András, sag mir wenigstens: Was soll ich wirklich tun? Und worin besteht die Anstrengung? Und womit willst du mich belohnen?«

»Warte es ab.«
»Nein, du musst mir erst sagen, was du mit mir vorhast.«
Er schüttelte lächelnd den Kopf – und schwieg.
»Lock mich doch wenigstens mit den Genüssen! Womit willst du mich belohnen?«
Stumm erwiderte er ihren Blick.
Sie schüttelte ihn an den Schultern.
»So sag doch etwas! Ich erkenne dich ja gar nicht wieder, András!«
Er lächelte und schwieg weiter beharrlich.
»Du machst mich wahnsinnig!«
Er nickte, grinste.
Sie setzte sich auf seinen Schoß, zauste sein Haar. »Ich hasse Euch, Graf. Ihr seid grausam und gemein!«
Mit einer raschen Bewegung packte er Madelaine im Nacken und presste seine Lippen auf die ihren. Dann ließ er sie los. In diesem Moment fuhr die Dampflokomotive ruckelnd an, so dass Madelaine rücklings in den Sitz ihm gegenüber fiel. Auch jetzt lachte András nicht, sondern betrachtete sie nachdenklich, wobei er aufreizend sanft seine Unterlippe zwischen Zeigefinger und Daumen massierte. Er weiß, dass es mich erregt, dachte Madelaine aufgebracht, und er quält mich schon jetzt.
»Denk dir ja eine gute Belohnung für mich aus, András«, zischte sie ihm zu. »Sonst suche ich mir einen anderen Mann!«
Er wurde ein wenig blass, doch dann entspannte er sich wieder und begann in einer Zeitung zu lesen.
Madelaine kämpfte gegen ihre Empörung an. Noch mehrmals während der Fahrt versuchte sie, ihn zum Reden zu bringen und mit Fragen aus der Reserve zu locken, doch sie bekam keine Antwort. Zwar blieb András die ganze

Fahrt über freundlich und ruhig, doch sie konnte nichts dagegen tun, dass ihre Anspannung weiter zunahm, je näher sie Budapest kamen.

Als sie ihr Hotelzimmer im *Nemzeti*, einem feinen Hotel in der Jozsef-Korut-Straße in Pest, betraten, fühlte sich Madelaine von der Reise so erschöpft, dass sie am liebsten auf der Stelle in das seidige Daunenbett gefallen wäre.

»Unser Spiel beginnt, Madelaine. Denk daran: Bevor du genießen darfst, musst du dich anstrengen.«

Widerstrebend ging sie ins Badezimmer und wusch Gesicht und Hände. Sie hatte die Herausforderung angenommen und musste sie nun durchstehen. Sie schaute in den Spiegel und stellte sich vor, was ihre ungeliebte Mutter wohl jetzt zu ihr sagen würde. Vielleicht: Du bist wie dein Vater, verwegen und dumm.

Madelaine spritzte Wasser auf das Spiegelglas und verließ das Bad. Soll sie doch auf dem Meeresgrund die Fische zählen, dachte sie verärgert. Die Vergangenheit ist vorbei. Was zählt, ist die Gegenwart.

Vom Hotel aus fuhren sie Richtung Donau, passierten die Kettenbrücke, folgten ein Stück flussabwärts der Uferpromenade und stiegen zu Füßen eines Hügels aus.

»Zunächst dort hinauf, Madelaine!«

Entsetzt glitt ihr Blick zwischen ihren Seidenschuhen und dem gut hundert Meter hohen Hügel vor ihr hin und her. Ihr anfänglicher Mut schwand im Nu.

»Niemals!«, gab sie zurück.

»Doch, meine Liebe: Du musst.«

»Das kannst du nicht von mir verlangen.«

»Doch.«

»Warum?«

»Weil jeder es tut. Die Aussicht von dort oben auf beide

Stadtteile – dem hügeligen Buda und dem flachen Pest – mit der Donau dazwischen ist großartig. Außerdem ist es Pflicht, dem Denkmal des heiligen Gellért einen Besuch abzustatten. Er hieß eigentlich Giorgio di Sopredo und wurde Bischof von Csanád. Er konnte so gut predigen, dass der erste christliche König Ungarns, Stephan I., ihm die Erziehung seines Sohnes übertrug. Bei einem Aufstand der Heiden im elften Jahrhundert wurde er aber in ein mit Nägeln gespicktes Fass gesperrt und diesen Hügel hinabgestoßen.«

»Barbarisch«, entfuhr es Madelaine, während sie nicht an die Fußschmerzen, die sie selbst bald haben würde, zu denken versuchte.

»Im Übrigen bist ausgerechnet du besonders verpflichtet, dich nicht vor dem Aufstieg zu drücken.«

»Ich? Wieso ich?« Madelaine spürte, wie die warm-feuchte Luft, die von der Donau aufstieg, sich wie eine Haube um ihren Kopf legte.

»Dein Kaiser besuchte Budapest vor einigen Jahren und kam auf die glorreiche Idee, höchstpersönlich Geld zu spenden, damit so viele Denkmäler wie möglich errichtet werden sollten. Als seine Untertanin musst du das doch gebührend würdigen, Madelaine.«

»Du bist heute sehr ironisch, András. Wieder eine neue Seite an dir.«

Er lachte leise auf. »Das gehört zum Spiel, meine Liebe.«

»Wie willst du es denn eigentlich nennen, dein Spiel?«

Er küßte sie zart. »Um mit deinen Worten zu sprechen: Es ist ein Spiel zwischen Zucker und Salz.«

Madelaine kräuselte die Lippen und wies auf die Zitadelle über ihnen. »Die Anstrengung, dieses Ziel dort oben zu erreichen, symbolisiert also das Salz?«

András wiegte den Kopf hin und her.
»Ja und nein. Erst ein Zipfelchen alter Geschichte, ein Zipfelchen neuer Geschichte. Du wirst sehen, es lohnt sich.«
Sie verschränkte die Arme. »Könntest du mir das jetzt etwas genauer erklären? Muss ich also zweimal Salz zu mir nehmen?«
»Sehr schön formuliert.« Er grinste. »Pass auf: Dort oben steht die Zitadelle. Sie erinnert an den Schmerz der Vergangenheit, an die habsburgische Unterdrückung vor dem Unabhängigkeitskampf 1848/49. Du weißt, unsere Rebellion kostete vielen guten Männern den Kopf. Und nun schau nach rechts, ein Stückchen flussaufwärts. Die alte Burganlage repräsentiert ebenfalls ein Stück Vergangenheit: Sie stammt aus dem Mittelalter, aber von ihr aus blicken wir in die Zukunft.« Er zeigte mit ausgestrecktem Arm auf das gegenüberliegende Donauufer, wo ein riesiger Gebäudekomplex mit unzähligen spitzen Türmchen kurz vor seiner Vollendung stand.
»Du sprichst wirklich in Rätseln, András«, empörte sich Madelaine. »Wegen deiner Heimatliebe soll ich mir also die Füße wund laufen?«
Er zögerte. »Du magst also nicht aus Liebe zu mir leiden?«
»András: Was soll das? Was ist in dich gefahren? Du … du bist so seltsam, seit wir hier sind. Weder in Riga noch in Brasilien hast du dich mir so gezeigt.«
»Kannst du dir den Grund nicht denken?«
»Lust und Schmerz als Spiel, nur wofür?«
»Willst du die Wahrheit hören?«
»Wenn es Euch nicht gegen die Ehre geht, Graf«, gab sie spöttisch zurück.
Seine Miene wurde ernst.

»Wenn du das hier überstanden hast, wirst du meinem Vater noch besser gefallen.«
Empört sah sie ihn an. »Ich bin erst präsentabel, wenn du mich mit Wissen vollgestopft hast? Weißt du, wie verletzend das für mich ist?«
»Ich dachte, du seiest an unserer Geschichte wirklich interessiert, Madelaine. Habe ich dich da auf dem Schiff falsch verstanden?«
Sie schüttelte schwach ihren Kopf.
»Na also. Ich könnte dir einen Vortrag halten oder dir den Baedeker geben. Beides würde dir nicht gefallen, oder?«
Sie rang um Worte. »Sei ehrlich, András, dein Vater erwartet dich. Er schickte dir eine Depesche. Ich verzeihe dir, dass du mir nichts davon erzählt hast. Schlimm ist nur, dass du jetzt anscheinend Angst hast, ich könnte ihm nicht gefallen. Warum?«
»Es gibt keinen Grund.«
»Aber du hältst es für besser, mich vorsorglich mit Wissen vollzustopfen. Das hätte ich dir nie zugetraut!«
»Das verstehst du falsch, Madelaine. Du machst dir unnötige Gedanken. Glaube mir, du bist wunderbar, so wie du bist, und mein Vater freut sich darauf, dich kennenzulernen. Natürlich hat ihn der Schlaganfall vor einem Jahr etwas mitgenommen, doch du wirst ihn bestimmt bezaubern, nicht nur mit deiner Schönheit.«
»Das ist alles, was dir dazu einfällt?«
In ihrem Hals machte sich ein Kloß bemerkbar, der vorher noch nicht da gewesen war.
»Vielleicht, vielleicht auch nicht.« András drehte sich um und ging langsam voraus.
Erst nachdem sie wieder zu sich gekommen war, folgte sie ihm. Ihr Verstand stimmte ihm zu, ihr Herz aber klopfte in

wildem Aufruhr. Hatte András solche Furcht vor seinem eigenen Vater? Warum nur?
Was immer ihre Belohnung sein würde, in diesem Moment zweifelte sie daran, dass sie groß genug wäre, um die Anstrengungen dieses Spiels hier vergessen zu machen.
Sie zwang sich, auf jeden ihrer Schritte zu achten. Je besser es ihr gelang, desto weniger dachte sie nach. Tatsächlich fand sie die Kolonnade hinter dem Denkmal des Märtyrers sehr schön. Dort ruhte sie ein wenig aus, genoss das Rauschen des Wasserfalls, der sich unterhalb des Denkmals in die Tiefe ergoss. Dann ging es weiter zur Zitadelle hinauf. Es war mühselig genug. Ihre Füße brannten, ihr Hals tat weh, aber als sie oben angekommen war, musste sie András insgeheim zustimmen: Das Panorama war atemberaubend.
Erst als sie neben ihm auf einer Bank niedersank, machte sich der Schmerz über seine Antwort wieder in ihrer Seele bemerkbar. Und plötzlich durchfuhr sie trotz der herrlichen Aussicht der entsetzliche Gedanke, ob es richtig gewesen war, ihm nach Ungarn zu folgen. Sie sah ihn von der Seite her an. Auch er schwieg. Madelaine fragte sich, ob er es bereue, ihr die Wahrheit so ungeschönt ins Gesicht gesagt zu haben. Sie wagte nicht zu sprechen, und da auch er keine Anstalten machte, sich ihr zu erklären, erhoben sie sich beinahe gleichzeitig und stiegen den Gellért-Hügel hinab.
Erst jetzt, während des Abstiegs, bemerkte Madelaine, dass Blut durch ihre rechte Schuhspitze drang. Und nach einigen Metern riss eine Blase an der Ferse ihres linken Fußes auf. Sie versteckte sich hinter einem Busch, damit András sie nicht beobachten konnte, zerriss ihr Taschentuch, spuckte darauf und wickelte es um ihre blutenden

Zehen. Die andere Hälfte legte sie über die nässende Wunde an ihrer linken Ferse. Verärgert fragte sie sich, warum sie nicht ihre schwarzen Lederstiefeletten angezogen hatte. Weil ich in Wahrheit am liebsten im Hotel geblieben wäre, gab sie sich selbst die Antwort.
Sie biss die Zähne zusammen und nahm sich vor, ja nicht zu humpeln. András aber war stehen geblieben und sah ihr lächelnd entgegen.
»Du wirst durchhalten, nicht wahr, Madelaine?«
Sie nickte nur.
»Dort ist der Burgberg. Es ist nicht mehr weit.«
Sie holte tief Luft, um ihrer unterdrückten Wut Ausdruck zu verleihen. »Ich werde deinen Ring höchstpersönlich ins Pfandhaus bringen und nie wieder auslösen, wenn du dein Versprechen nicht hältst, András.«
»Die Belohnung durch Zucker?« Er lächelte verschmitzt. »Du wirst in Zucker baden, Madelaine Elisabeth Gürtler …«
Sie errötete wider Willen.
Rasch fuhr er fort: »Bist du einverstanden, wenn ich dir ein wenig erzähle? Es wird dich bereichern und von deinem Leiden ablenken.«
»Jaja, nur zu«, murmelte sie, bemüht, ihren Zweifel nicht allzu deutlich zu zeigen.
Er betrachtete sie mit einer Spur von Misstrauen. »Nun gut. Diese Mauern, die du dort siehst, stammen noch aus dem Mittelalter.«
»Welche?«, stammelte sie, während sie auf ihre Schuhe schaute, an denen eine Naht aufgeplatzt war.
»Komm!« Energisch nahm András sie an der Hand und zog sie hinter sich her den Burgberg hinauf. Oben angekommen, passierten sie ein steinernes Tor, hinter dem

sich die große Palastanlage erstreckte. András wollte etwas sagen, doch da wehte ihnen plötzlich von irgendwoher eine gewaltige Staubwolke entgegen. Sie duckten sich und liefen, so gut es ging, durch sie hindurch. Hustend und schwitzend standen sie inmitten gewaltiger Prachtbauten. András drehte sich auf der Stelle, er schien vor Begeisterung zu glühen.

»Hier stand einmal ein Königspalast. König Béla IV. ließ hier an der Südwestspitze eine Festung mit Bergfried bauen, kurz nachdem die Tartaren vertrieben worden waren … Gerade noch rechtzeitig, denn Mitte des dreizehnten Jahrhunderts fielen die Mongolen ins Land ein. Binnen kurzem verwüsteten sie alles, was ihnen in die Hände fiel. Der Königspalast versank Ende des siebzehnten Jahrhunderts in Schutt und Asche. Ein knappes Jahrhundert später baute man den Südflügel mit über zweihundert Sälen. Und seit zwölf Jahren werkelt man erneut an ihm herum, wie du siehst.«

Madelaine überhörte seine letzten Worte. Stattdessen versuchte sie, sich wilde Horden mit Streitäxten und Schwertern vorzustellen, die den frühmittelalterlichen Palast bestürmten, doch es gelang ihr nicht. Zu groß war der Lärm um sie herum: Hammerschläge aus allen Richtungen, Knirschen von Sand und Mörtel, Rufe der Arbeiter, Scheppern von Metall und Knarren der Baugerüste. In der Nähe schaufelten Männer Schutt auf eine Karre, ein paar Meter weiter rannte ein Bauarbeiter mit einer übervollen Karre auf einen Haufen Baumüll zu und kippte die Karre mit großem Schwung aus. Wieder stob Staub auf. András zog Madelaine weiter, bis sie in einer Gebäudenische Schutz fanden.

»Vater hat nicht übertrieben. Er schrieb mir, dass nicht allein der Palast, sondern das ganze Burgviertel ins Visier der Architekten und Stadtplaner geraten ist. Ein neues, prächtiges, repräsentatives Alt-Buda soll wiedererstehen, im Zeichen des Friedens und der Aussöhnung mit der Vergangenheit. Bald soll alles fertig sein. Komm.« Er wartete einen Moment, bis sich die Staubwolke gelegt hatte. Dann nahm er Madelaine bei der Hand, lief an der der Donau zugewandten Rückseite der Matthiaskirche entlang. Eine Baustelle voll weißer Sandsteine bot sich ihnen, mit herrlichem Blick über Donau und Pest hinaus.

»Ja«, sagte András, »hier befand sich im Mittelalter der Fischmarkt. Plan ist es, die frühere Schutzbastei der Fischer umzuwandeln in eine romantische Anlage mit Ritterburg und Klosterhöfen. Und im Mittelpunkt des Ganzen wird das Reiterstandbild König Stephans, unseres Staatsgründers, prangen. Vater kennt übrigens den Bildhauer, er heißt Alajos Stróbl. In ein paar Jahren müssen wir wiederkommen, Madelaine, dann soll auch dieser Platz fertig sein.«

»Gerne, András«, gab sie ironisch zurück und wischte sich Tränen aus den Augen, weil der weiße Sandstein sie blendete. András schien ihren Ton nicht wahrzunehmen. Begeistert fuhr er fort:

»Und jetzt kommen wir zum Symbol von Ungarns Zukunft, wie ich es dir vorhin angekündigt habe. Siehst du den riesigen Gebäudekomplex dort drüben am anderen Ufer?«

»Er ist nicht zu übersehen«, gab Madelaine spöttisch zurück. Vor ihrem tränenverschleierten Blick schoben sich die gewaltigen Gebäudemauern zu einem wackeligen Steinmassiv zusammen.

»Fast dreihundert Meter Länge, fast siebenhundert Räume. Das ist das Wahrzeichen unserer neuen Hauptstadt

Buda-Pest: unser Parlament, Sitz der nationalen ungarischen Regierung. In zwei Jahren soll das Gebäude fertig sein.«
Sie schneuzte sich und wischte über ihre Augen. »Ich hätte nie gedacht, dass du so stolz auf dein Land sein könntest.«
Überrascht wandte er sich ihr zu. »Stolz? Ja, warum nicht? Sollte nicht ein jeder stolz auf sein Land, seine Heimat sein?«
»Du führst mich auf Baustellen, die eure Zukunft symbolisieren. Hättest du damit nicht warten können, bis alles fertig und schön ist?«
»Wir haben keine Zeit, Madelaine«, entgegnete er kurz angebunden. Bevor sie fragen konnte, was er damit meinte, wurden sie vom Herannahen eines mit weißen Sandsteinen beladenen Fuhrwagens unterbrochen, den zwei kräftige Pferde über das Pflaster zogen. Es war so laut, dass Madelaine sich instinktiv von András ab- und ihren schmerzenden Fußgelenken zuwandte, um sie zu massieren. Dabei durchzuckten sie Stiche im Kopf. Sie schreckte wieder hoch. Ihr wurde schwarz vor Augen, und sie lehnte sich gegen die Steinmauer in ihrem Rücken.
»Was hast du?«, fragte András.
»Ich leide«, stöhnte sie.
»Das seh ich«, entgegnete er mit einem Anflug von Ungeduld, »doch du musst noch durchhalten, sonst wirst du das, was danach kommt, nicht genießen können.«
»Erwartest du von mir, dass ich unter diesen Umständen glaube, was du mir da versprichst?«, wisperte sie.
»Tu es. Tu es einfach«, erwiderte András knapp, da sich ihnen gerade eine Schulklasse näherte und sie ihr ausweichen mussten. »Da vorn ist die Matthiaskirche, du musst

sie dir noch ansehen, schließlich wurde sie ursprünglich Mitte des dreizehnten Jahrhunderts für die deutsche Bürgerschaft gebaut.«

Madelaine warf ihm einen wütenden Blick zu, den András ungerührt ignorierte. »Später nutzten die Türken sie sogar als Moschee. Man sieht es ihr kaum an, oder?«

Madelaine reagierte nicht.

»Die Schulkinder wissen alle: Hier wurden Ungarns Könige gekrönt, und die königlichen Mitglieder des Arpáden-Hauses sind alle an der Nordseite …«

»… in Kapellen begraben, jaja, so wird es wohl sein«, ergänzte Madelaine missmutig. András starrte sie an. Mit einem Anflug von Ärger folgte er ihrem Blick zum Turmdach mit seinen bunten Majolika-Ziegeln.

»Versprich mir, dass ich mir Budapest nicht von oben ansehen muss, András.« Ihr Blick kehrte zu ihm zurück.

»Oh, der kleine Béla-Turm reizt dich?«, erwiderte er in einem Ton, als verstünde er sie nicht. »Ich würde vorschlagen, wir versuchen es lieber mit dem Matthiasturm, achtzig Meter Höhe sind lohnenswert …«

»Wenn du das von mir verlangst, werde ich mich hinabstürzen«, entgegnete sie wütend.

Er setzte eine bekümmerte Miene auf. »Das würdest du mir antun, Madelaine? Wirklich?«

Sie schaute ihm in die Augen. Trotz seines Spiels erkannte sie eine Spur echter Furcht in seinem Blick.

»Mein Schmerz ist dir also gleichgültig?«

Ihre Wangen glühten, und in ihren Schläfen pochte der Schmerz. Niemals werde ich dir weh tun, niemals, rief sie ihm im Geiste zu, doch ihre Lippen blieben stumm. Ich sollte das Spiel beenden, dachte sie, aber ich kann es nicht. Es geht nicht.

»Du lässt mich doch heute auch leiden, András.« Endlich hörte sie sich wieder sprechen.

»Ja, aber nur für eine begrenze Zeit, und außerdem breche ich dir dabei nicht das Herz, Madelaine.«

Aufmerksam musterten sie einander. Wo fand dieses Spiel ein Ende? Wo lag der Ernst? Gab es ihn überhaupt?

»Also gut, lass uns gehen«, beschied sie müde und nahm seinen Arm.

Er sah ihr fragend in die Augen. »So rätselhaft habe ich dich noch nie erlebt. Du bist mir noch eine vernünftige Antwort schuldig, nicht?«

»Ach, lassen wir das, András. Du weißt doch, wie sehr ich dich liebe.«

»Ja, das weiß ich. Aber komm nie auf die Idee, mir das Herz zu brechen, so, als sei es aus Schokolade.«

Er versuchte, scherzhaft zu klingen, doch es gelang ihm nicht.

Madelaine seufzte. »Wie kommst du nur auf solche Gedanken. Lass uns also gehen. Ich möchte diese Qualen hinter mich bringen. Schau dir nur meine Schuhe an.«

»Du kannst dich gleich ausruhen.«

Die letzten Meter bis zur gewaltigen Matthiaskirche verbrachten sie schweigend. Hinter dem Eingang hatte sich die Schulklasse um ihren Lehrer versammelt und lauschte seinen Erklärungen. Aus dem Kirchenraum erscholl Orgelspiel, das mittendrin abbrach, um kurz darauf wieder von vorn zu beginnen. András näherte sich Madelaines Ohr.

»Versuch einfach, dir vorzustellen, dass hier am 8. Juni 1867 Kaiser Franz Joseph zum ungarischen König gekrönt wurde«, nahm er den Faden wieder auf. »Während der Zeremonie berührte die Stephanskrone die nackten Schultern von Sissi. Jeder von uns fasste das sofort als Symbol

auf: Es war, als würde Sissi dafür geehrt, dass sie wesentlich zum Ausgleich zwischen Österreich und unserem Land beigetragen hatte.«
Vor Madelaines innerem Blick kam ihr das schöne Antlitz der hoch zu Ross sitzenden Kaiserin entgegen. Einen kurzen Moment lang bildete sie sich ein, das Raunen der Menschen in dieser Kirche zu hören. Dann verwandelte sich plötzlich vor ihrem inneren Auge das Bild von der Berührung durch die Krone in den Stoß, mit dem der italienische Anarchist Luigi Lucheni vor vier Jahren seine Feile in Sissis Körper gejagt hatte. Madelaine fühlte Übelkeit in sich aufsteigen und sank auf eine Kirchenbank.
»Lass mich einen Moment allein«, hauchte sie.
András strich ihr über die Schulter. »Gut, ich lasse dich in Ruhe.«
Er wandte sich ab. Sie hörte, wie er ein paar Bankreihen hinter ihr Platz nahm.
Madelaine indessen zwang sich, ihren Blick auf den Altar zu konzentrieren. Langsam verblasste die Erinnerung an die Geschichte, und sie kam wieder zu sich. Sie drehte sich nach András um. »Können wir gehen?«
Er nickte und beugte sich vor. »Das Spiel ist gleich beendet, ich verspreche es dir.«
»Welches Spiel?«, gab sie zurück.
Er erhob sich und kam zu ihr zurück. Als sie die Kirche verlassen hatten, merkte Madelaine, wie ihre Kopfschmerzen im hellen Licht wieder stärker wurden. Sie stützte sich auf András' Arm.
»Können wir uns nicht irgendwo hinsetzen, ausruhen und etwas essen? Ich sterbe fast vor Hunger, und mein Kopf fühlt sich an, als hinge ich in einer dieser Glocken dort im Matthiasturm«, stöhnte sie.

»Den Abstieg in die Unterstadt musst du noch durchstehen. Dann hast du es geschafft.«
»Mein mehrmaliges Bad in Salz, nicht wahr?«
»Genau. Ich verlange doch nicht zu viel, oder? Ich dachte mir, wer einen Schiffsuntergang übersteht, wird doch vor diesem Spaziergang nicht zurückschrecken. Ich darf dich daran erinnern: Du musst den Schmerz auskosten, damit du umso eher genießen kannst, was ich dir versprochen habe. Glaube mir, es dauert nicht mehr lange, und du wirst auf die bekömmlichste Art und Weise von deinem Leiden erlöst.«
»Mein Schwiegervater wird mich lieben …«
András nickte schweigend.
»Du wirst mich bewundern …«
Er nickte, eine Spur heftiger.
»Ach, András, so hilf mir doch.« Seufzend rieb sie sich die Schläfen.
»Gut, aber nur dieses eine Mal.«
Er sah sie gespielt mitleidig an, zog ein sauberes Taschentuch hervor, betupfte es mit etwas Eau de Cologne und fächelte es vor ihrem Gesicht hin und her.
»Denke an die Lust, die dich gleich erwartet«, raunte er. »Komm, verlass dich auf mich, so wie du es immer getan hast.«
Über ihren Köpfen begannen Bauarbeiter auf einem der hohen Gerüste zu hämmern. Hastig eilten sie zur nächsten Treppe, die bergab führte.
»Was hast du mit mir vor?«
»Ich will dich wie eine Schokoladentrüffel in den heißen Karamell dieser Stadt eintauchen«, gab er belustigt zurück.

András enttäuschte sie nicht. Er winkte eine Kutsche herbei, hob Madelaine hinein. Er gab dem Kutscher eine kurze Anweisung, woraufhin dieser auf einer breiten Straße, die András ihr als »Blutwiese« benannte, am Gellért-Hügel entlangfuhr, ihn schließlich umrundete, um dann entlang der Uferpromenade stromaufwärts zu fahren. Madelaine verdrehte die Augen, als András ihr sagte, ihr Ziel sei jener Hügel linker Hand, den man nach dem Derwisch Gül baba benannt hatte, der in der türkischen Besatzungszeit die Rosenkultur ins Land gebracht haben solle: Rosenhügel.
Er legte ihr seinen Zeigefinger auf die Lippen.
»Psch, keine Angst. Ein Stück weit stromabwärts begann unser Tag, und hier wird er ein zweites Mal beginnen. Nur unter anderen Vorzeichen.«
Fragend sah sie ihn an.
»Nein, ich verrate dir nichts.«
Die Kutsche hielt vor einem Gebäude aus Glas und Stein.
»Komm, steig aus, Madelaine!«
Ohne dass sie hätte Luft holen können, schleppte er sie ins berühmte Lukács-Bad.
»Hier kannst du dich, solange du willst, von deinen Strapazen erholen und entspannen, so wie es früher einmal die römischen Soldaten taten«, erklärte er ihr schmunzelnd. »Außerdem wirst du hier den nötigen Appetit für später bekommen.« Mit diesen Worten überließ er Madelaine in der Eingangshalle der Fürsorge herbeigeeilter Bademädchen.
Benommen vor Überraschung und Erleichterung, tauchte sie wenig später in das warme, sprudelnde Heilwasser ein. Mit jeder Bahn, die sie schwamm, wuchs ihre Begeisterung, denn sie bewegte sich zwischen Reihen glänzender Goldsäulen und palmengeschmückter Jugendstilbalkone.

Über ihr wölbte sich ein hohes Glasdach und tauchte Gold und Marmor, Wasser und bunte Majolika-Fliesen in weiches Licht. Es war einfach phantastisch.
Später überließ sie sich der Massage und sorgfältigen Körperpflege. Im Ruheraum für die Damen nickte sie sogar für eine Weile ein.
Das Knurren ihres Magens weckte sie. Trotzdem fühlte sie sich wie neugeboren. Sie ließ sich frisieren und trat András wenig später erwartungsfroh entgegen. Er hatte sich ebenfalls erholt: im Thermalbecken und türkischen Dampfbad.
»Ich brauche noch ein frisches Kleid!«
»Was immer du möchtest: Du bekommst es jetzt!«
»Das Süßeste zum Schluss?«
»Das Süßeste zum Schluss!«
»Drei Tage lang?«
»Drei Tage und zwei Nächte lang!«

Ohne Luft zu holen, folgte nun die Genusstour, wie András es nannte: Er wünschte sich für Madelaine neue Dessous, sie sich neue Schuhe und Kleider. Per Fiaker ging es tagsüber von Geschäft zu Geschäft, bis Madelaine sich dreimal am Tag umziehen und vor András in mit winzigen Perlen besetzten Atlasschuhen, Seidenkleidern und passenden Handschuhen drehen konnte, bis die zarten Stofflagen aufflogen und raschelten. Doch das war nicht alles.
András legte Wert darauf, sie in die besten Lokale der Stadt zu führen. Am ersten Abend ging es ins berühmte *Café Hungaria*, wo sie bei Zigeunermusik die Spezialitäten der ungarischen Küche ausprobierten: Bouillabaisse aus Süßwasserfischen, Fasan im Speckmantel, als Nachtisch köstliche Topfennudeln.

Am zweiten Abend verführte András sie in einem anderen Restaurant zu Hasengulasch mit Nockerln und Rahm, gefolgt von einem überaus köstlichen Schokoladenauflauf, dessen Rezept sich Madelaine notierte, und sie probierte sogar noch von András' Dessert, einem Soufflé mit Cognac ... Später, dachte sie, wenn ich Kinder geboren habe, werde ich auf meine Linie achten müssen, jetzt aber, jetzt ...

Die Nächte verbrachten sie in eleganten Weinkellern, wo sie zu schmelzenden Geigenklängen tanzten. Dazwischen verkosteten sie Weine: Tokajer, Blaustengler, Mädchentraube, Stierblut bis hin zum Villányer Roten. Madelaine kam es vor, als spüle die traubige Süße der Weine die Bitternis ihres Lebens aus ihr heraus. Es war einfach wunderbar.

Und jedes Mal, wenn sie in den vollbesetzten Lokalen hautnah neben András saß, begannen ihre Fingerspitzen auf seinen Oberschenkeln zu tänzeln. Dann genoss sie es, zu sehen, wie seine Augen im Kerzenlicht tiefschwarz und voller Begehren schimmerten. Doch stets ließ er sich Zeit, bis zu dem Moment, in dem er sie, allein in ihrer Hotelsuite, langsam aus ihrem Seidenkleid, ihrem Unterkleid, ihrem Bustier, ihrem spitzenbesetzten Höschen schälte und ihr nur die langen Seidenstrümpfe und Strumpfbänder ließ ...

Zeit, in der Madelaine vor Sehnsucht beinahe den Verstand verlor.

In den späten Morgenstunden tranken sie türkischen Mokka im legendären *Gerbeaud* am Vörösmarty-Platz, aßen Mohn-Flodni, Pariser Cremes oder Kugler-Torte und spazierten auf der Margaretheninsel umher, umgeben vom Donau-Flair und dem Duft der Rosen. Manchmal übte eine Kapelle in der Konzertmuschel für die nachmittägliche Aufführung, dann huschten sie hinter eine hohe Hecke, um sich zu küssen.

Madelaine genoss es, dass András ihr zeigte, wie sehr er von ihr fasziniert war. Seit ihrer Zeit in Jurmala hatte sie sich nie wieder so lebendig, so sinnlich gefühlt wie jetzt, gestand sie sich ein. Und doch fragte sie sich, ob András wirklich glaubte, dass all diese Genüsse ausreichten, um sie belohnen zu können? War sie wirklich zufrieden? Oder hätte es auch etwas mehr, etwas anderes sein können? Sie sollte gerecht und ihm für das dankbar sein, was er ihr bot. Vielleicht hätte sie sich etwas Aufregenderes gewünscht, aber wie sollte András das ahnen, da sie doch selbst nicht wusste, was es hätte sein können.

Am Abend vor ihrer Abreise gingen sie in die Oper, danach probierte Madelaine *bográcsgulyás*, ihr erstes Kesselgulasch – Rindfleisch, Kartoffeln und Nockerln –, scharf mit Paprika abgeschmeckt, so dass es ihr Tränen in die Augen trieb.

Spät in der Nacht nahm András sie in einem von bunten Ampeln beleuchteten Weinlokal in die Arme.

»Du hast die wichtigsten historischen Sehenswürdigkeiten kennengelernt, Küche und Weinkeller probiert: Nun kennst du schon einen Großteil unserer Kultur.«

Sie stellte sich vor ihn, legte ihre Hände auf seinen Bauch.

»Das meiste von dem, was ich kennengelernt habe, ist scharf und süß: Pflaumenschnaps …«

»… szilvapálinka …« Er beugte sich vor und küsste sie.

»Aprikosenschnaps …«

»… barackpálinka …«

Sie legte ihre Hand auf seine Lippen.

»… gulyás …«

»Gulasch ...«
Er lachte und biss ihr zart in die Innenseite ihrer Hand.
»Scharf und süß«, wiederholte sie, um Ernst bemüht, »genau so, wie man es braucht, um mit Gefühlen spielen zu können ...« Sie strich mit ihrer Zungenspitze über ihre Oberlippe, drehte sich aufreizend langsam zur Seite.
Keine zwei Herzschläge später riss András sie in seine Arme.
»Ich liebe dich ... ich liebe dich«, flüsterte er heiser.

4

Nach dem dritten Tag in Budapest setzten sie glücklich, doch übermüdet ihre Reise fort. Es ging weiter Richtung Südosten, nach Szolnok, mitten ins Ungarische Tiefland. Von dort aus ging die Fahrt per Schiff auf der Theiß weiter Richtung Süden. Im 1879 von einem Hochwasser fast vollständig zerstörten und neu aufgebauten Szeged legten sie eine Rast ein. Es war Markttag, und es dauerte eine Weile, bis sie endlich einen Kutscher fanden, der ihnen versprach, sie so rasch wie möglich das letzte Stück ihres Weges zum Mazary'schen Gut zu bringen.
Seine zweispännige Kalesche war weich gepolstert, so dass sich Madelaine zunächst einmal zurücklehnte, um die Schönheit der neuen Heimat auf sich einwirken zu lassen. Lange Zeit ging die Fahrt durch Dörfer mit uralten kleinen Steinkirchen. Sie sah weißgekalkte Lehmhäuser mit dichten Strohdächern, schindelgedeckte Holzhäuser mit hübschen Verzierungen an Giebeln und Balkonen. Allein die liebevoll gebundenen Strohblumensträuße und leuchtenden Pelargonien, die auf jeder noch so schmalen Fensterbank standen, entzückten sie. Am meisten aber berührte sie die Freundlichkeit der Ungarn, die ihr im Vorbeifahren zulächelten, vergnügt und manchmal von sanfter Melancholie. Einmal warf ihr sogar eine ältere Frau aus ihrem Garten einen kleinen Strauß Blumen in den Schoß.
»Was sagt sie?«, fragte sie András.
»Er soll dir Glück und Frieden bringen«, übersetzte er.

»Dauert es noch lange?«
»Höchstens noch zwei Stunden.«
»Bis dahin werden die Blüten verwelkt sein.«
András schwieg.
Lange Zeit fuhren sie durch ein weites Stück Grassteppe, in der sie ihren Gedanken nachhingen. Als endlich wieder Dörfer und Felder mit Kartoffeln, Tabakpflanzen und Mais in Sichtweite kamen, atmete Madelaine auf. Ihr Blick glitt über riesige Felder voller Sonnenblumen, glitzernde Bachläufe und Tümpel, die im hellen Licht wie wolkenüberzogene Spiegel glänzten.
»Sie sind von der letzten Überschwemmung der Theiß übrig geblieben«, erklärte ihr András. »Die kleineren verdunsten langsam in der Hitze, die größeren aber verkleinern sich nur, bis zur nächsten Überflutung.«
»Ein herrlicher Platz für die Wasservögel«, meinte Madelaine, »so friedlich und ruhig.«
»Allerdings, nur die Bauern haben ihre Not mit dem Fluss. Erst zerstört er ihre Dörfer, Felder und Wege, und dann lässt er sie in Schlamm und Morast zurück.«
In der weiten, waldlosen Landschaft sahen sie ab und zu Einzelhöfe mit Ziehbrunnen. Hier und da drehten sich im flauen Wind mühsam die Flügel einer Windmühle. Sägewerke und Ziegeleien mit rauchenden Schornsteinen zeugten von der Betriebsamkeit der Bewohner.
Sie begegneten Fuhrwerken mit Getreide und Stroh, Sätteln und Holz, Salz- und Weinfässern. Später bogen sie in eine Pappelallee ein. Während sie an ausgedehnten Weiden mit knorrigen Obstbäumen vorbeizogen, fiel Madelaines Blick auf die großen Viehherden: Hier trieben berittene Hirten graues Rindvieh mit mächtigen Hörnern zusammen, dort kommandierten Hirten, über deren Rücken lan-

ge zottelige Schaffelle hingen, schwarze, noch zotteligere Schäferhunde.

»Was sind das für Schafe?«, wollte Madelaine wissen.

»Sie heißen Merinoschafe, wer sie besitzt, ist ein wohlhabender Mann.«

»Und die Hunde? Kaum vorstellbar, dass sie unter ihrem Fell noch etwas sehen können.«

»Der Puli? Er ist als Hirtenhund absolut unschlagbar!«, begeisterte sich András. »Er ist sehr klug. Er kann einzelne Tiere von der Herde ausgrenzen und sie zu Boden werfen, so dass der Schäfer keine Probleme hat, ihnen die Hufnägel zu schneiden oder sie zu scheren.«

»Und die anderen Hirtenhunde, was ist mit denen?«

»Der Weiße dort bei den Gänsen, der so brav aussieht wie ein Bernhardiner, das ist der Kuvász, und der dort weiter hinten bei den Rindern, mit dem Fell eines Wischmops, das ist der Comondor. Seit jeher dienten sie uns, unsere Herden vor Raubtieren und Dieben zu schützen. Sie sind so stark, dass selbst Wölfe sie fürchten. Als ich noch zur Schule ging, nahm mich mein Vater einmal auf die Jagd mit. Da sah ich, wie ein Comondor mit einem Wolf kämpfte und ihm dabei einfach den Rücken brach.«

Madelaine war beeindruckt. Fasziniert betrachtete sie die Tiere, so dass sie nur mit halbem Ohr András' weiteren Erklärungen zuhörte. Dass es eine unerbittliche Rangordnung unter den Hirten gäbe, nahm sie gerade noch wahr – angefangen vom Rinderhirten, dem *gulyás*, über den Schafhirten, dem *juhász*, bis hinunter zum armen Schweinehirten, dem *kondás*.

»… und stell dir vor: Schon sein Urururgroßvater diente unserer Familie, und Stock und Hetzpeitsche wurden von Generation zu Generation weitergegeben. Das Besondere

war, dass jede Mutter, bevor ihr Sohn sein Hüteamt antrat, zum Bader ging, um sich einen Goldzahn herausbrechen zu lassen. Sie opferte ihren Zahn, damit ihr Sohn ihn sich schmelzen und ziselieren ließe, zur Zierde seines Hütestockes ...«
Madelaine lächelte András versonnen an und streckte ihre Hand mit dem von Perlen und Diamanten besetzten Ring aus, den er ihr auf hoher See zum Geschenk gemacht hatte. »Möchtest du, dass auch ich eines Tages diese Steine herausbrechen lasse, damit sich unser erster Sohn eine Krawattennadel damit schmücken kann?«
»Bist du dir denn schon sicher?«
»Nein«, erwiderte sie zögerlich. »In ein paar Tagen, vielleicht.«
»Du sagst es mir aber gleich, ja?«
»Aber natürlich.«
András erwiderte ihr Lächeln und küsste ihre Hand.
»Wie wollen wir unseren ersten Sohn eigentlich nennen? Hast du schon darüber nachgedacht? Vater wäre begeistert, würden wir seinen Namen weitertragen.«
Madelaine bemerkte ein eigenartiges Ziehen in ihren Wangen. »Lass uns damit noch warten, bis es sicher ist. Du weißt, damals in Riga, ich dachte ... dann ging alles so schnell ...«
Sie schaute in seine dunkler gewordenen Augen.
»Ich bin sicher, du wirst schwanger, wenn du nur erst einmal hier zur Ruhe gekommen bist.« Er nahm ihr Gesicht zwischen seine Hände und küsste sie leidenschaftlich. Seltsamerweise erlosch das heiße Brennen, das in ihr hochflammte, sehr rasch. Sie wusste, warum. Es war ihre Angst davor, András, vor allem aber sich selbst, zu enttäuschen, wenn sie nicht schwanger würde. Verlegen wandte

sie sich ab und schaute wieder in die Landschaft hinaus. András räusperte sich und zupfte an seinem Halstuch. Schweigend saßen sie nebeneinander.
Langsam zuckelte die Kalesche an einem Feld frisch gepflanzter Fichten vorüber. Die Bäume waren noch klein, und so konnten Madelaine und András in die Weite schauen, die sich hinter ihnen erstreckte. Sie sahen, wie über einem Teich Kraniche aufflogen. Nicht weit vor ihnen flimmerte die Luft über dem morastigen Braun eines Moores. Nach gut einer Dreiviertelstunde endete die Pappellallee an einer Kreuzung mit einem steinernen Wegkreuz. András sprang wortlos aus der Kalesche und trat vor die mit Silberdisteln geschmückte Jesusfigur.
Madelaine hatte ihn noch nie beten sehen. Er hat andere Wurzeln als du, schoss es ihr plötzlich durch den Kopf. Doch bevor sie diese Erkenntnis weiter vertiefen konnte, hatte sich András ihr auch schon wieder mit einem Lächeln zugewandt. Er wies mit ausgestrecktem Arm südostwärts.
»Dort ist es – unser Gut, unser Zuhause. Es ist das alte Herrenhaus meiner Familie.«
Madelaine legte die Hand über ihre von Staub und Hitze brennenden Augen. Am Horizont schimmerte es weißlich, so als wirbele der Wind leeres Bonbonpapier auf. Sie nickte beklommen.
»Ich wollte, wir wären in Budapest geblieben«, murmelte sie unbedacht.
»Du brauchst keine Angst zu haben. Du wirst sehen, alles wird sich richten.« Er tätschelte ihre Hand.
Die ungewohnte Berührung verunsicherte sie. Sie kam sich vor wie ein Kind, das getröstet werden musste, bevor es in den Keller geschickt wurde. Verdrossen stellte sie fest, dass ihre Stimmung unweigerlich getrübt war.

Binnen kurzem begann sie die Tiefebene, die reine Luft, das unerbittlich helle Licht dieses Nachmittages zu verfluchen. Bald konnte sie den Anblick der Mazary'schen Gutsgebäude nicht mehr ertragen, die ihr nun immer deutlicher mit ihren weißgekalkten Mauern entgegenbleckten. Doch nach knapp zwei Stunden war sie so erschöpft, dass sie von dem hübschen Anblick, der sich ihr nun aus der Nähe bot, nur noch Ruhe und Erholung erhoffte: Hinter einer Hofmauer, auf die der lichte Schatten von Birken und Obstbäumen fiel, erhob sich ein zweiflügeliges Gutshaus mit Stallungen und Wirtschaftsgebäuden um eine riesige Rotbuche herum.

Doch noch bevor die Kalesche unter dem Rundbogen der Hofmauer in den Innenhof einrollte, scholl ihnen der Lärm ländlicher Betriebsamkeit entgegen.

In der Mitte des Hofes lagerte eine Gruppe *cigány* neben einem Pferdewagen. Ein etwa fünfjähriger Junge fiedelte krächzend auf einer Geige. Zwei ältere Jungen schnitzten an einem Holztrog, neben ihnen knicksten zwei Mägde mehrmals und warfen András und ihr neugierige Blicke zu. Dann beugten sie sich wieder über die frisch geschnitzten Heugabeln und Harken, um sie genau zu begutachten.

Vor den Stallungen war ein eleganter Hengst angebunden. In seiner Nähe fachte soeben ein älterer Zigeuner das Feuer seines Schmiedeöfchens neu an, in der anderen Hand das bereits glühende Hufeisen. Bei ihm standen drei Pferdeburschen, sie zogen ihre Hüte, verbeugten sich in András' Richtung. Der Zigeunerschmied schlug das Eisen, Funken sprühten auf. Der Hengst warf unruhig seinen schönen Kopf zur Seite, äugte nervös zwischen Schmiede und einem kläffenden Hund hin und her, der um ihn herumsprang. Einer der Stallburschen klopfte ihm beru-

higend auf den Hals, dann wandte er sich wieder dem Schmied zu und begann trotz des Lärms der Hammerschläge auf ihn einzureden.
»Willkommen zu Hause!«, rief András Madelaine zu und riss den Wagenschlag auf. »Komm, steig aus!«
»Warte, warte einen Moment, András!«
»Bist du etwa enttäuscht?«
»Ich hatte es mir etwas ruhiger vorgestellt …«
Er lachte.
»Das hier ist absolut normal, das ist unser Alltag.«
Er ging zum Kutschbock und entlohnte den Kutscher, der sogleich wieder davonfuhr.
»Wir haben Glück, Vater ist da. Der Hengst dort muss sein neues Pferd sein! Wir sollten die Begrüßung rasch hinter uns bringen, nicht? Damit ich dir alles zeigen kann.« Er reichte ihr den Arm.
»Warte noch einen Moment, ich will sehen, wie diese Jagd dort ausgeht!«, erwiderte Madelaine und wies auf eine Gruppe Kinder, die kreischend einem Hundegespann hinterherrannten, in dem ein dicklicher Junge hockte.
András runzelte die Stirn, aber er sagte nichts.
»Ich möchte wenigstens einen Moment verschnaufen«, fuhr sie fort. »Oder willst du, dass ich deinem Vater mit Schweiß und Staub im Gesicht entgegentrete? Gib mir bitte noch einmal von deinem Eau de Cologne, ja?«
»Wenn du meinst …«
Während sie mit dem Tüchlein ihre Stirn betupfte, hörte sie vor einem der strohgedeckten Nebengebäude, aus dem es nach Seifenlauge roch, ein Dienstmädchen mit einem Lumpensammler schimpfen. Soeben hatte er einen Arm voll gefalteter Wäsche fallen lassen. Daneben stand eine alte Zigeunerin und lachte ihn aus.

Madelaines Blick wandte sich wieder dem Hundegespann zu, das soeben in vollem Tempo auf die Schmiede zuraste, einen Bogen fuhr und plötzlich das Gleichgewicht verlor. Es kippte um, und der dickliche Junge stürzte laut fluchend zu Boden. Die Hunde aber rasten mit dem scheppernden Gefährt kläffend weiter, während die Kinder sie mit Steinen bewarfen. Da hörte Madelaine plötzlich einen Reiter herangaloppieren. Erschrocken wandte sie sich um.

Es war ein Pferdehirte mit tief ins Gesicht gezogenem Hut, ihm folgte hechelnd ein hübscher Kuvász. Als das Hundegespann heranraste, stieg sein Pferd wiehernd in die Höhe. Der Kuvász bellte aufgebracht, und der Pferdehirte hob wütend seine Peitsche, ließ sie einen Moment lang über seinem Kopf kreisen. Die Hunde aber jagten in einen schmalen Gang zwischen Scheune und Stallungen, die Kinder hinter ihnen her. Nur der Kuvász trabte ruhig zu einem Wassertrog, um zu saufen.

»Milos! Was tust du hier, um diese Zeit?«, rief András ihm zu.

Der Pferdehirte sah kurz irritiert auf.

»Es ist nicht Milos ...«, murmelte András entsetzt. Verunsichert wandte er seinen Blick den beiden Stallburschen zu, die hastig zum Stroh griffen, einen Eimer mit Wasser füllten und zum Pferd liefen.

»Wo ist er?«, rief András eine Spur ungeduldiger.

Der Pferdehirte zog ehrerbietig seinen Hut. Er öffnete seinen Mund, und es schien Madelaine, als suche er nach Worten, doch bevor ein Ton über seine Lippen kam, verstummte er und blickte an András vorbei.

Madelaine fühlte Wut in sich aufsteigen. Was für ein Empfang! Selbst András schien irritiert. Wäre es nicht besser,

sie würden beide sofort kehrtmachen? Sollten sie diesem Rinderhirten dort nicht einfach Stiefel, Sporen, Hetzpeitsche und Pferd entreißen und zurückreiten?
Da brauste eine kleine schwarze Kalesche heran und hielt, Staubwolken aufwirbelnd, direkt hinter ihr.
Im gleichen Moment flog mit lautem Krach ein Flügel der schweren Eingangstür zum Wohnhaus auf. Zwei Mägde mit Körben voller Brotlaibe, Würste, Äpfel und Birnen stürmten heraus. Als sie András sahen, blieben sie erschrocken auf der oberen Türschwelle stehen, knicksten unbeholfen. Ihnen war ebenso eiligen Schrittes eine tief verhüllte Frau in Trauerkleidung gefolgt, die nun gegen sie prallte. Eine der Mägde stolperte einen Schritt beiseite, Äpfel fielen aus ihrem Korb und rollten die Stufen hinab. Hastig bückte sie sich, um sie einzusammeln.
Gebannt schaute Madelaine die schmale Trauergestalt an. Plötzlich kam es ihr vor, als söge sie hinter dem Spitzenschleier Luft ein. Sie war sich nicht sicher, ob sie es sich einbildete, doch da hastete die Frau auch schon an der jammernden Magd vorbei und drängte sich in die schwarze Kalesche, die daraufhin unter hektischem Peitschenknallen den Hof verließ. Fragend sahen ihr Madelaine und András nach.
Ungeduldiges Klopfen auf dem Balkon über ihnen lenkte ihre Blicke aufwärts. Hinter der Brüstung stand ein hagerer Mann in Jagduniform, der soeben wieder ansetzte, den Silberknauf seines Gehstockes auf das Holzgeländer zu schlagen. Ihre Blicke kreuzten sich. Er hasst mich, durchfuhr es Madelaine sofort. Und er wird mich nie mögen.
»Ihr lasst euch Zeit!«, rief er laut. »András, komm! Kommt herauf! Auch wenn euch ein alter Mann langweiliger zu sein scheint als das, was da unten im Staub vor sich geht!«

Madelaine senkte den Kopf und nahm András' Arm.
»Ist er immer so zynisch?«
»Madelaine, bitte.«
Im Hof war es still geworden.
»Wo ist Milos?«, rief András laut.
Der alte Graf winkte ungeduldig ab.
»Später! Später! Jetzt beeile dich!«
»Er spricht nur dich an«, wisperte sie beklommen.
»Du wirst lernen, ihn zu akzeptieren, so wie er ist. Er ist ein alter Mann, Madelaine. Versuch, auch das hier wie ein Spiel anzusehen.«
»O Gott, András, was verlangst du nur von mir!«
Sie zitterte, so dass András sie am Ellbogen packte und energisch vorwärtsschob. »Ich werde immer auf deiner Seite stehen«, flüsterte er ihr zu. »Außerdem stimmt etwas nicht, irgendetwas muss in der Zwischenzeit geschehen sein. Ich frage mich, wo Milos ist.«
»Wer ist das?«
»Unser alter Pferdehirte, diesen hier kenne ich nicht. Jedenfalls war er bei meinem letzten Besuch noch nicht hier. Und ein Verwandter von Milos kann er auch nicht sein, er sieht ihm so gar nicht ähnlich. Na, ich werde es wohl bald erfahren.«
Er erwiderte den Willkommensgruß des Hausdieners, stellte ihm Madelaine vor und eilte mit ihr durch die mit Jagdtrophäen, Fahnen und alten Waffen geschmückte Eingangshalle auf eine breite Treppe zu. Madelaine scheute davor zurück, ihre Hand auf das kunstvoll gedrechselte Geländer zu legen. Es ist sein Geländer, dachte sie nicht ohne Abscheu, seine Hand hat es poliert, seine.
Ich muss mich beherrschen, ermahnte sie sich. Herr im Himmel, steh mir bei.

Sie hatten den ersten Stock erreicht und folgten nun einer Galerie, deren Wand mit Ölporträts geschmückt war. Durch mehrere große Räume hindurch blies ihnen Zugluft entgegen. Endlich erreichten sie eine von einem alten Hausdiener bewachte, weit geöffnete, zweiflügelige Tür.
»Willkommen, Graf András, willkommen, gnädige Frau«, wisperte der alte Diener und verbeugte sich tief.
Sie traten in einen großen, mit dunklem Holz getäfelten Raum. Rechter Hand befand sich ein großer Kamin aus grünem Marmor, linker Hand, die Wand vollständig einnehmend, ein riesiger, verglaster Bücherschrank, davor stand ein mit Leder bezogener Tisch voller Zeitungen. Der Wind fächelte raschelnd ihre obersten Seiten auf. Madelaine wandte ihren Blick ins Helle. Ihnen gegenüber stand die sonnendurchflutete Balkontür offen, in ihrer Mitte sah sie die Silhouette des alten Grafen.
Er hob seinen Stock, senkte ihn langsam auf die aufgeplusterten Zeitungen. »Ihr habt euch wahrlich Zeit genommen. Ich frage mich, ob das ein gutes oder ein weniger gutes Zeichen ist.«
Eine dunkle, schneidende Stimme.
Madelaine hielt unwillkürlich die Hand vor die Augen. Das Licht blendete sie. András trat mit ihr ein paar Schritte auf seinen Vater zu. Dann verneigte er sich förmlich.
»Ich freue mich, dich zu sehen, Vater. Ich möchte dir meine Frau, Madelaine Elisabeth, vorstellen.«
Ohne nachzudenken, knickste sie, obwohl es ihr eigentlich widerstrebte. Die Miene des Alten blieb unbeweglich, als er ihr förmlich seine Hand reichte. Sie hauchte einen Kuss auf seinen Handrücken und erhob sich.
»Ich danke Ihnen für Ihre Freundlichkeit, mich zu empfangen, Graf«, erwiderte sie höflich.

»Ich war schon immer neugierig auf die Wahl der Damen meines Sohnes.«

András errötete vor Ärger. »Vater, Madelaine ist meine Frau. Wir haben uns auf See trauen lassen. Sie ist nun deine Schwiegertochter, sei bitte freundlich zu ihr.«

Der alte Graf musterte sie von Kopf bis Fuß.

»Sie stammen aus dem Deutschen Reich?«

Sie nickte.

»Und Sie haben schwäbische Vorfahren?«

Sie schüttelte den Kopf.

»Sie wissen, die Donauschwaben sind Ungarns treueste Stütze«, fuhr der Alte fort.

»Ich komme aus dem Norden, aus Hamburg. Sicher haben Sie von dem Reichtum der Hansestadt gehört, Graf.« Im gleichen Moment merkte Madelaine, dass sie einen Fehler gemacht hatte. Ihr lief es heiß den Rücken hinunter.

»So entstammen Sie einer Kaufmannsfamilie?«

Sie sah hilfesuchend zu András.

»Vater, du erinnerst dich an meinen ersten Brief aus Riga. Bitte belass es mit deinen Fragen. Du kennst Madelaines Schicksal.«

»Kenne ich es?« Er lachte leise auf. Er wies auf die Sessel vor dem Kamin. »Bitte.«

Schweigend nahmen András und Madelaine Platz, während der alte Graf im Raum auf und ab ging.

»Wissen Sie«, fuhr er fort, »einen Menschen zu kennen, heißt, seine Herkunft zu kennen. Das, was ich wirklich weiß, ist, dass Sie aus Deutschland kommen und Ihr Vater mit Ihnen und Ihrer Mutter Anfang der neunziger Jahre zunächst nach Valparaiso in Chile auswanderte. Doch dann ließ er Sie beide allein, nicht? Bis Sie annehmen mussten, er sei in einer Salpeterfabrik irgendwo fern von

Ihnen gestorben. Doch in Wahrheit war er klammheimlich nach Brasilien weitergezogen, um dort für sich seinen Gewinn zu machen.« Er räusperte sich missbilligend. »Lassen wir das, es spielt jetzt keine Rolle mehr. Ich möchte etwas ausholen, schließlich hatte ich viel Zeit, mir seit deinem letzten Brief Gedanken zu machen. Interessieren Sie sich für das politische Weltgeschehen, Madelaine?«
»Ich denke, ich habe in Riga genug erlebt, um sagen zu können, dass die Politik gerade die einfachen Menschen häufig am schlimmsten leiden lässt«, gab Madelaine selbstbewusst zurück.
»Das mag wohl wahr sein.« Er musterte sie kurz. »Aber sie haben weniger zu verlieren als jene, die Verantwortung für Besitz und Familienehre zu tragen haben.«
Madelaine errötete und wechselte einen besorgten Blick mit András.
»Vater, du schicktest mir eine Eildepesche. Ich gehe davon aus, du brauchst meine sofortige Hilfe. Jetzt sind wir hier, und du bist dabei, uns zu demütigen. Was soll das?«
Der alte Graf machte eine wegwerfende Handbewegung. »Später, später. Ich möchte nur gleich zu Anfang etwas klarstellen. Seit meinem Schlaganfall vor gut einem Jahr lese ich viel. Täglich allein sechs verschiedene Zeitungen, aus Berlin, Wien und Budapest. Meine Tage sind gezählt, umso genauer verfolge ich das Geschehen um mich, um uns herum. Und ich muss sagen, ich kann oft nachts nicht schlafen, so schwarz sind meine Gedanken. Nun, was ich eigentlich sagen wollte, ist: Glauben Sie mir, Madelaine, ich schätze die Deutschen, vor allem all die Alten, die ich kenne. Sie sind fleißig und treu. Doch sagen Sie mir: Kann ich jedem trauen? Ihr Land wird beispielsweise von einem Mann regiert, dem ich – im wahrsten Sinne des Wortes –

nicht die Hand geben könnte, geschweige denn möchte.« Er machte eine vieldeutige Pause. »Ihr Kaiser ist, mit Verlaub, selbstherrlich. Und ich muss Ihnen gestehen: Ich hasse Überheblichkeit und Anmaßung.« Er streifte sie mit einem einschüchternden Blick. »Als Frau interessiert es Sie sicher, was man sich so über Kaiser Wilhelm erzählt, nicht wahr? Man sagt, er schriebe seinen Offizieren die Farbe der Unterwäsche vor, bevor sie zum Hofball zugelassen werden können. Was sagen Sie dazu? Ist er eitel? Übergenau? Tyrannisch? Oder nur ein Romantiker, der noch nicht einmal richtig reiten kann, stattdessen Paraden und Kostümierungen ohne Ende liebt? Wissen Sie eigentlich, was gut unterrichtete Kreise berichten? Er triebe seine Rüstungsindustrie gegen alle Welt voran! Was sagen Sie dazu, Madelaine? Glitter tragen und Unruhe stiften? Nach außen blenden und nach innen den Frieden zersetzen? Ha?«

András erhob sich, bebend vor Wut.

»Vater, was nimmst du dir heraus? Indem du Madelaine beleidigst, beleidigst du auch mich.«

Der Alte zwang ihn mit einer heftigen Geste zur Beherrschung. »Warte noch, warte, du musst dir alles anhören.« Und an Madelaine gewandt: »Sie müssen wissen: Unsere Familie hat einen guten, sehr guten Ruf. Und einen langen Stammbaum. Er reicht zurück bis in die Zeit der Türkenkriege. Sie haben sicher noch nie unser Nationallied, den Rákóczi-Marsch, gehört, nehme ich an?«

»Wir sind gerade eben erst ...«

Er unterbrach sie ungeduldig. »Das sehe ich. András, ihr seid über Budapest gereist, warum hast du Madelaine nicht ein wenig in unsere Kultur eingeführt?«

Madelaine und András sahen sich fassungslos an. Hatten

sie sich nicht beinahe die Füße wund gelaufen? Hatten sie nicht extra ein Spiel gespielt, um auf ihre Weise Geschichtsunterricht zu gestalten?

Mit wachsender Erregung erwiderte Madelaine: »Wir haben dem heiligen Gellért einen Besuch abgestattet, das Burgviertel besichtigt, uns das Reiterstandbild König Stephans vorgestellt, in der Matthiaskirche an Sissi gedacht und die neuen Parlamentsgebäude bewundert. Das soll nicht reichen?«

»Denken und sehen: Das ist nicht genug. Oder haben Sie gespürt, wie Ihr Herz von unserer Geschichte berührt wurde?«

Madelaine errötete.

»Reicht es Ihnen nicht, dass ich Ihren Sohn liebe?«

»Pah! Das tat auch eine Sybill von Merkenheim.«

Sie schwieg betroffen.

»Vater, merkst du nicht, dass du dabei bist, unsere Herzen zu verletzen?«

»Ihr müsst das anders sehen, vollkommen anders. Es geht darum, ob ein Herz wie das Ihre, Madelaine, zu dem Blutkreislauf der Mazarys passt.«

Es entstand eine kleine Pause, in der András sich erhob und nervös auf den Balkon hinausging, in den Hof hinunterschaute und gleich darauf wieder zurückkam. Sofort nahm der alte Graf den Faden wieder auf.

»Nun, wie dem auch sei, Madelaine, mein Sohn und ich dürfen uns glücklich schätzen, einen unserer Vorfahren, nach dem mein Sohn benannt ist, als Wegbegleiter unseres ungarischen Nationalhelden Franz II. Rákóczi zu wissen. Sein Aufstand gegen Habsburg Anfang des achtzehnten Jahrhunderts gilt noch immer als der größte Aufstand ungarischer Adliger gegen die Habsburger Knechtschaft.

Das sollten Sie wissen, bevor ich meinem einzigen Sohn den Segen zu einer kirchlichen Trauung gebe.«
»Vater! Du weißt nicht, was du sagst! Im Übrigen werden wir auch ohne deinen Segen glücklich sein.«
»Meinst du? Ich habe mir jedes Wort lange überlegt, wie du siehst. Seit deinem letzten Brief aus Riga habe ich nachgedacht, mich mit unserem Kaplan und den nächsten Verwandten unterhalten. Du kannst gewiss sein, András, dass ich nur das Beste für uns alle will.«
Madelaine fühlte sich wie mit Eis überzogen. »Verzeihung, Graf, ich denke, es herrscht kein Zweifel an Ihren Worten. Ich habe verstanden.« Sie wandte sich András zu. »Bitte lass mich gehen.«
»Niemals, Madelaine! Du bist und bleibst meine Frau. Und du, Vater, wirst dir bitte heute Abend eine Stunde Zeit für mich nehmen.«
Er nahm Madelaines heiße Hand, deutete eine knappe Verbeugung vor seinem Vater an und machte sich daran, mit Madelaine den Raum zu verlassen.
»Halt! Warte noch!«
»Bitte?«
»Seid ihr euch vorhin begegnet?«
»Von wem sprichst du?«
»Teréza.«
»Die Frau vorhin in Trauerkleidung war Teréza?«
Der alte Graf sank stöhnend in seinen Sessel. »Bruder und Schwester – und ihr erkennt euch noch nicht einmal! Was für ein Unglück mir der Herrgott mit meinen Kindern doch gebracht hat.«
»Vater, wie kannst du dich nur so an uns versündigen. Was haben wir dir nur getan, dass du uns so hart behandelst?«
Anklagend sah der alte Graf ihn an. »Das solltest du am

besten wissen – und deine Schwester will auch ihre eigenen Wege gehen. Es wäre besser gewesen, sie wäre im Kloster geblieben! Doch selbst da hat sie es zu nichts gebracht, nichts gelernt.«

»Und warum trägt sie jetzt Trauer?«

Der alte Graf schleuderte wütend seinen Stock von sich. »Das ist es ja. Seit Tagen heult sie sich die Augen aus, weil ihre Äbtissin gestorben ist! Sie wird heute begraben. Und ich muss befürchten, dass sich dieses verrückte Weib, das meine Tochter ist, noch ins offene Grab stürzt.« Aufgebracht starrte er vor sich hin.

Madelaine schöpfte Hoffnung, der alte Mann wirkte plötzlich gramgebeugt, bar jeglicher Angriffslust.

»Wenn Sie erlauben, Graf, werde ich mich Terézas annehmen. Vielleicht kann ich ihr als Frau eher nahekommen und ihr helfen, den Schmerz zu überwinden.«

Er wandte sich ihr zu.

»Sie hat ihre Mutter früh verloren, damals war sie schon im Kloster. Ja, sie ist Frauen gewohnt.« Er dachte nach. »Vielleicht … Ja, warum eigentlich nicht? Warum nicht? Wo doch eh nur das eine zählt … Wenn wir Glück haben, ist sie morgen wieder hier.«

»Vater, noch eine Frage: Was ist mit Milos geschehen?«

»Milos? Er ist tot. Er hat sich erhängt.«

»Aber warum denn das?«

Plötzlich kam wieder ein wenig Kraft in den alten Grafen. »Du erinnerst dich an den jungen Kisbérer, der kurz vor deiner Abreise geboren wurde? Wir gaben ihm deinen Namen, wie du weißt. Er entwickelte sich so gut. Ein wunderbares Halbblut, elegant, stählern, edel. So wie du, fanden wir und fand Milos. Bei einem Gewitter brach er aus. Milos fand ihn später. Tot. Er war in die Schlucht gestürzt.

Milos gab sich die Schuld und war nicht davon abzubringen, dass sein Tod ein böses Omen sei ...«
Entrüstet ging András zur Tür und öffnete sie. »Was für ein unsinniger Aberglaube! Steh ich nicht gesund vor dir?«
Der Blick des alten Grafen wechselte zwischen ihm und Madelaine.
»Es ist besser, wir beenden dieses Gespräch.«
Madelaine spürte, wie András sich nur mit größter Mühe zusammenriss.
»Ich möchte dich heute Abend allein sprechen, Vater.«
»Ich gehe gleich auf die Jagd, wie du siehst. Man hat mich eingeladen. Wenn du willst, kannst du mich aber begleiten. Du kennst die Orascheks. Ich bin sicher, sie würden sich freuen, dich zu sehen.«
»Ich bleibe selbstverständlich bei meiner Frau«, gab András kühl zurück.
»Wie du meinst. Vielleicht hätte ich an deiner Stelle ebenso gehandelt. Sie sind eine wirklich bezaubernde Dame, Madelaine. Sie allein zu lassen, dürfte wohl jedem Mann schwerfallen, der ein weiches Herz hat.«
Er durchbohrte sie mit seinem Blick. Er hält mich für eine Gespielin, für nichts anderes, dachte Madelaine betroffen. Dabei sieht er aus wie übersäuerter Hefeteig, gärig und von fäuliger Süße.
»Das wirst du bereuen, Vater«, zischte András eisig und nahm Madelaines Arm.
»Sei vorsichtig, András. Du weißt, es steht viel auf dem Spiel.«
»Und du weißt, dass mir mein persönliches Glück wichtiger ist, als Erze heben zu lassen.«
Es klopfte, und nur mühsam beherrscht rief der Graf: »Was ist?«

Die Tür wurde einen Spalt geöffnet, es war der alte Diener.
»Der Schmied ist fertig, Graf. Zsolnay steht bereit.«
»Gut. Nun geh. Du willst also wirklich nicht mitkommen, András?«
»Nein«, erwiderte dieser knapp. »Aber ich möchte, dass du mir eine Stunde nennst, in der ich in Ruhe mit dir sprechen kann.«
»Übermorgen um zehn«, gab der Alte ebenso knapp wie ungeduldig zurück. »Jetzt entschuldigt mich, ich werde erwartet.«
András und Madelaine verließen sofort den Raum.
»Lass uns gehen!«, flehte ihn Madelaine an. »Bitte lass uns wieder gehen!«
»Nein. Niemals. Dies ist unser Zuhause. Du wirst sehen. Außerdem bin ich nicht abergläubisch. Wir werden kämpfen müssen, Madelaine. Verstehst du?«
»Er redet sich mit Politik und blauem Blut aus, nur um mich abzuweisen. Das ist perfide!«
»Er ist mein Vater, und eines Tages wird er einsehen, dass ich die richtige Frau geheiratet habe.«
»Du willst beides: Pflicht und Freiheit. Das kann nicht gelingen, András.« Sie schüttelte den Kopf, unfähig, das laut auszusprechen, was der Gefühlssturm in ihr ausgelöst hatte. Sie war sich nur sicher, dass dieser Ort niemals ihr Zuhause sein würde. Niemals. Deutlicher, als der Empfang es bewiesen hatte, konnte kein Omen sein.
Er war eindeutig ein ungutes Omen.

5

Beim Frühstück tags darauf erfuhren sie von Katalin, einem rothaarigen Dienstmädchen Ende zwanzig, dass Teréza entgegen der Voraussage des Grafen erst am nächsten Tag auf das Mazary'sche Gut zurückkehren würde. Madelaine war enttäuscht. Sie war neugierig auf ihre Schwägerin, die der alte Graf ebenso abzulehnen und zu kritisieren schien wie sie. Außerdem hatte sie sich darauf gefreut, nach langer Zeit wieder mit einer Frau in ihrer Heimatsprache plaudern zu können.

»Warum hast du mir nie von ihr erzählt, András?«

»Es schien mir nicht wichtig genug. Ich kann mich kaum an eine gemeinsame Zeit erinnern. Ich wurde getrennt von ihr unterrichtet und war vierzehn Jahre alt, als sie mit acht Jahren ins Kloster geschickt wurde. Ehrlich gesagt, vermisste ich sie nicht. Als sie klein war, lebte sie allein in der Obhut meiner Mutter und einer Erzieherin, wir durften noch nicht einmal miteinander spielen.«

»Und wann hast du sie das letzte Mal gesehen?«

»Ich glaube, vor vier Jahren, bei der Abschlussfeier meines Ingenieurstudiums in Budapest. Sie musste dafür extra die Erlaubnis von ihrer Äbtissin einholen. Das war ziemlich unüblich und nur möglich, weil sie keine Nonne war und unsere Mutter das Kloster nach ihrem Tod mit einer großzügigen Schenkung bedacht hatte. Teréza konnte sich also einer milden Behandlung sicher sein, soweit ich weiß. Ich bin gespannt, wie du sie findest.«

»Bestimmt bereut sie es inzwischen, dich nicht sofort begrüßt zu haben. Vielleicht bittet sie dich sogar um Verzeihung?«

András beobachtete Katalin, wie sie Teller mit frischem Rührei, Speck, eingelegten Gurken und Zwiebeln, kaltem Braten und verschiedene Marmeladen auf dem Tisch plazierte. Er übersetzte Madelaines Frage, worauf diese erwiderte:

»Davon hat sie nichts geschrieben. Sie lässt nur ausrichten, sie sei von der Beerdigung ihrer geliebten Äbtissin so mitgenommen, dass sie sich erst erholen müsse, um den Strapazen der Reise gewachsen zu sein. Das steht auf ihrer Karte. Soll ich sie holen?« Katalin verschränkte die Arme, wie um zu demonstrieren, dass sie nicht wirklich Lust hatte, das zu tun, was sie vorgeschlagen hatte. Madelaine wunderte sich. Diese Katalin musste eine besondere Stellung im Hause haben, dass sie es wagte, so keck aufzutreten.

András sah sie missbilligend an. »Nein, das brauchst du nicht. Ich glaub dir auch so. Wo fand die Beerdigung denn statt?«

»In Szegedin ... ein halber Tag hin, ein halber Tag zurück.« Katalin setzte eine verächtliche Miene auf.

»Was sagt sie?«, fragte Madelaine András neugierig. Er übersetzte es ihr. Insgeheim musste sie Katalins Kritik zustimmen. Es spricht nicht für Teréza, dachte sie, wenn ihr die eigenen Empfindlichkeiten wichtiger sind als das Wiedersehen mit ihrem Bruder. Zumal der Weg nicht allzu weit war.

»Das ist bedauerlich«, sagte sie zu András, »dann warten wir also einen besseren Zeitpunkt ab. Das Gute ist nur, dass wir dadurch unseren ersten gemeinsamen Tag hier ganz für uns allein haben.«

»Allerdings«, gab er lächelnd zurück. Dann wandte er sich wieder an Katalin. »Sag uns Bescheid, wenn Teréza wieder hier ist. Und dann geh und sag den Stallburschen, sie sollen für heute Vormittag mein Pferd und Kolja für meine Frau satteln.«
»Ich geh sofort, damit ich's nicht verwechsele.« Katalin grinste breit und warf Madelaine einen herausfordernden Blick zu. Madelaine verstand nicht.
»Könntest du mir bitte sagen, warum sie mich so ansieht?«, fragte sie András verwirrt. Sie legte die noch warme Scheibe Hefegebäck mit Butter und Marillenmarmelade beiseite, in die sie gerade eben hatte beißen wollen. András übersetzte grinsend. Erschrocken starrte sie ihn an.
»Ich kann nicht reiten.«
Er lächelte noch breiter.
»Das werden wir sehen.«
Ihr entsetzter Blick glitt zu Katalin, die verstanden zu haben schien, was in ihr vorging. Sie reckte sich ein wenig provozierend und lief dann kichernd davon.
»Sie hat mich angesehen, als sei ich schon vom Pferd gestürzt!«, beklagte sich Madelaine. »Sie hält mich für deine Geliebte, genauso wie dein Vater, nicht für deine Frau. Was glaubst du, wie sie sich freuen würde, wenn ich im Dreck läge, Schmerzen und blaue Flecke hätte und um Hilfe schrie!«
»Kümmere dich nicht um sie. Bedenke, wer du bist!«
»Ein armes Schokoladenmädchen, das seine Berufung verloren hat«, gab sie zähneknirschend zurück.
András verzog das Gesicht und biss in sein Hefegebäck.
Ihr aber war der Appetit vergangen.

Dank András' Zuspruch verflog ihr Ärger jedoch bald. Die Mazary'schen Ländereien waren weitläufig, unterschieden sich aber kaum von dem Anblick der Felder und Weiden, die sie bereits auf der Herfahrt gesehen hatte. In der Nähe des Hofes hatte sie noch unzählige Gänse und bronzegefiederte Puten bestaunt, die in weitläufigen Gehegen gehütet wurden. Später auf den Wegen begegneten sie wieder den großen, von aufmerksamen Hirten und Hunden bewachten Herden von Graurindern, Zackelschafen und dicken Wollhaarschweinen, mit Köpfen so rund wie Kürbisse. »Wenn sie nicht wären, gäb's keine Salami!«, rief ihr András über die Schulter zu.
»Schlachtet ihr sie etwa selbst?«
»Na, was denkst du wohl?« Er winkte ihr zu und galoppierte davon.
Madelaine hatte Angst, Kolja könnte ihm folgen und mit ihr durchgehen, doch der Schimmel war feinfühlig, spürte ihre Anspannung. Und so passte er sich ihr an und blieb ruhig und besonnen. Langsam fasste auch Madelaine zu ihm Vertrauen. Sie war froh, dass Kolja sich nicht ein einziges Mal vom Temperament seines Stallgenossen anstecken ließ. Denn András trieb sein Pferd immer wieder ein großes Stück voraus, dann zwang er es zu einer Kehre, wobei große Sandfontänen aufspritzten, und galoppierte zu ihr zurück. Kolja aber blieb stoisch ruhig und schritt nur dann etwas schneller, wenn Madelaine ihm, so wie es ihr András gezeigt hatte, mit den Fersen ein deutliches Zeichen gab.
Fast den ganzen Tag lang ritten sie so auf sonnenlichtbesprenkelten Feld- und Wiesenwegen, beobachteten Tiere und Natur und genossen die frische Luft. Tatsächlich gelang es Madelaine, sich zu entspannen. Sie war sich der

schönen Umgebung bewusst, aber auch, dass sie wahrscheinlich niemals András' Liebe zu diesem Land würde teilen können. Denn ihr fehlte so vieles ...
András so glücklich und ausgelassen zu sehen, freute und schmerzte sie zugleich.
Damit keiner den anderen in seinen Gefühlen stören konnte, vermieden sie es beide, über unliebsame Dinge zu sprechen.
Erst am frühen Abend kehrten sie zum Gutshof zurück. Kurz nachdem sie ihre Pferde in den Stall begleitet hatten, hörten sie vom Hof her die Hufschläge eines herangaloppierenden Pferdes. Madelaine und András schauten durch die Stallluke hinaus. Es war der alte Graf. Sein schöner Hengst war schweißüberströmt.
»Geh zu ihm, András«, drängte Madelaine. »Jetzt gleich und sprich mit ihm. Ich halte die Spannung nicht mehr aus.«
András nickte grimmig. »Das werde ich tun. Es wird bestimmt nicht lange dauern. Bis zum Abendessen bin ich wieder bei dir.«
Madelaine zog sich von der Stallluke zurück und beobachtete, wie ein Bursche dem Grafen half, vom Pferd zu steigen. Er reitet trotz seines Schlaganfalls, dachte sie nicht ohne Bewunderung. Er ist wirklich zäh und willensstark.
Als der Graf allerdings auf seinen Füßen stand und András auf ihn zuging, fiel ihr auf, dass seine Beine leicht zitterten und sein Gesicht deutlich von Ärger gezeichnet war. Vor Anspannung presste Madelaine ihre Lippen aufeinander.
»Du willst mich sprechen?«, hörte sie den Grafen sagen.
»Ja. Es wäre besser, wir klärten unsere Angelegenheit sofort, sonst werde ich mit Madelaine keinen Tag länger hier

bleiben. Du weißt, du bist mir noch eine Erklärung schuldig.« Er stellte sich so, dass der Alte ihm nicht ausweichen konnte. »Soll ich dir helfen?«
Der Graf hob abwehrend seinen Arm, nahm aber einen Gehstock in Empfang, den ihm einer der jungen Stallburschen reichte. Er hatte hinter der Stalltür an einem Haken neben alten Lederjacken gehangen. »Wie du siehst, reite ich wieder. Ich hoffe, du hast den gleichen starken Willen, Schwächen zu überwinden, András.«
Dieser schwieg beherrscht, während sein Blick zu dem Stallburschen hinüberglitt, der den schnaubenden Hengst am Zügel nahm und in den Stall führte. Madelaine drückte sich an die Wand, aus Angst, von einer plötzlichen Bewegung des Tieres zu Boden gerissen zu werden. Klopfenden Herzens horchte sie nach draußen.
»Mir scheint, Vater, du hast auch nicht an Ausgaben für eine kostspielige Schwäche gespart. Dein Hengst ist rassig und gut trainiert.«
Der Alte nickte grimmig.
»Man hat ihn mir geschenkt …«
»Wer tut so etwas?«, entfuhr es András.
Die Miene des Grafen spiegelte unterdrückten Zorn wider.
»Das will ich dir sagen: Jemand, der es ein bisschen zu gut mit uns meint. Komm, ich will nicht vor aller Ohren ausbreiten, was ich soeben erfahren habe.« Aufmerksam glitt sein Blick Richtung Stall. »Wo ist deine Madelaine? Doch wohl nicht dort?«
András unterdrückte seinen Ärger.
»Wir waren ausreiten, sie hält sich im Übrigen gut im Sattel.«
Der Graf schaute András vielsagend an. »Weißt du, in welchem Sattel sie jetzt sitzt?«

»Wärst du nicht mein Vater, würde ich dich zum Duell fordern«, gab András eisig zurück.
Der Alte aber lachte auf und schlug ihm hart auf die Schulter.
»Es steht zu viel auf dem Spiel. Du weißt, du hast etwas wiedergutzumachen. Diese Merkenheim-Geschichte hat ihre Folgen.«
Madelaine durchzuckte ein heftiger Schmerz. Er hat András belogen. Ihm ist es also doch nicht gleichgültig, dass András Sybill zurückwies. Er wird es ihm bis ans Lebensende nachtragen.
Ihr Mut, dazwischenzufahren und András mit sich fortzuziehen, verließ sie. Erschöpft wankte sie an den Boxen entlang, sank schließlich am hinteren Ende des Stalls auf einen Schemel und schaute von dort den Stallburschen zu, wie sie den Hengst absattelten und mit Tüchern abrieben. In der Box vor ihr lag ein neugeborenes Fohlen im Stroh, das mit Nasenstupsern seiner Mutter aufgefordert wurde, aufzustehen. Madelaine beobachtete es, und dabei beruhigte sie sich und konnte sich schließlich sogar freuen, als das junge Tier endlich auf seinen vier Beinen stand.
Eine Weile noch sann sie vor sich hin, bemüht, das unangenehme Gespräch zwischen Vater und Sohn zu verdrängen. Sie mochte nicht daran denken, wie die Unterhaltung der beiden in diesem Augenblick fortschritt. Stattdessen lauschte sie dem Schnauben und Scharren der Pferde, sog ihren Duft ein, beobachtete den eleganten Hengst und versuchte, in seinen klugen Augen zu lesen, was er wohl empfand. Als sie glaubte, genug gewartet zu haben, stand sie auf und trat auf ihn zu. Sie streichelte ihm die Nüstern, klopfte ihm gegen die Flanke. Er schnaubte wohlig. Die

Stallburschen registrierten ihre Gesten mit freundlichem Lächeln.

Schließlich ging auch sie über den Hof auf das Gutshaus zu. Sie merkte, wie ihre Beine schwerer wurden, je näher sie der Treppe zum Eingang kam. Um sich abzulenken, schaute sie über den Hof.

Mägde trieben hinter dem Hof Gänse und Puter zusammen. Über dem Scheunendach stiegen junge Störche auf. Ein Bursche säuberte den Platz in der Mitte des Hofes, auf dem die *cigány* gelagert hatten. Am Morgen, als sie ausgeritten waren, hatten sie zum Aufbruch gerüstet. Madelaine erinnerte sich an den Blick der alten Zigeunerin. Es beschämte sie im Nachhinein, geglaubt zu haben, die alte Frau hätte ihr an der Nasenspitze angesehen, dass sie an böse Omen glaubte.

Eilig huschte Madelaine in die nach frischem Wachs duftende Diele und wäre beinahe mit Katalin zusammengeprallt, die gerade eben die Treppe herabgelaufen kam. Erschrocken blieben beide stehen. Im selben Moment erhoben sich die Stimmen von András und dem Grafen mit einer Heftigkeit, die beide zusammenschrecken ließ.

»... es hätte zusammenwachsen müssen, was zusammengehört! Wissen auf deiner, Kapital auf ihrer Seite! Und jetzt?«

»Ich liebe sie! Sie ist meine Frau!«

»Sie ist mir egal! Du musst etwas unternehmen!«

»Es ist ihre Sache!«

Madelaine wurde vor Entsetzen leicht schwindelig. Meine? Meine Sache?

Da schnitt die herrische Stimme des Grafen in ihre Gedanken. »Du musst dich um die Sache kümmern. Ihr seid fast gleich alt!«

Madeleine glühten die Ohren. Katalin starrte sie anklagend an. Madelaine verstand, dass sie ihr die Schuld daran gab, dass Vater und Sohn in Streit geraten waren. Um die Peinlichkeit der Situation zu entschärfen, fragte sie, so freundlich sie konnte: »Ist die Tochter des Grafen in der Zwischenzeit eingetroffen?«

Katalin starrte sie verständnislos an, woraufhin Madelaine bewusst wurde, dass sie sie nicht verstehen konnte, und versuchte es noch einmal. »Teréza?« Dazu setzte sie eine fragende Miene auf.

Katalin lachte auf und schüttelte dann ihren Kopf.

»Dann bring mir Wasser!«, befahl sie und machte die entsprechenden Gesten.

Katalin grinste breit.

Sie denkt wohl, ich will mich auf die Liebesnacht vorbereiten, dachte Madelaine empört. Wie kann sie nur so frech sein. Mich wundert, dass der Graf eine Person in seinem Haushalt duldet, die anscheinend seine Strenge nicht zu fürchten braucht. Wenn sie ihm noch mehr gefallen will, bräuchte sie mich nur auf der Stelle zu vertreiben. Aber ich werde bleiben. Ich werde weder vor dem Grafen noch vor seinem Dienstpersonal Schwäche zeigen.

Sie straffte sich und schaute Katalin fest in die Augen. Spöttisch erwiderte diese ihren Blick, wobei sie mit der Zunge schnalzte. Madelaine ließ sie stehen und stapfte die Treppe hinauf. Auf der Galerie angekommen, drehte sie sich noch einmal um. Und da ihr nichts Besseres einfiel, rief sie ihr auf Russisch zu: »Dawai! Dawai!«, und wedelte ungeduldig mit den Händen.

Katalin blinzelte mit zusammengekniffenen Augen zu ihr hoch. Madelaine klatschte laut in die Hände. Da verschwand Katalin. Eine weiße Katze mit langem Fell stromerte gelassen über die Dielen.

Hier oben auf der Galerie waren die Stimmen von András und seinem Vater so laut, dass Madelaine sich die Ohren zuhielt. Sie hatte genug von bösen Worten und keine Lust, wieder etwas verstehen zu müssen, das ihr weh tat. So schnell sie konnte, eilte sie in ihr Zimmer. Tatsächlich war noch ein wenig frisches Wasser in der Porzellankanne vorhanden.

Noch während sich Madelaine wusch, wurde ihr bewusst, dass sie die Anstrengungen der letzten Tage, vor allem aber ihre Bedrückung nicht loswerden würde, die in der letzten Stunde zugenommen hatte. Sie verspürte noch nicht einmal Hunger. Und als wenig später Katalin klopfte, um ihr mit starrer Miene eine Terrine mit heißer Fleischsuppe anzubieten, lehnte Madelaine ab. Stattdessen wies sie ärgerlich auf die leere Kanne.

Katalin aber brachte ihr das Wasser erst, als Madelaine bereits im Bett lag. Verärgert stellte sie sich schlafend. Keinesfalls sollte Katalin sehen, wie sie sich fühlte: Man hatte ihr unaufgefordert Essen gebracht und frisches Wasser viel zu spät! Es war einfach unmöglich!

Bald wälzte sie sich von einer Seite auf die andere. Die Sommerluft, die durch die offenen Fenster hereinströmte, ließ sie nicht zur Ruhe kommen. Sie rief sich Bilder des ausklingenden Tages in Erinnerung: sturmgebeugte Bäume, Hirten in bestickten Trachten, Ziehbrunnen, temperamentvolle Pferde, die Weite eines Landes, das Teil des Lebens des Mannes war, den sie liebte.

Wenn sie sich aufsetzte, konnte sie die Fledermäuse vor dem sternenklaren Himmel sehen. Noch immer war es heiß. Ab und zu rief ein Käuzchen. Es war unmöglich, einzuschlafen. Langsam wanderte der Mond hinter dem dunklen Geäst der Linden weiter, und Madelaines Unruhe wuchs. Noch immer war András nicht von dem Gespräch mit seinem Vater zurückgekehrt. Und je länger sie auf ihn wartete, desto mehr litt sie. Wie die eintönigen Melodien einer Drehorgel begannen wieder die Worte des Grafen in ihrem Kopf herumzukreisen: langer Stammbaum, Nationalhelden, keine Einwilligung zur Ehe, kein Herz für unsere Kultur, Glitter tragen und Unruhe stiften.

Um sich abzulenken, versuchte sie, an ihr Sommerhaus in Jermula, am breiten Sandstrand der schönen Rigaer Bucht, zu denken, wo sie das erste Mal in ihrem Leben Ruhe und Frieden gefunden hatte. Wie schön wäre es, jetzt wieder dort zu sein, mit den Kindern und Urs und András. András ... Sie seufzte wehmütig, rief sich die Stunden in Erinnerung, als er sie im Garten ihres Sommerhauses das erste Mal geliebt hatte.

Sie rief sich seine Worte, seine Berührungen in Erinnerung, mit denen er sie zur Frau gemacht hatte. Sie wollte nichts sehnlicher, als wieder mit ihm allein sein und die unliebsame Erinnerung an den alten Grafen vergessen.

Du musst das Unangenehme verdrängen. Vergiss es einfach, ermahnte sie sich. Denk an das Schöne, das du bereits erlebt hast. Sie zupfte ein wenig Wolle aus einer ihrer Jacken und stopfte sie sich in die Ohren. Nach einer Weile beruhigte sie sich. So hing sie eine Zeitlang ihren Erinnerungen nach. Als sie merkte, dass sie zu schwitzen begonnen hatte, stand sie auf und trat auf die Kommode mit der Waschschüssel zu. Sie füllte frisches Wasser nach, wusch sich ein zweites Mal. Dann betrachtete sie sich nachdenklich im Spiegel.

Ihr Haar war gelöst und hing in Locken über ihre Brüste.

Sie raffte ihr Nachtkleid und zog es sich über den Kopf. Dann betrachtete sie sich erneut. Ihr Busen hob sich herausfordernd unter dem Seidenunterhemd hervor. Behutsam umfasste sie ihr volles Haar im Nacken. Mit der anderen Hand schob sie ihr Seidenunterhemd bis zum Hals empor. Sie betrachtete ihren Körper und war stolz, dass er fähig war, einen Mann glücklich zu machen. Je länger sie sich betrachtete, desto intensiver fühlte sie, wie stark und weiblich sie war. Entschlossen ließ sie ihr Unterhemd fallen, drehte sich seitwärts und versuchte, sich vorzustellen, wie sie wohl mit gewölbtem Bauch aussehen würde. Sie wiegte sich hin und her und fand sich hinreißend schön. Sie nahm ihre beiden Wollstöpsel aus den Ohren, lauschte. Es war still.
Erleichtert und mit einer raschen Handbewegung zog sie sich ihr Unterhemd über den Kopf und wiegte ihre Brüste in den Händen. Wie von selbst wanderten ihre Daumen zu ihren aufgerichteten Brustspitzen, strichen wieder und wieder zärtlich über sie. Wie es sich wohl anfühlt, wenn ein Babymund an ihnen saugt, fragte sie sich und zuckte zusammen, als nebenan leise eine Tür ins Schloss fiel.
Hastig bückte sie sich nach ihrem Nachthemd, streifte es sich noch im Gehen über und öffnete die Tür, die ihren und András' Schlafraum miteinander verband.
»András?«
In seinem Raum war es dunkel, denn die Übergardinen waren vor den geöffneten Fenstern zugezogen.
Sie hörte ihn schwer atmen.
»Ich dachte, du schläfst.«
»Hast du das wirklich geglaubt?«
»Ehrlich gesagt, nein, nicht wirklich. Ich …«
»Was ist los, András? Was hat dir dein Vater gesagt?«

Wieder hörte sie ihn im Dunkeln tief durchatmen.
»Du sollst mich fortschicken, nicht?«
»Ja.«
»Und? Wirst du das tun?«
»Nein, natürlich nicht.«
»Verlangt er noch etwas anderes von dir?«
»Ja, aber ich möchte nicht darüber reden. Nicht jetzt.«
»Gut.« Sie zögerte, schließlich sagte sie: »Willst du nicht zu mir kommen?«
Einen Moment lang blieb es still.
»Willst du das wirklich?«
»Ja, ja«, erwiderte sie. Ich will dich lieben, jetzt, egal, was du gehört hast. All das interessiert mich nicht. Komm.
Langsam kam András auf sie zu.

Erst kurz vor dem Morgengrauen fragte sie ihn noch einmal.
»Was hat er dir gesagt?«
Schlaftrunken murmelte er: »Mein Vater will sein Erbe regeln ...«
»Das ist doch nichts Ungewöhnliches in seinem Alter«, gab sie zurück.
»Ich soll es retten, verstehst du? Retten.« Er gähnte und rollte sich müde auf die Seite.
»Vor wem?«, fragte Madelaine und schüttelte ihn leicht an der Schulter.
András murmelte etwas Unverständliches und schlief auf der Stelle ein.
Madelaine lag noch eine Weile wach, bis die ersten Vögel zu singen begannen. Die Morgensonne schien fast schmerzhaft grell durch das Fenster. Mit einem Mal fühlte sie sich kraftlos und erschöpft. Und sie fragte sich, ob ihre

Lust auf András' Liebe in Wahrheit nichts anderes gewesen war als ein Akt purer Verzweiflung, eine Suche nach Trost.
Einzig die Vorstellung, schwanger zu werden, beruhigte sie. Vom Hof herauf hörte sie Stalltüren schlagen, eine Magd sang ein melancholisches Lied. Mit leichtem Rauschen stieg ein Taubenschwarm auf. Madelaine schlief ein.

6

Ein lautes Klopfen an der Tür weckte sie. Die Sonne stand schon hoch am Himmel. Madelaine sprang aus dem Bett. Die Tür ging auf, und Katalin trat ein. Wie gut, dass András nicht mehr in meinem Bett liegt, dachte Madelaine, zwischen Scham und schlechtem Gewissen hin- und hergerissen.
»Was ist los?«, fragte sie, ungeachtet der Tatsache, dass Katalin sie nicht verstand.
Daraufhin brabbelte sie etwas Unverständliches in einem Ton, der an Dringlichkeit nichts zu wünschen übrigließ. Madelaine hörte nur den Namen Teréza heraus und war zugleich erleichtert und besorgt.
»Und wo ist András?«, fragte sie ungehalten.
Katalin tat, als hielte sie Zügel in der Hand, und machte leichte Reitbewegungen. Madelaine verstand. Er war also ohne sie ausgeritten.
»Mit dem Grafen?«, fragte sie ungehalten nach und schalt sich im gleichen Moment eine Närrin. Natürlich konnte Katalin sie nicht verstehen.
Als Katalin den Zeigefinger hob und gleichzeitig wie zur Bestätigung mit dem Kopf nickte, bildete sich Madelaine ein, sie wollte ihr mitteilen, dass András allein ausgeritten war. Er musste also große Probleme haben, wenn er ohne sie nachdenken wollte. So schickte sie Katalin mit einer ungeduldigen Geste wieder hinaus, wusch sich und zog sich hastig an.
Als sie in die Diele hinabgeeilt war, fiel ihr Blick auf die

große Standuhr. Es war Viertel vor zwölf. Katalin kam aus einem Nebenraum, hob noch einmal ihren Zeigefinger. Erst jetzt verstand Madelaine. Sie wurde vom Dienstmädchen gerügt, weil sie verschlafen und sich von einer denkbar ungünstigen Seite gezeigt hatte. Plötzlich durchfuhr sie der Gedanke, ob der alte Graf, der nirgendwo zu sehen war, sie dazu angeleitet hatte. War Katalin etwa sein Alter Ego auf niederer Ebene? Peinlich berührt von diesem Gedanken, wich sie Katalins belustigtem Blick aus. Notgedrungen folgte sie ihr auf die große Terrasse auf der hofabgewandten Seite des Gutshauses.
Nicht ohne eine gewisse Beklommenheit entdeckte Madelaine dort Teréza, die, den Rücken dem Haus zugewandt, an einem schmiedeeisernen Tisch saß. Sie trug ein schwarzes Musselinkleid mit einem breiten Spitzenkragen, der Nacken und Schultern wie ein schützendes Schild umschloss. Nur wenige dunkle Haarsträhnen lugten unter ihrem mit schwarzem Band geschmückten Sonnenhut hervor. Sie schaute in die weitläufige Parklandschaft hinaus, wo vier junge Jagdhunde kläffend mehreren Wildkaninchen nachrannten. Eingeschüchtert von ihrer eleganten Ausstrahlung, bereute Madelaine, aus Eile in ihr Kleid vom Vortag geschlüpft zu sein. Verlegen trat sie auf sie zu.
»Guten Tag!«
Teréza wandte sich zu ihr um. Sie hatte ein schmales Gesicht, mit winzigen Sommersprossen auf der Nase. Ihre Augenbrauen ähnelten denen ihres Bruders, aber ihre Augen selbst waren stahlblau. Sie lächelte schwach und reichte ihr die Hand.
»Ich freue mich, Sie kennenzulernen, Madelaine. Kommen Sie, setzen Sie sich zu mir. Trinken Sie Tee oder Kaf-

fee?« Ihre Stimme klang müde, zugleich aber von einer disziplinierten Freundlichkeit.

»Kaffee, gerne. Danke, Teréza.« Sie nahm Platz. »Verzeihen Sie, aber man hat mich nicht geweckt.«

»Das macht nichts. András hat es so gewollt.«

»Er hat angewiesen, mich ausschlafen zu lassen?« Madelaine konnte es kaum glauben, nach dem Eindruck, den sie gerade eben erst von Katalin gewonnen zu haben glaubte.

»Ja, er hat gemeint, Sie hätten schon genug Strapazen erlitten. Man solle Ihnen Ihre Ruhe gönnen.«

»Das hat er gesagt ...«, wiederholte Madelaine, und ein Glücksgefühl durchflutete sie. Dennoch konnte sie den Gedanken nicht verdrängen, sich bei der nächstbesten Gelegenheit an Katalin zu rächen. Laut aber sagte sie: »Sie haben also András heute schon getroffen?«

»Ja, ich wurde heute bei Sonnenaufgang von Vaters Kutscher abgeholt. Natürlich wusste ich nicht, dass er kommen würde. Er fand, es sei Zeit für meine Rückkehr. Vater ist oft sehr ungeduldig.« Sie musterte Madelaine neugierig. Doch da diese schwieg, fuhr sie fort: »Nun, jedenfalls hat es sich gelohnt, so früh aufzustehen. Ich habe nach langer Zeit endlich einmal wieder mit meinem Bruder sprechen können.«

»Sie waren lange getrennt, nicht wahr?«

»Wir haben zwar die gleichen Eltern, aber wir haben uns selten gesehen. Hat er Ihnen von mir erzählt?«

»Nicht viel, nur dass er sechs Jahre älter ist als Sie und Sie beide quasi als Einzelkinder aufwuchsen«, gab Madelaine zu.

»Ja, das stimmt. Als ich acht Jahre alt war, gab mich meine Mutter in die Obhut der Unbeschuhten Karmeliterinnen in Südmähren. Die Nonnen mochten mich, allein schon weil mein Name sie an Teréza von Avila, ihre Ordensgründerin, erinnerte. Meiner Mutter gefiel das natürlich. Sie starb allerdings sechs Jahre später. Dabei ist sterben das falsche Wort. Treffender wäre es, zu sagen: Sie verdorrte langsam an Vaters Seite.«

Das kann ich mir vorstellen, dachte Madelaine grimmig, doch sie vermied es, darauf einzugehen. Sie wollte etwas über Teréza erfahren. »So sind Sie jetzt aus dem Kloster ausgetreten?«

»Ich weigerte mich all die Jahre lang, ein Gelübde abzulegen. Ich zog es vor, Laienschwester zu sein. Ich selbst litt am meisten darunter, dass ich mich nicht entscheiden konnte: für ein Leben, wie meine Mutter es hätte führen können, oder ein Leben im Kloster, das der Kontemplation, dem Gebet, der Buße, harter Arbeit und der Stille gewidmet ist. Ich habe all die Jahre versucht, mich mit der Strenge klösterlicher Abgeschiedenheit abzufinden. Ich konnte es nicht. Ich hungerte, weil wir kein Fleisch essen durften. Ich fror, weil wir immer barfuß gehen mussten. Je älter ich wurde und je häufiger ich sah, wie andere Mädchen meines Alters heranwuchsen, desto mehr sehnte ich mich nach einem Leben ohne Stille, ohne Missionsarbeit und Theologie. Bis heute wirft mir mein Vater vor, ich hätte mit meiner Weigerung zum frühen Tod unserer Mutter beigetragen.« Ihr Blick heftete sich starr auf eine der Arabesken in der gusseisernen Tischplatte.

Sie hat nie Zeit gehabt, in Ruhe zu reifen, überlegte Madelaine. Sie versuchte, die Erinnerung an ihre eigene unglückliche Kindheit beiseitezuschieben. Die Gegenwart zählt, nur die Gegenwart, rief sie sich zu.

Wirklich, Madelaine?

Sie räusperte sich.

»Sie haben András das letzte Mal bei seiner Abschlussfeier gesehen?«

»Ja, ich kann mich noch gut daran erinnern, dass er mir damals sagte, ich sähe aus wie ein wächserner Fisch.«

Die beiden jungen Frauen wechselten einen Blick und mussten lachen.

»Die Zeit ist, Gott sei Dank, vorbei«, fügte Teréza hinzu und nahm einen Schluck Kaffee. »Ich habe mich seitdem erholt. Finden Sie nicht, dass ich jetzt gesund aussehe?«

»Aber ja, Sie sehen sehr attraktiv aus. Wäre ich ein Mann, würde ich mich auf der Stelle in Sie verlieben.«

»Oh, danke für das Kompliment.«

Sie klingt merkwürdig ehrlich und unehrlich zugleich, dachte Madelaine befangen. Man weiß nicht so recht, was sie wirklich fühlt.

»Sie haben ja noch gar nicht gefrühstückt, Madelaine!«, unterbrach sie Teréza. »Warum sagen Sie nichts? Katalin! Frühstück, aber schnell!«

»Danke, Teréza«, sagte Madelaine freundlich. Sie hatte noch gar nicht bemerkt, wie hungrig sie eigentlich war.

Sie warteten, bis Katalin ihnen warmes Brot, Milch und Konfitüre serviert hatte. Aufmerksam beobachtete Teréza, wie Madelaine herzhaft zugriff.

»Ich hörte, Sie seien Chocolatier. Sie müssen also über einen guten Geschmack verfügen. Schmeckt Ihnen da unsere ungarische Küche?«

Madelaine biss in eine Scheibe Brot mit Quittengelee. Für einen kurzen Moment glitten ihre Gedanken zu ihren Tagen in Budapest zurück. Sie nickte.

»Ja, András führte mich in Restaurants, wo ganz ausgezeichnet gekocht wurde. Ich muss gestehen, ich habe mich nicht zurückgehalten. Wir wurden geradezu hemmungslos.«

»Hemmungslos?« In Terézas Blick mischte sich eine Spur Abscheu.

»Nun ja, ich gebe zu, ich esse für mein Leben gern. Keine gute Eigenschaft, nicht wahr?« Sie versuchte zu lächeln. Doch dieses Mal blieb Teréza kühl. Sie lehnte sich zurück und schwieg.

Madelaine fühlte sich unbehaglich. »Wissen Sie eigentlich, wo András jetzt ist?«

»Er ist ausgeritten«, gab Teréza knapp zurück.

»Das sagte man mir, aber ist er allein oder mit seinem Vater unterwegs?« Madelaine rutschte die Frage schneller heraus, als sie denken konnte, und sie bereute sie im gleichen Moment.

»Allein. Vater sagte ihm, er solle sich einmal die Rinderherden ansehen.«

Wieder fiel ihre Antwort merklich kurz aus. So versuchte es Madelaine mit einem Scherz.

»Warum das? Müssen die Tiere etwa von Zeit zu Zeit vom Besitzer selbst gezählt werden?«

Teréza tat, als müsse sie gähnen. »Ich weiß es nicht. Es interessiert mich auch nicht. Ich finde dieses Leben hier langweilig. Vater bin ich gleichgültig. Für ihn bin ich ja nur die Tochter, die nicht den Mut hatte, Nonne zu werden. Nun ja.« Sie machte eine Pause, dann wandte sie ihren Blick wieder Madelaine zu. »Sie sollten wissen, er interessiert sich nur für seinen Besitz: Erze im Osten und Vieh im Westen.« Sie lächelte verbittert. »Würden Sie sich hier wohl fühlen? Ich meine, Sie sind eine junge schöne Frau. Ich kann verstehen, dass mein Bruder Sie liebt. Aber glauben Sie, Sie würden hier glücklich werden? Hier?« Sie wandte ihren Kopf einem jungen Jagdhund zu, der soeben mit einem zappelnden Kaninchen im Maul auf die Terrassentreppe zurannte. Er legte das blutende Tierchen zu Terézas Füßen, stellte seine Vorderpfoten darauf und blickte hechelnd zu ihr auf.

»Du bist ein hässlicher Räuber«, meinte Teréza und stieß ihn mit der Spitze ihres Schuhes fort. Der Hund bellte, schnappte seine Beute und rannte wieder davon, dicht verfolgt von seinen kläffenden Spielgefährten.

»Die Jagd, Tod und Leben zu bestimmen, genau das liebt Vater. Sie auch?«

Madelaine schüttelte den Kopf.

»Na also. Dann dürften Sie es hier schwer haben. András erzählte mir, dass Sie sogar Erfolg in Ihrem Beruf hatten?«

Hatten? Werde ich nie wieder arbeiten können, nur weil ich hier bin? Ein leichter Schmerz durchzog Madelaines Brust. Doch sie griff den Faden auf, froh, etwas über ihre Arbeit erzählen zu können, und berichtete Teréza von ihrer Zeit in Riga. Eine kurze Weile fühlte sie sich wieder wohl in ihrer Haut, bis sie merkte, dass Teréza ihr nicht mehr zuhörte. Sie unterbrach sich.

»Verzeihung. Ich scheine Sie zu langweilen.«

»Nein, keineswegs. Sie müssen nur wissen: Mein Vater hat vor kurzem einem meiner Verehrer seine Zustimmung zu meiner Hochzeit gegeben. Ich werde in vier Wochen heiraten. Ich bin froh, nicht arbeiten zu müssen.«

Am Abend erzählte ihr András auf einem Spaziergang, dass auf einer entfernt gelegenen Weide wieder die Rinderpest ausgebrochen sei.

»Vater befürchtet hohe Verluste, die dem Ansehen des Gutes schaden werden.«

»War das der Grund für seine schlechte Laune gestern Abend?«

»Ein Grund dafür, ja. Aber die Ursache ist eine andere.«

»Du sollst also eine andere Frau heiraten?«

»Nein, mit unserer Ehe muss Vater sich abfinden, auch wenn er sie nicht akzeptiert.«

»Aber du verlangst von mir, dass ich kämpfe? Wofür, András? Für unsere Liebe doch wohl nicht. In Riga hattest du mir gesagt, du könntest überall auf der Welt mit mir leben, wenn ich nur glücklich sei.«

Er errötete.

»Ja, das stimmt.«

»Und nun soll ich hierbleiben?«

»Wenigstens eine Weile, bis …«

»… bis ich mir das Wohlwollen deines Vaters erkämpft habe?«

Er senkte den Kopf. »Es wäre gut, wenn du dich mit ihm verstündest. Wenigstens du …«

»Was meinst du damit? Was verheimlichst du mir?« Sie merkte, dass ihre Stimme dünn klang und ihre Knie nachzugeben drohten.

»Es hat mit Teréza zu tun …«

»Sie mögen einander nicht, stimmt's? Außerdem will sie heiraten. Was also ist mit ihr los?«

András blieb stehen und nahm ihre Hände.

»Ich bin immer ehrlich zu dir, Madelaine. So will ich es auch jetzt sein. Ja, du vermutest das Richtige. Teréza wird Karól von Bénisz heiraten.«

»Der Name sagt mir nichts.«

»Nein, natürlich nicht. Aber du wirst ihn dir merken. Die Bénisz' sind eine reiche Familie aus dem Nordwesten.«

»Ach so«, unterbrach ihn Madelaine. »Es muss zusam-

menwachsen, was zusammengehört: Grundbesitz auf der einen, Geld auf der anderen Seite. Ich verstehe.«
»Was ist denn grundsätzlich schlecht daran? Unsere Bodenschätze an Erzen sind enorm. Wir können sie nicht einfach in der Erde ...« Er sah, wie Madelaines Augen sich zu weiten begannen. »Du hast keine Schuld. Rede dir das nicht ein, Madelaine. Vater hat einen Fehler gemacht. Er hat Geschenke angenommen, weil er sich geschmeichelt fühlte.«
»Weil dieser Karól Teréza umwarb?«
»Ja, dass jemals jemand Teréza begehren würde, hätte er nie zu wagen gehofft. Für ihn ist dieser Bénisz ein Glücksfall, so dachte er jedenfalls am Anfang. Du erinnerst dich, dass Vater am Tag unserer Ankunft zu einer Jagdgesellschaft aufbrach? Nun, dort kam ihm ein Gerücht zu Ohren, das ihn nun umtreibt. Es ist nur zu spät.«
»Was meinst du?« Sie zitterte vor Anspannung.
András ließ ihre Hände los und ging ein paar Schritte voraus. Mit einer heftigen Bewegung drehte er sich um. »Man sagt, Karóls Vater ginge nachlässig mit seinem Vermögen um.«
»Was heißt das?«
»Er verleiht großzügig Geld, was ihm bei dem ererbten Vermögen leichtfallen dürfte. Aber nun hat es den Anschein, als hielte er eigene Verbindlichkeiten nicht ein. Auf der Jagd nämlich passierte Folgendes: Vater befiel eine heftige Kolik, just in dem Moment, als er gerade dabei war, mit einigen anderen einen Jagdsitz zu verlassen. Er blieb zurück, während die anderen weiterzogen. Nach einer Weile hörte er, wie zwei Männer unter seinem Jagdsitz zusammentrafen, um sich allem Anschein nach vertraulich zu unterhalten. Den Stimmen nach waren es ein

Lederwarenunternehmer aus Debreczin und ein Privatbankier aus Wien. Beide kennt er nur flüchtig, da sie um vieles jünger sind als er. Während er sich also auf dem Jagdsitz vor Schmerzen krümmte, hörte er plötzlich den Namen von Bénisz fallen. Diesen habe er, so der Unternehmer, vor kurzem in einem Etablissement in Wien getroffen, Arm in Arm mit zwei auffallend schönen Damen. Auf die Äußerung, man beneide ihn um so viel vielversprechendes Vergnügen, habe von Bénisz geantwortet: Er brauche doppelten Trost, weil er bei einer Wette sechzigtausend Golddukaten verloren habe. Daraufhin entgegnete der Privatbankier: Das sei genau die gleiche Summe, die von Bénisz seinem Bankhaus schon seit längerem schulde. Vater war entsetzt. Von Bénisz' Verhalten irritiert ihn aufs höchste. Und er ärgert sich, Karól und Teréza die Zustimmung zur Hochzeit gegeben zu haben. Am meisten aber befürchtet er, Karól könne so unzuverlässig sein wie sein Vater.«
»Glaubst du, dass Teréza etwas davon weiß?«
»Ich kann es mir nicht vorstellen. Sie sprechen doch kaum miteinander, und ich glaube nicht, dass er ausgerechnet ihr gegenüber zugeben würde, einen Fehler gemacht zu haben.«
Madelaine schwieg. Sie war sich nicht sicher, aber der Gedanke, der ihr gekommen war, ließ sich nicht mehr verdrängen. »Dein Vater verweigert uns seinen Segen. Dabei hat er doch durch mich nichts zu befürchten, oder glaubst du, er meint es mit dem Wahn, ich könne eure Familie zersetzen, ernst? Das ist doch völlig verrückt! Wenn er um seinen Besitz fürchtet, warum trennt er sich dann nicht von den Bénisz und zieht seine Einwilligung zu Terézas Hochzeit zurück?«

Sie merkte, wie András verlegen wurde. »In deiner unnachahmlichen Weise hast du den Kern des Problems erfasst. Ich nehme an, er geht in seinem Stolz davon aus, beide Bénisz in den Griff zu bekommen. Noch steht ihr Name für Reichtum und Tradition. Kleinere Schwächen fallen dabei nicht so sehr ins Gewicht, jedenfalls nicht in den Augen anderer.«

»Kleinere Schwächen! So seht ihr das?« Madelaine kämpfte vergeblich gegen den Groll an, der in ihr aufstieg. »Ja, natürlich«, fuhr sie ironisch fort, »ein fleißiges Fräulein Gürtler aus dem Hamburger Gängeviertel kann natürlich mit so einem Herrn nicht mithalten. Ihre Schwächen werden mit anderer Elle gemessen als seine. Und in euren Augen ist sie höchstens so viel wert wie eine Feder aus eurem Gänsestall.«

Sie starrten einander an, als würde ihnen erst in diesem Augenblick wirklich bewusst, wie schwierig es für sie werden würde.

»Gib doch zu, András, dein Vater erzählt dir nicht die ganze Wahrheit. Ich bin mir sicher, dass er dich unter Druck setzen will. Du sollst dich, um die moralischen Schwächen derer von Bénisz auszugleichen, nach einer Frau umsehen, deren Familie absolut unbefleckt ist. Nur als dein Federbettgänschen würde mich dein Vater akzeptieren, stimmt's?«

Verärgert erwiderte er ihren Blick. »Ich habe dir doch gesagt, dass ich mich niemals von dir trennen werde. Aber ...«

»... aber irgendwie muss natürlich die Gefahr für euren Besitz gebannt werden, nicht? Was verlangt denn dein Vaters sonst noch von dir?«

András überhörte die Ironie in ihrer Stimme und erwider-

te kühl: »Ich soll Karól genau beobachten. Wenigstens eine Zeitlang.«
»Wie? Du sollst Kindermädchen deines zukünftigen Schwagers werden?«
»Unser Zusammenleben wird nicht besser, wenn du schlechte Laune hast, Madelaine«, gab er jetzt in einem scharfen Ton zurück.
Vor Schreck hielt sie die Luft an. So hatte András noch nie mit ihr gesprochen. Ihre Gedanken wirbelten durcheinander auf der Suche nach der passenden Antwort. Ihr war heiß vor Empörung und Wut. »Ich möchte nicht, dass du so mit mir sprichst, András. Du weißt, ich bin nicht auf dein Erbe angewiesen. Ich könnte gehen, während du hier deinen Schwager bewachst.« Sie beachtete den Schmerz in seinen Augen nicht und sprach mit bebender Stimme weiter. »Ich könnte jederzeit wieder das tun, womit ich gutes Geld verdient habe. Urs würde sich sicher freuen, wenn ich ihm mitteilte, seine Hamburger Konditorei mit neuen Schokoladenkreationen berühmt machen zu wollen.«
»Du hängst noch immer an ihm?«
Sie enthielt sich einer Antwort, um wenigstens einen Moment lang zu genießen, dass er eifersüchtig war.
»Ist er etwa dein Ersatzmann, falls es mit uns auseinandergeht?« Er trat auf sie zu und verschränkte die Arme.
»Sei nicht zynisch, András«, gab sie verärgert zurück. »Ich möchte nur, dass du weißt, dass ich mir nicht alles von deinem so standesbewussten Vater gefallen lassen werde. Ich habe sogar den Eindruck, dass diese Katalin mich in seinem Auftrag demütigt …«
Er lachte bitter auf. »Ach, Madelaine, das bildest du dir nur ein.«
»András!«, rief sie wütend. »Ich weiß, was ich sage.«

»Verzeih«, murmelte er und streckte in einer plötzlichen Aufwallung von Reue seine Hand nach ihr aus. Sie wich ihm aus, lief an ihm vorüber, ohne ihn anzusehen. »Madelaine!«
Sie tat, als höre sie ihn nicht, beschleunigte stattdessen ihren Schritt, ohne dem Orangerot der untergehenden Sonne einen Blick zu gönnen. Stattdessen sehnte sie sich danach, von dem Duft süßer Schokolade eingeholt zu werden. Deutlich stieg ihr das gehaltvolle, dunkle Aroma feinherber Criollo-Schokolade in die Nase. Ihre Lippen wurden weich wie bei einem Kuss. Schon tauchte sie in warm duftende Champagnercreme ein, Creme, die leicht an Walnüsse erinnerte. Sie spürte, wie die köstliche Masse ihre nackte Haut umschloss. Sie ließ ihre Blicke schweifen, bildete sich ein, um sie herum wüchsen Wälle edler Canache empor, Canache, die sie vor allem Bedrohlichen beschützen würde.
Ein heftiger Schmerz an ihrem Oberarm riss sie aus ihrem Traum, der sie für einen kurzen Moment aus der Mazary'schen Weidelandschaft herauskatapultiert hatte. Es war András.
»Verlass mich nicht, Madelaine! Niemals, hörst du?«
»Du musst mich nur verstehen, András«, gab sie zurück, so leise, dass sie glaubte, nur gedacht zu haben.
»Das tue ich doch. Aber du musst einfach geduldig sein, Madelaine. Denn ich fürchte …«
Der tiefe Ernst in seinen dunklen Augen ließ sie frösteln. »Was fürchtest du?«
Er holte tief Luft. »Ich fürchte, Vater hat noch etwas anderes im Sinn. Etwas, das uns alle betreffen wird.«
»Was ist es?«
Der Druck an ihrem Arm ließ nach. »Ich weiß es nicht. Ich weiß es wirklich nicht, Madelaine.«

7

Die Zeit verging, träge und von lähmend giftiger Atmosphäre erfüllt. Madelaine versuchte, dem Grafen aus dem Weg zu gehen, soweit es die Höflichkeit zuließ. Doch auch wenn sie im Park oder auf dem Hof umherging, fühlte sie sich von ihm beobachtet. Es war nicht er persönlich, sondern Katalins Blick, der sie missbilligend verfolgte.
Zudem belastete es sie, immer häufiger auf András' Anwesenheit verzichten zu müssen, da der Graf Bergbauingenieure, Gutachter und Unternehmer einlud, um mit ihnen Überlegungen anzustellen, wie auf kostengünstigste Weise seine Eisenerz- und Braunkohlevorräte zu heben seien. Das Einzige, das sie verwunderte, war, dass bislang weder Vater noch Sohn von Bénisz dazu eingeladen worden waren. Dass auch noch Terézas Hochzeitstermin vom 12. auf den 26. September verschoben wurde, blieb ihr zunächst rätselhaft. Sie wagte nicht, Teréza darauf anzusprechen. András schien auch keine Lust zu haben, ihr irgendeine nähere Erklärung zu geben. Und so vermutete Madelaine, dass es der alte Graf war, der Zeit zu brauchen schien, bis er sich auf ein Gespräch mit den Bénisz' einlassen konnte.
Eingehüllt in diese bleierne Atmosphäre des Schweigens, verstärkte sich allerdings ihr Unwohlsein. Sie fühlte sich zunehmend einsam und musste sich eingestehen, dass in ihr nach ihrem ersten Streit mit András eine Angst zurückgeblieben war, die stärker war als einst der Mut, hierherzukommen.

Das, was András gesagt hatte, wirkte wie zersetzendes Gift in ihr: »Ich fürchte, Vater hat noch etwas anderes im Sinn. Etwas, das uns alle betreffen wird.«
Ab und zu suchte sie das Gespräch mit Teréza, traf sie jedoch nur selten im Hause an, da diese es vorzog, in ihrem Westflügel allein zu sein. Selbst zu den Mahlzeiten im großen Speiseraum im Erdgeschoss erschien sie nur gelegentlich. Man wusste nie, wann und ob sie kommen würde. In einem allerdings war sich Madelaine sicher: Teréza ließ sich nicht anmerken, ob sie unter der Verschiebung ihres Hochzeitstermins litt oder nicht. Entweder, nahm Madelaine an, ist sie in Geduld geübt, oder sie ist eine Meisterin darin, ihre wahren Gefühle zu verbergen.

In unregelmäßigen Abständen verließen der Graf und András den Gutshof, um die ferner im Osten gelegenen Besitztümer aufzusuchen. Dort besaß der Graf ein 1888 erbautes Jagdschloss, in dem er sich, von vertrauten Freunden umgeben, wohler fühlte als auf seinem Landgut, in dem die Präsenz weibischer Hauswirtschaft seinen Nerven schade, wie er ihr einmal nach einem Tokajer-reichen Abendessen gestanden hatte.
Ob Katalin damit gemeint war oder sie, wusste sie nicht. Sie hatte genug damit zu tun, Katalin keinen Anlass zur Kritik zu geben. Obwohl sie es eigentlich lächerlich fand. Wer war sie, dass sie sich von einem Dienstmädchen dominieren ließ? Allerdings wagte sie es nicht noch einmal, sich bei András über sie zu beschweren, nachdem er gemeint hatte, sie würde sich Katalins verletzendes Verhalten nur einbilden.
So blieb ihr nur die Erinnerung an Urs, an ihre Zeit in Riga. Eines Tages reichten ihr ihre stummen Gespräche

mit ihm aber nicht mehr, und sie beschloss, ihm zu schreiben. Jede noch so nebensächliche Begebenheit schilderte sie ihm ausführlich. Er war ihr Ohr, dem sie erzählen konnte, was sie hier an diesem Ort nicht auszusprechen wagte. Das Einzige, was sie sich verbat, war, dass er ihr antwortete, obwohl sie sich nach seinem Ton und dem Geruch des von ihm beschriebenen Papiers mehr sehnte, als ihr lieb war. Aber sie hatte Angst, ihr Ansehen könnte noch mehr Schaden nehmen, wenn sie Briefe aus Lettland erhielte. Der Graf würde sofort seinen Verdacht bestätigt sehen, sie würde ihr vermeintliches Liebesverhältnis mit diesem Schweizer Zuckerbäcker weiterhin aufrechterhalten.

In ihrem Innersten aber war sich Madelaine sicher, dass sie nie auf Urs' Nähe würde verzichten können. Schließlich war er es gewesen, der sie gleich zweifach erweckt hatte: als Frau in ihrer Sinnlichkeit und als Mensch mit dem Mut zum Erfolg.

Wo war nur diese Madelaine geblieben? Die erfolgreiche Chocolatiere, die auf der 700-Jahr-Feier Rigas in das Liotard'sche Schokoladenmädchen-Kostüm geschlüpft war, um mit Leib und Seele für Urs' Konditorei zu werben?

Wo war nur diese Madelaine Elisabeth Gürtler geblieben? Die Eclairs mit Schokolade, Windbeutel, Prinzregenten- und Champagnerbirnentorte, Rêve de fraise à Madelaine und Madonnentorte zu backen verstand?

Jeden Tag stellte sie sich diese Frage. Und je mehr die Zeit verrann, der August in den September überging, desto schmerzlicher vermisste sie ihr früheres Ich.

Eines Tages, kurz nach dem Aufstehen, hielt sie es nicht mehr aus. Sie musste endlich einmal wieder mit Teréza sprechen. Ihr war es schon beinahe gleichgültig, ob es ein harmonisches Gespräch werden würde oder nicht. Hauptsache, sie war nicht allein.

»Ich bin lange nicht mehr ausgeritten«, begann sie das Gespräch an einem der seltenen Morgen, da Teréza zum Frühstück erschienen war. »András hat so wenig Zeit für mich. Ich muss gestehen, dass mir der ruhige Kolja guttat, damals am ersten Tag. Ich vermisse ihn richtig.«

Teréza lächelte. »Das verstehe ich. Er ist ein Kaltblüter, zuverlässig und gelassen. Wenn Sie wollen, begleite ich Sie. Ich könnte auch einmal für ein paar Stunden an die frische Luft. Nicht nur, dass es mir guttäte, Vater wäre ... sagen wir: begeistert ...« Sie sah Madelaine belustigt an. »Er ist heute allerdings nicht hier, nicht wahr? Ein guter Tag also. Im Übrigen wird sich bald sowieso vieles ändern. Kommen Sie, Madelaine. Wollen Sie vielleicht nicht doch einmal mutiger sein und András' Hengst nehmen?«

Abwehrend hob Madelaine die Hände.

»Um Himmels willen, nein! Vielleicht in einem Jahr, wenn ich richtig reiten kann.«

»Sind Sie sicher?«, gab Teréza sybillinisch zurück. Madelaine war erschüttert. Bezweifelte Teréza ihre Fähigkeit, jemals richtig reiten zu können, oder die Aussicht, hierzubleiben? Sie blieb stumm, so als habe sie einen dumpfen Schlag auf den Mund bekommen.

Ihre anfängliche Freude, Teréza in der richtigen Ausgehstimmung angetroffen zu haben, war dahin.

Teréza schlug zunächst einen Weg entlang eines mäandernden Baches ein, vorbei an weitläufigen Weiden mit Schaf- und Schweineherden. Bauern ernteten auf ihren Feldern Mais, Rüben und Kartoffeln. Immer wieder trug ihnen der warme Wind den würzigen Duft brennenden Kartoffelkrauts zu. Nach einer Weile lenkte Teréza ihr

Pferd, eine Schimmelstute, in eine Birkenallee. Rechter Hand bildete ein Tannen- und Kiefernwäldchen eine düstere Wand, linker Hand verlor sich der Blick über eine unbelebte Graslandschaft bis zum Horizont.

Es sah hübsch aus, fand Madelaine, wie die weißen Birken im Wind wankten und aus ihrem luftigen Kleid aus dünnen, schwarzen Zweigen kleine gelbe Blätter heraussegelten. Es erinnerte sie an Lettland, und da Teréza noch immer schwieg, verlor sie sich in Erinnerungen an ihre Zeit in Riga.

Umso heftiger erschrak sie, als sie plötzlich Terézas' Stimme hörte.

»Sie leiden wegen meines Vaters, nicht wahr, Madelaine? Ich kann Ihnen versichern, dass Sie in den Wochen bis zu meiner Hochzeit ein wenig Ruhe vor ihm haben werden.«

»Wie meinen Sie das? Werden Sie mit ihm etwas unternehmen?« Wie dumm von mir, dachte Madelaine im gleichen Moment. Ich weiß doch, dass er an seiner Tochter nicht viel Anziehendes findet. Dass mir aber auch nichts Klügeres eingefallen ist. Doch Teréza schien ihre Frage wichtig zu nehmen. Sie klang ernst und keineswegs abweisend, fand Madelaine. Wahrscheinlich hat auch sie Zeit gebraucht, um sich auf ein Gespräch mit mir einzustimmen. Vermutlich ist sie nicht aus Boshaftigkeit zynisch.

»Nein, Vater wird, wie immer, die Verwirklichung seiner unternehmerischen Pläne vorantreiben. Aber nicht hier auf dem Gut, denn morgen wird die Schwester meiner Mutter eintreffen, Tante Matilda, die er so gar nicht sympathisch findet. So wird er es vorziehen, vor ihr zu fliehen, solange sie hier ist und mir bei den Vorbereitungen zur Hochzeit hilft. Sie müssen wissen, sie ist meiner Mutter so gar nicht ähnlich. Man könnte ihr Verwandtschaftsverhältnis beinahe für eine Lüge halten. Wollen Sie ihre Geschichte hören?«

»Gerne, wenn es Ihnen nichts ausmacht und Sie Ihre Offenheit mir gegenüber nicht später bereuen.«

»Sie trauen mir nicht, nicht wahr, Madelaine?«

»Ich ... ich meine, wir hatten noch nicht genügend Zeit, um uns näher kennenzulernen.«

»Sie meinen, Sie erkennen András' Wesen in mir nicht wieder? Das verstehe ich, das verstehe ich sogar sehr gut. Aber hören Sie einfach nur zu. Wir sind nicht die einzigen Geschwister, die einander völlig fremd sind. Also, meine Mutter und Tante Matilda wuchsen als Töchter wohlhabender, deutsch-ungarischer Einwanderer in einem großen Gut in Alsógalla auf, zu Deutsch: Untergalla. Der Ort liegt ungefähr vierzig Kilometer westlich von Budapest und war infolge der Türkenkriege kaum bewohnt. Erst als Graf József Eszterházy Anfang des achtzehnten Jahrhunderts deutsche Siedler ins Land rief, kamen die Vorfahren meiner Mutter nach Ungarn. Damit begann eine etwas ungewöhnliche Familiengeschichte. Wenn Tante Matilda hier ist, wird sie wohl kaum die Muße haben, sie Ihnen selbst zu erzählen. Ich warne Sie schon jetzt: Sie ist ein wenig eigen, liebt mich wie ihr eigenes Kind – sie selbst ist kinderlos – und wird mich völlig vereinnahmen. Aber das müssen Sie so hinnehmen, Madelaine, wie so vieles hier, ja?«

»Ich werde mich bemühen«, erwiderte Madelaine, obwohl sie ein ungutes Gefühl hatte.

»Also«, fuhr Teréza ungerührt fort, »mein Urgroßvater lebte also mit seiner Familie und seinem ein Jahr jüngeren Bruder auf dem Hof in Untergalla. Das Besondere war, dass beide die gleiche Frau liebten: Marie. Sie aber wählte

Urgroßvater zum Ehemann. Sie liebte ihn wirklich und empfand nur eine freundliche Sympathie für ihren Schwager. Dieser aber hielt seine tiefe, stille Liebe zu ihr bis an sein Lebensende aufrecht, auch wenn er ihr nie zeigte, dass er sie begehrte. Er heiratete nie. Urgroßvater vertraute ihm und duldete diese Liebe, weil er ahnte, dass eines Tages entweder seine Frau oder seine Kinder Nutzen daraus ziehen würden. So ging sein Bruder eines Tages nach Budapest, um als Kutscher sein Geld zu verdienen. An seinen freien Tagen kam er zum Hof zurück und half bei der Arbeit. Er war sehr fleißig und so diszipliniert, dass er sich nie mehr als fünf Stunden Schlaf gestattete. Er sparte jeden Groschen. Und es kam so, wie es mein Urgroßvater geahnt hatte: Als sein Bruder starb, hinterließ er der Familie ein kleines Vermögen, unter der Voraussetzung, dass einer der Söhne sein florierendes Droschkenunternehmen weiterführen würde. Das tat dann mein Großvater. So wuchsen meine Mutter und ihre Schwester in behüteten Verhältnissen auf einem gepflegten Landgut auf. Mein Großvater starb allerdings schon mit zweiundfünfzig Jahren, so dass beide Schwestern auf den Rat ihrer Mutter hin früh heirateten. Mutter den Grafen Mazary, der Sie plagt, und Tante Matilda ... nun, sie verliebte sich auf einem Bootsausflug in einen Burschen, den meine Großmutter für einfältig hielt. Aber so ist es nun einmal wohl mit der Liebe: Wo sie hinfällt ... Na ja, er ist der zweitälteste Sohn einer deutsch-ungarischen Familie aus Hajós, die noch immer hauptsächlich von Schweinezucht und Weinanbau lebt. Er ließ sich von ihr überreden, das Droschkenunternehmen ihres Vaters weiterzuführen. Ich glaube, sie sind noch immer sehr glücklich miteinander. Ich frage Sie, Madelaine, ist es einfältig, wenn ein Mann

seiner Frau verfallen ist? Ich weiß es nicht. Wie sehen Sie das?«
»Es gibt einer Frau Sicherheit«, erwiderte Madelaine vage.
»Im Diesseits gibt es keine Sicherheit, nur im Leben nach dem Tod können wir uns der wahren Liebe gewiss sein.«
Teréza warf ihr einen rätselhaften Blick zu. Ihr Gesicht aber schien wie von einem hellen inneren Strahlen erleuchtet. Ohne zu überlegen, was sie tat, fragte Madelaine: »Haben Sie Ihre Äbtissin geliebt?«
Teréza wurde blass, so als hätte sie ein kühler Hauch berührt. »Ich möchte Ihnen etwas anvertrauen, Madelaine, weil ich fürchte, dass wir in der nächsten Zeit wenig Muße füreinander haben werden. Sie werden schweigen, nicht wahr?«
Madelaine nickte. »Natürlich, Teréza.«
Diese lächelte. »Sie sehen, ich vertraue Ihnen. Können Sie sich vorstellen, warum?«
»Weil ich András liebe?«
»Weil ich glaube, Sie haben ein Gespür für die Liebe an sich. Oder irre ich mich?«
Madelaine schlug einen Birkenzweig zurück, der vor ihrem Gesicht hing. »Ich weiß nicht, wie Sie das meinen.«
»Es gibt vielerlei Arten, zu lieben, das ist es, was ich meine. Stimmen Sie mir zu?«
»Vielleicht, ich kenne mich da nicht so aus.« Madelaine dachte an ihre Beziehung zu Urs, verdrängte aber den Gedanken sofort wieder.
»Sind Sie sich da so sicher?«
Verärgert fuhr Madelaine in ihrem Sattel herum. »Welch ein Bild haben Sie nur von mir? Sie klingen schon so wie Ihr Vater, Teréza!«

Diese aber schüttelte den Kopf. »Nein, Sie täuschen sich. Ich bin nicht so dumpf wie er, als Mann kann er ja gar nicht anders denken. Außerdem hat er keine Vorstellung von Liebe, gar von Leidenschaft. Um Ihre Frage zu beantworten: Ja, ich habe meine Äbtissin verehrt. Und ich spüre auch jetzt noch ihre Liebe. Ich sei ihre verjüngte Seele, gestand sie mir einmal. Können Sie sich so etwas vorstellen?«

»Ich weiß es nicht ... vielleicht.«

»Sie wissen es nicht?«

Madelaine zögerte, das auszusprechen, was ihr in den Sinn gekommen war. War womöglich mit dem Tod der Äbtissin auch ein Teil von Teréza gestorben?

»Ich weiß, was Sie denken«, kam ihr Teréza unerwartet zuvor. »Aber wir sind ja dem Leben verpflichtet, nicht wahr?«

»Und weil Sie Ihre Pflicht ernst nehmen, heiraten Sie Karól von Bénisz?« Es klang ironisch.

Jetzt lachte Teréza leise auf. »Vielleicht, vielleicht auch nicht. Ich liebe ihn auf meine Art. Reicht Ihnen das als Antwort?«

»Ich finde es schön, dass Sie so offen zu mir sind, Teréza«, sagte Madelaine und fragte sich, ob Teréza wirklich das glaubte, was sie sagte. Sie unterließ es aber, weiter in sie zu dringen. Sie war sich nur in einem sicher: Teréza war ein Rätsel, ehrlich und unergründlich zugleich. Es war unmöglich, ihr Verhalten einzuschätzen. Bestimmt würde sie noch für so manche Überraschung sorgen.

8

Kaum dass Matilda mit Schrankkoffern, Zofe und einem Klavier eingetroffen war, wies der Graf das Personal an, wieder für seine Abreise zu rüsten. »Sie um sich zu haben, ist eine Zumutung«, hörte Madelaine ihn eines Abends fluchen.
Sie war nur froh, dass er nicht sie angesehen hatte, dennoch schmerzte es sie in jeder Stunde, zu sehen, mit welcher Gutmütigkeit András seinem Vater zur Seite stand. Noch vertraute sie ihm, glaubte, er kämpfe für den Familienfrieden. Sie war sich aber nicht sicher, wie er sich ihr gegenüber zeigen würde, wenn die Drohung seines Vaters, etwas zu tun, was alle beträfe, sich bewahrheiten würde.
Die Abreise des Grafen zog sich hin, denn Matilda zwang ihren widerstrebenden Schwager, nicht nur die Gästeliste mit ihr persönlich abzustimmen. Das dauerte zu seinem Ärger viel länger, als er angenommen hatte, da Matilda, mit Teréza an der Seite, außerdem jedes noch so nebensächlich erscheinende Detail für die Hochzeitsvorbereitungen auf losen Blättern festhielt, sogar Skizzen anfertigte, die sie ihm zur Teestunde mit ausschweifenden Erklärungen zur Begutachtung vorlegte. Zähneknirschend blieb ihm nichts anderes übrig, als auszuharren.
In der Zwischenzeit trafen Gerüstbauer und Maler ein, die die Wirtschafts- und Wohngebäude von innen und außen neu tünchen sollten. Die Unruhe, die ihre Arbeit mit sich brachte, belastete die Nerven aller mehr, als sich jeder eingestehen wollte.

Dazu nutzte Matilda jede freie Minute, um Klavier zu spielen und zu singen. Madelaine, die Musik liebte, wäre gerne in ihrer Nähe gewesen, doch das Interesse war einseitig. Denn Matilda besaß eine unnachahmliche Gabe, Menschen, die sie nicht mochte, nicht zu sehen. Dass Madelaine zu ihnen gehörte, schmerzte sie sehr. Deutlicher konnte man ihr nicht zeigen, wie unerwünscht sie in der Mazary'schen Familie war.
»András, ich komme mir so überflüssig vor«, sagte sie ihm eines Abends, nachdem sie lange auf ihn gewartet hatte. »Teréza hat keine Zeit mehr für mich, diese Matilda behandelt mich wie Luft, und du arbeitest für deinen Vater – was soll ich tun?«
András warf sich auf sein Bett, gähnte ausgiebig.
»Ich weiß es nicht, Madelaine. Warte Terézas Hochzeit ab, danach wird alles anders.«
»Glaubst du das wirklich?«
»Ja, natürlich. Dann bist du die einzige Herrin im Haus und kannst schalten und walten, so wie du es für richtig hältst.«
»So wie in Riga?«
»Das hängt von dir ab.« Er stand auf und zog sich aus. So nackt, wie er vor ihr stand, so unzweideutig war auch Madelaines Erkenntnis, dass András wirklich erschöpft war. Enttäuscht zog sie sich zurück.
Allein in ihrem Zimmer, fühlte sie sich plötzlich von einer heftigen Nervosität gepackt. Sie musste etwas dagegen tun, etwas, das den drohenden Aufruhr in ihr niederhalten würde. Entschlossen holte sie das Abschiedsgeschenk ihres Vaters wieder hervor, das er ihr in Salvador in die Hand gedrückt hatte, kurz bevor es geheißen hatte: »Leinen los!« Madelaine setzte sich mit ihrem Sessel nah ans Fens-

ter. Wie schon einmal zuvor bemühte sie sich angestrengt, zunächst den festgeklemmten Deckel des Blechkästchens zu lupfen. Dann verschlang sie ohne Zögern gierig mehrere Pralinen und wartete darauf, dass die beruhigende Wirkung der Schokolade einsetzte. Jetzt, dachte sie, ist die Stunde gekommen, in der ich Vaters Versprechen einlösen werde: »Lies es, wenn du in Ungarn bist, du wirst es brauchen.« Ja, er hatte recht, jetzt brauchte sie tatsächlich seinen Trost.
Sie nahm das in braunes Leinen gebundene Buch und zog den Brief hervor, den sie damals auf dem Schiff vor das Vorsatzblatt gelegt hatte. Sie musste ihn noch einmal lesen, obwohl sie ihn längst hätte auswendig aufsagen können. Allein mit dem Auge dem rundlichen Verlauf der Buchstaben zu folgen, ihren schwungvollen Schlenkern, war, als höre sie die Stimmen derer, die diesen Brief verfasst hatten:

Meine liebe Schwester im Geiste,
Du wirst wissen, was für ein gütiger und liebevoller Mensch Dein Vater ist. Er hat mir von Dir erzählt, kaum dass wir uns das erste Mal geküsst haben. Du bist der Stern, der während der Zeit, in der ihr voneinander getrennt wart, seine Träume zum Himmel zog. Er hat mir in die Augen gesehen und an Dich gedacht. Vor mehr als einem Jahr sind wir uns begegnet, liebe Madelaine. Ich glaube, ich kenne Dich, so wie ich mich kenne. Aus Liebe zu Dir und Thaddäus möchte ich Dir dieses Geschenk mit auf den Weg geben. Es möge Dir in Deiner neuen Heimat Glück bringen.
Vergiss mich, wenn Dir danach ist.
Aber halte dieses Büchlein bitte in Ehren. Ich habe es

nur für Dich zusammengestellt. Thaddäus hat, wie Du siehst, meine schlichten Worte in Deine Sprache übersetzt. Es ist also unser Buch für Dich.
In tiefer Verbundenheit
Ricarda

Madelaine schlug das Vorsatzblatt um, dahinter kam Ricardas Bildnis zum Vorschein: ein sanftes, volles Gesicht, eingerahmt von lockigem Haar, das hinter den Ohren mit Blüten hochgesteckt war, ein warmherziger Blick.
Ihr Vater hatte ihr gestanden, dass er Ricarda liebe, seit sie ein junges Mädchen war. Sie war die Schwiegertochter seines Vorarbeiters und kaum älter als sie, Madelaine. Sie erinnerte sich, dass ihr Vater bei diesen Worten kaum gewagt hatte, ihr in die Augen zu sehen. Sie hatte auch so verstanden: Er hatte seine nicht gelebte Liebe zu ihr auf Ricarda übertragen. Schon früh hatten ihn seine Gefühle verwirrt, zumal Ricarda im Laufe der Jahre sein Begehren geweckt hatte – selbst über den Tag hinaus, an dem sie mit Enrique verheiratet wurde. Doch da auch sie schon früh seine Liebe erwidert habe, sei auch er ihr mit seinen Gefühlen treu geblieben. Noch jetzt, hatte ihr Vater ihr erzählt, träfen sie sich heimlich. Madelaines Gedanken schweiften ab zu dem Gespräch mit Teréza: Sich wortlos im anderen zu erkennen, war eine Form der Liebe, sich mit ihm zu ergänzen, eine andere. Und das Gute im anderen zu sehen und seinen Schmerz zu lindern, war noch etwas anderes. Und manchmal traf alles auf einmal zu …
Sie nahm noch eine der nach Orange schmeckenden Schokoladenpralinen und blätterte das Büchlein durch. Ricarda hatte jede Seite mit Darstellungen des alltäglichen Lebens in Bahia, mit Pflanzen und Naturbildern ausführlich illust-

riert, dazwischen Fotos von ihrem Vater, von ihr und András, der Tabakplantage, dem Haus ihres Vaters, dem Strand, Salvadors schönsten Plätzen. In der Mitte einiger Blätter allerdings befanden sich knapp beschriebene Rezepte, die mit Schokolade zu tun hatten. Sie waren auf Portugiesisch, in Ricardas Handschrift, auf der Rückseite Vaters Handschrift mit der deutschen Übersetzung: *Herrentorte, Floresta Negra ...* Madelaine aß noch eine der köstlichen Pralinen und fühlte sich beiden sehr nah.
Ich bin nicht allein, tröstete sie sich. Ich bin nicht allein.

In den nächsten Tagen kopierte sie die Entwürfe ihrer zahlreichen Briefe an Urs in Feinschrift. Das Gleiche tat sie mit ihrem neuesten Brief, in dem sie ihm ausführlich ihre Lage beschrieb. Dann erst übergab sie ihm dem Briefboten. Sie notierte sich auf einem anderen Blatt das Datum, überschlug die Zeit, die ihr Brief bis nach Riga brauchte, malte sich aus, mit welchem Mienenspiel Urs ihre Zeilen lesen würde. Schon nach kurzer Zeit bildete sie sich ein, er stünde neben ihr und summe eines seiner Salonstückchen. Noch bin ich nicht in der Stimmung, zu backen, dachte sie, warum aber sollte ich nicht etwas anderes, ebenso Sinnvolles tun? Sie nahm neues Papier und begann, ihre Erinnerungen an die Zeit in Riga niederzuschreiben. Für meine Enkel. Sie lächelte in sich hinein, erschrak aber bei diesem Gedanken, denn noch hatte sie ja nicht einmal ihr erstes Kind zur Welt gebracht. Sie zwang sich, nicht länger darüber nachzudenken, sondern bemühte sich, hinabzutauchen in die Bilder und Stimmungen ihrer Vergangenheit.
Am fünften Tag nach Matildas Ankunft hatte sie, gerade rechtzeitig zum Abendessen, ihre Schilderung des Johan-

nisfestes in Riga abgeschlossen. Nach der schweigsamen Mahlzeit waren alle seltsam einvernehmlich in den dunkel getäfelten Salon hinübergegangen.
Es war ein kühler Septembertag gewesen, Katalin hatte das erste Mal den Kamin angeheizt. Nun war es zu heiß geworden, der Graf war aufgestanden und hatte die Terrassentür geöffnet. Von ihrem Sessel aus konnte Madelaine die silbrige Sichel des Mondes am wolkenlosen Abendhimmel sehen. Kühler Wind wehte gelbe Blätter hinein, und unter den trippelnden Schritten eines hungrigen Igels raschelte das erste Laub.
Matilda stand auf, setzte sich ans Klavier und stimmte ein Lied von Brahms an. Mitten in der zweiten Strophe schlug der Graf abrupt die Terrassentür hinter sich zu. Matilda verstummte erschrocken, ihre Hände sanken in ihren Schoß.
»Ich erwarte in Kürze Karól von Bénisz und seinen Vater auf meinem Jagdschloss«, begann er. »András wird mich begleiten und protokollieren, zu welchem Ergebnis unsere endgültigen Überlegungen kommen werden, wenn es um die Finanzierung und Möglichkeiten der Bergung unserer Bodenschätze geht.«
»Das ist unwichtig, du hast doch schon genug Gutachten«, unterbrach ihn Teréza ruhig.
»Du verstehst nichts davon.«
»Vielleicht, Vater. Du aber solltest wissen, dass du deine Pläne nur verwirklichen kannst, wenn du mich nicht daran hinderst, zu heiraten. Die Zeit bis zum Hochzeitstermin drängt. Ich brauche Karól. Ich habe ihm heute früh einen Boten geschickt, damit er schon morgen hier sein kann, um Tante Matilda und mir bei der Vorbereitung zur Hochzeit beizustehen. Bevor Karól zu dir fährt, muss er, wie du

weißt, mit mir und dem Hochzeitsbitter die Gäste persönlich einladen. So will es die Tradition. Und so will ich es.«
Der Graf schwieg. Für alle unerwartet, sprang plötzlich Teréza auf und rief: »Weißt du, was ich glaube? Du willst gar nicht, dass ich ihn heirate! Du hast es nur auf sein sogenanntes Finanzierungskapital abgesehen. Am liebsten wäre es dir wohl, Karól gäbe dir ohne Bedingungen sein Geld, und ich ginge wieder ins Kloster zurück, damit dir all dieser Hochzeitsfirlefanz, wie du es nennst, erspart bleibt. Stimmt's?«
Madelaine gab ihr insgeheim recht. Der alte Graf verdrängte alles, was seine eigenen Absichten behinderte. Bevor er etwas entgegnen konnte, fuhr Teréza mit fester Stimme fort: »Und gerade deshalb will ich eine große, eine schöne Hochzeit. Eine Hochzeit, die drei Tage dauert und mich ein wenig dafür entschädigt, dass ich in all den Jahren im Kloster das Gefühl hatte, mein eigener Vater hätte mich lebendig begraben.«
Sie will sich also an ihm rächen, dachte Madelaine erschüttert, und packt ihn bei seiner Habgier. Ob er sich davon beeindrucken lässt? Sie beobachtete den alten Grafen, dieser aber machte nur eine wegwerfende Bewegung mit der Hand, die allen deutlich zu verstehen gab, wie wenig ihn die Gefühle anderer interessierten. Er würdigte Teréza keines Blickes, sondern sagte, zu András gewandt:
»Wir reisen morgen ab. Komm noch auf ein Glas zu mir hoch, mein Sohn.«

In dieser Nacht schlich Madelaine zu später Stunde in András' Zimmer. Er lag mit geöffneten Augen auf dem Rücken und starrte an die Decke.
»András?«

»Madelaine!« Überrascht setzte er sich auf. »Komm her zu mir.« Er hob seine Bettdecke an. Sie schlüpfte zu ihm und schmiegte sich an ihn.

»Lass mich mitfahren, ja?«

Er schüttelte den Kopf, woraufhin sie seine Halsbeuge küsste.

»Bitte!« Sie griff in das Pralinen-Kästchen, das sie hinter ihrem Rücken mitgebracht und neben dem Bett auf den Boden gestellt hatte. Mit einer flinken Bewegung legte sie eine Schokoladenpraline auf seine Lippen. Wieder und wieder küsste sie sie, bis sie zwischen ihrer beider Lippen geschmolzen war. Ihre Zungen spielten zärtlich miteinander. Dann hob András ihr Hemd, liebkoste ihre Brüste, während sie auf ihm saß. Madelaine war nur zu sehr bewusst, wie sehr sie András begehrte, und doch schien es ihr, als sei er mit seinen Gedanken woanders.

Spät in der Nacht, als sie erschöpft in die Kissen sank, stand er auf und öffnete die Schublade einer hohen Eckkommode. Er zog ein Kuvert heraus.

»Ich habe lange gezögert, dir das hier zu geben, Madelaine. Du weißt, du musst durchhalten. Wir beide müssen durchhalten, vergiss es nicht, wenn du diesen Brief liest.«

Mit einem Ruck setzte sie sich auf.

»Ist es ein Brief von Urs?«

Trotz der Dunkelheit bemerkte sie, wie András ungehalten wurde.

»Ja, du denkst also ständig an ihn. Ich dachte es mir. Doch ich will nicht eifersüchtig sein. Ich möchte nur nicht, dass du unnötig in Aufregung gerätst. Versprich mir, dass du ihn erst nach meiner Abreise liest. Morgen also, hörst du?«

Madelaine missfiel die Strenge in seinem Ton. Wortlos

nahm sie den Brief, hauchte András einen flüchtigen Kuss auf die Wange und eilte in ihr Zimmer zurück.
Sie trat ans Fenster, öffnete das Kuvert und schnupperte hinein. Im Nu sah sie Urs, die Rigaer Backstube, Stine und Dina vor Augen. Hastig zog sie den Brief heraus und begann mit heftig pochendem Herzen zu lesen.

Meine liebe Madelaine,
Flamme meines alten Herzens,
ich muss Dir endlich einmal auf Deine wunderbaren Briefe antworten. Damit Du keine Schwierigkeiten bekommst, richte ich diesen Brief an Deinen Mann. Ich hoffe, er wird mir verzeihen.
Um Dir Deine größte Sorge zu vertreiben, versichere ich Dir, dass es den Kindern gut geht. Karlchen hatte im Juli die Windpocken. Wir brachten ihn zur besseren Pflege ins Armitsteadtsche Kinderhospital. Jetzt kann er wieder zur Schule gehen und prahlt mit den weißen Flecken, die ihm auf der Haut zurückgeblieben sind. Er sei jetzt ein unverwundbarer Tiger, erzählt er allen, die es hören wollen. Svenja kann wunderbar zeichnen. Ich habe Dir ein Bild beigelegt, auf dem sie unsere Konditorei und ein hübsches Konderfei von Dir gemalt hat. Sie hat wirklich Talent, findest Du nicht? Wir sollten sie später auf die Kunsthochschule schicken ... Vielleicht wird sie ja einmal so berühmt wie unser Jean-Etienne Liotard, wer weiß? Nikolas dagegen reitet und ficht wie ein kleiner Husar. Flüsterst Du ihm da etwas über alle Sphären hinweg ins Ohr?
Stine und Dina können es nicht verstehen, dass Du die Kleinen so lange allein lässt. Sie fragen ja auch oft nach Dir. Ich ersticke ihre Sehnsucht dann immer mit dem

bösartigen Bild Deines Schwiegervaters. Dann weint Karlchen, und Svenja schimpft auf Lettisch, so wie es ihr Janis beigebracht hat. Es klingt schon reichlich komisch … Na ja. Jedenfalls wollen die Kinder, dass Du András überredest, nach Hamburg zu ziehen.

Darin gebe ich ihnen recht, meine liebe, süße, heißblütige Madelaine! Wann also übernimmst Du meine Konditorei in der Hansestadt?

Ich weiß nicht, ob Du in dem schönen Ungarland mitbekommst, was sich so in der Welt tut. Ich fürchte, ich kann uns allen keine großen Hoffnungen auf die Zukunft machen. Erschrick nicht, aber bleibe realistisch, Madelaine.

Es gibt Spannungen, wohin Du auch siehst. Mir scheint, jedes Land ist mit winzigen Flämmchen des Protests gegen die bestehende Obrigkeit übersät. Erinnerst Du Dich an die Weissagung von Janis' Mutter? Sie sah die Zukunft rot … blutrot … Dazu nur Folgendes:

Vor kurzem weigerte sich in Tula, einhundertfünfzig Kilometer südlich von Moskau, ein Sergeant, seine Leute auf Demonstranten schießen zu lassen. Als der verantwortliche Offizier seinen Degen zog und auf ihn losging, brach unter den Soldaten eine Meuterei aus. Im Februar kam es in Triest zu einer Serie von Streiks unter den Eisenbahn- und Hafenarbeitern. Sie forderten den Acht- statt Zwölf-Stunden-Tag. Vergeblich, stattdessen Tote und Verletzte.

Das Gleiche geschah in Belgien: In Löwen demonstrierten Arbeiter für das uneingeschränkte, allgemeine Wahlrecht. Umsonst. Acht Männer starben im Kugelhagel der Soldaten.

Wie es hier bei uns in Russland aussieht, kannst Du Dir ja vielleicht vorstellen. Dein Lebensretter Terschak lässt sich vielleicht nicht blicken, hoffe ich, aber er und seinesgleichen wühlen im Untergrund. Das riecht man geradezu. Die revolutionäre Stimmung gärt. Daran gibt es keinen Zweifel. Stell Dir vor: In Moskau hat man vierhundert Studenten verhaftet, nur weil sie protestierten! Der Zar scheint blind und taub für die wirklichen Belange seines Volkes zu sein, sagt Janis und rät uns allen, Russland zu verlassen, bevor es zu spät ist.

Die Russifizierung macht es uns ja auch nicht leichter. Und solltest Du nicht bald einen festen Platz für Deine künftige Familie gefunden haben, wirst Du mit Svenja, Nikolas und Karl nur noch auf Russisch konversieren können!

Genug der Politik. Ich fürchte nur, Du bist nicht glücklich dort, wo Du bist. All Deinen Briefen entnehme ich, dass Du noch nicht Magyarin geworden bist. Und es scheint, dass Du es auch nicht vorhast.

Wann kommt Dein Vater zurück? Er würde in Hamburg nicht allein sein. Mein Bruder hat sich dort vor knapp einem Jahr eingefunden und bereits gut eingelebt. Er kaufte für seine Firma – er handelt mit südamerikanischen Hölzern – am Rödlingsmarkt die zweite Etage in einem neu erbauten Kontorhaus. Seit neuestem genießt er es, immer mal wieder durch die gläserne Trennwand in die Schreibstube zu gucken, wo vier hübsche linke und vier hübsche rechte Hände in rasendem Tempo seine Lieferscheine, Briefe und Rechnungen tippen.

Mein süßes Schokoladenmädchen, lass Dich fragen: Schmeckt Dir Deine Leibspeise noch? Oder ist das Schicksal etwa so grausam zu Dir, dass Du sie entbehren musst?

Schreib mir, mein Flämmchen, wunderschönes Mädchen, Du!
Dein alternder Urs

Wie viele Male Madelaine diesen Brief in dieser Nacht gelesen hatte, hätte sie später nicht zu sagen gewusst. Urs' Handschrift, Urs' Sprache, Urs' Ton hüllten sie ein wie das warme Aroma eines süßen Biskuitteigs.

Kurz bevor sie endlich einschlief, wusste sie nur, mit welcher Sehnsucht, aber auch in welcher Bedrängnis er ihr geschrieben hatte.

Sie verstand seine unausgesprochene Mahnung: Tue alles, damit wir endlich wieder zusammenkommen.

Beeil dich, Madelaine! Beeil dich!

9

Madelaine sprach am nächsten Morgen nicht mit András über Urs' Brief. Sie ahnte auch so, dass er ihr ansah, ihn längst gelesen zu haben. Und was darin stehen mochte, konnte er sich, einfühlsam, wie er war, sicher vorstellen. So nahmen sie wenig später nur in einer kurzen Umarmung voneinander Abschied.
»In sechs Tagen bin ich wieder hier«, versicherte er ihr.
Der alte Graf nahm umständlich neben ihm in der Kutsche Platz und legte sich eine Wolldecke über die Beine. »Ich nehme an, Sie werden jetzt an meiner Stelle Teréza bei ihren Vorbereitungen helfen, nicht wahr, Madelaine?«
»Es ist ihre Hochzeit«, erwiderte sie pikiert, »bislang hatte ich nicht den Eindruck, ich könnte ihr von Nutzen sein.«
»Sie sind doch wohl nicht neidisch darauf, dass sie hochzeitet?«
Madelaine vermied es, András anzusehen, schüttelte nur stumm den Kopf. Der Graf setzte sich zurecht, wobei er sie nicht aus den Augen ließ.
»Wie finden Sie sie denn nun? Werden Sie aus ihr schlau?«
Madelaine dachte an das, was Teréza ihr anvertraut hatte. Sollte sie ihr Geheimnis ausgerechnet ihrem Vater gegenüber preisgeben? In diesem Moment siegte ihre Loyalität über ihre natürliche Offenheit.
»Teréza ist eine interessante Frau, Graf, sie ist stärker von ihrer Vergangenheit geprägt, als wir es uns vorstellen können.«

»Sie will ihr Leben nachholen, so viel habe auch ich verstanden«, erregte er sich. »Ich bin nicht daran schuld, dass sie ins Kloster kam. Ihre Mutter ist es …«
»Aber Sie haben sie dort nie besucht, Graf. Sie haben Teréza einfach über all die Jahre hin vergessen.«
»Es steht Ihnen nicht zu, mich zu kritisieren, Madelaine. Als Frau sollten Sie ihr lieber zur Seite stehen, oder schenkt sie Ihnen nicht das gleiche Vertrauen, wie Sie es von meinem Sohn gewohnt sind? Das wäre sehr bedenklich …«
Madelaine blieb vor Entrüstung eine passende Antwort im Halse stecken, András aber reichte ihr noch einmal die Hand. »Tue hier, wonach dir zumute ist, egal, was es ist, Madelaine, Hauptsache, du bist zufrieden. Ich werde mich bemühen, so schnell wie möglich wieder bei dir zu sein.«
»Und sie säuseln wie die Täubchen«, knurrte der alte Graf verärgert und gab seinem Kutscher ein Zeichen. Madelaine fasste sich wieder.
»Graf! Ein Wort noch!«, rief sie ihm aufgeregt zu.
»Nun?«
»Sie sind mir noch eine Antwort schuldig!«
»So? Welche denn?«
»Mögen Sie eigentlich Schokolade?«
»Nein!« Die Antwort kam wie aus der Pistole geschossen. Madelaine lachte. »Das dachte ich mir!«
»Wieso?«
»Kommen Sie nicht selbst darauf, Graf? Es hat etwas mit Liebe zu tun!«
Er wurde rot vor Ärger. »Papperlapapp! Sie wollen mir doch nur andeuten, Sie wüssten, was ich mag und nicht mag, und besäßen damit die Fähigkeit, mich besser zu verstehen als ich meine eigene Tochter!«
»Wenn Sie das so sehen, ist es gut!«, sagte Madelaine und

freute sich zu sehen, wie der Alte grimmig vor sich hin starrte. András aber warf ihr lächelnd einen Handkuss zu, während die Räder der Kutsche anrollten. Hochzufrieden ging Madelaine zum Gutshaus zurück.

Es war kurz nach Sonnenaufgang. Der Himmel war wolkenlos. Nur über den Feldern und Wiesen lag noch Nebel. Ein sanfter Wind schüttelte rote und gelbe Blätter von Buchen, Birken und Espen. Während Madelaine in den Hof hinunterschaute, wo Knechte mit schwerbeladenen Forken dampfenden Mist aus den Schweineställen schleppten, lauschte sie dem leiser werdenden Rattern der Kutsche. Alles schien so einfach, so friedlich, und dennoch hatte sie das Gefühl, dass bald etwas geschehen würde, das den Schein des Alltäglichen sprengen würde.
Am späten Vormittag traf Karól von Bénisz ein. Seine Kutsche fuhr geradewegs in einen ausgebrochenen Hühnerschwarm hinein, so dass einige Tiere unter den Hufen seines Vierspänners zermalmt wurden. Federn stoben auf, und die Mägde brachen in lautes Geschrei aus, während sie tote und verletzte Tiere zu bergen versuchten.
Kaum dass die Kutsche vor der Eingangstreppe zum Halten kam, sprang Terézas zukünftiger Mann mit einem Satz heraus. Neugierig betrachtete ihn Madelaine von ihrem Fenster aus. Karól war mittelgroß, von leicht rundlichem, aber kräftigem Körperbau. Er trug einen dichten schwarzen Bart, der die Hälfte seines geröteten Gesichtes bedeckte. Er präsentierte sich in einer stramm sitzenden Husarenuniform und übersprang jede zweite Stufe, bis er beinahe gleichzeitig Matilda und Teréza umarmen konnte. Er gebärdet sich ein wenig übertrieben, dachte sie, so als ob er seine Sache bewusst gut machen will.

Aus dem exaltierten Verhalten Matildas schloss Madelaine, dass sie es war, die Karól sofort energisch unter ihre Fittiche nahm, nicht Teréza. Bestimmt ist sie ihr dafür auch noch dankbar, dachte sie. Schließlich entlastet sie Teréza von der Mühe, Karól zu lenken, damit er tat, was man von ihm erwartete. Sie beschloss, sich bis zum Mittagessen zurückzuziehen.

Als die Zeit nahte und sie auf den üblichen Gongschlag wartete, kam Katalin und bedeutete ihr, dass sie heute allein würde essen müssen, da – sie bat sie ans Fenster – alle anderen bereits aufgebrochen seien. Madelaine folgte ihrer Aufforderung und sah hinaus. Tatsächlich stiegen soeben Teréza, Matilda und Karól in dessen Kutsche. Ihr hatte sich eine kleinere, offene Kalesche angeschlossen, in der ein älterer Mann mit feistem Gesicht und rundem Bauch saß. An seinem Gürtel baumelte eine leere Weinflasche, neben ihm auf dem Sitz lag ein mit bunten Bändern geschmückter Stock.

»Der Hochzeitsbitter«, murmelte Madelaine. Katalin nickte, als hätte sie sie verstanden. Madelaine erinnerte sich an das, was András ihr über den Brauch erzählt hatte: Jeder, der vom Hochzeitsbitter aufgesucht und eingeladen wurde, war gehalten, dessen Weinflasche stets neu aufzufüllen. Er selbst würde den »Hochzeitsbitter-Spruch« sowie die Speisenfolge aufsagen und die zukünftigen Gäste ermahnen, Messer und Gabel mitzubringen, obwohl das in einem Hause wie dem der Mazarys nichts anderes als ein Scherz sein konnte ...

Madelaine sah den beiden davonjagenden Kutschen nach und empfand ein Gefühl der Erleichterung.

Endlich war sie allein.

Sie gestand sich ein, dass der alte Graf nicht unrecht gehabt hatte: Ja, sie war in der letzten Zeit neidisch geworden auf Terézas eifrige Diskussionen mit Matilda über Speisenfolge, Sitzordnung, Blumenschmuck, Gedeckfolgen und dergleichen Hochzeitsvorbereitungen mehr. In Wahrheit hatte sie ihr von Aufregung und Vorfreude erfülltes Geschnatter in den letzten Tagen kaum mehr ertragen können.

Die ungewohnte Ruhe, die jetzt das Gutshaus umfing, tat ihr im ersten Moment wohl. Doch kaum dass Katalin sie verlassen hatte, fühlte sie sich von einer inneren Unzufriedenheit ergriffen. Aus einer Laune heraus ging sie in die Küche und fragte, ob Schokolade vorrätig sei. Die Köchin verneinte.

Und plötzlich hatte sie das Gefühl, wieder frei handeln zu können. Ja, sie würde wieder backen. Und so schickte sie einen Boten mit einer Einkaufsliste nach Szegedin.

Katalin lehnte mit verschränkten Armen an der Küchentür und beobachtete Madelaine misstrauisch.

Vor ihr lagen ein fertiger Mürbeteig und drei abgekühlte Biskuitböden. Diese hatte sie mit frisch gemahlenem Kakaopulver und einer Prise Kardamom angereichert. Nun setzte sie einen Topf mit Wasser, Zucker und Sahne auf, fügte reichlich vom Kakaopulver hinzu. Als alles zum Kochen gekommen war, tat sie etwas Stärke dazu, passierte alles durch ein Sieb und bat Katalin, die Schüssel zum Auskühlen in den Keller zu bringen. Katalin aber gab vor, sie nicht zu verstehen. Na warte, dachte Madelaine, ich werde dir's schon noch zeigen. Sie wickelte ein feuchtes Tuch um die Schüssel, nahm sie zwischen ihre Hände und stürmte energisch an Katalin vorbei, Richtung Keller.

Zurück in der Küche, griff sie zu einem scharfen Küchen-

messer und fuchtelte Katalin damit spielerisch vor der Nase herum. Entsetzt wich diese zurück. Madelaine aber folgte ihr, schob ihr grinsend die Messerspitze unters Schürzenband und zwang sie auf diese Weise zurück an die Arbeitsfläche.
Dort blieb Katalin widerstrebend neben ihr stehen, bereit, jederzeit fortzulaufen.
Madelaine lächelte sie nun offen an, schürzte die Lippen und verdrehte genießerisch die Augen. Langsam schien Katalin zu begreifen. Sie verzog zwar ihr Gesicht, aber als Madelaine ihr mit einer raschen Handbewegung die Augen zuhielt und ihr ein Stück Schokolade in den Mund schob, war sich Madelaine sicher, Katalin würde keinen Widerstand mehr leisten. Noch sträubte sie sich, das als gut zu empfinden, was gut schmeckte. Madelaine aber vertraute auf die Wirkung der Schokolade – und auf ihre Backkunst.
»Sie sprechen nicht, sie stechen nicht, sie schlagen nicht: Sie erobern dich wie eine friedvolle Armee zärtlicher Liebhaber! Sie umschmeicheln deinen Gaumen, verzärteln deine Zunge, lösen deinen Zorn, beglücken deine Seele. Gib zu, du bist besiegt, Katalin! Das ist mein Triumph, zu sehen, wie diese kleinen festen Schokoladenstückchen in deinem Mund eine Revolution auslösen: die Revolution des Glücks und der süßen Metamorphose.«
Um sich nicht allzu deutlich anmerken zu lassen, was sie fühlte, wandte sie sich dem Herd zu und setzte einen weiteren Topf mit Wasser auf die offenen Flammen. Dann griff sie, nicht ohne Katalin einen verschmitzten Blick zuzuwerfen, wieder zu dem scharfen Küchenmesser, spreizte eine dicke Vanilleschote und schlitzte sie behutsam auf. Sie senkte Schote und Mark in Milch und Sahne und wusch, während das Wasser zu sieden begann, einen Teil

ihres Handwerkszeugs ab. Katalin streckte ihre Hand nach dem Messer aus, schielte nach dem Packen Schokolade. Ohne zu zögern, schlug ihr Madelaine auf die Finger. Klirrend fiel das Messer zu Boden. Ohne Katalin aus den Augen zu lassen, ging Madelaine in die Knie und hob es auf. Nur sie selbst wusste, dass sie ihr Misstrauen nur spielte, trotzdem: Rache war süß. Katalin fiel auch prompt darauf herein. Sie schlug, tief beschämt von so viel Misstrauen, die Augen nieder.
Vom Herd erklang kräftiges Topfdeckelklappern. Fragend sah Katalin Madelaine an.
»Du kannst mir jetzt helfen, meine Liebe«, meinte Madelaine und nickte ihr auffordernd zu.
Sie fischte die Vanilleschotenstückchen aus der Sahne-Milch-Mischung, nahm einen kleinen Topf, schlug drei Eigelbe mit Zucker so lange, bis eine feine Schaummasse entstand. Dann setzte sie den Topf in das kochende Wasser, wies Katalin an, ihn an einem seiner Henkel zu halten und mit der anderen Hand unablässig die Mischung weiter zu schlagen. Einem Rinnsal gleich ließ sie nun langsam die Sahne-Milch-Vanille-Mischung hineinfließen. Innerhalb kurzer Zeit trat ihnen vor lauter Anspannung der Schweiß auf die Stirn.
»Nicht aufhören, Katalin, nicht aufhören«, murmelte Madelaine immer wieder angestrengt. »Und es darf nicht zu heiß werden, sonst verklumpt das Eigelb!«
Schließlich goss Madelaine die perfekt gelungene Englische Creme auf die zerkleinerte Kuvertüre und rührte sie gut durch. Als Katalin sie wieder fragend anschaute, sagte sie: »Ja, du kannst sie in den Keller bringen.«
Als Katalin zurückkehrte, war Madelaine damit beschäftigt, schwarze Johannisbeeren durch ein Sieb zu passie-

ren. Nachdem genügend Saft abgelaufen war, dickte sie die Masse mit ein wenig Stärke ein. In ihrer Phantasie aber kam ihr plötzlich ein verwegener Gedanke. Schärfe und Süße. Hatte sie András nicht in Budapest darauf hingewiesen? Nach kurzem Zögern beschloss sie, es zu wagen: In einem Mörser zermalmte sie eine gelbe, scharfe Paprikaschote, würzte sie mit einer kräftigen Prise Chili und mischte das Ganze unter die Johannisbeermasse. Sie brauchte nicht lange abzuschmecken. Es war ein Wagnis, aber eines, das Starrköpfen wie dem Grafen frischen Wind bescheren würde!
Sie schob ihre Vorfreude beiseite, denn nun waren ruhige Hände und ein kühler Kopf erforderlich.
Selbst Katalin schien zu merken, dass es hier um etwas Besonderes ging. Gehorsam holte sie die Vanille-Schokoladen-Mousse und den Kakaogelee aus dem Keller und schaute Madelaine mit einem Ausdruck von Schüchternheit und Bewunderung zu.
Madelaine legte den Mürbeteigboden zuunterst, begoss ihn mit der Mousse, setzte den ersten Biskuitboden obenauf und belegte diesen mit einer dünnen Schicht Johannisbeer-Paprika-Chili-Mischung. Dann kam der nächste Biskuitboden, gefolgt von der Mousse. Zuoberst wurde der letzte, dritte Biskuitteig vorsichtig aufgedrückt, schließlich die Torte mit dem Rest der Mousse bestrichen. Als Verzierung setzte Madelaine aus roten und schwarzen Beeren den Namen »Mazary« in die noch weiche Mousse, verschönerte sie mit fünf einzelnen Pralinen und streute winzige Flocken Blattgold außen herum.
Katalin kam aus dem Staunen nicht mehr heraus. Ehrerbietig ging sie voraus, hielt Madelaine Küchen- und Kellertür auf. Es war vollbracht.

10

Am Tag von Terézas Hochzeit standen sieben dieser außergewöhnlichen Schokoladentorten auf den mit weißem Leinen und Blumenkränzen geschmückten Tischen des herrschaftlichen Speisesaals. Sieben Torten, auf die Madelaine stolz war. Es war ihr gleichgültig, dass Matilda sie nun auf der Stufe einer schlichten Bäckerin sah. War deren Einschätzung eindeutig, so ließ Teréza sie im Unklaren darüber, ob sie sich freute oder doch nur Haltung bewahrte, um ihren heimlichen Neid auf ihr Können zu verbergen. Denn auch Teréza entging nicht, dass der alte Graf, seit er von der Schokoladentorte gekostet hatte, Madelaine milder zu betrachten schien.
Zum Hochzeitsfest, das drei volle Tage und Nächte andauern sollte, waren weit über einhundertvierzig Gäste angereist. Der Mazary'sche Gutshof strahlte von innen wie von außen. Dutzende fleißiger Köchinnen und ihre Helfer boten nun das an, für das sie in den letzten Tagen bis zur Erschöpfung gearbeitet hatten. Zwei sich abwechselnde Zigeunerkapellen spielten pausenlos Czárdás, Polka und Walzer, ganz so, als sollte niemand jemals mehr zur Besinnung kommen. Wein und Schnäpse flossen die Kehlen hinunter. Manch einer schlief ein, wohin er fiel: auf Sofas, unter den Tischen, auf Truhen, die in Galerie und Dielen standen, im Heu, auf der niedrigen Steinmauer, die die Terrasse umrahmte.
Unermüdlich heizte der Hochzeitsbitter mit gekonnten Sprüngen, deftigen Sprüchen, heiteren Gedichten und mit-

reißenden Liedern die Stimmung der Gäste immer wieder an. Er war es auch, der sie mit einladenden Worten zu Tisch bat, Trinksprüche und »Mahlzeitssprüche« aufsagte, auf dass die Küchenmädchen und Zuträger für einen unablässigen Strom zwischen Küche und Speisesaal sorgten.
Irgendwann nahm es Madelaine kaum noch wahr.
Die Ausgelassenheit, der Trubel zogen sie in einen Rausch, der sie unempfindlich machte gegen kritische Bemerkungen oder abschätzige Blicke. Sie tanzte mit András, bis ihre Beine weich wie Buttercreme wurden. Sie ließ sich von anderen Herren zur Musik herumwirbeln, als müsse sie all jene beiseitedrängen, die ihr mit ihrer Ablehnung zu nahe kamen. Dabei vermied sie es, den aufmerksamen Blicken des alten Grafen zu begegnen, dem der Gram darüber anzusehen war, nicht mehr tanzen zu können.
So begann er am dritten Tag des Hochzeitsfestes zu trinken. Am späten Nachmittag schwankte er bereits und war unfähig, sich von seinem Stuhl zu erheben. Madelaine fürchtete schon, er könnte einen weiteren Schlaganfall erleiden, als er plötzlich mit einer heftigen Handbewegung zur Tischglocke griff und läutete. Alle Gespräche erstarben im Nu.
»Los, stellt mich auf!«, befahl er leicht lallend.
Zwei Diener eilten herbei, griffen ihm unter die Arme und bugsierten ihn hinter seinen Stuhl. Zitternd klammerte er sich mit einer Hand an der Lehne fest. Mit der anderen Hand machte er eine weit ausholende Geste.
»Das Fest ist vorüber!«, rief er, hustete und ließ seine Blicke durch den Saal gleiten. »Bald vorüber, wie gesagt. Seht mich an: Ich bin alt und angeschlagen wie ein vom Blitz getroffener Baum. Es wird Zeit, mein Wurzelwerk besseren Böden zu überlassen.« Er kicherte, beherrschte

sich aber mit einem plötzlichen Ruck. »Hört zu: Meine Tochter Teréza und Madelaine, das Schokoladenmädchen meines Sohnes, haben die Zukunft unseres, meines Hauses in der Hand.« Er schwankte kurz, fuhr aber sogleich fort: »Ihr alle seid Zeugen, wenn ich jetzt verkünde, dass diese beiden darüber entscheiden, wer mein Erbe antritt.« Er machte eine kurze Pause, um die Spannung zu erhöhen. »Das Paar, das mir zuerst einen Sohn, einen männlichen Enkel, präsentiert, erbt den Hauptteil meines gesamten Vermögens.«
Die Gäste klatschten begeistert. Man ließ unter Johlen und Pfiffen beide Paare hochleben, Scherze und Lachen heizten die Stimmung weiter auf. Madelaine wechselte einen vielsagenden Blick mit András, dann schaute sie zu Teréza hinüber, die ähnlich zu fühlen schien wie sie: beschämt und empört zugleich. Auch Karól und András schienen sich unwohl zu fühlen, denn sie erhoben sich, traten auf den alten Grafen zu, redeten leise auf ihn ein. Dieser aber hob sein Glas, hörte ihnen nur kurz zu, schob sie dann schließlich mit einer triumphierenden Geste beiseite und prostete den ausgelassenen Gästen zu.
Madelaine aber hielt es nicht mehr aus, sie stürmte aus dem Saal. In der Diele holte sie Matilda ein, die sie beobachtet hatte und ihr rasch nachgelaufen war. Energisch ergriff sie Madelaines Arm, sah ihr forsch in die Augen. Es ist das erste Mal, dass sie das Wort an mich richtet, dachte Madelaine und ahnte Ungutes.
»Machen Sie sich keine unnötigen Gedanken, Madelaine. Mit Gottes Hilfe wird Teréza dem Wunsch ihres Vaters nachkommen, nicht Sie. Wissen Sie auch, warum? Wir haben mit äußerster Sorgfalt erfüllt, was uns unsere Tradition abverlangt. Hören Sie, die Regel will es, dass die Braut

etwas Altes trägt, damit die Familientradition weiterbesteht: Teréza trägt den Schmuck ihrer Mutter. Außerdem muss sie Neues tragen, als Zeichen für Optimismus. Das sind die beiden wunderschönen Haarnadeln ihres Mannes. Als Drittes etwas Geliehenes, als Zeichen für Glück und gute Bekannte. Dazu habe ich ihr mein altes, kostbares Seidentuch geschenkt. Jetzt kommt das Wichtigste: Haben Sie das blaue Band um ihre Taille bemerkt? Anscheinend passt es nicht zu ihrem Hochzeitskleid, nicht wahr? Es ist aber wichtig. Nur so ist gesichert, dass sie später einen Sohn bekommt. Verfolgen Sie also ruhig Ihre eigenen Pläne, Madelaine. Vertrauen Sie nicht auf das in verlockende Aussicht gestellte Mazary'sche Erbe.« Sie lächelte maliziös und ließ Madelaine stehen.

Kaum eines klaren Gedankens fähig, stürmte Madelaine hinaus, die Gutstreppe hinunter, zum Pferdestall, aus dem es so beruhigend duftete. Mit hektischen Bewegungen befahl sie dem einzig anwesenden Stallburschen, Kolja zu satteln. Ohne Zögern schwang sie sich auf den Rücken des sanftmütigen Pferdes und trieb ihm ihre Fersen in die Seiten. Kolja zögerte, als bezweifele er ihren Befehl. Da sie ihren Druck aber ungestüm mehrfach wiederholte, galoppierte er schließlich durch das Gutstor hinaus, die lange Akazienallee gen Westen entlang.

Warum tut der Alte das? Warum? Warum bin ich noch hier und nicht bei Urs und den Kindern? Warum gehe ich nicht einfach mit András fort? Ist er wirklich der richtige Mann für mich? Ein dem Erbe verpflichteter Sohn? Mit einem Schicksal, das mich unglücklich macht?

Ihr Herz schmerzte, ihre Augen waren voller Tränen. Sie blinzelte in die aufgefächerten Sonnenstrahlen, die zwischen den dünnen, vom Laub halb entblößten Zweigen der

Akazien sich Bahn brachen. Kühler Wind strich ihr über das nasse Gesicht. Es roch nach Kartoffelfeuern, fauligem Obst, Pferdeäpfeln und Dung. Sie musste etwas tun, irgendetwas. Ja, gestand sie sich bitter ein–, sie musste endlich ein Kind gebären. Einen Sohn.

Ein schmerzliches Ziehen machte sich in ihrem Leib bemerkbar. Es erinnerte sie daran, wie schwer es zu ertragen war, dass auch die letzte lustvolle Nacht mit András vor einigen Wochen sie nicht hatte schwanger werden lassen. Wenn die Lust schon nicht half, wie sollte dann ein Kind entstehen können, wenn sie beide unter Druck standen? Das war doch unmöglich! Oder etwa nicht?

Madelaine war so durcheinander, dass sie nur noch schluchzte. Die Straße vor ihr schien wie von einem Schleier überzogen. Irgendwo heulte ein Hund. Ohne dass es ihr bewusst wurde, galoppierte Kolja weiter und bog unvermittelt an einer Kreuzung nach rechts ab. Sie kamen in ein Dorf, wo mehrere aufgebrachte Leute einen mit Staub bedeckten Reiter umringten und wild durcheinanderschrien. Entsetzt zügelte Madelaine ihr Pferd und schaute verwirrt um sich.

Vor der kleinen Kirche prügelten sich mehrere Männer, einige Junge ließ es gleichgültig, ein paar Ältere feuerten sie an. Nun erblickte der Reiter Madelaine. Er rief ihr etwas zu, sie verstand es nicht. Doch merkwürdigerweise hörte plötzlich der Tumult auf. Alle Blicke richteten sich auf sie, missmutig und neugierig zugleich.

»Sie ist es wirklich«, murmelte jemand. Die Umstehenden schüttelten verwundert die Köpfe.

Erschrocken zuckte Madelaine zusammen.

»Kommen Sie wirklich vom Mazary'schen Hof?«, wandte sich der Reiter ihr nun ebenfalls auf Deutsch zu.

Ihr blieb vor Überraschung nichts anderes übrig, als zu nicken.
»Der Graf ist zu Hause?«
»Er feiert Hochzeit…«
»Das hat man mir erzählt, ich wollte es zuerst nicht glauben. Aber das kommt gut«, erwiderte der Reiter. Langsam ritt er aus der Schar der ihn umringenden Dörfler heraus, direkt auf Madelaine zu.
»Was ist los? Was wollen Sie?«
Er lenkte sein Pferd dicht an das ihre. »Wollen Sie das wissen? Dann los!!«
Mit einem heftigen Ruck riss er ihren Zügel an sich, spornte sein Pferd an und entführte Madelaine aus dem Dorf, über einen zerfurchten Feldweg und direkt in einen nahe gelegenen Wald.
Im Nu schwang er sich aus dem Sattel, packte sie um die Taille und zog sie auf den Waldboden. Er bedeckte ihr Gesicht, ihren Hals mit stürmischen Küssen, zerrte ihr Kleid bis über die Taille hoch, löste seinen Ledergürtel.
»Man sagt, er sei toll geworden, seit sein Sohn ein süßes heißes Mädchen ins Haus gebracht habe«, keuchte er und fuhr mit seiner Hand ihren Schenkel hoch.
Madelaine kratzte und biss, doch er war stark und lachte nur. »Du bist heißer als ein Backofen«, stöhnte er grinsend.
Sie schrie aus Leibeskräften, wand sich unter ihm. Plötzlich rollte er sich von ihr ab, erhob sich schwungvoll und sah laut lachend auf sie herunter.
»Haben Sie etwa Angst bekommen? Vor mir?«
Madelaine sprang auf, holte zu einer Ohrfeige aus, doch er packte ihr Handgelenk. Lächelnd schüttelte er seinen Kopf.

»Es ist ein Scherz. Ich sehe, Sie sind anders, als man sagt.«
»Wer redet so über mich?«
Er wiegte seinen Kopf hin und her.
»Ich bin viel unterwegs, treffe mal diese, mal jene.«
»Katalin etwa?«, entfuhr es ihr, wobei sie merkte, wie sie vor Wut errötete.
Sich im Nacken kratzend, brummte er: »Es gibt solche, die so heißen, und andere, die anders heißen. Nehmen Sie es nicht so ernst. Nun steigen Sie schon auf. Ich verspreche Ihnen, Sie werden mich so bald nicht wiedersehen. Zumindest nicht so wie eben.«
»Das soll ich glauben?«
Er kniff die Augen zusammen. Plötzlich wurde er ernst.
»Ich wollte nur zu Ferenc, meinem Bruder. Er arbeitet als Pferdehirt beim Grafen. Es ist mein Abschied, ich wandere aus. Ich habe Frau und Kind bei einer wahnwitzigen Schießerei verloren. Sie waren unschuldig und einfach nur zur falschen Zeit am falschen Ort. Und als ich hierherkam, letzte Woche, fand ich meinen alten Vater vor. Er hat sich erhängt.«
Er starrte Madelaine an. Langsam fuhr er fort und betonte jedes Wort: »Er war zeit seines Lebens so stolz auf seine Herde. Sie war seine Sicherheit im Alter. Alle Tiere starben vor ihm an der Pest. Der Rinderpest. Das hält kein richtiger Ungar aus.«
Wütend schwang sich Madelaine wieder in den Sattel.
»Und weil Sie alles verloren haben, ist Ihnen auch die Unversehrtheit einer Frau gleichgültig, wie?«
»So unversehrt scheinen Sie mir aber doch nicht ...«, erwiderte er und musterte sie noch einmal eindringlich.
»Ich bin die Ehefrau vom Grafen!«

»Nein, nein, das stimmt nicht. Sie sind ein einfaches Mädchen. Das müssen Sie mir glauben. Man riecht es Ihnen an. Sie sind eine von uns, ein Mädchen aus dem Volk.«
Madelaine hielt vor Entrüstung die Luft an. Sie suchte nach Worten, fand aber keine. Fassungslos schaute sie zu, wie er sich auf sein Pferd schwang.
»Bestellen Sie András einen schönen Gruß von mir. Er kennt mich. Wir haben uns in jungen Jahren einmal tüchtig geprügelt. Damals besiegte er mich. Aber ich rächte mich, indem ich sein Pferd stahl und es ritt, bis es zusammenbrach. Ich rate Ihnen: Gehen Sie fort. Sonst erwischt Sie eines Tages noch ein anderer, einer, der es ernst meint. Sie verstehen, was ich meine?«
Er beugte sich zu ihr hinüber, schlug ihrem Pferd kräftig auf die Hinterbacke. Kolja stürmte los, Madelaine keuchte und krallte sich in seiner Mähne fest. Der Wind brannte in ihren Augen, und das hämische Lachen des Mannes hinter ihr klang noch lange in ihren Ohren.

Um Mitternacht tupfte Karól von Bénisz mit nassem Finger die letzten Krümel von den Schokoladentellern und zerschlug einen Kuchenteller nach dem nächsten. Er war reichlich angeheitert und amüsierte sich darüber, dass Teréza das rote Kleid angezogen hatte, wie es die Tradition verlangte. Mit dem blauen Band um die Taille sah sie, von ferne betrachtet, wie in zwei Hälften zerschnitten aus. Sie war eine Zeitlang unschlüssig umhergewandert, jetzt nahm sie am Tisch der Trauzeugen Platz und begann zum wiederholten Mal die Münzen zu zählen, die jeder Gast für seinen Tanz mit ihr zum Wohle des frischgebackenen Ehepaares gespendet hatte. Dabei warf sie Karól von Zeit zu

Zeit strafende Blicke zu, die dieser jedoch mit einem belustigten Lachen quittierte.
Noch immer spielten die Musikanten, tanzten die Paare. Doch als plötzlich die zweiflügelige Tür aufgestoßen wurde und ein Reiter hoch zu Ross in den Saal drang, wurde es augenblicklich still.
Madelaine versteckte sich hinter András, als sie den Mann wiedererkannte, der sie vor wenigen Stunden gedemütigt hatte.
Die Paare stoben auseinander, als der Reiter sein Pferd direkt auf den alten Grafen zutrieb. Er zog seinen Hut, grüßte knapp, wobei er jedem scharf ins Gesicht sah. Zuletzt blieb sein Blick, nicht ohne Spott, auf András ruhen.
»Ich bringe euch Nachricht von eurem Gutsverwalter.«
Entsetzt erhoben sich András und sein Vater von ihren Stühlen. Erst jetzt fiel Madelaine auf, dass sie ihn noch nie gesehen hatte. Selbst zur Hochzeit war er nicht erschienen.
»Was ist mit ihm?«, stieß der alte Graf hervor. Seine Finger krallten sich in die leinene Tischdecke, so dass einige Gläser umkippten.
Der Reiter reckte sich selbstbewusst.
»Er ist tot. Sie haben ihn in den Tod geschickt, Graf.«
»Nein, nein, das ist nicht wahr«, stammelte dieser, bleich im Gesicht. Niemand sprach mehr ein Wort. Die Blicke der Gäste glitten, wie von einem Pendel, gezogen zwischen Reiter und Mazary hin und her.
»Sie haben ihn nach Agram geschickt, obwohl Gisa Sie warnte. Sie hätten auf sie hören sollen, so wie Sie dem alten Milos Glauben schenkten. Sie achten die Frauen nicht, Graf!« Er begann schallend zu lachen. Der alte Graf hob abwehrend eine Hand, seine Miene verzerrte sich.

»Sag uns die Wahrheit!«, rief András aufgebracht, während er auf seinen zitternden Vater zueilte. »Was ist geschehen?«

»Der Hauptredner eines kroatischen Gesangsvereins hat auf dem Jubiläumsbankett in seiner Ansprache den Kaiser als König von Kroatien bezeichnet. Tags darauf sprach die Belgrader Zeitung den Kroaten die eigene Nationalität ab und bezeichnete sie bestenfalls als eine Nation von Speichelleckern. Sie sollten in Serbien aufgehen, schließlich sprächen ja beide, Serben und Kroaten, dieselbe Sprache. Daraufhin brachen Unruhen aus. Aus Wut über die serbische Anmaßung überfielen die Kroaten eine serbische Bank, serbische Zeitungsbüros, serbische Häuser und Läden und demolierten alles, was ihnen in die Hände kam. Über einhundert Leute sollen schwer verletzt worden sein. Die Ausschreitungen hörten erst auf, nachdem das Standrecht ausgerufen und eine Ausgangssperre verhängt wurde. Dann marschierten Truppen ein. Hatten Sie nicht Ihren Gutsverwalter nach Agram geschickt, damit er herausfände, ob die Banken dort bessere Kreditzinsen gäben? Jetzt müssen Sie damit leben, dass Sie den Tod eines tüchtigen Ungarn auf dem Gewissen haben. Sie haben ihn Ihrer Geldgier geopfert, Graf!«

Dieser hob noch einmal protestierend seine Hand, war aber zu schwach, um etwas zu erwidern.

Der Reiter wendete sein Pferd, spuckte nach links und rechts. In der Tür wandte er sich noch einmal um.

»Nur dass ihr es alle wisst: Ich habe genug von einer Welt, die zerbrechlich wie eine Eierschale geworden ist. Ich wandere aus. Und du, András, dir rate ich, pass gut auf dein Weib auf! Sie passt nicht zu dir!«

Ohnmächtig sank Madelaine zu Boden. Der alte Graf aber

stürzte bäuchlings auf die Tischplatte, Speichel rann ihm aus dem Mund.

Erst nach Tagen erlangte der Graf seine Sprache wieder zurück. Es sei nur ein leichter Schlaganfall gewesen, konstatierte der Arzt, man solle ihn aber schonen und alles Unangenehme von ihm fernhalten. Mit Besorgnis nahm Madelaine, nachdem sie sich wieder ein wenig erholt hatte, wahr, dass András ihr mit geradezu kirchlichem Ernst nachts beiwohnte. Ja, sie hatte das Gefühl, er schliefe einzig und allein mit ihr, um den Genesungsprozess seines Vaters dadurch zu beschleunigen, dass er sie schwängerte.
Nie zuvor hatte sie so sehr gelitten.

Nachdem Teréza und Karól in dessen Heimat bei Pápa im Nordwesten Ungarns abgereist waren, sprach niemand mehr von der Hochzeitsfeier. András stürzte sich in die Arbeit. Er konnte seinen Vater davon überzeugen, ihm freie Hand bei der Ausbeutung eines Eisenerzlagers zu lassen. Er hatte bereits Karóls finanzielle Unterstützung schriftlich vorliegen. Beide Männer hatten sich darauf geeinigt, ihre Beziehung nicht durch das Verdikt des Alten belasten zu lassen. Sie waren sich darin einig, innerhalb kurzer Zeit so viel Gewinn zu erzielen, dass später, sollte ein männlicher Erbe geboren werden, sowohl die Übertragung des Mazary'schen Vermögens als auch eine angemessene Gewinnauszahlung für die andere Partie – sei es Teréza und Karól, sei es Madelaine und András – gesichert sein würde.
Sie nahmen Kontakt zur Rimamurany-Salgotarjaner Eisenwerks-AG auf, die bereits 1889 fast ein Fünftel des Rohei-

sens produziert hatte. Ihre Gewinne waren in der Zwischenzeit weiter gestiegen, und András prognostizierte, ihre Roheisenproduktion würde sich bis 1906 bestimmt verdoppeln. Karól teilte seine Auffassung. Mit ihrer Absicht aber, die Mazary'schen Erze von fremder Hand heben zu lassen, stießen sie bei dem alten Grafen auf erbitterten Widerstand.

»Was uns gehört, wird auch in unseren Händen bleiben.« Das war seine Meinung. »Wir wollen mit einem eigenen kleinen Werk beginnen und unser Eisenerz selbst auf dem Markt anbieten.«

Es bedurfte langer Gespräche und der Unterstützung Karóls, um ihn davon zu überzeugen, dass ein anderer Weg beschritten werden musste. András und Karól wandten sich an die k. u. k. Privilegierte Österreichisch-Ungarische Staatseisenbahn-Gesellschaft. Sie war 1855 von Wiener Banken und der Société Générale de Crédit in Paris gegründet worden und hatte schon ein Jahr später im Banat in der Stadt Anina ein riesiges Eisenwerk mit drei Hoch- und dreißig Koksöfen gebaut.

András und Karól gelang es nur mit Mühe, den alten Grafen dazu zu bewegen, an den Gesprächen teilzunehmen. Die Vorstellung, österreichischen und französischen Banken zu vertrauen, war ihm ein Grauen. Doch um rasch handeln zu können, musste er sich auf diese Verbindung einlassen. Es blieb ihm nichts anderes übrig. Nach mühseligen Verhandlungen wurde vereinbart, dass die Gesellschaft sie darin unterstützte, auf ihrem Land das Erz abzubauen und ein Hüttenwerk zu errichten. An Letzterem würden sie sich dank der finanziellen Unterstützung durch Karóls Vater beteiligen. Darüber hinaus würde András Arbeitskräfte bereitstellen, die er aus der Landwirtschaft abziehen konnte. Er würde ihnen einen besseren Verdienst zusagen können und ihnen gegenüber weiterhin eine Sorgfaltspflicht übernehmen. Dass er sich dank seines Studiums an der bergbaulichen und technischen Leitung mit beteiligen wollte, war selbstverständlich. In allen weiteren Fragen würde ihn Karól unterstützen.

Gemeinsam legten sie beiden Vätern schließlich die ausgearbeiteten Verträge vor.

Da alles genau berechnet war, stimmten diese zu. Danach zog sich Karóls Vater zurück. Er wolle noch ein wenig sein Leben als Privatier genießen, erklärte er. Im gleichen Monat überwies Karól die erste Hälfte der vereinbarten Summe auf eines der Mazary'schen Konten, die Auszahlung der zweiten Hälfte war auf Dezember 1904 festgelegt.

András war erleichtert. Er war überzeugt davon, mit Karól einen vernünftigen, zuverlässigen Geschäftspartner gewonnen zu haben. Und er sagte dies auch mehrmals zu seinem Vater.

Madelaine aber fand sich nur schwer damit ab, dass András alles tat, um seinem Vater Sicherheit bezüglich des Bestands des Mazary'schen Besitzes zu vermitteln. Er hatte noch weniger Zeit für sie, studierte die Rechnungsbücher des Gutes und überwachte die landwirtschaftliche Arbeit, die durch die sich ausbreitende Rinderpest zusätzliche finanzielle Einbußen mit sich brachte. Er verzichtete auf einen Gutsverwalter, übernahm dessen Aufgaben und stellte stattdessen einen Sekretär ein, dem er täglich Briefe und Berichte diktierte. Regelmäßig traf er sich mit Karól in Szegedin, auf dem väterlichen Jagdschloss oder in Budapest. Reisen, bei denen er Madelaine oft mehrere Tage lang allein ließ und die sie immer tiefer in ihre Sorgen hineintrieben, nicht schwanger werden zu können. Sie zählte die Stunden, sie zählte die Tage. Wann endlich war András wieder da? Wie würde er gelaunt sein? Würde er mit einer sie niederschmetternden Nachricht heimkehren?

Dabei war ihr klar, dass es in Wahrheit Teréza selbst sein würde, die ihr die eigene erfreuliche Nachricht sofort per Expressboten mitteilen würde.

Und so wurde jeder Tag ohne Nachricht von ihr für Madelaine ein gewonnener Tag. Jeder Tag ohne Anzeichen für eine Schwangerschaft bei sich selbst hingegen ein schlechter.

In einem ausführlichen Brief an Urs machte sie ihrem Kummer Luft. Sie hoffte, er würde ihr rasch Trost zusprechen, doch die Wochen vergingen, ohne dass ein Brief von ihm eintraf. Madelaine fühlte sich doppelt verlassen und einsam.

11

Ende Januar erfuhr die Welt, der amerikanische Präsident Theodore Roosevelt habe drahtlos von Cape Cod an der Atlantikküste der USA an König Eduard VII. in England telegraphiert. Diese Nachricht rief überall, auch auf dem Mazary'schen Gut, ungläubiges Erstaunen hervor. Der alte Graf orakelte, wenn diese Technik weiterentwickelt würde, würden Kriege in Zukunft noch schneller geführt werden, nämlich mittels unsichtbarer Befehle und heimtückischer Strategien. Die Zukunft sähe düster aus.
Madelaine sah es ihm an, dass ihm die neue Zeit mit ihren technischen und militärischen Errungenschaften unheimlich war. Nichts schien mehr bodenständig, überschaubar, berechenbar. Ihre Rolle in seinem Dunstkreis wurde dadurch aber nicht einfacher. Denn mit wachsender Beklemmung verfolgte sie seine Bemühungen, das zu festigen und zu wahren, was sein Eigen war. Und er litt zunehmend darunter, keinen Hinweis darauf zu sehen, dass der Name Mazary durch einen Enkel weitergetragen würde.
Die Stimmung im Hause und zwischen den Familienmitgliedern verschlechterte sich seit Terézas Hochzeit von Monat zu Monat. Nur András und Karól bemühten sich, durch ihre wirtschaftlichen Aktivitäten das Gemüt des Alten zu beruhigen.
Ihr Einsatz wurde jedoch von weltpolitischen Ereignissen, die besonders der alte Graf argwöhnisch verfolgte, erschüttert. So wurde im Februar 1903 ein Wiener Memorandum unterzeichnet, in dem Österreich-Ungarn und Russland

gemeinsam von der Türkei forderten, in ihren Balkanprovinzen Reformen durchzuführen. Diese sollten vornehmlich den Interessen der bulgarischen Untertanen in der Türkei dienen, deren nationale Bestrebungen sich weit bis in das türkische Mazedonien hinein erstreckten. Die bulgarische Minderheit aber fühlte sich der türkischen Herrschaft ausgeliefert und beanspruchte unter anderem ein Mitspracherecht in der Verwaltung. Auch die griechische Minderheit fühlte sich gewaltsam unterdrückt.

Die Türkei reagierte zunächst nicht auf die k. u. k. Aufforderung. Erst als im Juni Aufstände ausbrachen, rückte sie mit dreihundertfünfzigtausend türkischen Soldaten gegen sechsundzwanzigtausend Aufständische aus. Mit dem Ergebnis, dass eintausend Rebellen getötet, zweihundert Dörfer durch türkische Vergeltungsmaßnahmen zerstört, Tausende von Häusern niedergebrannt, Tausende von Frauen vergewaltigt und noch viel mehr Bewohner erschlagen worden waren. Am Schluss waren über siebzigtausend Menschen obdachlos.

Kaiser Franz Joseph und Zar Nikolaus trafen sich, um Druck auf den türkischen Sultan auszuüben, damit die drohende Gefahr eines Krieges abgewendet würde. Weltweit gab es Proteste, die sich das Anliegen für Gerechtigkeit, Freiheit und Frieden auf die Fahnen schrieben.

Die Berichte über die unmenschlichen Greueltaten drangen auch bis in die ungarische Provinz. Ein Regime, das nationale Minderheiten brutal unterdrückte, ja, auszumerzen schien, rief allerorts Abscheu hervor. So wie Graf Mazary, der wie viele Ungarn dem Unabhängigkeitsgedanken der Magyaren anhing, waren viele Menschen fassungslos und entsetzt über die Niederschlagung eines Volkes, das sich doch nur dagegen wehrte, unterdrückt zu werden.

In der k. u. k. Monarchie selbst gab es schließlich auch genügend Beispiele: In Kroatien wehrten sich die Massen gegen die Politik der Magyarisierung ihres ungarischen Gouverneurs. Sie warfen ihm vor, er verteile die Steuereinnahmen ungerecht, gebrauche ausschließlich ungarische Namen und die ungarische Sprache bei Eisenbahnen in Kroatien und Slawonien.

Am besten, man lese überhaupt keine Zeitung mehr, meinte eines Tages András genervt und schlug im gleichen Moment das neueste Blatt aus Budapest auf. Es half alles nichts, sie mussten informiert sein, wenn sie ihre Existenz retten wollten.

Mit Bangen verfolgte Madelaine die Meldungen aus dem russischen Reich. Die Gerüchte über Unterdrückung innenpolitischer Gegner ließen nicht nach. Wie bei allen demokratisch Gesinnten riefen dies auch bei ihr äußerstes Unbehagen hervor. Erinnerungen an Terschaks geheimen Kampf, an Überfälle und Ermordung von Kritikern des Zarenreiches wurden wach, häufiger, als ihr lieb war. Es waren keine guten Momente. Und so manches Mal teilte sie die unterdrückte Angst des alten Grafen vor der Zukunft. Doch sie behielt ihre Gefühle für sich.

Die Aufregung darüber, dass die deutschen »Kaiserlinge« eifrig an neuen Waffensystemen bauten, führte beim alten Grafen allerdings dazu, dass er immer häufiger von Schwindelanfällen und erhöhtem Blutdruck geplagt wurde. An manchen Tagen aber tobte er, zerschlug einen Spazierstock nach dem anderen auf dem Balkongeländer, ohne zu sagen, warum. An anderen lag er apathisch in seinem Bett, dann musste der Arzt kommen. War dieser endlich gegangen, musste Katalin für ihn süße Striezel backen, Tee mit Arak aufgießen und sich stundenlang zu ihm ans Bett setzen.

Sie leidet nicht darunter, stellte Madelaine fest, im Gegenteil. Katalin wirkt wie erholt, wenn sie von ihm kommt, egal, wie lange sie bei ihm gewacht hat. So weich und gelöst wie eine Frau, die liebt. Es war Madelaine gleichgültig, sie hatte genug mit sich selbst zu tun. Natürlich hätte sie den Grafen gerne mit einer Schokoladentorte aufgemuntert, doch irgendetwas hielt sie davon zurück. Sie hätte nicht sagen können, was. Und er forderte sie auch nie dazu auf. Vielleicht, überlegte sie, will er zwischen Teréza und mir unparteiisch bleiben. Vielleicht aber ist er auch zu stolz.
Immer wieder musste sie sich András' Worte in Erinnerung rufen, er sei liberal und kosmopolit erzogen worden. So aber, wie sich der alte Graf in der Zeit seit ihrer Ankunft verhielt, konnte sie nur annehmen, dass bereits sein erster Schlaganfall für seinen zunehmenden Konservatismus verantwortlich zu machen war. Madelaine wusste, dass er keiner Partei angehörte, auch nicht der nationalistischen Opposition, die im Parlament nicht müde wurde, den Bruch der Doppelmonarchie herbeizusehnen. Aber sein Herz schlug nun einmal für Ungarn. Wer, dachte sie, sollte ihm das auch verdenken?

12

Der Sommer wurde außergewöhnlich heiß. Auf heftige Gewitter und stürmische Wolkenbrüche folgte sengende Hitze. Entsprechend übelgelaunt ereiferte sich der Graf über die Meldung, dass Kálmán Széll, bisheriger Regierungschef, am 27. Juni vom Kaiser in Ungnaden entlassen wurde.
»Im Januar hat er dem Reichstag einen Gesetzentwurf zur Reorganisation der Armee vorgelegt. Jeder weiß, sowohl k.u.k. Armee als auch die Honvédtruppen müssen dringend aufgestockt werden. Darüber gibt es gar keinen Zweifel! Aber wir können diesem Beschluss doch nur zustimmen, wenn dafür Ungarisch als Kommandosprache und ungarische Abzeichen eingeführt sowie die Dienstzeit herabgesetzt werden. Schließlich beteiligen wir uns um jeweils ein Viertel an den Kosten! Adel wie Arbeiterschaft sind sich darin einig. Und was macht der Kaiser? Er entlässt Széll, weil er ihm zu liberal war. Er verlangte von ihm, hart gegen die Unabhängigen vorzugehen, sie geradezu niederzuknüppeln. Wo doch nur recht ist, was recht war: ein separates ungarisches Heer unter ungarischem Kommando. Das wäre das Beste!«
Noch in der Nacht verschlechterte sich sein Gesundheitszustand besorgniserregend. Katalin musste ihm kalte Wadenwickel machen, ihn auf den Bauch rollen und Blutegel auf den Rücken setzen. Nur die, wurde er nicht müde zu betonen, wären in der Lage, sein schäumendes Blut zu besänftigen. Die ganze Nacht wachte Katalin an seinem Bett.

Am frühen Vormittag, mit mehreren Stunden Verspätung, traf endlich der Arzt ein. Dieser riet ihm dringend, zur Erholung nach Opatija, dem illustren Seebad an der Adria aufzubrechen. Dort, fuhr der Arzt fort, solle er nach den Anwendungen seines berühmten Wiener Kollegen Julius Glax kuren. Es würde seinen körperlichen wie auch nervlichen Malaisen guttun. Er solle ohne Verzögerung aufbrechen, doch nicht allein reisen. Der alte Graf stimmte dem ärztlichen Rat sofort und widerspruchslos zu, wechselte einen Blick mit Katalin. Damit war beschlossen, dass sie ihn begleiten würde. Katalin konnte ihre Begeisterung kaum verbergen. Es würde ihre erste Reise sein, allein mit dem Mann, dem sie seit ihrer Jugend verfallen war. Damit erfüllte sich für sie ein langersehnter Traum. Schon am übernächsten Tag reiste der alte Graf mit ihr ab.

Zunächst atmeten alle, besonders Madelaine, erleichtert auf, in der Hoffnung, er würde wohlgelaunt heimkehren und sie in der Zwischenzeit schwanger werden. Doch es kam anders.
Mitte September, drei Wochen vor Ablauf seiner Kur, traf vom Grafen ein Eilbrief ein. Als András diesen Madelaine zu lesen gab, konnte sie ihn direkt vor sich sehen: zittrig vor kaum noch zu beherrschender Erregung.
Er werde früher heimkehren, schrieb er, er könne nicht anders. Nicht nur einmal, nein, mehrmals habe er von vertrauenswürdigen Bekannten zugeraunt bekommen, Karóls Vater treibe sich im Spielcasino herum. Zufällig habe er sich von dessen Zustand vor zwei Tagen selbst überzeugen können. Er habe ihn nämlich bei einem Morgenspaziergang an der Strandpromenade angetroffen: in einem völlig aufgelösten Zustand. Natürlich habe er ihn zur Rede

gestellt. Der alte Bénisz habe nur wild mit den Augen gerollt, irgendetwas von harmlosem Zeitvertreib gestammelt und sei dann in Frack und Lackschuhen über den Strand bis zum Bauchnabel ins Wasser gewatet. Dabei habe er die Arme ausgestreckt und in brüchigem Bariton eine äußerst dämliche Opernarie zu singen versucht. Das sei schon schlimm genug, sei aber nicht alles: Was ihn zu seiner privaten Tragödie zusätzlich belaste, sei das politische Geschehen in der Heimat. Er habe nämlich gelesen, dass der Kaiser dem neuen ungarischen Regierungschef, Károly Graf Khuen-Héderváry, anlässlich eines gemeinsamen Manövers im galizischen Chlopy bekräftigt habe, dass das Heer weiterhin so einheitlich bleiben solle, »wie es ist«. Es müsse quasi über allen »Stammesgruppen« stehen. Er, Franz Joseph, werde nie seine Rechte als Oberster Kriegsherr aufgeben. Der alte Graf war entrüstet, die Ungarn seien keine »Stammesgruppe«, sondern ein eigenes Volk. Am Ende seines Briefes bekräftigte er noch einmal, dass er außer sich sei und sofort seine Kur abbrechen werde.

Er war nicht der Einzige, den die Ungarnfrage umtrieb. Im ganzen Land brach eine Welle großer Entrüstung aus. Im Landtag kam es zu Tumulten, die schließlich dafür sorgten, dass der neue Regierungschef aus dem Amt gejagt wurde. Nur unter Mühen konnte der Kaiser die aufgebrachten ungarischen Gemüter besänftigen. Wenigstens erlaubte er jetzt endlich, dass in allen militärischen Einrichtungen in Ungarn die ungarische Nationalfahne neben der habsburgischen wehen durfte. Das war neu, auch durften sich fortan ungarische Offiziere zu Regimentern innerhalb Ungarns versetzen lassen.

Wäre ich Kaiser, fragte sich Madelaine des Öfteren, könnte ich angesichts eines solchen Hexenkessels nachts ruhig schlafen? Wohl kaum. Denn es gab noch weitere Unruhen im Land: In Böhmen forderte die tschechische Minderheit spezielle Unterrichtsstunden in der Grundschule, in Niederösterreich und Wien sogar eigene Schulen ein. Das Gleiche wünschte sich die italienische Minderheit in Tirol, was den Protest der deutschen Bevölkerung herausforderte.

Gefährliche Flämmchen, wohin man auch sah. Solange es keinen Flächenbrand gibt, ist noch alles gut, dachte Madelaine besorgt und gestand sich ein, Angst zu haben. Und sie war sich bewusst, dass sie längst nach Hamburg zurückgekehrt wäre, hätte ihr Vater sein Versprechen gehalten. Sie musste sich damit abfinden: Er hatte sie, wie von András vorhergesehen, ein zweites Mal enttäuscht. Und das war auch der Grund dafür, dass sie nie wieder in sein Geschenkbüchlein geschaut hatte.

Sie beschloss, ihn endgültig aus ihrem Gedächtnis zu streichen.

13

Gleich nach seiner Heimkehr scharte der alte Graf András und Dutzende von Freunden um sich, um mit ihnen hitzige Debatten darüber zu führen, wie es mit seinem geliebten Land weitergehen solle.
Madelaine verstand von alldem nur so viel, dass es Kaiser Franz Joseph darum ging, Ungarn als sein Kronland an Österreich zu halten, um seine territoriale Integrität zu sichern und soziale und nationale Bewegungen ruhig zu halten. Außerdem vertrat er die Auffassung, Österreich-Ungarn müsse außenpolitisch weiterhin durch das Bündnis mit dem Deutschen Reich abgesichert bleiben. Eine Meinung, der der alte Graf heftig widersprach. Zwar mochte er die Deutschen, die seit Jahrhunderten den Ungarn treu zur Seite standen, nicht jedoch ihren Kaiser.
Täglich berichteten die Zeitungen über das, was sich im ungarischen Parlament abspielte: wirre, hitzige Auseinandersetzungen, Blockierung von Beschlüssen, skandalöse Krawalle und Verleumdungen.
Ruhiger wurde es im Gutshaus nur, wenn der alte Graf mit seinen Freunden und Katalin zu seinem Jagdschloss aufbrach, um Hirsche, Schwarzwild und Bären zu jagen. Als Madelaine ihm eines Tages vorhielt, selbst der amerikanische Präsident Theodore Roosevelt habe auf einer Jagd darauf verzichtet, auf einen Jungbären zu schießen, hatte er gemeint, das würde er auch nicht tun, zu jagen aber entspräche nun einmal dem Ehrempfinden eines adligen Mannes, außerdem kühle es das Blut …

14

Die sich in den folgenden Monaten überstürzenden weltpolitischen Ereignisse ließen bald niemanden mehr zur Ruhe kommen. Von Tag zu Tag verstärkte sich bei Madelaine das Gefühl, in einer Falle zu sitzen. Verzweifelt fragte sie sich, wie sie ihr entkommen könnte, bevor sie zuschnappte. Sie hatte Angst um Urs und Billes Kinder, die noch immer in Riga aushielten. Und Urs hatte ihr immer noch nicht geschrieben! Tausend grässliche Vorstellungen gingen ihr durch den Kopf, quälten sie. Lebten sie womöglich gar nicht mehr? Warum schrieben ihr Dina und Stine nicht? Was war los dort oben im Baltikum? Oft raufte sie sich die Haare, wenn András ihr in den wenigen freien Stunden, die sie miteinander verbrachten, berichtete, was so alles in der Welt geschah. Alles, was sie hörte, schlug ihr auf den Magen. Es gab Tage, an denen sie aß wie ein Stallknecht, an anderen schmeckte ihr kein Bissen. Mal platzte eine Kleidernaht auf, mal musste sie mit breitem Band den schlotternden Stoff um ihre Taille zusammenraffen. In besonders schwachen Momenten war sie froh, unter solchen Umständen nicht schwanger zu sein.

Nachdem Anfang 1904 die Türkei endlich dem Druck Österreich-Ungarns und Russlands nachgegeben hatte, Reformen durchzuführen, schien vorerst die Gefahr eines Krieges auf dem Balkan abgewendet. Am 8. Februar 1904 aber überfielen japanische Torpedoboote den von Russland gepachteten Hafen Port Arthur am Gelben Meer. Seit

Jahren schon stritten beide Nationen um das Recht der Einflussnahme in Korea. Nun kämpften dreißig Jahre nach dem Deutsch-Französischen Krieg wieder zwei Großmächte gegeneinander.
Es war entsetzlich.
Alle Welt starrte auf die Metzeleien in der Mandschurei. Kriegsbeobachter aus zwanzig Ländern verfolgten das grausame Geschehen vor Ort.
Meldungen über die militärischen Qualitäten der Japaner und die verbissene Zähigkeit der Russen gingen um die Welt.
Keine Zeitung verleugnete die gewaltigen Verluste an Menschenleben.

Die Zeiten sind wirklich nicht gut, um ein Kind in die Welt zu setzen, dachte Madelaine voller Besorgnis. Tatsächlich wurden weder sie noch Teréza schwanger. Längst waren auch die gegenseitigen Besuche rar geworden, die Gespräche zwischen András und seinem Vater bis auf wenige Ausnahmen eingeschlafen. Mehr und mehr lebte Madelaine wie ein von der Welt vergessener Gast im ungarischen Land. Zu allem Unglück bestätigte sich der Verdacht, Karóls Vater verspiele einen ansehnlichen Teil seines Vermögens. Noch aber entdeckte András keinen Hinweis darauf, Karól selbst könnte das Laster geerbt haben. Noch vertraute er ihm, hoffte, mit seiner Unterstützung die Mazary'schen Besitztümer gewinnbringend zu verwalten. Nur vorübergehend irritierte es ihn, dass Karól auf Anraten seines Vaters den überraschend frei gewordenen Posten eines Investitionsberaters in einer Budapester Bank übernommen hatte. András vermutete, dass Karól wohl ein Stück weit von ihm unabhängig sein wollte. Eigent-

lich war es ihm recht, denn Karól war zwar freundlich und angenehm im Umgang, aber es ermüdete András mit der Zeit, ständig für Anregung zu sorgen. Karól machte bereitwillig alles mit, doch von ihm selbst ging so gut wie nie die Initiative aus.
Sooft es ging, nahmen sie weiterhin an Jagd- und Vergnügungsreisen teil. András beobachtete ihn genau, entdeckte jedoch keinerlei Hinweise auf eine mögliche geerbte Verschwendungssucht. Das Misstrauen seines Vaters schien also unbegründet.

Während also weiterhin elf verschiedene Völker im Habsburger Reich auf ihr Recht auf politische Selbständigkeit pochten, in der Mandschurei Geschütze donnerten und Blutströme in bislang unvorstellbarem Ausmaß flossen, die anhaltenden Siege Japans über Russland selbst einen indischen Herrscher von Unabhängigkeit träumen ließen, traf am 2. November 1904 ein Brief aus Riga ein.
Er riss Madelaine von einem Moment zum anderen aus ihrer geisttötenden Trübsinnigkeit heraus.

Ich muss Dich endlich wiedersehen, liebste Madelaine! Es ist äußerst dringend. Komm nach Wien.

Wieder und wieder las sie seine Zeilen.

Es geht um etwas sehr Ernstes, meine liebe Madelaine. Du musst – musst! – nach Wien kommen, um um Deinen Ruf zu kämpfen. Mein ehemaliger Souschef Kloss hat Klage gegen Dich eingereicht. Er bezichtigt Dich, mit seinen Schokoladenkreationen in Riga gewinnbringende Geschäfte gemacht zu haben. Er will Dir auf gerichtli-

chem Wege verbieten lassen, seine Rezepte weiter zu verwenden, da sie sein geistiges Eigentum seien.
Papperlapapp!, sage ich, aber das hilft Dir nicht wirklich. Lass mich wissen, wann Du frei bist, zu fahren. Ich werde am 20. November abreisen und Dich in Wien im Café Sperl in der Gumpendorfer Straße erwarten! Sobald Du mir schreibst, dass Du kommst, werde ich Dir eine kleine Suite im »Triest« in der Wiedner Hauptstraße, in der Nähe des Naschmarktes, reservieren. Dort werden auch wir wohnen, es hat Tradition, ist aber kein Luxushotel. Wichtig ist mir, dass sich die Kinder ungezwungen bewegen können. Da vom »Triest« täglich Kutschen nach Triest abgehen und von dort aus eintreffen, wird ihnen allein schon vom Zuschauen nicht langweilig werden.
Ich werde ihren Schuldirektor überreden, ihnen freizugeben. Wir könnten dann zusammen den Jahreswechsel feiern! Kannst Du Dir vorstellen, wie sehr ich mich freue?

Das war ihre Rettung! Das Mazary'sche Gut verlassen zu können, mit stichhaltigem Grund! Der alte Graf wird nichts einwenden können, und András wird mich begleiten! Es wird wunderbar werden, wenn wir nur endlich wieder allein sein können. András wird mich wieder ausführen, so wie damals in Budapest. Wir werden Restaurants und Weinlokale besuchen, tanzen … Wenn es nach mir ginge, könnte es noch heute losgehen.
Madelaine jubelte innerlich vor Freude. Längst vergessen geglaubte Lebensfreude kehrte zu ihr zurück.
»András, hast du heute Abend Zeit für mich?«
»Nun, das wird sich einrichten lassen. Vater will heute mit

alten Freunden den neuen Wein feiern und erwartet, dass auch ich dabei bin. Ich habe allerdings keine große Lust auf ihre Gespräche. Ich denke, er wird nichts dagegen einzuwenden haben, wenn ich ihm absage. Liegt etwas Besonderes an?«
»Ja, aber ich werde es dir erst später verraten.«
»Das ist schön, ich freue mich.«
Madelaine hauchte ihm einen Kuss auf die Wange und ging dann in die Küche, um die Köchin zu bitten, ein besonders schönes Abendessen nur für sie und András zuzubereiten. Sie selber übernahm die Tischdekoration, schnitt die letzten Rosen, stellte Kerzen auf, streute farbige Blätter und rote Beeren um sie herum.
Das Essen war fertig. Madelaine voller Vorfreude. András stand vor dem Spiegel und band sorgfältig seine Schleifenkrawatte. Aus den Wohnräumen seines Vaters drangen die beschwingten Stimmen der alten Herren. Madelaine betrachtete den schön gedeckten Tisch. Am Rand der Gläser funkelten goldene Lichtreflexe. Das weiße Tischtuch hob die buntbemalten Teller, das polierte Silberbesteck einladend hervor. Sie schreckte auf, als die Türglocke energisch schellte, eine Spur zu heftig, fand sie und lauschte, wer es wagte, zu solch friedlicher Abendstunde in ihr Haus einzubrechen.
Kurz darauf hörte sie, wie András, und wenige Atemzüge später sein Vater die Treppe herunterpolterten. Dann ging alles sehr schnell: ein flüchtiger Kuss, András' angespanntes Gesicht, als er ihr sagte, es habe ein fürchterliches Hüttenunglück gegeben, das Zuschlagen der Gutstür, das Anrollen der Räder, der Peitschenknall.
Sie war allein.

Drei Tage später kehrten beide Männer erschöpft zurück.

András sank, noch im Reisemantel, im gemeinsamen Salon auf seinen Sessel, den Blick auf die Dielen gerichtet.

»Es ist fürchterlich. Der Hochofen ist explodiert. So etwas ist noch nie vorgekommen. Fünf Männer waren sofort tot. Zweiundzwanzig haben schwere Verletzungen. Wir wissen nicht, ob sie überleben werden. Dazu die Frauen, die Kinder: Du kannst dir das Leid nicht vorstellen. Wir wagten nicht, ihnen zu erzählen, dass fünfundzwanzig Kilo schwere Brocken über zwanzig Meter weit durch die Luft geflogen sind. Ihre Männer wurden von einer riesigen Wolke aus glühendem Erz und Kohlestaub erfasst. Die meisten atmeten den glühenden Staub ein und verbrannten innerlich. Kannst du dir das vorstellen?« Er rieb sich noch immer fassungslos übers Gesicht. »Andere erlitten entsetzliche Verbrennungen am ganzen Körper, vor allem im Gesicht und an den Händen.« Er schwieg betroffen, schälte sich dann mühsam aus seinem Mantel.

»Aber wieso? Wieso passiert so etwas?« Madelaine bemühte sich, ihre eigene Enttäuschung zu verdrängen, um András Zeit zu geben, sich auszusprechen.

»Einige Arbeiter behaupteten, die feuerfesten Schamottesteine, die die Hochöfenwände innen auskleiden, seien fehlerhaft gesetzt worden. Andere wiederum waren fest davon überzeugt, dass der Ofen schon seit Tagen verstopft war, schließlich sei ja auch die Roheisenerzeugung rückläufig gewesen. Doch bei näherer Betrachtung und Hinzuziehung eines erfahrenen Brandmeisters mussten wir einsehen, dass irgendjemand Sabotage verübt haben muss. Jemand, der die Schichtzeiten kannte. Die Explosion fand kurz nach Schichtwechsel gegen sechs Uhr statt.

Doch derjenige hatte wohl nicht damit gerechnet, dass die Wirkung des Brandsatzes so stark sein würde, dass auch die Arbeiter verletzt werden könnten, die bereits draußen waren. Ich frage mich, wer war es? Sicher niemand von den Arbeitern, so viel steht fest. Ich kenne alle. Sie sind tüchtig und sorgen gewissenhaft für ihre Familien. Nun sind wir mit dem Leid der Angehörigen, die ihren Ernährer verloren haben, und der Frage konfrontiert: Wer hat das getan? Wer will die Arbeiter glauben machen, wir würden sie in Hütten beschäftigen, die unsicher sind? Wer will uns schädigen? Und: War das eine symbolische Handlung oder eine, die uns persönlich treffen soll?«

Madelaine wickelte sich eine Decke um den Leib. Sie saß in der Ecke des alten Biedermeiersofas und zitterte. Sie hatte Angst, nicht mehr nach Wien fahren zu können. Was war schon ein entgangenes Abendessen mit András gegen ein ausgefallenes Treffen mit Urs? Bei diesem Gedanken schreckte sie zusammen. Was half es? Schreck hin, Schreck her – sie war fest entschlossen, Urs wiederzusehen. Nichts und niemand würde sie davon abhalten. Sie hatte schon viel zu lange gewartet. Doch wie sollte sie es anstellen, András von ihrer Absicht zu erzählen? In einer Situation wie dieser?

»Was wirst du tun?«, fragte sie vorsichtig.

»Wir müssen den Betroffenen helfen und neu investieren. Natürlich sind wir über die Eisenwerks-Aktiengesellschaft versichert, doch auch da heißt es: Ein Gutachter muss bestellt werden, Berichte, Briefe verfasst werden. Außerdem muss ich auf den nächsten Boten warten. Der Staub ist nämlich so leicht brennbar, dass er sich entzünden wird, wenn auch nur der kleinste Gerüstbalken herabfällt. Die wichtigen Männer sind vor Ort, aber ich fühle mich mit

verantwortlich dafür, dass der Schaden beseitigt und die Arbeit so rasch wie möglich wieder aufgenommen werden kann. Abgesehen davon, müssen wir das Leid der Betroffenen lindern. Vater und ich sind uns einig, die Kosten zu übernehmen, die für die Behandlung der Verletzten anfallen. Wenigstens das können wir tun. Es entlastet die Familien.« Er kehrte ihr den Rücken zu, schaute aus dem Fenster, vor dem ein starker Wind welkes Laub durch die Luft wirbelte. Irgendwo schepperte ein loser Dachziegel auf die Erde. András drehte sich aufseufzend zu ihr um.
»Alles scheint sich aufzulösen, wie? Selbst das Dach ist alt. Es muss dringend erneuert werden.«
Madelaine erhob sich. Die Decke fiel zu Boden, beinah zufällig fing sie András' Blick auf, der scheinbar unabsichtlich über ihren Leib glitt. Das verletzte sie mehr, als sie ertragen konnte. Sie wusste, es war ungerecht, sich vom Leid der anderen abzugrenzen, aber sie konnte nicht anders. Ihre Leidensbereitschaft war längst ausgereizt. Sie konnte nicht mehr. Auch wenn sie das Risiko einging, den falschen Zeitpunkt erwischt zu haben, um das zu sagen, was schon seit langem auf ihrer Seele lastete. Egal, egal, flüsterte eine innere Stimme ihr zu, Hauptsache, du kommst bald zu Urs ... zu Urs ...
Laut sagte sie: »Wir leben nebeneinanderher, András. Seit du mich hierherbrachtest, hat sich alles verändert. Wie anders war die Zeit in Riga. Ich möchte, dass alles wieder so wird wie vorher. Ich komme mir so überflüssig vor, so leblos und verdorrt. Vielleicht ist das der Grund, warum ...«
»Teréza wird auch nicht schwanger«, unterbrach er sie ärgerlich. »Vielleicht hat euch ja jemand verhext? Jemand, der uns allen schaden will?«

»Hexenzauber! Wie kannst du nur an so etwas glauben! Wir leben doch nicht mehr im Mittelalter!«, empörte sie sich. Sie hob die Decke auf und schleuderte sie aufs Sofa. Erregt fuhr sie fort: »András, ich weiß nur eines: So wie jetzt will ich nicht mehr weiterleben. Nie und nimmer! Urs hat mir geschrieben ...«
Er erstarrte.
»... jaja, Urs! Keine Sorge, er will dich nicht vom Thron stoßen. Wie kannst du nur so eifersüchtig auf einen alten, kranken Mann sein, András. Also: Er möchte, dass ich zu ihm nach Wien fahre. Wir müssen dringend eine geschäftliche Angelegenheit klären.«
»Ah, wie das klingt: geschäftliche Angelegenheit klären«, ahmte er sie spöttisch nach. »Wann gedenkst du abzureisen?«
»So schnell wie möglich.« Die Worte entglitten ihr rascher, als ihr lieb war. »Ich meine natürlich, Urs bricht am 20. November auf, vielleicht sogar mit den Kindern. Er erwartet mich im ...«
»Im Sacher? Natürlich«, ergänzte András unverhohlen wütend. »Dort würde ich mich auch mit einem Schokoladenmädchen treffen.«
Einen winzigen Moment lang war ihr bewusst, dass seine Nerven durch das Hüttenunglück gelitten hatten, doch sie hatte weder Lust noch Kraft, jetzt darauf Rücksicht zu nehmen. Schließlich ging es um sie! Um ihr Leben! Ungehemmt brach nun der Zorn aus ihr heraus. »Und wenn es so wäre? Warum hast du es nie mit mir getan? Warum hast du nie mehr Zeit für mich? Sondern nur für deine Arbeit, deinen Vater, den langweiligen Karól? Was bin ich dir denn noch wert?«
Entsetzt starrte er sie an. Dann sank er plötzlich zu ihren

Füßen nieder, schlang seine Arme um ihre Knie und begann zu weinen.
»Ich liebe dich. Ich liebe dich, das weißt du doch. Ich weiß, wie furchtbar das alles für dich ist, Madelaine. Glaube mir. Bei allem, was ich tue, habe ich dir gegenüber ein schlechtes Gewissen.« Er hob seinen Kopf, richtete sich dann langsam wieder auf. Vorsichtig, so als fürchtete er ihre Ablehnung, nahm er ihr Gesicht zwischen seine Hände.
»Du glaubst, wir hätten einen Fehler gemacht. Vielmehr, du glaubst, du hättest ihn gemacht, nicht wahr? Du wirfst dir selbst vor, den falschen Mann geheiratet zu haben?«
Sie wich vor ihm zurück.
»Nein, nicht den falschen Mann. Sondern den richtigen Mann mit dem falschen Schicksal.«
Bevor er etwas entgegnen konnte, rannte sie an ihm vorbei aus dem Raum.
Sie hörte noch, wie er murmelte: »Also doch der falsche Mann.«
Sie schlug die Tür hinter sich zu.

Noch in der gleichen Nacht wurde sie Zeuge, wie András und sein Vater lautstark miteinander stritten. Am nächsten Morgen erschien der alte Graf nicht am Frühstückstisch. András sah bleich aus, als hätte er nicht eine einzige Stunde geschlafen. Katalin füllte ihre Tassen mit heißem Kaffee, stellte wortlos frisches Rührei mit Speck, warme Wecken, Pflaumenmarmelade und Honig auf den Tisch. Niemand sprach ein Wort. Plötzlich sprang András auf und fegte mit einer wütenden Armbewegung das Geschirr zu Boden.
»Lass es sein! Pack lieber deine Koffer!«
»Du fährst mit?«

»Nein, du kannst jetzt gleich fahren. Ich werde später nachkommen.«
»Du wirfst mich raus?« Sie sprang von ihrem Stuhl auf.
»Nein, ich gebe dir so viel Geld mit, dass du es dir schön machen kannst, in diesem schönen Wien, bis ich eintreffe.«
»Ha, und dann setzt du dem Wohlbehagen ein Ende, wie?«
Er fasste ihre Hände. »O Gott, Madelaine, wie sind wir dumm. Was tun wir nur? Nein, ich will nur dein Bestes. Reise ab. Ich muss noch ein paar Tage hier bleiben. Verlass dich auf mich.«
»Und wenn ich mich weigere, jetzt zu fahren?«
Er holte tief Luft. »Dann wirst du zwei Männer mit schlechter Laune ertragen müssen.«
»Nein, das will ich nicht.«
»Na also, dann sind wir uns ja einig.« Müde küsste er sie auf die Stirn. »Komm, mach dich fertig.«

Madelaine verfolgte, wie András innerhalb der nächsten Stunde Katalin, das Stubenmädchen und den Kutscher zu erhöhter Eile antrieb. Ganz so, als hätte er Angst, sie könne nicht schnell genug fortkommen.
Er ist so unberechenbar, so nervös geworden, dachte Madelaine, während sie wütend Kleider für die Reise aus dem Schrank zerrte. Vielleicht sollte er zu diesem berühmten Nervenarzt in Wien gehen, diesem Doktor Freud. Denn wenn ein Ehemann seiner Ehefrau die Freude an der Freude nimmt, so gehört er auf die Couch und nicht sie.
Flüchtig nahmen sie voneinander Abschied. Kaum aber dass die Kutsche Fahrt aufgenommen hatte, kehrte Madelaines Vorfreude auf das Wiedersehen mit Urs und den Kindern zurück.

15

Madelaine war nervös. Sie würde zu spät kommen. Ihr Fiaker saß eingeklemmt zwischen Dutzenden anderer in der Kärntner Straße fest. Zwischen den Kutschern hatte sich innerhalb weniger Minuten ein wortreicher Austausch entsponnen, von dem sie jedoch nicht ein einziges Wort verstand.
Sie sah zur Uhr: nur noch acht Minuten bis zum verabredeten Zeitpunkt im Café Sperl in der Gumpendorfer Straße. Wenn sie nicht bald vorwärtskämen, würden Urs und die Kinder aufbrechen, bevor sie einträfe. Entschlossen klopfte sie dem Kutscher mit dem Griff ihres Regenschirms auf die Schulter.
»Warum geht es nicht weiter?«
Er zuckte zusammen.
»Da ham's irgendwo an ziemlichen Ballawatsch beinand!«
»Einen was?«
»Es stockt irgendwo aufm Ring, gnädige Frau. Wir wissen auch nicht, wo.«
Sie erhob sich, in der Hoffnung, die Ursache weit vorn zu entdecken, wo die Kärntner Straße auf den Ring zuführte. Doch sie konnte nichts außer offenen und geschlossenen Fiakern, Lieferwagen, einfachen Pferdefuhrwerken und schwarzglänzenden Automobilen entdecken. Weit vorn, rechter Hand, über allem irdischen Chaos, die Dächer der Wiener Oper. »Wie weit ist es noch?«
»An der Oper vorbei, überm Ring, noch gut zehn Minuten.«

Sie öffnete den Wagenschlag.
»Dann geh ich zu Fuß!«
»Na, na, nehmen's ruhig wieder Platz, Gnädigste, 's wird scho bald weitergeh'n.«
Ein grauer Lieferwagen mit der Aufschrift eines Seilerbetriebes bugsierte sich vorsichtig aus der Warteschlange vor ihnen und fuhr knatternd in eine schmale Gasse. Mit einem Ruck setzte sich die Kutsche wieder in Bewegung. Madelaine fiel mit einem Aufschrei ins Polster zurück.
Verärgert sah sie auf die Uhr. Nur noch drei Minuten. Sicher saß Urs schon voller Vorfreude mit den Kindern im Café und studierte die Speisekarte. Sie zückte ihre Börse, entlohnte den Kutscher und rannte, so schnell sie konnte, auf dem nicht minder belebten Trottoir am Stau vorbei. Viermal musste sie nach dem Weg fragen, weil es ihr so schwerfiel, die Wiener zu verstehen. Tausend ungute Gedanken schossen ihr durch den Kopf. Je hektischer sie durch die Straßen lief, desto lebhafter spukten ihr András und sein Vater im Kopf herum. Dann zog ihr Ärger weiter zu Urs, dem sie in Gedanken nun heftige Vorwürfe darüber machte, sie nach Wien beordert zu haben. Sollte er doch allein gegen Kloss vor Gericht antreten. Was hatte sie mit seinem alten Souschef zu tun? Ausgerechnet sie!
Schließlich, sie hastete gerade versehentlich über den Getreidemarkt, fiel ihr ein, dass Urs ihr nie auf ihren Brief geantwortet hatte. Jetzt hat er es doch tatsächlich ein einziges Mal geschafft, mich zu enttäuschen, so wie mein Vater. Ihre Wut über beide Männer flammte wieder zurück zu András, der sie kurzentschlossen allein fortgeschickt hatte. Hätte er nicht jemand anderen mit der Sorge um die Hütte beauftragen können? Nein, er hatte sie schlicht im Stich gelassen.

Hätte ich Wehen bekommen, hätte er's genauso gemacht?
Sie fluchte leise in sich hinein.
Auf Männer ist kein Verlass, schimpfte sie im Stillen und konnte gerade noch rechtzeitig einer Karre, in dem ein plärrendes Kleinkind saß, ausweichen. Das Kindermädchen schimpfte einen Bettler aus, der am Rinnstein zu Boden gesunken war.
Madelaine hastete an ihm vorüber. Sie war so voller Wut, dass sie versäumte, ihm einen Groschen zuzuwerfen, wie es sonst ihre Art gewesen wäre. Doch heute empfand sie sich selbst als Opfer: Opfer ihrer aufwühlenden Gedanken, ihres Schicksals, das es nicht zuließ, dass sie endlich eigene Wurzeln schlug.
Mochte das aristokratische Wien in seiner barocken, klassizistischen und Jugendstil-Pracht auch blühen und die habsburgische Aura der Macht nirgends so präsent sein wie hier: Sie, Madelaine Elisabeth Gürtler, hatte sich noch nie den geballten Enttäuschungen ihres Lebens so ausgeliefert gefühlt wie hier.
Und das ausgerechnet an diesem Tag!
Beschämt kam ihr ins Bewusstsein, dass Bluse und Kleid durchgeschwitzt waren. Die Vorstellung, der Hauch ihres französischen Parfüms könne längst verflogen sein, heizte ihre Wut nur noch mehr an.
Nein, so hatte sie sich ihr Wiedersehen, ihr Entkommen aus der ungeliebten Atmosphäre des Mazary'schen Gutes nicht vorgestellt.
Peinlicherweise musste sie ein weiteres Mal nach dem Weg fragen. Und als sie endlich das Eckgebäude des Cafés Sperl erspähte, waren ihre Nerven durch das ständige Grübeln, Nachfragen und Umherlaufen so gereizt, dass sie

nicht darüber nachdachte, warum Urs vor der Tür stand und seine Arme ausbreitete. Sie rannte auf ihn zu und schleuderte ihm nur diese eine Frage entgegen:
»Warum hast du mir nie auf meinen Brief geantwortet?«
Er überhörte sie einfach, strahlte sie heiter an und schloss sie in seine Arme. »Madelaine! Meine liebe, süße Madelaine. Wie habe ich dich vermisst!«
Widerstandslos ließ sie es zu, dass er sie fest an sich drückte. Ohne dass sie es merkte, rannen ihre Tränen auf sein dunkles Kaschmirjackett. Er streichelte ihren Rücken, küsste ihr Ohr, ihre Wange und schob ihr schließlich ein Taschentuch zu. Sie schluchzte und putzte sich ihre Nase.
»Verzeih, Urs, ich bin völlig durcheinander.«
Verlegen wand sie sich aus seiner Umarmung. Sie musste sich eingestehen, dass allein die Wärme seines fülligen Körpers alte Gefühle der Geborgenheit hervorrief. Sie begegnete seinem liebevollen, zugleich forschenden Blick. Um seine Augen waren die Fältchen tiefer geworden, auch schien er ihr ein wenig zu füllig, doch die Liebe, die aus seinem Blick sprach, war purer Balsam für ihr Herz.
»Ach, Urs, du hast mir so sehr gefehlt. Alles fehlt mir, alles!« Sie schluchzte noch einmal. Er legte seine Hände auf ihre Schultern.
»Ich kann es mir vorstellen. Weißt du was? Eigentlich könnten wir dem Scheusal von Kloss dankbar sein, nicht? Womöglich erspart er uns mit seiner drohenden Klage weitere Jahre der Trennung. Nun komm. Ich will dir etwas zeigen.«
Sie betraten die schönen Räume des von berühmten Künstlern und Politikern frequentierten Cafés. Madelaine schlug vor Überraschung die Hände vor den Mund: Stine, Karl-

chen, Svenja und Nikolas erhoben sich und stürmten jauchzend auf sie zu. Madelaine weinte und lachte zugleich, küsste und umarmte sie.
»Kinder, wie habt ihr euch verändert. Stine, dass du gekommen bist! Ach, ist das schön!«
Urs winkte nach der Bedienung, die kurz darauf mit einem Kübel Champagner und drei großen Silberplatten voller Backwaren zurückkam.
Stine richtete herzliche Grüße von Janis aus und kramte ein Paket hervor, in dem Madelaine ein hellgrün gefärbtes Leinenkleid mit wunderschönen Stickereien vorfand. Dass es sehr weit geschnitten und mit einem Tunnelbündchen versehen war, schmerzte und beglückte sie gleichermaßen. Ein Umstandskleid, mag es mir Glück bringen, dachte sie bei sich, denn ihre Freude war doch größer als die Enttäuschung darüber, bislang noch nicht schwanger geworden zu sein.
Sie wusste, Janis' Frau hatte es gut mit ihr gemeint.
»Mit jedem Stich, soll ich dir sagen, hat seine Frau dabei an dich gedacht«, ergänzte Stine. Auch Dina ließe grüßen. Sie habe im Vorjahr einen lettischen Stellmacher geheiratet und erwarte ihr erstes Kind. Auch sie hatte ein Geschenk für Madelaine mitgegeben: eine sehr schöne geklöppelte Tischdecke. Madelaine war gerührt und von großer Dankbarkeit erfüllt.
Dann wandte sie sich den Kindern zu, die gesund und kräftig aussahen. Um ihre Befangenheit zu lösen, erlaubte ihnen Urs, je ein Schlückchen Champagner zu trinken. Und so erzählten bald alle drei, was sie in den Jahren ohne sie erlebt hatten.
Erst jetzt fielen Madelaine die Unterschiede der drei Geschwister auf: Svenja war ein aufgewecktes, aber eher

nachdenkliches Mädchen mit einer guten sensiblen Beobachtungsgabe, Karlchen schien unbekümmert und praktisch veranlagt, Nikolas wirkte selbstbewusst, rechthaberisch und eine Spur zu unerschrocken. Sie fragte sich, ob er seinem Vater nachkäme. Die Antwort aber musste sie sich selbst schuldig bleiben, denn der lebhafte Austausch, die Freude über das Wiedersehen, die Begeisterung über die phantastischen Backwaren des Hauses lenkten sie ab. Sie zwang sich, den Kindern nichts von der Begegnung mit ihrem Vater, Gustav Schlür, bei ihrer Ankunft im Hamburger Hafen zu berichten. Wenigstens vorerst nicht.
Es mochten schon beinahe zwei Stunden vergangen sein, als Urs die Kinder plötzlich aufforderte:
»Wolltet ihr Madelaine nicht etwas Besonderes vorführen?«
Die drei traten hervor und trugen ein abwechselnd mit deutschen und russischen Zeilen gesetztes Willkommensgedicht vor. Als sie geendet hatten, war es einen Moment lang still. Madelaine strahlte die Kinder dankbar an, hob schon ihre Hände, um zu applaudieren, da drehten sich einige der Caféhausgäste knarrend auf ihren Stühlen um und sahen zu ihnen herüber. Einige räusperten sich missbilligend, andere trommelten beifällig auf die Tische.
Aus einer Ecke erschollen die Rufe: »Nieder mit den Despoten!« und »Ein Hoch auf ein freies Russland!« Madelaine klopfte das Herz bis zum Hals, rasch wechselte sie einen Blick mit Urs. Angespannt warteten sie darauf, ob jemand Widerspruch erheben würde. Auch der Wirt bangte um Ruhe, schließlich wies er seine Bedienung an, Gläser mit Wein und Schnaps zu füllen und sie den Gästen auf Kosten des Hauses anzubieten.
Die angespannte Stimmung löste sich, sobald die Gäste

sich der friedenspendenden Geste des Wirtes bewusst wurden. Auch Madelaine, Urs und Stine griffen dankbar zu. Alles, dachten sie, nur keine Unruhen. Nicht hier. Nicht jetzt.

Erst als sicher war, dass alles friedlich bleiben würde, zog Urs zwei Briefumschläge aus der Innentasche seines Jacketts.

In dem einen erkannte sie ihren eigenen Brief wieder, auf dessen Antwort sie so lange vergeblich gewartet hatte. Die Handschrift des anderen war ihr fremd.

»So, meine Liebe, jetzt bist du gleich um zwei Sorgen leichter. Erstens: Ich habe deinen Brief gelesen, doch erst sehr viel später, als du dir gedacht hattest. Als er in Riga eintraf, war ich gerade aufgebrochen, um meine übliche Reise zu meinen Filialen anzutreten. Dina schickte ihn mir nach. Sie ahnte wohl, wie wichtig er für dich war. In Rostock passierte das Gleiche, ich verstehe es auch nicht. Das Schicksal hatte wohl die Absicht, mit uns beiden ein besonders gemeines Spiel zu treiben. Von Rostock aus schickte man ihn mir nach Hamburg nach, von dort zurück nach Riga. Und als er dort abgegeben wurde, ja, da lag ich im Krankenhaus. Ich gestehe, es war eine verrückte Idee von mir gewesen, Kricket zu spielen. Ich hatte auf einer Wohltätigkeitsveranstaltung im Schwarzhäupter-Haus einen sympathischen Briten kennengelernt, der mir das zweifelhafte Kompliment machte, dieser Sport sei genau der richtige Ausgleich für einen Mann wie mich. Na ja, da irrte er wohl, und ich ließ mich täuschen. Nun, das Ergebnis war, dass ich es versuchte. Mit üblen Folgen: Ich trat nämlich bei einer Drehung so unglücklich zur Seite, dass ich im Sturz auf meinen linken Unterarm fiel und ihn zweimal brach. Und als ich entlassen wurde, war der Brief in Vergessenheit geraten. Erst kurz vor der Abreise, beim Packen, fand er sich wieder an. Du siehst: Wärest du bei mir gewesen, so wie früher, wäre mir das bestimmt nicht passiert.«

Sie schmiegte sich verführerisch an ihn, wobei sie ihre Fingerspitzen ein Stück weit unter seine Hemdmanschette krabbeln ließ.

»Davon merke ich aber nichts, mein lieber Urs. Deine Umarmung ist noch genauso fest wie früher.«

Amüsiert betrachtete sie ihn von der Seite. Seine Augen glänzten. Seine Wangen wurden eine Spur röter, als ihre Fingerspitzen zärtlich über die Gänsehaut seines Unterarms strichen.

Karlchen kicherte, Nikolas bohrte die Gabel in ein Stück Mohnkuchen, und Svenja blies einen dicken Kuchenkrümel zwischen den Gedecken über das Tischtuch, so als merke sie nichts. Plötzlich fuhr sie aus ihren Gedanken auf und fragte:

»Und der zweite Brief? Wer hat Tante Madelaine denn noch geschrieben?«

»Richtig, der zweite Brief. Gut, dass du mich in die Welt der Tatsachen zurückrufst, Svenja«, erwiderte Urs freundlich. »Er stammt von meinem Bruder, Madelaine. Darin berichtet er, dass dein Vater in den vergangenen beiden Jahren um seine Plantage zu kämpfen hatte. Du weißt, er versprach dir, nach Ablauf eines halben Jahres nachzukommen. In der Zwischenzeit aber vernichtete Ungeziefer fast die Hälfte seiner Tabakpflanzen. Er wollte aber keinesfalls seinen Besitz mit Verlust verkaufen. Und so war er gezwungen, Maßnahmen zu ergreifen.«

»Und warum hat er mir nicht geschrieben?«

Urs zog erstaunt die Augenbrauen hoch.

»Er hat dir jeden Monat geschrieben. Hast du denn seine Briefe nicht erhalten?«
»Nein!« Sie fasste sich an die Stirn. »Nein, keinen einzigen. Mein Gott ...«
»Du meinst, jemand hat sie abgefangen?«
»Ja, natürlich! Aber wer? András bestimmt nicht. Sein Vater, ja, das ist wohl möglich. Katalin? Ich weiß es nicht. Es ist so entsetzlich.« Sie schmiegte sich an ihn. »Urs, ich möchte nicht mehr zurück. Nie mehr.«

16

Wien bot ihnen mehr, als sie mit Augen und Ohren erfassen konnten: die Hofoper, die Schlösser Belvedere und Schönbrunn, die Heurigenlokale in Nußdorf und Grinzing, die unendliche Vielfalt an Cafés, der Prater, das Hoftheater. Längst hatte Madelaine ihren ersten Eindruck revidiert. Auch wenn ihr das Wienerisch immer noch Rätsel bereitete, so genoss sie doch die von Geschichte durchdrungene, selbstbewusste Atmosphäre der Kaiserstadt. Und sie holte nach, was sie so lange versäumt hatte: Schönheitspflege und neueste Mode. Von ihrem Hotel »Triest« aus war ihr kein Weg zu weit.

Das waren ihre Stunden, die sie genoss, in denen sie sich frei und unbelastet fühlte. Am schönsten war es, wenn Urs sie begleitete. Entgegen ihrer anfänglichen Befürchtung, er könne ungeduldig und missmutig werden, blieb er stets gelassen. Er ist wie ein alter Bär, wie ein alter, kuscheliger Teddybär, dachte sie oft und lächelte. Nebenbei freute sie sich natürlich, dass sie ihm, dem erprobten Schwerenöter, in Geschmacksfragen vertrauen konnte. Meistens aber musste sie allein entscheiden. Denn nach einem Vormittag in den Geschäften Wiens schlug er stets ihre Einladung zu einer neuen Einkaufstour am nächsten Tag aus. »Du verstehst es meisterhaft, meine Manneskraft auf subtile Art und Weise zu verschleißen«, jammerte er dann, woraufhin sie ihn auslachte und allein losmarschierte.

Zu anderen Zeiten waren sie gemeinsam mit Stine und den Kindern unterwegs. Jeden Tag bettelten Svenja und Karl-

chen darum, sie möge wieder einen Fiaker mieten. Außer der bunten, lärmenden Praterwelt mit ihrem fast siebzig Meter hohen Riesenrad, den Zuckerbuden und Kuriositäten hatten sie noch an etwas anderem großen Gefallen gefunden: nämlich daran, im Fiaker stundenlang über die Ringstraße zu kreisen. Sie interessierten sich nicht für die Prachtbauten, die sie säumten, die Baustellen oder Namen der berühmten Architekten. Nein, sie wollten in Ruhe und wohlig eingepackt in Decken, Zuckerwerk schleckend, den Reitern zusehen, die beidseits des Rings in den gepflegten Reitalleen paradierten.
Oft schlief Madelaine dabei ein, müde von der langen Nacht zuvor, in der sie wieder mit Urs ausgegangen war. Karlchen und Nikolas störte das wenig, aber Svenja machte ihr stumm einen Vorwurf. Es tat Madelaine leid, aber was wusste ein kleines Mädchen wie sie schon von ihrem Leben, den Sorgen und Sehnsüchten eines Erwachsenen? Eines Tages wird sie mich verstehen, tröstete sie sich. Doch so ganz wohl war ihr nicht dabei. Und sie erfüllte ihr so manches Mal einen Wunsch mehr, von dem die Jungen nichts erfuhren.
In Wahrheit, gestand Madelaine sich ein, habe ich Angst. Angst, Urs vielleicht das letzte Mal zu sehen. Er ist nicht mehr derjenige, der er war, als er mir in diesem gemütlichen bretonischen Gasthof die Hoffnung auf ein neues Leben schenkte. Rudolph Terschak hatte mich zwar kurz zuvor vor dem Ertrinken gerettet, doch das, was ich Urs verdanke, gibt Rudolphs Tat, im Nachhinein betrachtet, erst einen wirklichen Sinn. Ich möchte die Welt, die Urs mir bietet, nicht vermissen. Er ist es, der mir zeigt, wie heiter man durchs Leben gehen kann, dass man erreichen kann, was man will. Und ich will sein Lachen, seine Heiter-

keit, diese süße Unbeschwertheit nicht verlieren. Ich liebe ihn auf eine Art und Weise, die anders ist als die übliche Liebe zwischen Mann und Frau. Es ist etwas Besonderes zwischen uns, weil Urs ein besonderer Mann ist: ein Freund, ein Vater, mein Halt und mein Licht.
Und das Schöne ist, er weiß es, ohne dass ich es ihm sagen müsste.
Und weil das so ist zwischen uns, will ich jede Minute mit ihm genießen. Bis zur Erschöpfung genießen.
Und in der Tat gab sich Urs alle Mühe, damit sie wieder auflebte – auch wenn er darunter litt, nicht mehr jung und kraftvoll zu sein. Doch so gut es ging, ließ er es sie nicht spüren. Sie wusste es auch so und dankte ihm mit zärtlichen Gesten.
Es war an einem späten Abend Anfang Dezember, vor kurzem hatte feiner Schneefall eingesetzt. Um die Gaslaternen herum wirbelten winzige Flöckchen. Die Kinder waren begeistert. Längst hatten sie das Kindertheater und die exotischen Tiere vergessen, die sie am Nachmittag gesehen hatten. Jetzt hingen sie an Madelaines Armen, beschwatzten sie, sie doch endlich in die hohen Berge zu führen, von denen es in diesem Land so viele gab. Lettland war flach wie eine Flunder, hier aber könnten sie endlich einmal richtig Schlitten fahren.
Urs schmunzelte. Stine ging dicht hinter ihnen, in ihre eigenen Gedanken versunken. Sie sehnt sich zurück nach Riga, dachte Madelaine angesichts des Geschnatters der Kinder um sie herum. Und sie hat Angst, die Kinder könnten hier bleiben wollen. Aber was dann? Wie soll ich für sie sorgen? Es geht nicht. Es wird nicht gehen. Sie werden noch eine Weile tapfer bleiben müssen.
Sie legte ihre Arme um sie, drückte sie an sich. Eine kräfti-

ge Windböe schlug ihnen ins Gesicht. Die Kinder schnappten lachend nach Luft, lösten sich von ihr, liefen voraus, rannten wild über Trottoir und Straßenrand.
Madelaine zog ihre Schultern hoch.
»Haben wir uns verlaufen, Urs?«
»Es sieht so aus«, gab er trocken zurück. »Dieser Wein vorhin, ich glaube, er war schlecht.«
»Er war gut, doch du trankst zu viel von ihm«, erwiderte Madelaine und drehte sich zu Stine um.
»Man hat uns gesagt: erst rechtsherum, dann ein Stück geradeaus, dann zweimal links. Ich hab's mir genau gemerkt.«
Urs lachte. »Und wenn's nun andersherum war? Erst linksherum, dann ein Stück rückwärts, dann ...«
Madelaine stupste ihm in die Seite. »Sie haben wirklich einen Schwips, Herr Martieli!«
Er hakte sich bei ihr unter, näherte sich ihrem Ohr. »Um ehrlich zu sein, mir wäre es viel lieber, du hättest einen, Madelaine.«
»Warum?«, gab sie belustigt zurück.
Er rieb kurz seine Nasenspitze an ihrer Schläfe.
»Weil du dann so süß bist wie eine Schnapspraline. Und ein Rausch mit dir doppelt ...«
»... doppelt: was?« Sie kicherte.
»Doppelt sündig wäre.« Er seufzte tief. »Man kann den Kloss schon verstehen.«
»Das hättest du nicht sagen sollen, Urs«, empörte sie sich.
»Findest du? Er hat doch seine Strafe mittels eines Nudelholzes bekommen. Nein, nein. Das ist nur Spaß.«
»Das hier aber nicht mehr. Wir sollten irgendwo einkehren oder einen Fiaker rufen.«
Urs nickte. »Ja, das wäre das Beste.«

Inzwischen konnten sie nur noch wenige Schritte weit sehen. Urs, der ein wenig mehr Erfahrung mit den Wienern hatte, ließ sich den Weg zu einem Lokal weisen, das sie innerhalb einer Viertelstunde erreichten. Aus dem heftigen Schneetreiben traten sie in ein überhitztes Speiselokal hinein. Es schien auf den ersten Blick vollbesetzt zu sein. Über den Köpfen der Gäste waberten dichte Tabakwolken, es roch nach warmen, deftigen Speisen und Wein. Im Hintergrund tanzten Paare. Ein Kellner mit schief sitzender Halsbinde und Monokel trat auf sie zu, geleitete sie zu einem runden Tisch, den soeben vier leicht angetrunkene Studenten verlassen hatten. Sie nahmen Platz und studierten die Speisekarten. Madelaine entschied sich für eine heiße Suppe mit Semmeln. Als sie aufsah, fiel ihr eine Frau auf, die, das Gesicht in die Halsbeuge ihres Partners geschmiegt, einen langsamen Walzer tanzte. Sie trug ein außergewöhnliches auffallendes Kleid. Es war aus türkisfarbener Seide, die an den Schultern gerafft war und den Rücken beinahe bis zur Taille herab frei ließ. Ein langer Schneefuchsschwanz schwang über ihrer linken Schulter. Von der rechten Schulter abwärts aber glitzerte ein breiter, gestickter Streifen aus farbigen Pailletten bis zum Saum und wischte über den Tanzboden in sanftem Schwung.

»Ein herrliches Kleid, nicht wahr?« Listig sah Urs Madelaine an.

»Ja, wunderschön«, seufzte sie hingerissen.

Er blinzelte ihr zu.

»Sie tanzt ohne Leibchen, nicht?«

»Und ohne Korsett …«, murmelte sie gedankenlos.

»Hm, deliziös, findest du nicht? Möchtest du, dass ich dir das Gleiche zu Weihnachten schenke?« Er grinste provozierend, Stines empörte Blicke ignorierend.

Die Melodie nahm einen neuen Anlauf, der Tänzer machte eine große Drehung, das Kleid wirbelte auf. Madelaine kam es vor, als schälte sich aus dem rauchigen Hintergrund des Saales wie eine Fata Morgana ein glitzernder Wasserfall mit bunten Kieselsteinen. Und wie bei einer Fata Morgana waren plötzlich Tänzer und Tänzerin verschwunden.
Fassungslos suchte ihr Blick das Paar im rauchgeschwängerten Saal. Sie bildete sich ein, irgendwo noch ein buntes Aufblitzen zu sehen. Dann war alles so wie vorher.
»Was war das?« Sie wandte sich irritiert an Urs.
Er lehnte sich zurück, schlug unbeeindruckt die Beine übereinander. »Das, meine liebe Madelaine, sind die Feen der Nacht.«
»Feen der Nacht ...«, wiederholte sie und tauchte ihren Löffel in die heiße Suppe, die der Kellner soeben gebracht hatte. Plötzlich schlug die Eingangstür mehrfach auf und zu. Ein eisiger Windhauch zerriss die Rauchwolken im Raum. Madelaine sah auf. Im Windfang zwängte sich eine Gruppe Männer aneinander, die vom Wirt und von einigen Kellnern unter aufgebrachtem Palaver daran gehindert wurde, einzutreten. Plötzlich erhob sich zwischen ihnen eine nervöse Frauenstimme.
»Lassen Sie mich durch! Nun gehen Sie schon beiseite! Öffnen Sie endlich die Tür!«
Diese Stimme kannte sie.
Aber konnte das sein? War sie es wirklich?
Ohne länger zu zögern, sprang Madelaine vom Tisch auf, so dass ihre Suppe über den Tellerrand schwappte. Hastig drängte sie sich zwischen den Tischen hindurch zum Eingang.
»Teréza? Teréza, bist du es?« Sie stellte sich auf die Zehen-

spitzen, um über die Schultern der Kellner spähen zu können, die eine dichte Kette als Schutz gegen die Eindringlinge gebildet hatten.

Das, was sie sah, waren ein mit einer weißen Pelzkappe bedeckter Kopf und ein langer dunkler Pelzmantel. Die Frau aber drehte sich nicht zu ihr um.

»Teréza!«, rief Madelaine laut und empört. Sie musste es sein, sie war sich sicher. Jede andere Frau hätte sich schon längst umgedreht. Allein aus Neugier. Diese aber war nicht daran interessiert, sich zu zeigen.

Kurzentschlossen zwängte sich Madelaine an den Kellnern vorbei und hinein in die Männergruppe, in der die Frau mit ihrem Begleiter eingekeilt war. Die Männer trugen Schiebermützen und schäbige Kleider. Zwei von ihnen hielten dicke Stapel mit Flugblättern unterm Arm.

Madelaine schob sich an ihnen vorbei bis dicht an die Frau heran und packte ihren Arm. Es war ihr egal. Sollte sie sich wirklich irren, hätte sie Pech gehabt. Aber wen kümmerte das schon? Man kannte sie hier ja nicht.

Die Frau verharrte in steifer Haltung.

»Sag ihr, sie soll mich loslassen!«, zischte sie mit gepresster Stimme ihrem Begleiter zu, ohne ihren Kopf zu wenden. Dieser schaute Madelaine böse an.

»Hören Sie nicht, was sie Ihnen sagt?«

In Madelaine stieg Wut auf. Neben ihr stand Teréza und tat, als nähme sie sie nicht wahr. Stattdessen hielt sie ihren Kopf schief und wühlte in ihrer Manteltasche. Unfassbar.

»Was tust du hier, Teréza? Wo ist Karól?«

Blitzschnell stieß Terézas Hand vor, in der mehrere Geldscheine zitterten. Einer der Arbeiter verstand sofort. Er griff zu, zog seine Mütze, die anderen machten Platz, die Außentür wurde aufgerissen.

Schnee wehte herein.
Madelaine hielt die Luft an.
Ihre Fata Morgana, die niemand anders als die Schwester ihres Mannes war, glitt hinaus in die Dunkelheit.
Mit einem Mann, der nicht ihr eigener war.
Beklommen kehrte Madelaine zu ihrem Tisch zurück.
Sie hat mich mit Urs am Tisch gesehen, als ihr Tänzer sie herumschwang, dachte sie.
András wird eifersüchtig sein, der alte Graf aber wird endlich sein Vorurteil bestätigt sehen: Ich bin die Kokotte, die den Familienfrieden zersetzende Gespielin, für die er mich vom ersten Moment an gehalten hat ... Unter der Schönheit das Gift ...
Wer hat nun wen in der Hand?
Teréza mich? Oder ich sie?
Erst spät in der Nacht, als sie allein waren, erzählte sie Urs von der Begebenheit. Auf ihre bange Frage hatte auch er keine Antwort und zuckte nur mit den Schultern.
»Warten wir's ab, mein Schokoladenmädchen, warten wir's ab.«

17

»Ich will ihn nicht sehen!« Madelaine knüpfte ihren Mantel, den sie soeben angezogen hatte, wieder auf. Es war der dritte Dezember, eine Stunde vor dem anberaumten Anwaltstermin mit Urs' ehemaligem Souschef Kloss.
»Du musst!«, erwiderte Urs, während er seinen Zylinder aufsetzte und sich im Spiegel betrachtete.
»Warum?« Sie schleuderte ihren Pelzhut auf das Beistelltischchen.
Urs zupfte an seinem Bart, reckte sein Kinn vor und betrachtete sich von allen Seiten. »Und? Wie seh ich aus?«
Wütend nestelte Madelaine am Verschluss ihrer Halskette, um sie zu öffnen.
»Du hörst mir nicht zu! Ich will ihn nicht sehen. Es gibt für mich keinen Grund, dorthin zu gehen.«
Die Kette zerriss ihr unter den Fingern, und die Perlen kullerten über das Parkett. Urs lachte leise. Er trat, perfekt ausgehfertig, auf Madelaine zu, legte eine Hand an ihre Taille und schaukelte sie sanft hin und her. Madelaine versteifte sich. Da trat er einen Schritt beiseite und begann, mit der Spitze seines Spazierstockes eine Perle nach der anderen anzustoßen, so dass sie quer durch den Raum hüpften. Mit einem Aufschrei warf sie sich in seinen Arm.
»Was ist in dich gefahren, Urs? Bist du wahnsinnig? Sie haben András ein Vermögen gekostet!«
Er hielt inne. »So? Haben sie das? Dann nenne mir jetzt einen Grund dafür, warum du dein Vermögen nicht verteidigen willst!«

Verblüfft sah sie ihn an.

»Wie meinst du das?«

Er holte tief Luft. »Meine liebe Madelaine, mit Grausen muss ich alter Mann feststellen, wie schwierig es ist, jungen Damen wie dir immer wieder auf die Sprünge zu helfen. Hast du denn unser Lebensmotto vergessen? ›Der Zauber von Schönheit, Wahrheit und Süße ist immer stärker als das Böse, das Feuer und der Sturm.‹«

»Er hat mich beinahe vergewaltigt!«, schrie sie.

»Beinahe. Ich weiß«, entgegnete Urs ungerührt.

»Du bist böse! Du willst, dass ich ihm wieder in die Augen schauen muss. Das kann ich nicht. Das will ich nicht!«

Er zeigte auf die Perlen.

»Verstehst du denn nicht, Madelaine? Seine Rezepte, die er dir damals gab, sind nichts als verstreute Perlen. Dein Können aber ist viel mehr. Es gleicht einer kompletten Perlenkette. Verteidige sie, verteidige deine Ehre, die Wahrheit.«

»Ich hasse ihn.«

»Mir wäre auch nicht wohl in meiner Haut, würdest du dich nach ihm verzehren.« Er grinste und reichte ihr ihren Mantel. »Er war genial und wahnsinnig zugleich. Aber er hatte einen guten Geschmack. Hasse ihn ruhig. Ich habe nichts dagegen. Denk daran: Er ist das Böse, das Feuer und der Sturm. Und wir werden ihn besiegen. Ich will nur ein wenig Spaß dabei haben.« Er küsste sie auf ihre Stirn. »So, nun komm.«

Die Anwaltskanzlei Leander von Marchthals befand sich in einer mehrstöckigen, neu errichteten Jugendstilvilla in der Wiener Altstadt. Seit dem Morgengrauen schneite es in dicken Flocken. Überall schaufelten Männer Schnee und Matsch beiseite. Dennoch weichten Madelaines Lederstiefel durch und hatten nun dunkle Flecke. Sie hätte auf András hören und sie am Abend zuvor mit einer Schweineschwarte einfetten sollen. Jetzt war es zu spät. Sie fühlte sich entsetzlich unwohl in ihrer Haut. Aber sie musste Urs recht geben. Jetzt zu flüchten, hätte sie später bereut. Wer war denn schon dieser Kloss? Und außerdem hatte sie ja einen Trumpf gegen ihn in der Hand, von dem noch nicht einmal Urs etwas wusste.

Kloss, bleich und hager wie damals in Hamburg, war vorbereitet. Er ließ dem Anwalt, einem übergewichtigen Mann mit vollem Haar, nur Zeit, seine Anklage juristisch korrekt zu formulieren, dann ergriff er das Wort. Er zog zwei Blätter aus seiner Aktentasche und schob sie ihm über den Schreibtisch.

»Hier, sehen Sie? Ich schenkte dem damaligen Fräulein Gürtler, das ich sehr verehrte, ein Manuskript mit wertvollen Rezepten, die ich selbst kreiert hatte. Dazu verfasste ich einige Reflexionen über den Geschmack und die Schokolade im Besonderen. Wenn Sie erlauben, zitiere ich kurz: ›Die beste Liebe ist die Liebe, die wir uns selbst geben. Alles, Schmuck, Geld, Menschen, kann dir genommen werden, nur das nicht, was du dir selbst über den Gaumen einverleibst.‹ Nun kommt das Wichtigste: ›Alles dient nur der Veredelung der Sinne, des Geistes. Über unseren Gaumen führen wir uns Gutes oder Böses, Feines oder Schlechtes zu. Entscheide! Wir sind dafür da, uns dem Besten, dem Edelsten zu widmen, was der Mensch an Gutem sich zuführen kann. Zucker und Schokolade im raffinierten Reigen mit Korn, Eiern, Salz und Gewürzen handwerklich meisterhaft verarbeitet – sie geben dem Leben einen Sinn, verleihen der Seele Kraft. Die Schönheit, die wir schaffen, verleiben sich die Menschen ein. Sie wirkt über ihren Magen in ihrer Seele weiter.‹ Konnten Sie folgen?«

Der Anwalt nickte, schmatzte ein wenig. »Vorzüglich. Veredelung der Sinne ... Schönheit einverleiben ... Sehr gut. Sie haben nicht zufällig ... ich meine, eine Kostprobe ...?«

»... meines Könnens?« Er schüttelte erstaunt den Kopf. »Ich bekomme ein Ekzem, wenn ich eine Backstube betrete.«

»Oh!«, entfuhr es von Marchthal überrascht.

»Mehlstaub, ich vertrage ihn nicht mehr. Nun, passen Sie auf. Ich habe zufällig den Aushang an Fräulein Gürtlers Konditorei in Riga in die Hände bekommen. Hören Sie, was sie schrieb: ›Alles dient nur der Veredelung der Sinne, des Geistes. Über unseren Gaumen führen wir uns Gutes oder Böses, Feines oder Schlechtes zu. Entscheiden Sie! Zucker und Schokolade im raffinierten Reigen mit Korn, Eiern, Salz und Gewürzen handwerklich meisterhaft verarbeitet – sie geben dem Leben einen Sinn. Die Schönheit, die wir schaffen ...‹«

»Genug, genug, Herr Kloss. Ich habe verstanden. Es ist der gleiche Text. Beinahe der gleiche. Sie werfen Gräfin Mazary vor, sie habe Ihre geistigen Ergüsse zu eigenen Werbezwecken ausgebeutet?«

»So ist es. Und nicht nur das. Sie hat sich mit meinen Rezepten im fernen Baltikum eine Goldgrube geschaffen. Ich wurde hintergangen, ausgenutzt und verlange nun Entschädigung.«

Der Anwalt blickte von Kloss zu Madelaine und wieder zurück.

»Stimmt das, Gräfin?«

Kloss betrachtete sie herausfordernd. Er denkt, er kann mich jetzt, da ich reich bin, ausbeuten, dachte sie kämpferisch. Na warte.

»Herr Kloss war mein Lehrmeister, Herr von Marchthal. Er war fanatisch und vorbildlich in seiner Kunst, mit Schokolade umzugehen. Mein Werbeplakat damals zur Neueröffnung von Herrn Martielis Zuckerbäckerei sollte Herrn Kloss eigentlich ehren, nicht wahr?« Sie machte eine Pause, wartete.

»Und was ist mit dem Manuskript?«

»Ich habe es in Riga verbrannt.«

Kloss lachte böse. »Lüge! Glauben Sie ihr nicht.«

»Welchen Grund hatten Sie, es dem Feuer zu übergeben?«, fragte von Marchthal gestelzt.

»Ich wollte nichts mehr mit Herrn Kloss und seinen Gedanken zu tun haben.«

»Weil Sie ihn geliebt hatten und enttäuscht waren, dass er Ihnen nicht nach Riga gefolgt war?«

Was für eine Wahrheitsverdrehung!

»Er hat versucht, mich zu vergewaltigen!«

Kloss schüttelte lachend seinen Kopf.

»So sind sie, die Frauen. Sie kennen solch ein Verhalten bestimmt, Herr Anwalt.«

»Jaja, lassen wir diese absurde Anschuldigung erst einmal beiseite. Haben Sie denn, Herr Kloss, Beweise für bestimmte Rezepturen aus Ihrer Hand, mit denen Gräfin Mazary Gewinne erwirtschaftete?«

»Aber sicher: Rêve de fraise à Madelaine, unser Erdbeertraum. Hier, ich habe Ihnen eine Speisekarte aus ihrer Rigaer Konditorei mitgebracht.« Er legte sie ihm auf den Schreibtisch. Madelaine durchfuhr ein bitterer Schmerz. Dort lag ein Stückchen Heimat und klagte sie an. Es war entsetzlich. Kloss log nicht, es stimmte ja. Sie sackte in sich zusammen.

»Ich sehe Ihnen an, dass Ihr Ankläger die Wahrheit spricht, nicht wahr?«

Sie nickte stumm. Aber er hat mich doch fast vergewaltigt! Wie soll ich mich verteidigen? Hilflos suchte sie Urs' Blick. Dieser nickte ihr nur aufmunternd zu. Und da fiel es ihr wieder ein. Da András ihr keine Zeit gelassen hatte, hatte sie sich nicht auf dieses schwierige Gespräch vorbereiten können. Sie hatte aber während des Kofferpackens Ricardas Blechkästchen mitgenommen, von dem sie sich Glück erhoffte. Ruhig erwiderte sie nun den Blick des Anwalts und sagte:

»Der Erdbeertraum, Herr Anwalt, war, wenn Sie so wollen, meine Rache für Herrn Kloss' versuchte Vergewaltigung.«

Wieder lachte Kloss, trommelte auf seine Armlehne und beugte sich vor. »Hören Sie nicht auf sie. Sorgen Sie lieber für den Ausgleich.«

»Hören Sie nicht auf ihn. Er lügt«, erwiderte Madelaine, bewusst, dass ihr selbst nichts anderes übrigblieb, um sich zu verteidigen. »Ich habe nur seine Lehre und seine Inspiration gebraucht, um mein eigenes Können zu entfalten. In Riga habe ich viele neue Rezepte entworfen, nach meinem eigenen Geschmack. Hier, wollen Sie einmal kosten?« Sie zog Ricardas brasilianische Schokoladenpralinen hervor. Beide Männer lachten. »So etwas gibt es doch in Wien an beinahe jeder Ecke! In jedem Caféhaus, im Sacher oder in der Hofzuckerbäckerei Demel. Sie kennen sich in Wien nicht aus, Gräfin!«

Wütend sprang sie auf.

»Sie sind außergewöhnlich unhöflich, meine Herren, und

anscheinend nur in der Kunst bewandert, Damen öffentlich zu demütigen! Herr Martieli leitet nicht nur die Konditorei in Riga, er führt die Bücher! Er wird Ihnen bestätigen, dass ich bis auf den Erdbeertraum Backwaren und Torten eigenständig gefertigt habe.«
Kloss beugte sich wieder grinsend vor.
»Ihn hat sie sich auch erobert ...«
Madelaine fuhr herum.
»Sie sind ein Teufel, Kloss!« Zitternd vor Wut stieß sie ihren Stuhl zurück. »Ich frage Sie, Herr Anwalt, warum reicht dieser Mensch hier seine Klage erst sechs Jahre nach meinem Weggang aus Hamburg bei Ihnen ein? Hat er gewartet, bis ich genügend hohe Gewinne erwirtschaftet hatte? Oder traute er sich erst, nachdem er erfahren hatte, dass ich einen ungarischen Grafen geheiratet hatte? Dann unterstelle ich ihm Habgier und eine böswillige, berechnende Gesinnung!«
Kloss lehnte sich zurück, schlug lässig die Beine übereinander. »Sehen Sie, Herr Anwalt. Ihre Art ist die eines schlichten Fräuleins, nicht die einer Gräfin. Als solche wäre sie niemals hier persönlich erschienen, hätte mir stattdessen durch ihren Anwalt eine gerechte Entschädigung zukommen lassen. So aber ... so aber ist sie eine Hysterikerin, wie es im Buche steht. Sie kennen doch Professor Freuds Schriften?«
Beide Männer kicherten verhalten.
Warum hilfst du mir nicht, Urs? Verflixt noch einmal, warum tust du mir das hier an? Sie drehte sich zu ihm um. Von Marchthal folgte amüsiert ihrem Blick.
»Sie suchen Schutz bei Herrn Martieli? Nun, was haben Sie dazu zu sagen, Herr Martieli?«
Urs stemmte sich schwerfällig aus dem Lehnstuhl.

»Verzeihen Sie, ich hätte schon viel früher einschreiten können. Ich gestehe, ich war gespannt auf die Auseinandersetzung. Ich muss aber mit Ekel feststellen, wie weit die Verachtung für Frauen bei Herren Ihrer Art beheimatet ist. Im Übrigen wissen Sie beide: Es gibt kein Urheberrecht auf Rezepte. Kloss, Sie bekommen keinen Pfennig, beziehungsweise keinen einzigen Schilling. So, und bevor Sie noch einmal Ihren Mund öffnen, sollten Sie sich das hier durchlesen.« Er entfaltete zwei Blatt Papier, reichte sie an von Marchthal und Kloss weiter.
»Lesen Sie! Und wir beide, Madelaine, gehen jetzt. Mein Magen schmerzt sonst noch bei so viel Scheußlichkeit.« Er reichte ihr seinen Arm. »Ich stelle hiermit Anzeige gegen Herrn Kloss wegen versuchter Vergewaltigung. Und erwarte Ihre Antwort bis morgen Abend, Herr von Marchthal.«
Marchthal war blass geworden, ebenso Kloss.
Im Flur hielt es Madelaine nicht mehr aus.
»Was waren das für Briefe? Und warum hast du sie dagelassen?«
Er stellte seinen Pelzkragen hoch.
»Es sind zwei von einem Notar beglaubigte Abschriften einer Zeugenaussage von Alma Pütz. Du erinnerst dich?«
»Jaja, natürlich. Aber ...«
»Auf meiner letzten Reise nach Hamburg fragte sie nach dir. Wir erzählten so das eine und andere, und da packte mich, ich weiß auch nicht, wieso, plötzlich die Idee, sie zu bitten, mit mir zu einem Notar zu gehen. Dort hat sie unter Eid geschildert, was Kloss dir damals angetan hat und wie sie dich rettete. Ich bin damals nur meinem Gefühl gefolgt, und wie du siehst, war es richtig.«
Er lächelte sie an.

»Dann werde ich Alma sofort schreiben und ihr erzählen, wie sehr mir ihre Aussage geholfen hat.«

»Alma lebt nicht mehr. Sie starb am 8. September dieses Jahres. Kloss, der viel unterwegs ist und dir wohl auch tüchtig nachspioniert hat, war genau in dieser Zeit in Hamburg. Verstehst du?«

»Alma war die einzige Zeugin ... Hat er sie etwa umgebracht?«

»Nein. Sie starb friedlich in ihrem Lehnsessel, mit einer Strickarbeit für ihren Enkel in ihren Händen. Kloss erfuhr rein zufällig aus der Zeitung von ihrem Tod. Und muss auf die Idee gekommen sein, dich mit dieser unsinnigen Urheberrechtsklage anzugreifen.«

»Ihm geht es doch nicht um Geld allein, oder?«

»Einer wie er kann davon nicht genug haben. Er ist ebenso fanatisch wie geizig und so verrückt wie besitzergreifend. Du bist ihm in seinem hitzigsten Moment entwischt, meine Liebe. Dafür solltest du büßen.«

»Eigentlich sollten wir Frauen die Männer meiden, nicht wahr?«, gab sie belustigt und erschöpft zugleich zurück.

»Und was macht ihr, wenn ihr wieder rollig werdet wie die Kätzchen?«

Madelaine tat, als fauche sie ihn an, und strebte dem Ausgang zu.

Es hatte aufgehört zu schneien. Eine klare Winterluft umfing sie. Die Sonne schien. Eiskristalle glitzerten, wohin man sah. Trottoirs und Straße waren voller Menschen und Fahrzeuge. Aus den Mäulern der Fiakerpferde dampfte der Atem. Eine Pferdebahn fuhr schwerfällig durch den Schnee. An einer Ecke spielte ein zerlumpter Geiger, ein kleines Äffchen auf der Schulter.

»Und? Was machen wir jetzt?«

»Was immer Ihr wollt, Gräfin«, gab Urs zurück. »Verfügt über mich wie über einen Diener.«
»Mach dich nicht so klein, Urs«, schimpfte Madelaine.
Verschmitzt sah er sie an. »Groß wäre ich schon gern, sehr groß und ...«
Lachend stieß sie ihm in die Seite. »Oh, du Schwerenöter, man sollte ihn in Biskuitteig rollen und ...«
»Ihn? Oder mich?«
»Schäm er sich! Dann also in Eiswasser tunken und zu Sorbet verarbeiten!« Lachend lief sie ihm ein paar Meter voraus.
Schwer atmend holte Urs sie ein. »András fehlt dir, nicht wahr? Weißt du, wann er kommt?«
»Nein, er hätte eigentlich längst hier sein sollen. Na ja, ich hab ja dich.«
Ernst schaute er ihr in die Augen. »Nein, Madelaine, verführe mich bitte nicht. Bitte. Ich würde es nie überwinden können.«
Sie verdrehte die Augen. »Dein armes Herz würde brechen, knack, zack, peng. Oh, du Ärmster! Ich habe keine Lust auf Ernst ...«
»Auf wen denn dann? August?«
»Ich hasse dich, Urs.«
»Das hast du schön gesagt, Madelaine. Aber jetzt komm. Ich habe eine Idee.«
»Hoffentlich ist es eine gute.«
»Bestimmt.«
»Bestimmt? Woher weißt du das so genau? Sagt dir das dein Herz oder dein Verstand?«
»Hm, ich muss zugeben, mein Verstand ist im Moment etwas mitgenommen. Mein Herz kaspert, und mein Magen blutet. Also, such es dir aus!«

»Mit anderen Worten: Du gehst mit mir ein Risiko ein.«
»Richtig: ein Risiko! Madelaine, du bist einzigartig.«
»Und du bist nüchtern, mein lieber Urs.«
»Natürlich, wieso?«
»Weil du mich sonst doppelt sähest!«
Lachend stiegen sie in den nächsten Fiaker ein.
»Zu Paschingers!«
»Dem alten oder dem jungen?«, wollte der Kutscher wissen, wobei seine Stimme wenig erfreut klang.
»Na, zu dem, der heute früh in der Zeitung stand.«
»Ah, der! Ja, da werden's viel G'sellschaft hob'n.« Er klang in Madelaines Ohren eine Spur zu zynisch.
Fragend sah sie Urs von der Seite her an.
»Was hast du mit mir vor?«
»Pst!«, machte er nur und rieb ihre kalten Hände zwischen den seinen.

Schon von weitem sahen sie das hellerleuchtete Werksgelände Karl Paschingers. Er gehörte zu den größten Autohändlern Wiens und hatte für seine dreitägige Automobilausstellung Fahnen und elegante Leuchten aufstellen lassen. Noch rollte ihr Fiaker die breite Hauptstraße entlang, doch schon zog das aus Gusseisen und Glas errichtete Ausstellungsgebäude ihre Blicke auf sich. Hinter dem imposanten Eingangstor erspähten sie vollbesetzte Parkplätze, Pferdekutschen, elegante Landauer und das eine oder andere Automobil – bewacht von Männern in dunklen Mänteln und mit runden Hüten.
Zu ihrer großen Überraschung aber blieb das Tor vor ihnen geschlossen. Vom Privatgelände Paschingers eilte ein Bediensteter mit einem Pappschild herbei und schob es von der Innenseite des Tores zwischen die Eisenstäbe und

knotete es mit einer Schnur an einer der mittleren Pfeilspitzen fest.

»Wegen Überfüllung geschlossen«, lasen Madelaine und Urs. Enttäuscht wandten sie einander zu.

»Schade«, entfuhr es ihnen gleichzeitig, und sie mussten lachen.

»Na dann, auf ein andermal«, brummte Urs. »He, Sie!«

Der Bedienstete zupfte gerade das Pappschild in eine perfekte horizontale Lage. »Bittschön, gnädiger Herr?«

»Ist die Ausstellung morgen noch geöffnet?«

»Morgen, jawoll, morgen hoben's auch geöffnet! Ab acht in der Früh bis acht Uhr abends. Möchten's einen Platz reservieren?«

»Platz? Wofür?«

»Na, 's wird ein kleines Konzert geben mit Champagnerausschank und warmen Strudeln vom Demel. Und abends gibt's ein Feuerwerk.«

Madelaine rutschte auf ihrem Sitz nach vorn. »Ach ja, das wär schön, Urs.«

»Willst du?«

Sie nickte heftig.

»Gut: zwei Plätze dann auf Martieli, bitte sehr!«

»Gern, die Herrschaften. Zwei Plätze. Ab fünfzehn Uhr!«

Voller Vorfreude auf den morgigen Tag ging Madelaine an diesem Abend früh ins Bett. Endlich würde sie einmal in ein Automobil steigen können und erfahren, wie es sich anfühlte, ein Lenkrad in den Händen zu halten. Sie war aufgeregt und freute sich auf diese Ablenkung. Schon lange hatte sie sich vorgestellt, wie es wäre, selbst fahren zu können, ohne die Hilfe anderer, frei und ungezwungen. Ein eigenes Automobil, was für ein Traum!

Sie lag bereits im Bett, als es an der Tür klopfte. Eine Hotelangestellte brachte ihr eine Eildepesche von András.

Mein Liebling! Verzeih, dass ich Dir erst jetzt schreibe. Ich reiße mich jetzt los, überlasse Vater Hüttenwerk und Gut. Für ein paar Tage wird es wohl gehen. Übermorgen reise ich ab. Bin froh, wenn ich wieder bei Dir bin. Hier gibt es nichts Neues.
Ich liebe Dich.
András

PS: Vielleicht sollten wir einen Spezialisten aufsuchen, es kann ja nicht schaden.

Ihr Herz schlug, als wollte es zerspringen. Sie sollte zu einem Spezialisten gehen? Nur weil sie nicht schwanger wurde? Sie war gesund! Völlig gesund! So etwas Absurdes! Ihre Nachtruhe war dahin. Einerseits freute sie sich auf András, sehnte sich nach seiner Nähe, doch der knappe Ton seiner Depesche irritierte sie. Er klang so sachlich, so freudlos.
Es engte sie ein, schnürte ihr Herz ab. Ich will leben! Leben und zerfließen vor Liebe! Ich will frei sein, mich verschenken, so wie ich bin.
Sie weinte.

Von den nahen Kirchtürmen schlug es elf. Madelaine wischte sich die feuchten Haarsträhnen aus dem Gesicht. Ihre Haut spannte vom Salz ihrer Tränen. Sie fühlte sich noch wund, doch auch von einer energischen Kraft erfüllt. Entschlossen setzte sie sich auf und klingelte nach dem Zimmermädchen.

»Ja bitte?«
»Ich möchte ein Bad. Jetzt. Sofort.«
»Gern, gnädige Frau.« Das Mädchen knickste.
Madelaine entlohnte sie großzügig, denn irgendwie tat sie ihr leid. Hätte sie Lust gehabt, spät in der Nacht zu backen, zu putzen oder ein Bad zu bereiten? Ganz sicher nicht.
Und trotzdem musste es in dieser Nacht sein.
Sie brauchte das Gefühl, neu beginnen zu können.
Ohne den Staub der Vergangenheit auf der Haut.

18

Der Gedanke aber, dass András sie untersuchen lassen wollte, ließ sie selbst im Schlaf nicht los. Sie sah sich in einem Hörsaal liegen, frierend und nackt, den Blicken von neugierigen Studenten und Ärzten in langen Kitteln ausgeliefert. Hände in weißen Handschuhen griffen nach ihr, tasteten grob ihren Körper ab. Sie starrte auf die Spitzen von riesigen Nadeln, die auf ihre Schenkel und Brüste zielten. Ein Arzt trat an sie heran, einen noch blutigen Säugling im Arm. Er lachte hämisch und höhnte: »Die anderen können's, gnädige Frau, warum nicht Sie? Ich sag's ja: Sie sind keine richtige Frau!«
Schweißgebadet wachte Madelaine auf. Es klopfte.
»Bist du fertig zum Frühstück?«
Urs' Stimme.
Welch eine Wohltat!
»Nein, verzeih. Ich habe verschlafen, Urs. Ich komme. Geh nur schon hinunter!«
»Wie? Wir wollen nicht bei Ihnen frühstücken, Madame?!«
Sie musste lachen.
»Was denken Sie sich nur, mein Herr?«
»Schwerenöter ist mein Name, gnädige Frau. Und so wie der Name sagt, so bin ich eben. Ich will Ihnen ausnahmsweise gehorchen und Sie im Frühstückssaal erwarten. Was soll ich für Sie bestellen? Kaffee? Tee? Champagner?«
»Ja, aber nur ein Glas! Und recht starken Kaffee, bitte!«

»Nach türkischer oder Wiener Art?«
»Mokka! Recht stark, bitte!«
»Zu Befehl, Madame!«
Sie sprang aus dem Bett. Wie gut, dass es ihn gab!
Im Frühstückssaal erwarteten sie die Kinder und Stine.
»Madelaine, wir wollen mit!«, drängten Nikolas und Karlchen, als sie hörten, was Madelaine und Urs vorhatten.
»Es wird heute sehr voll sein, Kinder«, beschwichtigte sie Urs. »Ich verspreche euch, sollte mir ein Automobil gefallen, kaufe ich es. Und dann dürft ihr mitfahren!«

»Hast du das vorhin ernst gemeint, Urs?«
»Du meinst, ob ich ein Automobil kaufen will? Nun, warum eigentlich nicht? Ich finde, ich sollte noch alles genießen dürfen, was mir der Herrgott täglich schenkt, oder?«
»Ach, Urs, du machst mir Angst.«
»Aber nein! Ich bin nur realistisch.«
»Aber ich, Urs, ich träume davon, dass du immer bei mir bleibst.«
»Das weiß ich, mein Mädchen. Das weiß ich.«

Madelaine betrat an Urs' Arm den hell illuminierten Autosalon Egon Paschingers und Sohn in einem blassrosa Crêpe-de-Chine-Kleid, mit aufgenähten Spitzen an Dekolleté und Ärmeln. Ihren hellbraunen Nerzmantel hatte sie schon in der Eingangshalle ausgezogen und um ihre Schultern gelegt.
»Schau mal, was ich mitgenommen habe«, sagte sie und zog ihre kleine, aus Riga stammende Damenwaffe aus der Tasche. Urs pfiff durch die Zähne.
»Deine Mitrailleuse! Wieso denn das?«
»Ich hatte einfach Angst. Weißt du, heute Nacht habe ich

so furchtbar schlecht geträumt. Ich dachte mir, wer weiß, was dieser Tag bringt, und so nahm ich sie einfach mit.«
»Du wirst doch wohl nicht damit schießen wollen? Hier, wo sich die Noblesse Wiens herumtreibt? All diese adligen und neureichen Herrenfahrer, wie man sie neuerdings nennt?«
Er zog die Augenbrauen hoch und musterte sie.
»Los, sag schon: Was ist mit dir los? Wovon hast du geträumt?«
»András will mich zum Arzt schicken …«
»Weil du ihn noch nicht zum Vater gemacht hast?« Urs verdrehte die Augen. »Soll er sich doch selbst anstrengen, bevor du mir hier den nächstbesten Mediziner vor Wut über den Haufen schießt!«
Madelaine lachte und steckte die Mitrailleuse wieder zurück in ihre Manteltasche. Sie hakte sich bei ihm unter.
»Ich verspreche dir, ich werde mich beherrschen …«
»Was nicht unbedingt deine Stärke ist, oje …«, sagte Urs mit gespielter Angst.
Sie kniff ihn in den Oberarm. »Nun sei nicht so. Komm, es ist noch nicht einmal halb drei. Wir haben noch gut eine halbe Stunde, bis das kleine Konzert beginnt.«
»Hast du sie auch wirklich gesichert, deine Waffe? Sonst schießt du dir womöglich noch selbst ein Loch in den Pelz!«
Sie kicherte. Urs studierte aufmerksam den Übersichtsplan, der in ihrer Nähe an der Wand hing.
»Was wollen wir uns zuerst anschauen, Madelaine? Den serienmäßigen Velo von Benz? Den Spijker 68/80 HP, den ersten Sportwagen mit Allradantrieb? Einen Opel Darracq? Eine noble Karosse mit Frontantrieb von der Wiener Firma Gräf & Stift? Oder lieber einen de Dion Bouton?«

»Mir ist alles recht.«
Durch die vier Ausstellungssäle schoben sich Hunderte neugieriger Besucher vorbei an Kübeln mit Palmen und blühenden Orchideen. Dort, wo auf mit weißem Tuch bedeckten Podesten die neuesten Modelle standen, bildeten sich dichte Trauben. Die Luft war stickig und heiß, nicht wenige Herren rauchten Zigarren, während ihre Begleiterinnen an Zigaretten mit langen Spitzen sogen. Bedienstete in langen weißen Schürzen gingen umher und boten auf silbernen Tabletts Champagner an.
»Möchtest du, Madelaine?«
»Nein danke, nicht jetzt. Ich höre Musik, Urs ... lass uns ...«
»Der Pianist spielt sich ein. Willst du ihm dabei zusehen?«
»Wenn er hübsch ist und schöne Hände hat ...«
Er blinzelte ihr über den Rand seiner Brille zu. »Du hältst nach Händen Ausschau? Hier?«
Madelaine lachte.
»Nach schönen Händen in Leder, warum nicht?«
»Madelaine, was ist mit dir los? Du verwirrst mich. Denk an mein Herz. Hat dir András nicht geschrieben?«
Madelaine wich seinem Blick aus und schaute sich um. Ihr fiel ein hochgewachsener Mann in dunklem Mantel mit schmalem Pelzkragen auf, der soeben eines der Ausstellungspodeste erklommen hatte und nun kurz davor war, in den Wagen einzusteigen. Er fing Madelaines Blick auf und hielt überrascht inne. Wie selbstvergessen nahm er seinen Zylinder ab. Er hatte dunkelblondes volles Haar, dunkle, kurzgeschnittene Koteletten, eine hohe Stirn, wache Augen und volle Lippen. Und trotz der sichtbaren Begeisterung für das Automobil strahlte er männliche Eleganz und Unnahbarkeit aus.

Mit anderen Worten: Madelaine fand ihn höchst interessant und erotisch.
Versonnen blickten sie einander in die Augen.
»Ah, ich verstehe.« Urs riss sie aus ihren Gedanken. »Ich verstehe. Dich interessiert der Benz. Also auf, gehen wir! Du hast einen guten Geschmack. Ich wollte schon immer einmal sehen, was dieser schwäbische Tüftler da so kreiert hat! Ich bin wirklich neugierig. Sein erster Motorwagen von 1888 soll so gut sein, dass er schon einen Platz in einem Museum hat.«
Madelaine hörte nur mit halbem Ohr zu. Ihr schien, als würde das Raunen im Ausstellungsraum mal lauter, mal leiser. Dann hörte sie von draußen schrilles Pfeifen und wütendes Gebrüll. Sie drehte sich auf der Stelle um und lief zum Ausgang zurück. Das, was sie hörte, erinnerte sie an die Aufstände in Riga.
Sie irrte sich nicht. Auf der Straße demonstrierten Arbeiter mit Plakaten in den Händen und brüllten: »Legt die Arbeit nieder!«, »Fort mit der Bourgeoisie!« Einige von ihnen schlugen mit Stöcken gegen die eisernen Pforten des Geländes, woraufhin Wachmänner auf die Straße hinausstürmten und auf die Arbeiter einprügelten. Fassungslos sah Madelaine zu, wie mehrere von ihnen blutend zu Boden stürzten, andere wehrten sich tapfer mit ihren Stöcken. Hinter ihr strömten aufgebrachte Besucher aus dem Ausstellungsgebäude und versammelten sich lautstark debattierend auf dem großen Parkplatz. »Pack!«, »Sperrt sie ein!«, »Unruhestifter!«, »Das sollte man sofort dem Kaiser melden!« und dergleichen Ausrufe nahm sie noch wahr – wie von selbst umschlossen ihre Finger ihre Mitrailleuse. Sie entsicherte sie mit geübtem Griff, streckte ihren Arm aus – und schoss.

Einmal, zweimal.
Es wurde totenstill.
Wie stumme Gespenster in einem Traum flüchteten die Streikenden, kehrten die Wachmänner zurück, wobei sie ihre Uniformen zurechtzupften und Madelaine ungläubig anstarrten. Für wen habe ich das getan? Warum? Es sollte ruhig sein, friedlich. Deshalb.
»Madelaine!«
Sie drehte sich um.
Hinter Urs schob sich auch der unbekannte Mann durch die dichte Besuchermenge vor der Eingangshalle. Alle sahen sie an, während Urs mit ausgebreiteten Armen auf sie zulief.
»Ist mit dir auch wirklich alles in Ordnung?«
»Ja, jetzt habe ich Appetit auf ein Glas Champagner.«
Ihr Blick glitt an Urs vorbei. Da stand er, in der zweiten Reihe des fassungslos glotzenden Publikums – elegant, fasziniert.
Aus dem Inneren des Gebäudes erklang Klaviermusik.
Langsam löste sich die Anspannung.
»Lass uns wieder hineingehen, Madelaine. Dort bekommst du ...«
Ein Herr, einen schwarzen Persianermantel über dem Frack, eilte auf sie zu.
»Paschinger, Inhaber dieses Automobilhandels«, stellte er sich atemlos vor und verbeugte sich ruckartig. »Ich bewundere Ihren Mut, gnädige Frau. Fühlen Sie sich auch wirklich wohl?«
»Aber ja, Sie müssen keinen Arzt holen«, gab sie sarkastisch zurück.
Paschinger errötete. »Verzeihen Sie, das war keinesfalls meine Absicht. Ich hörte die Schüsse, sah Sie und ... ich

darf Ihnen versichern: Ich bewundere Sie. Sie müssen wissen, erst vorgestern Nacht, also kurz vor Eröffnung unserer Ausstellung, kamen irgendwelche Banditen und beschmierten die Fensterscheiben mit diesen ... entsetzlichen Parolen. Hätte ich so handeln können wie Sie ...«
»Und warum konnten Sie nicht?«
»Verehrter Herr, ich geruhe des Nachts zu schlafen. Sie etwa nicht?«
Alle drei lachten und gingen zurück in die Halle. Bedienstete huschten umher und verteilten Prospekte. Inzwischen hatten die meisten ihre Plätze eingenommen, andere schlenderten leise plaudernd durch die Halle. Als sie Madelaine bemerkten, stockten die Gespräche. Paschinger führte Urs und Madelaine höchstpersönlich zu ihren Stühlen, winkte einem der Kellner und reichte Madelaine vor aller Augen ein Glas Champagner.
»Auf Ihr Wohl, gnädige Frau!«
»Auf Ihr Wohl – und auf stets heile Fensterscheiben!«
Paschinger lachte.
»Sie sind entzückend, gnädige Frau! Nach solch einer Tat ein solcher Humor! Ich danke Ihnen!« Er drehte sich nach allen Seiten um, um jedem zu zeigen, wie sehr er Madelaine bewunderte. Das Publikum applaudierte.
Madelaine setzte das kühle Glas an ihre Lippen – und hielt erschrocken inne. Ihr gegenüber, auf der anderen Seite des Pianisten, saß der Unbekannte. Er hielt ihrem Blick stand, hob langsam sein Glas hoch. Fast schien es, als proste er ihr verhalten zu. Doch sie war sich nicht sicher. Langsam führte er es an seinen Mund, ohne sie aus den Augen zu lassen.
Ich bin die Frau, die er begehrt, schoss es ihr durch den Kopf, und ich, ich genieße es ...

Sie nickte fahrig Paschinger zu. Dieser verbeugte sich und ging.

Dann schaute sie wieder zu dem Fremden, der noch immer sein Glas unbeweglich in der Hand hielt.

Sie schürzte die Lippen, nippte.

Er nippte ebenfalls.

Dann nahm sie einen großen Schluck, betupfte ganz dezent ihre Lippen.

Es schien ihr, als glitzerten seine Augen, doch er setzte sein Glas ab.

Erst nachdem die ersten Takte eines Strauß'schen Marsches alle Zuhörer mitgerissen hatten, suchte er noch einmal ihren Blick und trank sein Glas zur Hälfte leer.

Urs bemerkte glücklicherweise nichts davon, denn wie die meisten anderen Herren studierte auch er die ganze Zeit über den Automobilprospekt auf seinem Schoß. Als das kurze Konzert beendet war, erhob er sich als einer der Ersten. Bevor er sichs versah, trat Paschinger wieder auf ihn zu.

»Darf ich Ihnen und Ihrer verehrten Gattin eine persönliche Führung anbieten?«

Urs schaute Madelaine amüsiert an.

»Und – wollen wir das freundliche Angebot annehmen, meine Liebe?«

Sie erhob sich lächelnd und nahm den ihr gebotenen Arm.

»Aber ja, mein Lieber. Sagen Sie, Herr Paschinger, die Fahrzeuge sind wirklich alle an Ort und Stelle bei Ihnen zu erwerben?«

»Oh, natürlich, gnädige Frau. Dieses hier sind unsere Präsentationsmodelle, drüben in den Fahrstätten stehen mehrere Wagen bereit zur Abfahrt.«

Plaudernd schlenderten sie von Automobil zu Automobil, Paschinger erläuterte technische Einzelheiten, andere Besucher schlossen sich ihnen an, und bald drängten sie sich dicht an dicht mit ihnen durch die Ausstellungsräume. Madelaine rang nach Luft. Plötzlich hatte sie eine Idee.
»Herr Paschinger, würden Sie mir einen Wunsch erfüllen?«
»Sehr gerne, jederzeit, gnädige Frau.«
»Ich würde gerne einmal eine Probefahrt machen, ließe sich das einrichten?«
Schon winkte er einem Verkäufer zu, der herbeieilte.
»Selbstverständlich, wir können gehen.«
»Geh nur, meine Liebe«, sagte Urs zu Madelaine. »Ich bleibe hier. Hab du dein Vergnügen, ich kümmere mich um die Details.«
»Wenn es dir nichts ausmacht.«
»Nein, keinesfalls.« Er zwinkerte ihr zu.
Madelaine strich ihm dankbar über den Arm, dann folgte sie Paschinger durch die Menge zu dem hinteren Ausgang. Hinter den deckenhohen Wandscheiben sah sie, dass der weitläufige Hof mit den Werkstätten, Fahrställen und Lagerschuppen langsam im winterlichen Dämmerlicht versank. Nur die große ovale Fahrbahn war von einem Kreis heller Gaslaternen beleuchtet. Sie war frei von Schnee, den man an ihren Rändern kunstvoll zu kleinen Pyramiden aufgehäuft hatte. Diese glitzerten in der klaren frostigen Luft. Es sah geradezu hübsch aus.
»Womit wollen wir beginnen? Mit einem Peugeot, Daimler oder dem Spijker 68/80?«
Madelaine drehte sich zu Paschinger um. Er trug jetzt einen Waschbärmantel mit passender, die Ohren bedeckender Kappe, Handschuhen und einer Rennfahrerbrille.

»Mit dem Ungewöhnlichsten.«
»Also gut.«
Er führte sie zu einem schwarzen Modell mit hohem, verglasten, doch geschlossenen Aufbau.
»Dies ist ein amerikanisches Automobil. Ein Baker Electric, leider nicht sofort käuflich zu erwerben, da die Baker Motor Vehicle Company in Ohio keine Lizenzen für Europa vergibt. Man könnte aber einzelne Modelle problemlos importieren. Interessant ist es schon: Es ist einfach zu handhaben, sauber und lautlos, weil kein Verbrennungsmotor angekurbelt werden muss. Die Firma hat diesen exklusiven Wagen auf die Bedürfnisse der Damen abgestimmt, die selbst fahren wollen. Eine Ausfahrt in großer Abendgarderobe wäre kein Problem.«
»Ein Wagen, den ich nicht sofort mitnehmen kann, interessiert mich nicht, aber ...«
»Bitte, probieren's aus, gnädige Frau. Eine Gelegenheit wie diese ist außergewöhnlich, selbst in Berlin haben's dieses Modell noch nicht gehabt.«
»Nun gut, ein Erlebnis mehr«, murmelte sie.
»Allerdings. Man wird Sie darum beneiden.« Lächelnd hielt Paschinger ihr die hohe, schmale Tür auf. Sogar mit ihrem Pelzhut konnte Madelaine einsteigen, ohne ihren Kopf neigen zu müssen. Widerstrebend, doch neugierig zugleich, nahm sie auf der hochlehnigen ledernen Rückbank Platz.
Innerhalb der nächsten Stunde brauste nun Paschinger mit ihr in verschiedenen Automobilen auf dem Hof herum: Nach dem Baker Electric kam ein Opel Darracq mit Verdeck. Ihm folgte der Velo von Benz, dann probierten sie einen roten Lohner-Porsche mit Elektromotoren an den Radnaben, schließlich ein Modell von Gräf & Stift.

Während sie in einem Wagen saßen, ließen Techniker bereits das nächste Automobil laufen. Immer mehr neugierige Besucher kamen nach draußen und baten ebenfalls um Probefahrten. Bald drehte sich ein hupendes, blinkendes Automobil-Karussell im Schein der Laternen, die die blaugrauen Abgaswolken immer dunkler werden ließen. Ihr Gestank mischte sich mit dem Geruch von Motoröl und Benzin, so dass sich Madelaine ein Tuch über Mund und Nase legte und sich fragte, ob dies den Spaß wert sei. Aber die Kraft der Motoren zu spüren, diese ungewohnte Geschwindigkeit, war schlicht und einfach aufregend.
»Können Sie's mir nicht auch beibringen? Es scheint so einfach!«, schrie sie Paschinger gegen den Lärm zu.
»Da werden's wohl erst Ihren Gatten um Erlaubnis bitten müssen, nicht?«
Mein Gatte gräbt nach Erzen, dachte sie ärgerlich. Er hat keine Zeit für mich. Und ich habe keine Lust, für noch mehr Aufsehen zu sorgen. Nein, es geht nicht.
»Halten Sie an! Mir ist kalt!«, rief sie.
Kaum hatten sie die überhitzte Halle wieder betreten, da wurde Paschinger von einem Herrn angesprochen, der im Auftrag eines Erzherzogs das neueste Modell von Gräf & Stift erwerben wollte. Madelaine dankte ihm für die Fahrstunde und machte sich auf die Suche nach Urs.

Sie fand ihn bei einem Mercedes-Automobil der Daimlerwerke, in lebhaftem Gespräch mit dem Unbekannten. Erschrocken hielt sie inne, doch da hatte ein Besucher sie bereits entdeckt und Urs auf sie aufmerksam gemacht. Nun schauten ihr beide Männer überrascht entgegen.
»Da bist du ja!«, entfuhr es Urs.

Madelaine wunderte sich über seine einfältige Bemerkung, sah von ihm zu dem Unbekannten und zurück.

»Ich möchte nicht stören«, murmelte sie, wobei sie hoffte, dass Urs verstand, was sie eigentlich damit sagen wollte.

»Ah, verzeih, darf ich dir Herrn von Terenzin vorstellen? Er ist preußischer Handelsattaché an der Gesandtschaft hier in Wien und ein Freund von Karól. Herr von Terenzin: Gräfin Mazary.«

Madelaine wagte kaum, Luft zu holen, als sie seinem Blick begegnete. Er verbeugte sich elegant und küsste ihr formvollendet die Hand.

»Ich freue mich, Sie kennenzulernen, Gräfin.«

»Ich freue mich ebenfalls, Herr von Terenzin.«

»Sie sind also die Gattin von Karóls Schwager?«

»Ja, kennen Sie denn András nicht?«

»Nein, wir sind uns noch nie begegnet. Wann haben Sie ihn geheiratet?«

»Im August 1901, mitten auf dem Atlantik. Wir haben uns vom Kapitän trauen lassen ...«

»Ah, so steht Ihnen also das schönste Fest, die kirchliche Trauung, ja noch bevor.«

»Wenn Sie so wollen: ja.«

Er schwieg sinnend.

»Als Freund von Karól gehören Sie ja beinahe zur Familie, nicht? Warum waren Sie nicht auf seiner Hochzeit mit dabei?«

»Die leider wichtige, doch leidige Politik«, erwiderte er lächelnd.

»Haben Sie Karól denn zufälligerweise in den letzten Tagen hier getroffen?«

»Nein, ist er denn in der Stadt?«

Madelaine errötete. Also war Teréza tatsächlich allein hier in Wien, und Karól wusste nichts davon.
»Ich hoffte, ihn hier zu sehen«, sagte sie ausweichend.
»Ich muss ihn wohl missverstanden haben.«
Urs räusperte sich.
»Madelaine glaubte neulich in einer völlig fremden Dame ihre Schwägerin erkannt zu haben. Sie hat sich schlichtweg getäuscht. Sie wissen ja: Wien ist eine einzige Maskerade.«
Terenzin atmete auf. »Da haben Sie recht, Herr Martieli. Wenigstens in diesem Punkt sind wir uns einig.«
»Sie haben sich doch wohl nicht mit Urs gestritten?«
»Ich streite nicht gern, Gräfin. Das, worüber wir uns ein wenig, sagen wir – erhitzten, sind die unterschiedlichen Finessen der Technik. Dieses Modell hier, beispielsweise, baute ein gewisser Wilhelm Maybach für die Daimlerwerke, und wir fragten uns gerade, ob sich da nicht in der Zukunft mächtige Konkurrenz zwischen ihm, Herrn Daimler und Herrn Benz entwickeln wird. Genial sind sie ja alle drei.«
Madelaine lächelte ihn an.
»Dann wird also auch das Handelsfeld für Automobile in Zukunft groß werden, meinen Sie nicht?«
Er erwiderte ihr Lächeln, und wieder las sie in seinen Augen den Satz: Sie sind die Frau, die ich begehre … In ihrem Bauch begann es zu kribbeln, als sirrten elektrische Ströme zwischen ihnen hin und her.
»Da haben Sie recht, Gräfin. Haben Ihnen denn die Ausfahrten gefallen?«
»Sehr, sie haben mir sehr gefallen … Hätte es Sie nicht selbst interessiert, die Unterschiede der Wagen kennenzulernen?«

»Bei uns in Berlin gibt es jährlich eine internationale Automobilausstellung. So kann ich vor Ort die enorme technische Entwicklung bestens mitverfolgen. Ich habe schon so manche Probefahrt hinter mich gebracht, einschließlich eines Zusammenstoßes mit einer Litfaßsäule.«
Sie lachten.
»Und – fahren Sie auch selbst?«
»Ja, den Ideal von Benz, das Nachfolgemodell des Velo. Ich bin vorerst mit ihm sehr zufrieden. Ich schätze die solide und zuverlässige Konstruktion seines Fahrwerks und Motors. Heute bin ich nur aus allgemeinem Interesse hier.«
»Und da halten Sie natürlich nach nichts Speziellem Ausschau, ich verstehe.«
Sie lächelte ihn amüsiert an.
»Wie so oft im Leben geschieht manchmal das Beste völlig unerwartet«, erwiderte er, ein Leuchten in den Augen. »Eigentlich befinde ich mich nämlich im Urlaub. Ich kam erst vorgestern von einer dreimonatigen Expedition in Ostasien zurück. Über Britisch Indien bis nach China.«
»Wie aufregend! Aber doch nicht bis ins Kriegsgebiet, oder?«
»Von Hongkong bis hoch zur Mandschurei wäre es zu weit gewesen. Und wir sind ja auch nicht als Kriegsreporter unterwegs gewesen, sondern im Auftrag des kaiserlichen Handelsministeriums.«
Madelaine verstand, dass er nicht mehr sagen wollte. »Es muss eine anstrengende Reise gewesen sein.«
»Nun, wir hatten eine ruhige See, an Land dagegen war es weitaus gefährlicher. Aber ich bin froh, wieder in Wien sein zu können. Auch wenn man hin und wieder woanders frische Luft schöpfen muss, sonst verquirlen einen die Wi-

dersprüche der Wiener. Man sagt, sie fühlten slawisch, seien fatalistisch wie die Türken und umtriebig wie die Römer, aber nie so ganz zu durchschauen. Ganz anders also als zum Beispiel die Hanseaten im Norden.« Er lächelte charmant. »Ihre Aussprache erinnert mich sehr an die meiner Verwandten in Hamburg, kommen Sie von dort?«
Madelaine kam es vor, als könne jeder die magische Spannung sehen, die zwischen ihnen lag. Allein, dass er ihre heimatlichen Wurzeln erkannt hatte, machte sie ganz nervös.
»Nein, ich ...« Sie brach unter seinem forschenden Blick ab, ahnte, was gleich folgen würde.
»Eine Großtante von mir lebt dort«, fuhr er fort. »Sie wird neunzig Jahre alt, im Sommer werde ich sie besuchen. Aber wenn Sie Hamburg kennen, wissen Sie sicher, wie schön die Stadt ist.«
»Ja, das stimmt, ich ...« Ich komme aus dem Gängeviertel, beendete ihre innere Stimme den Satz. Doch das würde sie Terenzin niemals sagen. Stattdessen fuhr sie fort: »Ich bin dort einmal vor langer Zeit gewesen. Und ich erinnere mich noch an die vielen Fleete und hohen Kirchtürme.«
»Ja, dann sollten Sie aber bald wieder in die schöne Hansestadt zurückkehren. Es hat sich sehr viel zum Besten der Stadt verändert. Außerdem kann man dort bequem auf der langen Elbchaussee fahren lernen. Sie ist fast kerzengerade und führt immer am schönen Elbestrom entlang. Würde es Sie reizen, einmal selbst das Steuer zu führen, Gräfin? Sie haben ja heute sicher beobachten können, wie einfach die wenigen Handgriffe sind.«
»Wenn man denn erst einmal drinsitzt«, gab sie zurück.
»Nun, für die Technik wären ja wir Männer zuständig, nicht wahr? Nun, hätten Sie Lust?«

Sie merkte, wie Urs sie mit kaum noch zu verbergendem Unmut beobachtete.

»Ach ja, das wäre herrlich! Am besten im Sommer, wenn es warm ist und einem der Fahrtwind um die Ohren braust.«

Er lächelte ihr wieder zu. »In der Tat, das wäre reizvoll.«

»Madelaine, wir müssen zurück. Verzeihen Sie, Herr von Terenzin. Wir haben den Kindern versprochen, sie nicht allzu lange warten zu lassen.«

Erstaunt blickte Terenzin von Urs zu Madelaine. Dann sagte er sehr ruhig: »Aber natürlich, ich verstehe. Ich hoffe, Sie bald einmal wiederzusehen, Gräfin, Herr Martieli.« Er verbeugte sich und tauchte in der Menge unter.

Wütend packte Urs Madelaine am Arm und zerrte sie hinter ein Halbrund von mannshohen Kübelpalmen. »Bist du verrückt geworden? Du machst einem Preußen schöne Augen? Was ist nur mit dir los? Ist das ein Spielchen? Willst du mich ärgern?«

»Und du? Du hast Billes Kinder vorgeschoben, um ihn zu vertreiben! Ist das nett?«

»Nett! Pah! Seid wann sind wir nett zueinander?« Urs rang aufgebracht seine Hände.

Sie schlang ihre Arme um seinen Hals. »Ach, Urs, verzeih mir. Ich habe wohl den Verstand verloren.«

Er klopfte ihr kurz auf den Rücken. Da sah er, wie Paschinger mit langen Schritten auf sie zueilte.

»Geht es der Gräfin nicht gut? Die Ausfahrten, immer im Kreis herum. Mein Gott, ich habe nicht über die Folgen nachgedacht. Verzeihen Sie! Soll ich einen Arzt holen?«

Madelaine löste sich von Urs, stellte aber fest, dass ihr tatsächlich ein wenig schwindelig war. Sie schluckte, legte sich die Hand auf die Stirn.

»Mir geht es gut, danke, Herr Paschinger.«
»Jaja, es ist nichts. Die Gräfin erwartet nur ein Kind«, murmelte Urs schnell und zog sie mit sich.

Kaum saßen sie in der Kutsche, die sie zurück zum Hotel bringen sollte, brach Madelaine in Tränen aus.
»Du bist so gemein, Urs! Du weißt, dass es nicht stimmt und dass ich mir nichts sehnlicher wünsche.«
Er aber starrte verärgert aus dem Fenster.
Der Schnee fiel in dicken Flocken, so dass die Kutsche nur langsam vorankam. Lange Zeit saßen sie schweigend nebeneinander. Madelaine weinte immer noch. Urs aber tröstete sie nicht. Auf der großen Ringstraße gerieten sie in einen Stau. Hin und wieder ruckte die Kutsche an, um sie herum dunkle Schatten und dichtes Schneegestöber.
»Ich halte es nicht mehr aus. Erklär mir, warum du mich so verletzen musstest, Urs!«
Er wandte sich ihr zu. »Ich dich? Es ist wohl eher umgekehrt: Du hast mich verletzt. Sehr tief sogar, Madelaine. Ich frage mich die ganze Zeit, warum. Und ob du das wohl auch getan hättest, wäre András bei dir gewesen.«
»Ja, äh, nein«, entfuhr es ihr, und sie erschrak selbst über ihre Antwort.
»Du hättest dich nicht in des Preußen schöne blaue Augen verguckt, wenn András neben dir gestanden hätte. Gut, so soll es ja wohl auch sein, oder? Schließlich seid ihr verheiratet.«
Madelaine holte tief Luft. »Du verstehst mich nicht.«
»So? Was verstehe ich denn nicht, Madelaine?«
»Dass ich bei András das Gefühl habe, nur noch Frau sein zu müssen, um zu gebären. Ich will ja ein Kind, aber nicht unter diesem Druck.«

Nun grinste Urs wieder.
»Mit anderen Worten: Du möchtest dich wieder als sinnliche Verführerin fühlen – und dann schwanger werden, mit Lust und Leidenschaft. Ja, das kann ich gut verstehen, auch wenn ich nur ein dumpfer Mann bin.«
»Oh, mein Gott«, rief Madelaine, »und wenn er es Karól erzählt?«
»Dass du ihm tief in die Augen geschaut und womöglich etwas in seinen körperlichen Tiefen in Schwingung versetzt hast?«
»Urs!«
»Aber das ist es doch. Na gut. Lass dir von einem alten Mann wie mir sagen: Dieser Herr von Terenzin ist ein Gentleman der preußischen Art, Madelaine. Kühl, vornehm, von geradem Charakter und zurückhaltender Eleganz. Er wird nie ein Wort zu viel sagen. Nie. Ich kenne mich da aus. Allerdings habe ich mich wirklich gewundert, dass auch ein kühler Preuße zu solchem Techtelmechtel fähig ist. Das liegt wohl an deinem Zauber, Madelaine. Aber sei vorsichtig. Er ist Diplomat und versteht es, mit Worten umzugehen. Er ist charmant, das gebe ich zu, aber rational. Er wird selten zeigen, was er in seinem tiefsten Inneren fühlt.«
»Wie heißt er denn mit vollem Namen?«
»Hörst du denn gar nicht auf?«
»Wie heißt er, Urs?«
Er seufzte, zog Terenzins Visitenkarte hervor und reichte sie ihr. »Behalt sie nur. Ich brauch sie nicht.«
Stumm las sie: »Bernhard Ulrich von Terenzin, preußischer Handelsattaché.« Sie steckte die Visitenkarte in ihre Handtasche und stellte sich vor, wie sie seinen Namen in sein Ohr wispern würde ... Bernhard ... Ulrich ...

Und ich bin doch die Frau, die er begehrt.
Soll ich mich darüber freuen?
Bin nicht eigentlich ich es, die ihn begehrt?
Nein, ich will nicht. Ich darf nicht. András, beeil dich, sonst geschieht noch etwas, das ich bereuen könnte. Oder etwa nicht?
Habe ich mich nicht lange genug auf dem Land gelangweilt?
Madelaine lehnte ihren Kopf an das kalte Fenster und atmete heftig.
»Du bist völlig durcheinander, meine Liebe.«
»Du wirst András nichts sagen, nicht, Urs? Kann ich mich auf dich verlassen?«
Urs zögerte. »Das hängt ganz davon ab, ob du mich noch einmal so furchtbar quälst, Madelaine.«
Verärgert setzte sie sich auf. »Ich werde Terenzin bestimmt nie wiedersehen. Außerdem, hast du nicht gesehen, wie schnell er die Flucht ergriff, als du sagtest, unsere Kinder warteten auf uns?«
»Er muss annehmen, du bist eine ganz besonders raffinierte Frau, wenn du es mit zwei Männern aushältst: Der eine schenkt dir die Kinder, der andere den Titel. Äußerst pikant, nicht?« Er lachte bitter auf. »Wie kann er da mit dir flirten? Ihm müsste doch klar sein, dass das Bett besetzt ist, oder?«
»Urs! Wie kannst du nur so etwas sagen?«
»Wer so etwas sagt, ist ein verzweifelter Mann! Verstehst du mich denn nicht?«
»Du bist genauso eifersüchtig wie András!«
»Spiel nicht mit uns. Spiel nicht mit der Liebe, Madelaine.«
Und wenn doch?

»Ich möchte so etwas nicht von dir hören, Urs. Ich bin eine Frau, und ich denke, ich habe das gleiche Recht wie ihr Männer, auf meine Gefühle zu hören und das zu tun, was ich für richtig halte. Wenn du mich aber verspottest, verletzt du mich tiefer, als du es dir vorstellen kannst. Ich will leben, und ich will lieben können, so wie es mir gefällt. Soll ich dir sagen, wie ich mich manchmal fühlte? Ganz einfach nackt.«
Er kicherte.
»Nein, nicht so, wie du jetzt denkst, nicht nackt und heiß. Sondern nackt und bloß. Ich friere, fühle mich ohne Schutz. Dann steckt mich jemand in ein Korsett mit einem hohen Kragen. Er stellt sich hinter mich und zieht langsam, aber unerbittlich die Schnüre zu, bis zum letzten Halswirbel hinauf. Unbarmherzig, fester und immer fester.«

19

In den nächsten Tagen schneite es immer stärker. Bis auf wenige Ausfahrten mit dem Schlitten verspürte niemand mehr Lust, das Hotel zu verlassen. Madelaine allerdings wurde immer ungeduldiger, je weiter die Zeit fortschritt. Sie konnte es kaum abwarten, bis András wieder bei ihr war. Und das hatte mehrere Gründe.
Sie konnte Bernhard Ulrich von Terenzin nicht vergessen. Er reizte sie, und sie konnte es nicht leugnen: Er hatte ihr gefallen. Er hatte sie angesehen und mit seinem wachen, konzentrierten Blick einen Raum in ihr geöffnet, von dem sie bislang nicht gewusst hatte, dass es ihn gab, ein Raum, der sie verwandelte. Es war, als gäbe es noch eine andere Madelaine, eine spielerische, überaus erotische, mutige Madelaine. Und manchmal stellte sie sich vor, wie es wäre, Terenzin wiederzusehen. Wie mochte er wirklich sein? Ein Tiger im Eisbärfell?
Bei dem Vergleich musste sie lachen, und sie überlegte wieder einmal, ob nicht doch alles nur eine Laune war. Dann aber wurde sie wieder nachdenklich.
Sie erinnerte sich, dass es ihr vor langer Zeit einmal so mit András gegangen war, nicht genau so, aber ähnlich. Damals war sie noch unerfahren gewesen, doch jetzt, da sie erfahren war bei der körperlichen Liebe, schien ein Mann wie Terenzin ihre Sinne noch viel stärker reizen zu können. Er würde sie verwandeln, ja, das ahnte sie, er würde sie zu einer anderen Frau machen …
In solchen Minuten wurde ihr ganz schummrig im Kopf,

und sie glaubte, jeder könne ihr die innere Glut ansehen, die in ihr loderte. Tatsächlich fühlte sich ihre Haut straffer, weicher an, ihre Lippen waren voll und sinnlich, ja, sogar ihre Brüste spannten mehr als je zuvor. Sie kam sich vor wie ein Pulverfass in der Nähe einer Feuerlunte ... Terenzin ... Sie spürte die nahende Hitze ... gleich würde sie explodieren ...
Wieder und wieder und wieder ...
Sie war hin- und hergerissen zwischen Scham und Lust, schlechtem Gewissen und Sehnsucht. So kannte sie sich selbst nicht und hätte beinahe an ihren Gefühlen für zwei Männer verzweifeln können. Um sich ein wenig zu beruhigen, rief sie sich immer wieder András' Umarmungen in Erinnerung. Sie wollte sich wieder sicher fühlen, die altvertraute Geborgenheit genießen, den anderen Mann vergessen.
Schließlich liebte sie András aus tiefstem Herzen. Hatte sie ihm nicht schon in Budapest gesagt, sie würde ihn niemals verletzen wollen? Nie sein Herz brechen?
Sie dachte nach. Nein, das stimmte nicht. Sie hatte es nicht gesagt. Sie hatte es gedacht.
Sie musste endlich mit ihm sprechen. Über ihre Zukunft, über die Kinder, darüber, wer die Briefe ihres Vaters auf dem Gut abgefangen hatte.
Und so wuchs mit jeder Stunde ihre Ungeduld.
Urs hingegen bereitete sich auf eine größere Nachuntersuchung im Chirurgischen Klinikum vor, wo er vor fünf Jahren einer Magenresektion unterzogen worden war. Er erzählte Madelaine, er habe überdies einen Brief von Leander von Marchthal, dem Rechtsanwalt, erhalten und werde ihn noch einmal aufsuchen. Sie solle sich keine Gedanken machen.

Sie war insgeheim froh, dass er anderweitig beschäftigt war. So konnte sie sich endlich einmal in Ruhe Nikolas, Karlchen und Svenja widmen. Sie lud sie ein, jeden Nachmittag in ihrem kleinen Hotelsalon zu spielen. Begeistert zogen sie zur vereinbarten Zeit mit ihren Zinnsoldaten, Eisenbahnen, Puppen und Teddybären bei ihr ein.

Madelaine schaute ihnen zu und freute sich, wie erfindungsreich sie sich zu beschäftigen wussten und wie einfühlsam sich Svenja um den kleinen Karl kümmerte. Nikolas dagegen brauchte keinen Spielkameraden. Er ließ Füsiliere gegeneinander antreten, stellte Bataillone auf und kreiste mit ihnen selbsternannte Feinde ein.

An einem dieser von heftigem Schneefall trüben Nachmittage schrak Madelaine aus ihrer Versunkenheit auf. Stine, die mit einer Klöppelarbeit am Fenster gesessen hatte, war plötzlich aufgestanden und leise an sie herangetreten.

»Madelaine, was soll aus ihnen werden?«

Madelaine fuhr in ihrem Sessel herum.

»Verzeihung«, murmelte Stine, »aber wir müssen doch bald wieder zurück. Sie müssen zur Schule, sonst bekommen wir großen Ärger.«

»Ach, Stine. Natürlich, ich weiß, und glaube mir, ich denke ständig darüber nach.«

»Darf ich etwas fragen? Etwas ganz Persönliches, Madelaine?«

»Aber natürlich, Stine. Du weißt doch, es hat sich nichts zwischen uns verändert.«

»Nun, ich verstehe nicht, warum sie nicht auf dem Schloss leben können. Es ist doch groß genug, oder?«

Plötzlich wurden die Kinder still. Sie hielten im Spiel inne und sahen zu ihr auf. Neben ihr rang Stine verlegen die Hände. Stine hat ausgesprochen, was sie mich nie zu fra-

gen getraut hätten, dachte Madelaine und schaute in ihre angespannten Gesichter. Doch haben sie nicht ein Recht auf eine ehrliche Antwort? Sie beugte sich vor:
»Ich will euch die Wahrheit sagen. Also erstens: András' Familie lebt nicht auf einem Schloss, sondern auf einem Gutshof. Zweitens: Mein Schwiegervater ist sehr eigen. Er liebt niemanden mehr auf der Welt als seinen eigenen Sohn. Und er will einen Enkel. Er will keine fremden Kinder auf seinem Besitz. Selbst mich duldet er nur ungern. Ich gestehe, ich hatte mir alles ganz anders vorgestellt, dieses Leben in András' Heimat. Ich dachte, der alte Herr würde mich akzeptieren, und ich würde euch nachkommen lassen können. Doch das geht nicht. Solange der alte Graf lebt, wird das nicht möglich sein.«
Stine schlug die Hände über dem Kopf zusammen. Nikolas sprang wütend auf, schleuderte Karlchens Spielzeuglokomotive gegen die Tür.
»Lügnerin! Du willst uns doch bloß loswerden!«
Svenja zerrte an seinem Hosenbein. »Sag so was nicht! Das stimmt nicht, Madelaine!« Sie stand auf und warf sich Madelaine in die Arme. »Ich möchte bei dir bleiben! Mach, dass wir wieder zusammenkommen!«
Nikolas trat nun, außer sich vor Wut, auf jedes Spielzeug, das ihm in die Quere kam, woraufhin Karlchen in verzweifeltes Weinen ausbrach und sich bäuchlings auf den Boden warf, um mit weit ausgestreckten Armen zu retten, was noch zu retten war.
»Ich will zu meinem Vater!«, brüllte Nikolas. »Ich will weg von dir! Du hast uns im Stich gelassen, genauso wie Mutter!«
Stine lief auf ihn zu, um ihn in die Arme zu nehmen, doch er schlug nach ihr.

Madelaine, die gerade noch eben Svenjas Kopf gestreichelt hatte, fuhr auf. »Das tust du nicht noch einmal, Nikolas!«
»Pah! Und ob! Ich kann tun, was ich will!« Er sprang auf Stine zu und boxte ihr in den Bauch.
Stine taumelte rückwärts gegen die Fensterbank. Im Nu war Madelaine bei ihm, packte ihn fest an den Armen und schob ihn mit aller Kraft ins Badezimmer.
»Kühl dich ab! Nachher reden wir weiter!« Sie zog die Tür ins Schloss.
Sie hörten, wie er fluchte und mit den Fäusten gegen die Fliesen schlug.
»Du bleibst, wo du bist!«, rief Madelaine ihm aufgebracht zu. »Sonst wird dir Urs nachher den Hintern versohlen!«
Karlchen kam hinzu und trommelte nun ebenfalls gegen die Tür. »Und dem Husar werd ich sagen, er soll dich auspeitschen!«
Madelaine und Stine mussten lachen.
»Der Husar, das ist András«, kicherte Svenja, »Madelaines Mann, Karlchen. Ach, Tante Madelaine, bitte sprich mit ihm. Er soll seinem Vater sagen, dass du uns lieb hast und dass wir traurig sind, wenn du wieder gehst, ohne uns mitzunehmen.«
Vom Badezimmer her trat Nikolas gegen die Tür, dass es krachte.
»Ich will zu meinem Vater! Und ich will mein Pferd!«
»Wann müsst ihr wieder in die Schule?«, fragte Madelaine leise.
»Onkel Urs sagt, er hätte mit dem Schuldirektor gesprochen und vier volle Wochen für uns freigekauft.«
»Freigekauft? So hat er es formuliert?«
»Na ja, er hat ihm wohl eine Schulspende gegeben, damit er es erlaubt.«

212

Madeleine wechselte einen Blick mit Stine. »Das sieht Urs ähnlich, na gut, warum auch nicht. Aber eure Ferien sind bald vorbei.«
Svenjas Augen füllten sich erneut mit Tränen, auch Karlchen heulte wieder. Madelaine nahm den Kleinen auf den Arm, Svenja hüpfte auf ihren Sessel. Madelaine setzte sich neben sie. Karlchen auf dem Schoß und einen Arm um das schluchzende Mädchen gelegt, starrte sie auf das zerborstene Spielzeug.
Ich will nicht, dass unser aller Leben so zerbricht, dachte sie. So nicht.

Als András zwei Tage darauf endlich eintraf, war die Wiedersehensfreude groß. Es gab so viel zu erzählen. Erinnerungen aus der gemeinsamen Zeit in Riga wurden aufgefrischt, neugierige Fragen der Kinder über Reiterei und Husarentum beantwortet. Nur Nikolas hielt sich zurück. Ihm war deutlich anzusehen, dass er sich seit Madelaines Erklärung verändert hatte. Es war nicht zu verkennen: Er lehnte András ab.
Als Madelaine spät in der Nacht mit András allein war, fragte er sie:
»Was hat Nikolas plötzlich gegen mich?«
Sie erzählte es ihm.
»Das hast du ihm gesagt?« Er war äußerst verärgert.
»Es ist doch die Wahrheit, oder?«
»Er ist gegen mich, weil er seinen eigenen Vater vermisst und mir vorwirft, ich nähme dich ihm weg. Er fühlt sich doppelt verraten. Verstehe ich, verstehe ich alles, aber wir haben unsere eigenen Probleme, nicht? Nikolas muss lernen, sich noch ein wenig in Geduld zu üben.« Aufgebracht lief er vor den drei auf die Straße führenden Fenstern hin

und her. »Ich möchte nicht, dass du mich zwingst, mich zwischen dir und Vater zu entscheiden, Madelaine. Das ist, offen gesagt, nicht der Empfang, den ich mir gewünscht habe.«

»Ich möchte dich nicht verletzen, aber du musst verstehen, András: Ich bin für die Kinder verantwortlich und habe schon viel zu lange gewartet, sie schon viel zu lange allein in Urs' Obhut gelassen. Wir müssen eine Lösung finden.«

András trat an eines der Fenster und starrte in die Dunkelheit hinaus. Längst waren die Straßenlaternen erloschen. Aber noch immer schneite es.

»Teréza und Karól sind nach Budapest umgezogen«, sagte er unvermittelt.

»Und? Ist sie schwanger?«

»Nein.«

Es entstand eine Pause. Dann drehte sich András langsam um. »Bei dir sieht es doch auch nicht anders aus, oder?«

Sie schüttelte den Kopf.

Tausenderlei widerstreitende Gefühle wogten in ihr hoch. Sie kämpfte mit sich und hätte sich am liebsten in seine Arme geworfen, doch irgendetwas hielt sie zurück.

»András, liebst du mich noch?«

Sie hörte ihre eigene Stimme wie von fern.

Sie sah, wie er blass wurde und zögernd auf sie zukam.

»Aber ja, wie kannst du nur so etwas fragen? Was ist mit dir? Du wirkst so seltsam, so rätselhaft. Was geht in dir vor?«

»Ich weiß es nicht.«

Er trat auf sie zu und legte seine Hände auf ihre Schultern. Sein Griff war fest. »Sag mir, was ist los?«

Sie rang mit sich. Nein, sie durfte ihm nicht die Wahrheit sagen, nein, niemals. Es würde ihn zutiefst verletzen, und

er würde sie nicht verstehen. Sie schluckte, schlug die Augen nieder.
»Ich ...«, begann sie zögerlich.
»Ja?«
»Also, ich halte, ehrlich gesagt, diesen Druck nicht mehr aus ...«
András atmete auf. »Das verstehe ich, Madelaine, das verstehe ich nur zu gut. Glaube mir, ich leide auch darunter. Lass uns in den nächsten Tagen einen Spezialisten aufsuchen, ja? Es kann doch nicht schaden, meinst du nicht?«
Schaden nicht, aber mich demütigen, dachte Madelaine traurig. Aber sie nickte.

Es war Urs, der ihnen die Adresse eines angesehenen Wiener Gynäkologen gab. Urs hatte sich, wie er ihnen gestand, bei seinem Besuch im Klinikum bei seinem ehemaligen Chirurgen nach einem vertrauenswürdigen Facharzt für sie erkundigt. Sein Chirurg sei, nachdem er sich bei ihm vom exzellenten Ergebnis seines operativen Eingriffs überzeugt hatte, bester Laune gewesen und habe sogleich höchstpersönlich ein Telefonat mit einem erfahrenen Kollegen auf dem Gebiet der Frauenheilkunde geführt. Dank der guten Beziehung erhielten Madelaine und András bereits am nächsten Tag einen Termin.
Wie erwartet, verlief die Untersuchung ohne Befund.
Madelaine war wie befreit.
András hingegen verdrängte den nicht ausgesprochenen Verdacht, er könne zeugungsunfähig sein.
So nahmen sie sich beide vor, den Rat des Arztes zu befolgen und geduldig zu sein.
»Kennen Sie den griechischen Begriff *kairos*?«, hatte sie der Gynäkologe am Ende ihres Gesprächs gefragt.

Sie verneinten.

»Nun, er bedeutet: der günstige Augenblick, die rechte Zeit. Alles hat seine Zeit, auch der Zeitpunkt der Zeugung. Ich bin sicher, er wird sich eines Tages auch bei Ihnen einstellen.«

Mit diesen Worten im Ohr hatten sie die Praxis in dem neu erbauten Jugendstilhaus an der Ringstraße verlassen.

Es hatte aufgehört zu schneien. Die Sonne stand hoch am blauen Himmel. Frost hatte über Nacht die Schneewehen scharfkantig werden lassen. Und die Straßenfeger schaufelten mit schweißnassen Gesichtern die breite Straße frei.

»Lass uns etwas unternehmen!«, forderte Madelaine András ausgelassen auf.

»Und was soll das sein?«, gab er bedrückt zurück.

»Ich möchte mir Automobile ansehen!«

»Ich dachte, du liebst Pferde?«

»Kann man nicht beides lieben?«

»Beides? Pferde und Automobile?«

Madelaine musste über sein verwirrtes Gesicht lachen.

»Nun?«

»Na ja, warum nicht.«

Sie nahmen einen Schlitten mit Verdeck und fuhren zu Paschingers Automobilhandel im neunzehnten Wiener Gemeindebezirk. Je näher sie kamen, desto aufgeregter wurde Madelaine. Sie spürte ihr Herz klopfen, und ihre Hände wurden feucht. Sie bemühte sich, nicht an Terenzin zu denken, doch es fiel ihr schwer.

»Würdest du mir einen Wunsch erfüllen, András?«

»Wenn es dich glücklich macht, mein Liebes …«

»Sag nicht immer Liebes zu mir …«

»Aber ich liebe dich doch, Liebes.«

Sie stupste ihm an die Nase.
»Ich möchte ein eigenes Automobil – und du sollst mich fahren.«
Er hielt vor Überraschung kurz die Luft an, doch dann sagte er: »Warum nicht? Reiten kann ich, da werde ich wohl auch das Autofahren lernen.«
»Sowohl als auch – siehst du, es geht!«
Sie hörte sich sprechen und schlug die Hand vor den Mund. András dachte an das eine, sie an das andere. Vergeblich schloss sie die Augen, um dem zu entfliehen, was sie im Geiste vor sich sah: Terenzin blickte sie an, wach, konzentriert, hielt sie gefangen. Und sie spürte nichts als loderndes Begehren. Es war beglückend, erregend – und furchtbar. Hilfesuchend tastete sie nach András' Hand.
Er wandte ihr sein Gesicht zu.
»Ja, du hast recht, man muss sich den Herausforderungen der Zeit stellen«, erwiderte er ernst und schaute nach vorn.
Wäre es nicht um ihre Gefühle gegangen, hätte sie laut aufgelacht. So aber schwieg sie beklommen.

Paschinger war hocherfreut, Madelaine wiederzusehen. Rasch kamen sie ins Plaudern. So erfuhr András zu seinem Erstaunen von Madelaines mutigen Schüssen und ihren Probefahrten.
»Du hast mir davon noch gar nichts erzählt«, entfuhr es ihm.
Paschinger errötete, Madelaine ebenfalls. Panisch wechselten sie einen Blick. András tat, als merke er es nicht. Stattdessen lächelte er.
»Wissen Sie, ich habe meiner Gattin selbst das Schießen beigebracht. So war es also doch nicht umsonst.«

»Mein Kompliment, gnädige Frau.« Er verbeugte sich nervös. »Sie haben einen außergewöhnlich großzügigen Gatten.«
Madelaine wurde siedend heiß, in ihren Ohren klang plötzlich alles so entsetzlich zweideutig. Sie warf Paschinger einen wütenden Blick zu. Dieser zuckte zusammen.
»Verzeihung, die Herrschaften. Wollen Sie mir nun in die Verkaufsräume folgen?«
Nur zu gern, dachte Madelaine erleichtert. Und mit einer alle überraschenden Entschlossenheit traf sie ihre Wahl: Es war eine elegante Limousine des Wiener Herstellers Gräf & Stift, der schon 1898 das erste Auto mit Frontantrieb gebaut hatte.
Kurz darauf saßen sie wieder in einem Schlitten auf der Rückfahrt in die Stadt.
»Warum hast du mir nichts davon erzählt, Madelaine?«
»Ich kam nicht dazu, wirklich. Die Kinder, das Wiedersehen, die Untersuchung. Ich bin so furchtbar durcheinander. Aber da fällt mir noch etwas ein, von dem du nichts weißt.«
»Und das wäre?«
»Ich habe Teréza in einem einfachen Wirtshaus gesehen, sie tanzte mit einem fremden Begleiter. Karól war nicht dabei.«
Hoffentlich habe ich uns beide damit ein wenig abgelenkt, dachte sie nervös und musterte András von der Seite. Dabei war ihr bewusst, wie sehr sie sich schämte.
András schüttelte den Kopf.
»Das kann nicht sein, du musst dich geirrt haben. Teréza ist damit beschäftigt, ihr neues Haus in Budapest einzurichten. Ich habe sie auf meiner Fahrt noch kurz besucht. Es ging ihr gut, sie war zwar ein wenig aufgewühlt, doch

das ist ja in solch einer Situation nichts Besonderes, oder?«

»Nein«, stimmte sie ihm zu, doch was, wenn Teréza wegen eines anderen Mannes aufgewühlt war – so wie sie? Nicht auszudenken!

Ihr tat András furchtbar leid – was wusste er, was wussten die Männer schon von den Gefühlen der Frauen?

Nichts, oder nur wenig.

Es tat ihr weh, vor ihm etwas verbergen zu müssen.

»Und wie geht es Karól und seinem Vater?«, fragte sie so beiläufig wie möglich.

»Karól arbeitet weiter in der Bank, und sein Vater, so hört man, verreist häufig.«

Er verstummte. »Du kannst dir vorstellen, wie nett Vater das Ganze findet.«

»Und was macht er?«

»Er macht sich große Hoffnungen.«

»So?«

»Na ja, du erinnerst dich an die Zigeuner am Tag unserer Ankunft?«

»Natürlich, die Jungen schnitzten Tröge und Heugabeln, und dann war da noch eine ältere Frau, die einen Lumpensammler auslachte, weil er frische Wäsche zu Boden fallen ließ.«

»Ah, daran erinnerst du dich. Gut. Sie heißt Gisa, Vater und sie kennen sich gut. Sie liest ihm alle drei Jahre aus der Hand.«

»Und wann war das letzte Mal? Vor unserer Abreise aus Riga oder aus Brasilien oder danach?«

»Es mag seltsam klingen, aber es war der Tag, an dem wir heirateten.«

»So etwas gibt es doch nicht.«

»Doch, glaube mir. Ich habe Gisa selbst gefragt, sie kam mit ihrer Gruppe, kurz bevor ich zu dir aufbrach.«
»Ja, aber was hat sie ihm denn nun für Hoffnungen gemacht?«
»Ich weiß es nur von ihr. Sie hat meinem Vater geweissagt, dass er eines Tages einen Enkelsohn bekommen würde. Das hat ihn wohl auch zu dem inspiriert, was er an Terézas Hochzeitstag ausgesprochen hat. Er fühlte sich sicher mit dieser Prophezeiung.«
Madelaine wurde heiß und kalt zugleich. Ihre Stimme versagte. Sie konnte nur noch krächzen.
»Von wem?«
»Was glaubst du wohl, was sie gemacht hat, als ich sie dasselbe fragte?«
Madelaine zuckte mit den Schultern.
»Sie hat mich ausgelacht!«

20

Die Zeit verging wie im Flug. Längst waren Stine und die Kinder wieder nach Riga abgereist. Madelaine versprach ihnen, sie im neuen Jahr zu besuchen, um mit ihnen Pläne für die Zukunft zu besprechen.

András lernte ein Automobil zu fahren und führte Madelaine, sooft es das Wetter zuließ, auf Wiens Prachtstraßen aus. Auch Urs blieb noch in Wien. Gemeinsam verfolgten sie die weltpolitischen Ereignisse mit wachsendem Unbehagen. Der russisch-japanische Krieg ging mit nicht nachlassender Härte weiter. Russland ließ über die neue Transsibirische Eisenbahn Tausende von Soldaten in die Mandschurei befördern. Auch die von den Japanern belagerte Festung Port Arthur wartete dringend auf Verstärkung. Tausende von Soldaten waren bereits in den Gefechten um ihren wichtigen Hügel – Hoher Berg – gefallen.

In Russland selbst fanden sich auf einer Konferenz in St. Petersburg die Gouverneure der russischen Provinzen ein und forderten eine Verfassung mit bürgerlichen und religiösen Freiheiten. Vergeblich.

Oft verbrachten András und Urs die Nächte mit endlosen Diskussionen über den weiteren Verlauf der Weltgeschichte. Dabei versuchte Urs, András dazu zu bewegen, mit Madelaine Ungarn zu verlassen, um der Gefahr eines eventuell explodierenden Hexenkessels zu entgehen, womit er den ganzen Balkan meinte. Vergeblich. Solange sein Vater lebe, ginge das nicht, hielt ihm András entgegen. »Du wirst erst aufwachen, wenn Madelaine etwas tut!«, drohte ihm Urs. Und dann verfiel András jedes Mal in dumpfes Schweigen.

Glücklicherweise erfuhr Madelaine von diesen Unstimmigkeiten nichts. Sie sollte nach dem Rat des Gynäkologen vor Unruhe und Angst geschützt werden. András und Urs hielten sich genau daran, führten sie zum Essen und Tanzen aus. Und doch: Oft spürte Madelaine die angespannte Stimmung zwischen den beiden, auch entging ihr nicht das, was sich auf den Straßen Wiens zutrug. Immer häufiger marschierten Streikende und revoltierende Sozialisten mit roten Fahnen durch die Stadt.

Kurz vor Weihnachten erfuhren sie aus einer kleinen Zeitungsmeldung, dass vier Arbeiter der größten Fabrik in St. Petersburg, der Putilow-Werke, wegen revolutionärer Umtriebe entlassen worden waren.

Es lag in der Luft, dass irgendwann etwas Großes in der Welt geschehen würde. Etwas Großes, Fürchterliches.

Gemeinsam nahmen sie an einem glanzvollen Silvesterball teil. Am Neujahrsmorgen schreckten sie die lauten Stimmen der Zeitungsjungen auf: Der russische General Stoessel musste Port Arthur am 2. Januar 1905 aufgeben. Der kleine Zwerg Japan hatte – zumindest hier – die Macht des russischen Imperiums besiegt. Alle Zeitungen berichteten von der Fassungslosigkeit der Russen, ihrem Gefühl, gedemütigt worden zu sein.

Urs befürchtete nun das Schlimmste.

»Das wird der Zar nie verwinden! Er wird seine Soldaten an Land noch entschlossener kämpfen lassen und noch härter regieren. Lasst uns alle heimkehren – und so rasch wie möglich im nächsten Jahr wieder zusammenkommen«, sagte er beim Abschied. »András, pass auf meine

Madelaine auf und vergiss meine Worte nicht. Wir haben nicht mehr viel Zeit! Ich spüre es – und mein Schokoladenmädchen muss endlich wieder das tun, was sie kann!«
Sie umarmten einander herzlich, dann stieg Urs in seinen Zug Richtung Krakau. Von dort aus würde es über Wilna weitergehen bis nach Riga.

21

András versprach Madelaine, noch ein wenig länger in Wien zu bleiben. Sie versuchten, die Zeit zu genießen, so gut es ging. Der Monat neigte sich seinem Ende zu, da wurden sie am Morgen des 23. Januar von den lauten Rufen der Zeitungsjungen vor dem Hotel geweckt.
»Blutbad vor dem Winterpalais! Zar lässt aufs eigene Volk schießen! Blutbad vor dem Winterpalais!!«
»Herr im Himmel! Das darf doch nicht wahr sein!«, rief Madelaine und hastete ans Fenster. Über Nacht hatte es getaut, entlang der Straßenränder vermischte sich nun Schmelzwasser mit Matsch, Abfällen und Pferdeäpfeln. Menschen hasteten hin und her, riefen, schrien durcheinander. Hier und dort versammelten sie sich vor Kiosken und an Straßenecken, drängelten sich um Zeitungsjungen, die mit dem Austeilen kaum noch nachkamen und trotzdem unablässig weiter die neue blutige Nachricht herausschrien: »Blutbad im Winterpalais! Zar schießt aufs Volk!«
»Wir haben es alle befürchtet«, murmelte András, »Vater hat recht gehabt – und dein Urs im Übrigen auch.«
»O Gott, Urs, die Kinder – Riga ist für sie nicht mehr sicher, András! Ich habe Angst um sie. Der Zar wird noch härter durchgreifen. Ich weiß, was das bedeutet. Er wird seine Soldaten schicken und alles niederschlagen lassen, was aufmüpft.«
»Aufmüpft.« András lächelte.
»Das ist nicht lustig. Ich weiß, wovon ich spreche, die Deutschen und viele andere werden jetzt noch zahlreicher

aus Riga fliehen. Würdest du dich wohl fühlen, wenn du hörst, wie deine Nachbarn um Hilfe schreien und auf der Straße oder im Lokal zusammengeschlagen werden, nur weil sie den Mut hatten, an einer Versammlung teilzunehmen, wo sie gegen ihre Unterdrückung protestierten und für ihre Rechte eintraten?«

»Bedenke nur eines, Madelaine: Der Zar knechtet ein riesiges Reich mit Millionen von Menschen. Er selbst ist von Beratern umgeben, die ihn fernhalten von der Wirklichkeit derer, die leiden. Er ist nicht allein, er ist schwach, und diejenigen, die ihn umgeben, sind lediglich daran interessiert, ihre Posten zu sichern. Es ist ein System, basierend auf Neid, Missgunst und Protektion ... Nicht auszudenken, wenn die Massen das System stürzen. Wer wird in dem Chaos jemals wieder Stabilität und Frieden herstellen können? Wieder ein Tyrann?«

»Ich weiß, ich weiß.« Madelaine winkte ab, während sie sich anzog. »Bis jetzt gibt es mehr oder weniger nur zwei Möglichkeiten: Entweder siegen die Bolschewiki mit Lenin oder die Menschewiki mit Martow. Eine Handvoll Berufsrevolutionäre oder eine kleine sozialdemokratische Arbeiterpartei. Du erinnerst dich an Terschak, nicht wahr? Ob er wohl jetzt zu Lenins Freunden gehört?«

»Ich könnte es mir vorstellen. Sicher ist nur, dass er zu denen gehört, die im ganzen russischen Reich die glimmende Glut verteilen. Und jeder, der hungert und friert und leidet, wird nach dem wärmenden Funken greifen. Soviel ich weiß, halten noch beide Seiten, wenn auch zähneknirschend, zusammen und graben Löcher unter den Zarenthron. Aber sie trauen einander nicht, weil sie nicht wissen, was besser ist: mit Worten oder mit Gewalt zu überzeugen.«

»Du denkst an das Bombenattentat auf Russlands Innenminister Plehwe im letzten Juli ...« Sie setzte sich auf die Lehne eines der Polstersessel und seufzte. »O Gott, dieses viele Blutvergießen. András, lass uns nicht mehr darüber reden. Es genügt, wenn das Schreckliche uns schon morgens aus dem Schlaf reißt. Der Arzt sagte, ich solle mich von alldem fernhalten, mich schonen. Wie soll das nur gehen in einer Welt wie dieser?«
Er streichelte ihr über die Wange.
»Wir müssen damit leben, alle müssen es. Sei tapfer, Madelaine.«
»Noch tapferer? Noch länger?«
»Tu es einfach.«
Unwillkürlich musste Madelaine an Terenzin denken. Tu es einfach. In ihren Ohren klang es wie eine Rettung. Ich brauche dich, dachte sie, ich brauche einen Mann, der mit mir eine andere Welt betritt, wo ich eine andere Frau sein kann – unbeschwert, heiter, sinnlich, ohne den Druck, ein Kind gebären zu müssen, nur damit der Familienfriede gerettet ist.
Sie schluckte, wischte sich die Tränen aus dem Gesicht.
»Was hast du?« András hatte seine Hand auf ihre Schulter gelegt und drehte sie nun sanft zu sich um.
»Nichts«, schniefte sie, »nichts.«
Schweigend nahm er sie in den Arm und drückte sie fest an sich.
Es war kein Trost. Es war wie eine Umklammerung, so fest wie ein Korsett.

Im Speisesaal herrschte eine angespannte Atmosphäre. Nur wenige Gäste diskutierten, die meisten lasen mit stummem Entsetzen in den zahlreichen österreichischen, deutschen, ungarischen und englischen Zeitungen. Das Grauen, das in den Zeilen stand, spiegelte sich auf allen Gesichtern wider. Obwohl Madelaine gerade eben das Gegenteil gesagt hatte, ließ sie sich nun doch vom Sog der allgemeinen Neugier und Anspannung mitreißen. Mit mulmigem Gefühl begann sie zu lesen.

Am 20. Januar waren in St. Petersburg achtzigtausend Arbeiter in den Streik getreten. Am 21. Januar hatte der Pope Gapon dem Zaren mitgeteilt, ihm im Rahmen einer friedlichen Demonstration höchstpersönlich eine Petition überreichen zu wollen, da niemand aus dem Volk seinen Ministern traue. Am 22. Januar zogen Tausende friedfertiger Menschen vor das Winterpalais, mit Kaiserfahnen und Heiligenbildern in den Händen.

Ab elf Uhr versuchten Kosaken und Soldaten, sie zuerst mit Peitschen, dann mit Säbeln und Schüssen zu vertreiben. Das Volk harrte aus. Ab vierzehn Uhr bekamen die Kosaken den Befehl, scharf zu schießen. Daraufhin brachen sich Empörung und Wut Bahn, bei Jungen und Alten, Müttern und Arbeitern, Bauern, Handwerkern und Intellektuellen. Der Schnee färbte sich binnen Sekunden blutrot. Tote und Verletzte, wohin man sah, dazwischen Ambulanzen, Schlitten und Karren, mit denen Helfer versuchten, zu retten, was noch zu retten war – oftmals vergebens. Chaos, Gewalt, Verzweiflung, Panik. Vom großen Platz vor dem Winterpalais breiteten sich die Kämpfe in die Straßen aus, Frauen und Kinder wurden niedergetreten, Junge wie Alte geschlagen, geköpft, erschossen. Sogar einige Kosaken wurden gesteinigt.

An die eintausend Tote, Tausende von Verletzten. Es war trotz aller Einzelheiten unvorstellbar.

Fassungslos sahen sich Madelaine und András an. Sie

wussten kaum, was sie sagen sollten, das Raunen der Stimmen um sie herum klang wie ein aufgewühltes Meer. Erst nach einer Weile flüsterte Madelaine: »Ich kann jetzt nichts essen, András. Lass uns hinausfahren, ja? Ich halte es hier nicht mehr aus.«
András legte die Zeitung beiseite. »Ja, lass mich nur noch einen Kaffee trinken.« Er nahm einen Schluck. »Weißt du, das, was in St. Petersburg passiert ist, ist wie ein Stein, den man ins Wasser wirft. Es wird Kreise ziehen.«
»Wir müssen …«
»Bitte fang nicht wieder damit an …«
»Riga gehört zum russischen Reich, ich habe Angst um …«
»Deinen Urs, deine Kinder, ach, Gott, Madelaine. Ich weiß das doch alles.« Er trank seine Tasse aus und erhob sich. »Gehen wir.«
Während Madelaine ihren Pelz holte und András darauf wartete, dass ihm ein Hotelangestellter sein Automobil vorfuhr, kam Wind auf und fegte den morgendlichen Dunst durch die Straßen. Kurz darauf bestiegen sie ihren Wagen.
»Wohin fährst du mich?«
Er lenkte den schweren Wagen auf die belebte Ringstraße.
»Ich will versuchen, nach Grinzing zu kommen, dort könnten wir in einem Heurigenlokal essen … Es liegt im Norden Wiens, im neunzehnten Bezirk …« Er hupte und fluchte leise, weil gerade vor ihm ein Fahrradkarren voller Flaschen im Matsch ins Schlittern geraten war.
»Wir müssen nur die richtige Abzweigung finden.«
»Ich passe auf«, versprach Madelaine.
Doch wie an ihrem Ankunftstag gerieten sie in einen Stau.

András blieb nichts anderes übrig, als in eine Seitenstraße einzubiegen und zu versuchen, über Umwege wieder in nördliche Richtung zu gelangen. Unglücklicherweise aber entsprach der Verlauf der Straßen nicht seinem Orientierungssinn, und so stellten sie erschrocken fest, dass sie genau in die entgegengesetzte Richtung, nämlich südwärts, fuhren. Fabrikgebäude, Schornsteine, einfache Siedlungen prägten die Gegend. Schon konnten sie das Schild des zehnten Wiener Gemeindebezirks lesen: Favoriten.
Als András ein Hinweisschild auf eine Abzweigung entdeckte, beschloss er umzukehren. Doch knapp hundert Meter davor quollen aus einer Querstraße demonstrierende Arbeiter und zwangen ihn anzuhalten. Sie trugen rote Fahnen und Transparente, die deutlich machten, dass sie ihre Sympathie mit den Opfern in St. Petersburg bekunden wollten.
»Es lebe die Revolution in Russland!«
»Hoch die russische Revolution!«
»Es lebe der Generalstreik!«
»Arbeiter der Völker Österreichs, vereinigt euch!«
»Tod dem Zaren!«
»Nieder mit den Zarenknechten!«
Es wurden immer mehr Demonstranten, immer mehr Transparente, mit immer mehr Fahnen. Es schien kein Ende zu nehmen. Einige trugen Stöcke, andere brennende Fackeln. András und Madelaine waren eingekeilt.
Nicht wenige warfen ihnen wütende Blicke zu. Schon krachten schwere Fäuste auf die Karosserie. András hupte, gab vorsichtig Gas, um niemanden zu gefährden, doch da reckten sich Fäuste, ein Frontlicht brach ab. András versuchte es noch einmal, den Wagen an die rechte Seite zu lenken, von wo aus es bis zur Abzweigung nicht mehr

weit sein würde. Vergeblich. Die Menschen hielten ihn auf.
Da flog ein Stein, durchschlug die Heckscheibe, prallte gegen Madelaines Rückenlehne. Sie schrie auf und versuchte, die Tür zu öffnen, um zu fliehen. Vergeblich, der Druck der Menschen von außen war zu stark. Aus den Augenwinkeln nahm sie wahr, dass jene, die weder Transparente noch Stöcke trugen, sich daranmachten, Pflastersteine aus dem Matsch herauszulösen. Wieder krachten Steine gegen den Wagen, nacheinander zerbarsten auch die Fensterscheiben der angrenzenden Geschäfte.
Plötzlich wurden ihre Türen aufgerissen. Gesichter, aufgebrachte Stimmen, Kampflieder, gemischt mit feuchtkalter Luft, drangen zu ihnen herein. Es war beängstigend, und Madelaine hielt die Luft an.
»Lasst uns in Ruhe!«, rief sie gegen den Lärm an.
»Herrenfahrer!«
»Ausbeuter!«
Es zischte viermal scharf. Der Wagen sackte nach unten.
»Die Reifen!«, schrie András. »Sie haben uns die Reifen zerstochen! Wir müssen raus!«
»Herrenfahrer!«, wiederholte ein Mann voller Verachtung und packte András am Revers.
Madelaine dachte nicht mehr nach. Sie beugte sich vor und zerkratzte ihm mit ihren Fingernägeln den Handrücken, dass es blutete.
»Lasst ihn los! Verdammt noch mal! Lasst uns gehen. Mein Vater war auch Arbeiter, aber so etwas hätte er nie getan. Ihr solltet euch schämen!«
Die Männer lachten.
»Ausbeutung auf die feine Art, ja, warum nicht? Ein feiner Herr mit seinem Luder!«

Madelaine kreischte vor Wut.
»Ihr seid verrückt! Der Teufel soll euch holen!«
»Herrenluder!«
Der Mann ließ András los, der ihm sofort die Faust ins Gesicht stieß.
Der Mann taumelte zurück. »Was für ein Schlag für einen Herrn«, murmelte er mit unterdrücktem Hass und stieß mit seinem Fuß gegen das Trittbrett, einmal, zweimal, dreimal. Da knallten Schüsse. Madelaine sah András wie in Zeitlupe vornüberkippen. Sein Kopf sank auf das Lenkrad. Alles um sie herum war wie taub. Sie hörte nichts. Nahm kaum noch wahr, wie die Wut in den Augen der Männer sich in Angst verwandelte. Die Menschen strömten vorbei, Körper für Körper, Fahne für Fahne, Transparent für Transparent, schneller und immer schneller.
Und plötzlich waren sie allein.
Zitternd legte sie ihre Hand auf András' Nacken, streichelte seinen Kopf, berührte sein Knie, verharrte auf seinem Oberschenkel. Tropfen für Tropfen fiel auf ihren Handrücken. Sie begann zu schreien.
Er ist tot, schrie es in ihr. Er ist tot.
Verzweifelt stemmte sie sich aus dem Wagen. Sie stürzte auf das Trottoir, rannte von Haus zu Haus, riss an Glockenzügen, drückte auf Klingelknöpfe, klopfte an noch heile Fensterscheiben.
»Hilfe! So helfen Sie uns doch! Rasch! Mein Mann stirbt!«
Langsam wagten sich Anwohner, Geschäftsleute und Ladeninhaber auf die Straße. Irgendjemand rief nach der Ambulanz, jetzt trafen auch mehrere berittene Polizisten ein. Madelaine brach vor den Hufen ihrer Pferde zusammen. Irgendjemand trug sie zum Wagen und drückte sie auf ihren Sitz.

Ein Arzt beugte sich über sie, nickte, brummte etwas Beruhigendes. Sie nahm es kaum wahr, doch sie beobachtete ihn mit verschleiertem Blick. Er ging um den Wagen herum, tastete nach András' Halsschlagader, lehnte ihn vorsichtig in seinen Fahrersitz zurück.
»Lebt er?«, hauchte sie kraftlos.
»Ja, aber er verliert viel Blut.«
»Wohin … wohin ging die Kugel?«
»Ich weiß es nicht. Sicher ist nur, dass eine Arterie getroffen wurde. Ihr Gatte muss sofort operiert werden.«
Jetzt wurde sie wieder wach.
»Ich komme mit ins Klinikum. Ich, wir kennen dort einen Chirurgen. Er macht Magenresektionen, bringen Sie mich, uns zu ihm, ich muss mit ihm sprechen.«
Verblüfft sah der Arzt auf. »Billroth Schüler?«
»Ja, richtig.«
»Ja dann … Dann wollen wir uns einmal beeilen.«
Madelaine holte tief Luft.
»Wird mein Mann überleben?«
»Wenn uns keine zweite Demonstration aufhält, ja.«

Krankenschwestern, Verletzte, Ärzte eilten an ihr vorüber. Zäh krochen die Zeiger über das schwarz-weiße Zifferblatt der Uhr in der chirurgischen Abteilung. Regentropfen flossen am Glas der hohen Fensterscheiben hinab. Straßenlaternen und die aufleuchtenden Scheinwerfer von Ambulanzen und vereinzelten Automobilen tauchten sie ab und zu in silbriges Licht. Unaufhaltsam senkte sich die Dunkelheit über die große Stadt.
Ich bin schuld, ich allein.
Ich hätte ihn nicht bitten sollen, mir einen Wagen zu kaufen.

Ich hätte mich nicht in Terenzin vergucken sollen.
Ich hätte András auch in meinen Gedanken treu bleiben sollen.
Ich hätte, ich sollte, ich hätte, ich sollte ...
Madelaine wurde schwindelig. Mühsam setzte sie sich von dem nur mit einem weißen Laken bezogenen Bett auf. Doch kaum dass sie auf der Kante saß, wurde ihr übel. Hastig verließ sie das Zimmer, lief über den Flur, die Hände auf den Mund gepresst. Eine Schwester bemerkte sie, fasste sie an den Schultern und führte sie zu einer Toilette, wo Madelaine sich sofort übergab. Als nichts anderes mehr als Galle aus ihr herauskam, war ihr eiskalt, und sie zitterte am ganzen Körper. Die Schwester half ihr, sich am Waschbecken zu säubern. Mitleidig strich sie ihr über den Rücken.
»Sie sollten nach Hause gehen, gnädige Frau.«
Madelaine begegnete ihrem Blick im Spiegel.
»Nach Hause? Ich habe kein Zuhause.«
Erschrocken tat die Schwester einen Schritt zurück. Im selben Moment sackten Madelaine die Knie weg, und sie stürzte auf die kalten Fliesen.

Irgendjemand schüttelte sie sanft.
»Gräfin, bitte wachen Sie auf.«
Sie schlug die Augen auf – und machte sie sofort wieder zu. Das konnte nicht wahr sein. Sie musste träumen.
»Verzeihen Sie, man hat mich zu Ihnen gerufen.«
Sie lauschte seiner Stimme, von Terenzins Stimme. Vorsichtig lugte sie zwischen ihren Wimpern hervor. Er war es wirklich.
»Wieso?« Mehr konnte sie nicht sagen. Sie fühlte sich unendlich erschöpft.

Sie hörte ihn erleichtert aufatmen.
»Eine Schwester fand Ihre geöffnete Handtasche in der Damentoilette, dabei waren wohl einige Sachen herausgefallen, auch meine Visitenkarte, die ich Herrn Martieli gegeben hatte.« Er machte eine bedeutungsschwangere Pause. Madelaine merkte, wie eine wärmende Woge sie durchflutete und ihr Herz schneller zu schlagen begann.
»Ja, er gab sie mir«, murmelte sie schwach.
In seinen Augen blitzte es.
»Er würde sich bestimmt freuen, wüsste er, dass er Ihnen damit geholfen hat.« Wieder verstummte er. Sie lauschte seinem Atem, der ruhig und gleichmäßig war. Sie roch den dezenten Duft seines Herrenparfüms, der so wenig hierher passte wie eine Praline auf eine Kegelbahn. Die vielen Köpfe, die an ihr vorbeigezogen waren, die verletzten, brüllenden … Ihr wurde erneut schwindelig, das Bett schien sich zu drehen, Terenzin schien weit weg.
Sie kam wieder zu sich, als ihr ein Fläschchen mit einer essigsauer riechenden Flüssigkeit unter die Nase gehalten wurde. Terenzin klopfte ihr auf die Wangen.
»Keine Angst, ich bringe Sie von hier fort.«
»András, wie geht es András?« Sie flüsterte so leise, dass Terenzin sich über sie beugen musste, um sie zu verstehen. Sie wiederholte es, wobei sein volles dunkelblondes Haar ihre Stirn streifte und sie bemerkte, welch harmonische Form sein Ohr hatte. Und er roch herb und süß zugleich … Sie seufzte.
Terenzin aber setzte sich wieder gerade auf, sie fixierend.
»Ihrem Gatten geht es gut. Ich habe mich für Sie bei den Ärzten erkundigt, Gräfin. Er hat großes Glück gehabt, die Kugel traf sein linkes Schlüsselbein«, sagte er ruhig. »Er-

lauben Sie mir, dass ich Sie in Ihr Hotel zurückfahre? Sie sollten sich ausruhen.«
»Ja, ja, das wäre das Beste...«
Terenzin half ihr, sich aufzusetzen, dann legte er seinen Arm um ihre Taille und führte sie zu seinem Benz-Modell »Ideal«. Madelaine zitterte wieder heftig.
»Ich kann nicht, nicht nach dem, was passiert ist.«
»Ich verstehe, ja, natürlich.« Er rief nach einer Kutsche, und so fuhren sie durch den Wiener Regen durch die Stadt.
»Man hat Sie also im Haus des Botschafters angerufen?«
»Ja, aber ich war nicht dort. Es mag merkwürdig klingen, aber ich war zu Besuch beim Botschafter im Klinikum. Er hatte schon gestern auf diplomatischem Wege von dem Unglück in St. Petersburg erfahren und am Abend einen Herzinfarkt erlitten. Einer seiner Söhne ist dort nämlich Teilhaber eines Handelshauses direkt am Newskij Prospekt, ganz in der Nähe des Winterpalais. Sie können sich seine Angst vorstellen.«
Madelaine starrte geradeaus. »Ja, das kann ich.«
Terenzin schwieg. Bald hatten sie das »Triest« erreicht. Terenzin suchte ihren Blick, dann sagte er leise: »Sie haben Angst um Ihren Gatten. Ich versichere Ihnen, dass ich mit Ihnen fühle. Bitte nehmen Sie meine Hilfe an, wann immer Sie sie brauchen. Ich werde übrigens morgen wieder den Botschafter besuchen. Wenn Sie mögen, fahre ich bei Ihnen vorbei und nehme Sie mit.« Er klang ruhig und beherrscht, doch in seinen Augen las Madelaine seine Bitte.
Verwirrt reichte sie ihm die Hand. »Danke, ich werde sehen... vielleicht...«
Er hielt ihrem Blick stand, ergriff ihre Fingerspitzen und deutete einen Kuss an. Dann stieg er aus, geleitete Made-

laine zur Eingangshalle und verabschiedete sich von ihr mit einer eleganten Verbeugung. Ihr klopfte das Herz bis zum Hals. Sie raffte Mantel und Kleid und hastete an Gepäck, Gästen und Dienern vorbei, als müsse sie sich vor der Sehnsucht, von ihm getröstet zu werden, schützen.
Und vor dem Wunsch, den Raum zu betreten, in dem er sie in eine andere Madelaine verwandeln würde, in eine heitere, befreite, selbstbewusste – über alle Grenzen hinaus sinnliche Madelaine.
Ob er ahnte, welch tiefe Gefühle er in ihr ausgelöst hatte?

Sie legte sich ins Bett und ließ in Gedanken den vergangenen Tag vorübergleiten. Doch der Aufruhr der vergangenen Stunden legte sich nicht, sosehr sie sich auch anstrengte. Sie dachte an András und war erleichtert, dass seine Verletzung nicht besorgniserregend war. Doch zugleich verspürte sie Trauer und Wut darüber, dass sie beide das Messerwetzen der Weltpolitik am eigenen Leibe zu spüren bekommen hatten.
Trotz stieg in ihr auf. Trotz gegen alles, was ihre Sehnsucht nach Harmonie und Frieden zunichtemachte. Bald würde András wieder gesund sein, sie würden Geduld haben müssen, gleich morgen würde sie mit ihm sprechen, ihn fragen, was sie seinem Vater würde schreiben dürfen ... Ihr graute bei der Vorstellung. Nein, sie wollte nicht an Imre Graf Mazary denken, sie wollte nicht leiden, sich nicht schuldig fühlen. Plötzlich erkannte sie es: Sie wollte, dass endlich alles wieder so würde wie früher. Und doch war es in Wahrheit noch etwas anderes. Sie selbst wollte wieder so sein wie früher, beinahe so wie früher ...
Sie setzte sich an den Sekretär, tunkte die Feder ins Tintenfass und begann entschlossen zu schreiben.

In den nächsten zwei Stunden füllte sich Blatt für Blatt mit den Schilderungen der Ereignisse der letzten Monate. Erst am Schluss sprach sie aus, um was es ihr eigentlich ging:

... ich brauche Deine Hilfe, Vater. Und zwar aus zweierlei Gründen. Erstens: Ich möchte zurück in meine Heimat, und zweitens: Ich kann Billes Kinder nicht mehr länger in Riga lassen. Das, was sich vor dem Winterpalais in St. Petersburg abgespielt hat, wird sich womöglich zu einer großen Revolution ausweiten, die das ganze russische Reich in Mitleidenschaft ziehen wird. Wenn der Zar abdanken müsste, würden sich alle Machtverhältnisse in Europa verändern, alle politischen Bündnisse auflösen. Und wer weiß, was dann geschähe? Urs spricht vom Hexenkessel Balkan, er grenzt ans österreichisch-ungarische Reich. Überall brodelten kleine nationale Eintöpfe. Wenn auch nur einer von ihnen überkocht, was geschieht dann? Kaiser Franz Joseph spielt den fürsorglichen, alles und alle umarmenden Vater, der den zersplitterten Völkern eine Heimat gibt. Ich fürchte nur, er kann sich die Energien nicht vorstellen, die in den Seelen gedemütigter, gekränkter Volksgruppen schlummern. Sie wollen mitbestimmen, gleichberechtigt sein. Ein Drahtseilakt für einen Herrscher! Kannst Du Dir in Deinem sonnigen Bahia meine Angst vorstellen?
Ich flehe Dich an: Vergiss uns nicht, sondern tue jetzt, was Deine Pflicht ist. Ich möchte Dich in aller Dringlichkeit bitten, nach Hamburg zurückzukehren und ein Haus zu kaufen. Ich meine es sehr ernst. Wir brauchen Sicherheit, Vater. Gehe Du vor, sorge Dich um Svenja, Karlchen, vor allem aber um Nikolas, er vermisst seinen Va-

ter. Ich habe Gustav Schlür, wie ich Dir ja schon schrieb, getroffen. Leider. Und ich kann nur hoffen, dass Nikolas ihm nie begegnet. Sei Du ihm der Vater, den er braucht! Du bist der Onkel seiner Mutter. Er wird Dich akzeptieren. Erkläre Ricarda, dass Du Deiner Familie verpflichtet bist, so wie sie ihrer verpflichtet ist. Ich bin sicher, sie wird es verstehen. Grüße sie herzlich von mir. Ich verspreche ihr, ihre Rezepte zu befolgen, sobald es die Umstände mir erlauben.
Enttäusche mich nicht und verlass mich nicht ein zweites Mal!
Schreibe mir an die Adresse dieses Hotels. Ich werde veranlassen, dass man Deine Antwort in ein Kuvert des Hauses umpackt und nach Ungarn schickt. So wird András' Vater – oder wer auch immer Deine Briefe abgefangen hat – keinen Verdacht schöpfen, sondern annehmen, man schicke mir einen Werbebrief, eine Rechnung oder dergleichen.

Deine Dich liebende Tochter

Sie steckte die beschriebenen Bögen in ein Kuvert, versiegelte es und ging hinunter zur Rezeption, damit es noch mit dem Nachtexpress fortgeschickt würde, und erklärte, wie man mit dem zu erwartenden Antwortbrief zu verfahren habe. Erleichtert, wenn auch noch immer aufgewühlt, kehrte sie in ihre kleine Suite zurück und holte Ricardas Blechkästchen aus ihrem Reisekoffer hervor. Seit dem Besuch bei Marchthal hatte sie es nicht mehr angerührt.
Sie wickelte sich in eine Decke, hockte sich in den Sessel vor dem Kamin und lupfte, dieses Mal schon etwas geüb-

ter, den Deckel. Es war herrlich, dem unwiderstehlichen Duft der Kakaoaromen nachzugeben. Gierig aß sie vier Pralinen nacheinander. Dann nahm sie eine fünfte, eine mit einer blassrosa Zuckergussblüte. Behutsam ließ sie sie in ihren Mund gleiten und schloss die Augen.
Es war pure Lust, zu verfolgen, wie die feinherbe, feste Schokoladenhülle der Praline aufreizend zwischen Zunge und Gaumen dahinschmolz, um sich dann von süßer Fruchtigkeit entführen zu lassen. Sie weckte Bilder von reifen Guaven, die man im heißfeuchten Sommerregen pflückte und deren süß-säuerliches Fruchtfleisch man in einem Kuss zerteilen konnte ... Madelaine sah schöne kräftige Männerhände, die Orangen schälten, ihre Schnitze aufspreizten, die prall waren von süßem Saft, und sie über ihrem nackten, heißen Körper auspressten, bis er mit Tropfen übersät war, die zum Küssen einluden. Hier und dort aber würde ihr Körper sinnlichen Männerlippen schmelzende Schokolade bieten, an Stellen, an denen sie so lange verweilen konnten, bis auch das letzte Kakaoaroma aufgeleckt war.
Sie war ins Träumen geraten. Mal war es András' Mund, der sie küsste, mal Terenzins schöne Pianistenhände, die sie sanft erregten ... Die Bilder schwirrten in ihrem Kopf herum. Es war wie ein betäubendes Wirbeln in einer Atmosphäre voller Leidenschaft. Sie fühlte keine Reue, kein Bedauern, nur liebevolles Vertrauen und bedingungslose Hingabe. Sie fühlte sich wohl und geborgen. Sie kicherte sogar ein wenig bei der Vorstellung, ihr Herz würde goldbraune Glückspünktchen durch ihre Adern pumpen und nicht schnödes Blut, das ja jeder hatte, das jeden so verwundbar machte und heraustropfen konnte. Nein, das hier war anders. Es blieb einfach in einem, fühlte sich stark an

und schwemmte alles fort, was sie im Moment daran hinderte, sich glücklich zu fühlen.

Am nächsten Morgen erschienen zwei Polizisten und baten Madelaine um die Schilderung der genauen Umstände, die zu dem Gewaltakt geführt hatten. Auch wollten sie wissen, was mit ihrem Wagen geschehen solle, der in der Zwischenzeit zur kriminaltechnischen Untersuchung auf die Polizeiwache gebracht worden war. Ohne zu zögern entschied Madelaine, den Wagen zu verkaufen.
Sie rief Paschinger an und bat ihn um seine Hilfe. Er hatte glücklicherweise Verständnis für ihre Situation.
»Selbstverständlich können Sie sich auf mich verlassen, gnädige Frau«, versicherte er ihr am Telefon. »Ich werde den Wagen noch heute Vormittag abholen lassen. Er wird in unseren Werkstätten repariert werden und sicher bald wieder einen neuen Käufer finden. Die Nachfrage ist groß.«
Eine Weile handelten sie den Rückkaufswert des Wagens aus, wobei Paschinger mit Nachdruck auf die Kosten für die Instandsetzung hinwies: Geborstene Fensterscheiben, verbeultes Trittbrett auf der Fahrerseite, abgebrochene Scheinwerfer und diverse durch Fausthiebe verursachte Beulen in der Karosserie zuzüglich Arbeitskraft minderten den Rückkaufspreis erheblich. Madelaine argumentierte, so gut sie es vermochte, dagegen. Vergeblich. Sie verstand nichts vom Automobilbau, und so glaubte Paschinger leichte Hand zu haben. Madelaine aber war gereizt.
»Ich werde heute meinen Mann im Krankenhaus besuchen und ihn fragen, ob er mit alldem einverstanden ist. Er hat schließlich das Automobil bei Ihnen erworben, und ich

möchte, dass er mit dem einverstanden ist, was ich tue. Ich werde Sie im Laufe des Tages anrufen.«

»Natürlich, verstehe, gnädige Frau«, erwiderte Paschinger, klang aber enttäuscht.

Kurz darauf rief Bernhard Ulrich von Terenzin im Hotel an, um bei ihr anzufragen, ob und wann er sie zum Klinikum abholen dürfe. Anders als im Traum war sie nun unentschlossen. Am liebsten wäre sie jetzt, zu dieser Stunde, allein gefahren. In Terenzins Stimme aber klang etwas mit, das ihr Halt gab in ihrer Nervosität.

Sie wäre gern stark gewesen, doch sie wusste, sie konnte es einfach nicht sein. Sie hatte Angst, es könne noch einmal so etwas geschehen wie am Tag zuvor. Sie gestand sich ein, sie brauchte einen Mann an ihrer Seite, der ihr Schutz bot. Und mehr – Ablenkung. Nur jetzt, nur heute, schwor sie sich und sagte zu.

Terenzin betrat eine halbe Stunde später den Frühstücksraum, blieb an der Schwelle stehen und schaute sich suchend nach ihr um.

Madelaine bemerkte, wie mehrere Damen neugierig über den Rand ihres Fächers zu ihm hinüberäugten. Ein junges Mädchen am Nebentisch stellte, ohne ihren Blick von Terenzin abzuwenden, ihre Teetasse klirrend auf dem Frühstücksteller ab. Ein Kellner bückte sich nach einem Täschchen, das einer hübschen Italienerin vom Schoß gerutscht war.

Terenzin beachtete keine von ihnen.

Ja, dachte Madelaine, er sieht gut aus. Er hat diese provozierend männliche kühle Ausstrahlung. Er ist gepflegt, elegant gekleidet und verbreitet die Aura eines Mannes, der es sich leisten kann, über den Dingen zu stehen. Er ist ein Mann des Verstandes, und es ist sein Wille, die in ihm ver-

borgene Sinnlichkeit zurückzuhalten und zu bezwingen. Aus welchen Gründen auch immer.
Ihre Blicke begegneten sich. Er machte Anstalten, auf sie zuzugehen, wurde aber im selben Moment vom Oberkellner angesprochen. Madelaine erhob sich und ging ihm entgegen.

András lächelte, als sie zu ihm ans Bett trat. Er hatte geschlafen und war gerade erst aufgewacht. Sofort schämte sich Madelaine, und sie bereute, Terenzins Angebot angenommen zu haben. Auch wenn er nur höfliche Belanglosigkeiten erzählt hatte, um sie zu beruhigen, hatte seine Nähe sie mehr verwirrt, als sie es sich zunächst hatte vorstellen können. Sie küsste András auf Stirn und Mund.
»Wie geht es dir?«
»Gut, danke – erzähl mir alles.«
»Sag mir erst, wo dich die Kugel getroffen hat.«
Überrascht sah er sie an. »Hat er dir nichts erzählt?«
»Wer?«
András atmete tief ein. »Na, wer wohl? Bernhard Ulrich, Karóls Freund. Er war gestern kurz bei mir. Er stellte sich mir vor, sagte, er besuche den Wiener Botschafter, an dessen Gesandtschaft er als preußischer Handelsattaché beschäftigt sei.«
Madelaine errötete.
»Na also, du kennst ihn also doch.« András grinste. »Du denkst, ich könnte eifersüchtig sein? Ich habe ihn gebeten, er möge sich um dich kümmern. Ich vertraue ihm. Der Arzt war gerade bei mir, als er kam. Und so erfuhren wir beide gleichzeitig meinen medizinischen Befund: Durchschuss von Schlüsselbeinknochen und rechter Unterschlüsselbeinschlagader, knapp am Schulterblatt vor-

bei. Der Schuss kam von hinten, er hätte auch meinen Hinterkopf treffen können. Doch so brauchten sie mich hier nur wieder zusammenzunähen.«
»Gott sei Dank«, murmelte Madelaine und küsste ihn wieder.
András aber grinste übers ganze Gesicht. »Und du ... du machst ein Gesicht wie ein ungarisches Schäfchen, Madelaine! Da siehst du mal, wie das Schicksal die Menschen zusammenbringt.«
»Jaja, sprich nicht so viel, du machst mich ganz verlegen.«
»So? Gefällt er dir? Er sieht gut aus.«
»Er ist nett. Höflich.«
»Ja, so höflich, dir die Pflicht abzunehmen, meinen Vater zu benachrichtigen«, ergänzte András grinsend. »Du hättest keine große Lust gehabt, oder?«
»Ehrlich gesagt, nein.«
»Da siehst du, was eine Männerfreundschaft wert ist.«
»Ihr habt euch gleich miteinander befreundet?«
»Er gehört doch quasi zur Familie.«
Madelaine merkte, wie ihr heiße Schauer über den Rücken rieselten. »András, bitte übertreibe nicht. Er ist nur ein Freund deines Schwagers, mehr nicht.«
»Ich möchte, dass du jemanden hast, der dir hilft. Urs ist in Riga, Karól und Teréza sind in Budapest. Du hast hier doch niemanden außer deinen Mann, den die Kugel eines Revolutionärs aufs Lager gestreckt hat. Nimm seine Hilfe ruhig an. Oder willst du allein mit Paschinger und der Kriminalpolizei verhandeln? Von der Kostenregelung mit dem Krankenhaus ganz zu schweigen.«
»Du hast recht, András, ich danke dir für dein Vertrauen.«

»Nein, ich möchte nur, dass alles geregelt ist, wenn ich entlassen werde. Wie ich dich kenne, hast du schon den Wagen verkauft?«

Jetzt lächelte Madelaine das erste Mal. »Ja, und stell dir vor, ich möchte den Rückkaufswert nicht ohne dich entscheiden.«

Sie blieb über eine Stunde bei ihm. Terenzin erschien noch einmal und plauderte gut eine Viertelstunde mit András. Dann verabschiedete er sich als Erster von ihm und trat ein paar Schritte von seinem Bett zurück, damit Madelaine sich ungestört András zuwenden konnte.

»Vielleicht überlegst du es dir doch noch einmal, Vater persönlich zu schreiben. Er wird sich freuen, eine Nachricht von dir zu erhalten. Erzähle ihm, was du willst, aber tue es einfach. Frag ihn, wie weit die Rinderpest eingedämmt werden konnte und ob man schon die Schuldigen gefunden hat, die für die Hochofenexplosion verantwortlich sind. Er soll mir so bald wie möglich antworten. Und grüße ihn von mir.«

»Ich werde dir morgen meinen Briefentwurf vorlesen, wenn du möchtest.«

»Nein, das brauchst du nicht. Ich vertraue dir.«

Madelaine küsste ihn zum Abschied, trat dann auf Terenzin zu, der bereits die Zimmertür geöffnet hatte.

»Madelaine!«

»Ja?«

»Bitte sag meinem Vater, er möge nicht nach Wien kommen. Es ist unnötig.«

»Ja, András. Bis morgen.«

»Übermorgen, Madelaine.«

»Warum?«

»Es wird sonst zu anstrengend.«

»Aber ...«
»Nein, das ist ein gräflicher Befehl!« Er lächelte. »Regel das, was notwendig ist. Bernhard, unterstütze Madelaine bitte dabei. Das wäre mir eine große Hilfe. Und ansonsten: Ruhe dich aus. Du weißt, du sollst dich schonen!«

»Warum haben Sie mir nicht alles erzählt, Herr von Terenzin?«
Er musterte sie kurz von der Seite. »Er ist Ihr Gatte – ich denke, es obliegt ihm, Ihnen die ganze Wahrheit zu sagen. Außerdem wollte ich Sie nicht beunruhigen, Gräfin.«
»Bitte sagen Sie Madelaine zu mir.«
Überrascht wandte er seinen Kopf.
In seinen Augen spiegelten sich Gefühle, die von Freude, aber auch Zurückhaltung zeugten.
»Gerne, ich danke Ihnen für Ihre Freundschaft, Madelaine. Wenn ich Sie um den gleichen Gefallen bitten darf? Bernhard.«
Sie lächelte ihm etwas verkrampft zu. »Gerne, Bernhard.«
»Darf ich Sie zu einem Mittagessen einladen, Madelaine?«
»Ja, warum nicht. Ich fürchte nur, wir müssen vorher noch etwas erledigen: Paschinger und Polizeidienststelle aufsuchen.«
»Selbstverständlich.«
»Und danach möchte ich ...«
»Ja?«
»Die besten Pralinen der Stadt kaufen.«
»Also auf zu Sacher und Demel!«
»Danach, Bernhard!«
»Das habe ich verstanden, Madelaine. Danach.«

Es war dunkel geworden. Madelaine war hungrig und erschöpft. Außerdem war sie von den langen Kutschfahrten völlig durchgefroren. Erleichtert atmete sie auf, als sie nun vor einem Restaurant abstiegen, vor dessen Eingang gerade eben eine Gruppe Gäste vom Portier in goldbetresstem Mantel, mit weißen Handschuhen und Zylinder in Empfang genommen wurde.
Madelaine hätte nicht sagen können, in welchem Bezirk Wiens sie sich befanden oder wie spät es war. Sie erinnerte sich, dass Terenzin es ihr erst vor kurzem gesagt hatte, doch weil sie erschöpft und, wegen des bevorstehenden Essens mit ihm, zugleich aufgeregt war, hatte sie es vergessen.
Der Wagenschlag wurde aufgerissen, und frostkalte Luft strömte herein. Der Portier half Madelaine beim Aussteigen. Kaum hatten ihre Füße den vor dem Portal ausgelegten Teppich berührt, trat auch schon Terenzin an ihre Seite und berührte ihren Ellbogen. Es war eine scheinbar flüchtige Bewegung und doch pure Magie: Madelaine konnte nicht anders, als sich wie ein Kerzenlicht zu fühlen, um das Terenzin seine Hände legte, damit es der Wind nicht ausblies.
Bernhard Ulrich schützte sie, zart und doch entschieden.
Sie wandte sich ihm zu.
Wie ruhig er war, wie selbstbewusst.
Sie reckte sich, drückte ihren von der Kälte steif gewordenen Rücken durch. Terenzin lächelte. »Es wird gleich besser, Madelaine. Lassen wir uns jetzt ein wenig verwöhnen, die Küche hier genießt einen hervorragenden Ruf.«
»In Diplomatenkreisen oder auch bei den Wiener Damen?«
Sie erschrak über ihre eigenen Worte. In seinen Ohren

musste es klingen, als wollte sie ihn einem Examen unterziehen, doch nun war es zu spät.
Die Antwort kam prompt.
»Ich kann nur für die Diplomaten sprechen, Madelaine. Ja, ich wurde noch nie enttäuscht. Vom Chef de Cuisine, meine ich.« Er sah ihr in die Augen, und für den Bruchteil einer Sekunde meinte sie eine winzige Erstarrung in seinem Blick zu erkennen.
»Ich bin also die Erste, die Sie hierher ausführen? Die erste Beinahe-Wienerin?«
»Wenn Sie so wollen, ja.« Er entspannte sich und bot ihr seinen Arm. »Wollen Sie mich begleiten?«
»Ja, Herr von Terenzin.« Madelaine lächelte und schritt hocherhobenen Hauptes neben ihm in das hellerleuchtete Entrée: dunkle Hölzer, eine Sitzecke im Empirestil, eine Handvoll Gemälde, Orientteppiche, ein Empfangstresen, hinter dem ein Bediensteter im Frack hervorschnellte, um sie zu begrüßen. Er führte sie am großen Speisesaal vorbei in das erste Stockwerk. Messingschilder an den Mahagonitüren verrieten, dass es hier zwei kleine Speisesäle, einen Damensalon, ein Rauch- und Billardzimmer gab. Der Bedienstete öffnete eine der Speisesaaltüren. Unwillkürlich blieb Madelaine stehen.
Das Licht der Kerzen in Silberhaltern und das Feuer eines Kamins genügten, um die Eleganz des Raumes zu betonen. Madelaine ließ ihre Blicke über bordeauxrote Seidentapeten, Stuckornamente und sechs Vierer-Tische gleiten, von denen drei bereits besetzt waren: von einem Pärchen um die dreißig, einem Ehepaar mit erwachsener Tochter und Begleiter und drei fremdländischen Gästen, die sich auf Englisch unterhielten. Madelaine spürte kaum, wie ihr Terenzin aus dem Pelzmantel half, ihr Hut und Handschu-

he abnahm. Zwischen Kamin und Fensterfront nahmen sie Platz.
»Gefällt es Ihnen, Madelaine?«
»Ja, danke, es ist sehr schön, geradezu heimelig.«
»Das freut mich, das freut mich sogar sehr.«
Wieder dieser Blick, der in ihrem kalten Bauch Eiskristalle zum Tanzen brachte. Madelaines Herz klopfte heftig.
Ein Kellner trat an ihren Tisch und reichte Madelaine die Damen-, Terenzin Speise- und Weinkarte.
»Darf ich den Herrschaften einen besonderen Krug Champagner empfehlen?«
Terenzin schaute Madelaine fragend an. »Möchten Sie?«
»Später gerne, aber etwas Heißes wäre mir zunächst lieber.«
»Das sehe ich genauso. Erlauben Sie mir, Vorschläge zu machen, Madelaine?«
»Ja, Bernhard, ich verlasse mich auf Ihren Geschmack.«
»Gut. Was halten Sie von einer Kraftbrühe mit Wachtelbrüstchen, zum Aufwärmen?«
»Sehr gerne.«
Terenzin bestellte zügig, doch nicht ohne ihr zustimmendes Nicken einzuholen: Rührei mit Trüffeln und geräuchertem Lachs in Jakobsmuscheln, einen Seewolf in einer Butterteig-Pastete und als Hauptspeise, passend zum Champagner, Kaninchenschnitten in einer Champagner-Wein-Sauce, dazu Kartoffelgratin und gedämpftes Wirsingkraut auf französische Art.
Es schmeckte vorzüglich.
Jeder Bissen.
Jeder Schluck Champagner.
Langsam kamen sie ins Plaudern. Madelaine fühlte sich wohl und geborgen in der Wärme des eleganten Raumes –

und in der Zuneigung Terenzins. Vielleicht trug auch die Wirkung des Champagners dazu bei, jedenfalls begann sie zu erzählen.

Sie erzählte Terenzin ihre ganze Lebensgeschichte, von Anbeginn an. Erst als ihr auffiel, dass Terenzin schon längere Zeit nachdenklich auf das weiße Tischtuch schaute, wurde ihr bewusst, was sie ihm alles offenbart hatte. Er starrt auf den Tisch, als lägen dort die Krümel meines Lebens, dachte sie peinlich berührt: Es sind vertrocknete Krümel, Biskuit-, Hefe-, Rühr-, Mürbe-, Brandteigkrümel. Hässlich und verachtenswert.

Sie fühlte sich miserabel und stand auf.

»Verzeihen Sie, ich habe Ihnen viel zu viel erzählt. Ich hätte das nicht tun sollen. Ich möchte zurück in mein Hotel.«

Er erhob sich ebenfalls, berührte ihren Arm.

»Bitte, Madelaine, setzen Sie sich wieder. Sie haben mir Ihr Vertrauen geschenkt, mich Anteil nehmen lassen an Ihrem Leben. Da können Sie mich doch jetzt nicht allein lassen.«

Sprachlos sank sie in ihren Armlehnstuhl zurück.

»Außerdem haben wir doch etwas Verbindendes: Hamburg. Erinnern Sie sich? Die Schwester meiner Großmutter mütterlicherseits lebt dort seit ihrer Heirat. Sie hat sich als junges Mädchen in einen Marineoffizier verliebt und zog zu ihm in die Hansestadt. Ich erzählte Ihnen ja schon, dass sie ihren neunzigsten Geburtstag feiern wird.«

»So haben Sie noch weitere Verwandte in Hamburg?«

»Ja, ihr Sohn ist im Reichsmarineamt unter Großadmiral von Tirpitz beschäftigt. Er ist schon vierundsechzig Jahre alt und will unbedingt noch im Amt sein, wenn die große deutsche Kriegsflotte ihre Plätze an der Sonne erobert.«

»Was ist denn damit gemeint?«

»Nun, diesen Begriff prägte vor acht Jahren Reichskanzler von Bülow. Damit meinte er, dass Deutschland nun endlich auch im Kreis der Großmächte aufgenommen werden müsse. Dazu brauche es nur eine starke Kriegsflotte. Von Tirpitz begann sofort damit, entsprechende Pläne auszuarbeiten.«

Madelaine erinnerte sich an das, was der alte Graf bei ihrer Ankunft gesagt hatte: Deutschland triebe seine Rüstungsindustrie gegen alle Welt voran … Hatte er also doch recht gehabt?

»Sie sprechen von Krieg?«

»Nun, der Kaiser will gerüstet sein. Außerdem belebt der Bau neuer Schiffe Handel und Industrie und senkt die Arbeitslosigkeit. Inzwischen haben viele neue Industriezweige Aufträge bekommen, die Börsenkurse steigen, der Markt hat sich konsolidiert. Man erhofft sich vor allem in Ostasien, die Interessen von Schifffahrt, Handel und Industrie zu fördern.« Er zog die Augenbrauen hoch und atmete tief durch. »Hätte Ihr Vater jetzt in Hamburg gelebt, er hätte nicht auswandern müssen. Allein die Werften in Hamburg haben Hunderte neuer Arbeiter eingestellt und können ihre Aufträge kaum noch erfüllen.«

»Vielleicht hätte er sogar einen eigenen Handwerksbetrieb und ein Häuschen in Altona.« Madelaine hob ihr Glas.

»Da bin ich mir ganz sicher.« Er griff nach dem seinen und prostete ihr zu. »Auf Ihr Wohl, Madelaine, und das Ihres Vaters!«

Sie schenkte ihm einen dankbaren Blick.

Nachdem sie ihre Gläser wieder abgesetzt hatten, fragte sie: »Wie heißt Ihre Großtante denn?«

»Agnes Marie Bargbüttel. Sie wohnt noch in ihrem Haus an der Elbchaussee, auf der Höhe der Himmelsleiter.«

»Ach, ja, die hundert Stufen, die zur Elbe hinabführen.«
»Und von ihr wieder hinauf.« Er schenkte ihr ein aufmunterndes Lächeln. »Sie sollten sich nicht so viele Gedanken machen, Madelaine. Ich kenne viele aus bestem Stand, die den Namen nicht wert sind, den sie tragen.« Er machte eine Pause. »Ich bin aber der Überzeugung, dass man der Familienehre verpflichtet ist.«
»Das sagt András auch ...« Sie nahm einen großen Schluck Champagner, setzte ihr Glas ab, woraufhin der Kellner herbeieilte und ihr nachschenkte.
»Sie klingen nicht gerade begeistert.« Terenzin nahm den Faden wieder auf. »Nach dem, was Sie mir anvertraut haben, macht Sie der Gedanke an die Familienehre nicht glücklich.«
»Allerdings.« Madelaine trank hastig noch einen Schluck Champagner. »Ich wäre wieder so gerne in meiner Heimat. Verstehen Sie das?«
»Natürlich, das geht doch jedem so, der lange Zeit in der Fremde verbringt.«
»Sie haben mich nicht verstanden«, entfuhr es ihr.
»Doch, das habe ich.« Terenzin betrachtete sie nachdenklich. »Sie sind stark, Madelaine, stark in Ihrer Liebe. Jeder Mann würde András um Sie beneiden.«
»Was würden Sie an seiner Stelle tun, Bernhard?« Du liebe Güte, was fragte sie da? Hatte sie etwa zu viel Champagner getrunken?
»Das ist eine sehr intime Frage, Madelaine. Geben Sie mir ein wenig Bedenkzeit?«
»Bis wann?«
»Bis zum nächsten Wiedersehen. Einverstanden?«
»Nein, bis zum Abschied.«
»Heute Abend?«

»Ja.« Sie setzte wieder das Glas an ihre Lippen und trank langsam.
Da beugte sich Terenzin lächelnd zu ihr vor.
»Dann werde ich mir also noch ein wenig Zeit gönnen. Haben Sie eigentlich bemerkt, dass noch etwas fehlt?« Jetzt klang seine Stimme eine Spur dunkler.
»Ja, das Dessert.«
»Richtig, ich überlasse Ihnen die Wahl. Bitte.«
Madelaine griff sich an die Stirn. Ja, sie musste zugeben, sie hatte zu viel Champagner getrunken. Wie beiläufig strichen ihre Fingerspitzen über ihr Dekolleté. Terenzin ließ sie nicht aus den Augen.
»Ja, ich suche aus«, säuselte sie.
»Sehr schön«, meinte er und bedeutete dem Kellner mit einer unauffälligen Geste, zu kommen. Kurz darauf hielt Madelaine die Dessertkarte in den Händen und versucht etwas auszusuchen, was ihr schmecken könnte. Doch es war wie verhext, die Buchstaben schienen zu tanzen wie auf hoher See. Verzweifelt beschloss sie, nach der vertrauten Buchstabenfolge s c h o k o zu suchen.
Es wird doch wohl noch möglich sein, irgendetwas mit Schokolade herauszufinden, schimpfte sie mit sich.
Über den Rand der Karte hinweg begegnete sie Terenzins Blick, leuchtend, forschend.
»Und? Haben Sie etwas gefunden?«
»Nein, noch nicht ...« Ihr Blick flatterte über die handgeschriebenen Zeilen, bis sie etwas fand, das ihr vertraut war, etwas, das sofort seinen Duft in ihrer Nase entfaltete: Vanille. Ihr Zeigefinger hielt das Wort fest.
»Hier steht:« – sie zog das Papier dichter an ihre Augen, Terenzins amüsiertes Lächeln ignorierend – »›Rahm-Gefrorenes mit Vanille-Liqueur‹.« Sie legte die Karte zurück

auf den Tisch. »Dazu möchte ich flüssige Schokolade und heiße Butterwaffeln.«
»Einverstanden.«
Terenzin erklärte dem Kellner Madelaines speziellen Wunsch, während sie beobachtete, wie die drei Englisch sprechenden Herren ihre liebe Mühe mit der Begleichung der Rechnungen hatten. Auch sie schienen zu viel getrunken zu haben, sprachen laut durcheinander und suchten ihre Geldbörsen nach den richtigen Münzen und Scheinen ab. Doch entweder fehlte einem von ihnen genügend Geld, oder alle drei begriffen die Zahlen auf der Rechnung nicht mehr, jedenfalls wurden sie immer lauter. Und als schließlich einer von ihnen handgreiflich wurde, musste der Kellner sie bitten, aus Rücksicht auf die anderen Gäste den Raum zu verlassen, um die Angelegenheit außerhalb des Speisesaals zu regeln.
Bis auf das andere Pärchen waren sie nun allein. Außer deren leisem Plaudern und dem Knacken des Holzes im Kamin war es nun ruhig und gemütlich. Madelaine entspannte sich, als ein anderer Kellner ihnen die gewünschten Desserts brachte. Er stellte vor jedem von ihnen einen Teller mit heißen Waffeln, einer guten Portion nach Vanillelikör duftendem Sahneeis hin. Zwischen ihnen zwei silberne Kännchen mit heißer, flüssiger Schokolade.
»Hm.« Madelaine trommelte ungeduldig auf den Stiel ihres Dessertlöffels.
Terenzin lachte. »Können Sie das noch einmal wiederholen, Madelaine?«
»Was?« Madelaine griff zum silbernen Kännchen und goss die heiße Schokoladensauce über die Vanilleeiscreme.
»Dieses: Hm. Es klang wie das behagliche Schnurren einer Katze.«

Sie hörte ihm kaum zu, schob den Löffel genüsslich tief in die cremige Masse, schloss die Augen und machte wieder: »Hm.« Dann riss sie abrupt ihre Augen auf, schaute Terenzin an.
»Und? Wollen Sie nicht?«
»Sie sehen wunderschön aus, jetzt«, flüsterte er sehr leise.
»Oui, Monsieur«, murmelte sie und nahm seinen Löffel.
»Sie haben ja auch eine echte Chocolatiere vor sich ...«
»Ihre Verwandlung gefällt mir sehr.«
»Pst!«
Sie tunkte seinen Löffel in das Kännchen und führte ihn voll tropfender heißer Schokolade an seine Lippen. Doch er öffnete nicht seinen Mund, sondern schob seine schönen Lippen vor, die sich nun sanft um den Löffel schlossen. Es sah sehr erotisch aus, und Madelaine kam es vor, als kribbelten Tausende heißer Ameisenfüße über ihre Haut. Er küsste den Löffel, bis er blank war, und schaute sie unverwandt an.
Wie sich wohl jetzt sein Mund anfühlen mochte, jetzt, da er heiß und süß war?
»Wunderbar! Ist es nicht wunderbar?«, flüsterte sie.
»Sie weihen mich in eine neue Kunst der Verführung ein, Madame.«
»Das gehört zum Handwerk einer Chocolatiere, Monsieur.«
»Aha, wenn das die Einführung war, so gibt es doch noch eine Steigerung?«
»Es gibt Steigerungen höchst unterschiedlicher Schwierigkeitsgrade, Monsieur«, erwiderte sie vieldeutig und schürzte ihre Lippen.
»Sie sind perfekt, Madame«, flüsterte er. »Muten Sie mir

aber bitte nicht zu viel zu. Ich wäre schon mit dem einfachsten Steigerungsgrad einverstanden.«
»Und der wäre?«
»Haben Sie nicht noch Pralinen dabei?«
»Sie wollen ...?«
»Aber ja, darf ich?«
»Hm ...«
Er lächelte so verführerisch, dass Madelaine schwindelig wurde. Sie griff nach ihrer Tasche und holte einen der bunten Pappkartons hervor, nahm zwei Pralinen heraus, eine mit Marzipan, die andere mit Nougat. Ohne zu überlegen, viertelte sie sie mit dem Messer und teilte sie mit Terenzin.
Sie legten jeweils ein Pralinenviertel auf den Dessertlöffel, gossen ein wenig von der heißen Schokoladensauce dazu, warteten, bis die Praline angeschmolzen war, und führten sie in den Mund.
Es war unglaublich.
Und dann ein Löffelchen vom Rahm-Gefrorenen mit dem duftenden Vanillelikör, ein winziges Schlückchen Wasser, ein Bröckchen Praline, eine Fingerkuppe Sauce ... Die genießerische Spannung zwischen ihnen, die zugleich eine höchst erotische war, hätte nicht größer sein können. Da legte Terenzin plötzlich seinen Löffel beiseite und konzentrierte sich darauf, Madelaine zuzuschauen. Zu lesen, was in ihm vorging, schien unmöglich. Madelaine merkte nur, wie in sich zurückgezogen und nachdenklich er geworden war. Es war, als müsse er sich von der Süße, der Spannung zurückziehen. Aus welchen Gründen auch immer. Er trank einen Schluck Wasser.
»Wenn Sie wollen, erzähle ich Ihnen noch etwas von mir.«
»Ja«, hauchte Madelaine, während sie von ihrem Zeigefin-

ger Schokoladensauce abschleckte. Sie hatte keine Lust, das Spiel schon zu beenden. »Ich weiß noch gar nicht, von wo Sie eigentlich kommen.«
Terenzin hielt die Luft an, als sie nun scheinbar gedankenlos mit ihrer Zungenspitze über die Lippen fuhr.
»Ja, also, mein Vater besitzt in Pommern, nahe Stettin, ein großes Gut. Mein älterer Bruder leitet es jetzt, ich hatte Glück und konnte studieren.«
Madelaine brach ein Stückchen Waffel ab, belegte es mit dem Rahm-Gefrorenen, schaute zu ihm auf. »Und was haben Sie … studiert, meine ich?«
»Staats- und Rechtswissenschaften in Heidelberg, promoviert habe ich dann über die Entwicklung des internationalen Handelsverkehrs nach 1848.«
»Herr Doktor also.« Madelaine drehte ihren Dessertlöffel im Mund herum und musterte Terenzin. Dann zog sie den Löffel langsam zwischen ihren Lippen heraus. »Oho!«
»Darf ich Ihnen noch ein wenig Schokoladensauce nachschenken, Madelaine? Ich glaube, es ist noch genug da. Ich selbst habe schon viel zu viel …«
Sie kicherte.
»Es kann nie genug sein, Doktor Terenzin.«
Es war, als erstarrte er plötzlich, und Madelaine beeilte sich hinzuzufügen: »Ich meine, Schokolade schadet nie. Erzählen Sie bitte weiter. Was haben Sie nach Ihrem Studium gemacht?«
Es schien, als müsse er sich innerlich sammeln. Dann fuhr er mit leiser gewordener Stimme fort: »Ich trat in den diplomatischen Staatsdienst ein, arbeitete als Legationssekretär in München, Den Haag und London, und jetzt bin ich Attaché bei der preußischen Gesandtschaft hier in Wien, wie Sie ja bereits wissen.«

»Und Ihre Familie hat Sie auf all diesen Reisen begleitet?«
»Ich lebe allein.«
»Das glaube ich nicht.«
Er wandte seinen Kopf einem Kellner zu, der soeben an den Kamin herangetreten war, um die Glut anzufachen und neues Holz nachzulegen. Funken stoben auf. Von irgendwoher erklang eine Geige, ein Walzer, seelenvoll und melancholisch.
Ihre Blicke begegneten sich. Madelaine erkannte die Sehnsucht in seinen Augen, aber auch den Ernst, mit dem er zu ihr auf Distanz ging.
Ich habe einen wunden Punkt berührt, aus welchen Gründen auch immer, dachte sie erschrocken. Und ich bin zu weit gegangen. Außerdem habe ich dich unterschätzt. Du bist kein Mann, der spielt, sondern ein Mann, der so tut, als ob er spielt. Das ist ein großer Unterschied. Hatte Urs also doch recht gehabt mit seiner Einschätzung, Terenzin sei ein Mann, der seine Gefühle streng mit dem Verstand kontrollierte?
Und trotzdem. Irgendetwas zieht uns zueinander hin.
Sie schlug die Augen nieder. »Verzeihen Sie, Bernhard, ich denke, wir sollten gehen. Ich bin müde. Würden Sie mir bitte eine Kutsche rufen lassen?«
»Ja, natürlich.« Er machte eine kurze Pause. »Würden Sie mir bitte noch eine Frage beantworten, Madelaine?«
Ihre Herz begann heftig zu klopfen. »Ja.«
»Sie sagten, Sie seien in Ungarn sehr unglücklich. Glauben Sie, dass András mit Ihnen fortziehen würde?«
»Ich weiß es nicht, aber ich hoffe es.«
»Ich würde Ihnen sehr wünschen, dass Sie glücklich würden, Madelaine. Wo immer es auch sein mag.«
»Danke, Bernhard.«

Sie hatten sich erhoben. Er half ihr in ihren Pelzmantel, und als sie sich zu ihm umdrehte, lächelte er gezwungen.
»Ich bin Ihnen noch eine Antwort schuldig, nicht wahr?«
»Allerdings.«
»Vor Ihrem Hotel, beim Abschied, wie versprochen.«

Die Kutsche hielt, und Madelaine reichte ihm ihre Hand. Er ergriff sie und sagte: »Sie hatten mich gefragt, was ich an András' Stelle tun würde ...« Dann beugte er sich über ihren Handrücken, und sie fühlte den Hauch seiner Worte auf ihrer Haut. »Ich würde mein Herz verlieren, ließe ich Sie allein gehen.«
Sie rang um Worte.
»Sie würden mich also zwingen, in Ungarn zu bleiben?«
Er richtete sich wieder auf und sprach mit veränderter Stimme weiter. »Geben Sie András Zeit, Madelaine. Ich denke, er ist es wert.«

Madelaine schaute seiner Kutsche nach, verwirrt und beglückt zugleich. Ein kalter Wind pfiff um die Häuser. Sie wandte sich um und stieß mit einem Mann zusammen. Etwas Hartes schlug gegen ihr Knie. Sie schaute nach unten. Es war ein schwarzer Geigenkoffer.

Bernhard Ulrich von Terenzin ging ihr nicht aus dem Kopf. Wieder und wieder hatte sie die Bilder des Abends vor ihrem inneren Auge Revue passieren lassen, jedes Wort, jeden Satz unzählige Male für sich wiederholt – und dabei so viele köstliche Pralinen gegessen wie noch nie zuvor in ihrem Leben: solche mit Krokantsplittern, Pistazien, Marzipan, Mokka und Mandelcreme. Und jetzt? Jetzt rückten die Zeiger der Uhr auf Mitternacht vor, und sie konnte immer noch nicht einschlafen – weil Terenzin in ihrem Kopf rotierte wie die Granitwalzen einer *mélangeur*. Er zermahlte ihre Gedanken, ihren Widerstand, ihre Moral, als seien es Kakaobrocken und Zuckerkristalle.

Sie hatte sich von dieser hemmungslosen Schlemmerei erhofft, die Süße der Schokolade könne den Aufruhr in ihr einschmelzen, umhüllen und sie weniger leiden lassen. Das war aber nicht der Fall. Im Gegenteil. Der Genuss der Schokolade hatte ihre Sehnsucht nach Terenzin nur noch weiter angeheizt. Sie hatte ihr eine Kraft geschenkt, die warm war und konzentriert, so dass es Madelaine vorkam, als sei sie eine pralle Kugel, die nur eines Blickes von ihm bedurft hätte, um ins Rollen zu kommen. Er hätte sie lenken können, überallhin, schneller und schneller.

Er zwingt mich, gegen mich selbst zu kämpfen, dachte sie und fragte sich, was sie dagegen tun sollte. In schwierigen Momenten hatte ihr Schokolade immer geholfen, sie getröstet, ihr neue Ideen gegeben, sie beglückt. Jetzt aber trieb sie sie geradewegs in Terenzins Arme.

Sie konnte doch nicht darauf verzichten, Schokolade zu essen! Da sie sie doch brauchte, um ihr Schicksal zu ertragen, das sie mit András teilte – und dazu die Sorgen, die sie sonst noch umtrieben.

Was sollte sie nur tun?

Bei dem Gedanken an András fiel ihr ein, dass sie ja noch eine Bitte von ihm zu erfüllen hatte, und so setzte sie sich an den Sekretär, um seinem Vater zu schreiben. Sie fand es schwierig, die richtigen Worte zu finden, den richtigen Ton. Sie rang mit sich und formulierte, verwarf und probierte erneut. Sie hatte längst kalte Füße, als die wenigen Zeilen endlich auf dem Papier standen. Und als sie schließlich daranging, das Kuvert zu versiegeln, merkte sie, dass ihre Hände zitterten.

Kurz nach dem Erwachen am nächsten Morgen – es war ein Samstag – beschloss Madelaine, Bernhard Ulrich auszuweichen. Sie brauchte wenigstens diesen einen Tag, um Abstand zu gewinnen und ihre Gedanken zu ordnen. Sie beeilte sich mit dem Frühstück, um seinem Anruf, mit dem sie rechnete, zuvorzukommen. Noch während sie ihre letzte Tasse Kaffee austrank, fuhr der Fiaker vor, den sie gleich nach dem Aufstehen bestellt hatte. Hastig warf sie sich ihren Pelz über, eilte hinaus und ließ sich nach Leopoldstadt zum Prater fahren.
Die milde Witterung hatte über Nacht angehalten. Nur in schattigen Häuserecken und düsteren Straßenfluchten lagen noch schmutzige Schneereste. An den Rinnsteinen fegten Straßenkehrer Abfälle und Schmutz beiseite. Zahlreiche Kleinhändler mit Karren voller Blumen, Milch, Eier, Kartoffeln, Kohl, Eingemachtem, ja sogar Käfige mit lebenden Hühnern wuselten zwischen Automobilen, Kutschen und Pferdeomnibussen umher. Je weiter sich Madelaines Fiaker dem dritten Wiener Gemeindebezirk näherte, desto dichter strömten die Kleinhändler auf einen Marktplatz vor einer Kirche zu, wo schon die ersten Stände und Buden mit Holz- und Lederwaren beschickt wurden.
Der Fiaker überquerte den Donaukanal. Nicht weit vor ihnen strömte die Donau träge unter der morgendlichen Dunsthaube dahin. Madelaine hieß den Kutscher an der Westspitze des weitläufigen Parks, direkt am beliebten Würstelprater anhalten. Sie stieg aus und nahm sich vor, die freie Zeit, die vor ihr lag, zu genießen.

Die Luft war frisch und kühl. Es roch weder nach gebratenem Fleisch noch nach Zigarren, Bier- oder Weindunst oder Kohlefeuer – so wie sie es sonst bei jedem ihrer Besuche mit den Kindern hier erlebt hatte.

In der Nähe der Praterbuden wirbelte der kühle Morgenwind einen Haufen aus bunten Papiertüten, welkem Laub und zerrissenen Girlanden auseinander. Teile von ihnen kreiselten über die weiten Parkflächen, andere versanken in den zahlreichen Pfützen. Immer rascher kam in dem Licht der Sonne das zarte, helle Blau des Himmels zum Vorschein.

Madelaine spazierte an den noch geschlossenen Schaubuden, Kasperltheatern, Schankbuden, Karussells und dem stillstehenden Riesenrad vorbei. Niemand war zu sehen. Um diese Zeit würden sie auch die aufdringlichen Ausrufer der neumodischen Kinos nicht belästigen. Vor und im Kino Stiller, am Prater Nr. 77 neben der Schießstätte, vor und im Kino Schaaf und Kino Kern war es so still, wie es sonst nur die stummen Gesichter der Darsteller in ihren Filmen waren. Madelaine lief an kleinen Teichen vorbei, auf denen das Eis bis auf wenige hauchdünne Schichten geschmolzen war. Enten landeten dort, Wasserfontänen aufspritzend. Bald kam die riesige Rotunde in Sichtweite, ein großer, kreisrunder Zentralbau, der anlässlich der Weltausstellung 1873 errichtet worden war. Sie war von vier fast zweihundert Meter langen Galerien quadratisch umschlossen, die durch vier breite Hallen mit dem Kuppelbau verbunden waren. Von einem Seitenweg her galoppierten zwei Reiter direkt auf das Hauptportal zu. Madelaine bewunderte die schönen Pferde, deren Fell wie dunkles Kupfer im Morgenlicht schimmerte. Sie war neugierig geworden und beschleunigte ihren Schritt.

Die Reiter erreichten indessen den Haupteingang. Sie saßen ab, nahmen ihre Pferde beim Zügel und schritten, das große Gebäude aufmerksam begutachtend, dessen Front ab. Zwischenzeitlich öffneten sich die Türen des Hauptportals, Männer trugen bemalte Schauwände, verwelkte Blumengestecke und in Pappe geschlagene Bilder heraus. Ein von einem knochigen Pferd gezogener Wagen fuhr vor. Der Fahrer stieg aus und klappte die Ladetüren am Heck seines Wagens auf. Dann trat er auf die Männer zu und begann mit einem von ihnen ein Gespräch, während dieser auf einer Liste eintrug, was auf der Ladefläche des Wagens Platz fand.
Madelaine bemerkte, dass die beiden Reiter umgekehrt waren und auf das nun offene Portal zugingen. Sie redeten kurz miteinander, dann überließ einer von ihnen dem anderen die Zügel seines Pferdes und verschwand in der hohen Eingangshalle des Kuppelbaus.
Madelaine wollte ihm schon folgen, da fiel ihr Blick auf den unter dem Giebel angebrachten Wahlspruch: »Viribus Unitis«. Sie wiederholte die Worte leise, woraufhin der Reiter, der mit den Pferden ebenfalls vor dem Portal stand, zögernd auf sie zutrat.
»Gräfin Mazary?«
Sie fuhr herum. Es war von Marchthal, Kloss' Anwalt. Sie erschrak heftig und wandte sich zum Gehen.
»Warten Sie, bitte!« Er war ihr nachgelaufen, verbeugte sich. »Verzeihen Sie, Gräfin, ich erkannte Sie nicht sofort. Wie geht es Ihnen?«
»Danke, gut. Ist ... ist er auch hier?«
»Sie sprechen von Herrn Kloss?« Entrüstet schüttelte von Marchthal den Kopf. »Der Herr war mein Mandant, er ist nicht mein Freund. Die Angelegenheit an sich ist ja auch

erledigt, nicht wahr? Nach dem intensiven Gespräch mit Herrn Martieli nach unserem Treffen sehe ich die Sache natürlich mit anderen Augen. Verzeihen Sie mir mein ungebührliches Verhalten, bitte.«
Madelaine deutete ein Nicken an.
»Herr Martieli hat Sie doch informiert, oder?«
Nein, das hat er nicht, dachte sie verärgert, doch laut sagte sie: »Selbstverständlich.«
Sie musste nicht gerade überzeugend geklungen haben, denn von Marchthal musterte sie mit zusammengezogenen Augenbrauen. »Ich bin mir nicht so sicher, ob Sie wirklich alles wissen.«
»Ich glaube nicht, dass mir daran liegt, in diesem Fall mehr als die mich betreffende Wahrheit zu wissen.«
Von Marchthal kratzte sich nervös an seiner linken Augenbraue. »Nun, das verstehe ich. Ich musste Herrn Martieli auch versprechen, meine Briefe ausschließlich an ihn, nicht an Sie zu richten. Er erbat sich vollkommene Schonung Ihrer Person. Für Sie sei nur wichtig zu wissen, dass Sie nichts mehr von Herrn Kloss zu befürchten hätten. Dieser hat ja auch seine – irrige – Anschuldigung zurückgezogen, das aber wissen Sie bestimmt.«
»Allerdings«, gab Madelaine kühl zurück.
»Aber vielleicht interessiert es Sie, dass es seine Gattin war, die den Brief mit Ihrer Anklage als Erste las. Sie hat sie ihrem Gatten selbst vorgelesen.«
»Und?«
»Nun, sie soll sich darüber sehr erregt und ihm gedroht haben, ihn zu verlassen, wenn das stimme.«
»Und, wie hat Kloss darauf reagiert?«
»Herr Kloss erlitt daraufhin einen Nervenzusammenbruch.«

»Das kann ich mir nicht vorstellen. Ein Fanatiker wie er ...«

»Gerade so ein Fanatiker wie er braucht seinen Fokus, Sie verstehen, was ich meine?«

»Nein.«

Von Marchthal schwieg bedeutsam, während Madelaine sich fieberhaft zu erinnern versuchte, was Urs ihr in Riga von Kloss' Wiener Gemahlin erzählt hatte.

»Sie ist sehr vermögend, nicht wahr?«

»Allerdings und exzentrisch dazu.«

»Das muss eine Frau wohl auch sein, die sich in einen Zuckerbäcker namens Kloss verguckt. Was hat sie denn nun getan? Ihn verlassen?«

»Nein.«

»Nein?«

»Hat ... hat er sich etwas angetan?«

»Sie meinen, ob er sich vor Schande etwas antun konnte? Aber nein! Herr Kloss gehört nicht zu denen, die ihr Leben opfern, egal, was geschieht. Er ist viel zu stolz, Sie kennen ihn doch. Im Gegenteil: Er hat allerhand namhafte Ärzte Wiens an sein Krankenbett rufen lassen. So lange, bis seine Gattin von der Angst um ihn zermürbt war. Sie mag reich und magersüchtig sein, aber sie hat niemanden außer ihn. Schließlich wurde sie schon vor vielen Jahren wegen ihrer unwürdigen Kapriolen mit niederem Personal von ihrer Familie verstoßen. Und Herr Kloss ist nun wahrlich nicht der rechte Partner, um diese Scharte wettzumachen.« Er lachte.

»Er liebt ihr Geld und ...«

»... ihre speziellen Neigungen. Verzeihen Sie.«

»Sie scheinen einander zu brauchen.«

»Sie halten zusammen«, ergänzte Marchthal trocken. »Ja,

so kann man es wohl sagen. Aber nun haben sie Wien verlassen. Sie scheuten den drohenden Skandal, der ihre Eitelkeit gekränkt hätte.«
»Und wo leben sie nun?«
»Sie sind an die Mittelmeerküste gezogen, nach Ligurien, wie schon so viele Reiche vor ihnen. Besonders die Winter sollen dort sehr mild sein.«
Madelaine ballte ihre Hände. Sie musste sich beherrschen, um nicht ihre Empörung herauszuschreien. Es war so ungerecht! Kloss, dieser Widerling, konnte ein unbeschwertes Leben führen, nur weil er eine Frau gefunden hatte, die verrückt nach ihm war.
Nervös suchte sie mit den Augen nach etwas, das sie ablenken könnte.
»Viribus Unitis«, wiederholte sie noch einmal mit zittriger Stimme den Wahlspruch im Giebel über dem Hauptportal.
»Mit vereinten Kräften. Des Kaisers Worte. Er meint ...«
»... die Vielfalt der Völker unter seinem Dach! Ich weiß! Ich weiß es, Herr von Marchthal!«
Erschrocken trat er einen Schritt zurück. »Verzeihen Sie, Gräfin. Verzeihen Sie mir bitte auch meine Indiskretion. Ich dachte nur ...«
Sie fasste ihn scharf ins Auge.
»Sie dachten, Sie könnten mich mit Gesellschaftsklatsch trösten?« Sie wollte ihm noch sagen, dass er keine Ahnung von den Gefühlen einer Frau habe, als ein dicklicher kleiner Mann aus der Eingangshalle auf sie zulief. Er stutzte kurz, als er sie sah, dann verbeugte er sich vor ihr, und von Marchthal stellte ihn als einen bekannten Bauunternehmer Wiens vor.
Es war ein quirliger Mann, der sogleich begann, ihr zu er-

zählen, dass er beabsichtige, demnächst eine große Festveranstaltung mit Lotterie zugunsten der Bedürftigen der Stadt Wien zu planen.

»Das hier« – er streckte beide Arme aus – »ist nichts als eine Ruine, die so gut genutzt werden muss, wie es Dach und Wände erlauben.«

»Wie meinen Sie das?«, fragte Madelaine mehr aus Höflichkeit denn aus Neugier, denn noch immer ärgerte sie sich über Kloss' behagliches Leben an der Blumenriviera.

»Nun, diese Rotunde war noch nicht komplett fertiggestellt, als hier am 1. Mai 1873 die Eröffnungszeremonie der Weltausstellung stattfinden sollte. Den Verdruss der Wiener Statthalter und des Kaisers können Sie sich ja vorstellen. Doch das Schlimmste kam ja noch. Erst setzte ein fürchterliches Hochwasser ein, dann folgte eine noch schrecklichere Choleraepidemie. Was für ein Unglück! Alle hatten sich gefreut – Wien als Hauptstadt einer Weltausstellung! Und nun das. Man hatte zwanzig Millionen Besucher erwartet, aber es kamen nur rund sieben Millionen. Die Stadt musste den Verlust von neunzehn Millionen Gulden ertragen!«

»Und weil die Konstruktion dieser Anlage aus Stahl, Holz und Gips so gut gelungen ist, mochte sie seither niemand abreißen«, fügte von Marchthal hinzu.

»Jaja, es sieht gut aus, keine Frage. Darum nutzt jeder, der etwas zu bieten hat und zahlen kann, die Gebäude. Zirkusdirektoren, Kunst- und Gewerbetreibende, ja sogar eine Automobilausstellung gab es hier vor sieben Jahren schon. Abreißen? Nein, das wäre wirklich zu schade. Wie gut, dass der Stadt dafür das Geld fehlt.«

Madelaine wandte sich ab. Allein das Wort Automobil hatte wieder die schlimmen Erinnerungen an das Attentat auf

András hervorgerufen. Sie konnte nicht anders, sie musste sich verabschieden. Sie musste fort, fortlaufen. Sie ignorierte die verwunderten Blicke von Marchthal und seinem Begleiter und lief von der Rotunde weg und den Weg entlang, den die beiden Männer kurz zuvor in der umgekehrten Richtung mit ihren Pferden gekommen waren.
Je weiter Madelaine sich vom Würstelprater entfernte, desto mehr nahm sie die anmutige Aulandschaft des weitläufigen Parks gefangen. Langsam beruhigte sie sich. Nein, sie wollte mit der Vergangenheit nichts mehr zu tun haben, auch wenn sie sie immer wieder einzufangen drohte. Madelaine versuchte, so gut es ging, an nichts mehr zu denken.
Sie hatte sich schon ein gutes Stück weit in östlicher Richtung vom Vergnügungspark entfernt. Hier, im weitläufigen Gebiet zwischen Donau und Donaukanal, begegneten ihr nur wenige Frühaufsteher. Hier und da zwitscherten Meisen, ansonsten war es still. Madelaine genoss die Ruhe, die Bewegung, doch je länger sie lief, desto größer wurde ihr Appetit auf etwas Heißes, Süßes. Als sie hinter einer Wegbiegung Rufe und das Schnauben eines durch Wasser preschenden Pferdes hörte, nahm sie sich vor, nach dem kürzesten Weg zurück in die Stadt zu fragen.
Sie beschleunigte ihre Schritte, umrundete die Kurve und entdeckte schließlich auf einer der von Schmelzwasser überschwemmten Wiesen eine Reiterin im Damensattel. Ungeduldig rief diese nach ihrem Windhund, der auf eine entfernte Reihe dichten Gebüschs zurannte. Von einem Seitenweg radelten in hohem Tempo zwei Jungen auf ihren Fahrrädern vorüber. Einer von ihnen reckte triumphierend seinen Arm in die Höhe. Er hielt irgendetwas in der Hand, Madelaine kniff ihre Augen zusammen – tat-

sächlich, es war eine Zwille. Da kehrte der Windhund über die Wiese zurück, in seinem Maul eine Elster, die noch mit einem Flügel schlug. Die Reiterin schalt ihn aus und lenkte ihr Pferd zurück auf den Hauptweg. Sie ritt geradewegs auf Madelaine zu.
»Entschuldigen Sie«, sprach Madelaine sie an, »könnten Sie mir ein Café in der Nähe empfehlen?«
Die Reiterin zügelte ihr Pferd, sah auf Madelaines durchweichte Stiefel hinunter, musterte sie kurz.
»Ein Café? Nun, da gehen's am besten in den dritten Bezirk, zum Blausch.«
Sie straffte sich, spornte ihr Pferd an und galoppierte davon.

Der Weg zurück in die Stadt erschien Madelaine lang. Aber vielleicht lag es einfach daran, dass sie inzwischen fror und es bereute, so wenig zum Frühstück gegessen zu haben.
Als endlich der Park hinter ihr lag, atmete sie auf. Jetzt musste sie nur noch nach einer Brücke Ausschau halten, die über den Donaukanal zurück in die Stadt führte. Sie folgte ihrem Instinkt, lief zurück in nordwestliche Richtung und fand bald den ersehnten Übergang. Im dritten Bezirk, der sich unmittelbar an das westliche Ufer des Kanals anschließt, machte sich Madelaine auf die Suche nach dem empfohlenen »Café Blausch«.
Das war gar nicht so einfach, denn die Wegbeschreibung zweier älterer Frauen, die, leere Schmutzeimer zu ihren Füßen, vor einem Mietshaus standen und schwatzten, verwirrte sie mehr, als dass ihr die Richtung hätte klar werden können. Sie verstand nur so viel, dass sie in die nächste Straße linker Hand einbiegen und ein Stück weit gerade-

aus laufen und beim Fiaker-Gustl dann irgendwann rechts abbiegen sollte. Doch wo wohnte dieser Fiaker-Gustl? Es blieb Madelaine nichts anderes übrig, als einfach draufloszumarschieren.

Hungrig und mit wachsender Beklemmung lief sie durch düstere Gassen, vorbei an niedrigen Häuserzeilen mit Werkstätten, kleinen Ställen und Verschlägen, in denen Hühner, Kaninchen oder Tauben hausten. Hier und da erspähte sie die ihr nun schon vertrauten Fiaker und in Ställen ihre Zugtiere, die Fiakerpferde. Längst hatte sie sich verlaufen. Von einem Fiaker-Gustl sah sie weit und breit keine Spur. Madelaine gab auf. Sie wollte nur noch zu dem Platz mit dem sechseckigen Steinbrunnen vor ihr, auf den zwei weitere Gassen zuliefen.

Als Madelaine ihn erreicht hatte, schaute sie sich um. Linker Hand ging es auf eine Kirche zu, die Gasse rechter Hand nahm an einem graubraun gestrichenen Eckgebäude vorbei einen krummen Verlauf nach Westen. Aus einem der Häuser kurz vor der Kurve traten gerade zögerlich zwei Frauen heraus, hakten sich unter und kamen schwankend die flachen Treppenstufen herab. Sonst war niemand zu sehen.

Madelaines Blick richtete sich auf die gegenüberliegende Straßenseite. Aus einer der Hausmauern stach ein schmiedeeisernes Schild hervor. Hoffnungsvoll schritt sie darauf zu. Je näher sie kam, desto deutlicher konnte sie den verschnörkelten Schriftzug im rotgelben Schild entziffern: »Café Blausch«. Sie beschleunigte ihren Schritt und versuchte, über den abblätternden Putz und die zahlreichen Risse im Mauerwerk hinwegzusehen. Beim vierten Haus hatte sie ihr Ziel erreicht. Ihr fiel auf, dass dort, wo die Halterung des schmiedeeisernen Reklameschildes in die

Außenwand eingelassen war, die Risse frisch verputzt waren. Das Blechschildchen an der Eingangstür zeigte an, dass das »Café Blausch« geöffnet hatte. Sie legte ihre Hand auf den Türgriff, zögerte aber, weil sie hinter dem großen Schaufenster rechts neben der Tür eine winzige Bewegung wahrgenommen hatte.

Irritiert trat sie näher an das Fenster heran und spähte hinein. Vor ihr, in der Auslage, standen Körbchen mit Kaisersemmeln, Kipferln, Rosinenschnecken, Mohnstriezerln und Hefezöpfen. Hinter der mit weißer Spitze verhüllten Rückwand der Auslage aber waren drei Mädchen aufgetaucht: das älteste überragte die Rückwand ab Nabelhöhe, das mittlere ab Schulter, das jüngste ab Kinn. Alle drei hatten schwarzes, krauses Haar, das, zu Zöpfen geflochten, schneckenförmig über die Ohren gesteckt war. Dünne Locken kräuselten sich über der blassen Haut an Schläfen und Stirn.

Sie sehen noch hungriger aus als ich, dachte Madelaine unwillkürlich und öffnete, nun noch neugieriger geworden, die Tür. Ein Glöckchen bimmelte. Das älteste Mädchen trat auf sie zu und knickste. Doch bevor sie etwas sagen konnte, quetschte sich die Kleinste mit einem Puppentablett vor, auf dem kleine Spielzeugtassen standen.

»Schwarzer, Brauner, Kapuziner, Fiaker, Einspänner?«, fragte sie atemlos und schaute zu Madelaine auf.

»Verzeihen Sie, gnädige Frau«, flüsterte die Älteste heiser und schob die Kleine ein wenig zur Seite.

»Lassen Sie sie nur.« Madelaine ging in die Hocke und schaute der Kleinen freundlich in die Augen. »Ja, weißt du – eigentlich kenne ich all deine Spezialitäten nicht, willst du sie mir erklären?«

Die Kleine nickte eifrig. »Also: Der Schwarze ist wie ein

Mokka. Der Braune ist ein Schwarzer mit Obers. Ein Kapuziner ist ein Mokka mit ganz wenig heißer Milch und einem Häubchen Schlagobers und Schokoladenraspeln. Ein Fiaker ein heißer Kaffee mit Rum und Schlagobers. Und ein Einspänner ein großer Schwarzer mit ganz viel ...«
»Rum?«
»Nein!«, entrüstete sich die Kleine. »Mit viel Schlagobers, natürlich! Und Staubzucker! Und alles in einem großen Glas!«
»Staubzucker? Du meinst Zucker, der ganz pudrig ist?«
»Hm!« Die Kleine nickte eifrig.
»Na, dann nehme ich den.«
»Wen?«
»Nun, diesen ...« Madelaine tat, als dächte sie angestrengt nach. »Diese Kutsche mit nur einem Pferd!«
»Das ist doch der Einspänner!«, empörte sich die Kleine.
»Ja, genau den!« Madelaine lächelte und erhob sich. »Wie heißt du eigentlich?«
»Lisa.«
»Danke, Lisa, das hast du mir sehr schön erklärt.«
Die Kleine knickste und rannte mit ihrem Tablett hinter die Theke.
»Verzeihen Sie noch mal, gnädige Frau. Es ist bei uns nicht so üblich ...«
Madelaine streifte ihren Pelzmantel ab und setzte sich an einen runden Tisch. »Ihre kleine Schwester ist sehr aufgeweckt, das ist doch schön.«
»Sie sprudelt manchmal über vor Eifer, leider, aber das ist erst seit dem Tod unserer Mutter so. Verzeihen Sie, bitte.« Sie biss sich auf die Lippen. »Es ist mir so herausgerutscht. Darf ich Ihnen noch etwas zu essen bringen, gnädige Frau?«

»Gerne, eine Quarksemmel bitte.«
»Ein Semmerl, sehr gern.« Sie wandte sich zum Gehen.
»Sind Sie es jetzt, die in der Backstube steht?«, rief ihr Madelaine nach.
»Ja, backen tun wir alle zusammen, soweit es geht. Lisa ist fünf, sie kann schon gut abwiegen. Marthe ist zwölf und geht mir gut zur Hand. Aber …«
»Aber?«
»Unsere Mutter war im ganzen Viertel berühmt für ihre Schokoladen, aber das können wir nicht. Es sei Kunst, hat sie immer gesagt und gemeint, ich solle damit noch warten. Irgendwann würde sie es mir schon noch zeigen.«
»Irgendwann? Wann denn?«
»Sie hat gemeint, wenn ich meinen Schatz gefunden hätt.« Sie errötete.
»Und, haben Sie?«
»Nein, ich hab dazu doch gar keine Zeit. Ich muss jetzt für meine Schwestern sorgen.«
»Und euer Vater, ist der auch Bäcker?«
»Er war es, starb aber, als er einem Nachbarn beim Umzug helfen wollte.«
»Wie das?«
»Er verhob sich, trat dabei auf seinen eigenen gelösten Schnürsenkel, stolperte und stürzte die Treppe herab.«
Marthe, die mittlere Schwester, trat hinzu und stellte ein Porzellantablett mit dem bestellten Einspänner und dem obligatorischen Glas Wasser auf Madelaines Tisch. Madelaine beugte sich vor. Allein schon der Duft war köstlich. Sie lächelte den Mädchen zu, setzte das hohe Glas an ihre Lippen und konnte die Berührung der kühlen Sahne, dem Moment des Fließens des heißen Mokkas kaum erwarten.

Es war einfach herrlich!
Entspannt lehnte sie sich dann auf ihrem Stuhl zurück und beobachtete, wie Lisa die heiße Quarksemmel auf einem Teller balancierte.
Wieder bimmelte das Ladenglöckchen, ein ärmliches Mädchen betrat zögerlich den Raum und fragte nach Semmeln vom Vortag. Marthe schüttete ihr aus einem flachen Korb mehrere Semmeln in die aufgehaltene Schürze.
»Bezahlt am Ersten, so wie immer«, flüsterte sie ihr zu.
»Ich schreib's auf.«
»Danke, Marthe.« Sie huschte hinaus.
Während Madelaine ihre heiße, braun gebackene und mit Schokoladensauce übergossene Semmel mit einer Quarkfüllung aß, verfolgte sie aufmerksam, wie die drei Schwestern sich bemühten, all die einfachen Leute, die zu ihnen kamen, freundlich zu bedienen. Ihre Gedanken glitten zurück zu der Reiterin im Prater, die ihr dieses Café empfohlen hatte. Nur weil ich bei diesem Tauwetter zu Fuß im Prater unterwegs war – was wohl keine feine Wienerin tut –, glaubte sie, mich hierherschicken zu können. Welch eine Arroganz!
Außer einem zahnlosen alten Mann, der eine Semmel bestellte, um sie langsam stückweise in seinen großen Schwarzen zu tunken, nahm an diesem Morgen niemand sonst im Café Platz. Und nachdem die letzte Kundin gegangen war, bat Madelaine Helene, die älteste Tochter, ihr die Backstube zu zeigen.
Sie war einfach und schlicht. Weiß gekalkte Wände mit Rauchspuren, zwei große Öfen, ein kleinerer, vor dem Fenster und in der Mitte eine lange Arbeitsplatte aus Holz. An den Wänden Regale voller Backförmchen und -bleche, Schüsseln, Gestelle mit Löffeln, Holzspateln, Reiben, Scha-

bern, Rührbesen. Nichts deutete darauf hin, dass hier, in dieser durchschnittlichen Backstube, einmal eine Bäckerin mit Schokolade gearbeitet hatte – Brote, ja. Gugelhupfe, ja. Vanillekipferln, ja. Apfelstrudel, ja. Aber keine Kreationen aus Schokolade.

Da trat Helene mit einer Kiste aus der Abstellkammer an die große Arbeitsplatte vor dem Fenster zurück. Sie öffnete den Deckel, schlug ein säuberlich zusammengefaltetes Leinentuch auseinander und sagte:

»Sehen Sie, das hier war das Lieblingswerkzeug unserer Mutter.«

Madelaine lächelte gerührt. Wie vertraut ihr das alles war. Beinahe zärtlich griff sie in die Kiste und nahm einen Gegenstand nach dem anderen heraus: eine Bain-Marie, gläserne Gießformen, vier Schokoladenabtropfgitter, Aussteckformen, Überziehgabeln, Spritztüllen, Reiben. Am Boden der Kiste entdeckte sie sogar die wertvolle, obligatorische Marmorplatte. Sie konnte nicht anders, sie musste auch sie herausnehmen. Teil für Teil bildete nun auf der Arbeitsplatte eine lange Reihe. Sie brauchte nur noch anzufangen.

»Haben Sie Schokolade im Haus?«, hörte sie sich fragen.

»Wie? Was? Warum wollen Sie Schokolade? Nein, wieso?« Helene klang verwirrt und schnappte schon nach den Arbeitsutensilien, um sie wieder einzupacken. Doch Madelaine legte ihre Hand auf die ihre und wiederholte ihre Frage.

»Aber wieso?« Auch Helene fiel vor Verblüffung nichts anderes mehr ein, als sich zu vergewissern, ob diese fremde Dame hier in ihrer Backstube nicht doch ein wenig verrückt sein konnte.

Madelaine krempelte ihre Ärmel hoch, griff, bevor Helene

einschreiten konnte, nach einer der Schürzen, die an der Wand hingen, und band sie sich um.

»Möchtest du etwas lernen, Helene? Dann pass gut auf: Ich bin Zuckerbäckerin und Chocolatiere. Besorge mir Criollo- oder Forastero-Schokolade, Krokant, Nougat, gemahlene Hasel- und Walnüsse, Trockenfrüchte und Marzipan. Rasch, ich zeige dir, wie du die feinsten Pralinen selbst herstellen kannst.«

»Sie sind …? Sie wollen uns …?«

»Aber ja, Helene. Nun beeil dich. Hier, ich gebe dir genügend Geld. Wo du die Zutaten kaufen kannst, das wirst du selbst am besten wissen, oder? Ich habe nämlich so meine Probleme damit, die Wiener zu verstehen, wenn sie mir einen Weg beschreiben!«

Helene starrte Madelaine immer noch fassungslos an. Ihre Gesichtsfarbe wechselte rasch zwischen blass und rötlich.

»Nun komm schon. Ich bin sicher, du wirst es können, und deine Mutter würde dir noch vom Himmel herab applaudieren. Beeil dich. Ich verspreche dir, es wird dir Spaß machen!«

»Gut, gut. Ich bin schon weg …«

Es dauerte allerdings eine gute Weile, bis Helene mit den gewünschten Zutaten zurückkam.

»Ich habe sogar an Papierkapseln und bunte Schächtelchen gedacht.« Stolz packte sie ihren Korb aus.

»Das ist wunderbar, Helene. Du wirst sehen, sind sie erst heute einmal im Schaufenster, werden sie bis spätestens morgen Mittag verkauft sein.«

Helene seufzte. »Das wäre nur allzu schön.«

»Wir schaffen es. Jetzt zeige ich dir, wie man die Bain-Marie, das Wasserbadgerät, aufsetzt. Und dann wollen wir diese Schokoladenkuvertüre in kleine Stückchen brechen.«

»Dabei könnten mir meine Schwestern helfen.«
»Gut, aber sage ihnen, sie sollen ganz leise sein. Du bist es, die jetzt genau aufpassen muss, Helene. Ich möchte, dass du mir deine ungeteilte Aufmerksamkeit schenkst.«
»Natürlich, aber dabei kann ich doch nichts aufschreiben …«
»Dann bitte Marthe darum.«
Helene ging hinaus, drehte das Eingangsschildchen auf »Geschlossen« und rief ihre beiden Schwestern in die Backstube.
»Marthe, du musst jetzt alles aufschreiben, was die gnädige Frau mir sagt.«
Marthe holte Papier und Bleistift. Die kleine Lisa aber drückte sich eng an Madelaine und schaute mit großen Augen zu ihr auf.
»Helene hat gesagt, ich darf Schokolade schneiden.«
»Wenn du es dir zutraust, ja, und zwar in kleine Brocken, keine Splitter, Lisa.«
»Mach ich.« Sie holte einen kleinen Hocker, schob ihn vor die marmorne Arbeitsplatte und griff nach einem Block Kuvertüre und einem Messer. Madelaine zeigte ihr kurz, wie sie zu schneiden hatte, und wandte sich dann wieder an Helene.
»So, und du füllst jetzt das Bain-Marie, Helene, so wie ich es dir zeige.«
Marthe indes hatte auf einem Hocker in der hintersten Ecke der Backstube Platz genommen.
»Was gibt es als Erstes?«
»Trüffeln!«, rief ihr Madelaine zu und stellte erfreut fest, dass sie nach langer Zeit endlich wieder ihre altvertraute Energie in sich spürte.
»Hatte eure Mutter ein Thermometer?«

»Ja, ich suche es heraus, es muss noch in der Kiste liegen.«

Tatsächlich hatten sie es beim Auspacken übersehen. Es lag, eingehüllt in ein dünnes Tuch, in einer Backpapierrolle.

»Hilf Lisa beim Bröckchen schneiden, dann geht es schneller, Helene. Lass die Schokoladenbröckchen dann in dem Bain-Marie schmelzen und achte darauf, dass die Temperatur mindestens 38 und höchstens 46 Grad erreicht. Und immer rühren!«

»Ja, ich werde genau aufpassen. Schreibst du es auch auf, Marthe?«

»Jaha!«

»Gut, Helene, dann lassen wir sie in einem kalten Wasserbad auf 28 Grad abkühlen, um sie abschließend auf genau 32 Grad hochzuwärmen. Das ist nämlich genau genommen die beste Arbeitstemperatur. Marthe, schreib es am besten sofort auf. Ich selbst habe lange Zeit gebraucht, um alles so präzise wie möglich herauszufinden.«

Einen Moment lang war nichts außer dem Brechen und Knacken der Schokolade auf der Marmorplatte, dem leisen Summen des siedenden Wassers und Marthes Schreibgeräuschen zu hören.

»Ich werde jetzt gut zweihundert Gramm Zartbitterkuvertüre und knapp einhundertachtzig Gramm Milchkuvertüre fein raspeln ...«

»Soll ich helfen?« Das war Marthes Stimme.

»Gut, dann geht es schneller.«

Nachdem alles so weit vorbereitet war, kehrte Marthe wieder auf ihren Platz zurück.

»Jetzt kochen wir unter ständigem Rühren Sahne auf ...«, nahm Madelaine ihren Faden wieder auf.

»Sahne?«

»Obers … natürlich. Also aufkochen, Zucker, etwas Sirup und die feingemahlenen Haselnüsse dazu …«

Sie begleitete ihre Worte mit den entsprechenden Handgriffen.

»Gut, jetzt geben wir die geraspelte Kuvertüre langsam hinein, lassen sie schmelzen und rühren, rühren … Hier, mach du damit weiter, Helene.«

»Zweihundert Gramm Butter schaumig schlagen und dann die leicht abgekühlte Schokolade ganz vorsichtig einrühren, bis alles eine schöne, weiche, gleichmäßige Masse ergibt.«

»Und dann?«, fragte Marthe ungeduldig.

»Werden aus der Masse kleine Kugeln gestoßen und in die flüssige Kuvertüre getaucht. Wenn ihr wollt, könnt ihr sie abschließend in Kakaopuder, Puderzucker oder feingehackten Nüssen wälzen und auf dem Gitter abkühlen lassen.«

»Das ist alles?«

»Ja, das ist so ungefähr das Grundrezept. Merke dir, Helene, diese Mischung aus Sahne und Kuvertüre im Verhältnis eins zu zwei nennt man Ganache oder Pariser Creme. Du kannst sie auch mit Zimt, Vanille, Minze, Koriander oder Likören aromatisieren.«

Bald fanden Madelaine, Helene und die kleine wissbegierige Lisa in einem reibungslosen Arbeitsrhythmus zueinander. Lisa und Madelaine stachen vierzig Haselnusstrüffeln aus, Helene tunkte sie in die warme Kuvertüre und setzte sie aufs Gitter. Den gemahlenen Haselnüssen folgten auf die gleiche Weise die Walnüsse.

Zuvor musste Helene es allein schaffen, Schokoladenbröckchen in dem frisch aufgesetzten Bain-Marie zu schmelzen.

Zum Glück half ihr Lisa wenig später beim Eintunken, während dieses Mal Madelaine die Trüffel auf ein neues Gitter legte. Die Zeit verging, und keine von ihnen merkte, wie sehr sie alle ins Schwitzen geraten waren.

»Ich glaube, ich kann's!«, jubelte Helene nach der allerletzten Trüffel.

»Mach noch schnell den Krokant fertig«, meinte Madelaine, »und du, Marthe, könntest rasch einmal die Früchte waschen und abtrocknen.«

Krokant und Marzipanmasse schnitt Helene dann allein in kleine Rechtecke und überzog sie wie zuvor mit der dunklen Kuvertüre. Madelaine brauchte nur bei ihr zu stehen und ihr kleine Ratschläge zu geben. Auch die getrockneten Früchte – Feigen, Birnen und Aprikosen – bekamen unter den geschickten Händen Helenes ihr warmes Schokoladenbad, um dann anschließend auf kleinen Spießchen zu trocknen.

Es gab kaum noch einen freien Platz in der Backstube, so dass Madelaine die gefüllten Abtropfgitter in den Gastraum des Cafés hinaustrug. Sie zog die Gardinen zur Seite und öffnete das Schaufenster einen Spalt weit.

»So, zum Abschluss gibt es noch etwas Neues für euch«, sagte sie, als sie, sich die Stirn wischend, in die mittlerweile sehr warme Backstube zurückkehrte.

Mit hochroten, erhitzten Gesichtern schauten alle zu ihr auf.

»Aber vorher alle Gerätschaften säubern und die Backstube aufräumen«, befahl sie. Die Mädchen taten, was sie verlangte. Als alles blitzsauber war, sagte sie: »Lisa, du legst ein Backblech mit Pergamentpapier aus. Und du, Helene, schlägst drei Eiweiße, bis sie fest sind, fügst zu gleichen Mengen feinen Zucker und gesiebten Puderzucker sowie drei Esslöffel Kakaopulver hinzu. Dann hebst du mit dem Löffel Kugeln aus der Masse und setzt sie auf das Backblech. Bei geringer Hitze zwei bis drei Stunden trocknen lassen. Wenn sie fertig sind, werde ich nicht mehr hier sein. Also passt gut auf: Du nimmst dir dann die Füllung vor – Schlagsahne, also Obers, einen Esslöffel Zucker und einen vollen Löffel Kakaopulver. Dann drehst du die Hälfte der Baisers auf den Rücken, so dass die flache Seiten oben ist, spritzt die Kakaofüllung mit dem Sahnebeutel auf und drückst ganz zart einen anderen Baiser oben auf. Fertig sind die …«

»Schokoladenbaisers!«, rief Lisa begeistert.

»Genau!«

Von der Gasse her war aufgeregtes Stimmengewirr zu hören. Dann schlug an der Eingangstür das Glöckchen an, einmal, zweimal, schließlich so stürmisch, dass auch nicht ein einziges Wort zu verstehen war.

»Helene! Mach auf! Lass uns nicht verhungern!«

»Der Herrgott hat ihr die Mutter zurückgeschickt!«, rief mit zittriger Stimme eine Greisin und streckte ihren Kopf ungeniert durch den Fensterspalt. »Ja, so hat's immer bei ihr geduftet! Genau so, ach, genau wie früher.«

Madelaine stupste Helene an. »Nimm die Körbchen fort und präsentier deine Pralinen, so schön du kannst, aber erst, wenn sie wirklich ausgekühlt sind. Und denen dort draußen solltest du persönlich sagen, was du ihnen ab jetzt bieten kannst.«

Immer mehr Leute versammelten sich, aufgeregt durcheinanderredend, vor dem Schaufenster. Während Helene ihnen alles erklärte, näherte sich vom Platz mit dem Steinbrunnen eine kleine verhangene Kutsche. Vor dem Menschenauflauf musste sie anhalten, bis Platz zur

Durchfahrt geschaffen war. Sie ratterte noch ein gutes Stück weiter, hielt dann aber, kurz bevor die Gasse nach links abbog. Eine schwarz verschleierte Frau stieg hastig aus und verschwand in einem Haus, das so schmal war, dass jedes seiner drei Stockwerke nicht mehr als zwei Fenster hatte.

Madelaine fragte sich verwundert, warum es plötzlich so still war. Alle schauten der Kutsche nach, die sich wieder in Gang gesetzt hatte und nun langsam hinter der Kurve verschwand.

Lisa näherte sich stumm und begann die Körbe mit den Backwaren aus der Auslage zu nehmen. Da hörte man die alte Frau murmeln: »Gleich jagt sie wieder ein Engelchen durch den Schornstein ...«

»Wer? Wo? Wo denn?«, rief Lisa begeistert.

»Pscht! Pscht!«, zischten die Umstehenden.

»Aber ich will es sehen!«, beharrte Lisa.

»Jede, die herkommt, kriegt ein Engelchen, und dann kommt sie nie wieder«, sagte die alte Frau und kniff böse die Augen zusammen. »Sie macht es gründlich, diese Hexe ...«

Helene nahm Lisa an die Hand. »Lass uns Engelförmchen kaufen und für Ostern Formen für Osterhennen und Ostereier, ja?«

»Gleich heute?«

»Aber ja, heute ist Markt. Wenn wir hier mit unserer Arbeit fertig sind, gehen wir sofort los, einverstanden?«

»Fein.« Zufrieden streckte sich Lisa nach zwei weiteren Körbchen, um sie auf der Ladentheke abzustellen.

Erleichtert atmete Madelaine auf, ja, Helene würde es schaffen, sowohl Lisa die Mutter zu ersetzen als auch deren Handwerk erfolgreich weiterzuführen. Sie verabschiedete sich herzlich von allen drei Blausch-Schwestern und wünschte ihnen viel Glück.

Zufrieden mit sich und der Welt fuhr Madelaine anschließend zu András ins Klinikum.
»Ma belle chocolatiere!« Er lächelte, als sie an sein Bett trat. »Dein Duft verrät es: Du hast gearbeitet.«
»Ja, es hat mir einfach gutgetan.«
»Das verstehe ich, du musst dich ablenken. Wo warst du?«
Sie erzählte ihm alles, was sie im Laufe des Vormittages erlebt hatte. Er wurde immer nachdenklicher.
»Was hast du?«, fragte sie besorgt.
»Ich fürchte, ich habe einen Fehler gemacht.«
»Wie meinst du das?«
»Wie soll ich es dir sagen … Ich glaube, ich habe einfach deine Leidenschaft als Chocolatiere unterschätzt. Jetzt muss ich einsehen, dass du unglücklich bist, wenn du sie nicht ausleben kannst, nicht?«
Versonnen dachte Madelaine an Terenzin, die süße sinnliche Lust, die er allein durch seine Gegenwart in ihr ausgelöst hatte, die satte schwere Süße schmelzender Schokolade, die nichts als pures Verlangen nach beglückender Liebe war …
»Madelaine!«
»Ja?« Verwirrt blickte sie auf András hinunter.
»Woran denkst du?«
»Ich weiß nicht … es ist nur …« Sie gab sich einen Ruck. Niemals durfte András erfahren, was in ihr vorging. »Du fehlst mir, das ist alles.«
Erleichtert atmete er auf.
»Ich werde um meine Entlassung bitten, noch heute. Ich verspreche es dir.«

»Ja, das ist gut ...«, murmelte sie. Sie war völlig durcheinander.
»Madelaine, stell dir vor, heute früh haben mich Karól und Teréza besucht. Du erinnerst dich. Bernhard hatte Karól benachrichtigt ...«
Madelaines Herz klopfte heftiger.
»Und? War es schön?«
»Ja, ich habe mich sehr gefreut, sie zu sehen.«
»Wo wohnen sie? Ich würde sie ebenfalls gerne treffen.«
»Im Sacher, es sind ja nur zwei Nächte.« Er machte eine Pause. »Teréza hat sich gestern nämlich auch einer Untersuchung unterzogen, so wie du. Ich hatte mit Karól darüber gesprochen, anscheinend habt ihr beide das gleiche ...«
Madelaine fuhr hoch. »Wir sollen das gleiche Problem haben? András! Wie kannst du so etwas sagen! Du weißt, ich bin gesund.« Sie raffte ihren Mantel. »Es ist besser, ich gehe jetzt. Ich komme morgen wieder. Vielleicht.«
»Madelaine!«
»Lass mich.«
»Du ... du denkst doch nicht ... Es könnte an mir liegen?«
»Das habe ich weder gedacht noch gesagt, András. Aber ...«
»Du vermutest es. Also doch, ich habe es geahnt. Und du stürzt dich in deine Arbeit, nicht nur, um dich abzulenken, sondern auch, um mich als unfähigen Mann zu vergessen!« Er war wütend geworden.
»Das ist Unsinn«, sagte sie laut, aber hatte er nicht vielleicht auch recht? Laut sagte sie: »Ja, ich bin aufgewühlt, ich gebe es zu. Aber nicht deswegen.«
»Sondern?«

Niemals durfte er wissen, was wirklich in ihr vorging. »Du weißt, was mich alles belastet«, sagte sie ausweichend. »Wir haben schon viel zu oft darüber gesprochen. Verstehe doch: Ich mag nicht mehr darüber reden. Ich will nur endlich wieder das tun, was ich liebe.«
Sie bückte sich nach ihrem Mantel, damit er nicht sah, wie sie errötete.
»Du willst schon gehen?«
»Ja, ich glaube, es ist heute besser so.« Sie hauchte ihm einen Kuss auf die Stirn.
Er verfolgte jede ihrer Bewegungen, bis sie die Tür geöffnet hatte.
»Kommst du morgen wieder?«
Sie drückte die Klinke nach unten, wandte ihren Kopf. »Ja, natürlich. Erlaubst du, dass ich mit deinem Arzt spreche, András?«
»Aber ja, tu das nur.«
Als sie diesen schließlich fand, fragte sie ihn, wann András entlassen werden könnte.
»Bei Wagemut in zwei Tagen, bei Vorsicht in einer Woche. Was, gnädige Frau, ist Ihnen lieber?«
O Gott, ich weiß es nicht, ich weiß es nicht.
Und dann noch diese Wortwahl: Wagemut, Vorsicht! Geht es nicht noch zweideutiger, Herr Doktor?
Soll ich, oder soll ich nicht?
Soll ich zu meinen Gefühlen stehen oder nicht?
Herr im Himmel! Warum ist alles nur so schwierig?
Ohne dem Arzt eine Antwort zu geben, flüchtete sie aus dem Krankenhaus.

Er hatte sich nicht gemeldet. Erleichtert und enttäuscht zugleich nahm Madelaine die Nachricht des Rezeptionis-

ten auf. Sie musste sich eingestehen, dass sie nicht wusste, was sie jetzt tun sollte. Sie war noch immer von dem Besuch bei András frustriert. Er hatte ihr das Hochgefühl, das sie in der Bausch'schen Backstube empfunden hatte, gründlich genommen. Einem frischen Baiser, das man in Eiswasser tauchte, konnte es nicht anders ergehen als ihr.
Appetitlos aß sie eine Kleinigkeit zu Mittag und beschloss schließlich aus purer Langeweile, zum Hotel Sacher zu fahren. Vielleicht würde sie Teréza und Karól antreffen, um mit ihnen zu plaudern. Erst unterwegs fiel ihr wieder ein, dass es immer noch etwas gab, das sie gerne wissen wollte.

Sie hatte Glück. Karól öffnete ihr die Tür zu ihrer Suite.
»Schön, dich zu sehen, Madelaine«, begrüßte er sie leutselig. »Das ist ja eine ganz dumme Sache mit András. Wir haben ihn gestern Abend besucht. Komm doch bitte herein. Teréza wird sich freuen, dich zu sehen. Ihr ist heute nicht recht wohl, aber das macht ja nichts.« Er führte sie in den kleinen Salon, wo Teréza auf einem Sofa lag und Tee trank. Sie war ein wenig blasser als sonst, hatte aber große glänzende Augen.
»Teréza, ich muss dich sprechen«, brach es aus Madelaine heraus.
»Aber ja, natürlich. Karól, lass uns bitte allein, ja?«
»Ungern, sehr ungern, Teréza, schließlich habe ich Madelaine seit langem nicht mehr gesehen.«
»Ich weiß, ich weiß. Aber ich bitte dich: Ich ließ dir heute Vormittag Zeit für deinen Freund …«
Er verzog sein Gesicht. »… den du nur allzu vorzeitig vertriebst, obwohl er lieber länger geblieben wäre.«

»Du irrst dich. Er brach auf, weil er deine Eifersucht spürte.«
Karól schnaubte verärgert, fasste sich nervös in seinen dichten schwarzen Bart. Seine Blicke huschten zwischen Teréza und Madelaine hin und her. »Ich glaube, du irrst dich, Teréza. Madelaine, sprich mit ihr. Ich fürchte, sie macht sich manchmal ihren Spaß mit mir.«
»Ich liebe dich, Karól, du weißt es. Bitte lass uns jetzt allein, ja?«
»Madelaine?« Er wandte sich ihr zu, beinahe schon hilfesuchend. »Ich darf doch darauf hoffen, dass wir uns in den nächsten Stunden wiedersehen? Lass uns zusammen essen gehen, ich bin sicher, András würde sich freuen.«
Teréza lachte auf.
»András, András! Er würde sich doch nur grämen, nicht dabei sein zu können. Nun geh, bitte.«
Madelaine blieb vor so viel Unverfrorenheit beinahe die Luft weg.
»Wie du befiehlst, Teréza, dann erlaube aber, dass ich Bernhard aufsuche und unser Gespräch von heute früh fortsetze.«
Madelaine zuckte zusammen und hatte Mühe, ihre Fassung zu bewahren. Während sie heute Morgen den Schwestern Bausch das Handwerk einer Chocolatiere beigebracht hatte, war also Teréza Bernhard begegnet. Ihre Gedanken überschlugen sich. Empfand Teréza etwas für ihn? Er für sie? Hatte Karól wirklich Grund, eifersüchtig zu sein? Spielte Terenzin etwa mit ihr – und Teréza? Oder spielte Teréza mit beiden Männern?
Sicher war sie sich nur darin, dass ihr erster Eindruck sie nicht getäuscht hatte: Teréza war unberechenbar wie der Wind.

Taumelnd erhob sie sich und trat, ohne nachzudenken, auf ein Tischchen mit verspiegelter Oberfläche zu, auf der verschiedene Liköre und Weinbrände aufgereiht waren. Zwischen ihnen stand ein braunes Fläschchen Laudanum. Ein angetrocknetes Rinnsal glänzte auf seiner Oberfläche. Karól näherte sich ihr.
»Darf ich dir etwas einschenken, Madelaine?«
»Ich brauche es nicht, nein, nein danke«, erwiderte sie zerstreut.
»Vergiss nicht, Bernhard an unsere Einladung zur Hauseinweihung zu erinnern«, riss sie Teréza aus ihrer Verwirrung. »Ihr seid natürlich auch herzlich willkommen, Madelaine. Du musst entschuldigen, wir fanden noch nicht die Zeit, Karten zu verschicken. Und da András jetzt im Krankenhaus liegt ... Weißt du, wann er entlassen wird?«
Madelaine fuhr herum. »Ich weiß es nicht«, stieß sie hervor.
Überrascht riss Teréza die Augen auf. »Du weißt nicht, wann dein Mann entlassen wird? Interessiert es dich nicht?«
Madelaine rang um Worte. Nein, sie hatte keine klare Antwort parat. Bei Wagemut in zwei Tagen, bei Vorsicht in einer Woche. Was, gnädige Frau, ist Ihnen lieber?
Die Stimme des Arztes.
Die Wahrheit ist: Ich kann mich nicht entscheiden, weder zwischen Tagen noch zwischen Männern.
Und jetzt, Teréza, habe ich Angst. Angst davor, Bernhard Ulrich von Terenzin könnte dich ebenso attraktiv finden wie mich.
Das sagt mir meine Stimme.
Madelaine schnappte nach Luft, brachte noch immer keinen Ton heraus.

»Ich glaube, ich lasse euch jetzt allein«, unterbrach Karól die peinliche Stille, die eingetreten war. Er verbeugte sich vor Madelaine. »Du kümmerst dich doch um ihn, nicht?«
»Aber ja.« Ihre Stimme klang wie ein Krächzen.
Nachdenklich kniff Karól die Augen zusammen. »Vielleicht solltest du dich auch in Behandlung begeben. Mir scheint, du stehst noch ein wenig unter Schock, Madelaine.«
Sie merkte, wie ihr heiß und kalt zugleich wurde. »Ja, ich fürchte, du hast recht. Mir ist auch nicht ganz wohl.«
»Soll ich dir einen Arzt rufen?«
»Lass sie, Karól«, mischte sich Teréza ein. »Ich kümmere mich schon um meine Schwägerin. Geh nur. Und vergiss nicht, Bernhard von mir zu grüßen. Richte ihm bitte aus, er möge mir verzeihen, dass ich euch heute Vormittag so plötzlich störte.«
Karóls Augen flackerten. Ohne noch ein weiteres Wort zu sagen, drehte er sich um und verschwand im Nebenzimmer.
Einen kurzen Moment lang war es still, dann hörte man, wie ein Schloss aufschnappte und kurz darauf eine Schranktür zuschlug. Madelaine bildete sich ein, Teréza söge die Luft zwischen ihren Lippen ein. Unwillkürlich stieg ein Bild aus der Erinnerung vor ihr auf: Teréza in Schwarz, vor Schreck auf der obersten Treppenstufe erstarrend, nur dort, wo der Schleier ihren Mund bedeckte, eine leichte Bewegung.
Was, um Himmels willen, hatte das alles zu bedeuten?
»Es könnte heute später werden!« Karóls Stimme, laut und eine Spur zu forciert. Dann fiel die Hotelzimmertür zu. Terézas Pupillen waren jetzt winzig klein, doch ihre Augen glitzerten wie Eis.

»Was hat er vor, Teréza?«

»Ich weiß es nicht, und es interessiert mich auch nicht.«

Sie holte tief Luft. »Möchtest du auch Tee, oder soll ich dir Kaffee bestellen, Madelaine?«

»Danke, mir ist nicht danach.«

Die beiden Frauen musterten einander. Doch in Terézas Miene konnte Madelaine keinerlei Gefühlsregung erkennen.

»Ich möchte etwas von dir wissen, Teréza.«

»Und das wäre?«

»Bei welchem Arzt bist du gewesen?«

»Bei dem gleichen wie du.« Die Antwort kam prompt, wobei Teréza sie regungslos aus ihren stecknadelkleinen Pupillen ansah. »Mein Bruder hat ihn Karól und mir empfohlen. Ich habe ihm natürlich nicht erlaubt, mich zu begleiten. Es ist Frauensache, findest du nicht?«

»Ich weiß nicht, ich glaube nicht.«

»So? Findest du?«

Madelaine wich ihrem Blick aus. »Vielleicht, vielleicht auch nicht. Wie dem auch sei: Wie ist dein Ergebnis?«

Teréza nahm einen Schluck Tee. »Gut, es ist gut. Ich bin gesund. Und wie ist es bei dir?«

Madelaine fühlte sich plötzlich unwohl. Sie stand auf. »Entschuldige bitte, Teréza, aber kann es sein, dass wir beide mit Männern verheiratet sind, die nicht zeugen können? Was soll diese seltsame Forderung deines Vaters? Um ehrlich zu sein: Mich nimmt das Ganze sehr mit. Geht es dir nicht genauso?«

Teréza stellte ihre Tasse ab. Sie schlug die seidene Decke über ihren Beinen beiseite. Sie trug einen blassgrünen japanischen Kimono mit schwarzen, roséfarbenen und gelben Stickereien. Wie zufällig enthüllte er eines ihrer Bei-

ne. Es war sehr schlank, und der seidene Strumpf war von hauchdünnem Schwarz. Teréza stellte einen Fuß auf den Teppich, hielt inne.
»Weißt du, was ich glaube, Madelaine? Wir sollten das alles nicht so ernst nehmen.«
Verblüfft starrte Madelaine sie an. »Wie? Wie meinst du das?«
»So, wie ich es sage: Mich interessiert mein Vater nicht. Weder er noch sein Vermögen.«
Madelaine begriff nicht sofort, sie fühlte nur eines: Teréza musste ihn aus tiefster Seele hassen.
Leise sagte sie: »Es ist dir egal, wer von uns beiden zuerst einen Sohn in die Welt setzt, nicht? Dein Vater geht fest davon aus. Eine Zigeunerin hat es ihm geweissagt.«
Teréza lachte laut auf. »Du glaubst ihm doch wohl nicht? Oder gar dieser, dieser Gisa? Ihr müsst verrückt sein, das ist doch alles Aberglaube.«
»Ja, das mag sein, aber dein Vater hält uns alle damit in seinem Netz.«
»Was, Madelaine, denkst du denn, sollen wir anderes tun, als unseren Ehemännern treu und ergeben zu sein?« Plötzlich kichernd, stand Teréza vom Sofa auf, legte Madelaine die Hände auf die Schultern und sah ihr forschend in die Augen. »Du verstehst mich, das sehe ich dir an. Schließlich wissen wir es doch besser, oder etwa nicht?«
Madelaine blieb die Luft weg. Sie riss sich los.
»Du hast mich damals im November mit Urs Martieli gesehen. Er ist nichts als mein Lehrmeister, wir waren zusammen mit den Kindern meiner Cousine essen. Aber du, was hast du dort getan? Ohne Karól? Du hast getanzt! Und mich aus Schamgefühl verleugnet! Schämst du dich nicht?«
»Nein.« Wieder kam die Antwort prompt.

»Du gibst also zu, dass du es warst!« Madelaine triumphierte.

»Nein, ich muss mich nicht schämen, weil ich nicht die Frau war, von der du sprichst. Ich verkehre nicht in ... in Wirtshäusern. So einfach ist das, Madelaine. Aber wenn du schon von deinem Lehrmeister sprichst – weiß András davon?«

»Aber sicher. András und Urs sind sogar miteinander befreundet.«

Teréza lächelte spöttisch. »Eine solche Konstellation ist immer die beste Tarnung, wenigstens für einige Zeit.«

»Du bist gemein. Nicht weniger als das.« Madelaine wandte sich aufgebracht zum Gehen. »Ich habe mich in dir getäuscht. Ich hatte auf deine Ehrlichkeit gehofft. Doch du lügst, Teréza. Du lügst, ohne dabei mit der Wimper zu zucken.«

Lakonisch zuckte diese die Schultern. »Wie du meinst. Soll ich dir etwas sagen? In einem, nur in einem Punkt gebe ich meinem Vater recht: Du stammst aus einer anderen Gesellschaftsschicht und hast ganz andere Vorstellungen vom Miteinander, von der Liebe, der Freundschaft. Kannst du dir nicht vorstellen, wie schwierig es für unseren Vater ist, dich zu akzeptieren? Du weißt, nach dem Unfall mit András wird er dir allein die Schuld geben. Er ist fest davon überzeugt, dass das alles nicht geschehen wäre, wärest du nicht so gierig auf ein neumodisches Spielzeug gewesen, das seinen einzigen Sohn beinahe in den Tod getrieben hätte.« Sie machte eine Pause. »Hast du eigentlich noch Lust, zu uns heimzukehren?«

Jetzt verlor Madelaine die Fassung. »Nein!«, schrie sie Teréza ins Gesicht. »Nein. Nein. Nein.« Und ohne noch ein weiteres Wort zu verlieren, drehte sie sich um und ging.

22

Sie musste Klarheit haben. Am liebsten hätte sie die Stadt verlassen, um irgendwo zu wandern, wo es gebirgig war und sie sich würde anstrengen müssen, um die Höhen zu erklimmen. Sie würde gehen und steigen, bis ihr Kopf wieder klar und ihre Gefühle ruhig geworden wären.
Es wäre ihr zweiter Versuch hier in Wien.
Zu einem weiteren hätte sie keinerlei Lust verspürt, darin war sie sich sicher.
Mehr als Terézas Anschuldigungen nagte an ihr, dass Terenzin Teréza begegnet war, sie aber warten ließ. Madelaine versuchte, die Erinnerung an ihn zu verdrängen, so gut es ging. Natürlich gelang ihr das nicht, und so fuhr sie von Confiserie zu Confiserie, um noch einmal die besten Pralinen Wiens zu kaufen. Wie von selbst führte sie ihr Weg zu einem Fachgeschäft, das von Mörsern aus Edelholz über Kristallschalen für Sorbets, Solinger Messer, kupferne Kessel und feinstes Nymphenburger und Meißner Porzellan auch das beste Handwerksgerät für Zuckerbäckereien und Confiserien anbot.
Noch am gleichen Abend wurden ihr die Waren ins Hotel geliefert.
Dann nahm sich Madelaine Zeit für ihre Leidenschaft.
Und wie schon so oft zuvor in ihrem Leben enttäuschte die Schokolade sie nicht. Bereitwillig ließ sie sich von der vertrauten, wohligen Kraft durchströmen.
Von irgendwoher klang die Melodie zu ihr herauf, die sie

schon einmal gehört hatte. Neugierig trat Madelaine ans Fenster und entdeckte am Ende der Straße, im Schein einer Laterne, einen Geiger. Sobald er seinen Walzer beendet hatte, begann er von neuem. Ein süßes Schwelgen, vergebliches Sehnen und bittere Erinnerung: Alles war in dieser Melodie enthalten. Leise summte Madelaine sie mit.
Noch bevor sie einschlief, dachte sie an András und Bernhard. Und es schien ihr, als schmecke sie bei Ersterem Salz auf der Zunge, bei Letzterem süßliche Schärfe.
Vor ihrem inneren Auge entstand das Bild eines sprudelnden Gebirgsbaches, der Unmengen gelblicher Körnchen und weißlicher Kristalle fortschwemmte. Sie sah sich ihren Zeigefinger eintauchen, ihn zum Mund führen. Er schmeckte süß und weckte ihren Durst. Sie schöpfte mit ihren Händen klares Wasser und trank. Doch das Wasser löschte ihren Durst nicht. Stattdessen wurde sie immer gieriger. Da färbte sich das Wasser in tiefdunkles Braun und floss träge, doch von aufreizender Geschmeidigkeit den Berghang hinab. Die hellen Körnchen und Kristalle waren nun deutlich zu sehen wie glitzernde Sternchen. Plötzlich erhob sich der Bach aus seinem Bett und schlang sich zärtlich um sie. Wieder und wieder.
Bald thronte Madelaine in ihrem Traum an der Spitze dieser Spirale, mitten im ätherischen Blau des Himmels.
In der Nacht wachte sie auf. Sie hatte eine Idee. Seit fast vier Jahren wieder eine eigene Idee! Überglücklich sprang sie aus dem Bett, um sie sich zu notieren.
Noch während sie schrieb, rief sie Kloss in Gedanken zu: Ich bin besser als Sie, Herr Kloss! Viel besser! Tausendmal besser. Und ich werde meine Rezepturen zu meinem Markenzeichen machen, das verspreche ich Ihnen!

Der darauffolgende Sonntag versprach klares, sonniges Wetter. Kurz nach zehn Uhr, Madelaine saß noch bei ihrer Wiener Melange, ließ sich Bernhard Ulrich von Terenzin bei ihr melden.
»Hätten Sie Lust auf einen Ausflug in die Berge?«
»Wenn Sie mir noch Zeit geben, mich umzuziehen, ja!«
Gut gerüstet in pelzgefütterten Lederstiefeln und Mütze ,stieg Madelaine wenig später mit ihm in die Kutsche. Die Fahrt führte sie aus der Stadt hinaus. Lange Zeit zog sich der Weg durch den Wiener Wald, dann ging es stetig bergan. Immer näher rückten die Ausläufer der Ostalpen mit ihren hohen Schneekuppen und bewaldeten Flanken. Ihr Anblick im Licht der Morgensonne war atemberaubend.
An einer Postkutschenstation stiegen sie in einen Schlitten um, da die Wege, die bergauf führten, verschneit waren. Unter Glöckchengeläut ging die Fahrt noch eine gute Stunde weiter, bis sie ein Wirtshaus erreicht hatten, von dem aus man einen grandiosen Ausblick auf Wien genießen konnte. Sie machten eine Pause, um sich bei Wiener Kipferln und einem kleinen Schwarzen aufzuwärmen, dann traten sie wieder hinaus ins Freie und nahmen ihre Wanderung auf.
Bislang hatten sie nur Belanglosigkeiten ausgetauscht, doch nun, da ein jeder für sich seinen Schrittrhythmus im knöcheltiefen Schnee zu finden versuchte, schwiegen sie. Die ersten hundert Meter gingen sie noch nebeneinander, dann aber blieb jeder bei seinem Tempo, und Madelaine fiel immer mehr hinter Terenzin zurück.
Ruhig und scheinbar gelassen schritt Terenzin voraus. Mal trat Madelaine in seine Fußstapfen, mal versanken ihre Stiefel im Schnee. Ihr wurde warm, und sie nahm ihre Pelzmütze ab. In einer der Tannen hämmerte ein Bunt-

specht. Ein Bussard kreiste im wolkenfreien Himmelsblau. Ein von Eis überwölbter Bergbach gluckste leise.
Ansonsten war es still.
Madelaine besann sich auf ihren Atem, darauf, auf dem vereisten Untergrund das Gleichgewicht zu halten. Auch wenn es sie anstrengte, so fühlte sie sich doch wohl dabei, sich nur auf ihre Bewegungen zu konzentrieren und die Lungen bis tief in ihre Spitzen hinein mit der leichten, kühlen Bergluft zu füllen. Eine Zeitlang störte es sie auch nicht, dass Terenzin aus ihrem Blickfeld verschwunden war.
Sie entdeckte ihn erst wieder, nachdem sie die abgeholzte Bergkuppe erreicht hatte. Terenzin stand, den Rücken ihr zugewandt, auf einer halbrunden Steinmauer, in deren Windschatten zwei schneebedeckte Bänke zu sehen waren. Er hielt ein Fernglas in den Händen und schaute Richtung Osten, dorthin, wo Wien lag. Er bemerkte sie nicht. Und da sie ihn nicht erschrecken wollte, machte sie einen weiten Bogen um den Aussichtspunkt, um von einer weiter westlich gelegenen Felsnase aus das Panorama zu genießen.
Der klare Himmel über ihr, die weite Sicht, die Berge, das Donautal, Wien: Es war überwältigend schön. Langsam drehte sie sich um die eigene Achse. Doch als sie sich gen Süden wandte, stach ihr das helle Licht der Sonne so heftig in die Augen, dass ihr schwindelig wurde und sie taumelte. Ihr rechter Fuß rutschte unversehens auf ein Stück Eis, das sich in einem Gesteinsriss gebildet hatte.
Madelaine schrie auf, wedelte vergeblich mit den Armen und stürzte seitwärts über die Felsnase den Berghang hinab. Sie prallte gegen Steine, rollte ein Stück weit durch den Schnee und blieb schließlich unter den weit ausladenden

Zweigen einer Bergkiefer liegen. Ihr taten die Seiten weh, auch schmerzten ihre Ellbogen und Knie. Doch sie war bei Bewusstsein und konnte sich bewegen. Erleichtert stellte sie fest, dass kein Knochen gebrochen war.
Schnee stob vor ihr auf. Es war Terenzin, der ihr mit weiten Sprüngen nachgeeilt war.
»Mein Gott, Madelaine, verzeihen Sie, es ist meine Schuld, ich hätte auf Sie warten sollen.« Er streckte ihr seine Hände entgegen und zog sie vorsichtig auf die Füße. »Sind Sie verletzt?«
Sie schüttelte den Kopf, merkte, wie ihre Beine zitterten und ihre Lippen bebten. Sie begegnete seinem Blick. Da war es wieder, dieses Flehen, das um Liebe und Distanz zugleich bat. Madelaine war verwirrt und hätte sich am liebsten an ihn gelehnt, um seine Nähe zu spüren. Doch da war dieses Unausgesprochene zwischen ihnen, das vom ersten Augenblick an ihre Beziehung bestimmt hatte. Und plötzlich wusste sie, dass sie den Anfang machen musste.
»Schaffen Sie es, hinaufzugehen? Ich werde Sie stützen.« Er reichte ihr die Hand.
»Ja, natürlich, ich versuche es.« Sie schüttelte sich den Schnee und die Erde vom Mantel und ergriff seine warme Hand. Bei jedem Schritt bergan schmerzte ihr linkes Knie, als stächen Nadeln hinein, auch Schulter und Oberschenkel auf der rechten Seite taten weh, doch Madelaine biss die Zähne zusammen und hielt durch. Oben angekommen, rang sie nach Luft. Aus dem Augenwinkel beobachtete sie, wie Terenzin mit der Hand den Schnee von einer der beiden Aussichtsbänke fegte und sich dann daranmachte, seinen Mantel aufzuknöpfen.
»Bernhard?«

Er hielt inne und warf ihr einen Blick über die Schulter zu. »Ja?«
»Ich muss Ihnen etwas sagen.« Sie tat einen Schritt auf ihn zu. »Ich habe mich verliebt.«
Er erstarrte.
»Es mag falsch sein, dass ich es Ihnen jetzt sage, aber ich kann nicht anders. Ich ersticke sonst an dem, was ich für Sie empfinde. Es ist ... es ist, als ob Sie etwas in mir berührt hätten, das mich verwandelt.«
Langsam drehte er sich zu ihr um. Seine Augen glitzerten sehr hell und klar. In ihr zog sich schmerzlich etwas zusammen, doch nun war es zu spät. Verzweifelt sprach sie weiter.
»Sie haben mich damals auf so besondere Weise angesehen, damals bei Paschinger. In einer Situation, in der ich glaubte, für ein paar Stunden all das Belastende um mich herum vergessen zu können. Sie haben in mir eine Tür geöffnet, die ich nicht mehr schließen kann ...«
Abwehrend reckte er seine Arme vor.
»Nein, Madelaine, sprechen Sie bitte nicht mehr weiter.« Er ließ seine Hände sinken. »Ich verehre Sie, ja, Madelaine. Aber Sie sind mit András verheiratet, bitte vergessen Sie das nicht.«
Er hatte sie zurückgewiesen, allein der Klang seiner Stimme verletzte sie. Hatte sie doch alles falsch aufgefasst? Sie verstand ihn nicht und schämte sich jetzt, so offen gewesen zu sein. Wortlos ließ sie ihn stehen und trat in die Spuren ihres Aufstiegs.
»Madelaine! Warten Sie!«
Sie reagierte nicht, beschleunigte stattdessen ihren Schritt.
Lange Zeit hörte sie nur das Knirschen seiner Stiefel hin-

ter sich. Erst als sie wieder das kleine Gasthaus erreicht hatten, wo der Schlitten auf sie wartete, sprach er sie wieder an.
»Madelaine?«
»Bitte?« Ärgerlich drehte sie sich zu ihm um.
»Sie haben mich verwirrt.«
»Verwirrt? Das verstehe ich nicht. Sie haben mir doch zu verstehen gegeben, dass meine Gefühle Sie nicht berühren.«
Bitte sag, dass das nicht stimmt, flehte sie ihn im Stillen an.
»Ihre Gefühle ehren mich«, fuhr er in verhaltenem Ton fort. »Bitte glauben Sie mir das. Aber Sie verwirren mich mehr, als Sie sich vorstellen können.«
»Und, können Sie mir bitte eine Erklärung dafür geben? Ich war sehr offen zu Ihnen, Bernhard, bitte seien Sie es jetzt auch.«
»Gut, ich ... ich möchte, dass Sie wissen, wie viel mir daran liegt, frei zu sein. Ich habe vor vielen Jahren eine sehr schmerzliche Erfahrung machen müssen, und Sie erinnern mich an die Frau, die ich liebte. Sie sind ihr so ähnlich, dass es mich fast zerreißt. Und wäre András nicht, wäre es für mich noch viel schlimmer. Wir ... wir haben uns zu einem falschen Zeitpunkt kennengelernt.«
Es war, als schwankte der Boden unter ihren Füßen. Sie konnte kaum noch denken, so sehr taten ihr seine kalten, klaren Worte weh. Hätte er nicht rücksichtsvoller, einfühlsamer sein können? Nein, gab sie sich selbst die Antwort. Er hat als Mann gesprochen, nicht als Diplomat. Als Mann, der verletzt wurde und nun tiefere Gefühle mied. Sie bereute, so leichtfertig gewesen zu sein. Hätte sie nicht ihren

Verstand einschalten und ihre Gefühle beherrschen können so wie er?
Nein, gestand sie sich ein, nein, ich kann es nicht. András, kannst du mir verzeihen? Bitte, verzeih mir! Bitte bring mich heim, nur fort von hier.
In Gedanken versunken fuhren sie nach Wien zurück.

23

Einen Tag später erfuhr Madelaine aus den Zeitungen, dass das grausam niedergerungene Volksbegehren auf dem Platz vor dem Winterpalais in St. Petersburg weitere Kreise gezogen hatte: Am 13. Januar war in Riga ein allgemeiner Streik ausgebrochen, Soldaten hatten auf die Demonstranten geschossen und siebzig von ihnen getötet. Auch in Warschau kam es zu Streiks, die ausuferten. Es wurden Geschäfte geplündert und in Brand gesetzt. Den Kugeln der russischen Soldaten fielen dreiundneunzig Männer zum Opfer.
Es fehlte nicht viel, und Madelaine wäre in den nächsten Zug gestiegen, um nach Riga zu fahren. Sie war entsetzt und voller Sorge um Urs und die Kinder. Doch sie wusste, sie durfte nicht den Kopf verlieren. Sie musste das tun, was das Nächstliegende war.
Sie fuhr zum Klinikum und sprach mit András darüber, ob er es sich zutraute, zurück nach Ungarn zu fahren. Er schien über ihr Drängen erleichtert und stimmte sofort zu. Da auch der Arzt keine Einwände hatte, packte Madelaine, zurück im Hotel, die Koffer. Sie schickte einen Eilbrief an Urs, bat ihn, ihr sofort zu antworten, und zwar an ihre Adresse in Ungarn. Ihr war gleichgültig, wie der alte Graf reagieren würde. Sie wusste jetzt, was ihr wirklich wichtig war und dass sie dafür kämpfen würde.
Doch bevor sie sich nicht ganz sicher war, ob ihr gelingen würde, was ihr vorschwebte, wollte sie noch nicht mit András darüber sprechen.

Nach drei Tagen voll sorgfältig eingehaltener Ruhepausen trafen sie wieder auf dem Mazary'schen Gutshof ein. András war noch schwach und bedurfte weiterer Schonung. So fiel es Madelaine leicht, das zu tun, was sie für richtig hielt.

Am zweiten Abend nach ihrer Rückkehr suchte sie den alten Grafen in seinem Salon auf. Er stand mit aufgestützten Armen an seinem langen Schreibtisch, auf dem sich Mappen, Briefe und aufgeschlagene Zeitungen türmten.
»Verzeihen Sie, Graf, wenn ich Sie störe. Ich möchte Sie etwas fragen.«
»Bitte, nur zu.« Er machte eine weit ausholende Geste, die alles bedeuten konnte: weiterzusprechen, sich in einen der Sessel zu setzen, näher zu kommen. Doch Madelaine blieb stehen.
»In Wien erfuhr ich, dass mein Vater jeden Monat einen Brief an mich geschickt hat. Warum hat man mir nicht einen einzigen ausgehändigt?«
»Ich weiß nichts davon. Wieso sollte ich mich darum kümmern?«
»Selbst wenn Sie mich nicht als die Ehefrau Ihres Sohnes ansehen, sondern nur als Gast ... wäre es nicht ein Prinzip der Höflichkeit?«
Sie zitterte innerlich, bemühte sich jedoch, ruhig zu bleiben. Der alte Graf schlug eine Zeitung auf.
»Uns stehen schlimme Zeiten bevor, ist Ihnen das bewusst? Sie reden von Ihren kleinlichen Missgeschicken, während der Welt eine Revolution von ungeheurem Ausmaß droht. Dank Ihres Einflusses ist sogar mein eigener Sohn schon zu einem ihrer Opfer geworden, ist Ihnen das überhaupt klar?«

»Ich bin nicht schuldig, Graf.«
»Doch, das sind Sie. Und ich bin krank geworden, weil ich sehe, dass András Ihnen auch jetzt noch immer verfallen ist. Können Sie sich meine Last vorstellen? Ihr Herr Vater lebt heiter und vergnügt unter südlicher Sonne, während ich Angst um den Fortbestand meines Hauses habe. Und Sie jammern, wenn Sie keine neuen Klatschgeschichten aus dem brasilianischen Urwald erhalten! Wie kleinlich Sie doch sind, Madelaine.« Er nahm seinen Stock, ging ein paar Mal durch den Raum, sank dann in einen Sessel vor dem brennenden Kamin und begann mit der Spitze seines Stockes rhythmisch auf den Boden zu klopfen.
Madelaine wurde nervös. »Sie sind sich bewusst, wie sehr es Ihnen gefällt, mich zu beleidigen.«
»Nein«, unterbrach er sie. »So wie Sie sind, daran kann ich nichts ändern. Sie sind schön – gewiss. Sie haben eine reizende Ausstrahlung – ja. Aber verstehen Sie doch, dass es Wichtigeres im Leben gibt als …«
»… als jemanden zu lieben?«
»Sie sind wirklich sehr naiv, Madelaine. Wollen Sie mit einem süßlichen Gefühl im Herzen Ihr Leben regieren?« Er lachte auf.
»Ich habe Ihnen eine klare Frage gestellt, Graf: Wo sind meine Briefe, und wer hat sie einbehalten? Ich bitte um Ihre Antwort. Ich frage Sie noch nicht einmal nach dem Grund für diese, ja, für diese Unverschämtheit. Die Gefühle, die hinter diesem Handeln stehen, interessieren mich nämlich nicht.«
Er kniff, außer sich vor Wut, die Augen zusammen. »So? Das interessiert Sie nicht? Ich glaube Ihnen nicht.«
»Also wissen Sie etwas über die Briefe!« Madelaine triumphierte.

Er stemmte sich aus seinem Sessel hoch und trat auf sie zu.

»Gut, ich sage Ihnen etwas, Madelaine, Sie vermissen Ihre Post. Ich weiß nicht, warum sie verschwunden ist. Aber ich möchte Ihnen einen guten Rat geben.« In seinen Augen blitzte es böse. »Wissen Sie, manchmal muss man die Dinge selbst in die Hand nehmen.«

Madelaine verschlug es den Atem. Ihre Gedanken stolperten durcheinander. Was meinte er damit? Ihr Gesicht glühte.

»Ich soll das Personal befragen? Katalin?«

Er schüttelte den Kopf.

»Das Haus durchsuchen?«

»Nein.« Er starrte sie über seine Brillengläser hinweg an, setzte das Klopfen seines Stockes fort.

Da verstand sie: Sie sollte von hier verschwinden.

»Warum? Was haben Sie nur gegen mich?«, entfuhr es ihr, während sie einen Schritt zurücktaumelte.

»Teréza hat Sie auf einer Automobilausstellung gesehen, wie Sie zwei Herren zugleich die Ehre gaben. Darum.«

Das konnte nicht sein. Das durfte nicht wahr sein. Sie war sich sicher, Teréza nicht bei Paschinger gesehen zu haben. Dann wurde ihr bewusst, dass das Bindeglied zwischen Teréza und ihr Bernhard Ulrich von Terenzin war. Er musste Karól und Teréza erzählt haben, dass er sie in Begleitung eines ältlichen Schweizer Herrn auf der Automobilausstellung kennengelernt habe. Eine harmlose Bemerkung, doch von Teréza an den alten Grafen verfälscht weitergegeben, glich sie der Vernichtung ihrer Person.

Es war grauenvoll.

Madelaine beschloss, nichts davon András zu erzählen.
Sie konnte ihn nicht verlassen. Noch war der richtige Zeitpunkt nicht gekommen, um gemeinsam ein neues Leben zu beginnen. Und sie wollte noch so lange ausharren, bis alle verstanden hatten, dass sie sich nie von irgendetwas oder irgendjemandem würde länger unterdrücken lassen. Sie würde erst gehen, wenn sie sich selbst befreit hatte.
Und wenn András davon überzeugt war, dass sie das Richtige tat …
Sie schleppte ihre in Wien eingekauften Gerätschaften in die Küche. Irgendwie schaffte sie es, der Köchin und Katalin verständlich zu machen, dass sie ab jetzt einen eigenen Bereich brauchte, um mit Schokolade zu experimentieren.
Glücklicherweise hatten beide Frauen nichts dagegen. Sie schienen sogar ein wenig aufgeregt darüber, dass in ihrem Küchenreich etwas Neues passierte. Am meisten aber freute sich Madelaine über Katalin. Sie blieb ihr seit ihrer ersten gemeinsamen Backstunde freundlich zugewandt. Selbst András' Unfall in Wien hatte ihre neu gewonnene Einstellung zu ihr nicht verändert. Madelaine vermutete, dass es etwas mit dem barscher gewordenen Ton des alten Grafen zu tun hatte, der Katalins selbstloser Liebe mehr und mehr zusetzte.
Madelaine beschloss, die neue Beziehung zu festigen, indem sie Katalin bat, sie nach Szeged zu begleiten. Tags darauf begann sie zu experimentieren: Pralinen mit Fondantfüllungen, die nach Birnen, Ananas oder Aprikosen schmeckten. Dann verfiel sie auf die Idee, Ananas mit Birnen und Paprika zu mischen und die Mengen so zu verteilen, dass der Zuckersud fruchtig und doch süßlich-scharf wurde. Sie probierte sogar Chili aus und würzte Quitten

mit einer Prise frisch gemahlenem schwarzem Pfeffer. Ja, sie wagte sich sogar daran, einen Sud aus Minze für köstlich erfrischende Pfefferminztaler herzustellen.
Bei all ihren Experimenten mussten die Köchin und Katalin sie unterstützen, Zutaten besorgen, waschen, schneiden, im Mörser zerkleinern, die Gerätschaften sauber halten – vor allem aber eines tun: als Erste Madelaines neue Schokoladenkreationen probieren. Und sie mussten schweigen.
Madelaine probierte Ganache-Cremes, alle mit knackiger Bitterschokolade überzogen: mit Vanille und Rum, mit geriebenen Walnüssen und einem Schuss Birnenschnaps, Karamell und einem Hauch Kaffee, mit Zitrone und Ahornsirup.

Eines Tages überraschte András sie bei der Arbeit. Er hatte einen Brief in der Hand und ließ verwundert seine Blicke über die vielen Pralinen und Trüffeln gleiten, die mal schwarz glänzend, mal kakaopudrig oder mit winzigen Nuss- und Fruchtstückchen auf den Abtropfgittern ruhten. Gerade hatte Madelaine damit angefangen, sie mit einer Silberzange in papierene Konfektkapseln zu setzen.
»Oh, du hast wieder zu deinen Wurzeln zurückgefunden«, rief András erfreut aus. »Das ist sehr schön. Darf ich?« Schon schob er sich eine mit einer ganzen Mandel versehene Praline in den Mund. »Phantastisch! Und das ... was ist das da für eine?« Er streckte den Arm aus und wies auf eine Praline mit drei schwarzen Streifen aus Bitterschokolade.
Madelaine lächelte. »Meine Husarenpraline ...«
»Wie? Was enthält sie denn? Doch wohl kein Schießpulver?«

Sie lachten.
»Nein, aber eine Fondantmischung mit Szilvapálinka …«
»Pflaumenschnaps?«
Sie nickte. »Du hast es mir in Budapest beigebracht, und ich habe es nicht vergessen.«
»Zuckersud mit Pflaumenschnaps: Her damit, bitte!«
Sie reichte sie ihm. »Und eine winzige Prise grüner Pfeffer. Gerade so viel, dass dir heiß wird.«
András biss hinein und verdrehte die Augen. »Großartig, Madelaine. Du bist eine richtige Künstlerin geworden, oder sollte ich besser sagen: Deine Geschmacksknöspchen sind Gold wert?«
Sie sah ihn ernst an. »András, ich möchte gerne mein eigenes Geld verdienen. Bist du einverstanden? Und könntest du mich unterstützen?«
»Natürlich, was soll ich tun?«
»Ich habe einen kleinen Text entworfen. Bitte übersetze ihn. Außerdem brauche ich jemanden, der mit mir nach Szeged, Csongrád und Békéscsaba fährt, um die Pralinen in guten Konditoreien und Cafés zu vertreiben. Ich kann das nicht allein.«
Er nickte. »Ich muss sowieso übermorgen nach Szeged, dann können wir alles Weitere erledigen. Hier ist übrigens ein Brief für dich aus Wien gekommen. Er ist vom Hotel Triest.«
Ungestüm riss Madelaine ihn auf und las die Depesche ihres Vaters.

Komme Mai/Juni nach Hamburg. Melde mich.
In Liebe,
Dein Vater.

Der erste Schritt war ihr gelungen, und der zweite bahnte sich an. Madelaine atmete auf.

Spätabends saß sie mit András bei einem Glas Wein in ihrem Salon. Vor dem Fenster blühten Eisblumen, und das flackernde Licht des Kaminfeuers ließ sie mal silbern, mal golden aufleuchten.
»Vater sagte mir, du hättest dich mit ihm gestritten. Stimmt das?«
»Ja, allerdings«, gab Madelaine zu und berichtete ihm in wenigen Worten, was vorgefallen war.
Daraufhin starrte András gedankenverloren in das Feuer. Er nahm einen großen Schluck Wein. »Er ist schwierig geworden, du weißt es selbst.«
»Allerdings, sogar Katalin leidet unter ihm.«
András wandte sich ihr zu. »Sie wurde von ihm schwanger, weißt du das?«
»Nein, o Gott, das ist ja furchtbar!«, entfuhr es Madelaine.
»Ja, das ist es. Ich muss sagen, ich schäme mich fast für meinen Vater. Er hat sie geschlagen, als er es erfuhr.«
Madelaine schrie auf. »Das darf nicht wahr sein!«
»O doch, leider. Bitte lass es sie nie merken, dass du davon weißt. Sie verlor das Kind.«
Im Kamin brach knackend ein Holzscheit auseinander, Funken stoben auf. András nahm noch einen Schluck Wein.
»Ich muss dich etwas fragen, Madelaine.«
Ihr Herz begann heftiger zu klopfen.
»Hat Bernhard dir Avancen gemacht?«
»Nein, im Gegenteil.« Sie erkannte ihren Fehler, als es schon zu spät war. András hatte sich zu ihr umgedreht und schaute ihr jetzt mit blankem Entsetzen ins Gesicht.

»Im Gegenteil? Heißt das, dass er dich zurückwies, weil du ihm ...? Ist das wahr?«
»Ich ... ich war so allein ohne dich, András ... Glaube mir, es ist nichts passiert ...« Sie sank vor seinen Füßen nieder und sah zu ihm auf.
András schwieg.
»András?«
Er schob ihre Hände, die auf seinen Oberschenkeln ruhten, beiseite. »Er kam an mein Krankenbett, um sich zu verabschieden. Ich habe lange darüber nachgedacht, warum es dir auf einmal so wichtig war, wieder hierherzukommen. Ich wusste doch, wie unglücklich du hier bist. Also musstest du einen Grund haben, der schmerzlicher ist als das Leid, das du hier empfindest.«
Madelaine stand auf und kniete vor dem Kamin nieder. Sie weinte, die Tränen rannen ihr über die Wangen. Sie achtete nicht auf András, der hinter ihr aus seinem Sessel aufgestanden war. Es war ihr egal. Sie wusste nur, dass sie beide liebte: ihn und Bernhard.
Ihr wurde von der Hitze beinahe schwarz vor Augen. Sie beugte sich vor und zurück, zog die Schlaufen ihres Dekolletés auf, schob den Stoff über ihre Schultern, löste ihr Haar.
Da spürte sie András' Hände auf ihrer Hüfte. Er roch an ihrem Haar, hob es hoch, küsste ihren Nacken.
»Madelaine, meine Madelaine ...«, stammelte er und zog sie langsam aus. »Du wirst ihn nie lieben, hörst du? Nie, nicht wahr?«

Trotz aller Liebesbeweise wurde sie nicht schwanger. Als wollte sie das Schicksal dafür trösten, hatte sie dafür mit ihren außergewöhnlichen Pralinen großen Erfolg. Sie hatte in Konditoreien und bei Familien, die mit den Mazarys befreundet waren, vorgesprochen, Kostproben verteilt, Werbebriefe verschickt und in Zeitungen annonciert. Innerhalb weniger Wochen wurde ihr Name im ganzen Banat bekannt.

Gleich nachdem die ersten begeisterten Rückmeldungen gekommen und Bestellungen eingegangen waren, hatte sie mit Katalin und den anderen Küchenhilfen Tag und Nacht wie im Rausch gearbeitet, doch es hatte nicht gereicht. Sie bat András nochmals um Hilfe. Er setzte es durch, dass ein Teil des Kellergewölbes aus- und drei Nebenräume zur Küche umgebaut, Arbeitstische, Regale und eine Vielzahl an nötigen Gerätschaften gekauft wurden, so dass Madelaine vier Mitarbeiter einstellen konnte. Alle kannten sich in der Zuckerbäckerei aus, und drei von ihnen hatten glücklicherweise schon in einer der großen Budapester Schokoladenfirmen gearbeitet.

Der alte Graf kam nicht ein einziges Mal, um die Veränderungen in seinem Haus zu besichtigen. Jetzt, da Madelaine mit seinem Familiennamen ungewöhnlichen Erfolg hatte, ging er ihr sogar aus dem Weg. Er grollte ihr, das war offensichtlich, und er neidete ihr ihre Beliebtheit.

Jetzt, dachte Madelaine, kann er mich nicht mehr vor die Tür setzen. Er weiß, wenn ich gehe, werde ich es aus freiem Willen tun. Und jeder wird ihn fragen, warum er seine Schwiegertochter hat ziehen lassen.

Es war ein schöner Triumph.

Es schien, als hätte sie ihn besiegt.

Urs hatte ihr geschrieben, Alltägliches und Aufbauendes. Madelaine griff wieder zur Feder und berichtete von ihren Erfolgen und der Aussicht, dass ihr Vater im Frühsommer endgültig nach Hamburg ziehen und Svenja, Karlchen und Nikolas ein Zuhause einrichten würde.

Die Veränderungen in seinem eigenen Haus ärgerten den alten Grafen genauso wie das, was sich im ungarischen Parlament in Budapest abspielte. Schon im November 1904 hatte Ministerpräsident Stephan Graf Tisza gegen die Verzögerung anstehender Aufgaben und die Behinderung von Beschlussfassungen gekämpft, mit der Folge, dass die Parlamentarier revoltiert hatten. Niemand hörte mehr auf die Regierung, und so war es Anfang des Jahres 1905 zu Neuwahlen gekommen. Dabei ging die ungarische Unabhängigkeitspartei als Sieger hervor, während die liberale Partei verlor. Kaiser Franz Joseph aber lehnte weiterhin deren Hauptforderung nach einem separaten ungarischen Heer unter ungarischem Kommando ab. Um den Konflikt nicht noch mehr zu verschärfen, blieb ihm nichts anderes übrig, als die Parteiführer der Unabhängigen einzuladen und mit ihnen zu beratschlagen, wie die parlamentarische Krise zu lösen sei. Doch man konnte sich auf keine Regierung einigen, die für Ungarn annehmbar gewesen wäre.
Der alte Graf bekam Magenschmerzen beim Lesen der täglichen Zeitungen. Oft saß er abends mit seinen alten Freunden bei einem Glas Wein zusammen und räsonierte mit ihnen über die aktuelle Lage.
»Dass unser Land keine vernünftige Regierung bilden kann, ist unglaublich! Die Unabhängigen haben gesiegt, aber niemand will ihnen seinen Segen geben. Am wenigsten die drei Millionen Rumänen in Siebenbürgen. Sie werfen uns Dominanz vor, gründen schon ihre eigene Partei gegen uns. Und der Kaiser auch nicht, denn der ist ratlos. Soll er uns doch ziehen lassen und endlich diese unglück-

selige Doppelmonarchie auflösen. Wir haben unsere Kultur, er die seine. Und mit den Rumänen und Serben werden wir schon allein fertig. Doch er will nicht. Er nicht und bei uns die anderen Splitterparteien nicht, die sich gegen die Unabhängigen zusammentun. Und warum? Weil Franz Joseph seinem Traum vom Vielvölkerstaat treu bleiben will, und die anderen, weil sie wirtschaftliche Einbußen befürchten, wenn wir uns von Österreich befreien. Die Ironie ist, dass nur die Pangermanisten in Österreich auch für die Trennung sind, weil sie es besser finden, statt mit uns eine Wirtschaftsunion mit Deutschland aufzubauen. Ich frage mich ernsthaft, wie es weitergehen soll: Auf der einen Seite kämpfen all jene für Unabhängigkeit, die eine nationale Identität haben, auf der anderen Seite gehen bei uns und in Österreich all jene gemeinsam auf die Straßen, die ein allgemeines Wahlrecht und soziale Reformen fordern. Wird in Zukunft der nationale Gedanke oder das soziale Begehren siegen? Wohin soll das ganze Gezerre nur führen? Früher glaubte ich an den liberalen Gedanken, an ein friedliches, generöses Miteinander. Ich habe András sogar kosmopolit erziehen lassen – und was hat es mir gebracht? Ärger, nichts als Ärger.«

Er erhob sich, trat an den Kamin und stocherte mit dem Feuerhaken in den glühenden Scheiten herum. Funken schossen hoch, es knisterte und knackte.

»Erst als András nach Riga ging, hast du dich verändert, Imre. Jetzt liebt er auch noch eine Deutsche. Wäre sie Lettin, wäre es dir lieber gewesen? Oder Petersburgerin?«

Mazary hängte den Schürhaken wieder auf und drehte sich um. »Egal, Hauptsache, kein Schokoladenmädchen. Das Wort sagt doch alles, oder?«

»Ein wenig süßer als Katalin ist sie schon, Imre, oder?«

»Willst du damit sagen, András und ich hätten die gleiche Vorliebe für Dienstmädchen?«
Keiner sagte etwas. Verärgert machte er eine wegwerfende Handbewegung und ließ sich wieder aufseufzend in seinem Sessel nieder. Schweigend starrte er vor sich hin.
»Weißt du was, ich glaube, diese Geschichte mit Merkenheim damals hat dir zugesetzt«, fuhr ein anderer seiner Freunde fort. »Gib zu, es ist dir noch heute peinlich, dass ausgerechnet er, dessen Tochter deinen Sohn heiraten sollte, damals in Riga deine jetzige Schwiegertochter zu verführen suchte, oder?«
»Weil sie sich ihm im Schokoladenmädchen-Kostüm präsentierte! Unfassbar, das Ganze. Mir wird schlecht, wenn ich nur daran denke!«
»Es bewies doch nur, dass Merkenheims Glaube an Kunst und Ästhetik längst das rechte Maß überschritten hatte.«
Der alte Graf begegnete seinem Blick. »Du triffst völlig ins Schwarze, mein Lieber. Ja, das war wirklich eine entsetzliche Geschichte. Madelaine muss ihm wohl mit ihrer Schönheit vollends den Rest seines Kunstverstandes verwirrt haben. Ihr erinnert euch: Mein Großvater und Merkenheims Vater legten den Grundstein für die besondere Beziehung unserer Familien. Sie mochten sich, sie unterstützten und ergänzten sich prächtig, persönlich wie wirtschaftlich. Seit Generationen haben unsere Familien den gleichen Gedanken. Es muss zusammenwachsen, was zusammengehört, und das geht nur über eine Heirat: technisches Wissen und Bankkapital auf der schlesischen, Grundbesitz und Bodenschätze auf der ungarischen Seite. Es hat mich wirklich tief getroffen, erkennen zu müssen, dass Merkenheim durch seinen Reichtum die Bodenhaftung verloren hatte. Nie hätte ich ihm zugetraut, er könne

glauben, Kunst sei genauso wichtig wie Besitz. Ich bin immer noch davon überzeugt, dass es besser wäre, seine Tochter brächte uns das Geld ein, das mein Vorfahr so leichtfertig in den Wind schrieb. Doch was hat Merkenheim getan, als er damals mit seiner Frau und Sybill in Riga war? Nichts! Glaubt ihr, er hätte ein einziges Mal mit András ein vernünftiges Gespräch geführt? Nein, András sagte mir, er hätte den Eindruck gehabt, Merkenheim sei ihm aus dem Weg gegangen. Ihm war es natürlich recht, er hatte sich ja längst in Madelaine verliebt. Ich aber denke, hätte Merkenheim seine Tochter besser im Sinne unseres Fammiliengedankens erzogen, wäre das gar nicht erst geschehen. Ich fühle mich von ihm betrogen und im Stich gelassen und werfe ihm Nachlässigkeit vor. Er hat Sybill schlichtweg dem dümmlichen Einfluss seiner Frau überlassen, um ungestört seinen Leidenschaften zu frönen. Was für ein Idiot! Ich komme, ehrlich gesagt, über diese Sache nicht hinweg. Aber lasst uns jetzt nicht mehr darüber sprechen.«

»Du hast noch Kontakt zu seiner Witwe?«

»Ich habe ihr vor kurzem geschrieben. Sie leben noch auf ihrem Gut in Schlesien. Ich denke, nach all den Jahren sind die Wogen geglättet. Ich werde mich ein wenig umschauen, wenn ihr versteht, was ich meine.«

»Das wird auch endlich Zeit, Imre. Also, diese Sache mit deiner Katalin, das geht nun bereits zu lange. Ich habe mich schon immer gefragt, ob das auf Dauer nicht doch ein bisschen zu sehr deinem Ansehen schadet. Die Witwe Merkenheim wäre da ...«

»Katalin dient mir«, unterbrach ihn Mazary heftig. »Das ist alles. Und das ist nicht wenig.« Er beugte sich vor, um den Rest der Flasche auf die halbvollen Gläser zu vertei-

len. Fahrig prostete er allen zu, trank sein Glas leer und sank in seinen Sessel zurück. »Lassen wir das Private vorerst beiseite. Kommen wir wieder auf das Allgemeine zurück. Ich wollt, es gäbe endlich Ruh dort in Budapest.«
»Da wirst du dich gedulden müssen, Imre. Im Parlament wird noch lustig weitergetobt, korrumpiert und agiert. Es ist tatsächlich nicht mehr möglich, unser Land zu regieren. Die Krise hat nicht nur alles zum Stillstand gebracht, sondern wird ständig am Köcheln gehalten. Jetzt soll Freiherr von Fejérváry die Sache außerparlamentarisch richten.«
»Ein General?«, rief der alte Graf ungläubig aus. »Ach, man sollte denen in Budapest mit dem Säbel die Hintern versohlen!«
»Ja, es wird nicht einfach werden«, stimmten ihm die anderen zu.
»Wenn es nur nicht so blutig kommt wie in Russland.«
»Und was passiert, wenn sich in Österreich die Massen den sozialistischen Protestlern anschließen und auf den Straßen für ein allgemeines Wahlrecht kämpfen?«
»Was tun dann die gleichen Leute bei uns?«
»Auch auf die Straßen gehen!«
»Na sicher. Und dann haben wir ein Problem.«
»So? Welches denn?«
»Wenn die Regierungen beider Länder das Gleiche beschließen, nämlich die Zustimmung zur Wahlrechtsreform, dann geht alles friedlich aus. Was aber, wenn die in Wien anderer Meinung sind als die bei uns in Budapest? Nicht auszudenken. Dann brennt bei uns die Hütte!«
»Dann fließt Blut. Und nicht zu wenig.«
»Allerdings. Katalin! Katalin! Bring noch ein paar Flaschen vom Tokajer!«

Im Februar zerriss eine Bombe Großfürst Sergej Alexandrowitsch, Onkel des Zaren und Gouverneur von Moskau, berüchtigt wegen seiner reaktionären Haltung. In der Mandschurei, bei Mukden, kämpften zwei große Armeen von gut dreihunderttausend Soldaten gegeneinander. Es war eine der größten Feldschlachten. Im März 1905 fanden allein innerhalb von drei Wochen fast dreißigtausend Russen den Tod.

Madelaine war noch immer nicht schwanger, und die Liebe zu András war so abgekühlt wie die Beziehung mancher Staaten zueinander.

Sie sprachen kaum noch miteinander. Selbst als Madelaine seinen Rat gebraucht hätte, weil ihr immer deutlicher wurde, dass die baltischen Aktienkurse durch den Krieg unaufhaltsam sanken und ihr kleines Vermögen auf die Hälfte zu schrumpfen drohte, behielt sie ihre Verzweiflung für sich. Sie hatte zwar mit Verlusten gerechnet, doch nicht in diesem Ausmaß. Natürlich wollte niemand mehr in Pelze oder Gummi investieren, in einem Land, dem der gesellschaftspolitische und wirtschaftliche Kollaps drohte. Einzig die Kurse der Aktien für Eisenbahnwaggons hielten sich noch. Doch insgesamt bewiesen die Zahlen im Börsenteil der Zeitungen Madelaine täglich, dass der Erfolg, den sie sich in Riga als Schokoladenmädchen erarbeitet hatte, zerronnen war.

In ihrer Verzweiflung bat sie Karól in Budapest um Hilfe. Schließlich wusste sie, dass er im Bankenwesen über gute Kontakte verfügte. Tatsächlich sorgte er innerhalb weniger Tage dafür, dass ihr Aktienbestand in Riga aufgelöst und auf ein neues Konto bei einer Hamburger Bank überwiesen wurde. Madelaine war ihm dankbar und lud ihn und Teréza ein, sie zu besuchen, sobald die Kirschbäume

blühten. Er erwiderte ihr, er werde mit Teréza sprechen, sobald sie von ihrer Kur in Marienbad zurück sei.
Sosehr es Madelaine auch erleichterte, wieder einen Schritt in Richtung Heimat getan zu haben, so sehr ärgerte sie sich darüber, selbst am Verlust ihres Vermögens schuld zu sein. Sie warf sich vor, viel zu lange gewartet zu haben. Sie hatte Zeit verstreichen lassen, weil sie gehofft hatte, alles würde von allein besser werden. Was für ein Irrtum, was für eine fatale Bequemlichkeit. Diese Einsicht zehrte sie langsam auf. Und da sie glaubte, sich bestrafen zu müssen, bemühte sie sich, die schwierige ungarische Sprache zu lernen.

Am 27. Mai erreichte die baltische Flotte, die der Zar ursprünglich zur Befreiung von Port Arthur ausgesandt hatte, die Meeresenge von Tsushima. Innerhalb von nur fünfundvierzig Minuten wurde die Flotte von den besser ausgerüsteten japanischen Kriegsschiffen besiegt. Dessen ungeachtet, gingen die Kämpfe zu Lande mit unerbittlicher Härte weiter. Die Japaner rückten bis Wladiwostok vor, besetzten die Insel Sachalin und demütigten weiter das große zaristische Reich, das noch immer verantwortungslosen Bürokraten, obrigkeitstreuen Polizeibeamten und einer alles reglementierenden Regierung ausgeliefert war.
Im Mai 1905 lud Präsident Roosevelt beide Nationen dazu ein, die Waffen niederzulegen und Vertreter in die Vereinigten Staaten zu entsenden, um Frieden zu schaffen.

In der Zwischenzeit hatte Madelaine von Katalin genug Ungarisch gelernt, um Gesprächen folgen zu können. Und als eines Tages Teréza mit Karól auf dem Gutshof eintraf, konnte sie beide in ihrer Heimatsprache begrüßen. Teréza tat so, als hätte Madelaine nie eine andere Sprache gesprochen, Karól hingegen küsste sie zweimal auf beide Wangen. Es war nicht zu übersehen, dass sich zwischen beiden etwas geändert hatte. Teréza sah schöner denn je aus, wenngleich sie noch etwas mitgenommen wirkte, weil sie kurz zuvor das Grab ihrer Äbtissin aufgesucht hatte. Karól hingegen hatte dunkle Schatten unter den Augen, als hätte er seit Tagen kaum noch geschlafen. Madelaine hatte den Eindruck, dass er sich in seinem dunklen Anzug unwohl fühlte. Warum trug er nicht seine geliebte alte Husarenuniform, fragte sie sich. Und warum verhielt Teréza sich so oberflächlich freundlich ihr gegenüber, als hätte es ihren Streit in Wien nie gegeben?

Auch wenn sie gerne die Gründe dafür erfahren hätte, so zwang sie sich doch, das zu tun, was ihr wichtig war. Bei einem ihrer Ausritte fand sie endlich die ersehnte Gelegenheit, allein mit Karól zu sprechen. Sie bat ihn um Verschwiegenheit wegen der Fragen, die sie an ihn hatte. Er war erstaunt, ja, sogar ein wenig gerührt, als sie ihm erklärte, wie wichtig sein Wissen für sie sei. Wie musste sie vorgehen, wenn sie ein Geschäft übernehmen und vergrößern wollte? Sollte sie private Gelder einbringen oder ausschließlich auf Hypotheken setzen? Karól beantwortete alle ihre Fragen mit einer kraftlosen Stimme.

»Euch hat also diese unsinnige Kinderfrage entzweit«, sagte er zum Schluss. »Es ist immer dieser Hunger nach Geld, der alles zerstört. Und es sind die Väter, die uns in die eine oder andere Richtung treiben.«

»Was meinst du damit?«

»Keiner von uns fand je das gut, was der alte Mazary bei unserer Hochzeit forderte, oder?«

»Allerdings«, pflichtete ihm Madelaine bei. »Dabei fällt mir auf, wie schön Teréza jetzt aussieht. Sie scheint sich in Marienbad gut erholt zu haben.«
»Das hat sie wohl. Sie holt ein wenig ihr Leben nach, das kann ich verstehen. Vielleicht weigert sich ihr Körper deswegen, schwanger zu werden. Man könnte es verstehen, oder?« Er räusperte sich und streifte Madelaine mit einem Blick, der ihr Unbehagen bereitete. Da sie nicht darauf reagierte, fragte er hastig: »Und du? Bist du mit deinem Geschäftserfolg zufrieden?«
Sie versuchte zu lachen, doch es klang etwas künstlich. »Nun ja, das sollte ich wohl, oder nicht? Ich komme einfach nicht von der Schokolade los. Ich fürchte, ich bin süchtig nach ihr.«
Karól starrte auf die zu Zöpfen geflochtene Mähne seines Pferdes, die auf und ab hüpften. »Was ist schon Sucht anderes als der Weg, den jemand freiwillig beschreitet, um aus seinem Lebenslabyrinth auszubrechen?«
»So siehst du das?« Madelaine war entsetzt. »Du meinst, ich esse Schokolade, weil mir nichts anderes einfällt? Wie kannst du nur so etwas denken! Das ist doch absurd.«
»Wir sprachen über Sucht, nicht über Schokolade. Deine Sucht, wie du es meinst, ist ja völlig harmlos, es sei denn, du bist süchtig nach dem Erfolg, den du mit ihr hast. Das jedenfalls behaupten viele.«
»Man unterstellt mir Geltungssucht, sag es doch gleich, Karól«, erwiderte Madelaine ärgerlich. »Ich bin überzeugt, das tut man nur, weil ich eine Frau bin. Meine beiden Lehrmeister jedenfalls wurden für das, was sie konnten, bewundert, nicht verleumdet.«
»So ist es eben, Madelaine. Das ist dir doch nicht neu, oder?«

Sie nickte nur und hatte keine große Lust mehr auf ein Gespräch. Karól spürte ihre Verärgerung und beeilte sich, den unglücklichen Verlauf des Gespräches wiedergutzumachen.
»Ich gönne dir alles Glück auf Erden, glaube mir, Madelaine. Jetzt, da du schon unsere Sprache gelernt hast, wirst du es noch leichter haben. Wo willst du denn dein eigenes Geschäft gründen? In Szeged oder in Budapest?«
Madelaine beschloss, nicht die ganze Wahrheit zu sagen. »Ich weiß es noch nicht, Karól. Es ist erst einmal nur ein Gedankenspiel.«
»So wie dein Konto in Hamburg?«
»Genau, ich fürchte, ich bin ein wenig sentimental, und ich ... ich träume wohl gerne.«
»Ja, da haben wir etwas gemein.« Er schenkte ihr ein trauriges Lächeln.
»Wir sollten zu den anderen aufschließen, damit sie nicht noch andere Gemeinsamkeiten zwischen uns beiden vermuten«, gab Madelaine zurück.
»Das glaube ich kaum«, entfuhr es ihm, und er wurde eine Spur blasser. »Na, dann los!«
Sie sah ihm einen Moment nach, hielt den Atem an, weil es so weh tat, verlassen zu werden. War denn alles falsch, was sie tat? Alles falsch, was sie sagte, fühlte, dachte?
Es war ein furchtbarer, wenn auch nur winziger Augenblick, in dem sie sich vollkommen einsam fühlte. Da spürte sie, wie Kolja in Trab fiel und ihr deutlich machte, dass er den anderen so schnell wie möglich folgen wollte. Es schien, als warte er ungeduldig auf ihre Zustimmung. Widerstrebend gab sie nach. Da sah sie, wie ein gutes Stück weit vor ihnen gerade András' und Terézas Pferde zu einem Sprung über einen Weidenzaun ansetzten.

»Nicht springen, Karól!«, schrie Madelaine angstvoll.
Und als hätte Kolja, ihr ruhiger Kaltblüter, plötzlich Frühlingsgefühle bekommen, galoppierte er seinen drei Stallgenossen unverdrossen hinterher. Madelaine presste ihre Schenkel gegen seinen kräftigen Leib und biss die Zähne aufeinander. Am liebsten hätte sie geschrien, aber sie fürchtete, Kolja dadurch nervös zu machen.
Karól warf ihr einen Blick über die Schulter zu, während sein Pferd über die Wiese, direkt auf den Weidenzaun zustürmte.
»Vertrau ihm! Du musst ihm nur vertrauen!«
Kolja schien sich bestätigt zu fühlen. Selbstbewusst galoppierte er auf das Ziel zu. Madelaine kam sich vor wie in einer schwankenden Nussschale auf hoher See, gab alle Hoffnung auf und verschmolz zugleich mit Koljas Bewegungen. Ihre Schenkel glühten, ihr Haar flog ihr um den Kopf, als Kolja zum Sprung ansetzte.
Es kam ihr leicht vor, und als seine Hufe wieder den Boden berührten und sie noch immer im Sattel saß, applaudierten ihr András, Teréza und Karól. Madelaine lächelte ihnen zu. Sie wusste, wem sie ihren Mut zu verdanken hatte. Schwungvoll glitt sie aus dem Sattel und schlang ihre Arme um Koljas Hals. Kolja schnaubte leise und rieb seinen Kopf an ihr.
»Danke, mein Lieber. Du hast mir wirklich geholfen«, flüsterte sie ihm zärtlich ins Ohr. »Du hast mir mein Selbstvertrauen wiedergegeben.«

Am Abend spielte Teréza am Klavier die Walzermelodie, die Madelaine von dem Wiener Geiger auf der Straße gehört hatte. Sie konnte nichts dagegen tun, die Musik riss sofort die Wunde in ihr auf, von der sie geglaubt hatte, sie sei verheilt. Die verdrängte Sehnsucht nach Bernhard Ulrich von Terenzin brach erneut hervor. Er war ihr in Gedanken wieder nah und erinnerte sie an ihre verborgenen Träume.

»Wie heißt das Stück?«

»Wie soll es schon heißen, Madelaine«, erwiderte Teréza.

»Du als kreative Chocolatiere hast keinen Vorschlag?«

»Nein.«

»Dann will ich es dir sagen. Es ist eine hübsche kleine Melodie. Stell dir vor, ein Komponist würde sie aufgreifen und ein wenig verändern. Ich bin sicher, er würde mit ihr berühmt werden so wie du mit deinen Pralinen. Ich könnte mir vorstellen, er nennt den Walzer ›Bittersüße Liebe‹. Das ist es doch, oder? Liebesfreud und Liebesqual.«

»Liebeslust und Liebesleid – ein treffender Titel«, gab Madelaine zu.

Da fiel es ihr wieder ein. Damals in Wien hatte sie eine Idee gehabt, sie notiert und trotzdem wieder vergessen. Wie hatte sie nur so nachlässig sein können. Es war die Musik, die sie daran erinnerte. Die Musik ... Sie spürte den festen Griff von Terenzins Hand, mit der er sie zu dem verschneiten Berggipfel hinaufgezogen hatte. Ihr Körper pulsierte, brannte, schmerzte wie von Salz zerfressen.

»Entschuldige mich bitte, Teréza«, murmelte sie und flüchtete in die Küche.

Es war schon spät am Abend. Die Köchin und Katalin waren gerade mit dem Polieren der Töpfe und Pfannen fertig geworden und hängten sie nun an ihren Gestellen auf. Madelaine holte ein großes Stück Kuvertüre und setzte das Bain-Marie auf.

»Sollen wir helfen?«

Madelaine schüttelte den Kopf. »Danke, nein, Katalin. Geht nur. Lasst mich allein.«
Fragend sah sie Katalin an. »Gab es Streit mit Teréza?«
»Sie ist so merkwürdig«, sagte Madelaine. Katalin nickte verständig.
»Ihr Mann spielt.«
»Was weißt du darüber?«, fragte Madelaine erschrocken.
»Imre hat es mir gesagt.« Dann fuhr sie mit ihren Händen übers Gesicht und sah Madelaine besorgt an.
Madelaine packte sie am Arm. »Katalin, was weißt du noch?«
Katalin errötete.
»Ich darf nichts sagen.«
»Bitte! Katalin! Ich muss es wissen!« Sie schüttelte sie an den Schultern.
Katalin schwieg beklommen.
Madelaine wurde ungeduldig. »Nun sag schon! Sonst darfst du nie wieder als Erste meine Pralinen probieren!« Es sollte lustig klingen, doch Katalin sank zu Boden und begann zu weinen.
»Was hast du, Katalin? Was ist los?«
»Das Kind! Sie hat auch ein Kind verloren.« Katalin schluchzte hemmungslos. Madelaine wischte ihr mit einem Küchentuch über Nase und Mund. Warum hatte ihr niemand etwas gesagt? Und was bedeutete das?
Wie aus weiter Ferne schob sich eine Kutsche vor ihr inneres Auge. Sie hielt vor einem schmalen Haus mit je zwei Fenstern in jedem Stockwerk, rumpelte um eine Kurve.
Café Bausch.
Ein Engelchen, das durch einen Schornstein flog.
Teréza, die am Vorabend angeblich bei dem Gynäkologen gewesen war, der auch sie untersucht hatte.

Teréza, die am Morgen darauf allein war, weil Karól eine Verabredung mit Bernhard hatte.
Das Fläschchen Laudanum auf ihrem Tisch.
Terézas Schwäche.
Wie bei einem Puzzlespiel formte sich in ihr ein Bild. War Teréza nach einer Abtreibung unfruchtbar geworden? Aber das konnte doch nicht sein! Sie musste doch schwanger werden, warum sollte sie es verhindern? Es war absurd. Wahrscheinlich bildete sie sich alles nur ein.
Sie half Katalin auf und schloss sie tröstend in ihre Arme.
»Ich liebe ihn«, schluchzte diese. »Schon immer geliebt. Hat liebes Herz, der Imre.«
»Er liebt nur András, Katalin, das weißt du.«
Katalin begann nun laut zu heulen.
»Komm, Katalin, hilf mir. Ich möchte etwas Neues machen. Weine nicht um ihn. Er wird nie so sein, wie du es dir vorstellst.«
Sie streichelte der armen Katalin wieder und wieder über den Rücken, bis diese sich endlich beruhigt hatte.
»Hast du nicht neulich von diesem mazedonischen Händler in Szeged Meersalzkristalle gekauft?«
Katalin schluckte, wischte sich übers Gesicht. »Ja. Sie kommen aus Frankreich.«
»Aus einer Saline in Frankreich? Dann müssen sie gut sein. Also: Wir kreieren zwei neue Pralinensorten. Ich verkaufe sie erst, wenn du sie für gut befindest! Hier, trink ein Pflaumenschnäpschen, Katalin. Es wird deine Lebensgeister wecken. Ich brauche sie nämlich.«
Sie arbeiteten bis weit nach Mitternacht.
Schließlich waren sie so erschöpft, dass sie sich kaum noch auf den Beinen halten konnten. Doch da ruhten zweihundert Pralinen, umhüllt von einer nachtschwarzen

Schokoladenhaube, auf den Abtropfgittern. Die einen waren mit einer Champagnercreme und die anderen mit einer Vanille-Karamell-Mischung gefüllt.
Doch nur die letzte Sorte barg ein außergewöhnliches Geheimnis: einen winzigen Salzkristall.
Madelaine hatte es geschafft, Musik in Süße, Liebeslust und Liebesleid in einen Gaumengenuss zu verwandeln.
Doch obwohl sie übermüdet war, setzte sie sich an ihren Sekretär, notierte ihre neuen Rezepturen und entwarf noch einmal einen Werbebrief für wenige auserwählte Privatkunden, Confiserien und das ungarische Handelsministerium in Budapest. Eigentlich hätte sie nun erschöpft ins Bett fallen müssen, doch irgendetwas zog sie noch einmal in die Küche zurück.
Ihre Nerven waren schon ein wenig überreizt. Und als sie die Hand auf den Griff der Küchentür legte, hätte sie sich vorstellen können, dass all jene, denen sie gerade ihre neuesten Kreationen schriftlich angeboten hatte, diese in der Zwischenzeit heimlich aufgegessen hatten. Verzagt öffnete Madelaine die Tür, spähte durch den Spalt. Ja, sie waren noch alle da, vollzählig wie die Kinder einer disziplinierten Schulklasse.
Erleichtert trat sie ein. Noch immer war die ganze Küche mit Schokoladenduft erfüllt. Madelaine ging zu den Abtropfgittern. Mit einer kleinen Silberzange pflückte sie eine Praline *Liebeslust* und eine Praline *Liebesleid* aus den Reihen und legte sie behutsam auf ihre linke Handfläche. Ganz so, als seien sie Marienkäfer, die das Glück, oder als seien sie Märchenfrösche im Pralinengewand, die die Liebe versprachen.
Madelaine betrachtete sie zufrieden und von schwindeligem Stolz erfüllt. Niemand würde je erfahren, dass die

feste, dunkel glänzende Kuvertüre mehr als nur Aromen und Pariser Creme barg, sondern auch ihr ganz persönliches Geheimnis. Madelaine lächelte ihnen zu, als seien es tatsächlich schokoladige Geschöpfe, die ihr in ihrem stillen Reiz versprachen zu schweigen.

Sie küsste die eine, dann die andere Praline. Erst berührten ihre Lippen sie kurz, dann länger, bis die Kuvertüre schmolz und ihrer Zungenspitze Einlass zu ihrem Innersten gewährte. Madelaine labte sich abwechselnd an ihren Aromen, champagnerselig, liebestrunken, verzehrt von bitterer Sehnsucht.

Es schmeckte wie das Leben, wie die Liebe. Aber auch wie der Trost.

Le baiser de la chocolatiere. Der Kuss des Schokoladenmädchens. Dies war ihre Stunde.

Am nächsten Morgen bat sie András beim Frühstück, ihren Brief in Form und Stil perfekt ins Ungarische zu übersetzen. Schließlich wolle sie mit ihrem selbstkreierten Markennamen »Madelaines« für ihre neuen Schokoladenkreationen werben.

»Du hast längst Urs übertrumpft«, brummte er misslaunig.

»Und meinen Lehrmeister Kloss!«, fügte sie hinzu.

Er verzog sein Gesicht. »Dann bin ich der Nächste, der hinter dir zurückfällt?«

»András, ich möchte nicht streiten.«

»Ich weiß. Zählst du schon die Tage bis zur Ankunft deines Vaters?«

»Zählst du schon die Verluste, die Karól dir beschert?«

Wütend starrten sie einander an.

»Er spielt doch, oder?«

András schwieg.

»Du hast ihn nicht davon abhalten können«, fügte Madelaine hinzu.

Er sagte noch immer nichts.

»Und dein Vater könnte uns alle in die Theiß werfen, weil wir so nichtsnutzig sind – außer dir natürlich.«

Sie wusste, dass András nichts so sehr reizte, wie wenn sie sarkastisch wurde.

»Während du seit Monaten deiner süßlichen Spielerei nachgehst, habe ich armen Familien geholfen und ihnen Geld für Kleider, Essen, Medizin und ärztliche Behandlung oder Sterbegeld gegeben. Ich habe mitgeholfen, dass ein besserer Hochofen gebaut wird, habe dafür gesorgt, dass Sicherheitskräfte eingestellt werden. Die Rinderpest hat uns große Verluste beschert, so musste ich auf Schafzucht umstellen. Wie du siehst, halte ich den Betrieb auf dem Gut aufrecht, verkaufe Wolle, Fleisch und Gänse in großen Mengen, verhandele mit den Banken, bin mit der Leitung der Eisenerzgrube beschäftigt. Ich weiß nicht, was du sonst noch von mir verlangst. Es ist nicht meine Schuld, wenn wir kein Kind bekommen, Madelaine. Ich weiß nur, dass wir schon seit langem nicht mehr glücklich miteinander sind.« Er machte eine Pause. »Was wirst du tun, wenn dein Vater in Hamburg ist? Willst du mich allein lassen? Ist jetzt die Stunde gekommen?«

»Andersherum gefragt: Willst du mich allein lassen? Bernhard …«

András zog die Augenbrauen hoch. »Bernhard? Was hat er gesagt?«

»Willst du es wirklich wissen?«

»Ja.« Er stand auf.

»Nein, András. Es ist unwichtig.«
Er packte sie an den Schultern. »Ich will es wissen, Madelaine!«
»Ich will mit dir leben! Ich will, dass du bei mir bleibst!«
Sie schrie.
»Liebt er dich?«
»Du musst mich lieben, András! Du! Und du tust es nicht, wenn dir noch immer dein Vater und dieses ganze Gerede um Erbe und Vermögen so wichtig sind. Du musst dich entscheiden.«
»Ist das dein letztes Wort?«
»Ja, zähle du die Wochen.«
András sah ihr ernst in die Augen.
»Bernhard ist, wie du weißt, Diplomat. Er wird in diesem Jahr vierunddreißig Jahre alt, viel zu alt, um länger unverheiratet zu sein. Er wird sich über kurz oder lang verheiraten müssen, um im diplomatischen Dienst weiter aufsteigen zu können.«
»Das wird er nie!«, brach es aus ihr heraus.
»Warum? Was willst du mir damit sagen?«
»Weil er ... weil er nie wieder die Frau finden wird, die er noch immer liebt.«
»Das hat er dir gesagt?« András wurde bleich. »Ich ... ich fasse es nicht. Der beste Freund meines Schwagers liebt meine Frau. Das ist doch verrückt!«
»Du irrst dich. Er liebt nicht mich.«
»Ach, Madelaine. Du verstehst uns Männer wirklich nicht. Wenn er dir gestanden hat, dass ihm eine andere Frau irgendwann einmal angeblich sein Herz gebrochen hat, so lügt er. Er tarnt sich mit seinem Schmerz, um mal hier, mal dort die bittere Süße anderer Lieben auszukosten. Er will bemitleidet werden. Das ist alles.«

Das stimmt nicht, dachte sie beklommen, ich weiß, dass uns etwas anderes verbindet, doch sie sagte nichts.

Wenige Tage später wurde Madelaine Zeuge eines lautstarken Streits zwischen András und seinem Vater. Anders als früher gab sie ihre Zurückhaltung auf, huschte über die Flure und lauschte.
»Ich möchte, dass du mir Verfügungsgewalt über alle – verstehst du? – alle Konten gewährst!«
»Es muss dir reichen, wenn ich dir sage, dass uns Geld fehlt, weil Karól die für letzten Dezember vorgesehene zweite Hälfte der vereinbarten Investitionssumme nicht gezahlt hat. Uns fehlt Geld, um das Hüttenwerk auf dem neuesten Stand zu halten.«
»Das weiß ich, ich sehe doch die Mängel. Außerdem hat mich Karól mehrmals um Aufschub gebeten, angeblich, weil sein Vater dringende Verbindlichkeiten hätte. Teréza mit Karól zu verheiraten, war keine gute Idee, Vater. Wenn wenigstens die Qualität unseres Erzes Gewinn abwerfen würde. Aber noch nicht einmal das ist der Fall.«
»Das ist nicht wahr! Es ist gut genug!«
»Nein, das ist es nicht. Verschließe nicht die Augen vor der Wirklichkeit, Vater. Die Erde, der wir das Erz entreißen, verschlingt im Gegenzug dazu unser Geld. Sieh das doch ein.«
»Das ist nicht wahr. Wir müssen nur besser investieren.«
»Wenn du darauf beharrst, solltest du einen Teil unseres Besitzes verkaufen, damit ich tun kann, was nötig ist, statt auf andere zu vertrauen!« András regte sich auf. »Du siehst doch, wie sehr mich das alles belastet, meine Ehe steht auf dem Spiel – nur weil du mich noch immer zwingst, die Fahnen hochzuhalten! Und dann willst du noch nicht

einmal, dass ich über alle Konten frei verfügen kann. Warum?«

»Weil du mich enttäuschst, darum! Sei endlich ein Mann, András!«, schrie nun der Alte. »Du nimmst die Wirklichkeit nicht wahr, als hättest du diesen süßlichen Brei deiner Frau auf den Augen! Siehst du nicht, wie sie mit Glanz und Flitter ganze Heerscharen von Männern verrückt macht? Mit dieser Schokolade? Glaubst du, ich höre nicht ihre Witze?«

»Sie reiben sich nur schadenfroh die Hände, dass ausgerechnet du eine so selbstbewusste und erfolgreiche Schwiegertochter hast! Mutter ging an deiner Lieblosigkeit zugrunde, Teréza hast du im Kloster versteckt. Nur Madelaine hat dich übertrumpft.«

»Was für ein Unsinn. Ich werde dir eines sagen, András, solange ich lebe, werde ich den Plan, den ich einmal mit Merkenheim ausgebrütet habe, nie aufgeben. Ich habe erst neulich Abend mit meinen Freunden darüber gesprochen. Schließlich sind wir dem verpflichtet, was unsere Vorfahren für uns geleistet haben.«

Einen Moment lang war es still.

»Wie meinst du das?«

»Du wirst es sehen.«

»Du bist doch nur besessen davon, zu siegen – und Madelaine zu demütigen.«

»Du bist es, der mich mit einer Frau demütigt, einer Frau, die noch nicht einmal in der Lage ist, ein Kind in die Welt zu setzen! Es hätte ja wenigstens ihre Schönheit erben können. Bist du es etwa nicht wert, Vater zu werden?«

»Du vergisst dich!«

»O nein, keineswegs.« Ein Stuhl fiel um. »Ich will, dass ihr mir gehorcht! Ihr alle! Noch bin ich das Oberhaupt der

Mazarys! Ich erlaube weder dir noch irgendjemand anderem, mir in die Quere zu kommen. Hast du das endlich verstanden? András, antworte mir!«

»Ich verbitte mir einen solchen Ton. Du hast es mir nur etwas leichter gemacht, dir etwas zu sagen, womit ich noch warten wollte. Madelaine wird in ihre Heimat zurückgehen. Jetzt weiß ich, was ich tun muss.«

»Nein! Du bleibst. Was sie tut, ist mir nur recht. Es ist mir gleichgültig. Lass sie gehen und ihren Zucker über die Straßenpflaster verstreuen – aber du bleibst!«

»Du kannst mich nicht halten!«

Madelaine zitterte hinter der Tür, sie hielt es kaum noch aus. Ihr Ohr war heiß, und die Angst schnürte ihr fast den Hals zu. Da hörte sie Papier rascheln.

»Da, lies!« Die Stimme des alten Grafen. »Er hat nicht nur seine Gewinne aus unserem Erzgeschäft verspielt, sondern auch Terézas Mitgift. Und Anfang Februar soll er mit seinem Vater riesige Summen in San Remo verjubelt haben. Kein Wunder, dass sie ihr Versprechen uns gegenüber nicht einhalten können. Ich ... ich weiß nicht, was ich dazu sagen soll, András. Ich brauche deine Hilfe.«

»Ich glaube es nicht. Du hast einen Detektiv auf Karól angesetzt? Ihn heimlich überwachen lassen?«

»Was sollte ich tun? Ich wusste doch, dass du viel zu wenig Zeit mit ihm verbringen konntest. Ich hatte mir erhofft, du könntest Vertrauen zu ihm aufbauen, ihn moralisch an uns binden.«

»In der ersten Zeit gelang es mir ja auch.«

»Das weiß ich, und ich bin dir für deine Anstrengungen auch dankbar.«

»Aber nachdem er mit Teréza nach Budapest zog und diese Stelle bei der Bank angenommen hatte, änderte sich alles, wie du weißt. Wir sahen uns nicht mehr oft. Und wenn, dann war er freundlich wie immer. Ich konnte nichts Auffälliges an ihm entdecken.«

»Da, sieh, er hat anscheinend erst Anfang Dezember angefangen zu spielen. Ich frage mich, warum. Ist irgendetwas vorgefallen?«

»Ich weiß es nicht … obwohl …«

»Was?«

»Ich denke, vielleicht hat es etwas mit Teréza zu tun.«

»Er spielt, weil sie ein stumpfes Huhn ist! Ja, das ist sie.«

»Nein, Vater, ich glaube, du irrst dich.«

»So? Nein, das glaube ich nicht. Sie ist eines der langweiligsten Geschöpfe auf der Erde. Und dann sagte sie mir neulich, sie habe eine Fehlgeburt erlitten und bräuchte Schonung.«

»Das hat sie dir gesagt? Davon weiß ich nichts.«

»Ist mir jetzt auch schon beinahe gleichgültig. Um ehrlich zu sein, wäre mir ein Nachfolger von deiner Seite auch lieber gewesen. Aber wie dem auch sei: Wir haben ein großes Problem. Also lass mich alten Mann jetzt nicht allein. Ich … ich muss dir nämlich noch etwas sagen.«

»Ja?«

»Ich habe, ohne mit dir zu sprechen, eine Hypothek bei einer Privatbank in Pest aufgenommen, um die laufenden Kosten zu decken, doch sie reicht nicht. Wir brauchen mehr Geld, aber die Bank verweigert es mir.«

»Wieso? Und warum hast du nicht mit mir gesprochen?«

»Du warst so lange fort, den ganzen Dezember warst du fort … Ich musste doch handeln!«

»Und sie geben uns jetzt kein neues Geld? Warum?«

Es entstand eine längere Pause.

»Der schlechte Ruf der von Bénisz ruiniert uns, András. Wir müssen etwas tun.«

Als Madelaine wenig später hörte, wie András sich wusch, ging sie zu ihm. »Was wirst du jetzt tun?«
»Ich werde mir Karól vornehmen. Du hast den Streit gehört? Laut genug waren wir ja.«
»Allerdings. András, frag ihn bitte, ob er mit Teréza glücklich ist, ja?«
»Du glaubst immer noch, dass sie allein mit einem anderen Mann ausgegangen ist? Dabei müsstest doch gerade du Verständnis für sie haben, oder?« Er starrte Madelaine wütend an. »Und ich dachte, einer Frau sei schon ein einziger Mann zu viel!«

»Wir haben Kosten über Kosten! Seit dem Anschlag auf den Hochofen im letzten Jahr müssen wir höhere Versicherungsprämien zahlen. Die Arbeiter brauchen eine bessere Unfallversicherung, und die Zufahrtsstraßen müssen dringend ausgebessert werden. Sobald es geht, muss auch unser Fuhrpark modernisiert werden, sonst kommt es noch zu Unfällen. Bei alldem sind unsere Gewinne rückläufig geworden. Wer will schon langfristig mit einem Unternehmen Geschäfte machen, das in dem Ruf steht, Anschlägen ausgesetzt zu sein? Jeder wird sich doch fragen: Hat er Feinde? Hassen ihn seine Arbeiter? Der gute Ruf unseres Namens ist beschädigt. Und jetzt bist du es, der das, was wir aufgebaut haben, rücksichtslos zerstört. Wir brauchen dringend Geld, Karól. Oder willst du eines Tages den Arbeitern in die Augen sehen und ihnen sagen: Geht in den Wald?«
»Nie im Leben!«

»Na also. Wenn wir es schaffen, die laufenden Kosten für das nächste halbe Jahr zu sichern und jetzt fällige Kredite zu tilgen, werden wir im nächsten Jahr wieder ordentliche Gewinne erwirtschaften, und die Banken werden uns wieder vertrauen. Du musst nur etwas dafür tun, Karól. Du hast keine Geschwister, du kannst doch frei entscheiden!«
»Ich hab nur mein Gehalt. Das weißt du doch.«
»Das versteh ich nicht. Ihr habt doch Vermögen, bitte deinen Vater um Hilfe.«
»Ich weiß nicht ...«
»Sprich mit ihm, verkauft eure Ländereien, das Gut.«
»Das wird nicht so leicht gehen, auf allem liegen Hypotheken.«
»Was?!«
»Wir sind überschuldet, verzeih.«
»O Gott, Karól! Dein Vater hat alles verspielt?«
Schweigen.
»Und du? Warum hast du auch damit angefangen?«
»Es ist eben so.«
»Denkst du denn gar nicht an Teréza?«
»Sie liebt mich nicht, und ich verstehe sie nicht. Hörst du: Ich kann mit ihr nichts anfangen!«
»Du bist doch gesund, oder?«
Karól schwieg.
»Was ist los?«
»Ich ... also gut, ich finde keinen großen Gefallen an diesem Bettgetümmel. Weder mit ihr noch mit einer anderen. Ich komme ganz gut ohne das alles aus. Ich bin nicht so wie mein Vater, der mir seit Jahren mit allen Details in den Ohren liegt. Ich finde es öde, ja manchmal ekele ich mich davor. Ich bin nicht so wie du. Du kannst deine Madelaine glücklich machen, mir ist das nicht gegeben.«

»Sie wird mich verlassen, wenn du mir jetzt nicht hilfst, verdammt noch mal!«, schrie András verzweifelt. »Wir müssen unsere Angelegenheiten regeln, gleich morgen! Madelaine wird gehen. Ich kann aber nicht ohne sie leben. Und du, Karól, musst hier die Geschäfte weiterführen können, wenn ich Madelaine eines Tages folgen werde.«
»Das meinst du nicht ernst, András, oder?«
»Doch, sogar sehr ernst.«
»Ich … ich habe neulich mit ihr gesprochen. Sie ist schön und sinnlich, ja, das musst du dir jetzt anhören, András. Verzeih mir, wenn ich dir sage, ich bin froh, nicht mit ihr verheiratet zu sein. Teréza ist schon schwierig genug, sie ist kühl, launisch und lässt mich meine eigenen Wege gehen. Madelaine aber fordert Nähe ein, das ist anstrengend, nicht? Sie ist nett und harmlos, aber sie will, dass man sie versteht, und das könnte ich auf Dauer nicht. Ich weiß nicht, wie du darüber denkst, aber ich an deiner Stelle hätte Angst, dass sie immer ihren Willen durchsetzt …«
Eine Faust schlug dröhnend auf den Tisch. »Was weißt du schon von Liebe?«, schrie András entnervt. »Hier ein Wille, dort ein Wille. Als ob es darum geht! Es geht um Aufgaben, um Ziele, darum, ob man bereit ist, sie gemeinsam …«
»Du belügst dich doch selbst!«, rief nun Karól sichtlich erregt. »Früher hast du ganz anders über Liebe gesprochen. Merkst du denn nicht, dass du sie längst unter all unseren Erzen begraben hast? Wäre ich Madelaine, hätte ich dich bereits verlassen, sie ist so anders als du, finde ich. Das hat, ganz im Vertrauen, auch Bernhard gesagt.«
»Was? Du hast dich mit diesem preußischen Junker über meine Ehe unterhalten?« András' Stimme überschlug sich beinahe.

»Es ergab sich so, schließlich sind wir alte Freunde. Sprich ihn bitte nie darauf an. Er ist sehr empfindlich, auch wenn du es nicht glaubst, weil er immer so wirkt, als sei er in Frack und Zylinder eingeschweißt.«

Madelaine glaubte, ihr Herz würde aufhören zu schlagen. Vor ihrem inneren Auge sah sie, wie András sich mit seinem ganzen Gewicht in einen der Ledersessel fallen ließ. Es knarzte laut, dann wurde es still. Erst nach einer ganzen Weile vernahm sie wieder seine Stimme, sie klang schwach und rauh.

»Karól, sag mir die Wahrheit. Was weißt du? Hat er dir gesagt, dass er sie liebt? Ist da irgendetwas in Wien geschehen?«

»Nein, es ist nichts geschehen, das ist die Wahrheit.«

»Du hast meine erste Frage nicht beantwortet!«

»Willst du es wirklich wissen?«

»Hältst du mich für einen Schwächling, der nichts erträgt?«

»Nein, also gut. Als Bernhard zweiundzwanzig Jahre alt war, verliebte er sich in ein Mädchen, das große Ähnlichkeit mit Madelaine hatte. Genauso schön, genauso sinnlich und auf eine unschuldige Art und Weise souverän. Er empfand sehr tief für sie und hat sie nie vergessen können. Auch wenn sie ihm das Herz brach. Ich habe sein Leiden miterlebt, András. Du kannst es dir nicht vorstellen, wie es ist, wenn wir wirklich trauern, wir Männer. Ich möchte nicht mehr an diese Zeit erinnert werden. Und du solltest ihn in Ruhe lassen.«

»Du hast meine Frage noch immer nicht beantwortet.«

»Reicht es dir nicht? Er hat sich seitdem verschlossen. Ich weiß nicht, was in ihm vorgeht. Ich weiß nur, dass er sich vor weiteren Verletzungen schützen wird, und das geht am

besten, wenn er die Form wahrt. Karriere im Staatsdienst statt Liebe. Bist du nun zufrieden?«
»Überhaupt nicht!«
»Lass es gut sein, András. Nur ein Wort noch. Hör zu. Du bist ein guter Mann. Dein Vater sollte dir endlich alles überschreiben. Ich verzichte, ich habe keine Lust mehr. Nimm du die Fäden in die Hand. Du hast Ausdauer, ich nicht. Du wirst es schaffen. Gute Nacht.«
»Morgen früh reden wir weiter! Vater wird dich auch sprechen wollen.«
»Ja, morgen. Morgen wird alles anders. Geh schlafen, András.«

Sie suchten lange nach ihm. Den ganzen Vormittag hatten alle geglaubt, Karól sei ausgeritten, um in Ruhe darüber nachzudenken, wie er die anstehenden Probleme am besten lösen könnte.
Kurz vor der Mittagszeit entdeckte ihn ein Schweinehirt in der Nähe einer fernab gelegenen Weide. Er hing am Ast einer alten Ulme.

24

In den wenigen Tagen bis zu Karóls Beerdigung änderten sich schlagartig die Beziehungen innerhalb der Familie: Teréza gab András und Madelaine die Mitschuld an Karóls Freitod. Sie warf ihnen vor, habgierig zu sein, Karól wegen des Geldes zu sehr unter Druck gesetzt zu haben. Außerdem hätte Madelaine mit ihrem Erfolg als Chocolatiere und Mitglied der Familie seinen Mannesstolz verletzt und ihn dadurch noch weiter belastet. Karól sei immer ein Mann gewesen, der Gleichmaß und Ruhe geliebt hätte. In letzter Zeit aber sei er zu einem nicht unerheblichen Teil durch die Folgen von Madelaines übertriebener Erfolgssucht aus dem inneren Gleichgewicht geraten. Diese vielen pikanten Anspielungen, die er sich ständig habe anhören müssen, seien ihm mehr als peinlich gewesen.

Madelaine wusste, dass sie log. Doch was sollte sie tun? Ihr war klar, dass es Teréza mit dieser Interpretation der Lage längst gelungen war, endlich die Mauer zu ihrem Vater zu durchbrechen. Sie waren sich nur allzu rasch einig gewesen, dass vieles leichter gewesen wäre, hätte András nicht sie, sondern eine Frau geheiratet, die ruhig, anpassungsfähig und auch vermögend genug gewesen wäre, um den alten Besitz auf gelassene Art und Weise modernisieren zu können. In dieser Situation gelang es Teréza, ihren Vater zu überreden, ihr einen Teil des Mazary'schen Vermögens auszuzahlen, damit sie frei und standesgemäß ein neues Leben würde beginnen können.

Imre Graf Mazary sah sich nun gezwungen, eine größere Fläche Land an einen Nachbarn zu verkaufen, dessen Vorfahren mit Salzabbau reich geworden waren. Er wusste, dass dieser schon seit langem seinen Hopfenanbau vergrößern wollte. Außerdem liebte er Bienen und wäre sicher begeistert, sie in viel größerem Maß züchten zu können. Schließlich war Honig ein guter Exportartikel.
Der alte Graf versprach Teréza, bald nach Karóls Beerdigung mit ihm über den Verkauf zu verhandeln. Er versuchte aber, ihr klarzumachen, dass der Kaufpreis vielleicht niedriger ausfallen könnte, als es ihr lieb war. Zu seinem Erstaunen gab ihm Teréza zu verstehen, dass es ihr auf hundert Golddukaten mehr oder weniger nicht ankäme.
»Ich habe im Kloster gelernt, bescheiden zu leben, Vater«, erklärte sie ihm daraufhin. »Egal, welche Summe du dafür bekommst, es wird reichen. Ich möchte nur die Sicherheit haben, nicht verhungern zu müssen.«
»Eine sehr vernünftige Einstellung«, pflichtete ihr der Alte bei. »Sie gefällt mir. Aber gut, du wirst ja sowieso Karóls Gewinnanteile aus unseren Geschäften übernehmen, wenn alles gutgeht. Dann könntest du weiterhin ein standesgemäßes Leben führen und irgendwann wieder heiraten. Du hast ihn nie geliebt, nicht?«
»Ich habe ihn dir zuliebe geheiratet, das weißt du doch, Vater.«
Der alte Graf war gerührt.

Während Teréza Karóls Beerdigung vorbereitete, Trauerkarten und Einladungen verschickte, war András völlig verzweifelt. Er litt unter den Anklagen von Schwester und Vater. Außerdem machte er sich Vorwürfe, am Vorabend seines Todes zu heftig mit Karól gesprochen zu haben.

Und ihm graute vor Madelaines Abschied. Er konnte kaum noch schlafen.

Für Madelaine war die Situation ebenfalls nicht mehr zu ertragen. Sie litt furchtbar mit András, doch sie fanden nicht mehr zu einem vernünftigen Gespräch zueinander. Beide trugen zu schwer an ihren Lasten. Wie schlimm es um sie beide wirklich stand, erkannte Madelaine daran, dass András den Geruch ihrer Schokolade nicht mehr ertragen konnte. Um ihm auch noch ihren eigenen Anblick zu ersparen, vergrub sie sich in ihrer Küche, beaufsichtigte ihre Helfer und arbeitete bis zum Umfallen.

Und sie versuchte, nicht daran zu denken, dass sie vielleicht Terenzin auf Karóls Beerdigung wiedersehen würde.

Karól sollte auf dem Friedhof seiner Vorfahren seine letzte Ruhestätte finden. Am Vortag seiner Beerdigung machten sich die Mazarys auf die Reise gen Nordwesten, zum Gut der Bénisz' in der Nähe von Pápa. Und wie Madelaine geahnt hatte, tags darauf traf tatsächlich Bernhard Ulrich von Terenzin ein. Er war wie immer freundlich, höflich und zugleich distanziert. Die Trauer aber, die er ausstrahlte, machte ihn zugleich weich und rätselhaft. Als Madelaine auffiel, wie Teréza ihn heimlich beobachtete, wurde ihr bewusst, dass sie nicht die Einzige war, die ihn gerne in ihre Arme genommen und getröstet hätte.

Sie fanden keine Gelegenheit, miteinander zu sprechen, die Umstände waren zu ungünstig. Aber sie verstanden einander durch Blicke.

Am späten Vormittag hatte sich die Trauergesellschaft auf dem kleinen Familienfriedhof im Halbkreis um Karóls

Grab zusammengefunden. Karóls Vater fehlte, niemand wusste genau, wo er sich aufhielt. Nur entfernte Verwandte und alte Freunde, die Madelaine noch von der Hochzeit her flüchtig kannte, waren anwesend.
In einer Hecke zwitscherte ein Zaunkönig, und in der Krone einer alten Weide sang eine Amsel. Warmer Wind wirbelte den trockenen Sand auf, der für Karóls Grab ausgehoben worden war. Der Priester hatte gesprochen, die Gebete waren verklungen. Einer nach dem anderen trat nun heran, um Karól die letzte Ehre zu erweisen. Dann ergriffen die Träger die Seile und senkten den Sarg vorsichtig in die Tiefe. Da traf Madelaine Terenzins Blick.
Du bist das Leben. Madelaine. Du.
Sie schlug die Augen nieder. Neben ihr bückte sich András und warf noch eine weitere weiße Lilie auf den Sarg. Madelaine sah ihr nach und blickte dann zur Seite.
Ja, sie las Terenzins Gedanken ein zweites Mal: Du bist das Leben. Vergiss mich nicht.
Er weinte lautlos. Niemand achtete auf ihn. Madelaine war erschüttert.

Man hatte beschlossen, nach der Trauerfeier noch etwas länger auf dem Landgut derer von Bénisz' zu bleiben, weil alle auf die Ankunft von Karóls Vater hofften, dem der Gutsverwalter eine Depesche an die letzte ihm bekannte Hoteladresse in San Remo geschickt hatte. Doch er kam nicht. András besprach mit dem Verwalter, wie man weiter vorgehen sollte. Nun, da er wusste, welche Hypotheken den Besitz belasteten, musste schnell gehandelt werden.
Man suchte nach einem Testament, schließlich musste András wissen, ob Vater und Sohn von Bénisz Teréza im Falle ihres Todes eine Verfügungsgewalt übertragen hat-

ten, die sie in die Lage versetzte, selbständig Entscheidungen zu fällen, die die finanzielle Situation klären konnten. Glücklicherweise hatte der alte Bénisz Vorsorge getroffen. Man fand eine am 31. 12. 1904 von einem Notar bekundete Erklärung, in der er seinen gesamten Besitz auf Karól überschrieben hatte. Somit war Teréza als seine Witwe Erbin von Haus und Hof, aber auch aller Schulden.
»Ich werde alles verkaufen«, entschied sie, ohne zu zögern. »Ich möchte frei sein.«
Niemand erwiderte etwas darauf. Es schien, als sei dies die einzige richtige Lösung.
Das Abendessen verlief ruhig. Ein jeder hing seinen Gedanken nach. Bernhard würde am nächsten Morgen wieder nach Wien zurückkehren. Madelaine fragte sich, ob und wann sie ihn je wiedersehen würde. Sie tauschten, wenn es niemand bemerkte, verstohlene Blicke, doch ihre Lippen waren wie versiegelt. Madelaine spürte das Beben seines Herzens, sie zitterte innerlich vor der Nähe seines Körpers, der ihr unsichtbar für alle anderen Signale zusandte, die sie mit winzigen Gesten zu erwidern verstand. Es war wenig und doch so viel.
Madelaine ging früh schlafen, während die Männer mit Teréza noch aufblieben. Erst als sie hörte, dass auch Teréza ihr Schlafzimmer aufsuchte, entspannte sie sich. Kurz darauf hörte sie András in ihr Zimmer treten. Sie tat, als schliefe sie. Daraufhin zog er sich leise ins Nebenzimmer zurück.
Irgendwo in diesem wie ausgestorben wirkenden Gutshaus saß der alte Graf mit Terenzin zusammen. Noch im Halbschlaf hörte Madelaine seine trunkene Stimme, dazwischen die feste ruhige Stimme von Bernhard. Mal prallten sie laut gegeneinander, mal leise im Wechsel hin

und her, schließlich versanken sie in murmelndes Geplätscher.
Je undeutlicher ihre Stimmen wurden, desto deutlicher sah Madelaine Terenzin vor Augen. Sie stellte sich sein Gesicht vor, wenn der alte Graf ihn über des Kaisers neue Kleider ausfragte und wissen wollte, ob es Wilhelm II. reichte, nur den Damen allein zu gefallen. Langsam versank Madelaine in Terenzins Aura. Sie sah sich nackt in einem durchsichtigen Chiffonkleid. Ein warmer Sommerwind bauschte es auf, hauchte seine trockene Hitze auf ihre Haut. Ihr Haar verfing sich in Bernhards Händen, und er drehte sie zu sich herum. Sein Mund machte sie süchtig, und erst als er ihre Schenkel kraftvoll auseinanderdrückte, stemmte sie sich auf ihre Ellbogen, ließ ihren Kopf nach hinten sinken, atmete durch den Mund. Er nahm sie, selbstbewusst und energisch. Sie wand sich unter ihm, beglückt, ihn locken zu können und gleichzeitig von ihm bezwungen zu werden. Es war, als würde sie mit jedem Kuss, mit jedem Stoß größer, weiblicher, kraftvoller. Und die zauberische Hülle um sie beide herum immer fester.
Sie weinte im Schlaf vor Sehnsucht.
Erst am nächsten Morgen, als er sich bei ihr übernächtigt und steif verabschiedete, fiel ihr ein, dass sie ihm ein Geschenk hätte mitgeben sollen … zwei Pralinen, zu denen er sie inspiriert hatte. Abgesehen davon, dass sie sie nicht bei sich hatte, wäre es nicht der richtige Augenblick gewesen. Und vielleicht war es auch besser so.
Als Terenzin sich stumm über ihren Handrücken beugte, fragte sie sich, ob sie ihn überhaupt jemals wiedersehen würde. Er wirkte schon jetzt so weit von ihr entfernt.

25

Mitte Juni traf ihr Vater in Hamburg ein. Er schickte ihr nur eine kurze Mitteilung darüber, dass er Urs' Angebot, er solle sich an seinen Bruder wenden, angenommen hätte und sich nun auf die Suche nach einem neuen Zuhause machen würde.

Ende Juli traf ein zweiter Brief von ihm ein. Er habe ein Haus gefunden, und zwar direkt am Alsterlauf. Damit sie wisse, wie schön es sei, habe er es extra für sie fotografieren lassen – mit Urs und den Kindern. Sie seien erleichtert gewesen, endlich aufbrechen zu können, hatte er hinzugefügt. Mit Urs verstünde er sich im Übrigen ganz ausgezeichnet, alles verlaufe bestens. Ob sie einverstanden sei, dass ein Flügel angeschafft würde? Urs sänge so schöne schlüpfrige Lieder ... Ob sie denn nicht endlich kommen wolle?
Tatsächlich war das Grundstück vom Wasser aus aufgenommen. Jedenfalls standen ihr Vater, Urs und die Kinder am Ufer des Alsterlaufs. Beide Männer in weißen Anzügen und Strohhüten, Svenja in einem Kleid nach lettischer Art, Karlchen in einem Matrosenanzug, Nikolas in langer schwarzer Hose, weißem, an den Ärmeln hochgekrempeltem Hemd und schwarzer Weste, in der Hand eine Art Harpune mit langem Stiel. Er war sichtlich männlich geworden.
Hinter ihnen erstreckte sich ein großer Garten mit Blumenrabatten, gusseisernem Gartenpavillon mit rankenden

Rosen und blühenden Rhododendren. Über eine breite Treppe gelangte man auf eine Terrasse, die zu einer eleganten weißen Villa gehörte. Ein hübscher halbrunder Balkon mit gewundenen Steinsäulen schmückte den ersten Stock. Unter dem mächtigen Ziegeldach waren mehrere ovale, bleiverglaste Fenster zu sehen. Ansonsten fiel das Licht ungehindert durch die hohen Bogenfenster in das Innere des stattlichen Hauses. Neben Svenja, Karlchen und Nikolas stand rechter Hand ein Bootshaus, und auf dem Steg bellte ein kleiner Hund einen Schwan an, der dicht vor ihm auf dem Wasser schwamm.
Madelaine küsste zart die Fotografie. Ihr Haus. Das war ihr Haus. Ihre Familie. Ihr Nest.
Sie nahm das Bild und versteckte es unter ihren Dessous.

Ihre letzte große Kreation »Liebeslust und Liebesleid« hatte unterdessen ihren Erfolg weiter gefestigt. Madelaine genoss es, Land und Leute auf ihre eigene Art gewonnen zu haben. Die meisten Menschen, die sie kennengelernt hatte, waren ihr auch freundlich zugetan. Dass sie ausgerechnet in ihrer eigenen ungarischen Familie das ruhige, freundliche Temperament vermisste, war umso schmerzlicher.
Teréza war nach Budapest zurückgekehrt. Sie wolle sich Zeit lassen, zu prüfen, ob sie mit den Erinnerungen an Karól weiterleben könne oder nicht, hatte sie Madelaine wissen lassen. András tauchte nun noch tiefer in die Berechnungen um den Erhalt des Besitzes ein. Sie sah ihn kaum noch, und der alte Graf ging ihr jetzt so auffallend aus dem Weg, dass sie den Eindruck bekam, ihn interessiere nicht mehr, was sie tat.
Umso mehr freute sie sich, als Mitte August eine mit den

Mazarys befreundete verwitwete Gräfin sie zu sich einlud, um sie zu bitten, ihren fünfundsechzigsten Geburtstag auszurichten. Natürlich sei die Familie Mazary auch eingeladen, schließlich sei man ja befreundet, aber dieses Mal wolle sie etwas Besonderes.

»Wissen Sie, Madelaine«, erklärte sie ihr, »ich habe mir angewöhnt, ab sieben Uhr abends nichts mehr zu mir zu nehmen außer zwei Glas Champagner. Der Höhepunkt meines Festes ruht also auf der Kaffeetafel. Ich liebe, wie Sie wissen, Süßes, aber nur vom Feinsten. Ich kann mich doch auf Sie verlassen, nicht?«

Sie zeigte Madelaine die Gästeliste: fünf eigene Töchter mitsamt Schwiegersöhnen und Enkelkindern, Freunde und Verwandte – insgesamt siebenundfünfzig Gäste. Madelaine war klar, dass ihr eine Menge Arbeit bevorstand. So begann sie neben der täglichen Arbeit für das Fest zu planen. Und als die Zeit nahte, machte sie sich daran, wie damals in Riga zu backen: Champagnercremetorte, Aprikosenkuchen, Schokoladentorte, Weinschaumcremetorte, Apfeltaschen, Gugelhupfe. Dazu diverse Pralinensorten, hübsch verpackt, mit Goldpapier umhüllt oder in Pyramidenform gestapelt. Es hätte nicht perfekter sein können.

Alle, die eingeladen waren, erschienen pünktlich, bis auf Teréza. Sicher würde sie noch kommen, meinte die Hausherrin, schließlich reise sie ja aus Budapest an.

Das Wetter war schön, die Kinder spielten unter der Aufsicht ihrer Kindermädchen im Garten, die Herren rauchten, spielten Tennis oder plauderten über Pferde, Politik und die neuesten Wirtschaftsmeldungen. Niemand sprach über den Krieg. Es war eine heitere Gesellschaft. Natürlich waren die Damen dabei in der Überzahl, und ihre Gespräche sprudelten im Verlauf des Nachmittags wie die Wasserkaskaden eines mehrbeckigen Brunnens.

Madelaine saß mitten zwischen ihnen auf einem von drei eleganten Sofas, die zu einer Sitzgruppe zusammengestellt waren. Auf den kleinen Tischchen um sie herum Gläser mit Likör, Champagner, Tokajer, Kaffee, Tellerchen mit kleinem Zuckerwerk und Pralinen. Bislang war sie viel zu aufgeregt gewesen, um den einen oder anderen belustigten, gar mitleidigen Blick zu bemerken. Doch nun, da jeder sie ungehindert betrachten konnte, fiel es ihr auf. Sie griff zu einer nach Pflaumenschnaps duftenden Praline, als sich ihr plötzlich der Hals zuschnürte.

»Teréza soll ihn schon lange kennen. Angeblich soll sie schwanger sein. Sicher wissen Sie Genaueres, nicht wahr, Madelaine?«

Sie schluckte, ihre Hand mit dem Rest der Praline sank in ihren Schoß. »Nein, wer sagt das?«

»Oh, verzeihen Sie. Ich dachte …, nun, Sie sind ihre Schwägerin. Wir hörten nur Gerüchte, Madelaine. Mal hier ein Wort, mal dort. Es tut mir leid, wenn ich Sie in Verlegenheit bringe. Ich frage mich nur, ob Imre es schon gehört hat. Es würde für Sie wohl einiges verändern, oder?«

Alle Blicke richteten sich gespannt auf sie. Fast jeder von ihnen war ja schließlich auf Terézas Hochzeit gewesen und kannte die Forderung des Alten.

In Madelaines Schläfen pochte es heftig, ihre Gedanken wirbelten durcheinander. »Das Trauerjahr ist doch noch gar nicht um«, flüsterte sie.

»Ja, das habe ich auch gleich gesagt.«

»Sie hat ihn wohl nicht geliebt, ihren Karól.«

»Ist das nicht ein wenig schamlos?«

Die Frauen sprachen laut durcheinander. Erst als jemand fragte, wer der Vater sei, beugte sich die Hausherrin verschwörerisch vor. »Man sagt, es habe einmal vor langer Zeit einen besonderen Handel zwischen dem jungen Bénisz und diesem Herrn von Terenzin gegeben.«
Madelaine erstarrte. Nein! Nein, pochte ihr Herz in wilden Schlägen. Alles, nur das nicht!
»Ist Ihnen nicht wohl, Madelaine?«
Sie überhörte die Frage, erhob sich langsam. Alle sahen zu ihr auf. Aus dem Augenwinkel nahm sie wahr, wie nun auch die Herren zögernd, doch mit unverhohlener Neugierde hinzutraten. Auch András und Imre, ihr Schwiegervater. Es war ihr egal. Es musste gesagt werden.
»Aber sie kann doch gar keine Kinder mehr bekommen«, flüsterte sie. »Es ist unmöglich. Ich … ich habe es selbst gehört, damals, in Wien, im dritten Bezirk. Jeder Frau macht sie nur ein einziges Engelchen. Sie macht es gründlich, ja, das hat sie gesagt, und keine braucht mehr wiederzukommen.« Ganz so, als müsse sie sich in eine andere Welt retten, schaute sie kopfnickend von einem zum anderen. »Kennen Sie das Café Bausch?« Dann sank sie ohnmächtig in die Polster zurück.

26

»Sie lügt, Vater!«
»Ich glaube dir, Teréza. Nun, András, wenn Teréza also wirklich ein Kind erwartet, dann muss sie dort oben gehen. Das musst du doch wohl einsehen, oder?«
Schweigen.
»Ich habe lange genug Geduld mit ihr gehabt.« Die gleiche Stimme. »Ich verstehe, dass sie sich hier nicht wohl fühlt. Soll sie ruhig ihrer Arbeit nachgehen, nur nicht bei uns.«
Schweigen.
»Vater hat recht, András. Sie hat mit ihrer impertinenten Lüge unsere Familienehre verletzt. Sie dichtet uns Gossenverhalten an. Das ist ein Skandal. Ich möchte nicht mehr mit einer Frau Umgang pflegen müssen, die nur darauf aus ist, ihre lächerlichen Pralinen in die Welt zu streuen und meinen guten Ruf zu ruinieren. Davon ganz abgesehen, dass wir alles tun müssen, um Bernhards Ehre als Diplomat zu schützen. Wir können uns sonst nicht mehr in der Gesellschaft sehen lassen.«
Schweigen.
Warum sagt er nichts? Warum? Madelaines Kopf glühte. Ihre Lippen klebten aufeinander, so dass es ihr vorkam, als wäre ihre Frage ein brennender Drillbohrer, der alles andere in ihr zerstörte. Ein feuchtes Tuch fuhr ihr über die Stirn, über ihre geschlossenen Augen, den Hals hinab. Jemand wusch ihre schweißnassen Arme, ihre Hände, wickelte kühlende Tücher um ihre Waden. Ihre Zähne schlu-

gen aufeinander. Sie zitterte, ganz so, als schüttelte sie die Angst vor dem nächsten Wort dort draußen.

Ein weiteres Fenster ihres Schlafraumes wurde aufgerissen. Heißer Wind fegte herein und wirbelte ihr winzige Körnchen auf die feuchtschwitzige Haut.

»Katalin?« Sie fragte in ihr inneres Dunkel hinein.

»Ja, gnädige Frau, ich bin es. Es wird gut, keine Sorge. Wollen Sie etwas trinken?« Zu hastig, wie sie sprach. Übersprudelnd, befremdlich.

»Ja, nein. Er soll kommen, zu mir kommen.«

Ein heftiges Luftholen und stoßartiges Ausatmen.

»Ich werde es ihm sagen.«

Pause.

»Warum sagt er nichts, Katalin? Warum?« Madelaine begann zu weinen.

»Ich sag es ihm, jetzt sofort. Ich komme sofort wieder.«

Sie blieb lange fort. Zu lange für Madelaine. Fiebernd schlief sie wieder ein.

Als sie erwachte, roch sie etwas Würziges, Vertrautes. Eine Hand lag auf ihrer Schulter. Schwerfällig öffnete sie ihre Augen. Es war Katalin mit einem Blumenstrauß. Sie lächelte zaghaft, ihre Augen aber sahen sie mitleidig an.

»Der junge Graf hat mir erlaubt, für Sie ein Weihbüschelchen zu pflücken. Das macht man doch so in Deutschland, oder? Ich kenne mich da nicht so richtig aus. Verzeihen Sie, wenn nicht alle Pflanzen dabei sind, die man sonst so nimmt. Es soll all die bösen Geister vertreiben, die Ihnen weh tun.«

Madelaine lächelte schwach. Sie hob ihren Zeigefinger und tupfte auf jede Blüte: »Kornblume, Klatschmohn, Kamille, wilde Margaretenblume, Tausendgüldenkraut, Königskerze, Johanniskraut. Johanniskraut ...« Trotz des

Fiebers fielen ihr die Namen alle ein. Verschwommen tauchten die Bilder ihrer ersten Johannisnacht in Riga wieder auf: die Feuer in der Rigaer Bucht, die Gesänge der Frauen, ihre Sprünge über die Flammen, das Meer, der feine Sand, der Zauber der hellen Nacht, die Macht der Kränze, die ihr Glück in der Liebe bringen sollte …

»Farnkraut und Eichenlaub, Rittersporn und Lilien gehören noch dazu«, sagte sie leise. »Sie heilen, und wenn man daran glaubt, kann man auch fliegen.«

Katalin zog zweifelnd die Augenbrauen hoch. Ohne darauf zu achten, fuhr Madelaine wehmütig fort: »Es war wunderschön damals. Bis an die Ostsee hinauf brannten die Feuer an den Ufern der Düna, spiegelten sich im Wasser, alles war so märchenhaft, so fremd, dass ich glaubte, neu geboren zu werden. Heute weiß ich, dass diese Feuer in mir neue Kräfte entfachten. Selbst die Heilkräuter hielten ihr Versprechen. Sie ließen mich fliegen, zu ihm, zu András. Doch jetzt ist der Zauber vorbei. Hier, in eurem Land, hat uns irgendwer, irgendetwas mit einem Gegenzauber entzweit.«

»Ihr phantasiert, gnädige Frau«, murmelte Katalin verlegen.

»Wo ist er? Wann kommt er?« Sie durchbohrte Katalin mit ihrem fiebernden Blick.

Verlegen senkte diese ihren Kopf. Als hätte es dieser einzigen Bewegung bedurft, um ihre Verzweiflung herauszuschreien, fuhr sie aus ihren feuchten Laken hoch und krallte ihre Hände um Katalins Schultern.

»Du hast meine Briefe versteckt. Du hast mich belogen. Du schuldest mir etwas. Antworte!«

Katalin rutschte vor ihr auf den Boden.

»Ich … kann nichts dafür. Ich schäme mich, ja, ich schäme mich.«

»Sag mir die Wahrheit!« Madelaine bebte. Ihr Blut pochte ihr in den Schläfen, Schweiß rann ihr über das Gesicht.
»Ich musste sie Graf Imre geben. Er hat sie gelesen und dann in seinem Kamin verbrannt.«
»Und jetzt?«
»Hat er den jungen Grafen nach Szeged geschickt, um Gäste abzuholen.«
Entsetzt sank Madelaine in ihre Kissen zurück. Er feiert und lässt mich allein. Trauer und eine bleierne, qualvolle Schwermut erfassten sie. Erschöpft schloss sie die Augen. Katalin zog die leichten Gardinen zu.
»Flugsand, wir haben einen leichten Sandsturm«, sagte sie, zu ihr gewandt.
Madelaine tat, als höre sie sie nicht. Selbst wenn der Sand sich wie eine heiße dunkle Decke über sie gelegt hätte – sie hätte sich nicht mehr gerührt.
Es sei denn, der andere käme.

Sie erwachte mitten in der Nacht von einer Berührung an ihrer Stirn. Schlaftrunken öffnete sie die Augen. Es war András. Sein Gesicht lag im Dunkeln. Schwerfällig glitt ihr Blick an ihm vorbei, dorthin, wo das Stimmengewirr und das unruhige Rauschen der Bäume aus dem Park zu ihr ins Zimmer hereinfluteten. Hin und wieder blitzte die silbrige Mondsichel zwischen den wogenden Wipfeln auf. Nie war sie ihr so kalt erschienen. Sie erinnerte sie daran, dass etwas zerschnitten worden war, ein Band, ein Geflecht, das ihr jetzt das Gefühl gab, ohne Wurzel zu sein.
»Ist er da?«, wisperte sie.
András zog seine Hand zurück.
»Du liebst ihn ... Was für ein Wahnsinn.«
Benommen schwieg sie und wartete darauf, dass ihre Ge-

danken sich ordneten. »Du hast mich nicht gehalten, András«, flüsterte sie schließlich.
»Du hast nicht zu mir gehalten, Madelaine«, entgegnete er. »Ich war es, der dich immer unterstützt hat. Aber jetzt geht es nicht mehr.« Plötzlich ließ er sich vornüber auf ihr Bett fallen, umschlang ihre Beine, schluchzte. Madelaine sah auf seinen bebenden Rücken, die zuckenden Schultern. Sie war wie gelähmt, unfähig, ihn zu berühren.
»Es war ein Fehler, hierherzukommen«, murmelte sie und starrte an die Decke, wo die Schatten hin und her huschten.
»Ich liebe dich, ich liebe dich«, stammelte András aufgewühlt in ihr Betttuch.
Madelaine schob ihn von sich. »Niemand liebt mich!« Es entsetzte sie, wie schrill ihre Stimme klang, doch sie musste weitersprechen. »Ihr habt mich beide im Stich gelassen. Mit deinem Schicksal habe ich so lange Geduld gehabt, du kannst nicht mehr von mir verlangen. Aber er, warum tut er mir das an? Mit ihr? Warum?«
»Wie kannst du nur an ihn denken. Was gehen dich seine Gefühle an. Was erwartest du von ihm? Dass er dich aus deinem vermeintlichen Unglück rettet?«
Madelaine sagte nichts. Es war von allem etwas Wahres, aber doch nicht alles.
»Du wirst ihm wohl doch erlauben, jemand anderen zu lieben, oder?«
»Nein«, hauchte sie kraftlos.
»Du willst nicht glauben, dass sie etwas füreinander empfinden?«
»Nein.«
Seine Brust hob und senkte sich unter heftigen Atemzügen. Doch da Madelaine schwieg, fuhr er mit matter

Stimme fort: »Es geht uns nichts an, oder? Es ist auch nicht wichtig, ob Teréza ein Kind erwartet oder nicht. Aber was du getan hast, ist absolut unverzeihlich. Ich hätte so etwas nicht von dir erwartet. Sie ist immerhin meine Schwester und keine Dirne.«

»Ich habe es nur vermutet.«

András fuhr auf. »Vermutet? Das ist ja noch schlimmer. Dann wäre es besser gewesen, du hättest deine Vermutungen für dich behalten und nicht in Gesellschaft offenbart. Aber jetzt ist es zu spät. Vater wird dir nie verzeihen können.«

Madelaine schwieg. Da hörte sie, wie es in der Akazie vor ihrem Balkon raschelte und eine Nachtigall zu singen begann. In ihr unrhythmisches Kollern und Flöten hinein mischten sich plötzlich helle Frauenstimmen. András stand auf und begann, unruhig im Zimmer auf und ab zu gehen.

»Teréza lügt, sie ist nicht schwanger«, murmelte Madelaine schläfrig, das monotone Klacken von András' Schritten im Ohr. »Ich weiß es, und ich fühle es.«

»Wie kannst du diesen … diesen Preußen nur so begehren. Du bist ja geradezu von ihm besessen, und zugleich eifersüchtig auf Teréza. Ich erkenne dich nicht wieder. Du musst wirklich verrückt sein, Madelaine!«

»Ich will lieben, frei sein …«, flüsterte sie mehr für sich als für ihn. Abrupt blieb András stehen. Sie hörte, wie er tief Luft holte, spürte seinen inneren Aufruhr. Die Angst vor dem, was er gleich sagen würde, machte sie benommen. Doch es war ihr jetzt schon beinahe gleichgültig. Sollte doch nur endlich alles vorbei sein.

»Urs erwartet dich. Er hat dir geschrieben. Ich war so frei, seinen Brief zu lesen. Vater hat heute früh bereits Kisten

mit deinen Arbeitsutensilien und anderen Dingen nach Hamburg schicken lassen. Du hast doch dort bereits ein Konto, nicht wahr?« Er drehte sich in einer heftigen Bewegung um und stürzte aus dem Zimmer. Die Vase auf dem Nachttischchen neben Madelaines Bett zitterte unter dem gewaltigen Schlag, als die Tür ins Schloss fiel.
»András!«
Madelaine fuhr hoch. Eine feine Frauenstimme, liebevoll, besorgt, die András' polternden Schritten quer durch den Salon von der Terrasse her entgegenscholl. »András, mein Lieber, was ist geschehen?«
Madelaine hastete aus dem Bett, stürzte auf den Balkon, beugte sich über die Brüstung und starrte hinunter. Eine schlanke Frau, umwirbelt von hellgelbem und zartgrünem Chiffon, hatte sich aus einer Gruppe Gäste um Teréza und den alten Grafen gelöst und ging nun mit ausgestreckten Armen András entgegen. Sie trug einen breitkrempigen Sommerhut, der ihr plötzlich, nur von einem Seidenband unter dem Kinn gehalten, auf den Rücken glitt. Sie drehte kurz ihren Kopf, damit die Windböe ihr eine lose, blonde Haarsträhne aus dem Gesicht blies. Dabei schaute sie unwillkürlich zu Madelaine hoch. Es war Sybill von Merkenheim.
Madelaine spürte Wut in sich aufsteigen. Wut, die stärker war als das Fieber ihrer Ohnmacht, ihrer Verzweiflung und Trauer. Diese Person, hier! Diese bleiche, blutleere Person, deren kunstbesessener Vater sie, das erfolgreiche Schokoladenmädchen Rigas im Jubiläumsjahr 1901, beinahe vergewaltigt und deren Mutter sie auf einer Abendveranstaltung hochmütig gedemütigt hatte. Sybill, diese in Gold gepackte, nichtsnutzige hohle Nuss! Das war alles eine miserable Komödie, was sich da unter ihr auf der

Bühne der Mazary'schen Terrasse abspielte. Madelaine bebte und hätte am liebsten allen auf die Köpfe gespuckt.
»Gnädige Frau! Bitte, kommen Sie!«
Madelaine fuhr herum. Katalin stand in der Tür, einen Brief in den Händen.
»Was willst du, Katalin?«
»Verzeihen Sie, ich wollte etwas wiedergutmachen. Sie wissen ja, dass der junge Graf Zeitungen immer lange aufbewahrt. Heute Morgen bat er mich, die alten Papierstapel wegzubringen und in der Küche zu verbrennen. Als ich sie hochhob, rutschte dieser Brief zwischen den Seiten hervor. Ich wusste erst nicht, was ich mit ihm tun sollte. Dann schimpften Sie so furchtbar mit mir wegen dieser anderen Briefe. Deshalb habe ich ihn nicht wieder in das Zimmer des gnädigen Herrn zurückgebracht. Ich möchte ihn Ihnen geben. Er riecht nämlich so merkwürdig.« Sie reichte ihn Madelaine. »Nach Veilchen, finde ich«, fügte sie leise hinzu. Dann drehte sie sich um und ging auf Zehenspitzen hinaus. Madelaines Herz klopfte bis zum Hals. Der Umschlag war halb aufgerissen. Sie zog das zusammengefaltete Papier heraus, setzte sich zitternd auf die Kante ihres Bettes und begann zu lesen.

Mein Lieber, ich danke Dir, dass Du Deinem Vater erlaubtest, uns zu Dir einzuladen. Ich habe lange gewartet. Nun hält es mich nicht mehr, Dir meine tiefsten Gefühle mitzuteilen, von denen ich möchte, dass Du sie kennst, bevor wir uns wieder in die Arme schließen. Ich bin allein und möchte Dir etwas sagen, Dir, an den ich unaufhörlich denke. Es war hart für mich, dass Du damals gingst, ohne noch ein einziges freundliches Wort an mich zu richten. Ich kam mir so verlassen und ver-

gessen von Dir vor, dass ich mit mir selbst oft das größte Mitleid hatte. Noch in diesem Augenblick könnte ich in Klagen und Tränen ausbrechen, möchte meine Sehnsucht nach Dir beschreiben, wie sie mich quält und peinigt. Nur weil ich immer wusste, dass Du nichts darauf antworten kannst, habe ich so lange Zeit geschwiegen. Wenn Du nur wüsstest, wie sehr ich mich danach gesehnt habe, in Deinen Augen Liebe, Trost und Hoffnung zu lesen. Doch Du warst fort, mit einer anderen Frau zusammen, die Dich mir stahl. Du erinnerst Dich an unsere Spaziergänge damals in Riga? Wie Du meinen Schirm hieltest? Mir Deinen Arm botest, diesen starken, beschützenden? Ich habe Dich immer geliebt, András, mich mit ganzem Herzen nach Dir verzehrt. Du bist der einzige Mann, dem ich mich mit ganzer Seele ergeben kann. Nimm alles, was ich habe: mein Herz, meine Unschuld, mein Leben, meinen Reichtum, der mir nichts bedeutet, außer er enthebt Dich aller Sorgen. Lass uns neu beginnen. Ich fühle es, es ist die richtige Zeit. Ich vertraue der Stimme Deines verehrten Vaters, ich vertraue auf Deine Empfindungen für das, was wahr und gut ist. Lass mich Dich verehren, lieben, anbeten – oder in Deinen Armen sterben. Sybill

Madelaine hatte es schon in Riga gewusst. Sybill war András verfallen. Nie würde sie diesen besonderen Abend, am Vortag des Johannisfestes 1901 vergessen. Es war das Jahr der 700-Jahr-Feier Rigas. Die Merkenheims hatten eingeladen, und sie, die erfolgreiche Chocolatiere, hatte ihr Liotard'sches Kostüm ausgetauscht gegen ein wunderschönes Jugendstilkleid aus fast durchsichtigem Chiffon mit einem Seidenunterkleid in pastellfarbenem Gelb, bestickt mit Blüten und Blättchen und mit beinahe ... nichts darunter ...

Sie hatte sich so darauf gefreut, András wiederzusehen, und dann ... dann war es zu diesem entsetzlichen Eklat vor aller Augen gekommen: Inessa, die die Geliebte von Sybills Vater gewesen war, hatte sie bis zur Weißglut gereizt und ihr zu verstehen gegeben, dass auch sie, Madelaine, nur ein einfaches Mädchen aus dem Volke war, das nicht das Recht hatte, einen Grafen heiraten zu können. So wie sie als Geliebte auf den reichen Merkenheim müsse auch sie, Madelaine, zugunsten Sybills, der höheren Tochter, auf einen Grafen – nämlich András – verzichten.

Und da hatte sie trotz ihres wunderschönen Kleides, in dem sie sich so wohl gefühlt hatte, die Contenance verloren. Zu allem Unglück ausgerechnet in dem Moment, in dem András den Saal betreten hatte.

Es war alles so furchtbar gewesen: ihre Scham, ihre Demütigung, ihr Schmerz, als sie mit ansehen musste, mit welch glücklichem Ausdruck im Gesicht Sybill auf András zugegangen war. Seine unbewegliche Haltung, seine blitzenden Augen, seine Empörung – Madelaine sah ihn noch so deutlich vor sich, als wäre das alles eben erst geschehen. Vielleicht, dachte Madelaine, war dieser unvergessliche Abend doch die Stunde der Wahrheit gewesen. Es gehörte zusammen, was zusammengehörte. Und sie, die kleine, arme Chocolatiere, würde doch immer trotz all ihrer beruflichen Erfolge Verliererin bleiben.

Schon allein deshalb würde sie nie diesen Abend vergessen. Und so war ihr all das, was Sybill in diesem Brief schrieb, vertraut. Madelaine ließ sich einen Moment Zeit, um die Erinnerung vorüberziehen zu lassen, bis sie schließlich verwundert feststellte, dass dieser Brief, der sie zutiefst hätte erschüttern müssen, sie hatte ruhig werden lassen. Es mochte sein, dass sich irgendetwas in ihr abspaltete, durchaus. Doch zur gleichen Zeit nahm sie wahr, wie die alte kämpferische Kraft zu ihr zurückflutete, die sie in Riga in sich gespürt hatte. Sie bildete sich sogar ein, ihr Fieber sänke, ihre Haut kühle ab. Und so begann sie, erst langsam, dann immer hastiger, ihre Schubladen und Schränke zu leeren, Taschen und Koffer zu füllen. Es soll so sein, sagte sie sich. Sybill hat recht. Sie ist wirklich die Einzige, die András das geben kann, was er wirklich braucht. Und er wird klug genug sein, diese Chance, die sich ihm zum zweiten Mal in seinem Leben bietet, zu ergreifen. Die Chance, nach dem Verstand zu lieben, nicht nach dem Herzen. Was auch immer unser Ziel war, es ist vorbei.

Madelaine schlief unruhig. Gegen Morgen drehte der Wind und brauste nun, feinen Flugsand verstreuend, über das Land. Als einer ihrer Fensterläden gegen die Außenwand schlug, erwachte sie. Sie hörte die Hähne krähen und die Stimmen der Mägde, die Hühner und Gänse aus ihren Ställen scheuchten. Mattes Sonnenlicht fiel auf ihre Koffer und Taschen. Sie stand auf, wusch sich, kleidete sich an und ging zu András.

Er stand, halb angezogen, mit nacktem Oberkörper am geöffneten Fenster. Stumm legte ihm Madelaine Sybills Brief auf das aufgeschlagene Bett.

»Jetzt, da ich dich in sicheren Händen weiß, fällt es mir leichter, zu gehen«, sagte sie.

Er drehte sich um. Sein Blick streifte den Brief. Sein Gesicht zuckte, es schien Madelaine, als wollte er etwas sagen, doch sie merkte, wie sinnlos es ihm erschien. Er wandte seinen Kopf, schaute wieder starr in den vom Sand-

sturm durchtosten Park hinaus. Schließlich sagte er: »Unsere Liebe war wie ein starker Fluss, du warst das eine Ufer, ich das andere. Jetzt hat er sein Bett verlassen, die Ufer eingerissen und mäandert weiter ohne Ziel.« Er löste sich vom Fenster, trat langsam auf sie zu. »Ist es das, was du hören möchtest, Madelaine?«
»Ich ... ich weiß nicht.«
Er musterte sie ernst. »Um ehrlich zu sein, ich weiß es auch nicht. Aber es ist wohl der richtige Augenblick, dass ein jeder von uns seinen eigenen Weg geht. Ich wünsche dir viel Glück.« Er reichte ihr steif die Hand.
»Viel Glück, ja, András, das wünsche ich dir auch.«
Sie wandte sich zur Tür. »Auf Wiedersehen, András.«
»Auf Wiedersehen, Madelaine.«

27

August 1905

Am 29. August 1905 fand endlich der Krieg zwischen Russland und Japan ein Ende. Präsident Roosevelts Bemühungen waren erfolgreich gewesen. Am 5. September sollte der Friedensvertrag an Bord seiner eigenen Yacht, der »Mayflower«, von den Vertretern beider Nationen unterschrieben werden. Dem Frieden von Portsmouth standen achtundfünfzigtausend tote japanische und einhundertzwanzigtausend tote russische Soldaten gegenüber.
Madelaine las die Schlagzeilen, während der Zug am Morgen des 30. August auf die imposante eiserne Elbbrücke zufuhr, die die Norderelbe überspannte. Ihr Herz klopfte vor Aufregung und Dankbarkeit, endlich wieder hier sein zu dürfen, in ihrer Heimatstadt Hamburg. Mit dem Frieden in der Welt würde vielleicht auch wieder Ruhe in ihr eigenes Leben eintreten, hoffte sie und nahm sich vor, alles zu tun, um glücklich zu werden.

Langsam rollte der Zug in den Bahnhof ein. Madelaine riss das Fenster auf, lehnte sich hinaus und hielt nach den ihr vertrauten Gesichtern Ausschau. Sie entdeckte sie sofort. Alle waren gekommen! Sie konnte es kaum fassen. Ihr Herz schlug schneller, und Tränen rannen ihr über die Wangen. Sie winkte ihnen mit beiden Händen zu, und sogleich setzten sich alle in Bewegung, um ihr entgegenzulaufen: Urs, ihr Vater, die Kinder, sogar Stine war aus Riga angereist. Madelaine lachte und weinte zugleich, es war so schön, sie alle zu sehen! Jeder ganz so, wie sie ihn in Erinnerung hatte. Ihr Vater in seinem khakifarbenen Tropenanzug, weißem Hemd und mit dem großen Strohhut, Urs in weißem Leinenanzug und mit rundem Strohhut mit schwarzem Band. Stine in ihrer lettischen Festtagstracht: weiße Kopfbedeckung mit gold-roter Stickerei, langärmeliger Bluse mit roten Punktstickereien an Schultern, Hals und Bündchen, dazu das rote ärmellose Kleid mit goldenen Stickereien und ihr hellbeiges Schultertuch. Karlchen und Nikolas in den obligatorischen Matrosenanzügen, Svenja in einem weiß-dunkelblau gestreiften Kleid mit weißer Schürze und ebensolchem Spitzenkragen. Sie hielt einen kleinen schwarzen Hund an der Leine.

»Madelaine! Madelaine!«

»Tante Lene!«

Ihr Vater war der Erste, der sie in die Arme schloss. »Endlich, endlich bist du da«, murmelten beide gleichzeitig und mussten lachen.

»Meine Liebe, wie schön, dass du bei uns bist.« Urs' vertrautes Brummen, seine Lippen auf ihrem Haar.

Sie schloss Stine in die Arme, dann die Kinder.

»Bleibst du jetzt wirklich bei uns?« Svenja.

»Großpapa hat uns ein Boot gekauft.« Karlchen.

»Gestern sind wir auf der Alster mit einem Kahn zusammengestoßen, und Svenja ist über Bord gegangen.« Nikolas. Er lachte und stieß Svenja in die Seite.

»Blödmann!« Svenja streckte ihm die Zunge heraus. »Du hast mich mit dem Ruder geschupst! Gib es doch zu!«

Karlchen schaute zu Madelaine auf. »Das Haus ist so groß, Tante Lene, da hören wir unterm Dach gar nicht, wenn unten einer pfeift.«

»Ja, meine Liebe, das ist wahr«, sagte ihr Vater mit unüberhörbarem Stolz in der Stimme. Er legte seinen Arm um Madelaine. »Ich darf sagen, da haben wir beide etwas Gutes geleistet.«
Sie strahlte ihn an. Ja, Vater hatte recht: Ihnen beiden war der Aufstieg aus dem Gängeviertel gelungen. Urs rief nach einem Gepäckträger. Als alle ihre Koffer und Taschen in eine Droschke verladen worden waren, verließen sie den Bahnhof: Madelaine zwischen beiden Männern, die Kinder mit Stine ihnen gegenüber. Es war heiß und windig, der Himmel strahlend blau, nur ab und zu zogen kleine Wölkchen an den hohen Turmspitzen der großen Hauptkirchen vorüber.
Die Droschke zuckelte durch den dichten Verkehr der breiten Alleen Richtung Außenalster. Madelaine schaute sich neugierig nach allen Seiten um.
»Es gibt viel mehr elektrische Straßenbahnen als in meiner Kindheit. Die Pferdebahnen sieht man gar nicht mehr«, meinte sie.
»Ja, es hat sich vieles verändert. Zu meiner Zeit starben so viele in Armut, heute ist Hamburg eine Weltstadt und in der Lage, die meisten seiner Bürger anständig zu ernähren. Was glaubst du, wie ich gestaunt habe, als ich im Juni zurückkam«, stimmte ihr ihr Vater bei und rieb sich seine bärtige Wange. »Erinnerst du dich daran, dass im Jahr, als du nach Riga gingst – 1898 –, mit dem Bau eines richtigen Hauptbahnhofs begonnen wurde. Nun ist er bald fertig, im nächsten Jahr soll er endlich eingeweiht werden. Alles dauert seine Zeit, und man sagte mir, die Stadtväter hätten ganze zwanzig Jahre mit Preußen darüber verhandelt. Was hat das alles an Nerven und Geld gekostet. Aber nun wird es gut, und für alle, die reisen, viel bequemer. Bald ist die

Zeit der unpraktischen Umsteigerei vorbei. Dass zum Beispiel noch immer Schnell- und Güterzüge vom Klostertorbahnhof nach dem Venloer Bahnhof auf einem Gleis über die Straße geleitet werden, wobei zwei Bahnwärter mit roten Fähnchen vor der Lokomotive hermarschieren und einer mit einem Glöckchen läutet, ist doch ein Skandal in unserer modernen Zeit!«
Madelaine nickte. »Ja, schon damals waren auch die anderen beiden Kopfbahnhöfe – der Berliner und der Lübecker Bahnhof – viel zu klein für die vielen Leute.«
»Wusstest du, dass Hamburg allein schon eine Million Einwohner hat? Da hätten die Preußen mal ein bisschen schneller ja sagen sollen.«
Madelaine zuckte zusammen. Nein, sie wollte nicht an ihn, ihren Preußen mit dem Namen Bernhard Ulrich von Terenzin, denken. Rasch sagte sie: »Und was ist mit dem Hafen?«
Ihr Vater lächelte. »Da gehen wir bald mal hin, ja? Der platzt aus allen Nähten! Hätte ich damals gewusst, welch einen Aufschwung unsere Stadt einmal erleben würde, wäre ich niemals mit euch ausgewandert.«
»Alles hat so seinen Sinn, Thaddäus, ich sag es dir doch immer. Dafür hast du dir ein schönes Sümmchen Geld mit deinen Tabakpflänzchen verdient«, mischte sich Urs freundlich ein.
»Jaja, ein Abenteurer bin ich wohl immer gewesen.« Thaddäus lachte. »Mit deiner Mutter hinterm Fliederbusch fing es ja schon an. Wenn da einer geguckt hätte ...«
»Vater!«
Er beugte sich vor und sah den Kindern verschmitzt ins Gesicht. »Schaut sie euch an, eure Tante Lene. Sie ist doch eine fesche Dame geworden, oder?«

Svenja nickte, Karlchen blickte verschämt auf den Boden, Nikolas aber sagte: »Du bist nicht unsere Mutter. Ich tue nur, was die Lehrer mir sagen.«
Madelaine merkte, wie sie ärgerlich wurde. »Was sagen sie denn?«
»Dass ich gut schießen kann. Ich will dem Kaiser dienen und ein guter Soldat werden. So, jetzt weißt du es. Ich will nicht so werden wie Onkel Urs, und wenn er noch so viele Witze macht. Er ist aber mit Großpapa und mir in den Hafen gegangen. Da kann man zusehen, wie bei Blohm & Voss Kriegsschiffe gebaut werden. Auf die kann der Kaiser stolz sein.«
Von wem hat er das nur, dachte Madelaine, dieses Martialische? Oder lag es einfach an der Zeit mit ihrem großherrlichen Imponiergehabe? Ob ich ihn von seinem Soldatentraum abbringen kann? Er weiß doch gar nicht, wie das ist, das Sterben in der Fremde … Erleichtert atmete sie auf, als Urs Nikolas freundschaftlich auf das Knie klopfte.
»Du darfst uns heute die Champagnerkorken wegknallen, Nikolas. Damit wir auf den Frieden in der Welt anstoßen können!«
Der Junge verzog sein Gesicht. »Ihr mit eurem Frieden. Da kann man sich ja nichts beweisen.«
»Na, darüber werden wir ein anderes Mal in Ruhe reden«, entfuhr es nun Madelaine, eine Spur strenger, als ihr eigentlich lieb war. Sie ignorierte Nikolas' abschätzigen Blick und wandte sich ihrem Vater zu. »Und zu Hause wartet auf uns ein Hummeressen?«
»Und was für eines!«, rief Svenja begeistert. »Wir sind extra nach dem alten Fischkalender gegangen. Wart's ab. Hilde ist eine prima Köchin! Die kennt sich aus! Wart mal. Im Januar gibt's Karpfen und Karauschen, im Februar

Lachs und Stint, im März Kaulbarsch und Dorsch, im April Stör, neue Schollen und Rochen, im Mai ...«
»Maifisch, du Klugscheißerin!«
»Das sagt man nicht. Tante Lene, hau ihn doch mal!«
»Mach ich. Nur nicht heute.«
»Sagen alle faulen Leute.« Nikolas grinste böse.
Da hielt es Thaddäus nicht mehr aus und ohrfeigte ihn.
»Ich lasse mir von dir nicht meine Tochter beleidigen, du Wicht!«
Nikolas spuckte über die Droschke auf die Straße. »Und wenn schon. Eines Tages werde ich euch beweisen, was ich kann.«
»Dann rate ich dir: Fange schon heute mit guten Manieren an«, sagte Madelaine ernst. Er starrte sie an, saß kerzengerade auf der Droschkenbank. »Zu Befehl, gnädige Frau.« Dann sank er wieder in sich zusammen, kicherte hinter vorgehaltener Hand.
Soll er doch, dachte Madelaine und hielt ihren Vater zurück, der ansetzte, etwas zu erwidern. »Lass ihn, Vater. Wenn wir es nicht schaffen, dann wird ihn das Leben selbst erziehen.«
Automobile mit sportlich in Leder gekleideten Fahrern, offene Kutschen mit eleganten Damen, überfüllte Straßenbahnen glitten an ihnen vorbei. Madelaine war es gleichgültig, sie hielt ihre Nase in den Wind, sah dem Flug der Möwen zu, die über ihren Köpfen kreischten. Der Wind roch brackig, salzig – er roch nach Heimat.
Langsam verebbte das Gespräch, weil nun die weite glitzernde Fläche der Außenalster in Sichtweite kam. Kleine Dampfer, Kähne, Segler und Ruderboote glitten auf ihrer spiegelnden Fläche dahin. Madelaine hätte sie umarmen können, so schön war es. Die Droschke folgte dem Fluss-

lauf der Alster stromaufwärts und hielt nach einer Weile am Leinpfad vor ihrer weiß getünchten, herrschaftlichen Villa. Ihr Vater bot ihr seine Hand. »Gefällt sie dir? Ich finde, allein ihre Lage ist ideal: Du kannst die Glocken von St. Johannis hören und hast es nicht weit bis zum Eppendorfer Baum.«

»Genau.« Urs grinste schelmisch. »Da bist du schneller dort, als ein Biskuit auskühlen kann.«

Madelaine knuffte ihn in die Seite.

»Ach, das habt ihr sehr schön ausgesucht.«

»Wir haben uns Mühe gegeben. Du musst sie nur noch einrichten, mit allem Drum und Dran.«

»Ihr habt noch nichts getan?«

Die beiden Männer setzten eine unschuldige Miene auf.

»Das haben wir uns nicht getraut.«

»Na, dann darf ich wohl mal eintreten.« Madelaine schob die schmiedeeiserne Eingangspforte auf, die – mit einer Blumengirlande geschmückt – nur angelehnt war, ging über den mit dunklen Ziegeln gepflasterten Weg auf die flache, abgerundete Steintreppe zu, die zu einer hohen zweiflügeligen Eichentür mit schmalem Relief führte.

»Muss ich läuten, oder bekomme ich von einem von euch einen Schlüssel?«

Im gleichen Moment öffnete sich die Tür. Ein Hausmädchen in grau-blau gestreiftem Kleid mit weißer Haube und ebensolcher Schürze knickste. In den Händen hielt sie ein kleines ovales Silbertablett. Darauf lag, auf schwarzem Samt, ein neuer Schlüsselbund.

»Herzlich willkommen, Gräfin«, sagte sie mit hochrotem Gesicht und knickste ein zweites Mal.

Hinter ihr grüßten Madelaine nun auch die drei anderen Hausangestellten: Gärtner, Diener und die Köchin Hilde.

Madelaine nahm den Schlüssel, warf ihn in die Luft, fing ihn wieder auf. Lachend schaute sie sich nach den anderen hinter ihr um. »Ich bin zu Hause, nicht?«

Es roch nach Farbe, frischem Stuck, Holzleim und Lack. Madelaine saß täglich im Garten, studierte Stoffmuster für Gardinen, Tapeten, Möbelbezüge, Teppiche, Lampen. Oft gesellten sich die anderen zu ihr, um ihr die Auswahl zu erleichtern und die eigenen Räume mitzugestalten. Im zweiten Stock sollte ihr Vater drei Räume, ein jedes der Kinder Schlaf- und Spielzimmer, Stine unter dem Dach zwei kleine, gemütliche Zimmer beziehen. Für die Kinder war es eine aufregende Zeit, schließlich wollte jeder in seinem neuen Zuhause eine eigene Welt aufbauen.
Ständig gingen die Handwerker ein und aus. Eine Telefonleitung wurde gelegt, Stromanschlüsse so dezent wie möglich über alle Stockwerke verteilt, und im Untergeschoss wurde mit modernsten Herden und Gerätschaften eine perfekte Küche eingerichtet.
Neben der Arbeit am Haus besprach Madelaine mit Urs die Neugestaltung seiner Eppendorfer Konditorei. Er hatte die Idee, einen Nebenraum zu einem kleinen Café auszubauen, außerdem sollte neues Mobiliar angeschafft werden, da das alte Madelaine zu sehr an ihre Lehrzeit und deren unangenehmes Ende erinnerte. Gemeinsam suchten sie auch eines Tages einen Juristen auf, damit er für sie einen Übernahmevertrag aufsetzte. Die Hälfte des Geldes wollte Madelaine über einen günstigen Kredit finanzieren, die andere Hälfte zahlte sie bar an Urs aus: zum Teil von ihrem selbstverdienten Geld, zum Teil aus dem Ersparten ihres Vaters.
Nachdem das Finanzielle und die nötigen Umbaumaßnah-

men geregelt waren, begannen sie zu überlegen, wie die neuen Visitenkarten, Zeitungsanzeigen und Prospekte aussehen sollten.

Neues schwemmte Altes hinweg. Madelaine stürzte sich mit Eifer in die Gestaltung ihres neuen Lebens. Ihr war bewusst, dass sie mit großer Disziplin ihre tiefsten Gefühle verbannte, doch was blieb ihr anderes übrig? Es musste ihr einfach gelingen, eine sichere Grundlage für ihre Zukunft zu schaffen. So wie sie András' Ring abgestreift und in einer Schatulle verschlossen hatte, so legte sie in ihrem Geiste ein dunkles Tuch über ihre Erinnerungen.

Urs bezog eine große Wohnung im fünften Stock einer der schönen Jugendstilvillen am Lehmweg, in der Nähe vom Eppendorfer Baum. Sie verfügte über vier Zimmer, hatte einen hübschen Balkon, und man konnte sie bequem mit einem Fahrstuhl erreichen. Es war für ihn ein Leichtes, von hier aus in die Feldbrunnenstraße am Rotherbaum zu gehen, wo sein Bruder Thomas die zweite Etage einer Villa bezogen hatte. Er nutzte sie jedoch kaum, da er viele Stunden in seinem Kontorhaus am Rödingsmarkt verbrachte oder auf Reisen ging. Und so sahen sie sich selten.

Erst als alle Räume eingerichtet waren – gemütlich und von zurückhaltender Eleganz –, beschloss Madelaine, dorthin zu fahren, wo für sie und ihren Vater alles begonnen hatte: in den Hafen.

Die Jungen waren begeistert, bettelten jedoch darum, bis Övelgönne hinauszufahren, weil sie dort Schulfreunde hätten, von denen sie sich ein Segelboot ausleihen könnten. Madelaine und Thaddäus waren einverstanden. So würden sie Muße haben, am Elbestrand spazieren zugehen, den eigenen Gedanken nachzuhängen und gleichzeitig Karlchen und Nikolas im Auge zu behalten.

Seit geraumer Zeit kämpften die beiden bereits gegen die unruhigen Wellen der stark befahrenen Elbe an.

»Sie ist es, die uns wieder eingefangen hat, nicht? Unsere Elbe.« Thaddäus balancierte auf den graphitschwarzen Ufersteinen, zwischen denen das dunkle Wasser des Flusses auf und ab schwappte. Madelaine, die Svenja fest an ihrer Hand hielt, machte es ihm nach und streckte ihren freien Arm, um Gleichgewicht bemüht, weit zur Seite. Das Sonnenlicht glitzerte auf den winzigen Pfützen, die sich in den Vertiefungen der Steine gebildet hatten. Hin und wieder schaute sie auf, mal nach rechts zu Karlchen und Nikolas im schaukelnden Boot, mal nach links zu den dichten Büschen am Saum des feinen Sandstrandes. Hunde liefen herum, Kinder turnten in den Ästen sturmerprobter Weiden. Leise rauschten feine Wellen gegen den sandigen Ufersaum. Versonnen schaute sie dem langgezogenen Wellenschlag nach, den die großen Frachtschiffe wie einen sanften Gruß hinter sich in den Sand schrieben.

Svenja sang leise vor sich hin, in sich selbst vertieft.

Immer deutlicher rückten ihnen die Silhouetten der Kräne, Werften, Schornsteine, Kaischuppen, Speicher, Segelmasten, Schiffsaufbauten entgegen. Unzählige Barkassen, Schlepper und Frachter tummelten sich in den weitverzweigten Hafenanlagen. Je näher sie kamen, desto mehr verlor sich der Geruch vom Meer. Kohle, Holzfeuer, Teer, Brackwasser, Öl bedrängten sie, und bald klangen ihnen die harten Schläge der Rosthämmer, das Tuten der Dampfer, die Sirenen grell in den Ohren.

Madelaine dachte an Gustav Schlür. Sie hatte ihrem Vater gleich am ersten Abend, nachdem die Kinder ins Bett gegangen waren, von ihm erzählt. Sie waren sich rasch einig gewesen, den Kindern die Wahrheit vorzuenthalten. Wür-

den sie nach ihm fragen, würden sie ihnen sagen, ihr Vater sei schon vor langer Zeit gestorben. Ansonsten würden sie ihn nie wieder erwähnen. Dennoch fragte sie sich unwillkürlich, ob er wohl genau in dieser Stunde irgendwo dort im Getriebe des Hafens arbeitete. Hoffentlich sehen wir dich nie wieder, rief sie ihm im Geiste zu.
»Tante Lene? Du hörst mir gar nicht zu!«
»Oh, entschuldige, Svenja, was ist denn?«
»Ich habe dir gerade etwas aufgesagt. Hör mal:

Stadt Hamburg an der Elbe Auen,
Wie bist du herrlich anzuschauen
Mit deiner Türme Hochgestalt
Und deiner Schiffe Mastenwald!

Klingt schön, nicht? Das haben wir in der Schule gelernt. Bist du eigentlich froh, bei uns zu sein?«
»Aber ja, warum fragst du?«
»Weil du manchmal so traurig guckst, darum. Kommt denn András nicht?«
Madelaine schüttelte stumm den Kopf. Sie mochte nicht über ihn nachdenken, es war zu schmerzhaft. So zwang sie sich zu lächeln, lenkte Svenjas Blick zur Sternwarte hinauf, wo soeben der Zeitball aus seiner Verankerung gelöst wurde und herabsauste: Ein Zeichen dafür, dass es punktgenau zwölf Uhr Mittag war.
»Das muss er auch mal sehen«, rief Svenja und hüpfte von den Steinen auf den Sand und zurück. »Darf ich ihm mal schreiben?«
»Natürlich, warum nicht«, sagte Madelaine und überlegte, wie sie Svenja weiter von András ablenken könnte. Sie nahm sie noch ein wenig fester an der Hand und fuhr fort:

»Du kannst ihn auch gerne fragen, ob er saure Heringe mag. Wir wollen doch mal sehen, ob wir heute gute bekommen, oder magst du lieber Butt?«

»Den ganzen September haben wir den gegessen, puh, ich mag nicht mehr. Aber wir haben schon Oktober, da gibt es doch ...«

»Na, was denn?«

Svenja sprang hoch. »Muscheln!«

»Also los, auf zur Fischkajüte! Vater! Du musst sie doch noch kennen, oder?«

Sie hatten die Landungsbrücke erreicht, wo Thaddäus stehen geblieben war. Er nickte ihr zu und richtete dann wieder seine Aufmerksamkeit auf Karlchen und Nikolas, die gerade versuchten, ihr Segelboot zwischen Schleppern hindurch an die Kaimauer zu bugsieren. Ein paar Schauerleute schimpften sie dabei lautstark aus. Als diese merkten, dass sie von Thaddäus beobachtet wurden, wetterten sie noch lauter, meinten, in ihm den Vater zu sehen, der seinen Söhnen alle Freiheiten gewährte, selbst die, den Verkehr im Hafen zu stören. Währenddessen geriet das kleine Boot immer stärker ins Schaukeln, und nur mit letzter Mühe gelang es den Jungen, auf die Kaimauer zu springen. Thaddäus ging zu ihnen hinab und versuchte, die Männer zu beruhigen. Schließlich erklärten zwei von ihnen sich bereit, das Boot zu einem Platz zu schleppen, wo es angetäut werden konnte und niemanden störte. Die beiden Jungen begleiteten sie, etwas eingeschüchtert von dem Ärger, den sie verursacht hatten.

Erst nachdem ihnen gezeigt worden war, wo sie ihr Boot wiederfinden konnten, rannte Karlchen erleichtert zu den anderen zurück. Nikolas hingegen schlenderte ihm trotzig hinterher, den Blick stur über alle Schlepper hinweg auf den Rohbau eines Kriegsschiffes gerichtet, das gerade in der Werft Blohm & Voss unter ohrenbetäubenden Hammerschlägen genietet wurde.

Die Fischkajüte bot neben allen möglichen Heringsgerichten – Salzhering vom Fass, sauren Bismarckhering als Rollmops, geräucherten Bückel, Brathering sauer eingelegt, Matjes in Salzlake – tatsächlich auch frische Muscheln. Madelaine und Svenja waren begeistert, Thaddäus nahm den sauren Brathering mit Salzkartoffeln, Karlchen einen kleinen Butt und Nikolas eine große Portion Labskaus: gestampfte Kartoffeln mit untergerührtem Pökelfleisch und roter Bete.

»Du schuldest mir noch etwas dafür, dass ich euch aus dem Schlamassel vorhin rausgehauen hab«, sagte Thaddäus betont streng zu ihm.

Nikolas' Miene blieb unbeweglich. »Ich segle nachher allein zurück. Reicht das?«

»Das ist das Mindeste, Nikolas.«

»Was denn noch?«

»Du könntest morgen Madelaine beim Einrichten der neuen Konditorei helfen, Küchengerät aufstellen, Geschirr auf die Schränke verteilen. Da gibt es genug zu tun. Du weißt doch, am ersten November soll sie wiedereröffnet werden.«

Man sah ihm an, wie er mit sich kämpfte.

Plötzlich hatte Madelaine eine Idee, sie lachte auf. »Nikolas, du magst doch Kuchen, oder?«

»Mag doch jeder«, brummte er und schob störrisch die Unterlippe vor.

»Wie wäre es, wenn ich eine besondere Spezialität nach dir benenne?«

Er errötete, streckte sich aber vor Neugier. »Und wie ... wie soll die aussehen?«
»Also: kleine Schnittchen aus Mürbeteig, belegt mit einer dicken Schicht Schokolade und so vielen harten Haselnüssen, wie darauf passen. Und alles mit Karamellzucker überzogen. Und die nenne ich dann ...« Sie überlegte. »Vielleicht Nick-Nüsse, weil man ja so eine Nickbewegung macht, wenn man in sie hineinbeißt. Oder Nikolasse, was mehr nach deinem Namen klingt. Verpacken könnten wir sie in dünne Papiertaschen mit deinem Schattenbildnis. Wie findest du das?«
Einen Moment lang war es still.
»Da siehst du's: Eine harte Nuss bist du!« Svenja kicherte, presste dann aber ihre Lippen aufeinander, weil Thaddäus ihr einen strafenden Blick zuwarf. »Meinst du das wirklich ernst, Madelaine?«, fragte er rasch.
»Natürlich, was glaubt ihr denn!«, rief Madelaine. »Salz und Zucker sind die Essenz des Lebens. Wo sollte ich wohl die besten Ideen bekommen, wenn nicht hier, wo es Heringe gibt? Und bei einem Neffen, der eines Tages bestimmt noch viel härtere Nüsse knacken kann!«
Alle lachten, sogar Nikolas, dem anzusehen war, wie er sich langsam an die süße Idee zu gewöhnen begann. Und er versprach ihr, morgen zu helfen.

Alles war perfekt vorbereitet: Vor den bespiegelten Rückwänden der beiden Verkaufstresen präsentierten sich mit Puderzucker verzierte Sand- und Mohnkuchen, noch warme Streusel- und Apfelkuchen, Gugeylhupfe, ein Frankfurter Kranz, ein ungarischer Honigkuchen, zwei Sachertorten, Bienenstich und Quarkkuchen, verschiedene Sahnetorten – und Nikolasse mit ganzen Haselnüssen, in

Schokolade und Karamellzucker getränkt. Hinter dem Glas des zweiten Verkaufstresens lockten gut ein Dutzend feinster Pralinensorten.

Die Damen der Umgebung drängten sich im überfüllten Verkaufsraum. Schon in den frühen Morgenstunden waren die ersten Stammkundinnen erschienen, die eifrigsten Dienstmädchen mit den Wunschlisten ihrer Herrschaften aufgetaucht. Es wurde getuschelt, gewitzelt, mit Urs geflirtet, mit Madelaine über neueste Backrezepte gefachsimpelt.

»Was bitte ist diese Torte dort?«, fragte eine der Damen und tippte vorsichtig gegen die Glasscheibe des Tresens. »Wieso heißt sie Dobos-Torte?«

»Joseph Dobos war ein berühmter ungarischer Konditormeister«, erklärte Madelaine freundlich. »Die Ungarn lieben diese Torte, die er selbst schuf. Sie ist ein wenig aufwendig und, wie soll ich es sagen, sie liebäugelt mit Ihrer Figur.«

»Sie liebäugelt? Sie macht uns also rundlicher, als wir eh schon sind?«

»Eine Woche nur Pellkartoffeln mit Quark, und Sie dürfen wieder zu mir kommen, um sich diesen Genuss zu gönnen«, erwiderte Madelaine mit einem Augenzwinkern.

»Wie viele Eier hat sie denn?«

»Acht.«

»O Gott, acht!«

»Die sächsische Eierschecke hat sieben, nur eines weniger, meine Damen.« Madelaine lachte und schnitt die Torte an. Sie teilte das Stück in kleine Häppchen und bot sie den Kundinnen an. Jede, die Lust hatte, nahm eine der silbernen Kuchengabeln, die neben einem Stapel Servietten griffbereit in einem Körbchen lagen.

Während der Ahs und Ohs erklärte Madelaine: »Man backe sieben dünne Biskuitböden, mit acht Eigelb, wie gesagt. Dann stelle man eine Füllung aus Butter, Zucker, Kakao und Rum her, bestreiche sie damit und bedecke den letzten Boden mit einer Glasur aus Karamell und Zitronensaft. Er schließt die Torte oben ab. Zum Schluss, na, Sie sehen es ja selbst, einfach den Rand des Meisterwerks mit geschmolzener Schokoladenmasse bestreichen und auskühlen lassen.«
»Großartig!«
»Drei Stücke, bitte!«
»Und von der Sachertorte ebenfalls zwei dazu!«
»Für mich ebenfalls, und vier Stückchen Bienenstich!«
»Vom Apfelstrudel bitte sechs Scheibchen!«
»Haben Sie auch die berühmte Prinzregententorte?«
»Allerdings, sie ist gerade fertig geworden. Stine!«
»Na, Madelaine«, mischte sich jetzt Urs ein, »hast du unseren Damen schon unsere neueste Kaffeemaschine gezeigt? Lassen Sie sich Melange und Braunen, Schwarzen und Kapuziner erklären, meine Damen. Ich verspreche Ihnen: Sie werden begeistert sein.«
»Und Ihre Pralinen? Können Sie uns bitte deren Geheimnisse lüften?«
Während Madelaine erzählte, wurde ihr bewusst, dass es ein Meister Kloss nicht besser hätte machen können.

Nun, da alle Räumlichkeiten geschaffen waren, die sie für ihr privates und berufliches Leben brauchte, tauchte Madelaine ab, als gelte es, für immer und ewig alles zu vergessen, was hinter ihr lag. Das Leben nahm einen geregelten Verlauf: Die Kinder gingen zur Schule, Thaddäus lernte und spielte mit ihnen, wann immer es ihm möglich war, ansonsten war stets ein Kindermädchen zur Stelle. Zwischen zwölf und halb drei war auch Madelaine zu Hause, aß mit den Kindern zu Mittag, hörte ihnen zu, beantwortete ihre Fragen, linderte ihre Sorgen, tröstete sie, wenn nötig, und ließ sie fühlen, dass sie sie liebte und froh war, sie in ihrem gemütlichen Zuhause bei sich zu haben.

An den Abenden, wenn die Kinder schliefen, erledigte sie ihre Korrespondenz, sowohl die geschäftliche als auch die wenige private, blätterte in Ricardas koloriertem Büchlein, ließ sich inspirieren und hoffte auf eine günstige Stunde, in der sie eine eigene Idee würde umsetzen können.

Sie schrieb András, er antwortete ihr – viel zu selten und sehr verhalten, wie sie fand. Da ihr aber seine Situation nur zu gut vertraut war, schmerzte es sie kaum. Sie fand es einfach nur beruhigend, dass sie noch immer ein Wort füreinander hatten und aus dem Alltäglichen berichten konnten. Die Liebe, die sie all die Jahre verbunden hatte, die gemeinsamen Erlebnisse würden für immer ein festes Band zwischen ihnen sein. Und dennoch verletzte es sie, als er ihr Ende November schrieb, Sybill würde, auf Drängen seines Vaters, zu Ostern des neuen Jahres auf dem Gutshof einziehen. Sybill wollte jedoch gerne ihre Mutter bei sich haben, was er äußerst lächerlich fände. Noch könne sie sich allerdings nicht an den Gedanken gewöhnen, allein bei ihm zu leben. Wobei das immerhin besser wäre, als ihre kapriziöse Mutter im Haus zu haben, die womöglich Eifersüchteleien heraufbeschwören würde, sowohl bei Katalin als auch bei Tante Matilda, die befürchten könnte, in ihrer Bedeutung als Schwägerin seines Vaters zurückgedrängt zu werden.

Was Sybills Umzug bedeutete, konnte sich Madelaine vorstellen, doch da András keine weiteren Andeutungen machte, stellte auch sie keine Fragen.

Manchmal, sagte sie sich, ist es besser, nicht zu viel zu wissen, es würde nur weh tun und irgendwann sogar lähmen. Und dennoch war ihr bewusst, dass zwischen ihrer Vergangenheit und Gegenwart die Balance nicht stimmte. Auffälligerweise hatte sie seit Wochen darauf verzichtet, die Weltpolitik zu verfolgen. Sie wollte nicht mehr an die Atmosphäre auf dem Mazary'schen Gut erinnert werden, dort, wo der alte Graf seinen Unmut über das, was er nicht ändern konnte, an ihr ausgelassen hatte. Erst jetzt, Anfang Dezember, als sie daranging, alte Zeitungen nach Artikeln über ihre Konditorei durchzusehen, fiel ihr Blick auf die Schlagzeilen der vergangenen Wochen.

Vor gut einem Monat, am 2. November, waren in Wien bei einer friedlichen Demonstration Dutzende Arbeiter von den Säbelhieben der Polizei zum Teil so schwer verletzt worden, dass selbst bürgerliche Zeitungen offen darüber berichteten. Unter den Verletzten seien, schrieben sie, sogar Frauen und Kinder gewesen, die Ärzte hätten alle Hände voll zu tun gehabt, weil »Augen mit Säbelspitzen ausgestochen«, »Scheitelbeine abgehackt« und »Pulsadern und Beugesehnen durchschlagen« worden seien.

Am 5. November hatte es im ganzen k. u. k. Reich große Massenerhebungen gegeben. Die russische Revolution schritt voran und zog immer größere Kreise. Erst vor kurzem, am 28.11.1905, war es zu einem Generalstreik im ganzen Kaiserreich gekommen. Allein in Wien waren zweihundertfünfzigtausend Menschen auf die Straßen gegangen, um mit roten Fahnen und Transparenten vor dem österreichischen Reichstagsgebäude für ein allgemeines Wahlrecht zu demonstrieren.

Doch anders als in St. Petersburg zu Beginn dieses Jahres konnte der Friede gewahrt bleiben. Denn sowohl der österreichische Ministerpräsident in Wien als auch der ungarische Ministerpräsident in Budapest versprachen fast zeitgleich den Menschen, dass ihre Regierungen eine Wahlrechtsreform zugunsten des allgemeinen Wahlgesetzes erarbeiten würden.

Freie Wahlen! Natürlich nur für den männlichen Teil der Bevölkerung, der Kampf um die weibliche Mitbestimmung müsste weitergehen. Aber fürs Erste immerhin ein Fortschritt.

28

Mit Entsetzen verfolgte Madelaine im Verlauf der nächsten Monate die Geschehnisse in Russland. Politische Morde waren weiterhin an der Tagesordnung, Bauern plünderten und brandschatzten Häuser, Speicher, Wälder von Gutsbesitzern, getrieben von Wut und Ohnmacht über ihre erbarmungswürdige Armut. Die Hoffnung nach der ersten Sitzung der Duma am 10. Mai 1906 im Winterpalais auf Besserung der politischen Lage schwand. Es sah nicht so aus, als ob die vielen politischen Gefangenen amnestiert würden, die Autokratie des Zaren in eine konstitutionelle Monarchie umgewandelt würde, alle Kinder kostenlos zur Schule gehen könnten, ein Teil des Grundbesitzes an die Bauern verteilt und Privilegien abgeschafft würden.

Madelaine konnte sich die Not der Menschen vorstellen. Manchmal dachte sie an ihren früheren Lebensretter, Rudolph Terschak. Ob er wohl noch lebte? Es schien ihr kaum vorstellbar, da die Zeitungen täglich über Gewalttaten berichteten. Provinzgouverneure und Polizeichefs wurden ermordet, Anfang 1907 sogar Attentate auf den Präfekten von St. Petersburg, von der Launitz, und den militärischen Generalstaatsanwalt Pawlow verübt. Inzwischen wurde jeder, der einer revolutionären Tätigkeit verdächtigt wurde, standrechtlich erschossen, andere wurden nach Sibirien verbannt. Rudolph hätte schon sehr viel Glück haben müssen, wenn er jetzt noch lebte, sagte sich Madelaine.

Auch auf dem Balkan kam es immer wieder zu blutigen Auseinandersetzungen zwischen Serben und Albanern, Griechen und Bulgaren. Und im k.u.k. Reich ließen die ethnischen und nationalen Spannungen nicht nach: Kroaten, Slowaken, Rumänen wehrten sich verstärkt gegen die magyarische Nationalidee, gegen die Durchsetzung der ungarischen Sprache als Pflichtsprache.

Wenige Tage vor Weihnachten brachte ihr der Postbote überraschenderweise einen längeren Brief von András. Er hatte ihn im Oktober geschrieben. Dass er so lange bis nach Hamburg gebraucht hatte, musste an den allgemeinen Unruhen gelegen haben.

Meine liebe Madelaine,
ich freue mich für Dich über Deine Erfolge dort in Deiner Heimat. Ich weiß ja, Du kannst auf vieles verzichten, nur nicht auf Schokolade. Mir geht es gut. Wir haben unseren Fuhrpark verbessert, neue Maschinen angeschafft, die Männer arbeiten fleißig, Frauen und Kinder müssen nicht darben. Wenn doch alles friedlich bliebe. Ich fürchte nur, wir sitzen alle in einem kleinen Kessel, und das Feuer unter uns wird immer größer.
Neulich waren Vater und ich auf einer Pferdemesse in Aras. Ich habe ihn selten so begeistert gesehen. Vier Kisbérer Halbblüter wollte er haben, benahm sich wie ein gieriges, starrköpfiges Kind. Ich musste auf ihn einreden, bis mich die Männer um uns herum auslachten. Ich will nicht, dass er das Geld zum Fenster hinauswirft, es ist ja nicht seines ... Zwei habe ich ihm erlaubt, sie sind rassig, elegant, sogar Sybill findet an ihnen Gefallen, auch wenn sie selbst sie nicht reiten kann. Sie ist Ostern allein

zu uns gezogen und leidet nun seit einiger Zeit unter trockenem Husten. Sie muss sich schonen und soll das nächste Frühjahr in Hévíz verbringen. Schade, dass ich nie die Zeit hatte, Dir das berühmte Thermalbad zu zeigen, dort kurt man schon seit dem Mittelalter. Ich wollte, Vater ginge mit ihr dorthin, er leidet nämlich gelegentlich unter Schwindelanfällen, ich weiß es, auch wenn er es bestreitet. Katalin machte mich darauf aufmerksam. Sie ist so entsetzlich selbstlos und wird wohl einmal ins Paradies kommen. Vater behandelt sie unmöglich, mal milde, doch irgendwie gedankenlos, dann wieder schreit er sie an und jagt sie davon. Und nachts ruft er nach ihr und heult sich in ihren Armen aus. Dummerweise macht er mir jetzt Ärger. Er war am letzten Wochenende auf der Jagd und ärgerte sich, nur zwei Wölfe erlegt zu haben. Dann entdeckte er an einem Berghang, zwischen den Bäumen, einen alten Bären. Vater entfernte sich von den anderen Jägern und pirschte sich allein an das Tier heran. Er schoss, traf aber daneben, das Tier flüchtete. Vater hetzte ihm nach, er musste es erlegen, er allein. Wie lange das so ging, weiß ich nicht, ich weiß nur, dass er dem Bären noch zweimal eine Kugel in den Pelz brannte. Als das Tier plötzlich stehen blieb und auf ihn zurannte, packte ihn wohl wieder ein Schwindel. Er hätte nur eine ruhige Hand gebraucht, und alles wäre geglückt. So aber ging seine Kugel daneben und verletzte einen herbeigeeilten Freund schwer. Dieser hatte das Tier von der Seite her getroffen, und es stürzte Vater gerade noch rechtzeitig tot vor die Füße.
Du kannst Dir seine Wut über sich selbst gut vorstellen, nicht? Vielleicht freut es Dich ja auch ein wenig, ich nähme es Dir nicht übel.

Denn dass er sich darüber amüsiert, was bei Euch in Köpenick passiert ist, kannst Du Dir ja denken. Dass ein einfacher Schuster nur die Uniform eines Hauptmanns des 1. Preußischen Garderegimentes anzuziehen braucht, um den echten Hauptmann von Köpenick zu verhaften und nach Berlin bringen zu lassen, ist ja ein Witz erster Klasse! Ganz Europa lacht, es ist ja auch wirklich zu köstlich. Sie haben ihn noch immer nicht gefasst, nicht? Vater meint, da sieht man, wie gut der deutsche Kaiser seine Untertanen erzogen hat: Uniform an, und alle gehorchen. Ob das wohl bei uns auch möglich wäre? Ich glaube nicht. Die Preußen sind da schon etwas Besonderes, man kann des Guten auch zu viel tun. Was meinst Du?
Teréza hat noch nicht geklagt, Gott sei Dank. Sie hat kein Kind geboren, aus welchen Gründen auch immer. Manchmal möchte ich fast glauben, es könnte stimmen, was Du damals gesagt hast. Lassen wir es. Teréza jedenfalls hat sich gut in Wien eingelebt, genießt es, von Bernhard ausgeführt zu werden. Ich wundere mich über ihren Elan, er ist fast ein wenig zu übertrieben, finde ich, bedenkt man, dass sie die meiste Zeit ihres Lebens im Kloster verbracht hat. Bernhard hingegen scheint zufrieden. Er hat ja schließlich auch mit dieser Eheschließung bewiesen, was für ein treuergebener Diener seines Staates er ist. Er wird noch Karriere machen. Eigentlich könnte Teréza jetzt schon den Hofknicks üben, den sie wohl bald vor dem deutschen Kaiser machen muss. Das allerdings würde Vater umbringen.
Im Übrigen richtet Teréza ihre wenigen Briefe an ihn, Bernhard ist es, der mir schreibt. Ich glaube, er fühlt sich seit Karóls Tod noch enger mit uns verbunden. Solch

eine Anhänglichkeit hätte ich einem kühlen Preußen wie ihm nicht zugetraut. Grüßen soll ich Dich von ihm. Lass es Dir weiterhin gutgehen, meine Liebe. Schreib mir, wenn Du wieder etwas Neues erlebt hast.
András

Vieles von dem, was András ihr erzählt hatte, ging sie nichts mehr an, sollte sie nicht mehr berühren. Und doch fragte sie sich, warum er sie nicht um Auflösung ihrer Ehe bat. Wollte er denn Sybill nicht bald heiraten? Wartete er auf etwas? Was geschähe, wenn Sybill … Nein, daran wollte Madelaine nicht denken. Die Vorstellung, ausgerechnet die magere Sybill von Merkenheim könnte ihrem leidenschaftlichen András ein Kind gebären, war absurd. So schien es ihr jedenfalls. Und wenn doch?
Der Zweifel begann in ihr zu nagen. Sie war so weit weg. Was wusste sie schon darüber, wie András und Sybill zueinander standen. Sicher war nur, dass der alte Graf alles, wirklich alles tun würde, um ihre Beziehung zu fördern.
Und Terenzin? Madelaines Pulsschlag wurde schneller. »Grüßen soll ich Dich von ihm.« So herzlos, wie András geschrieben hatte, war Bernhards Gruß bestimmt nicht. Es freute sie, dass Bernhard an sie dachte, András' Eifersucht weckte. Der Mann, der eine solche Verwirrung, ein solch glühendes Begehren in ihr ausgelöst hatte – sie würde ihn nie vergessen können. Hatte er nicht geweint, damals an Karóls Grab, als er sie angesehen hatte? Ganz so, als ob er zeigen wollte, wie sehr er sie liebte, aber auf sie verzichten musste? Wegen seiner Vergangenheit? Wegen András? Wegen eines Versprechens? War sie die Frau, die er nur im Geiste lieben konnte?
Zwei Lieben, und jede ohne echte Erfüllung.

War es wirklich verrückt, wie András gemeint hatte? War sie maßlos, süchtig nach Liebe und Anerkennung? Oder doch nur eine normale Frau, die in reiferen Jahren feststellte, dass Liebe wirklich eine Macht war.

Man kann auf vielerlei Weise lieben. Es ist kein Verbrechen. Es ist nicht unmoralisch. Es ist ein Geschenk, lieben zu dürfen und geliebt zu werden. Denn die Liebe fasert nicht einfach zwischen Dutzenden von Herzen aus. Nein, sie lauscht und tastet nach jenem Ton, der mit ihr eine harmonische Melodie schafft. Ihr Herzschlag fand eben bei zwei Herzen seinen Gleichklang. In Dur und Moll. Nur zwei Herzen – aus Millionen.

Madelaine schob sich ihr loses Haar hinter die Ohren und legte die Zeitungen beiseite, die sie nach András' Brief hatte lesen wollen. Es half nichts – das, was da vor ihr lag, gehörte es nicht bereits der Vergangenheit an? Morgen schon würde es andere Schlagzeilen geben. Plötzlich hatte sie das Gefühl, müde zu sein von Nachrichten, die von Blut und Tod, Zerstörung und Angst kündeten. Sie litt zu sehr an den Bildern, die das Lesen der Berichte in ihr heraufbeschwor. Sie wollte doch nur das Wenige an andere weitergeben, was sie selbst als Einzigstes in ihrem bisherigen Leben beglückt und getröstet hatte: Liebe und Süße.

Weil beides ihr Kraft gegeben hatte, zu hoffen.

Madelaine hielt inne, erschrak sogar ein wenig, als ihr bewusst wurde, was in ihr vorging.

Die beiden Männer, die sie liebte, waren fern.

Sie selbst hatte ihr neues Nest in ihrer alten Heimat gefunden, einer weltoffenen, friedlichen und prosperierenden Hansestadt. Sie könnte die Augen vor den Unruhen und Kriegen im Rest der Welt um sie herum verschließen. Aber sie könnte auch an jene denken, denen, aus welchen

Gründen auch immer, die tröstende Süße der Schokolade allein nicht reichte, die stärkeren Zuspruch brauchten, so wie es Ricarda in ihren Rezepten beschrieben hatte. Ich habe ein Talent, sagte sie sich, und ich habe keine Zeit zu verlieren. Ich werde noch in dieser Stunde dorthin gehen, wo ich Meisterin über mein Tun und Handeln bin. Ja, András, du hast recht: Ich habe Erfolg, und ich werde noch erfolgreicher sein, rief sie ihm in Gedanken zu.
Sie legte seinen Brief zu den anderen, bündelte die Zeitungen und trug sie in die Waschküche im Souterrain ihres Hauses. Dann schlüpfte sie in ihren Pelzmantel, zog ihre gefütterten Stiefel an und verließ das Haus.
Es hatte zu schneien begonnen. Im Lichtkegel der Straßenlaternen rieselten winzige Schneeflocken anmutig zur Erde. Madelaine schlug ihren Kragen hoch, überquerte die Alster und lief immer schneller Richtung Klosterstern. Ein heftiger Wind blies ihr ins Gesicht, und als sie in den Eppendorfer Baum einbog, hatte sie stechende Kopfschmerzen. Alle Geschäfte waren schon geschlossen, nur in der Apotheke von Arnold Goll am Isebekkanal brannte noch Licht. Madelaine hatte eine vage Idee. Sie beschleunigte ihre Schritte, zog den Kopf ein und lief, so schnell sie konnte, auf die Apotheke zu, in der Hoffnung, noch rechtzeitig einzutreffen, bevor auch Goll das Licht ausdrehte.
Tatsächlich prallte sie gegen das Glas der verriegelten Eingangstür. Erschrocken drehte sich der Apotheker, der hinter dem Tresen auf einer Leiter stand, zu ihr um. Rasch stieg er hinab und öffnete ihr die Tür.
»Gräfin Mazary! Was für eine Überraschung! Kommen Sie herein. Ist irgendetwas mit Urs?«
»Nein, nein, es geht ihm gut. Sie müssen mir helfen.«
»Gerne, womit kann ich Ihnen dienen? Sagen Sie nur nicht,

Sie wollen aus medizinischen Gründen Schokolade bei mir kaufen.« Er lächelte.

Madelaine schüttelte sich den Schnee vom Pelz. »Nein, aber ich brauche etwas, das sich aus medizinischer Sicht mit ihr verträgt. Etwas Belebendes, etwas, das auch gegen Erschöpfung, Melancholie und Kopfschmerzen hilft.« Sie dachte an etwas Bestimmtes, etwas, das auch Ricarda in ihrem Büchlein erwähnt hatte. Doch sie wollte sicher sein, dass es auch aus der Sicht eines deutschen Apothekers unbedenklich war.

»Oh, das sind Allerweltsbeschwerden. Darf ich fragen, ob es für Sie persönlich ist? Dann würde ich Ihnen Laudanum empfehlen.« Er musterte sie neugierig.

»Herr Goll, ich brauche kein Opium, sondern etwas Vergleichbares, etwas ... Gesünderes, Geschmackvolleres.«

»Wollen Sie unter die modernen Quacksalber gehen, Gräfin?«

»Machen Sie sich bitte nicht über mich lustig«, erwiderte Madelaine streng. »Geben Sie mir lieber einen guten Rat.«

Er tat, als überlege er, dann schob er langsam seine Brille über die Stirn. »Ja, da gibt es etwas, allerdings. Es gab einmal einen morphiumsüchtigen Amerikaner, der genau das gleiche Problem lösen wollte wie Sie, Gräfin. Ein harmloses, aber wirksames Mittel gegen die Beschwerden, die Sie gerade nannten. Haben Sie schon einmal etwas von Pemberton's Rezept für Coca-Cola gehört?«

Überrascht starrte Madelaine ihn an. »Nein, wer ist das? Was meinen Sie?«

»John Pemberton war Pharmazeut aus Atlanta. Er mixte in den achtziger Jahren Wein – später Sodawasser –, Kolanüsse, Damiana und den Extrakt aus den Blättern der Kokapflanze und machte daraus einen Sirup, der in den Soda-Bars verkauft wurde.«

Kolanüsse! Genau diese hatte Ricarda beschrieben – und sie, Madelaine Elisabeth Gürtler, hatte die gleiche Idee wie ein studierter Genussmittelerfinder in Amerika. Also würde sie genauso erfolgreich werden. Sie jubelte innerlich.

»Ich hoffe für Sie, dass Sie mehr Glück haben als Pemberton«, unterbrach Goll ihren Gedanken. »Er starb nämlich, bevor die Marke geschützt und in klingende Münze umgewandelt werden konnte. Er hatte Pech, und andere wurden mit seiner Erfindung reich. Wenn Sie also ein Rezept im Kopf haben, hüten Sie es gut.«

»Ich muss erst einmal etwas ausprobieren, Herr Goll. An die Kolanuss hatte ich auch schon gedacht. Erzählen Sie mir etwas über die Pflanzen, die dieser Mr Pemberton verwendet hat?«

»Gerne, also Damiana ist eine gemütsaufhellende, aphrodisierende Pflanze aus Südamerika. Die Mayas nutzten sie als Stärkungsmittel. Kolanüsse beleben, weil sie, wie Kaffee, Koffein enthalten, außerdem stimulieren sie Muskeln und Nerven. Sie helfen gegen Migräne, Fieber, Erbrechen, aber sie dämpfen auch Durst und Appetit. Man verrührt ihr Pulver mit Wasser, Milch oder Tee, nutzt es auch als Kaffeeersatz. Die Kokapflanze dagegen enthält Kokain, das betäubend auf das Nervensystem einwirkt. Die Indios kauen die Blätter, um Hunger, Kälte und Müdigkeit zu bekämpfen. Kurz: Sie ist eine Droge. Ich rate zu den Nüssen, allein schon weil …«

»… sie am leichtesten zu verarbeiten sind.«

»Richtig, wollen Sie wissen, wie es mit Pemberton's Erfindung weiterging?« Ohne ihre Antwort abzuwarten, fuhr er begeistert fort: »Dieser Pemberton starb wirklich viel zu früh. Ein armer Wicht. Was hätte er gestaunt, würde er heute noch leben. Längst schon wird sein Sirup nicht nur mehr in den Soda-Bars der Upper-Class verkauft, sondern in Flaschen! Mit Kronkorken! Eine großartige Erfindung, ich glaube, kurz vor der Jahrhundertwende kam jemand darauf. Wirklich praktisch, stellen Sie sich die Massen von Flaschen in Kisten vor, quer durch ganz Amerika gekarrt ...«

»Wollen Sie mir nun ein paar Kolanüsse verkaufen oder nicht?«, unterbrach Madelaine ihn ungeduldig.

Er errötete bis unter die Haarwurzeln. »Verzeihung, natürlich, selbstverständlich. Ich komme immer so schnell ins Fabulieren, Sie kennen mich doch. Ich könnte Ihnen noch viel mehr erzählen, das liegt eben am Beruf, wir Apotheker leben ja schließlich mit den Histörchen der Geschichte ...«

»Herr Goll!«

»O Verzeihung, das muss an Ihrer Idee liegen, sie putscht mich schon jetzt so ganz und gar auf, als schössen Zucker und Koffein durch meine Adern. Jaja, ich eile ja schon.« Er verschwand einen Moment, tauchte dann mit einem Schubfach und einer Porzellandose auf. »So sehen sie aus.« Er zeigte ihr die ovalen dunklen Nüsse, einige so lang wie ihr kleiner Finger. Madelaine nahm eine in die Hand, strich über die wellige Oberfläche.

»Das sind die von der Schale befreiten Steinkerne«, erklärte Goll. »Um sie besser aufzubewahren, werden sie getrocknet. Verkauft wird aber meistens nur das Pulver.« Er hob die Porzellanhaube der Dose. »Es dürfte wohl am ehesten Ihren Zwecken genügen. Wie viel soll es denn sein?«

Madelaine bat um ein Pfund. Nachdem sie bezahlt hatte,

reichte ihr Goll lächelnd die Hand und sagte: »Ich wünsche Ihnen viel Erfolg, Gräfin. Ich wünsche mir sehr, dass es Ihnen gelingt. Und sollte das so sein – was ich nicht bezweifele –, würde ich mir wünschen, Sie würden mich zu Ihrem Hoflieferanten küren. So wie Sie Hoflieferantin für meine Frau sind.«
Mit einem letzten Gruß verabschiedeten sie sich voneinander. Von St. Johannis schlug es halb acht Uhr. Ein eisiger Wind jagte durch den Isebekkanal, hier und da waren Schneewirbel zu sehen. Es waren nur noch wenige Menschen unterwegs, und Madelaine war froh, endlich ihre Konditorei erreicht zu haben. Mit klammen Fingern schob sie den Türschlüssel in das Schloss und trat ein. Als sei es in Perlmutt getaucht, schimmerte das Mahagoniholz der Tresen und Regale im matten Schein der Straßenlaternen. Es roch ein wenig nach Essig und Seifenlauge, die Putzfrauen hatten wie immer gründlich gearbeitet. Madelaine aber musste lächeln, als sie kurz innehielt, um dem nachzuspüren, was beide Putzmittel nicht hatten gänzlich vertreiben können: den süßen Duft von Schokolade und warmem Gebäck. Sie schloss die Tür hinter sich ab und eilte durch den Verkaufsraum in die dahinterliegende Backstube. Endlich war sie allein. Sie zog ihren Mantel aus, band ihre Schürze um und suchte alles zusammen, was sie für ihr Experiment benötigte.
Sie nahm einen Mörser, zerrieb Nelken, siebte sie, mischte das Pulver mit Zimt, Kardamom, rührte frisches Vanillemark und Kolanuss-Pulver hinzu, schmeckte mit ein wenig frisch gemahlenen Kaffeebohnen ab, wieder und wieder, so lange, bis sie das Gefühl hatte, der Raum um sie herum füllte sich mit kaum hörbarem erwartungsfrohem Raunen.

Sie schloss die Augen und rollte die Mischung mit der Zunge in ihrem Mund herum. Das Raunen, schien ihr, änderte sich, erinnerte sie nun an das Flattern von leichtem Tuch in heißem Wind. Ihr kam es vor, als säße sie in einem weißen, kahlen Zelt. Sie war allein, Licht flutete durch die dünne Baumwollhaut. Sie spähte durch den einzigen Spalt hinaus in das strahlende Blau des Himmels und die weite sandige Ödnis. Nichts lenkte sie ab, bis auf die kleine sämige Masse auf ihrer Zunge. Alles, was sie dort draußen erwarten könnte, war hier, bei ihr, in ihr, tränkte sich mit ihrem Speichel, brach mit der Kraft eines von Regengüssen erweckten Samenkorns aus verdorrter Erde empor, blühte in ihrem Mund auf. Es war, als ob die nie versiegenden Kraftströme, die stets aufs Neue Blüten, Kapseln und Rinden zu schaffen wussten, sich nun auch in ihr verströmten und sie innerlich mit ihren Düften berauschten und antrieben.

Madelaine öffnete wieder ihre Augen und setzte das Bain-Marie auf. Es war ein Wagnis. Noch während sich die Criollo-Schokolade unter ihren Händen zu delikaten Trüffeln veredelte, sann sie über einen Namen nach. Sie tauchte die Ganachepralinen in Kuvertüre, stellte sie zum Auskühlen beiseite und beschloss, etwas Blattgold auf einer Marmorplatte auszustreichen. Schließlich, fand sie, war ihre Erfindung es wert, mit Gold verziert zu werden. Schenkten doch Gewürze und Kolanüsse eine einzigartige, belebende Energie. Madelaine sah auf. Ja, das war es: Sie hatte Gold-Schokoladen-Nüsse geschaffen, »Goscho-Nüsse«. Für eine größere Produktion würde sie allerdings Kakaopuder nehmen oder es bei der glatten Kuvertüre belassen, weil es sonst zu teuer würde. Und so wandelte sie ihre Gold-Schokoladennüsse in »Koscho-Nüsse« um, Kola-

Schokoladen-Nüsse. Jedes Kind würde den Namen aussprechen und behalten können.

Ihre Erfindung sprach sich rasch in der Hansestadt herum und wurde ihr größter Erfolg. Es war, als hätte sie mit ihren »Koscho-Nüssen« ein süßes Symbol für die reiche Fülle der Hamburger Speicher geschaffen. In ihrer Freude schickte sie je drei Dutzend in einem handcolorierten Schmuckkarton an András – und Teréza ...
Sie wartete vergebens auf eine Antwort.

29

Die Monate vergingen, ohne dass sie etwas aus Wien oder vom Mazary'schen Gut hörte. Hatten Teréza und Sybill ihre Pralinen aus Neid nicht weitergegeben? Wussten Bernhard und András also gar nichts davon? Oder hatten beide Frauen ihren Männern verboten, weiter den Kontakt zu ihr aufrechtzuerhalten?
Madelaine grübelte, doch eine vernünftige Antwort fiel ihr nicht ein. Sie beschloss, ihr Schweigen zunächst einmal zu akzeptieren, und versuchte, nicht daran zu denken, wie glücklich beide Paare sein könnten. Sie schien ihr privates Glück zu stören. Sie, die Geschäftsfrau, die Frau ohne Mann.
Um sich abzulenken, las sie täglich die beunruhigenden Nachrichten.
In Russland gab es Missernten, die eine große Hungersnot nach sich zogen. Zwischen Russland, Großbritannien und Deutschland ging das Wettrüsten um die beste Kriegsflotte weiter. Im Januar 1908 gab der Außenminister von Österreich-Ungarn, Baron von Aehrenthal, bekannt, man wolle – mit Zustimmung des osmanischen Sultans – eine Eisenbahnlinie quer durch die türkische Provinz Bosnien-Herzegowina bis zur Adria bauen. Dagegen protestierte Russland heftig, weil es den 1878 festgelegten Status quo verletzt sah, der festlegte, dass Österreich-Ungarn die unter türkischer Oberhoheit stehende Provinz nur besetzt hielt, um für Stabilität zu sorgen. Doch am 7. Oktober 1908, vier Monate nach Kaiser Franz Josephs sechzigjährigem

Regierungsjubiläum, annektierte Österreich-Ungarn Bosnien-Herzegowina. Die Serben waren entsetzt, alarmierten die Großmächte. Selbst in St. Petersburg gab es Demonstrationen gegen diese Annexion, denn man befürchtete, Österreich-Ungarn wolle gegen die Serben losschlagen und slawische Minderheiten weiter unterdrücken.

Russland, Italien, Frankreich, England und die Türkei schlossen sich zusammen, beriefen sogar eine Schlichtungskonferenz ein. Österreich-Ungarn machte Serbien in Bezug auf Handel und Verkehr Zugeständnisse, blieb aber in Sachen Bosnien-Herzegowina unnachgiebig. Viele Magyaren waren von der Annexion angetan und hofften auf eine Erweiterung ihres Einflusses.

Im Großen und Ganzen aber stand Österreich isoliert da, nur Deutschland stellte sich an seine Seite.

Ein Jahr später – 1909 – erneuerte Deutschland sein Versprechen, Österreich beizustehen, sollte ein Krieg zwischen Österreich-Ungarn und Serbien ausbrechen und Russland sich entschließen, Serbien zu unterstützen. Russland, geschwächt vom letzten Krieg gegen Japan und den Auswirkungen der Revolution, gab unter diesem Druck nach und forderte die Serben auf, die Annexion ohne weiteren Protest zu akzeptieren.

Jeder, der sich ein wenig mit ethnischen Befindlichkeiten auskannte – auch Madelaine –, konnte sich vorstellen, dass die Russen mit den Südslawen mitempfanden und sich mit ihnen gedemütigt fühlten. Wie unangenehm die zunehmende Feindseligkeit gegenüber den Deutschen im russischen Reich nun war, darüber mochte Madelaine gar nicht nachdenken.

»Es liegt etwas Böses in der Luft«, meinte auch Urs eines

Sonntagmorgens, als sie mit ihm und ihrem Vater beim Frühstück zusammensaß. Gerade eben hatte er ihnen aus der Zeitung vorgelesen, dass Österreich-Ungarn sich aufgrund der nicht nachlassenden feindseligen Stimmungen in Serbien, Montenegro, Türkei und Russland gezwungen sah, zu einer Mobilmachung aufzurufen. »Sie wollen zwei Armeen gegen Serbien und eine gegen Montenegro einsetzen. Was das alles kosten wird! Geld und den Frieden. Ich fürchte, das könnte ansteckend wirken, sowohl auf gekrönte Häupter wie auf hohe Militärs, die unter ihren blitzenden Orden vor Lust aufs Kräftemessen schon schwitzen. Ich glaube, die einen langweilen sich bereits viel zu lange, und den anderen ist es viel zu lange zu gut gegangen. Da bietet sich doch die gärende Hefe des Volkes zum Verschlingen – will heißen: zum Verheizen – an, oder?«

»Können wir nicht einmal von etwas anderem sprechen?«, fuhr Madelaine ihn entnervt an und öffnete die Briefe, die in den letzten zwei Tagen eingegangen waren, für die sie aber noch keine Zeit gehabt hatte.

Urs zog eine Augenbraue hoch und versuchte, belustigt dreinzuschauen, doch es gelang ihm nicht recht. »Ich habe neulich Inessa in Rostock getroffen. Sie gab ein kleines Gastspiel. Vielleicht kommt sie im nächsten Jahr nach Hamburg. Du weißt, es wird ein besonderes Jahr. Würde es dir gefallen, wenn ich sie dann mit deinen Koscho-Nüssen bekannt mache?«

Madelaine warf ihre Serviette nach ihm. »Wie kannst du nur so ironisch sein. Heirate sie doch, von deiner bittersüßen Art hätte sie viel mehr!«

Urs lachte. »Und das sagt die beste chocolatière, die ich kenne. Was für ein Kompliment für mich alten Mann. Nun, Thaddäus, was meinst du dazu? Du hast Inessa doch

auch gesehen. Soll ich, oder soll ich nicht?« Er zwinkerte ihm zu.
Thaddäus holte seine Pfeife hervor und stopfte sie gemächlich. »Also, ich hatte ja auch einmal eine junge Freundin, Ricarda, und ich gebe dir den Rat, Urs, lass uns in Ruhe alt werden. Die heißen Zeiten sind vorbei.«
Urs klopfte auf den Tisch, wo die Zeitungen lagen. »Von wegen, sie fangen erst an! Nicht, Madelaine?« Jetzt zwinkerte er ihr so provozierend zu, dass selbst Thaddäus missbilligend den Kopf schüttelte. »Nun lass sie doch. Ihre Liebe kann warten.«
»Recht hast du, Vater«, meinte Madelaine, wobei sie Urs spielerisch mit dem Brieföffner drohte. Dann wandte sie sich wieder ihrer Korrespondenz zu. Plötzlich zuckte sie zusammen, denn zwischen den üblichen Rechnungen und Bestellanfragen kam ein Kuvert zum Vorschein, welches das Mazary'sche Siegel trug.
»Was ist? Du bist auf einmal weiß wie Alabaster.« Thaddäus beugte sich besorgt zu ihr vor. Auch Urs ließ die Zeitung sinken. Madelaine riss den gefalteten Briefbogen heraus.
»Es ist András«, murmelte sie und überflog die wenigen Zeilen.

Meine liebe Madelaine,
ich möchte Dich sehen. Ich fürchte, ich habe einen großen Fehler gemacht. Wenn es Dir recht ist, komme ich Anfang Mai. In Liebe, Dein András

»Was schreibt er?«, wollte Urs beunruhigt wissen. »Hat er einen Erben?«
»Nein, er will nach Hamburg kommen.«

Thaddäus atmete erleichtert auf. »Er gibt dich also nicht auf. Siehst du, ich habe es immer gewusst. Du weißt, ich habe große Achtung für seinen Einsatz für den Erhalt des väterlichen Gutes. Er ist schließlich der einzige Sohn, er musste damals so handeln. Aber er hätte es dir leichter machen sollen, damit du dich bei ihm wohl fühlst. Er hätte sich gegenüber seinem Vater stärker durchsetzen sollen. Das hat er nicht getan, und das war sein Fehler. Er hat deine Liebe, deine Langmut aufs äußerste strapaziert. Ich freue mich aber, dass er dich noch immer liebt, Madelaine, und ich hoffe, er findet einen Weg zu dir zurück. Eines aber musst du wissen, mein Kind: Er ist allein, wir aber – Urs, die Kinder und ich – sind zu fünft, und wir halten dich hier mit aller Kraft fest. Nie wieder werde ich – werden wir – dich ziehen lassen.«

Urs brummte zustimmend, zupfte etwas Tabak aus Thaddäus' Tabakdose und stopfte seine Pfeife. Doch er behielt Madelaine im Auge.

Es ist ihm nicht wirklich recht, dass András hier eindringt, durchfuhr es Madelaine. In Wahrheit ist es doch beiden lieber, sie hätten mich für sich allein. Nichts soll ihre Altherren-Ruhe stören. Was wissen sie schon über meine Träume …

Sie erhob sich, trat schweigend ans Fenster und schaute in den Garten hinaus, wo Narzissen und Tulpen blühten. Hier und da bog ein heftiger frühlingshafter Wind ihre roten und gelben Köpfe, knickte einen Stiel. Meisen baumelten an zarten Birkenzweigen, am Rand der Vogeltränke landete eine Elster, schimpfend flog eine Amsel auf. Madelaine trat auf die Terrasse hinaus. Es war warm geworden. Ihr Kleid bauschte sich auf, als sie in den Garten hinunterging. Sie war durcheinander. András würde kommen, in wenigen Tagen an diesem Platz hier mit ihr stehen, auf ihrem Besitz. Was würde er sagen? Was erwartete er von ihr? Vor allem aber: Was sollte sie tun? Was, fragte sie sich mit zunehmender Beklemmung, fühle ich noch für ihn? Liebe ich ihn noch so wie früher? Liebe ich nur die Erinnerung an unsere Liebe? Oder ist es etwas anderes, Aufregenderes, das in mir aufbrechen will, etwas, das mit András nichts zu tun hat?

Ihr Herz schlug schnell und hart. Sie ahnte, was in ihr vorging, wollte es zunächst nicht wahrhaben und musste sich ihm dann doch stellen: András' Brief weckte ihre heimliche Sehnsucht nach einer Liebe, nach einem Verschmelzen, nach einer Leidenschaft, die sie damals in Wien so schmerzlich stark empfunden hatte … Sie hatte ihn, Bernhard, nie vergessen, weil er das verzehrende Begehren in ihr entfacht hatte, aufzubrechen wie die Knospen rings um sie herum. Was sollte sie nur tun?

Madelaine lief zum Bootshaus und suchte nach dem Messer, das die Kinder hier früher immer liegen hatten, um Fische auszunehmen oder Garne für Netze zu zerschneiden. Ungeduldig durchwühlte sie die Regale und fand es schließlich in einer rostigen Dose zwischen verbogenen Angelhaken, einem Knäuel Pferdehaar, Hanfschnüren und vertrockneten Pinseln.

Von der Terrasse her sahen ihr Thaddäus und Urs schweigend zu. Madelaine ging zurück in den Garten und schnitt alle vom Wind abgeknickten Narzissen.

András sagte Tage später ab. Sybill sei erneut erkrankt und bedürfe seines Beistandes. Madelaine war verärgert. Und je näher Herbst und Winter rückten, desto mehr bezweifelte sie, ob András sie je besuchen würde. Erst im

März des nächsten Jahres schickte er ihr erneut einen kurzen Brief, in dem er seine Ankunft für Anfang Mai fest zusagte.

Ein ganzes Jahr war vergangen. Es war nicht zu ändern, aber Madelaine war verstimmt.
Am 4. Mai 1910 sollte sie ihn empfangen. Sie schickte András einen gemieteten Wagen zum Bahnhof, der ihn abholen sollte. Dem Chauffeur hatte sie gesagt, er sollte Graf Mazary ausrichten, die Gräfin könne ihn leider wegen der vielen Arbeit in der Confiserie nicht persönlich abholen. In Wahrheit aber mochte Madelaine nicht am Bahnsteig stehen, um auf András zu warten. Sie wusste, das war taktlos und unhöflich, doch sie wollte sich ein wenig an ihm rächen, indem sie ihn zwang, ihr nach all der langen Zeit in der Ruhe ihrer eigenen Villa wiederzubegegnen. Es schien ihr nur recht. Doch in dem Augenblick, als er vor ihr stand – erschöpft und von feinen Falten gezeichnet –, überkam sie Mitleid. Liebevoll nahm sie ihn in die Arme.
»Es ist schön, dich zu sehen«, murmelte sie und küsste ihn auf die Wangen.
»Du bist so schön wie immer, du hast dich nicht verändert.«
»Das wollen wir hoffen, bitte, komm herein –, und herzlich willkommen!«

In den nächsten drei Tagen hatten sie kaum Zeit, ruhig miteinander zu sprechen. Urs, ihr Vater Thaddäus, die in der Zwischenzeit fast erwachsen gewordenen Kinder – Svenja war achtzehn, Nikolas siebzehn, Karl sechzehn – nahmen ihn in Beschlag. Die Weltpolitik, das Mazary'sche Gutsleben, die Ziele der Jungen, deren eigenes neues Le-

ben: Es gab so viel zu erzählen. Svenja hatte sich bei einem Tanztee in den Sohn eines Schornsteinbauers verliebt, Nikolas hatte im Anschluss an seinen Hauptschulabschluss eine dreimonatige Grundausbildung an der Seemannsschule und eine dreijährige Ausbildung als Schiffsjunge abgeschlossen. Soeben war er als Marinesoldat vereidigt worden, mit der Verpflichtung, sechs Jahre als Matrose in der Hochseeflotte der Kaiserlichen Marine zu dienen. Karl lernte seit seinem vierzehnten Lebensjahr bei ihr das Bäckerhandwerk.
Es war in der ersten warmen Mainacht, als Madelaine und András endlich allein sein konnten.
»Wie geht es deinem Vater?«
»Er ist verbittert, ärgert sich über dieses und jenes. Du kennst ihn ja«, erwiderte András einsilbig.
»Ist er denn nicht mit dir und Sybill glücklich? Er hat doch alles getan, damit mein Platz endlich frei wird.«
»Ja, ich weiß, es muss furchtbar für dich gewesen sein. Es ... es tut mir alles so leid, Madelaine. Ich war viel zu sehr mit der ganzen Verwaltungsarbeit beschäftigt, so dass ich mir überhaupt nicht vorstellen konnte, wie sehr du gelitten haben musst. Kannst du mir verzeihen? Ich sehe ein, es war ein Fehler, Sybill einziehen zu lassen.«
»Ist sie nicht verärgert, dich nicht heiraten zu können? Willst du unsere Ehe nicht auflösen?«
Er starrte sie entgeistert an. »Willst du das?«
»Es liegt doch nahe, findest du nicht? Schließlich hast du eine neue Gefährtin an deiner Seite. Eine Gefährtin, die großzügig ist und den Traum deines Vaters wahr werden ließ. Obwohl sie dir noch nicht einmal die Pralinen deiner Noch-Ehefrau zugestand. Ich schickte sie dir, damals, erinnerst du dich nicht?«

András fuhr auf. »Natürlich, sie schmeckten ausgezeichnet, auch Sybill stimmte mir zu. Ich schrieb einen Brief, bot Sybill an, ein paar persönliche Zeilen hinzuzusetzen und ihn an dich abzuschicken. Dann hat sie es also nicht getan. Das tut mir leid.«
Bestürzt sah Madelaine ihn an. »Du hast ihr vertraut. Dabei kennst du sie doch. Warum hast du es nicht selbst getan?«
Er errötete, rang die Hände. »Ich sagte dir doch, ich weiß, dass ich Fehler gemacht habe. Die Arbeit hat mich verändert. Diese Verantwortung.«
Schweigend wandte sich Madelaine von ihm ab. Langsam schritt sie die Verandatreppe zum Garten hinunter, an dessen Ende die Alster schimmerte.
»Madelaine!«, rief er ihr nach. »Erinnerst du dich noch an unsere Traumtreppe in Sigulda? Die Bäume ringsherum waren das Tor zum Reich der Träume. Wir brauchten nur die Stufen zu zählen. Erinnerst du dich? Unsere Wünsche gingen in Erfüllung, wir können es nicht leugnen. Und es war unser erster Kuss.« Er hatte sie eingeholt und legte seine Hand auf ihren Arm. »Ich bitte dich: Komm zu mir zurück. Es wird alles anders werden. Sybill kränkelt ständig, wir … wir werden nie Kinder bekommen, weil … weil …«
»Ja?«
»Weil wir wie Bruder und Schwester leben, Madelaine. Es ist die Wahrheit. Es gab nur wenige Male, damals, kurz nachdem du gegangen warst und ich so verzweifelt war. Wir haben viel Gutes mit Sybills Geld ermöglichen können, aber es scheint alles umsonst. Es wird wohl nach uns nie jemanden geben, für den diese Anstrengungen der Mühe wert gewesen wären. Es sei denn, wir beide versuchten es noch einmal.«

»András« – sie nahm seinen Kopf zwischen ihre Hände, küsste ihn bewegt –, »du weißt, was ich mir hier in meiner Heimat aufgebaut habe. Ist dieses Haus nicht ein schönes Nest? Würdest du es an meiner Stelle verlassen, um dorthin zu gehen, wo nur unangenehme Erinnerungen auf mich warten? Würdest du es tun?«
Er trat zurück. »Ich bin also auch nur eine unangenehme Erinnerung für dich? Das glaube ich nicht. Hast du denn unsere glücklichen Jahre vergessen?« Er nahm ihre Hände. »Du trägst meinen Ring nicht mehr.« Er drehte sich um, schlug die Hände vors Gesicht und weinte. Wie in einem überschnell abgespulten Film raste ihr gemeinsames Leben an Madelaines innerem Auge vorbei. Wie konnte das alles nur sein? Das Licht der ersten gemeinsamen Jahre, die Dämmerung heute. Würden sie mit all dem vergangenen Glück, ihrer verschütteten Liebe in das Dunkel stürzen? Lag ihre persönliche Zukunft doch woanders?
»Ein Scherbenhaufen, nein, Madelaine. Unsere Liebe darf nicht von äußeren Umständen zerstört werden. Komm zu mir zurück!«
Madelaine war von Mitleid und Schmerz hin- und hergerissen. Bevor sie nachdenken konnte, hörte sie sich sagen: »Nicht, solange du dich nicht von Sybill getrennt hast.«
»Ja! Ja!«, jubelte András. »Es wird ein Leichtes sein.«
»Aber ich möchte, dass du zu mir kommst, András.«
»Wir werden sehen, wir müssen nur geduldig sein.« Allein die Aussicht, sie könnten wieder zusammenleben, machte ihn benommen. Er riss sie in seine Arme, wirbelte sie im Kreis herum und küsste sie.
»Egal, wo wir leben werden, egal, Madelaine. Ich möchte nur wieder mit dir zusammen sein.«
Sie liebten sich in dieser Nacht mit einer zärtlichen Ver-

zweiflung, einer tröstlichen Vertrautheit. Doch als am nächsten Morgen eine Depesche von Sybill eintraf, der alte Graf sei in der vorletzten Nacht gestorben und sie fühlte sich so einsam, wussten Madelaine und András sofort, dass das winzige Pflänzchen Hoffnung zertreten war. Sie waren erschüttert. Als sie wenig später am Bahnhof voneinander Abschied nahmen, kämpften sie mit den Tränen, verunsichert, wie ihr Leben weitergehen sollte.
Die einzige Sicherheit, die jeder hatte, war sein Zuhause.
»Verkaufe das Gut, András, löse dich von allem«, bat Madelaine ihn ein letztes Mal.
»Ich ... ich gab ihm mein Versprechen, es zu halten ...«
»O nein, nein, tu es nicht. Er ist jetzt tot, du bist frei, András! Du bist frei!«
Der Schaffner pfiff, mahnte zum Einsteigen.
»Ich kann nicht, es wird nicht so schnell gehen. Mein Gott, Madelaine!« Er presste sie an seine Brust. »Bleib meine Frau, ja? Bitte versprich es mir. Ich liebe dich. Ich werde um dich kämpfen, ich werde dich nie aufgeben. Ich schreibe dir, sobald ich kann. Aber ich bitte dich noch einmal: Komm zu mir. Es kann Krieg ausbrechen, und dann wird Deutschland im Mittelpunkt stehen. In Ungarn, bei mir, wärest du in Sicherheit.« Als letzter Fahrgast sprang er auf. »Madelaine! Madelaine!«

Nach András' Abreise war Madelaine geschockt. Er war in ihr Leben eingebrochen und wieder verschwunden. Sie war in das seine gedrungen und war geflüchtet. Würde es jemals wieder eine Chance für sie beide geben?
Wieder und wieder besprach sie sich mit Urs und ihrem Vater.
»Ich weiß, dass er dich liebt«, meinte Letzterer. »Ich habe

euch schließlich damals in Bahia beobachten können. Wenn Gott es will, dann führt er euch auch wieder zusammen. Jetzt, da der alte Graf nicht mehr lebt, dürfte das doch wohl für András kein Problem sein. Vielleicht braucht er nur noch etwas Zeit, um den Verkauf des Gutes abwickeln zu können. Und er wird diese Sybill auszahlen müssen, darin liegt wohl das größte Problem.« Er kaute auf dem Stiel seiner Pfeife.
Urs stimmte ihm zu. »Außerdem ist András sensibel genug, um zu wissen, dass, wenn er Sybill fortschickt, es für sie das zweite Mal ist, zurückgestoßen zu werden. Ich traue ihr zu, dass sie ihn moralisch unter Druck setzt.«
»Ja, das ist sein wirkliches Problem«, meinte Thaddäus, »es scheint sein Schicksal zu sein, nie frei handeln zu können. Stets ist er einem Menschen verpflichtet: erst dem Vater, dann dieser Frau. Und für beide hat er sich nie frei entschieden. Nur bei dir, Madelaine, war das eine andere Sache. Du warst wohl sein ureigenster Traum von Freiheit. Irgendwie tut er mir schon leid.«
Madelaine schwieg. Sie räumte den Tisch ab, warf alle Briefe, ob geöffnet oder nicht, in den Papierkorb. Sie fühlte sich auf einmal müde und entsetzlich erschöpft. Sie legte sich schlafen. Schließlich musste sie am nächsten Morgen früh aufstehen.

Die weißrosa Blüten der japanischen Zierkirschen in den gepflegten Gärten der Häuser an der Alster hätten nicht voller, nicht schöner sein können. Alle größeren Gebäude der Stadt waren geflaggt, und seit Stunden schwebte über den weitläufigen Hafenanlagen eine Glocke aus begeisterten Hurrarufen, Sirenen, Glockenspiel und Marschmusik. Madelaine aber taten schon seit Stunden die Beine weh.

Mit Hilfe ihrer Angestellten, Karl und Svenja, hatte sie in den frühen Morgenstunden einen Pralinenstand an den weitläufigen Landungsbrücken aufgebaut. Neben ihnen reihten sich, wie Perlen an einer Schnur, kleinere und größere Buden aneinander, mit Zuckerwatte, Obst, Postkarten, heißen Würstchen, Bier und Limonade sowie Andenken aller Art. Sie hatte viele Pralinen verkauft, zweimal schon hatte Stine einen weiteren Vorrat aus der Eppendorfer Konditorei holen müssen.

Vor ihnen, im rotgoldenen Schein der untergehenden Sonne, präsentierten sich im Hafenbecken noch immer die festlich geschmückten Dampfschiffe, Segler, Barkassen, Schleppkähne, Fracht-Ewer, Feuer- und Handelsschiffe, ein frisch vom Stapel gelaufenes Kriegsschiff der Werft Blohm & Voss und ein moderner Vierschrauben-Kreuzer mit Nikolas als stolzem Marinesoldaten an Bord.

Hamburg feierte seinen 721. Hafengeburtstag. Es war der 7. Mai 1910.

»Macht ihr bitte ohne mich weiter?« Madelaine rieb sich ihre schmerzenden Waden und nickte Svenja und einer Aushilfe zu. Dann ging sie hinaus zu den Menschen, die auf den Landungsbrücken flanierten. Sie hielt nach einem Plätzchen zum Ruhen Ausschau, doch überall dort, wo man sitzen konnte, drängten sich bereits Festtagsbesucher, schwatzten, aßen, tranken, dösten. Aus einer der überfüllten Hafenkneipen erscholl Lärm. Eine Tür flog krachend auf, Frauen kreischten, und zwei Männer fielen auf das Straßenpflaster. Kaum hatten sie sich auf die Knie gerappelt, schlugen sie auch schon mit Fäusten aufeinander ein. Rasch floss dem einen Blut von der Stirn, dem anderen aus der Nase. Andere Männer folgten ihnen aus der Kneipe und feuerten sie an.

Nun blieben auch andere Hafengäste stehen, als ginge es darum, bei Sieg des einen eine Freirunde Bier ausgeschenkt zu bekommen. Tatsächlich hörte Madelaine schon die ersten Wetten. Da riss der Jüngere der beiden den Älteren an den Haaren zu sich auf Baucheshöhe, um ihm sogleich mit voller Wucht das Knie in den Schritt zu rammen. Der Ältere flog rücklings im hohen Bogen gegen eine Holzkiste voller Sand und begann zu brüllen. Madelaine hielt die Luft an, den Blick fassungslos auf sein geschundenes Gesicht gerichtet.
»Schlür! Ich bring dich um!«
Schon lag der Jüngere auf ihm, würgte ihn, so dass sein Gebrüll zu einem gurgelnden Stöhnen wurde.
Madelaine stürzte hinzu.
»Gustav?«, schrie sie voller Angst.
Seine blutunterlaufenen Augen blickten in ihre Richtung. Er bewegte seine Lippen, über die nun kein einziger Laut mehr kam, außer einem leisen Ächzen. Blut rann ihm aus den Mundwinkeln. Seine rechte Hand bebte zwischen den hochgezogenen Beinen, die Linke lag zitternd auf dem Herzen. Der jüngere Mann schaute zu Madelaine hoch. Fassungslos starrte er sie an. Im gleichen Moment hörte man den Gleichklang fester Schritte. Alle Köpfe wandten sich um. Eine wohlformierte Gruppe Matrosen näherte sich. Erst leise und verhalten, dann immer lauter werdend, setzte aufgeregtes Getuschel und Gewisper ein, schon erschollen die ersten Hurrarufe.
In der Hoffnung, das Richtige zu tun, sprang Madelaine auf. »Nikolas!«, schrie sie nun. »Nikolas! Dein Vater liegt hier. Dein Vater!«
Gustavs Augäpfel traten hervor, er schnappte nach Luft.
»Mein Sohn! Wo?«, keuchte er.

Sein Gegner trat erschrocken beiseite, so dass Gustav einen freien Blick auf die geraden Reihen der vorbeimarschierenden Matrosen werfen konnte. Madelaine suchte Nikolas. Als sie ihn entdeckte, wusste sie, dass sie einen Fehler gemacht hatte.
Er presste die Lippen aufeinander, hochrot im Gesicht. In seinen Augen las sie Schmerz und Trauer, Verachtung und Stolz. Links, rechts, links, rechts, links, rechts.
Er schritt schweigend vorbei.
Die Matrosen marschierten.
Das Leben ging weiter.
Nur Gustav Schlürs Herz hörte in diesem Moment auf zu schlagen.
»Madelaine?«
Zitternd drehte Madelaine sich um. Es war Inessa. Aufschluchzend warf Madelaine sich in ihre Arme.
»Mein Gott, Madelaine, wie gut, dass ich dich finde. Was ist geschehen?«
Madelaine löste sich aus ihrer Umarmung und sah sie an. Noch immer war sie schön, das rötliche Haar mit Kämmen hochgesteckt, ein dunkelblaues Kleid mit Stickereien über ihrem rundlich gewordenen Körper. Sie wirkte anders als bei ihrer ersten Begegnung vor zwölf Jahren, weicher, ruhiger.
»Ich erzähle dir nachher alles in Ruhe«, stammelte Madelaine, kniete hastig neben dem Toten nieder und tupfte ihm das Blut aus dem Gesicht. »Aber erst muss ich mich um Gustav kümmern. Kannst du so lange bei mir bleiben?«
»Aber ja, natürlich.« Inessa bückte sich und streichelte Madelaine mitfühlend über den Rücken. »Dieser Gustav, wer ist das? Doch nicht der Vater …?«

Madelaine schaute zu ihr hoch. »Doch, er ist es. Aber woher weißt du …?«
Sie sahen sich an, und Madelaine verstand. »Urs! Er hat dir also auch meine Hamburger Geschichte erzählt. Wie hätte es auch anders sein können.« Erschöpft wandte sie sich wieder dem Toten zu. Bei allem Schmerz um das zerrissene Band zwischen Gustav und seinen Kindern war ihr noch zu sehr ihr eigener Schrecken über ihre erste Begegnung in Erinnerung. Sie wusste, sie würde nicht um ihn trauern können. Nur das, was Nikolas gerade erlebt hatte, schmerzte sie. Er wusste nun nicht nur, dass alle ihn die Jahre über belogen hatten, sondern auch, dass er einen Vater gehabt hatte, für den er sich für den Rest seines Lebens schämen würde. Madelaine wäre ihm am liebsten nachgelaufen, um ihn zu trösten. Er tat ihr so entsetzlich leid. Er war doch erst siebzehn Jahre alt.
Plötzlich brandeten die Stimmen um sie wieder auf. Sie hob ihren Kopf, sah, dass der junge Schläger langsam rückwärtsstolperte, sich taumelnd abwandte und fortzulaufen versuchte. Fäuste packten ihn, hielten ihn fest. Ein paar Männer riefen nach der Polizei, andere schimpften laut. Es mochten die gleichen sein, die noch wenige Minuten zuvor die Schlägerei angeheizt hatten. Schritte näherten sich ihr, erschrocken wandte sie ihren Kopf. Es war der Kneipenwirt.
»Das ist doch wohl kein Verwandter von Ihnen?« Der Kneipenwirt schaute ungläubig zwischen dem Toten und ihr hin und her.
»Doch.«
»Glaub ich nicht. Sind Sie nicht … äh …?«
»Ja, und? Wenn Sie jetzt einen Arzt rufen würden …«
»Wird gerade geholt.« Er trat beiseite, schaute über die

Köpfe der Neugierigen hinweg zur Promenade und fügte verärgert hinzu: »Die fehlen mir gerade noch ...« Er wischte sich die Hände an der Hose ab, ging langsam zwei herbeieilenden Streifenpolizisten entgegen.
»Und so was auf unserem schönen Hafengeburtstag ...«
»Mal wieder Ärger, Fietje?«
»Is' vorbei und kommt so bald wohl auch nicht wieder. Diesmal hat es ihn erwischt.«
»Schlür?«
»Jau.«
»Dann kehrt wohl endlich Ruhe ein.«
Sie traten an den Toten heran. Einer der beiden Polizisten beugte sich über ihn, tastete nach seiner Halsschlagader, drehte ihn auf die Seite, untersuchte Kopf und Genick.
»Und?«, fragte der andere.
»Wenn's nicht das Herz war, dann die Leber.«

Madelaine erfuhr nun, dass Gustav Schlür in einer Art Kellerloch eines Mietshauses gehaust hatte. Über ihm hatte der junge Mann eine winzige Zweizimmerwohnung mit seiner Mutter geteilt. Tagsüber habe dieser in einer Brauerei Bierfässer geschrubbt, abends Mädchen nach Hause gebracht, die ihm oftmals noch Geld aus anderen Schäferstündchen zahlender Freier abgeben mussten. Da er aber gut aussah, schmeichelnd mit ihnen umzugehen verstand und sie außerdem von seiner körperlichen Stärke beeindruckt waren, erfüllten sie ihm jeden Wunsch.
Gustav sei neidisch auf das so offen zur Schau gestellte Leben des Jüngeren gewesen, habe sich provoziert gefühlt, zumal dessen Mutter auch noch stolz auf ihren scheinbar so geschäftstüchtigen Sohn gewesen sei. Eines Tages sei ihm der Kragen geplatzt, und er habe die Mutter

zur Rede gestellt, ihr vorgeworfen, einen Liederjan aufgezogen zu haben. Da habe er noch am gleichen Abend seine erste Tracht Prügel vom Sohn erhalten.

»Er hat den Balken im eigenen Auge nicht gesehen«, flüsterte Madelaine Inessa zu. Diese nickte.

Die anderen Kneipengäste bestätigten, dass Gustav sich in den letzten Jahren immer schlechter und nutzloser gefühlt und seine Wut im Alkohol ertränkt oder bei Schlägereien herausgelassen habe. Immer häufiger seien die beiden Männer aneinandergeraten, mit Vorliebe in der Öffentlichkeit, weil Gustav nur zu gern einmal allen anderen gezeigt hätte, dass man einem solch liederlichen Unhold den Hosenboden strammziehen müsse.

Nun war alles vorbei. Doch noch mussten sich Madelaine und Inessa gedulden. Es dauerte eine ganze Weile, bis alle Fragen beantwortet, die nötigen Formalitäten erledigt waren. Endlich traf auch ein Arzt ein, der den Totenschein ausstellte und den Toten für den Leichenwagen freigab. Erst nachdem Schlür abtransportiert worden war, die Polizisten den jungen Schläger wegen Tötungsversuch und wiederholter Unruhestiftung abgeführt hatten, fühlten sich beide Frauen wie von einer Last befreit.

Sie hakten einander unter und schlenderten langsam im Schein der hell gewordenen Straßenlaternen über die noch immer belebten Landungsbrücken. Sie passierten den imposanten Kuppelbau des fast fertiggestellten Elbtunnels, gruselten sich bei der Vorstellung, dass bald Tausende Hafen- und Werftarbeiter tief unter dem Elbspiegel zwischen St. Pauli und Steinwerder hin- und herpendeln würden. Madelaine erklärte Inessa, dass das nötig sei, weil man am linken Elbufer nur arbeiten, nicht aber wohnen konnte, da es zum Freihafengebiet gehörte. Dann berichtete sie von ihrer Zeit in Ungarn und hörte Inessa zu, die ihr anschließend von ihrem Leben als Sängerin in einem lettischen Ensemble erzählte.

»Urs und ich haben uns in Riga noch oft gesehen«, gestand Inessa ihr. »Hin und wieder haben wir uns auch in den vergangenen Jahren geschrieben. Letztes Jahr sahen wir uns in Bremen. Da lernte ich ja auch deinen Vater kennen. Ich gebe es ja zu, Urs und ich mögen uns noch, und ich sehe nicht ein, warum ich einem solch charmanten Schwerenöter jemals den Laufpass geben sollte. Du liebst ihn doch auch noch, nicht?«

»Aber ja, auf eine ganz spezielle Weise.«

Inessa lachte. »Jaja, das hat mich oft eifersüchtig gemacht.«

»Ich weiß. Jetzt scheint es dich nicht mehr zu stören. Um ehrlich zu sein, Inessa, du hast dich durch diese Sache mit Merkenheim damals sehr verändert. Du warst seine Geliebte, hast ihm vertraut, dich für ihn bis über alle Maßen gedemütigt. Du erinnerst dich noch an diesen schrecklichen Abend, damals in Riga? Als er versuchte, mich zu vergewaltigen? Ich muss sagen, so wie ich dich damals in deiner Wut kaum wiedererkannte, so staune ich jetzt über deine Sanftheit.«

Inessa lachte auf. »So erfüllt manchmal auch der Schrecken seinen Zweck. Man wird weiser. Und doch ist es gut, dass all das vorbei ist, nicht?«

»Ja, doch du hast mir damals wenigstens die Augen geöffnet über die Abgründe hinter der blendenden Fassade eines Menschen.«

»Du bist auch eine andere geworden, Madelaine. Reifer, selbstbewusster. Du brauchst wirklich kein Kostüm mehr, um jemand Bedeutenden darzustellen. Du bist es selbst, ein wenig leidend, ja, das gebe ich zu, aber durch das Leiden interessanter, rätselhafter, erdiger. Allerdings hätte ich nie geglaubt, dass du und András, dass ihr auseinandergehen würdet.«

»Um ehrlich zu sein: Auch ich hätte mir nie vorstellen können, dass mein Leben so verlaufen würde.«

»Du machst ihn aber gut, deinen Lebens-Lauf!« Inessa lächelte und drückte ihren Arm. »Ich hoffe für dich, dass ihr eines Tages wieder zusammenkommt. Kannst du dir vorstellen, dass diese Sybill ihn glücklich macht? Glaub ihm nicht, wenn er es behauptet.«

»Das tut er auch nicht. Er war nämlich hier.« In wenigen Worten berichtete Madelaine nun Inessa von András' Besuch.

»Das klingt alles recht schwierig«, meinte Inessa. »Ich kann dir keinen Rat geben, sondern dich nur darin bestärken, das zu tun, was dir gefällt.«

Ohne auf ihre Worte zu achten, fuhr Madelaine gedankenverloren fort: »Am meisten hat mich gekränkt, dass András mir nie auf meine Pralinensendung geantwortet hat. Er nicht und ...« Sie schluckte.

Inessa blieb stehen und sah ihr forschend in die Augen. Langsam sagte sie: »Ah, ich verstehe ... Ich verstehe sehr gut. Sag nichts mehr, Madelaine.« Aus einer plötzlichen Gefühlsaufwallung heraus schlang sie ihre Arme um Madelaine und hielt sie fest.

Leise begann Madelaine zu weinen.

Inessa streichelte ihr über den Rücken.

»Es tut so weh«, schluchzte Madelaine. »Es tut so furchtbar weh.«

Leise begann Inessa ein ihr unbekanntes lettisches Lied zu singen:

Du strahlst so fern im Sternenmeer
Im Sehnen meiner Seele,
Vergeblich schwing ich mich auf zu dir,
Im Brennen meiner Angst.
Du bist so fern,
So nah in meinen Träumen.
Ich bin der Wind, der dich
Mit leisen Tönen umschmeichelt,
Den Himmel herabzieht,
Um in tiefster Glut
Mit dir zu verschmelzen.
Komm, so komm,
Du Liebe eines Traums.

Erst nach einer geraumen Zeit hatte sich Madelaine wieder beruhigt. Überall brannten nun Lichter und bunte Laternen. Das dunkle Wasser des Hafens sah aus, als habe die Hand eines Riesen achtlos funkelnde Edelsteine verstreut. Noch immer flanierten die Hafenbesucher hin und her, bildeten kleine Trauben vor den hellerleuchteten Buden.
»Was war das für ein Lied? Es klang nicht so wie die üblichen Dainas«, fragte Madelaine mit matter Stimme.
»Es ist auch keines, jedenfalls kein richtiges. Ich habe es einmal in einer blauen Stunde selbst geschrieben. Musik liegt mir nun einmal im Blut, und das, was es aussagt, kann wohl jeder verstehen, oder?«
»Ja, du sprichst von der unerfüllten Liebe, ja ...«
»Und da sie so schmerzlich ist, möchte ich dir noch etwas anderes erzählen. Du erinnerst dich noch an Rudolph Terschak?«
»Natürlich, wie sollte ich einen Mann vergessen, der mir

zweimal das Leben rettete? Erst beim Schiffsuntergang und dann in Riga? Was ist mit ihm?«

»Er lässt dich grüßen, Madelaine. Er war bei mir, kurz bevor ich zu unserer kleinen Tournee aufbrach.«

»Er ist in Riga?«

»Nein, jetzt nicht mehr. Er hat einige Zeit mit einem Freund in London gelebt, dort heimlich Schriften für die Revolution drucken lassen. Ihnen ging das Geld aus, und da haben sie nach einem geeigneten Opfer gesucht. Sie verfolgten einen Mann, der spätnachts auf dem Weg zu einem noblen Bordell war. Zu Recht vermuteten sie, dass er eine Menge Geld bei sich haben musste. Sie überfielen ihn und raubten ihn aus. Es lohnte sich für sie, doch jemand hatte sie beobachtet und die Polizei alarmiert. Sie mussten fliehen, wurden aber verfolgt. Es kam sogar zu einem wilden Schusswechsel. Dabei wurde Rudolphs Freund getroffen, er selbst konnte entkommen. Er färbte sein Haar dunkel, nahm seinen Vollbart ab und heuerte als Seemann an. Geld und revolutionäre Schriften am Leib versteckt – so kam er in St. Petersburg an. Von dort reiste er zurück nach Riga und schickt dir die besten Grüße.«

»Wo ist er jetzt?«

Inessa zuckte mit den Schultern. »Ich weiß es nicht.«

Schweigend gingen sie nebeneinanderher.

»Madelaine, ich muss dir etwas sagen.«

»Ja?«

Abrupt blieb Inessa stehen, drehte sich zu ihr um und fasste sie lachend bei den Schultern. »Weißt du was? Ich würde mich wahnsinnig freuen, wenn du nächste Woche zu unserem Konzert kommen würdest. Hast du denn die Einladung noch nicht erhalten?«

»Die Korrespondenz der letzten drei Tage liegt noch auf

meinem Schreibtisch«, erwiderte Madelaine. »Es gab so viel zu tun ...«
»Und Urs hat dir auch nichts gesagt?«
»Nein, hätte er es tun sollen?«
Inessa lachte hell auf. »Ich glaube, er wird wunderlich auf seine alten Tage, findest du nicht?«
»Oder er verschweigt uns etwas ...«
»Soll er doch! Schau gleich heute Abend in deiner Post nach, ich bin sicher, man hat dich nicht vergessen!«
»Ja, aber, um was geht es denn? Wo findet denn dein Konzert statt?«
»Lass dich nur überraschen. Vergiss András für eine Weile. Vergiss das Vergangene. Ich glaube, ich muss dich wieder ins richtige Leben zurückführen. Du hast schon viel zu lange wie eine selbstlose Oblate gelebt!!«

Madelaine hatte seit dem Attentat in Wien nie wieder ein Automobil bestiegen. An diesem frühen Maiabend aber, als der burgunderrote Benz, den ihr Vater für sie gemietet hatte, vor ihrer Villa hielt, wusste sie, dass sie nichts zu befürchten hatte. Sie trug ein mehrlagiges granatapfelrotes Seidenkleid mit Schal und ein leichtes Wollcape. Die Luft, getränkt von den Düften des Frühlings, war weich und mild. Viel zu lange hatte sie dieses wunderbare Gefühl vermisst, nur sich selbst zu gehören – voller Vorfreude auf die Erfüllung von Inessas Versprechen auf angenehme Stunden.
Das Automobil fuhr eine ganze Weile die Elbhöhen entlang, zu deren Füßen die Elbe in behäbigem Grauschwarz dahinfloss, als sei sie eine kraftvolle nordische Elfe mit brokatener Schleppe. Endlich hielt der Benz vor einem schmiedeeisernen Gartentor, auf dessen schwarzgestri-

chenen, gedrechselten Gitterstäben goldfarben lackierte Tannenzapfen thronten. Im Dunkeln durch ihre tiefblaue Livree kaum erkennbare Bedienstete schoben die schweren Flügeltore beiseite. Langsam rollte das Gefährt auf dem gepflasterten Weg zwischen Rasenflächen, Nadelbäumen und Rhododendren auf das Portal der hellerleuchteten Villa zu. Im Schatten eines langgestreckten Nebengebäudes standen eine Vielzahl unterschiedlicher Automobile. Madelaine erschrak.

»Komme ich etwa zu spät?«, fragte sie den Diener, der ihr die Autotür öffnete.

»Mit Verlaub, halb sieben war Beginn.«

»Und jetzt ist es kurz vor halb acht!«

»Noch ist Konzert, gespeist wird erst um neun«, beruhigte er sie.

»Na dann. Ist das lettische Ensemble schon aufgetreten?«

»Nein, gnädige Frau.«

Man führte Madelaine in den Tanzsaal. Inessa hatte auf sie gewartet und umarmte sie erleichtert. Die Aufmerksamkeit der Gäste richtete sich auf einen spanischen Mandolinenspieler, der, auf einem Podest sitzend, versunken in seinen Melodien, mit geschlossenen Augen spielte. Als er mit leiser werdenden Tonperlen sein Werk beendete, brauste Applaus auf.

»Jetzt sind wir dran«, raunte Inessa Madelaine zu. »Und du schaust jetzt mal nach links!«

»Wieso?«, gab Madelaine ahnungslos zurück.

»Weil er da sitzt!« Inessa kicherte.

»Wer?«

»Na, wer schon? Unser Urs!«

Madelaines Blicke glitten über die Sitzreihen: betuchte Hanseaten, ruhig und zurückhaltend, umgeben von einem

Anflug behäbiger Würde. Tatsächlich saß Urs mit seinem Bruder Thomas zwischen ihnen. Sie hatte ihn lange nicht mehr gesehen. Er war noch beleibter als vorher, braungebrannt, und schien sie nicht zu bemerken. Madeleine erinnerte sich, nebenbei gehört zu haben, dass er erst vor kurzem mit einer großen Ladung Edelhölzern aus Südamerika zurückgekehrt sei, die nun bestimmt sicher in einem Lager der Speicherstadt ruhten. Madelaine begegnete Urs' Blick. Er sah angespannt aus.
»Er scheint sich nicht zu freuen«, flüsterte Madelaine Inessa ins Ohr.
»Und wenn schon, was geht es uns an? Verzeih, aber ich muss jetzt gehen.« Sie drückte ihr noch einmal die Hände und hastete leise davon.
Die Hausherrin kam herbeigeeilt, begrüßte Madelaine herzlich und führte sie zu ihrem Platz.
Madelaine grüßte nach links, grüßte nach rechts.
Inessas Ensemble verbeugte sich auf der kleinen Bühne. Madelaine verfolgte jede ihrer Bewegungen mit einer inneren Anspannung, die sie nach all den Jahren nicht mehr für möglich gehalten hatte. Inessa, der kleine vierstimmige Chor und ihre Musiker riefen mit ihren Tänzen und Gesängen altvertraute Bilder Lettlands in ihr wach. Doch anders als früher schmerzte es sie nicht mehr, denn die schöne Zeit in Riga war ein für alle Mal vorbei. Madelaine genoss ihre Darbietungen beinahe so wie die Hamburger, in deren Mitte sie saß: als kulturellen Gruß Lettlands. Und sie wusste, warum. Die weniger erquickliche Geschichte der letzten Jahre hatte ihre persönlichen Erinnerungen überrollt und zugleich für immer als Vergangenheit eingefroren.
Ihre Aufregung wurde aber wieder größer, als der Haus-

herr – ein wohlhabender hanseatischer Teeimporteur –, seine Gäste zur Tafel bat. Urs saß ihr als Tischherr gegenüber, links neben ihr ein stattlicher Reeder, der bei jedem Trinkspruch auf Albert Ballin ausrief: »Mein Feld ist die Welt!« Zu ihrer Rechten saß ein gut siebzigjähriger Ehrwürdiger Kaufmann, der ihr erläuterte, dass die Stärke des wirtschaftlichen Aufschwungs der Stadt im Wesen der Hanseaten selbst begründet liege. Urs schien nicht sehr gesprächig. Madelaine wunderte sich, konnte ihn aber nicht nach dem Grund fragen. Er hörte den anderen beiden Herren aufmerksam zu, und so tat sie es ihm gleich. Schließlich war sie sich der Ehre bewusst, die man ihr mit dieser Tischordnung erwiesen hatte. Mit anderen Worten: Man gab ihr zu verstehen, dass man sie respektierte. Wenigstens formell. Um nichts auf der Welt hätte sie dieses Gefühl gegen etwas anderes getauscht, dachte sie jedenfalls ...

»Wir sind stolz darauf, unseren Handelspartnern absolute Zuverlässigkeit bieten zu können. Das wird natürlich honoriert, und so ist es auch gut. Schon unsere Väter und deren Vorväter haben uns gelehrt, vorsichtig und wagemutig zugleich zu handeln, kühnen Unternehmungsgeist und kluge Geschmeidigkeit bei allem Tun zu beweisen. Ich denke, so wollen wir es auch weiterhin halten. Haben Sie das nicht selbst bewiesen, Gräfin?«

»Ja, da kann ich Ihnen nur zustimmen«, sagte Madelaine freundlich. »Wir alle lieben unsere schöne Hansestadt, doch während Sie und Ihre Söhne von Zeit zu Zeit aufbrechen und rastlos in die weite Welt hinausstreben, habe ich endlich Anker geworfen. Es ist gut so, wie es ist.«

Die beiden Männer lachten leise und nickten freundlich vor sich hin.

»Wir sagen auch: ›Mein Haus ist meine Burg. Nord, Ost, Süd, West, to Hus is am best!‹ Aber stolz können wir auch sein, dass unser Hamburg Klein-London genannt wird. Erst zu Ostern habe ich meinen zweiten Enkel nach England geschickt, damit er dort feinere Sitten lernt. Es lohnt sich, indeed.« Der Reeder hob seinen Kopf, um über die Köpfe der anderen hinweg zur Saaltür zu schauen, die gerade geöffnet wurde. Neugierig folgte Madelaine seinem Blick.
In diesem Moment betrat er den weiträumigen Speisesaal. Madelaine stockte der Atem. Ihre Hände, in denen sie Gabel und Fischmesser hielt, um Steinbutt mit Blätterteigpastete zu zerteilen, zitterten.
Das war nicht möglich.
Niemals.
Er stand da, ruhig, elegant, von beinahe sinnlicher Würde, mit hellen wachen Augen, in feines schwarzes Tuch gehüllt, das seine breiten Schultern betonte: Bernhard Ulrich von Terenzin.
Er bemerkte sie sofort. Ihre Blicke saugten sich aneinander fest, beglückt im Wiedererkennen ihrer gegenseitigen Liebe. Madelaine schien es, als würde sie mit einem Mal federleicht und gleichzeitig süßlich schwer. Das perlende Plaudern des Reeders neben ihr glitt an ihr ab. Nur Urs behielt sie im Auge, besorgt, angespannt, dem Reeder nur noch zerstreut zuhörend.
»Da Hamburg nun Klein-London ist, haben wir die britische Sitte übernommen, die Arbeitszeit von acht bis sechzehn Uhr zu beschränken, um Zeit für die Pflege von Freundschaften zu haben. Diese unselige Pause von zwölf bis fünfzehn Uhr, diese unpraktische Unterbrechung, mit der Folge, dass bis neunzehn, ja, bis zwanzig Uhr gearbei-

tet werden muss, hat damit sein Ende. Tagsüber Arbeit, abends Gäste, das ist unsere Devise.«

Madelaine lächelte ihm freundlich, doch reichlich zerstreut zu und hob ihr Glas. Im gleichen Moment sah sie, wie die Hausherrin Bernhard begrüßte, leise zu ihm sprach. Verwirrt beobachtete sie, wie er seine Hände rang, so als müsse er erst eine ernsthafte Entscheidung erkämpfen, dann schob er seine linke Hand kurz in die Jackentasche. Irritiert runzelte sie die Stirn. Doch sie merkte auch, dass ihr Herz klopfte, als gelte es, einen Stakkatolauf zu gewinnen. Und ihr schwante, dass es mehr wusste, als ihr Bewusstsein würde verkraften können ...

Erst da, schien es ihr, zeigten auch ihre beiden Tischnachbarn ihre Überraschung über Terenzins Erscheinen. Sowohl der Ehrbare Kaufmann als auch der redselige Reeder erhoben sich, auch Urs wandte sich um, sein Glas in der Hand.

Der Rotwein schwappte über und tränkte sein blütenweißes Hemd mit blutroten Tupfen. Mit einer ruckartigen Bewegung wandte er sich wieder Madelaine zu und starrte sie aus hervorstehenden Augen an. Er öffnete den Mund, um etwas zu sagen, doch es gelang ihm nicht. Er trank den Rest seines Weines, stieß den Stuhl zurück und sagte:

»Mir ist nicht wohl, Madelaine, meine Herren. Ich fürchte, mein Magen hat mir gerade mal wieder den Krieg erklärt.«

Er erhob sich, nickte grüßend, Entschuldigungen murmelnd, den Tischnachbarn zu und ging.

Urs, du hast es gewusst, rief Madelaine ihm im Stillen nach. Du hast es die ganze Zeit über gewusst und mir verschwiegen. Und du hast bis zur letzten Minute gehofft, es

könnte nicht geschehen. Weißt du, wie gleichgültig mir jetzt deine Gefühle sind?
Atemlos und mit klopfendem Herzen verfolgte sie nun das, was um sie – für sie, wie sie fand – herum vorging. Terenzin schien von der Gastgeberin vor die Wahl gestellt, den für ihn reservierten Platz einzunehmen oder sich zu Madelaines noch immer stehenden Hanseaten zu gesellen, deren Schweizer Tischnachbar ihn zwar soeben höflich grüßte, doch deutlich zeigte, wie sehr er unter Unwohlsein litt.
Komm, bitte komm, flehte Madelaine Terenzin mit ihren Augen an. Und er kam und stellte sich hinter Urs' Platz. Sie sahen einander an, so wie damals in Wien. Wie vertraut sie doch einander waren! In Gedanken näher, im Sehnen intimer, in Träumen verbundener, als sie es jemals für möglich gehalten hätten. Die Jahre, die zwischen ihnen lagen, hatten nichts daran geändert. Im Gegenteil. Es war, als fachte verdrängte, verleugnete, verbotene Glut unter hundertfachem Zuspruch wieder zwischen ihnen auf.
»Es ist uns eine Ehre, Preußens Gesandten für Handelsangelegenheiten in unserer Mitte begrüßen zu dürfen!«, grüßte ihn der alte Ehrwürdige Kaufmann.
»Willkommen, ein herzliches Willkommen!«, stimmte der Reeder ein und hob sein Glas. Terenzin lächelte, deutete eine Verbeugung an.
»Ich danke Ihnen, meine Herren. Gräfin Mazary, ich freue mich, Sie wiederzusehen.«
Madelaines Stimme zitterte leicht. »Ich freue mich ebenfalls sehr, Herr von Terenzin. Wie Sie sehen, hat Ihnen gerade das Bauchgrimmen eines Schweizer Bürgers einen Platz bei uns zugewiesen.«
Ihre Blicke verschmolzen miteinander. Es war kaum aus-

zuhalten. Am liebsten wäre Madelaine ihm in die Arme gesunken, hätte ihren Kopf an seine Schulter gelehnt, um an seinem Ohr zu schnuppern, seine Schläfen, seinen Hals mit zarten Küssen zu betupfen. Er lächelte, als habe er ihre Gedanken gelesen.
»Ich danke, ich danke Ihnen sehr.« Er setzte sich. Unwillkürlich fiel Madelaines Blick auf seine schönen Hände. Er war frei.

Später, als die heiter gestimmte Gesellschaft sich über Garten und Gesellschaftsräume verteilte – einige tanzten sogar im großen Saal –, löste sich Madelaine immer wieder aus allen netten kleinen Plaudereien, so unauffällig es möglich war. Sie vermied es, Urs zu begegnen, aus Furcht, er könne ihr aus Eifersucht Vorwürfe machen oder sie in Gespräche verwickeln, um sie an sich zu binden. Schließlich war sie eine interessante Geschäftsfrau, über deren Leben ein so bekannter Schweizer Zuckerbäcker und Lehrmeister vorzüglich die weltoffenen Hanseaten unterhalten konnte. Es wäre nicht das erste Mal gewesen.
Heute hatte Madelaine keine Lust dazu. Sie suchte Terenzin, fieberte ihm entgegen. Lange Zeit fand sie ihn in ernsthafte Gespräche mit anderen Herren vertieft. Es war offensichtlich, dass er mit seiner Präsenz diese kleine private Feier eines erfolgreichen Hamburger Kaufmanns ehrte. Doch Madelaine musste ihn sehen, allein.
Sie sehnte sich nach ihm, dem Mann, der sie verändern würde, den sie liebte. Auch liebte. Aber sie beschloss, ihm nichts von András' Besuch zu erzählen.
So huschte sie so unauffällig wie möglich durch alle Räume, plauderte mal hier, plauderte mal dort, ließ sich dieses und jenes berichten. Und fand sich spät am Abend allein in

der großen Bibliothek im zweiten Stock wieder, die zur Hälfte mit Büchern und Kartenmaterial bis unter die hohe Stuckdecke gefüllt war. Die andere Hälfte nahm eine lederne Sitzgruppe aus schweren Sesseln, einem Tisch aus fast schwarzem Guajakholz und mehreren Exemplaren älterer und neuester Globen auf hohen Gestellen ein.
Hier oben war es ruhig. Die meisten Gäste hielten sich unten im Salon, Tanzsaal und im Wintergarten auf. Das leise Flirren ihrer Stimmen, gemischt mit Musik, störte Madelaine nicht. Sie ließ die Tür offen.
Mondlicht flutete durch die Fenster und warf dort, wo der milde Schein der Schirmlampen ihn verdrängte, scharfkantige Schattenkleider auf den Parkettboden. Neugierig trat Madelaine an den größten Globus heran, beugte sich über ihn und suchte die Spuren ihres Lebens – Hamburg, Valparaiso, Antofagasta, Riga, Bahia, Budapest, Szeged, Wien. Ihre Fingerspitzen berührten jeden Namen wie die Finger eines Pianisten die Tasten eines Flügels, ganz so, als könne sie den Klängen der vergangenen Zeit nachlauschen.
»Madelaine.«
Terenzin war unbemerkt in den Raum getreten, stand nun so nahe bei ihr, dass sich die Tuche ihrer Kleider berührten und leise knisterten. Sie wandte ihm ihren Kopf zu, erschrocken und noch immer wie im Traum verloren. Da berührte er ganz sanft ihre Hände, zog sie von der Erdkugel fort, drehte sie vorsichtig um, beugte sich über sie und küsste ihre Innenflächen. Dann richtete er sich auf und schaute Madelaine tief in die Augen.
»Ich bin sehr glücklich, Sie zu sehen, Madelaine.«
Sie hoffte, er bemerkte ihr Zittern nicht. Doch er lächelte.
»Ich bin ebenfalls sehr froh ... so unerwartet. Bernhard,

ich ...« Ihre Stimme versagte. Er schien überrascht, berührt. Er schaute auf ihre Lippen. Sie zitterte und merkte, wie an ihren Mundwinkeln Tränen herabglitten.
»Mein Gott, Madelaine! Ich ... ich hätte es nicht zu hoffen gewagt.« Er zog sie fest in seine Arme. »Ich liebe dich, ich liebe dich, Madelaine ...«
Ihre Lippen fanden einander, tupften und pflückten, sanft und stürmisch, wortlose Worte der Liebe.
Später hätte Madelaine nicht zu sagen gewusst, ob die Wiener Geigenmelodie nur in ihrem Kopf oder im Haus erklang.
»Ich möchte mit dir allein sein«, murmelte Bernhard beglückt. »Ganz allein, bitte.« Er hielt noch immer ihre Hände, war aber vorsichtig einen kleinen Schritt zurückgetreten, Madelaine wusste nicht, ob er sie genauer betrachten oder nur den nötigsten Höflichkeitsabstand wahren wollte.
»Ja, aber sag: Bist du jetzt für immer hier?«, wisperte sie.
»Man hat mich zu Beginn dieses Jahres zum Preußischen Gesandten der Freien Hansestadt Hamburg ernannt. So, wie es aussieht, bleibe ich erst einmal hier. Du erinnerst dich, dass mein Onkel im Reichsmarineamt unter Großadmiral von Tirpitz beschäftigt war? Er wurde vorletzten Jahres pensioniert, hat aber dank seiner Beziehungen diesen Posten noch für mich ergattern können.«
»Du wolltest nach Hamburg?« Ihr Herz klopfte heftig.
»Ja«, sagte er schlicht und drückte ihre Hände.
»Wegen mir?«, fragte Madelaine erstaunt. »Wirklich?«
Bernhard gab ihre Hände frei, weil von draußen Stimmen zu hören waren. Er hatte die Tür offen stehen lassen, so dass jeder, der vorbeischlendert kam, sie sehen konnte. Das war immer noch besser, als plötzlich hinter verschlos-

sener Tür *in flagranti* erwischt zu werden. So trat er um den Globus herum auf einen der Ledersessel zu, strich gedankenverloren mit dem Zeigefinger über die mattgrüne Oberfläche, bis drei leicht beschwipste Herren hereinschauten.

»Weltenbummler unter sich«, brummte der eine belustigt.

»Oje! In diesem Raum blüht das Fernweh, Gräfin, Herr von Terenzin, das ist nun so gar nicht in unserem Sinne. Wir würden uns doch sehr wünschen, Sie beide bei uns behalten zu können.«

Terenzin näherte sich ihnen. »Keine Sorge, meine Herren, mag auch unsere große Flotte die Meere erobern, wir bleiben uns treu.«

Madelaine erschrak bei diesen Worten, sie klangen in ihren Ohren so ganz anders, als die Herren an der Tür es meinten. Wir bleiben uns treu … in unserer Liebe treu.

»Das ist auch recht so!«, rief da einer der Herren. »Heimatliebe, ja, das ist die wertvollste! Feste Bande, dick wie Taue, das brauchen wir! Jetzt kommt, wir wollen spielen gehen, das gehört auch zum Leben.«

Sie verschwanden im nebenan liegenden Billardzimmer.

»Bernhard?«

Er drehte sich wieder zu ihr um. »Ja?«

»Bitte sage mir: Ist Teréza auch hier?«

»Nein, wir leben getrennt und werden uns scheiden lassen.«

»Du hast sie also doch geheiratet … Ich … ich verstehe das nicht«, stammelte sie fassungslos. »Ich hätte nie geglaubt, dass du sie liebst. Warum hast du das getan? Hatte András also doch recht, als er meinte, du bräuchtest eine Ehe als Fassade?«

»Ich würde lügen, würde ich ihm widersprechen, Madelaine. Ja, es stimmt. Teréza und ich gingen aus Vernunftgründen eine Ehe ein, von der mich, auch das ist die Wahrheit, Graf Mazary selbst zu überzeugen versuchte. Das aber wäre gar nicht so nötig gewesen, wie er glaubte. Doch das ist eine andere Geschichte. Teréza und ich wussten jedenfalls, dass wir beide unseren Vorteil davon hatten, ich sage es dir ganz offen. Ich hatte nun einmal bessere Chancen, rascher aufzusteigen, und Teréza bot unsere Ehe den Schutz, den sie als Frau in unserer Gesellschaft braucht, wenn sie nicht offen um die verlorene Liebe zu einer Frau trauern kann.«

Madelaine konnte es nicht fassen. Sie musste sich setzen. Ihre Ahnung hatte sich also doch bewahrheitet.

»Sie liebt noch immer ihre Äbtissin?«

»Ich fürchte, ja, aber in der Öffentlichkeit kämpfte sie dagegen an: Entweder ging sie mit fremden Herren heimlich in Gegenden aus, wo niemand sie vermutet hätte, oder sie spielte die übertrieben stolze Diplomatengattin an meiner Seite. Ich wusste, was auf mich zukam, schließlich kannte ich sie schon aus Karóls Erzählungen viel zu gut.«

»Aber warum hast du ausgerechnet sie zur Frau genommen? Du siehst großartig aus, du könntest jede Frau ...«

Bernhard ließ sich nun ebenfalls in einem der Sessel nieder, stützte die Ellbogen auf die Armlehnen und verschränkte die Finger ineinander.

»Also gut, ich will es dir nicht verheimlichen. Karól und ich kennen uns seit unserer Jugend. Seine Eltern reisten jeden Herbst nach Venedig, auch meine Eltern zog es immer wieder zur gleichen Zeit dorthin. Jedes Jahr dreieinhalb Wochen im Hotel – für uns Kinder, die eher das freie Landleben gewohnt waren, war das entsetzlich. Und so

fanden wir rasch zueinander, freundeten uns an. Da Karól Einzelkind war, waren seine Eltern froh, mich bei ihm zu wissen, und so gaben sie uns genügend freie Zeit, um in den Gassen in der Nähe unseres Hotels herumzustreifen, gemeinsam schwimmen zu lernen oder am Strand zu spielen. Mein Vater mochte Karóls Vater die ersten Jahre lang gut leiden, doch meine Mutter lehnte ihn ab. Sie ist eine sehr feinfühlige Frau, auch wenn sie sich nach außen hin kühl und manchmal ablehnend gegenüber anderen verhält. Sie hat einen untrüglich sicheren Instinkt für gute und weniger gute Charaktereigenschaften eines Menschen. Manch einer spürt das und hält sie für arrogant, weil er sich durchschaut fühlt, aber das stört sie nicht. Ich glaube, sie hat sich noch nie geirrt. Auch mein Vater verlässt sich auf sie und hat sie bei allen wichtigen Gesprächen dabei, um später ihre Meinung einzuholen. So, wie die Sache mit den von Benisz' gelaufen ist, hat sie ja auch recht behalten. Leider.«
»Du hast mir meine Frage noch nicht beantwortet.«
Er holte Luft und blickte zur Tür, an der gerade ein Bediensteter mit einem Tablett voller Gläser und einer Cognacflasche vorbeihastete. Sie hörten ihn an die Tür des Billardzimmers klopfen. Als er sie öffnete, drangen Stimmen zu ihnen herüber, umhüllt von kräftigen Tabakwolken. Als er wieder bei ihnen vorbeikam, hielt er kurz inne, um auch sie nach ihren Wünschen zu fragen.
»Ein Glas Wasser«, bat Madelaine.
»Bringen Sie gleich eine ganze Flasche Mineralwasser und zwei Gläser«, ergänzte Bernhard.
Der Bedienstete ging, und Bernhard nahm den Faden wieder auf. »Also gut, Madelaine, ich will dir erzählen, wie es kam, dass Karól und ich eine Art Blutsbrüderschaft schlos-

sen. Wir waren sechzehn oder siebzehn Jahre alt, da kauften wir heimlich ein paar Flaschen Rotwein, Grappa, einen Mandellikör und setzten uns unter eine der Brücken, um uns das erste Mal in unserem Leben zu betrinken. Wir hatten Oliven dabei, gutes Brot, eingelegte, getrocknete Tomaten, Artischocken, Zucchinischeibchen, wie es so üblich ist. Olivenöl sollte uns stärken, den Alkoholgenuss abdämpfen, so hatte man uns geraten. Doch es nützte uns nicht viel. Später, als wir heimschwankten, verlor Karól die Orientierung, und wir verliefen uns. Ein Straßenmädchen, das uns ansprach, aber einsehen musste, dass mit uns nichts anzufangen war, wies uns gegen etwas Geld den richtigen Weg. Karól wurde übermütig und kletterte auf ein Brückengeländer. Da wurde ihm plötzlich übel, er setzte sich, übergab sich. Ich dachte schon, es sei alles vorbei, da kippte er plötzlich wie eine Puppe vornüber ins Wasser. Ich sprang ihm nach, ohne darüber nachzudenken, dass ein starker Wind eingesetzt hatte und kräftige Wellen durch den Kanal trieben. Kurz gesagt: Es war schwierig, aber wir schafften es. Später aber sagte mir Karól, er habe im Wasser nicht schwimmen können, obwohl wir es gelernt hatten. Er sei wie gelähmt gewesen und hätte das Gefühl gehabt, sein Herz schlüge nicht mehr, und er schwebe über eine schwarze Grenze. Nach diesem Unfall war er verändert, in sich gekehrter, anhänglicher, ängstlicher. Er fühlte sich unattraktiv und glaubte, nie die richtige Frau zu finden. Und dann kam er auf diese Idee: Er bat mich um das Versprechen, für jene besondere Frau, die ihn je an ihrer Seite dulden würde, zu sorgen, sollte ihm etwas zustoßen.«

»Und das hast du getan ...«, sagte Madelaine fassungslos. Terenzin löste sich aus seiner Erstarrung. »Ja, das habe

ich. Ich habe mein Wort gehalten. Es war natürlich eine platonische Ehe.«
»Weiß Teréza von eurem Versprechen?«
»Ja. Er hat es ihr noch vor ihrer Hochzeit erzählt.«
»Und warum trennt ihr euch?«
Wieder unterbrach der Bedienstete ihr Gespräch, stellte die Flasche mit Mineralwasser auf den Tisch, schenkte ihre Gläser ein und zog sich rasch zurück. Sie tranken, dann erhob sich Terenzin.
»Teréza möchte nicht hier leben. Sie ist überzeugte Magyarin und will Ungarn noch nicht einmal als Tote verlassen. Verzeih, ich gebe nur wieder, was sie mir gesagt hat, außerdem …«
»Ja?«
»Außerdem, meinte sie, könne sie nicht mit dir in der gleichen Stadt leben, schon gar nicht, wenn du solch großen Erfolg hast.«
»Wo ich Zucker aufs Pflaster streue …«, ergänzte Madelaine. »Das hat ihr Vater mir ins Gesicht gesagt.«
»Ja, so sind sie eben. Wir hatten sehr hitzige Auseinandersetzungen in den letzten Jahren, der Graf, Teréza und ich. Leider. Mir liegen solcherart unsachliche Debatten nicht.«
Er griff nach seinem Wasserglas und trank. Madelaine tat es ihm nach. »Das kann ich mir vorstellen.« Auch sie erhob sich nun. »Komm, lass uns gehen, Bernhard.«
Er zögerte. »Da ist noch etwas, Madelaine, das ich dir sagen möchte.«
»Bernhard, wir sollten jetzt wirklich gehen, bitte. Können wir uns nicht am Wochenende wiedersehen? Allein?«
Er atmete erleichtert auf. »Selbstverständlich, du hast recht. Ich würde dich gerne auf eine Segelpartie einladen.

Es würde mir viel Freude bereiten, dich an Bord zu haben.«

Sie schauten einander tief in die Augen. Langsam verblassten die gesprochenen Worte, ihr Sinn, ihre Bedeutung. Madelaine fühlte, wie Bernhards Aura sie zu verändern begann. Sie wollte ihn haben. Seine Stärke fühlen. Durch ihn stark sein.

Sie schloss die Augen, und er küsste sie sanft auf den Mund. Es fühlte sich an, als berührte sie der Flügel eines Schmetterlings.

»Küss mich«, murmelte sie.

Er strich mit seinem Zeigefinger über ihren Mund, ihr Kinn, ihren Hals, sah sie ruhig an. »Du bist ungeduldig?«

»So wie du beherrscht bist.« Sie hielt seinem Blick stand.

»Vielleicht ist alles nur Tarnung ...?« Seine Pupillen wurden dunkel, weiteten sich. Madelaine spürte sein Verlangen. Um ihn zu provozieren, fragte sie: »Was soll ich beim Segeln denn anziehen? Seemannsanzug oder Kleid?«

In seinen Augen glitzerte es. »Das, was meine Ungeduld nicht zu sehr strapaziert ...«

Es war ein sonniger, warmer Maitag. Sie segelten an Blankenese vorbei stromabwärts, bis zu den breiten Sandstränden des Falkensteiner Ufers. Dort ging Terenzin vor Anker.

Er trug Madelaine an Land und holte dann Decken, ihren Sonnenschirm, einen kleinen Eimer und ihre beiden gut gefüllten Picknickkörbe. Unter den Zweigen einer alten Weide stellten sie alles ab und breiteten die Decken aus.

Madelaine beobachtete, wie Bernhard Stiefel und Seglerhosen abstreifte. Dann zog er sich seinen Pullover über den Kopf, was sie sehr erotisch fand, weil die schwungvol-

le Bewegung die Muskeln seines Oberkörpers zur Geltung brachte. Hemd und Hose aus festem Leinen waren zwar ein wenig zerknittert, verliehen ihm aber einen besonders reizvollen Charme. Breitschultrig, mit zerzaustem Haar und dem Anflug eines leichten Bartschattens um Wangen und Kinn stand er vor ihr. Er streckte ihr seine Hände entgegen. Über ihnen kreischten Möwen.
»Holst du mir ein wenig Wasser?«, fragte er.
Madelaine verstand erst nicht, was er meinte, doch dann dämmerte es ihr … Sie löste sich von ihm, bückte sich und knöpfte ihre dünnen Stiefel auf, zog sie aus, stellte sie beiseite. Er sah ihr zu, wie sie ihm den Rücken zuwandte, sich mit einer Hand am Weidenstamm abstützte, mit der anderen unter den Saum ihres Kleides griff und es bis zum Schenkel raffte, wo sie ihr Strumpfband berühren konnte.
Hinter ihr knallte ein Champagnerkorken.
Madelaine rollte ihren rechten Seidenstrumpf zur Fessel hinab und zog ihn vom Fuß.
Champagner perlte in die Gläser.
Sie drehte sich mit geschlossenen Augen um, stützte den anderen Arm am Stamm ab, raffte ihr Kleid über das andere Bein und zog auch den zweiten Strumpf aus. Wind strich ihr um die nackten Waden. Sie hörte Bernhard ruhig und tief atmen. Sie schürzte ihre Lippen, griff nach dem Ast über ihrem Kopf und schwankte auf ihren Zehenspitzen leicht vor und zurück.
Bernhard kam zu ihr, flößte ihr Champagner ein. Er küsste ihre geschlossenen Lider, ihre Schläfen, ihren Hals.
»Alles«, hauchte sie, und er setzte das Glas erneut an ihre Lippen. Sie trank es aus, öffnete ihre Augen und entwand sich ihm, bevor er sie küssen konnte. Sie schnappte sich

den kleinen Eimer, rannte über den Strand auf die flachen, schaumkronenverzierten Wellen zu, lief ins Wasser, dass es aufspritzte, jauchzte. Verspielt füllte sie den Eimer mit Wasser, ging zu ihm zurück.

Bernhard lag, auf seine Ellbogen gestützt, auf der Decke und schaute ihr entgegen. Ihr Kleid war bis zur Hüfte voller Wasserflecken, Tropfen hingen in ihren Haaren und glitzerten auf ihrem Gesicht. Sie sah ihn an, stellte den Eimer neben ihm ab. Er setzte sich auf, streckte seine Hände hinein, wusch sie und stand auf.

Ihr Dekolleté war aufgerissen, und als Bernhard ihre Brustknospen mit seinen kühlen Fingerspitzen berührte, hätte Madelaine vor Lust aufschreien mögen. Sie sehnte sich nach seinem Mund, nach seiner schweren Wärme. Doch seine Lippen liebkosten nur ihre Brüste, heiß und spielerisch, sanft und hungrig. Sie biss in seinen Hals, sein Kinn, presste ihre Hand auf seinen muskulösen Bauch, fordernd und besitzergreifend zugleich.

Bernhard wich zurück. »Lass uns etwas essen, ich habe Hunger.«

»Das Warme oder das Kalte zuerst? Frisch aus dem Ofen geholter Schinkenbraten, Pasteten? Oder Kartoffel- und Spargelsalat?«

»Wir packen alles aus. Hast du eigentlich auch an deine Spezialitäten gedacht?«

»Ja, natürlich, wir brauchen doch einen Nachtisch«, erwiderte sie belustigt. »Eine besondere Torte für dich, eine brasilianische Herrentorte, und Pralinen mit einem Geheimnis.«

»Das ist sehr lieb von dir, Madelaine.«

»Warte es ab.«

»Ist denn nicht alles süß, was du versprichst?«

Sie schwieg, löste ihr Haar, schlang es wieder lose zusammen.
Fasziniert sah er ihr zu. »Nachher suchen wir uns einen anderen Platz. Einverstanden?«
»Ich finde es hier schön.«
»Ja, das ist es«, stimmte er ihr zu, »herrlich frei, nichts als der Himmel, die Schiffe, der Fluss.« Er reichte ihr ein Glas Champagner. »Ich möchte dich aber nicht mit ihnen teilen.« Er beugte sich vor und küsste sie, wobei er sein Glas so hielt, dass ein klein wenig Champagner überschwappte und Madelaines Hals mit prickelnden Tropfen reizte, die zwischen ihren Brüsten hinunterglitten. Sie warf ihren Kopf in den Nacken, trank. Bernhard folgte ihrer Bewegung, fing die Tropfen mit seiner Zungenspitze auf, saugte sie mal zart, mal gieriger von Madelaines Haut, ganz so, als sei sie selbst mit Champagner gefüllt. Sie ließ sich auf den Rücken fallen. Er legte sich neben sie, umschloss ihre Taille mit festem Griff und küsste sie leidenschaftlich. Dann lockerte er seine Umarmung und berührte ihre nackten Beine, ihre Schenkel, ihre Knie. Madelaine hauchte in sein Ohr, streichelte seine Schultern, wand sich unter seinen Liebkosungen.
»Ich will dich. Ich will dich lieben …«, flüsterte er erregt.
Mit einer geschickten Bewegung entzog sie sich ihm und lief barfuß, sich um die eigene Achse drehend, über den breiten Strand. Der Wind wehte ihr Kleid hoch. Sie hüpfte in die flachen Wellen, sprang vor und zurück. Bernhard holte sie ein, packte sie um die Taille und hob sie hoch. Ihr Haarknoten löste sich, und als Bernhard sich mit dem Gesicht in den Wind stellte, flatterte ihr langes Haar um seinen Kopf. Er stellte Madelaine wieder auf die Füße, strich ihr mit beiden Händen ihre vollen Strähnen in den Nacken

und hielt es sanft in der Hand. Sie sahen sich an. Madelaine öffnete sein Hemd, ließ Tropfen auf seine nackte Brust fallen, die langsam über seinen Bauch hinabglitten. Madelaine lächelte, beugte sich vor und küsste Bernhard. Wie zufällig streifte ihre Hand dabei seinen Schoß.
Da ließ er ihr Haar los, und sie sank an ihm herab. Sie spürte, wie ein beinahe unmerkliches Zittern durch seinen Körper ging. Doch dass er ruhig und beherrscht blieb, reizte sie ganz besonders. Er ruhte in seiner inneren Kraft, und ihr schien es, als ob sich der verborgene Raum in ihr behutsam zu weiten begann. Nichts wird mich davon abhalten, mit ihm die Grenzen zu sprengen, dachte sie. Nichts.
Sie lehnte ihren Kopf gegen seine Hüfte und sah zu ihm auf. »Versprich mir, mir nie weh zu tun, ja?«
Er fasste sie unter die Arme und zog sie zu sich hoch. »Nein, Madelaine, ich liebe dich, wie ich nur ein einziges Mal eine Frau geliebt habe. Und doch bist du für mich mehr. Du bist nicht nur klug und schön, sondern ebenso verletzlich wie entschieden. Das ist es, was mich an dir fasziniert, weil ich ähnlich bin. Und tief in uns wollen wir eigentlich frei sein, nicht? Frei sein, um nur wir selbst sein zu können. Wir umgeben uns mit einer Schutzhülle, sparen uns auf für den einen, einzigartigen Menschen, dem wir ganz und gar vertrauen, weil er ein Spiegel unseres ureigensten Wesens ist. Nur mit diesem einen Menschen wollen wir alle, wirklich alle Träume teilen.«
Madelaine sah ihm tief in die Augen. »Ja, Bernhard, ja, das ist wahr.«
Die Arme umeinandergeschlungen, gingen sie nachdenklich zu ihrem Platz unter der Weide zurück.

Sie aßen schweigend, sahen den vorbeiziehenden Schiffen zu, beobachteten die Möwen, die am Strand entlangspazierten und sich um Krebse und Muscheln stritten. Die Sonne stand hoch am Himmel. Madelaine ließ sich zurücksinken, die Beine der Frühlingswärme entgegengestreckt. Sie versuchte, ein wenig zu dösen.
Bernhard biss in ein Stück der brasilianischen Herrentorte, dann hörte sie, wie er nach ihren Pralinen griff. Sie hielt die Luft an, wartete. Plötzlich fiel sein Schatten über sie, sie roch seinen Atem, öffnete die Augen.
»Das, Madelaine, musst du mit mir teilen«, flüsterte er und ließ seine Zungenspitze ein wenig zwischen seine Lippen gleiten. Darauf lag der winzige Salzkristall der Liebesleid-Praline. Bernhard rieb ihn sanft über Madelaines Lippen, küsste Madelaine und sah ihr lachend in die Augen, als er schmolz. Danach teilten sie sich eine Champagnercreme-Praline, tranken Wasser und ruhten sich aus.
Nach einer Weile stellte Madelaine fest, dass Bernhard aufstand und fortging. Sie sah ihm blinzelnd nach. Er trug die Körbe ein Stück weit den Strand entlang, ging dann vor einem Schilfgürtel zum Ufer hinauf. Sie wartete, stellte sich schlafend. Erst nach einer geraumen Weile kam er zurück, hob sie mit der Decke auf seine Arme und trug sie ins Schilf, wo er für ein kleines Lager gesorgt hatte.
»Ich möchte dich lieben, Madelaine«, sagte er ruhig. »Ohne dass uns andere zusehen.«
Sie lächelte, trat vor ihn hin, küsste seinen Hals, sein Kinn. Sachte legte er eine Hand an ihre Taille, berührte mit der anderen ihre Wange und begann, ihr übers Gesicht und die Haare zu streichen. Dann beugte er sich vor, küsste sie, reizte, lockte, umspielte ihre Zungenspitze, glitt tiefer über ihren Hals.

Während sie mit wachsender Lust seine Liebkosung ihrer Brüste und ihres Bauches genoss, spürte sie, wie ihrer beider Verlangen immer größer wurde. Er streifte ihr die Kleider ab, entledigte sich seines Hemdes und zog sie sanft zu Boden. Dann rollte er sie auf den Bauch, legte sich hinter sie und hielt sie mit einem Bein umschlungen. Sie wartete angespannt. Allein Bernhards Atem an ihrem Ohr machte sie fast verrückt. Und als seine Hand um ihre Hüfte herum zu ihrer empfindsamsten Stelle hinabwanderte und sie zu liebkosen begann, glaubte sie zuerst, es nicht aushalten zu können. Doch Bernhard ließ ihr Zeit. Geschickt nutzte er Wellen und Täler ihrer Lust aus, hielt inne, um für kurze Zeit in sie einzudringen, sie zu lieben, zu unterbrechen, um sie wieder lustvoll zu streicheln.

Madelaine stöhnte, flehte ihn stumm an und hoffte zugleich, es möge nie aufhören. Sie wand sich und bäumte sich schließlich heftig unter ihm auf. Er nahm sie sofort. Irgendwann löste sie sich abrupt von ihm, zwang ihn auf den Rücken und setzte sich so auf ihn, wie es ihr am besten gefiel. Bernhard liebte sie kraftvoll, und noch immer schaffte er es, seine Lust zu beherrschen.

Madelaine genoss es, wie er ihre Lust zu lenken verstand. Mit jedem Höhepunkt stürzte wieder eine innere Barriere in ihr ein. Und es reizte sie immer mehr, Bernhard entfesselt zu sehen, hingerissen von temperamentvoller Wollust. Er vermittelte ihr ein nie gekanntes Selbstvertrauen, forderte und belohnte ihr sinnliches Spiel. Sie hatte keine Angst, vertraute ihm ganz und gar. So brachen nach und nach Dämme ein, Dämme des Verzagtseins, des naiven Liebreizes. Für Madelaine war es eine Leidenschaft, die sie so nie zuvor gekannt hatte. Es beglückte sie, dass Bernhard ihr durch seine besondere magische Aura eine große innere Freiheit schenkte. Das Schönste für sie aber war, in seinen Augen ihr eigenes Empfinden gespiegelt zu sehen. Es mochte seltsam sein, doch in diesen Stunden war Madelaine sich sicher, dass sie eine Liebe verband, die nicht nur irdisch und körperlich war. Es war ein geistiges und zugleich romantisches Band, ganz so, als hätten sie schon immer den gleichen Traum geträumt.

Er hatte eine Wunde in ihr geheilt. Und es gefiel ihr, zu sehen, wie sehr er sie begehrte. Nur ein Mal, als sie ihm von András' Besuch erzählt hatte, hatte er sie verstimmt, weil er sie gefragt hatte, ob sie ihn womöglich doch nur als Trost brauchte. Sie hatte ihn überzeugen können, dass das nicht der Fall war.
Er war stolz, das erkannte sie bald. Doch das Band zwischen ihnen stärkte sie und tat ihr gut. Dass sie einander nur heimlich treffen konnten, erhöhte den Reiz ihrer Verbindung. Nur Urs ahnte etwas, doch er schwieg resigniert. Ihr Vater hingegen steigerte sich – je länger ihre Beziehung anhielt – in die Vorstellung hinein, Bernhard Ulrich von Terenzin sei die bessere Partie für sie. Auch wenn András sie liebe, könne er ihr keine Zukunft bieten. Es wäre doch besser, die Ehe aufzulösen.
Sein Unmut über ihre Unentschlossenheit wuchs, je weiter die Zeit auf den 27. August 1911 zuschritt, den Tag, an dem der deutsche Kaiser Hamburg besuchen wollte. Thaddäus hatte nämlich erfahren, dass Bernhard Ulrich von Terenzin Zugang zum Kreis um den Kaiser hatte und zahlreichen gesellschaftlichen Verpflichtungen nachkommen würde. Nur zu gern hätte er Madelaine an seiner Seite gesehen, und er grämte sich, dass seine eigene

Tochter zwar einen preußischen Gesandten liebte, doch es noch immer vorzog, in einer profanen Backstube zu schwitzen.
Er beschloss, sie spontan aufzusuchen.
Als er die Backstube betrat, waren alle außer Madelaine damit beschäftigt, Kuchen, Plätzchen, Kringel, Mohrenköpfe und Torten in den kühlen Vorratsraum zu tragen. Madelaine stand an ihrer Arbeitsplatte, trennte mit einem dünnen Metalldraht einen Biskuitteig. Schweigend wartete Thaddäus, bis alle Backwaren hinausgetragen waren und sich die Backstube geleert hatte. Missmutig sah er zu, wie Madelaine die dünnen Biskuitböden abwechselnd mit einer Schicht Vanille- und einer nach edlem Kakao und exotischen Früchten duftenden Schokoladenmasse bestrich.
»Wo ist Karl?«
»Er ist in die Speicherstadt gefahren und will neu eingetroffene Kakao- und Gewürzlieferungen kontrollieren«, murmelte sie, ohne aufzusehen.
»Er bereitet sich gut auf seine Abschlussprüfung vor, das gefällt mir.« Er räusperte sich.
»Ja, er ist tüchtig. Ende September könnte ich ihn offiziell zu meinem Nachfolger ernennen. Dann ist er Geselle und könnte sich in einem anderen guten Haus zum Konditormeister weiterbilden.«
»Ich weiß, das sollten wir im Auge behalten.«
»Wie meinst du das?«
»So, wie ich es sage, Madelaine. Ich frage mich, warum du deine Arbeit nicht in andere Hände geben willst.«
Sie hob überrascht ihren Kopf. »Warum? Glaubst du, ich bin zu alt?«
»Nun ja, willst du hier noch stehen, wenn dein Haar grau

geworden ist? Du kommst schließlich schneller in das Matronenalter, als dir lieb sein könnte.«
»Vater! Wie kannst du so etwas sagen?« Empört hielt sie inne. »Ich bin erst dreiunddreißig und fühle mich viel besser als vor zehn Jahren! Und das wird auch weiterhin so bleiben, solange ich das tun kann, was mir guttut.«
»Ich fürchte, dir ist nicht bewusst, was für dich wirklich gut ist, Madelaine. Ich sorge mich um dich und wüsste gern, warum von Terenzin dich nicht heiraten will«, sagte er.
»Ach so, darum geht es dir.« Ruhig fuhr sie fort: »Wir lieben uns, das ist genug.«
»Ich verstehe dich nicht. Du liebst ihn – und András auch noch immer?« Thaddäus schüttelte ärgerlich den Kopf. »Dass du so bist ... Du als meine Tochter. Verzeih, wenn ich es sage, aber ich denke, wir können froh sein, dass deine Mutter das nicht erlebt. Es wäre für dich, für uns alle furchtbar geworden. Wenn ich dich jetzt als Vater, der doch selbst abenteuerlustig war, schon nicht verstehe, wie dann erst sie!«
Madelaine legte behutsam eine weitere dünne Biskuitscheibe auf die mittlerweile vierstöckige Torte. »Es ist mein Leben, Vater.«
»Ein kompliziertes Leben, finde ich.« Nervös huschten Thaddäus' Blicke über ihr Gesicht, ihre Hände, ihre Arbeitsutensilien. »Du zwingst mich, etwas auszusprechen, was mir schon lange auf der Seele liegt. So wie du geworden bist, scheinst du die heimliche Suffragette in unserer Familie zu sein. Wohin man sieht, pocht ihr Frauen auf eure Rechte. In Kalifornien dürfen sie jetzt sogar schon wählen. Dass es mich außerhalb dieses politischen Rahmens aber einmal persönlich berühren könnte, hätte ich

mir nie vorstellen können. Meine eigene Tochter führt mir vor, dass sie in der Lage ist, es uns Männern nachzumachen: nämlich zu lieben, wie es ihr gefällt. Reichlich vermessen, nicht? Könntest du nicht die Konvention berücksichtigen, Madelaine, und dich für nur einen Mann entscheiden? Ich sehe, dass du durch Bernhard freier und selbstbewusster geworden bist. Dann sei konsequent. Lass dich von András scheiden. Es hat doch keinen Zweck mehr, eine Ehe aufrechtzuerhalten, die längst keine mehr ist. Bernhard wird sich, wie du mir erzählt hast, doch auch von Teréza trennen. Wenn du frei bist, wird er bestimmt den Mut finden, dich zu heiraten.«

»Denke dir, was du willst, Vater. Aber glaube nicht, dass ich jemals András verlieren möchte. Mit ihm habe ich eine gute Strecke meines Lebens geteilt. Nur er kennt mich so, wie ich einmal war. Außerdem liebe ich ihn, so wie ich Bernhard liebe. Nur auf eine andere Art. Und jetzt lass mich meine Arbeit tun.«

Er wollte etwas erwidern, doch Madelaine bedeutete ihm mit einem scharfen Blick, zu schweigen.

»Na dann ...« Beklommen schaute er ihr zu, wie sie die letzte fruchtige Schokoladenschicht verstrich, daraufhin die Torte ringsherum mit Kuvertüre umschloss und zum Schluss mit Mandelsahnecreme verzierte.

»Darf ich?«, fragte er zögernd.

»Nur zu!«

Thaddäus probierte die Reste in den Schüsseln.

»Für wen hast du diese Torte gebacken?«

»Für den dritten Mann in meinem Leben«, sagte sie, bemüht, ernst zu klingen.

»Für Urs also.« Er seufzte. »Den Kerl, der das tat, was eigentlich ich damals hätte tun sollen: auf dich aufzupassen.

Wäre er nicht gewesen, müsstest du nicht arbeiten. Ich habe den Eindruck, du strafst mich auf heimtückische Frauenart für mein Versagen als Vater. Ach, Madelaine, ich weiß ja, ich habe Fehler gemacht.«
Madelaine lachte. »Dass ihr Männer immer so eifersüchtig sein müsst! Und dabei verdreht ihr auch noch die Tatsachen. Du weißt doch, dass ich meine Arbeit liebe. Also wirklich: Ich finde, ihr seid nicht weniger rätselhaft als wir Frauen. Nein, Vater, diese Torte ist für dich. Hast du es dir nicht denken können?«
»Nein, wieso denn?«
»Weil …« Sie schob ihm energisch einen Löffel mit der Schokoladencreme in den Mund. »Weil du viel Süßes brauchst, um mich zu ertragen!« Sie musterte ihn spöttisch. »Na, was schmeckst du?«
»Hm, Südamerika natürlich. Maracuja und Papaya, stimmt's?«
»Richtig!«
»Man könnte meinen, eine Zauberfee hätte dich in den Blüten des Kakaobaumes gezeugt! Du bist eine Circe, eine Schokoladen-Circe. Du verführst jeden. Und ich glaube, du weißt es, nicht? Und deshalb leistest du dir die Liebe à ton goût und nicht comme il faut!«
Amüsiert blickte Madelaine ihren Vater an. »Handwerkskunst, nichts als Handwerkskunst! Und ein wenig Phantasie, mehr ist es nicht.«
»Die Liebe?« Er unterdrückte ein Lachen.
Madelaine blieb ernst. »Nein, die Liebe nicht.«

Ein halbes Jahr nach seinem Besuch schrieb András Madelaine, dass Teréza beschlossen habe, in ein Damenstift bei Szeged, wo ihre Äbtissin begraben läge, zu ziehen. Sy-

bill dagegen sei sehr krank, wöge kaum mehr als ein vierzehnjähriges Kind und drohe ihm, sich zu töten, falls er sie verlasse. Er war tapfer und kümmerte sich um das Gut mit all seinen Verpflichtungen. Selbstlos, verbissen, heldenhaft.
Madelaine konnte nicht anders, als ihn heimlich für seine Treue und Aufopferung zu bewundern.

30

Die Zeit verstrich, und mit ihr ging das Wettrüsten der großen Staaten weiter, wie auch die Arbeiterunruhen, die Streiks, Hoffen und Bangen um eine Welt, in der technische Erfindungen an der Tagesordnung waren. Luftschiffe, U-Boote, drahtlose Telegraphie, eine 1911 von Bosch für den Verbrennungsmotor entwickelte Magnetzündung. Dies alles diente zwar augenscheinlich dem zivilen Fortschritt, stand aber hauptsächlich im Dienst militärischer Interessen. Auch wenn Madelaine noch immer die tiefe Verbundenheit zu Bernhard genoss, mit ihm ausging, mit ihm tanzte und ihre Liebe lebte, konnte auch sie sich dem Weltgeschehen kaum entziehen, auch wenn sie es versuchte. Die Männer, mit denen sie zu tun hatte, zwangen sie zu Gesprächen, die sie nachdenklich machten. Wie viele andere auch beeindruckte Leo Tolstoj sie, der zwar im November 1910 gestorben war, dessen Mythos seither jedoch weiterlebte. Er war gegen Todesstrafe und Krieg angetreten, hatte die Bergpredigt zur Grundlage politischen Handelns erhoben und aus Trotz die Annahme des ihm zuerkannten Friedensnobelpreises verweigert.

In besonders trüben Stunden plagte sie ihr schlechtes Gewissen András gegenüber. Noch immer wechselten sie Briefe, berichteten einander Alltägliches. So erfuhr sie auch Anfang 1914, dass er Sybill am liebsten in ein Sanatorium geben würde, da er die Verantwortung für ihre Magersucht bald nicht mehr tragen könne. Doch sie hinge so an ihm, blühe nur noch in seiner Nähe auf, sieche aber dennoch weiter dahin.

Wenn Bernhard auf Reisen war und Madelaine sich, erschöpft von ihrer noch immer erfolgreichen Arbeit, zurückzog, dachte sie über die vergangenen Jahre nach. Mal fehlte ihr Bernhard, an dessen Seite sie gelernt hatte, ihr allzu schlichtes Wesen abzulegen und als selbstbewusste Frau aufzutreten. Mal vermisste sie András, die heitere, sanfte Art seiner früheren Jahre. Und da ihr oft noch die letzten Zeitungsmeldungen vor Augen standen, kam es ihr so vor, als bekämen ihre gemeinsam verbrachten Jahre mit ihren Höhen und Tiefen einen immer größeren Wert. Wusste man denn, ob und wie lange es noch Frieden geben würde? Würden sie einander wiedersehen?

Ungeduldig fieberte sie dem Tag entgegen, an dem sie endlich die Einladungen zum sechzigsten Geburtstag ihres Vaters am 22. Juni 1914 hinausschicken konnte. Sie wusste, er wünschte sich, alle um sich versammelt zu sehen, die er kannte. Anfang Mai verschickte sie die Karten und wartete gespannt, ob András kommen würde.

Er antwortete prompt.

Meine liebe Madelaine, lieber Thaddäus!
Ein herzliches Dankeschön für die Einladung zum Sechzigsten. Natürlich komme ich, ich freue mich. Wenn es Euch recht ist, wird Sybill mich begleiten. Es ist ihr sehnlichster Wunsch, noch einmal die Ostsee zu sehen. Ich denke doch, es wird sich einrichten lassen?
Wir werden bei Euch um den zwanzigsten Juni herum eintreffen, Genaueres kann ich noch nicht sagen, weil unsere Abreise von Sybills Befinden abhängt.
Herzliche Grüße, András

Madelaine war hin- und hergerissen zwischen der Freude darüber, András wiederzusehen, und der Kürze seines Briefes. Dass er aber Sybill mitbringen würde, verstimmte sie.
»Verstehst du denn nicht?«, sagte Thaddäus. »Er macht nur gute Miene zum traurigen Spiel. Es wird wohl ihre letzte Reise sein.«

Tatsächlich trafen sie einen Tag später als angekündigt, doch noch immer rechtzeitig zum Geburtstag, ein. Sie hatten in München einen Tag Pause einlegen müssen, weil Sybill sehr schwach war. András entschuldigte sich wortreich, sobald er Madelaine und Thaddäus begrüßt hatte. Madelaine sah ihm die Verlegenheit an. Sybill stand steif neben ihm, wächsern gespannte Haut über durchscheinenden Knochen. Sie hatte nichts Frauliches, gar Anmutiges an sich. Madelaine war entsetzt.
»Sybill, wie schön, dass du zu uns kommst«, sagte sie und erschauerte, als sie sie an sich drückte.
»Danke«, flüsterte Sybill kraftlos. »Du bist ja noch immer so schön, Madelaine. Das muss wohl an der Schokolade liegen. Leider vertrage ich sie nicht. Damals, als du uns deine Pralinen schicktest, war ich so beeindruckt von deinem Talent, dass ich nicht widerstehen konnte und sie fast alle aufaß.«
András nickte. »Ja, das stimmt. Ich freute mich sogar für dich, obwohl du für mich nur ganz wenige übrig gelassen hattest.«
Sybill fasste nach seinem Arm und sah ihn von der Seite liebevoll an. Er versteifte sich. Da wandte sie sich wieder Madelaine zu. »Ich schämte mich, dass ich sie nicht vertrug. Ich wurde krank. Bei mir ist wohl alles ein wenig anders, glaube ich.«

»Das tut mir leid, Sybill. Sag mir doch ganz einfach, mit was aus meiner Küche ich dich glücklich machen kann, solange du bei uns bist«, entgegnete Madelaine freundlich.

»Hast du Weißbrot im Haus? Leinsamenschrot? Honig und etwas Bier?«

Madelaine wechselte einen Blick mit András. »Aber natürlich. Komm, mach es dir bequem, Sybill.«

Der 22. Juni 1914 war ein strahlend schöner Sommertag. Noch während sie auf Bernhards Eintreffen wartete, kümmerte sich Madelaine um Sybills Wohlsein, ließ ihr Leinsamen auskochen und abseihen. Sie breitete eine wattierte Decke auf einem Liegestuhl aus, deckte ein Beistelltischchen mit einer Kanne Leinsamensud und einem Teller, worauf eine dünn mit Butter bestrichene Weißbrotscheibe lag. Sie half ihr, sich hinzulegen, und breitete ihr eine Seidendecke über den Leib.

»Danke«, hauchte Sybill erschöpft. »Das ist lieb von dir. Lass nur, ich ruhe mich jetzt ein wenig aus.«

»Du wolltest noch Bier«, stellte Madelaine fest.

»Ach, lass nur, ich mische es gewöhnlich mit dem Leinsamensud, es kräftigt mich.«

»Dann sollst du es auch bekommen.« Madelaine lächelte ihr zu, bemüht, sich ihr Befremden nicht allzu sehr anmerken zu lassen.

Im Flur begegnete sie András. Er hielt sie fest, und ein Schauer durchrieselte sie.

»Danke, dass du dich um Sybill kümmerst«, sagte er leise.

»Ich möchte sie, ohne mir Vorwürfe machen zu müssen, irgendwann gehen lassen.«

»Das verstehe ich«, erwiderte Madelaine und musterte

sein Gesicht. Es lag eine seltsame Spannung in seinen Augen, eine Unruhe, die nach Erlösung schrie. Sie wusste, was in ihm vorging. Bevor sie etwas sagen konnte, legte András seinen Arm um sie und zog sie beiseite.
»Glaubst du, dass wir einmal allein sein könnten? Möchtest du das? Ich wünschte mir nämlich ...«
»Ja? Was denn?«
Er holte tief Luft. »Ich möchte mit dir ein Mal noch die Johannisnacht feiern. Das tut ihr doch hier auch, oder?«
Verwirrt runzelte sie die Stirn. »Ein Mal noch? Wieso sagst du das?«
Er lächelte schmerzlich. »Wissen wir, was uns allen bevorsteht? Wir sollten jede Stunde nutzen.« Er zögerte. »Versprichst du mir es?«
Sie lächelte ihm aufmunternd zu und küsste ihn auf beide Wangen. »Aber ja, András. Warum nicht? Und Sybill? Würde sie auch mitkommen?«
»Nein, das wäre mir nicht recht, auch wenn ich glaube, sie wäre gern dabei. Könntest du mit ihr sprechen?«
»Ja, das werde ich tun.«
»Danke, meine Liebe«, neckte er sie wie in alten Zeiten.
»Sag nicht immer ...«, gab sie pflichtschuldig in gespielter Empörung zurück.
»Ich werde es mir nie abgewöhnen können. Du bist meine Liebe, und du wirst es immer bleiben.«
»Danke, mein Lieber«, entgegnete sie lachend und ergriff seinen Arm, um mit ihm zurück auf die von Sonnenschirmen beschattete Terrasse zu gehen. Dort hatten alle – Urs, Thaddäus, Stine, Svenja mit ihrem Verlobten Hartwig Gröning, Karl und ein Dutzend guter Freunde und Bekannte – bereits in bequemen Korbsesseln Platz genommen. Nur Nikolas fehlte, und jeder wusste auch, warum: Er war erst

vor kurzem als Matrose auf die »S. M. S. Yorck«, einen großen Geschützkreuzer, abkommandiert worden und patrouillierte irgendwo in der Nordsee.
Man plauderte, trank eisgekühlte Apfelschorle, Kaffee oder Likör, schaute auf den blühenden Garten, den ruhigen Alsterlauf, die vorbeiziehenden Ruderboote, Barkassen und kleinen Segelschiffe. Sah den flügelschlagenden, in einer Terrakottatränke badenden Kohlmeisen und Rotkehlchen zu, die ärgerlich zwitschernd in einen Weißdornbusch flüchteten, als sie von einer Amsel vertrieben wurden. Der heiße Sommerwind trug ihnen den Duft von Rosen, frischem Kaffee und Tabak zu, denn auch die Nachbarn zu ihrer Linken genossen diesen herrlichen Sommertag in ihrem Garten.
Madelaine war angespannt. Bernhard fehlte noch. Mit wachsender Nervosität schaute sie von einem zum anderen, beobachtete, wie Sybill ihre Weißbrotscheibe in den Leinsamensud tunkte und sie dann langsam kaute. Leise begann Madelaine mit András zu plaudern. Er erzählte ihr, er habe nach dem Tod seines Vaters, ohne Sybills Wissen, begonnen, Rinder- und Schafherden zu verkaufen. Sein Ziel sei es, das Gut, soweit es ginge, allein durch die Erzgewinnung zu erhalten.
»Du löst dich ja von uralter magyarischer Tradition«, witzelte sie.
Er nickte. »Was bleibt mir anderes übrig.«
Madelaine missfiel der klagende Ton in András' Stimme, und so atmete sie erleichtert auf, als es an der Tür läutete. Angespannt wartete sie, bis sie die Stimme ihrer Haushälterin hörte, die Bernhard hereinbat. So ruhig wie möglich stand Madelaine auf und ging ihm durch Salon und Diele entgegen. Er trug einen weißen leichten Anzug mit schwar-

zer Binde und glänzend schwarzen Schuhen. Er nahm seinen breitkrempigen Hut ab und sah Madelaine forschend an. Sie lächelte und reichte ihm ihre Hand.
»Ich freue mich, Sie zu sehen, Bernhard«, sagte sie laut. »Ich hoffe, Sie bringen uns erfreuliche Nachrichten von der Handelsfront mit?«
Er beugte sich über ihre Hand. Sein Flüstern war kaum mehr als ein Hauch. »Liebst du ihn noch?«
Sie strich mit einer raschen Bewegung ihres Zeigefingers über sein Kinn: »Vertrau mir, Bernhard. Alles bleibt, wie es ist.«
»Ich danke Ihnen«, gab Terenzin nun gleichmütig zurück. Doch in seinen hellen Augen, deren Pupillen sich verengt hatten, erkannte Madelaine den Anflug von Misstrauen.
Da hörten sie Schritte herannahen.
»Ihr siezt euch?« András tauchte unvermittelt auf und schüttelte verwundert den Kopf. Er streckte Bernhard die Hand entgegen. »Ist das die besonders feine Hamburger Art?«
Madelaine errötete und überlegte fieberhaft, was sie sagen sollte, während sich die beiden Männer mit Blicken maßen.
»Es ist nur ein Spiel, András, mehr nicht«, erwiderte sie hastig.
»Wir haben es uns angewöhnt, uns in Gesellschaft zu siezen, András. Das ist alles«, fügte Terenzin ruhig hinzu. »Du weißt ja selbst, wie das so ist. Eine Gräfin und ein Diplomat per du könnten zu unschönen Spekulationen Anlass geben.«
»Unschönen? Wieso unschönen? Ist Madelaine etwa nicht attraktiv genug?« András klang nun herausfordernd, forsch.

Bernhard hielt seinem Blick stand, Madelaine wagte kaum zu atmen.

»Sie ist es, András. Sehr schön und sehr erfolgreich. Und sie hat den Mut, das zu tun, was ihr gefällt. Sie verdient unsere Bewunderung, und wir sollten sie vor möglichen Gerüchten, so gut es geht, in Schutz nehmen.«

Einen Moment lang fürchtete Madelaine, András könnte vor Wut explodieren. Doch da merkte sie, wie er sie beide kurz musterte und der Aufruhr in ihm sekundenschnell verpuffte. »Du hast recht, Bernhard. Tue alles, was Madelaine dient. Jetzt kommt, lasst uns zu den anderen gehen.« Er klang mit einem Mal resigniert.

»Ihr werdet euch gleich entspannen«, meinte Madelaine in gespielt unbekümmertem Ton. »Vater wartet schon sehnlichst auf seine Geburtstagstorten.« Sie hakte sich bei beiden unter und führte sie auf die Terrasse hinaus.

Dank Urs' Witzeleien kam das Gespräch nach der allgemeinen Begrüßung rasch wieder in Gang. Die Kaffeetafel wurde gedeckt und Champagnercreme-, Schokoladentorte mit Maracuja und Papaya, ein Schokoladenkuchen mit Kirschen und diverse Gebäcksorten aufgetischt. Die Stimmung hellte sich merklich auf, als der erste Champagnerkorken knallte und man auf Thaddäus Gürtlers Geburtstag anstieß.

Madelaine bemühte sich, die anfängliche Spannung zwischen András und Bernhard zu vergessen. Glücklicherweise taten auch sie so, als hätten sie sie überwunden. Jeder gab sein Bestes, um freundlich und heiter zu sein. Und wieder einmal dachte Madelaine, dass sie es nur ihr zuliebe taten, so wie es Bernhard kurz zuvor gesagt hatte. Höhepunkt des kleinen Festes war, als sie ihrem Vater ihr Geschenk überreichte. Es war eine Sammlung kleiner

gemalter Porträts von ihr, auf denen sie im Kostüm und in der Haltung des Liotardschen Schokoladenmädchens – allerdings ohne Haube – zu sehen war. Auf dem Silbertablett in ihren Händen präsentierte sie, neben Wasserglas und verkleinertem Kakaobecher, auf jedem Bild ihre besten Pralinen- und Tortenkreationen: Erdbeer- und Champagnerbirnenträume, Husarenpralinen, Niklasse, Koscho-Nüsse, Schoko-Torten mit exotischen Früchten, Pralinen mit Walnüssen und Birnen- und Pflaumenschnäpsen, Karamell und Kaffee, Zitrone und Ahornsirup, frischer Minze … Pralinen mit den Geheimnissen der Liebe …
»Wenn sie dir gefallen, Vater«, sagte sie, »dann werde ich die Bilder drucken lassen und als Werbegeschenk für unsere Kunden auslegen.«
Er streichelte ihre Hand. »Und wie sie mir gefallen. Ich habe selten süßeres Papier in den Händen gehalten!«
Es wurde ein schönes, lustiges Fest. Gegen Abend spielte Urs auf dem Klavier, man sang, tanzte, amüsierte sich, Thaddäus erzählte Anekdoten aus seiner Zeit in Chile und Bahia, Bernhard hingegen hielt sich dezent zurück, tauschte nur hin und wieder Belanglosigkeiten mit András und Urs aus. Er verabschiedete sich als einer der Ersten, da er tags darauf eine Reise nach Berlin antreten musste.
»Ich melde mich, sobald ich wieder hier bin«, flüsterte er Madelaine zu. »Wie lange wird er bleiben?«
»Ich weiß es nicht«, gab sie ebenso leise zurück. »Ist es denn so wichtig? Da Sybill mitgekommen ist, muss er sich nach ihr richten.«
»Sybill ist keine Garantie«, murmelte er und wandte sich zum Gehen.

Zwei Tage später trat Madelaine an Sybills Lehnstuhl, den man ihr auf den Bootssteg getragen hatte, so dass sie das Gefühl genießen konnte, vom Wasser umflossen zu sein. Es war ihr Wunsch gewesen, und Madelaine wusste, dass sie nur darauf wartete, so bald wie möglich mit András an die Ostsee fahren zu können.

Sybill hörte ihre Schritte und sah auf.

»Du kommst, das ist schön«, sagte sie mit schwacher Stimme. Sie streckte Madelaine ihren knochigen Arm entgegen. Madelaine berührte ihre Fingerspitzen. »Wie geht es dir? Fühlst du dich wohl, Sybill?«

»Ich bin so froh, hier zu sein. Ich meine, ich hätte nie gedacht, noch einmal von diesem staubigen, langweiligen Gut fortzukommen. Du musst dort sehr unglücklich gewesen sein, nicht?«

Madelaine setzte sich auf einen kleinen Klappstuhl neben sie. »Ich gebe zu, es war etwas gewöhnungsbedürftig. Wie geht es Katalin? Weißt du etwas über sie?«

Sybill verdrehte die Augen. »Du hast wirklich eine Schwäche fürs Personal, Madelaine. Nein, ich habe mich nicht für sie interessiert. Ich glaube, sie erledigt ihre Arbeit so wie immer. Was soll sie auch sonst tun?«

»Der Tod des alten Grafen muss sie doch sehr mitgenommen haben.«

»Sie wird wohl geweint haben. Aber wer tut das nicht, wenn er jemanden verliert. András hat auch geweint, als du gingst.«

Madelaine schlug die Augen nieder.

»Er hat all die Jahre heimlich geweint. Er weiß nicht, dass ich es ihm oft angesehen habe. Sag ihm nichts. Er liebt dich.«

»Und du ihn.«

»Ein Reigen der Liebe – ersehnte, verlorene, unerwiderte. Unerwiderte Liebe, das ist das Schlimmste. Und soll ich dir etwas sagen, Madelaine? Sie ist es, die mich krank machte.«
»Das tut mir leid.«
»Erinnerst du dich an unsere Zeit in Riga? Schon damals, schon immer liebte ich András. Auch wenn mich meine Eltern dahingehend erzogen hatten, dass es meine Pflicht sei, ihn eines Tages zu heiraten, liebte ich ihn wirklich. Aber ich konnte seine Gefühle nicht erzwingen. Ich hoffte es, doch es gelang mir nicht. Ich war es, die an ihm zugrunde ging. Ich weiß, wie sehr es ihn belastet. Auch er litt, vor allem, nachdem du fortgingst. Ich hoffe, ich kann bald sterben, damit er wieder aufleben kann.«
»Sybill, sag so etwas nicht!«
Sybill schlug ihre Decke zurück und schob den Saum ihrer Ärmel und ihres Rockes ein Stück weit hoch. Stockartige, mit weißer Haut überspannte Gliedmaßen waren zu sehen. »Hier, schau. Kann das einem Mann gefallen? Nein, Madelaine. Ich habe einfach Pech. Meinem Vater gefiel ich nicht, ich war ihm nicht klug genug, nicht schön genug. Meiner Mutter gefiel ich auch nicht, da ich anders war als sie. Ich bemühte mich, alles zu tun, was sie von mir verlangten. Doch auch das war umsonst. Ich gefalle niemandem. Das ist mein Los.« Sie wandte ihren Kopf. »Es tut mir leid, was mein Vater dir damals antat, Madelaine. Ich …«
»Du brauchst dich doch nicht für ihn zu schämen!«
»Tu ich aber. Ich mag dich nämlich. Gerade weil ich weiß, dass András dich liebt. Wenn du so freundlich zu mir bist, habe ich das Gefühl, ein bisschen von seiner Liebe abzubekommen.«

Madelaine beugte sich vor und schloss Sybill in ihre Arme, woraufhin beide zu weinen begannen. Jede aus einem anderen Grund.

»Sybill, ich möchte heute Abend zum Johannisfest. András versprach mir, mich zu begleiten. Hast du etwas dagegen?«

»Ich verstehe. Nein, geht nur. Geht nur allein. Er ist schließlich dein Ehemann.« Ihr Blick war leer, als Madelaine sie auf die Stirn küsste.

»Du möchtest nicht mit? Wirklich nicht?«

»Ich würde doch nur im Sand ausrutschen und mir womöglich die Zehen verbrennen. Nein, nein, aber frag ihn, wann er endlich mit mir an die Ostsee fährt.«

András hatte Madelaine aus Ungarn einen Kranz geflochtener Strohblumen mitgebracht und setzte ihn ihr, kurz bevor sie aufbrachen, in ihr aufgestecktes Haar. Jetzt, da sie barfuß und mit gerafften Röcken wie vor gut zehn Jahren in Riga über kleine Feuer sprang, die den breiten Sandstrand entlang der Elbe säumten, ließ sich auch András von ihr mitreißen. Er lachte, tat es ihr nach. Wie zwei ausgelassene Kinder liefen sie Hand in Hand inmitten der vielen Menschen zwischen den prasselnden Johannisfeuern umher. Die heiße Sommernacht hatte viele Hamburger angelockt, die nun am Ufer entlangwanderten, hier und dort um die Flammen hockten, Würstchen brieten, Bier tranken, zu Akkordeonmusik sangen und tanzten.

Madelaine und András fühlten sich in die Zeit ihrer frühen Liebe in Riga zurückversetzt. Sie küssten sich, erst verspielt, dann immer hungriger und gieriger, und nahmen spät nach Mitternacht eine Kutsche, die sie zu einem Hotel in der Innenstadt in der Nähe des Steindamms zurückbrachte. Madelaine dachte nicht mehr nach. András' Geruch, vermischt mit dem Duft von Holzfeuern und heißem Sand, machte sie verrückt. Er war ihr so vertraut, und sie wollte, ja, sie musste ihn jetzt lieben. Alles andere wäre ihr widernatürlich erschienen. András ging es nicht anders. Sie kicherten, lachten und fielen schließlich, einander die Kleider vom Leib zerrend, auf das breite Doppelbett.

»Du bist wie ein rolliges Kätzchen«, meinte András amüsiert und begann, s ie von den Beinen herauf zu küssen.

Sie legte ihre Unterschenkel auf seine Schultern, ließ sich von ihm verwöhnen und spreizte ihre Beine nach dem Höhepunkt so weit, dass er, ohne zu zögern, in sie eindrang. Sie schmeckte seinen Mund, genoss das leichte Kratzen seiner Wange an ihrem Hals, wand sich mit ihm, kugelte mit ihm vom Bett auf den Fußboden, wo sie sich ihm entgegenstemmte, so nah, dass sie sich schließlich beide mit übereinandergekreuzten Beinen gegenübersaßen und sich schaukelnd liebten, bis es ihr zu langweilig wurde und sie sich nach hinten fallen ließ. Die Härte des Bodens reizte sie, reizte auch András.

Er atmete immer schneller, zögerte kurz, bis Madelaine vor Lust aufschrie, hielt ein wenig inne, bis sie beide einen gemeinsamen Höhepunkt erlebten. Nur kurze Zeit später bestellten sie ein frühes Frühstück mit Spiegelei und Speck, Brot und Wecken und zwei schönen dicken Mohrenköpfen. Dazu starken Mokka und eine Kanne Milch.

Satt und beglückt fiel András nach dem Essen in die Kissen. Madelaine legte sich neben ihn, den Kopf in seiner Armbeuge. Sie kraulte sein Schamhaar, lockte ihn und knabberte an seinem Ohrläppchen. Er lachte.

»Was bin ich nur für ein Trottel gewesen, so lange auf dich zu verzichten. Ich bin dumm, nicht?«

Sie schaute ihm in die Augen und spürte, wie sich ein Kloß in ihrem Hals bildete. Nein, sie durfte auch jetzt nichts sagen, nichts von dem, was sie heimlich tat. Stattdessen rutschte sie an ihm herab und stupste sein erschlafftes Glied an.

»Na, Monsieur d'amour?«, wisperte sie und fuhr mit der Zungenspitze über seine wie Seidentaft geraffte Haut. Sein Glied zuckte leicht. »Ah, wie schön, Sie hören mich. Ich bitte Sie, necken Sie mich nicht. Spielen Sie nicht mit mir. Ich weiß, Sie sind keine Meeresschnecke. Wo bleibt Ihre Größe? Lassen Sie mich Sie anbeten. Ich weiß doch, wie sehr Sie es genießen, bewundert zu werden.« Sie spitzte ihre Lippen und berührte seine kühl gewordene Spitze. Sein Glied zuckte stärker. András kicherte.

»Was tust du da, Madelaine? Es ist noch nicht einmal Morgen, ich kann nicht mehr.«

»Pst! Ich spreche nicht mit dir. Ich spreche mit ihm.«

Sie pustete über sein Glied.

»Wie? Ihnen ist kalt? Oh, das darf nicht sein. Nur süße Wärme ist Ihr Reich.« Sie nahm es zwischen ihre Finger und hauchte es an. »Was sagen Sie? Sie mögen keine Luft? Ich verstehe, Sie wollen, dass er nicht zuhört, was wir bereden. Ja, ich kann Sie beruhigen: Wir tun, was uns gefällt, nicht? Wir brauchen nur uns, nicht wahr? Es schmeichelt Ihnen bestimmt, wenn ich Sie küsste?«

Sie schaute sein Glied fragend an, während ihre Hände über András' Schenkel glitten. Langsam richtete es sich auf. »Ah, Sie sagen ja! Wunderbar, wir verstehen uns, ja, wir lieben uns.« Sie beugte sich über András' Glied und küsste es.

Nur einmal blinzelte sie kurz zu ihm hoch, weil sie das Gefühl hatte, er sähe ihr zu. Tatsächlich trafen sich ihre Blicke.
»Welch ein Mann kann solch einem Kuss widerstehen«, stöhnte er und sank in die Kissen zurück.

Am frühen Morgen des 26. Juni 1914 reiste er mit Sybill an die Ostsee nach Travemünde. Als er mit ihr zwei Tage später, einem Sonntag, am frühen Abend in den Leinenpfad zurückkehrte, hatte sich die Welt schlagartig geändert.
Madelaine hörte, wie sein Wagen vor ihrem Haus hielt. Sie eilte ihm entgegen und erschrak über sein besorgtes Gesicht.
»Was ist los, András? Geht es Sybill nicht gut?«
»Nein, komm, hilf mir, wir sollten sie rasch zu Bett bringen. Sie hat während der ganzen Fahrt über Schwindel und Übelkeit geklagt.«
»Sollte ich nicht besser einen Arzt rufen, András?«, fragte Madelaine, während sie Sybill mit unterfasste, um sie die Treppe hinauf in den zweiten Stock zu geleiten.
»Nein, ich brauche nur etwas Wasser und Baldrian«, murmelte Sybill. »Und dann möchte ich endlich schlafen.«
Nachdem Madelaine und András Sybill versorgt hatten, gingen sie die Treppe wieder in die Diele hinunter.
»Wisst ihr es schon?«, fragte er sie unvermittelt.
»Was denn?«
»Gleich. Ist dein Vater da?«
»Ja, er sitzt mit Urs draußen auf der Terrasse, sie köpfen gerade einen Bordeaux. Wir haben den ganzen Tag hier zu Hause verbracht, ohne Zeitung, ohne Depeschen, ohne Störungen. Es war einfach nur erholsam und schön.«

»Ihr Glücklichen«, seufzte András. »Den Bordeaux können wir jetzt zur Beruhigung brauchen.«
Sie gingen hinaus. Urs und Thaddäus waren in heiterer Stimmung. Sie begrüßten András und setzten sich an den runden Tisch.
»Was ist los?«, fragte Urs neugierig.
»Franz Ferdinand ist ermordet worden.«
»Der österreichische Thronfolger?«
»Ja.«
Thaddäus, der András gerade vom Bordeaux einschenkte, goss ein wenig Wein auf die Tischdecke. Niemand sagte etwas. Alle starrten András fassungslos an. Madelaine stellte das Glas, das sie eben noch zum Mund führen wollte, ab. Urs wurde blass und begann zu husten. Er schaute hektisch zwischen András und Madelaine hin und her. András wich seinem Blick aus.
Da läutete es an der Tür. Sie hörten, wie die Haushälterin Bernhard hereinließ. Seine eiligen Schritte klackten über das Parkett. Schon trat er zu ihnen auf die Terrasse.
»Verzeiht, dass ich ohne Anmeldung zu euch hereinplatze. Ich komme gerade aus Berlin zurück. Heute Nachmittag wurden der österreichisch-ungarische Thronfolger und seine Frau in Sarajevo ermordet«, sagte er atemlos. Er hielt kurz inne und prüfte ihre Mienen. »Ihr wisst es schon?«
Madelaine erhob sich. »Ja, András sagte es uns gerade eben.«
Bernhard reichte ihm die Hand. »Ich bin froh, dich zu sehen, András. So können wir uns wenigstens gegenseitig dabei helfen, die neue Situation zu deuten, nicht?« Madelaine sah von einem zum anderen und wunderte sich, warum Bernhard so doppeldeutig klang und zugleich András so bedeutungsvoll ansah.

»Setz dich zu uns, Bernhard«, erwiderte András matt. »Ich habe ihnen noch nicht alles erzählt. Vielleicht weißt du ja mehr.«

Bernhard nahm zwischen ihnen Platz, Madelaines Herz klopfte schneller.

András begann zu erzählen: »Also, es war so: Wir gingen auf der Travemünder Promenade spazieren, bis Sybill darüber klagte, ihre Beine würden ihr schmerzen. Wir setzten uns auf eine Bank. Neben uns saß ein Wiener Diplomat mit seiner Frau. Rasch kamen wir ins Gespräch. Plötzlich stürzte sein Botenjunge auf ihn zu und überreichte ihm eine Depesche. Er riss sie auf, las und sah aus, als habe ihn der Schlag getroffen. Er wandte sich mir zu, sagte: ›Sie haben den Erzherzog getötet! In offenem Wagen in Sarajevo. Ihn und seine Frau.‹ Wir konnten es nicht fassen.«

Einen Moment lang verfielen alle in brütendes Schweigen. Dann wandte sich András Bernhard zu. »Weißt du Genaueres?«

»Ein wenig, ja«, erwiderte dieser. »Es klingt furchtbar, weil man den Eindruck haben könnte, das Schicksal habe es nicht anders gewollt. Eine Nachlässigkeit, ein nicht weitergegebener Befehl – und dann ein Doppelmord von unvorstellbarer Bedeutung. Also, was ich weiß, ist Folgendes: Der Thronfolger fuhr mit seiner Frau an seiner Seite in einem offenen Wagen, das Verdeck zurückgeschlagen, in strahlendem Sonnenschein durch die Stadt. Auf dem Weg zum Rathaus warf ein Attentäter eine Handgranate. Der Anschlag misslang. Die Granate fiel vom Verdeck zurück, explodierte auf dem Straßenpflaster und verletzte einen Offizier im Nacken. Das Entsetzen, der Schock waren groß. Doch der Erzherzog bestand darauf, den vorgesehenen Termin im Rathaus einzuhalten. Danach ging er zu

dem Offizier, den man in der Zwischenzeit in ein Krankenhaus eingeliefert hatte. Doch ohne informiert zu sein, schlug sein Fahrer die ursprünglich vorgesehene Route ein. Als der Fehler bemerkt wurde, erhielt er den Befehl, umzukehren. Er stoppte den Wagen – drei Meter von einem weiteren Attentäter entfernt, der sofort schoss: Eine Kugel zerfetzte die Halsschlagader des Thronfolgers, eine zweite traf den Unterleib der Herzogin und verletzte sie tödlich.«
Madelaine schlug die Hände vor den Mund, die Männer starrten vor sich hin.
»Er hätte es besser wissen müssen.« András nahm einen Schluck Wein. »Er ist in vollem Bewusstsein dorthin gefahren, wo ihm die größtmöglichen Gefahren drohten.«
»Wieso?«, fragte Madelaine.
András wechselte einen Blick mit Bernhard. »Nur zu, erzähle du es ihr«, sagte dieser leise.
»Madelaine, du weißt doch, wie Vater sich darüber aufregte, als Bosnien-Herzogowina 1908 von Österreich-Ungarn annektiert wurde. Seither nehmen die Spannungen dort zu, weil die Mehrheit der Serben noch immer davon träumt, endlich mit dem Mutterland, dem Königreich Serbien, vereint zu werden. Erzherzog Franz Ferdinand, der ohnehin bei vielen von ihnen unbeliebt ist, fuhr also in eine ihm wenig wohlgesinnte Region, um es mal milde auszudrücken.«
»Wieso war er denn so unbeliebt?«, wollte Madelaine wissen.
»Einige fanden, er hätte sich die falsche Frau ausgesucht, eine einfache böhmische Gräfin, die in Wien noch nicht einmal an seiner Seite erscheinen durfte. Deshalb nahm er sie ja auch mit nach Sarajevo, damit sie einmal mit ihm zusammen in der Kutsche fahren konnte. Aber das ist nur

nebensächlich. Viel ärgerlicher aber empfanden viele seine Idee, den Südslawen unter dem Dach der österreichisch-ungarischen Doppelmonarchie eine autonome Existenz zuzugestehen. Weder beim Volk noch in Wien stieß er damit auf Zustimmung. Vor allem aber schlug ihm schon seit langem der Hass eines serbischen Geheimbundes namens ›Schwarze Hand‹ entgegen. Dieser Bund will alle Südslawen, also Serben, Bosnier, Kroaten und Slowenen, unter serbischer Führung vereinigt sehen. Das, was er heute tat, war eine Reise in den Tod. Er hätte mit Anschlägen rechnen müssen.«

»Allerdings, die Aura eines gesalbten Hauptes ist keine Ritterrüstung«, pflichtete ihm Urs bei.

»Und das auch noch an diesem besonderen Tag.« András machte eine Pause, nahm noch einen Schluck Wein.

»Der 28. Juni? Was ist denn so besonders an diesem Datum?«, fragte Thaddäus.

»Heute ist der St.-Veits-Tag, der Nationalfeiertag der Serben. Heute gedenken sie der Niederlage gegen die Türken 1389 auf dem Amselfeld.«

»Und was hat das alles nun mit uns zu tun? Sarajevo ist weit weg, und ich glaube, niemand interessiert sich für das, was dort vor sich geht. Oder was meinst du dazu, Bernhard?« Madelaine wandte sich ihm zu. Die Augen der anderen drei Männer richteten sich ebenfalls auf ihn.

Bernhard holte tief Luft. »Ihr fragt mich, was dieses Attentat bedeuten könnte? Es könnte – ich sage: könnte – bedeuten, dass all jene es begeistert als Anlass zum Messerwetzen nehmen werden, die genug vom Frieden haben. Ich teile ihre Meinung nicht. Ich würde mir wünschen, Deutschland würde den Frieden wahren. Aber wir sind nicht allein. Jede Nation hat ein Ziel vor Augen, von dem sie überzeugt ist, dass es sich lohnt, darum zu kämpfen. Und so könnte dieses Attentat zu einem Flächenbrand werden. Denkt zum Beispiel an Frankreich, das schon lange das im Krieg von 1870/71 verlorene Elsass-Lothringen zurückhaben will. Russland hingegen will nach seiner demütigenden Niederlage von 1905 seine weltpolitische Macht wiederherstellen und die österreichisch-ungarische Politik Mores lehren. Österreich-Ungarn aber wird sich weiterhin dagegenstemmen und Serbien ruhig halten wollen. Von Graf Berchtold, dem k.u.k. Außenminister, einem der elegantesten Herren von Wien, weiß man, dass er partout den Krieg gegen Serbien anstrebt. Und wir werden sehen: Er wird noch etwas tun, um unseren Kaiser an sein Versprechen zu erinnern, Österreich zur Seite zu stehen, wenn es befürchtet, durch serbische Agitation in Stücke gerissen zu werden.«

»Und du meinst, Kaiser Wilhelm wird zur englischen Teatime auf seiner Segelyacht oder in seinem Salon – großzügig und nonchalant – ja sagen? Was dann?« Urs war aufgestanden und ging unruhig auf und ab.

»Wie Bernhard schon sagt«, ergriff András wieder das Wort. »Deutschland hat Österreich Bündnistreue geschworen, sollte es sich von Serbien angegriffen fühlen. Serbien aber wird von Russland unterstützt. Und wenn der deutsche Kaiser sein Treuewort hält – wovon man ausgehen kann –, bestimmt Österreich die weitere politische Vorgehensweise. Und wenn es Serbien attackiert, werden automatisch Russland und Deutschland zu Gegnern.«

Bernhard nickte zustimmend und sah ihn nachdenklich an. Madelaine schaute von einem zum anderen. Beide waren selbstbewusste, klar denkende Männer, gutaussehend und attraktiv. Beide imponierten ihr. Doch was jetzt in ihnen vorging, wusste sie nicht. Was immer es war, es schloss sie in diesem Moment aus, verunsicherte sie. Und plötzlich schämte sie sich, dass sie András noch immer nicht gestanden hatte, welch ein Band zwischen ihr und Bernhard bestand.

»Ist es das, was uns bevorsteht? Ein Krieg?«, fragte sie mit belegter Stimme.

»Wenn die hohen Militärs unsere höchsten Kaiser überstimmen, dann ja«, antwortete ihr Bernhard. »Es wäre fatal, würden sich Kaiser Wilhelm und Zar Nikolaus – die ja Vettern sind und sich mit ihren Kosenamen Willy und Nicky anreden – von Österreich in einen Krieg reißen lassen, nur weil andere es so wollen. Seit mehr als einhundert Jahren haben Russland und Deutschland keinen Krieg mehr gegeneinander geführt, sie haben gemeinsam gegen Napoleon gekämpft. Bei einem Krieg würden sie alles verlieren, ihren Thron, ihr Reich, womöglich ihr Leben.« Bernhard sah in die Runde. »Hoffen wir, dass sie fest bleiben und sich nicht in den Strudel der arroganten, engstirnigen Kampfgeister hineinziehen lassen.«

»Ja, das wollen wir hoffen«, stimmte Thaddäus ihm zu. Er trank sein Glas leer, fuhr sich aufgewühlt durch seine ergrauten Haare. »Unfassbar, unfassbar, das alles.«

»Als die Titanic vor zwei Jahren sank, sagte mein Vater, das sei ein böses Omen«, wandte András ein, lachte dann kurz auf. »Er war abergläubisch, täuschte sich oft. Lasst uns also auf den Frieden anstoßen!«

Alle stimmten ihm zu, hoben die Gläser und tranken bedachtsam. Doch Madelaine fand keine Ruhe.

»András, was wirst du tun? Wenn auf dem Balkan Krieg ausbricht, dann bist du in Ungarn auch nicht mehr sicher.«

»Ich weiß. Ich brauche Zeit, um mir zu überlegen, was der nächste Schritt ist.« Er schaute an ihr vorüber, begegnete wieder Bernhards Blick und schlug die Augen nieder. Madelaine bemerkte, wie sich Urs abwandte und in den Garten hinaussah. Sie verstand nicht, was in ihnen vorging, doch sie fühlte, wie die Stimmung umgeschlagen war. Erleichtert atmete sie auf, als sich ihr Vater erhob.

»Wir sollten die weltpolitische Tragweite des Attentats in Sarajevo nicht allzu sehr vertiefen. Lasst uns schlafen gehen, es ist schon spät. Vielleicht wendet sich doch noch alles zum Guten. Ich glaube nicht, dass Verwandte wie Kaiser Wilhelm und der Zar einen Sinn darin sehen könnten, ihre Völker mit Waffen aufeinanderzuhetzen. Und was den Balkan anbelangt, so hat Kaiser Wilhelm sich noch nie dafür interessiert.«

»Ja, warten wir es ab«, pflichtete Urs ihm bei und wandte sich zum Gehen. Bernhard erhob sich nun auch. Madelaine kam es vor, als läge ein Hauch von Trauer in seinen Augen, als er sagte:

»Ich möchte mich verabschieden. Ich denke, ihr wollt den Abend noch genießen. Tut es nur. Vielleicht haben wir uns diese schönen Stunden umsonst verdüstert. Vielleicht wird alles noch gut.«

Er verabschiedete sich und ging.

András und Madelaine waren allein. Plötzlich erhob er sich und kniete vor ihr nieder. Madelaine konnte nur mit Mühe ihre Tränen unterdrücken. Ihm jetzt, in diesem Moment in die Augen zu sehen, war schrecklich. Sie wusste, würde sie ihm die Wahrheit sagen, würde sie ihn für immer verlieren. Doch sie wusste auch, wie sehr sie ihn liebte, welch süße sinnliche Geborgenheit sie einander immer noch schenken konnten. András war ihr erster

Mann, ein zärtlicher, rücksichtsvoller Geliebter. Ein Mann, den sie nach all den Jahren dafür bewunderte, dass er mit bestem Gewissen um sein väterliches Erbe gekämpft hatte. Jetzt hatte sie das Gefühl, sie alle stünden auf einer hauchdünnen Scheibe, die sich immer schneller drehte.
Er tat ihr leid. Sollten seine Mühe und ihr Opfer, so lange in Ungarn ausgehalten zu haben, umsonst gewesen sein? Er hatte ihr nie wissentlich weh getan, nur gehofft, sie könne ihre Heimat vergessen. Sie hatte es nicht gekonnt, und er warf es ihr noch nicht einmal vor.
Nein, sie durfte ihm nicht weh tun, nicht jetzt. Nie.
Sie nahm sein Gesicht in ihre Hände und küsste ihn zart auf den Mund.
»Lass uns ausgehen, ja?«
»Jetzt?«
Sie nickte. »In der Nähe der Reeperbahnen gibt es ein Vergnügungslokal. Ich glaube, ich brauche Ablenkung von dem, was du gerade erzählt hast.«
Sie ließen sich hinfahren, mitten in ein buntes, ausgelassenes Treiben zwischen lärmenden Menschen, erleuchteten Lokalen und marktschreierischen Budenbesitzern. Sie stürzten sich in das übervolle Vergnügungslokal, tanzten, bis ihre Füße zu schmerzen begannen, betäubten sich an der lauten Musik und genossen ausgelassen den Trubel, der so anders war als alles, was sie kannten.
Später stolperten sie in eines der einfachen Zimmer eines Gasthauses, fielen einander in die Arme, erschöpft, aufgewühlt und von Wein benebelt. Für einen winzigen Augenblick kam es Madelaine so vor, als müsse sie András Abbitte für ihr Verhältnis mit Terenzin leisten. Seltsamerweise nahm sie aber gleichzeitig in sich ein brennendes Verlan-

gen wahr, von András den Beweis zu bekommen, wirklich – und trotz alledem – geliebt zu werden.
Während sie sich hitzig im Bett wälzten, blitzten vor ihrem inneren Auge immer wieder Bruchstücke ihrer Empfindungen in Bernhards Umarmungen auf. Sie erinnerten sie an seine Kunst, sie herauszufordern, sie zu reizen. Sie erinnerte sich, wach und bewusst und zugleich voller Hingabe an seine magische, männliche Präsenz gewesen zu sein und an ihr zu wachsen. András zu lieben, war tatsächlich etwas anderes. Er umhüllte ihren Körper, ihre Sinne mit zärtlicher, sanfter Vertrautheit, liebkoste sie wie all die Male zuvor spielerisch, neckisch, gefühlvoll.
Madelaine hielt die Augen schlossen und überließ sich ihren Bildern, ihren Empfindungen, bezwang sich manchmal, nicht Bernhards Namen zu stöhnen, umklammerte in anderen Momenten voll erleichterter, dankbarer Lust András. Und hoffte, niemals das bereuen zu müssen, was sie in dieser Nacht empfand.
Erst im Morgengrauen sanken sie in einen tiefen Schlaf.

Tatsächlich sicherte Kaiser Wilhelm Tage später Österreich-Ungarn seine vorbehaltlose Unterstützung zu. Als diese Meldung in den Zeitungen stand, reagierte András bedrückt. Er drängte darauf, Sybill in ein Hamburger Sanatorium zu bringen, um dann so rasch wie möglich nach Ungarn zurückkehren zu können. Madelaine wusste, dass sie ihn nicht zurückhalten konnte, sie sah die Notwendigkeit seiner Heimkehr ein, aber sie verstand nicht, warum er plötzlich so verstimmt war.
Sie nahm sich vor, ihm zu helfen, damit er Sybill in guten Händen wusste. Bewegt nahm er von ihr Abschied.
Am 7. Juli 1914 begleitete ihn Madelaine zum Bahnhof. Als

er ihr die Hände reichte und sie mit Tränen in den Augen ansah, brach es aus ihr heraus: »András, du hast irgendetwas, etwas, was du mir verheimlichst. An diesem Abend neulich, als ihr euch alle so merkwürdig verhieltet, was war da los?«
Er straffte sich, wie um ihr trotz der Tränen Stärke zu beweisen.
»Ich bin Major der Reserve, Madelaine, und wenn der Krieg ausbricht, werde ich eingezogen.« Bevor sie etwas sagen konnte, riss er sie an sich.

Wie bekannt wurde, jagten täglich Depeschen zwischen Wien und St. Petersburg, Berlin, Paris und London hin und her. Am 28. Juli erklärte Österreich-Ungarn Serbien den Krieg, am 30. Juli rief der Zar zur Generalmobilmachung auf, am 1. August erklärte Deutschland Russland den Krieg. Und in diesen Tagen, da Menschen zu Tausenden für den Frieden demonstrierten, Tausende aber in einen besinnungslosen Strudel lebensverachtenden Heroismus und Siegeswillen sanken, stellte Madelaine fest, dass sie schwanger war.
Sie war müde, schlief sogar im Sitzen ein. Es blieb ihr nichts anderes übrig, als Karl die Führung der Backstube zu überlassen. Sie wusste es, war sich ganz sicher und behielt ihr Geheimnis für sich. Wem, fragte sie sich, sollte sie es auch zuerst mitteilen? Sie war sich noch nicht einmal sicher, wer der Vater sein könnte. András oder Bernhard? Träge und mit all ihren Sinnen in sich hineinlauschend, vergrub sie sich in ihre Privaträume, träumte und schlief …
Mitte August traf ein Brief von András ein.

Meine liebe Madelaine!

Diese Zeilen schreibe ich Dir, weil es sein könnte, dass wir uns erst nach langer Zeit wiedersehen können. Man hat mich, wie erwartet, eingezogen. Ich werde in Galizien kämpfen müssen.

Ich möchte Dir danken für die schönen, wenn auch nicht immer leichten Jahre an meiner Seite. Vergib mir, wenn Du kannst, meine Schwäche, in meinem Vaterhaus wieder zum gehorsamen Sohn geworden zu sein. Dafür bist nun Du – sollte mir etwas zustoßen – genauso erbberechtigt wie Teréza. Du hast aber keinen Ärger zu erwarten. Ich habe mein Haus bestellt. Ich habe mit Teréza und Sybill die Summen errechnet, die Du als meine Frau ihnen auszahlen musst. Da das Gut jetzt schuldenfrei ist, würde für Dich noch genügend übrig bleiben.

Es ist wohl Gottes Wille, dass alles so gelaufen ist, und ich denke, für Dich ist es gut gelaufen. Ich habe Dir in Deinen Augen das Glück angesehen, das Glück, in Deiner Heimat leben zu dürfen. Halte es fest und bleibe dem treu, was Dir lieb ist.

Ich möchte Dir noch etwas sagen, etwas, das, wenn ich es ausgesprochen haben werde, uns beide – so hoffe ich – erleichtern wird.

Meine liebe Madelaine, Du bist die wunderbarste, liebste und schönste Frau, der ich je in meinem Leben begegnet bin. Nie könnte es für mich eine andere geben. Du aber hast das Wesen der Liebe in Dir. Ich weiß es, und ich vergebe Dir, solltest du einem Mann die gleichen Gefühle entgegenbringen wie mir. Du ahnst, von wem ich sprechen könnte. Du kannst ihm vertrauen, sollte mir etwas passieren.

Ich liebe Dich, Madelaine, und ich wünsche mir trotz allem nichts sehnlicher, als so bald wie möglich wieder bei Dir zu sein. Bewahre Dir Deine Liebe für mich. Mehr kann ich von Dir nicht verlangen.
So zwei sich lieben von ganzem Herzen,
Sie können ertragen der Trennung Schmerzen.
So zwei sich lieben von ganzer Seele,
Sie müssen leiden des Himmels Befehle.
So zwei sich lieben mit Gottesflammen,
Geschieht ein Wunder und bringt sie zusammen.
Bete für mich.
Auf immer Dein András

Post Scriptum: In den nächsten Tagen wird mein Anwalt Dir alle notwendigen Papiere samt beurkundeter Verfügungsgewalt zustellen. Für alle Fälle.

Madelaine brach zusammen. Ein Arzt wurde gerufen. Urs und Thaddäus kamen an ihr Bett. Und da sagte sie ihnen die Wahrheit.
Noch in der gleichen Stunde fuhr Urs zu Bernhard und forderte ihn auf, sofort zu Madelaine zu kommen. Man ließ die beiden allein. Wenig später hörten sie Madelaine schreien, kurz darauf kam Terenzin die Treppe herunter. Thaddäus, der das Schlimmste befürchtete, trat ihm, am ganzen Körper bebend, entgegen.
»Sie lassen sie also im Stich, Herr von Terenzin?«, rief er empört.
»Nein, keinesfalls, Herr Gürtler, ich liebe Madelaine. Ich stelle ihr nur frei, das Kind zu behalten oder nicht.«
Fassungslos starrten Thaddäus und Urs ihn an: »Oder nicht? Ja, wissen Sie denn nicht, dass es seit Jahren ihr

sehnlichster Wunsch war, schwanger zu werden? Und da wollen Sie sie jetzt zwingen …?«
»Ich zwinge Madelaine nicht, meine Herren. Es ist ihre persönliche Entscheidung. Unter diesen Umständen wird sie genau überlegen müssen, was zu tun ist. Bedenken Sie doch, András wurde eingezogen. Sollte es sein Kind sein, trüge Madelaine allein die Verantwortung, so lange, bis er aus dem Krieg zurückkommt. Das wird nicht einfach sein. Sollte es mein Kind sein – was ich nicht glaube –, müsste sich Madelaine erst von András scheiden lassen, was im Moment wohl wenig angemessen wäre.«
»Sie haben ihr also zum Abbruch geraten.« Urs warf ihm einen vernichtenden Blick zu, zwängte sich an ihm vorbei und stieg steifbeinig die Treppe hinauf.
Terenzin schwieg.
Thaddäus seufzte. »Ich danke Ihnen für die offenen Worte, Herr von Terenzin. Nehmen Sie einem alten Mann wie mir meine Erschütterung nicht übel. Aber es gibt Dinge, die ich nicht mehr so recht verstehe. Ich dachte immer, Sie liebten sie und würden sie aus ihrer eingeschlafenen Ehe herauslösen. Es hätte wohl viel früher geschehen müssen. Ich muss sagen, meine eigene Tochter hat uns da in eine verzwickte Lage gebracht. Zwei Männer und keinen Vater, das ist schon etwas kompliziert.«
»Liebe hat nun einmal nichts mit Logik zu tun, Thaddäus«, rief ihm Urs von der Treppe her zu. »Jetzt komm, wir müssen uns um sie kümmern.«
»Madelaine bat mich zu gehen«, erklärte Terenzin. »Richten Sie ihr bitte aus, dass ich ihr jederzeit zur Verfügung stehe.« Er gab Thaddäus die Hand und ging.
Dieser lehnte sich erschöpft an das Treppengeländer.

»Ich hab mich also doch nicht in ihm getäuscht«, rief ihm Urs zu. »Nobel, kühl, nicht ohne verborgene Leidenschaften, ein Mann, der die Liebe ernst nimmt, das glaube ich ihm sogar, aber …«

Thaddäus hob ärgerlich den Kopf. »Rede nicht so viel. Er ist ein Mann, der frei sein will, das kennen wir doch, oder?« Wütend schlug er mit der flachen Hand gegen das Holz. »Herrje, in was für eine Lage hat uns da Madelaine nur gebracht. Lass uns zu ihr gehen, mal sehen, ob wir ihr helfen können.« Zweifelnd sah er zu Urs hoch.

Dieser stöhnte auf. »Du kennst sie doch. Sie hat ihren eigenen Kopf, und was wir denken, ist ihr eigentlich gleichgültig.«

»Das ist nicht wahr, Urs! Du weißt, dass das nicht stimmt. Du bist doch nur wütend, weil sie diesen Terenzin an sich rangelassen hat. Wärst du jung, hättest du es nicht auch getan?«

»Als Madelaine oder als Terenzin?«, höhnte Urs böse.

Thaddäus hob drohend seine Hand. »Wollen wir uns auf unsere alten Tage prügeln? Bist du dazu noch in der Lage? Du bist und bleibst ein eifersüchtiger alter Trottel, Martieli!«

»Pah!« Urs stolperte die letzten Stufen hinauf und ging eilig zu Madelaines Schlafzimmertür, die noch immer offen stand.

Sie lag auf ihrem Bett, putzte sich die Nase, begann wieder zu weinen, als Urs sich neben sie setzte und sie in die Arme nahm.

»Sie ist meine Tochter«, raunzte ihn Thaddäus an und zog barsch Urs' Hand von Madelaines Schulter. Urs warf ihm einen wütenden Blick zu, strich Madelaine aber mit kleinen kreisenden Handbewegungen über den Rücken. Thaddäus setzte sich an ihre andere Seite, nahm ihr verweintes Gesicht zwischen seine Hände.

»Madelaine Elisabeth Gürtler, kannst du mir bitte sagen, was du willst?«

»Er ist ein Schuft!«

»Bravo, ich stimme dir zu«, mischte sich Urs sofort ein.

»Ich mochte ihn noch nie.«

»Du warst schon immer eifersüchtig, Urs«, schniefte Madelaine. »Auch in Riga damals, auf András.«

»Halt dich da raus, Urs!«, fuhr ihn Thaddäus barsch an. Dann an Madelaine gewandt: »Terenzin ist ein Mann, nicht besser und nicht schlechter als andere.«

Empört sah sie ihn an, stemmte sich hoch. »Du nimmst ihn in Schutz?«

»Nein, ich denke nur, vielleicht solltest du ihm Zeit lassen, vielleicht heiratet er dich ja doch … schließlich muss er nicht in den Krieg ziehen so wie András.«

Madelaine sprang auf. »Was ist nur aus dir geworden, Vater? Früher warst du ein Abenteurer, jetzt denkst du konventioneller als die Preußen.«

»Ich möchte dich nur in Sicherheit wissen, Kind, das ist alles.« Er seufzte.

»Du hast mich gefragt, was ich will. Ich sage es dir. Ich sage es euch beiden.« Madelaine stemmte ihre Hände in die Hüfte und betrachtete die beiden alten Männer, die auf der Kante ihres Bettes saßen, die Hände auf den Knien, den Blick unsicher auf sie gerichtet.

»Es ist mein Kind! Ein Mädchen vielleicht, oder ein Junge. Ich habe lange gewartet, so furchtbar lange. Was das bedeutet, könnt ihr euch natürlich nicht vorstellen. Wie solltet ihr auch. Ich möchte, dass ihr dafür sorgt, dass die beiden noch leerstehenden Räume auf meiner Etage

entsprechend eingerichtet werden: den einen zum Schlafen, den anderen zum Spielen. Schickt mir einen Innenarchitekten, holt Handwerker, bringt mir Prospekte mit Kindermöbeln, Spielzeug, Kleidern, ich brauche Waschtisch, Windeln, Kleidchen, ach …« Zittrig sank sie in ihren Sessel. »Ah, ich bin so müde. Geht jetzt, lasst mich allein.«
Verblüfft sahen sich Urs und Thaddäus an.
»Nun, was ist?«, fragte Urs ihren Vater ironisch. »Machst du's, oder soll ich?«
»Ich denke, ich werde es tun, schließlich bin ich etwas jünger als du«, giftete Thaddäus zurück.
»Dann möchte ich aber Taufpate werden.«
»Das muss Madelaine bestimmen.«
Beide schauten zu ihr hinüber. Sie gähnte herzhaft.
»Los, tut etwas«, murmelte sie. »Urs, du musst außerdem ein Mal täglich in der Backstube nach Karl sehen, und du, Vater, gehst am besten gleich heute noch los.«
»Und was ist mit Terenzin? Mit András?«
Sie gähnte wieder. »Ich muss erst mal schlafen.« Einen Moment später wurde ihr so übel, dass sie aus dem Sessel hochfuhr und hinüber ins Bad hastete.
»Na«, meinte Urs, »wenn das nichts Besonderes ist: zwei Liebhaber, kein Vater, aber zwei Großväter.«
Thaddäus schlug ihm aufs Knie. »Wir sind gefordert, Urs. Auf, komm! So alt sind wir nun wohl doch noch nicht. Denk daran: Du bekommst unverhofft einen Nachfolger für die Konditorei, die du einst gegründet hast, und ich mein erstes Enkelkind! Ich muss sagen, je länger ich so darüber nachdenke, desto stolzer bin ich auf meine Tochter. Sag es ihr nicht, Urs, aber eigentlich ist es mir beinahe gleichgültig, wer der Vater ist.«

»So hat jeder nur seinen Vorteil im Sinn«, grummelte Urs missmutig. »Stimmt doch, oder?«
»Ja.« Thaddäus grinste. »Aber sag ihr auch das nicht.«
Sie sahen sich verschwörerisch an.
»Was tuschelt ihr da über mich?« Madelaine stand schwer atmend in der Tür, wischte sich mit einem Handtuch übers Gesicht. Thaddäus erhob sich als Erster von ihrem Bett, ging auf sie zu und nahm sie in die Arme.
»Nichts anderes, als dass du uns allen eine große Freude machst, wenn du dein erstes Kind bekommst.«
Urs folgte ihm zögernd. »Madelaine?«
Sie löste sich aus der Umarmung ihres Vaters. »Was ist, Urs?«
»Ich möchte dir nur noch eines sagen, mein Schokoladenmädchen: Ich hoffe, du lässt dich von diesem Preußen wirklich niemals umstimmen. Ich habe dir damals in der Bretagne nicht umsonst ein zweites Leben geschenkt, nur damit du eines schönen Tages aus Kleinmut dein eigenes Kind tötest.«
Madelaine wurde blass.
»Hättest du das nicht etwas rücksichtsvoller formulieren können?«, fuhr ihn Thaddäus an.
»Du hast recht, Urs.« Madelaine lehnte sich an Urs' Brust und sah ihren Vater an. »Ihr werdet es wohl schaffen, mein Kind großzuziehen, oder?«
»Darauf kannst du dich verlassen.«

»Kann eine Frau spüren, wer der Vater ihres Kindes ist? Oder weiß sie es?«
Sie gingen bei strahlendem Sonnenschein an der Außenalster spazieren, Bernhard und Madelaine. Madelaine aber verstand seine Frage nicht, sie dachte an András. Vor

wenigen Tagen hatte sie aus den Zeitungen erfahren, dass er jetzt, Ende August 1914, gegen die Soldaten des Zaren kämpfen musste, die erst vor kurzem in Galizien einmarschiert waren und sich erbitterte Schlachten mit dem österreichisch-ungarischen Heer lieferten. Ob András überhaupt noch lebte? Ob er verwundet war? Oder focht er ohne Rücksicht auf sein eigenes Leben für die Uniform, die er trug? Madelaine blinzelte in die gleißende Sonne. Warum sah alles so flirrend, so verschwommen aus? Warum fiel es ihr so schwer, klare Gedanken zu fassen?
»Was, was hast du gerade gesagt?«, murmelte sie und rieb sich die Augen.
»Ich fragte dich, ob du es spürst, wer der Vater des Kindes sein könnte. András oder ich. Merkt ihr Frauen das nicht?«
Sie befürchtete, sich übergeben zu müssen. »Doch, doch. Ich weiß es, weiß es nicht.«
Terenzin blieb abrupt stehen. »Du bist ja völlig durcheinander, Madelaine. Ich denke, es ist besser, ich bringe dich wieder nach Hause zurück.«
Sie nickte, lief weiter. Er holte sie ein und fasste sie bei den Schultern. »Madelaine, du willst das Kind wirklich?«
Es dauerte eine Weile, bis sie den Sinn seiner Worte begriffen hatte. Langsam wurde ihr klarer im Kopf. Sie dachte an Urs' Mahnung und spürte, wie Empörung in ihr aufstieg.
»Du würdest es zulassen, dass man mir das antut?«
Er errötete. »Ich weiß nicht, was du meinst.«
»Doch, das weißt du. Du … du willst es dir nur nicht vorstellen, was getan wird, um ein winziges Kind im Bauch seiner Mutter zu töten? Soldaten schießen aufeinander, aber das, das ist viel schlimmer.«
»Still, sag nichts.« Brüsk wandte er sich ab, trat ans Ufer

hinunter, wo gerade ein Schwan mit ausgebreiteten Schwingen einen Hund zu verscheuchen versuchte, der ins Wasser gesprungen war. Madelaine eilte Terenzin nach, legte ihre Hand auf seine Schulter und zwang ihn, sich zu ihr umzudrehen.
»Ich werde András schreiben, ich werde ihm alles beichten. Es ist besser so.«
»Wenn du das tust, werde ich dich verlieren. Das will ich aber nicht, Madelaine.« Er nahm ihre Hand und sah ihr ernst in die Augen. »Ich möchte dich allein haben, ich liebe dich. Dieses Band zwischen uns, es ist etwas Besonderes, du weißt es. Wir haben uns nicht umsonst gefunden. Du hast mir vieles geschenkt, vor allem aber die Freiheit und das Vertrauen, wieder lieben zu können. Ich könnte es nicht verkraften, dich zu verlieren. So wie ich es schon einmal erlebt habe.«
Madelaine begann zu zittern, spürte noch stärkere Übelkeit in sich aufsteigen. Soll ich mein Kind für seinen Schmerz opfern, fragte sie sich entsetzt. Nein, nein, niemals, das geht nicht. Nein, mein Kind, ich liebe dich schon jetzt. Ich habe so lange auf dich gewartet. Auch wenn der Moment nicht günstig ist, es ist mir gleichgültig. Ich habe dich endlich empfangen. Endlich. Und ich werde dich schützen. Du hörst Bernhards Stimme, verstehst, was er fordert. Und deine und meine Seele wehren sich gegen das, was er sagt: ich oder du. Du oder ich.
Aber ich kann ihm nicht weh tun, was soll ich nur sagen? Es ist alles so kompliziert. Nie hätte ich mir vorstellen können, einmal so leiden zu müssen. Vor ein paar Tagen war ich noch so zuversichtlich, aber heute ist alles anders. Ist das die Strafe dafür, dass ich mir die Freiheit nahm, zwei Männer zu lieben?

Sie riss sich von Bernhard los, lief auf eine Bank zu, sank auf ihr nieder und rang um Worte. »Bernhard, du kannst mich doch nicht erpressen. Auch mit deiner Liebe nicht.« Sie legte ihre Hände auf ihren Bauch, sah ihn hilfesuchend an, und ohne dass sie es wollte, rannen ihr Tränen über das Gesicht.

Bernhard betrachtete sie ruhig und beherrscht. »Ich verstehe. Du bist jetzt Mutter und hast dich gegen mich entschieden. Gegen unsere innere Freiheit, zu lieben.« Er trat langsam auf sie zu. Sie merkte, wie er mit sich kämpfte. Doch dann überzog ein trauriges Lächeln sein Gesicht, und er setzte sich neben sie. Eine Weile sahen sie schweigend einem Schiff zu, das in ihrer Nähe anlegte. In den Lärm der an Land stürzenden Kinder sagte er leise: »Bitte überlege es dir noch einmal. Ich werde dir helfen können. Es gibt gute Ärzte, du wärest in erfahrenen Händen, bräuchtest dich nicht zu fürchten. Ich wäre bei dir. Die ganze Zeit. Madelaine?«

Sie weinte leise. Er legte seinen Arm um ihre Schultern, zog sie an sich, barg ihren Kopf an seiner Brust. »Bitte verlass mich nicht«, flüsterte er in ihr Haar. »Bitte.«

Sie spürte seine Tränen, das Zittern seiner Lippen.

»Ich kann nicht, ich kann es nicht, und wenn es dein Kind ist? Bernhard! Deines?«

Er presste sie nun so heftig an sich, dass es ihr weh tat.

»O Gott, steh mir bei. Ich kann nicht. Madelaine, ich will es nicht. Ich will frei sein. Mit dir. Nur dich lieben dürfen. Nur wir allein.«

»Warum? Warum?« Sie schluchzte, bebte, suchte die Antwort in seinen Augen.

»Es ist die Wahrheit, mehr ist es nicht. Mehr nicht«, stammelte er, um Beherrschung ringend.

»Du könntest noch nicht einmal dein eigenes Kind lieben?«

Er schüttelte den Kopf. »Ich möchte kein Kind. Weder eines noch mehrere. Weder von dir noch von irgendeiner anderen Frau. Ich möchte die Reinheit der Liebe, unbelastet, so innig wie einzigartig. Verstehst du das nicht?«

Da merkte sie, wie ernst es ihm wirklich war. Verzweifelt, doch voller Schmerz und Wut, sprang sie auf.

»Nein, ich verstehe dich nicht!!«, schrie sie ihn an. »Ich liebe mein Kind! Es bedeutet mir mehr als alles auf der Welt. Es ist ein Teil von mir. Wie kannst du nur glauben, deine Vorstellung von Liebe sei richtig! Du bist engstirnig, egoistisch! Wie kannst du nur so denken!« Sie holte tief Luft. »Ich … ich habe einen Traum gelebt, Bernhard. Ich habe dich geliebt, weil ich mich durch dich entdeckte. Jetzt ist es vorbei.« Sie ließ ihn auf der Bank zurück und rannte über die Alsterwiesen davon. Im Laufen drehte sie sich zu ihm um. »Ich hasse dich dafür! Ja, ich hasse dich!«

31

Madelaine nahm all ihren Mut zusammen und schickte András einen Brief, in dem sie ihm alles beichtete. Zunächst war sie erleichtert, von einer Last befreit, doch sie hatte auch große Angst, die Wahrheit könnte ihn verletzen und er könnte sie verstoßen. Sie hoffte, bangte, und je weiter die Zeit voranschritt, ohne dass sie eine Antwort von ihm bekam, desto nervöser wurde sie. Nur aus Sorge um ihr Kind zwang sie sich, auf gutes Essen und viel Schlaf zu achten. Um sich abzulenken, ging sie hin und wieder in die Backstube, schaute nach dem Rechten, probierte mal dieses, mal jenes, nahm hier ein Stückchen Torte, dort eine Handvoll Gebäck und Pralinen für zu Hause mit. Es freute sie, zu sehen, wie fleißig der junge Karl war, der noch bis in die späten Abendstunden hinein penibel die Bücher führte und Rezepturen notierte.
Sie konnte sich auf ihn – und wieder einmal auf ihren Bienenschwarm Urs verlassen, der dreimal in der Woche in ihrem Café den verwöhnten Hamburger Damen die Ehre gab ... mit charmantem Geplauder, Komplimenten und, wenn sie ihn gar zu sehr darum baten, mit sorglosem Klavierspiel.
Ihr Vater dagegen überwachte die Renovierungsarbeiten im Haus. Insgeheim amüsierte sie sein und Urs' Engagement. Ja, es schien, als überboten sie einander in ihren Anstrengungen, ihr, der Chefin des Hauses, alles so perfekt wie möglich zu machen – und einander zu beweisen, dass sie noch lange nicht zum alten Eisen ge-

hörten. Nur mit ihren Gefühlen musste sie allein fertig werden.

Anfang September erhielt sie von Bernhard einen Brief, den sie, gleich nachdem sie ihn gelesen hatte, in ihrem Sekretär verschloss.

Ich werde immer für Dich Da sein, Madelaine, wenn Du mich brauchst. Im Moment kannst Du von mir nicht erwarten, dass ich Dich verstehe, verstehen will. Es ist zu schmerzvoll. Um Dir zu beweisen, wie sehr ich Dich liebe, kann ich Dir nur vertrauen, dass Du das für Dich Richtige tust. Das, womit Du selbst am besten leben kannst. Ich muss Dir wohl die gleiche Freiheit zugestehen, die auch ich mir nehme. Es fällt mir schwer, sehr schwer. Für mich bist Du die Frau, mit der ich einen Traum lebte, teilte. Ich finde keine andere und werde nie eine andere finden, die Dich aus ihm entlässt.
Bernhard

Madelaine antwortete ihm nicht, verbot sich, sich daran zu erinnern, dass auch sie einmal das Gleiche empfunden, genauso gedacht hatte wie er. Es mochte verrückt sein, aber tief in sich liebte sie ihn immer noch auf eine romantische Weise. Es ärgerte sie geradezu, dass dieses Band zwischen ihnen, das sie vom ersten Moment an zueinander hingezogen hatte, wieder in Schwingung geriet, wenn sie an frühere Stunden dachte. Stunden, in denen Bernhard sie verzaubert, verwandelt hatte. Stunden, in denen sie voller Entschlossenheit und voller Leidenschaft ihr ganzes weibliches Sein bis an die Grenzen entdeckt, ausgelebt und entfaltet hatte. Er hatte sie verändert, frei und selbstbewusst werden lassen. Dafür war sie ihm dankbar.

Und in besonders gefühlvollen Momenten kam es ihr so vor, als gäbe er dieses Band mit dem geheimnisvollen Zauber eines Regenbogens immer noch zwischen ihnen.

Doch die meiste Zeit über war ihr bewusst, dass sie nicht verkraften konnte, was Bernhard gesagt, was er von ihr verlangt hatte. Dann wurde sie wieder wütend auf ihn. Als Mann würde er attraktiv bleiben, doch als Mensch hatte er ihr Vertrauen zerstört. Er schickte ihr weiter Briefe und bat darum, sie treffen zu dürfen, erkundigte sich nach ihrer Gesundheit. Doch für Madelaine war es zu spät. Sie empfand seine Neugierde und seine Freundlichkeit als falsch und verlogen. Sie wusste, dass es nicht so war, aber was sollte sie gegen ihr Gefühl tun? Schließlich bat sie ihn, sich aus ihrem Leben fernzuhalten. Sie musste das tun, um Ruhe zu finden. Denn dieses kleine Lebewesen in sich heranreifen zu fühlen, war zu wunderbar und zu schön. Für sie wurde ihr Körper, der nun zwei Ichs barg, zum absoluten Mittelpunkt ihrer Welt.

Nur die Sorge um András trieb sie weiter um, schließlich befand er sich – anders als Bernhard in seiner gepflegten Diplomatenwelt – mitten im Krieg.

Noch immer wusste sie nicht, wo er war und wie es ihm ging. Mitte September 1914 hielt sie ihre innere Anspannung nicht mehr aus. Das, was in den Zeitungen stand, hatte sie beunruhigt, und sie sorgte sich zunehmend um sein Leben. So beschloss sie, direkt an das österreichisch-ungarische Kriegsministerium in Wien zu schreiben. Der Gattin eines ungarischen Grafen, der sich nicht zu fein war, in den Kampf zu ziehen, sagte sie sich, würde man ganz gewiss keine Auskunft verweigern.

Sie sollte sich nicht irren. Gut zwei Wochen später erhielt sie die Antwort, dass András als Major des 51. Infanterie-

bataillons der 4. k.u.k. Armee unter dem Kommando des Generals Svetozar Borojević von Bojna in Ostgalizien eingesetzt gewesen sei. Dort habe er in mehreren Schlachten tapfer gegen den Vormarsch der russischen Armee gekämpft. Aufgrund der überlegenen Stärke des Feindes hätten aber leider die k.u.k. Truppen einen so hohen Blutzoll zahlen müssen, dass Ostgalizien nun geräumt werden müsse. Major Graf Mazary befinde sich zurzeit mit seinen Soldaten auf dem Weg Richtung Norden, um der in Bedrängnis geratenen Festung Przemyśl beizustehen. Diese befinde sich nämlich seit Anfang September hinter den russischen Linien. Weil bei der Schlacht von Lemberg vom 26. August bis 11. September die Russen unter General Nikolaj Iwanow die Österreicher unter dem Chef des k. u. k. Generalstabs, Conrad von Hötzendorf, besiegt hatten, musste der Frontverlauf hundert Kilometer weiter westwärts verschoben werden. Seit dem 24. September werde Przemyśl von den Soldaten der Dritten Russischen Armee unter dem Kommando von General Radko Dmitrijew belagert. Mit Stolz sei allerdings zu melden, dass der vor kurzem durchgeführte, dreitägige Sturmangriff der Russen mit großem Erfolg abgewehrt worden sei. Dabei habe die russische Armee fast vierzigtausend Soldaten verloren.
Man hoffe, die von dem k.u.k. General Svetozar Borojević von Bojna kommandierte Verstärkung träfe Anfang Oktober in Przemyśl ein. Man gehe davon aus, dass die heranrückende österreichisch-ungarische Verstärkung den Feind endgültig vertreiben werde …

Madelaine war geschockt: vierzigtausend Tote innerhalb von nur drei Tagen, auf nur einer Seite! Was war das für ein Krieg? Sie war zwar unendlich erleichtert, dass András noch lebte und anscheinend unverletzt war, doch sie war verzweifelt, dass er, kaum dass er die ersten Schlachten in Galizien überstanden hatte, schon in die nächste Gefahr geschickt wurde. Fast wünschte sie sich, er wäre verwundet worden und würde als Kriegsversehrter nach Hause geschickt. Das wäre ihr lieber gewesen, als weiter um ihn Angst haben zu müssen.

Sie suchte ihren Vater auf und erzählte ihm alles, worauf dieser, etwas blass im Gesicht, sich ein Glas Cognac einschenkte und in einem Zug austrank.

»Pass auf, Madelaine, wir wollen hoffen und für ihn beten. Noch ist nichts geschehen. András hat einmal Glück gehabt, das wollen wir als gutes Omen sehen. Also besteht Hoffnung, dass der Herrgott auch weiterhin seine Hände schützend über ihn hält. Dieser österreichisch-ungarische General Borojević von Bojna soll glänzende militärische Erfolge aufzuweisen haben. Er wird schon wissen, was zu tun ist.«

»Er kämpft doch nicht selbst!«, entrüstete sich Madelaine. »Er wird in irgendeinem Zelt sitzen, Stecknadeln in Feldkarten piksen – und meinen Mann ins Geschützfeuer schicken! Und was ist, wenn dieses Przemyśl fällt?«

»Dann würde Russland das wegen seiner Industrien wertvolle Schlesien einnehmen …«

»Und was würde dann mit András passieren?«

»Ich weiß es nicht, es kommt auf den Verlauf der Kämpfe an. Sicher ist nur, dass die Soldaten in Przemyśl alle in russische Kriegsgefangenschaft kämen. Schenk mir noch einmal ein, ja? Ich fürchte, meine Nerven sind etwas angegriffen. Es tut mir so leid für dich. Kannst du es dir nicht noch einmal überlegen und Bernhard um Beistand bitten?«

»Glaubst du etwa immer noch, er würde mich heiraten? Wie kannst du nur so egoistisch sein und wollen, dass du Schwiegervater eines preußischen Diplomaten werden könntest?«

Er stöhnte auf. »Kind, du überforderst mich. Ich weiß, du hörst es nicht gern. Aber mir wäre es wirklich schon vor Jahren lieber gewesen, du hättest dich konsequent von einem Mann gelöst, der dir nichts als Sorgen und Verdruss bringt. An der Seite eines deutschen Staatsdieners hättest du ein gesichertes Leben führen können. Du siehst, deine Abenteuerlust hat dir nicht nur Erfolg gebracht.«

»Wie kannst du mir nur so etwas sagen? Du verstehst mich nicht. Du verstehst gar nichts!« Entrüstet wandte sie sich von ihm ab.

»Madelaine!«

»Nein!«

»Ich werde Bernhard schreiben. Ich möchte, dass er kommt und dir zur Seite steht.«

»Nein, das wirst du nicht tun!«

»Doch, es ist verrückt! Während du dich um einen Mann sorgst, der im Krieg ist, ist er vielleicht der Vater deines Kindes und hätte die Pflicht, bei dir zu sein, dich zu beruhigen. Ich sehe ja, dass mir das nicht gelingt. Ich bin zu alt, du nimmst mich doch gar nicht richtig ernst, nicht?«

Sie ging auf ihn zu. »Du kannst machen, was du willst. Aber eines wirst du nicht tun: Bernhard schreiben. Hast du mich verstanden, Vater?«

Er sagte nichts, stützte seine Ellbogen auf die Knie und verbarg sein Gesicht in den Händen. Dann sah er zu ihr auf. »Ich versuche doch nur, dir zu helfen. Aber was du mir zumutest, ist ein bisschen viel.«

»Dann geh und tausche deine Arbeit mit Urs!«, fauchte sie ungehalten.
Erregt erhob er sich und funkelte sie an. »Du hast vielleicht recht. Ja, das werde ich gleich jetzt tun. Die erste gute Idee von dir. Die Damen dort werden jedenfalls freundlicher sein als du!«
Aufgewühlt von diesem Gespräch, setzte sich Madelaine an ihren Sekretär und schrieb einen ausführlichen Brief an Teréza nach Szeged, in dem sie ihr von allem berichtete – außer von ihrer Schwangerschaft.

Du musst Dich aus Deiner Klausur herausbegeben, Teréza. Es geht um Deinen Bruder. Er marschiert mit seinen Soldaten unter dem Kommando von General Svetozar Borojević von Bojna nach Przemyśl, um die belagerte Festung zu befreien. Fahre bitte nach Budapest und versuche dort, Deine und Karóls alten Kontakte wiederzubeleben, damit wir so schnell wie möglich die allerneuesten Nachrichten bekommen und wissen, wie es András geht! Teréza, wenn Du Deinen Bruder liebst, dann tu jetzt etwas!

Madelaine wusste zwar ungefähr, wo András war, doch noch fehlte ein Zeichen von ihm selbst. Hatte er ihren Brief bekommen? Schwieg er, weil sie ihn so sehr verletzt hatte? Manchmal konnte sie kaum schlafen vor Sorgen.
Jeder litt mit ihr, und ohne viel zu sagen, bemühten sich alle, sie liebevoll zu umsorgen, auch ihr Vater, dessen Ärger wieder verflogen war. Täglich schickte ihr Karl frische Tortenstücke aus ihrer Backstube, herrlich duftende Pralinen und Petit Fours, die er nicht müde wurde zu erfinden. Sie freute sich sehr über sein Engagement, und so

blieb ihr Appetit auf ständig neue süße Köstlichkeiten in diesen schweren Zeiten erhalten. Sie wusste, sie gaben ihr Kraft, weiterhin zu hoffen.

Anfang Oktober traf ein Brief von Nikolas ein, der noch immer als Matrose auf dem Panzerkreuzer »Yorck« seinen Dienst tat.

Liebe Madelaine,

Dein Vater hat mir geschrieben, dass Du schwanger und in einer recht verzwickten Lage bist. Erst einmal: Herzlichen Glückwunsch! Ich freue mich sehr! Tu nicht das, was dieser Terenzin sagt. Tu es nie! Ich werde ihm eigenhändig an die Gurgel gehen, wenn ich ihm wieder begegne, das kannst Du mir glauben! Was weiß dieser verwöhnte Schnösel schon davon, wie kostbar das Leben ist. Was es nämlich bedeutet, jeden Tag Angst zu haben, kann sich keiner vorstellen, der es nicht selbst erlebt hat. Jede Stunde fürchten wir, von feindlichen Torpedos angegriffen zu werden. Wir dürfen nicht darüber sprechen, aber es gibt einige an Bord, die sagen, dass dieser Panzerkreuzer nicht mehr für einen Krieg wie diesen taugt. Sie meinen, er sei viel zu langsam und zu schwach gepanzert und könne mit den neueren Schlachtschiffen nicht mehr mithalten, trotz der achtundzwanzig Schnellfeuerkanonen und vier Torpedorohre, die wir haben. Das verstehe ich nicht. Er ist doch erst zehn Jahre alt, wurde bei Blohm & Voss gebaut. Ich hoffe, sie behalten nicht recht.

Wir unterstehen als Aufklärungstrupp Konteradmiral von Rebeur-Paschwitz, unser Kapitän heißt Pieper. Der Dienst ist hart. Bei den kleinsten Verstößen gibt es schon bittere Strafen. Neulich musste ich einen ganzen Tag lang mit dem Spucknapf in den Händen an Deck stehen.

Nur weil ich mich mit einem Bremer gerauft und ihm aus Spaß ein Stück Seife in den Mund gestopft hatte. Wie die dann alle ihren Tabakpfriem ausgespuckt haben, schön am Napf vorbei, könnt Ihr Euch ja vorstellen. Und der Hohn der Oberen bleibt nicht aus. Alles Adlige oder reiche Kaufmannssöhne, die jeden Tag mehrere Gänge zu essen bekommen und Wein! Während wir fast immer das Gleiche in unseren Blechnäpfen sehen: Erbsen, Rüben, Kartoffeln, Labskaus, Klöße mit Pflaumen, Pökelfleisch. Es ist nicht schlecht, aber immer dasselbe. Selbst mir, der immer Labskaus mochte, hängt er jetzt zum Halse raus. Na ja, von irgendwas müssen wir ja bei Kräften bleiben. Denn wir müssen ständig kampfbereit sein. Dafür exerzieren wir bis zum Umfallen, üben Stechschritt, Hampelmann, werfen uns hin, stehen stramm und beginnen wieder von vorn. Einige Offiziere machen sich da so ihren Spaß mit uns, reine Schikane, finde ich, dieser Drill. Und dabei werden wir dumm gehalten, wir erfahren so wenig. Immer nur Maul halten und gehorchen – so hab ich mir das mit der kaiserlichen Seefahrt nicht vorgestellt. Wenn ich wieder zu Hause bin, will ich Schreiner werden und Dir eine Laube bauen, mit einer Schaukel daneben, die noch möglichst vielen Gürtler-Kindern friedlich dienen soll. Bleibt gesund und betet für mich. Euer Nikolas.

Ausgerechnet Nikolas! Sie freute sich über seine Zeilen und antwortete ihm noch am selben Tag. Es blieb ihr nur noch die Ungewissheit um András' Leben. Täglich suchte sie in den Zeitungen nach Nachrichten über Przemyśl. Berichtet wurde, dass während des blutreichen, dreitägigen Angriffs der Dritten Russischen Armee auf Przemyśl

General Paul von Hindenburg eine Offensive gegen Warschau gestartet hatte. Diese dauerte noch an, als András' Truppen endlich eintrafen. Mit einer Mischung aus Bewunderung und Bangen las Madelaine, dass es ihnen tatsächlich gelungen war, General Dmitrijews Dritte Armee zurückzudrängen, so dass dieser gezwungen war, am 11. Oktober die Belagerung von Przemyśl aufzuheben.
Hatte András diese Kämpfe überlebt? War er verwundet? Oder befand er sich – als Befehlshaber – fernab von der Front und war unversehrt? Nichts Genaues zu wissen war mehr als zermürbend für sie. Und so war sie ständig auf Suche nach neuesten Informationen.
Die Wende kam mit der Nachricht, dass General Paul von Hindenburg am 31. Oktober die Schlacht an der Weichsel verloren hatte. Er musste sich mit seinen Truppen zurückziehen. Der Frontverlauf verschob sich, so dass nun – das war Madelaine klar – auch András' Truppen gezwungen waren, weiter nach Westen auszuweichen.
Sie fragte sich, was nun geschehen könnte. Da traf am 2. November ein Eilbrief von Teréza ein. Und Madelaine musste all ihre Kraft zusammennehmen, um nicht zu verzweifeln.

Du batest mich um Hilfe, Madelaine. Ich will und kann sie Dir nicht verwehren. Ich gestehe, ich bin genauso verzweifelt wie Du. So ein Schicksal hat András nicht verdient. Ich bin froh, dass unser Vater das nicht mehr miterleben muss. Ich habe mich auf Deinen Wunsch hin bei Freunden und Bekannten von Karól umgehört. Das, was sie mir im Vertrauen preisgaben, kann ich Dir nur in kargen Worten wiedergeben, so stumm hat es mich gemacht.

*Nur in den höchsten Kreisen weiß man, dass in den nächsten Wochen die Elfte Russische Armee unter einem starken General in Przemyśl eintreffen und die Belagerung wieder aufnehmen wird. Die Artillerie, die er mit sich führt, soll so überwältigend sein, dass es für ihn ein Leichtes sein könnte, die Festung bis auf den letzten Pflasterstein zusammenzuschießen. Damit scheint das Schicksal der vielen guten Ungarn und Deutschen so gut wie besiegelt. Einige der höchsten Militärkundigen bezweifeln nämlich insgeheim, dass es den Verstärkungstruppen von Bojna gelingen könnte, den Belagerungsring zu durchbrechen, auch wenn András' Soldaten noch so tapfer kämpften. Es sei denn, ein Wunder geschähe. Und daran wollen wir glauben. Es tut mir leid, Madelaine, aber ich glaube, wir müssen uns weiterhin in Geduld üben.
Teréza*

Madelaine war entsetzt. Doch noch bevor sie Teréza antworten konnte, erschütterte sie eine andere Nachricht zwei Tage später, am 4. November: An diesem Tag lief nämlich Nikolas' Panzerkreuzer »S. M. S. Yorck« in den frühen Morgenstunden in der Jade auf eine deutsche Mine und sank. Trotz des starken Nebels konnten noch am gleichen Tag mehr als die Hälfte der über sechshundert Mann Besatzung gerettet werden. Kaum hatten die Zeitungen davon berichtet, machte sich ihr Vater auf, um etwas über Nikolas' Schicksal zu erfahren. Madelaine zwang sich, bei all den schlechten Nachrichten ruhig zu bleiben und an ihr Kind zu denken.
Zwei Tage später kehrte ihr Vater mit der Nachricht zurück, dass Nikolas bei der Explosion mehrere Knochen-

brüche und Brandverletzungen zweiten Grades an Rücken und Armen erlitten habe und im Hafenkrankenhaus in Wilhelmshaven läge. Noch stünde er unter Schock, doch er ließe ihr trotz allem ausrichten, sie solle sich nur ja keine Sorgen um ihn machen, sondern auf sich aufpassen, damit sie ein gesundes, kräftiges Kind in die Welt setzen könne.

Madelaine atmete auf. Wenigstens einer war wieder im Lande und würde aufgrund seiner Verletzungen aller Wahrscheinlichkeit nach nicht mehr in den Krieg zurückgeschickt werden können. Das zu wissen, beruhigte sie sehr. Denn die Angst vor dem, was András bei den Kämpfen um Przemyśl erleiden könnte, war für sie schon belastend genug.

Tatsächlich zog General Dmitrijew mit seiner Dritten Armee ab, doch an seiner statt – so wie es Teréza geschrieben hatte – rückte nun die Elfte Armee unter General Andreij Seliwanow an und setzte die Belagerung am 9. November fort.

Bestimmt, sagte sie sich, würde András eines Tages den Befehl zum Angriff bekommen. Würden sich die düsteren Prophezeiungen bewahrheiten? Wie würde András handeln? Sein Leben aufs Spiel setzen, um zu siegen? Oder alles tun, um zu überleben? Fragen, mit denen sie schlafen ging, mit denen sie aufwachte. Und noch immer keine Antwort auf ihren Brief.

Mitte Januar 1915 – Madelaine war nun im siebenten Monat schwanger – läutete ein aufgeregter Postbote an ihrer Tür und reichte ihr ein Kuvert, das den auffallenden Stempelaufdruck »K. u. k. Fliegerkompagnie Nr. 11 – Fliegerpost Przemyśl – Jänner 1915« trug.

Noch vor seinen Augen riss Madelaine den Brief auf.

Meine liebe Madelaine,
ich wünsche Dir ein gesundes, glückliches neues Jahr! Ich habe Deinen Brief bekommen. Verzeih mir, dass ich so lange brauchte, um Dir zu antworten. Es fiel mir nicht leicht, obwohl ich schon ahnte, was vorgefallen war. Du warst allein, Bernhard war in Deiner Nähe. Was soll ich dazu noch sagen? Es ist, wie es ist. Schön aber ist: Du bist schwanger! Und ich weine, weine vor Freude! Du musst ja jetzt schon rund wie ein Baiser sein. Verzeih diesen Vergleich, es fällt mir unter diesen Umständen nichts Schöneres ein. Es ist unser Kind, ich will daran glauben. Sollte Bernhard sein Vater sein, will ich es, so ich denn eines Tages zurückkommen kann, an Vaters statt annehmen. Es sei denn, Bernhard überlegt es sich und will für Euch da sein. Ich verzeihe Dir, Madelaine, ich kann nicht anders, ich liebe Dich zu sehr. Du hast die Wahl, nicht wir, mein Liebes.
Ich denke nur an Dich und möchte, dass Du Dich nicht mehr sorgst, denn Du musst gesund bleiben.
Ich bin mit meinen Soldaten hinter der Frontlinie und erlebe gerade die zweite Belagerung der Festung Przemyśl mit. So wie man vom General gehört hat, wird er nicht mehr lange fackeln und uns den Befehl zum Angriff geben, damit endlich dieser russische Belagerungsring durchschlagen wird. Wenn uns das gelänge, wäre das ein ganz großer Sieg für uns. Vorher aber will ich Dir schreiben, denn man weiß ja nie …
Die erste Belagerung dauerte, wie Du vielleicht aus den Zeitungen erfahren hast, nur dreiundzwanzig Tage. Es waren blutige Tage mit Tausenden von Toten. Seit dem

9. November letzten Jahres setzt die Elfte Armee unter General Andreij Seliwanow die Belagerung fort. Aber nicht auf blutige Weise wie Dmitrijew. Er wird, so vermuten wir, die Belagerten aushungern und damit zur Kapitulation zwingen wollen. Allein schon deshalb wäre es sinnvoll, ihm durch einen Angriff zuvorzukommen.
Ich hoffe, Du kannst diese Zeilen lesen. Denn seit Januar funktioniert die Luftpost ziemlich zuverlässig. Täglich kreisen Flieger über unseren Köpfen, transportieren Briefe aus der Festung heraus, nehmen unsere mit auf. Das ist doch wenigstens ein humaner Fortschritt in diesen schrecklichen Tagen. Die Fliegerkompanien 10 und 11, die sich Flik nennen, hatten schon im November, gleich nach Beginn der zweiten Belagerung, damit begonnen, den Kontakt zwischen den eingeschlossenen, fast einhundertzwanzigtausend Mann und der Heimat wiederherzustellen. Mutige Männer, fürwahr! Du kannst mir jetzt auch schreiben, bitte das Rote Kreuz um Hilfe, dann wird es gelingen.
Noch haben wir zu essen, bestimmt mehr als die dort in Przemyśl. Es gibt hier nämlich zahlreiche Spione, die genau auskundschaften, wie die Versorgung innerhalb der Festung aussieht. General Seliwanow ist klug, er wird seine Aushungerungstaktik nach ihren Informationen ausrichten.
Neulich unterhielt ich mich mit einem österreichischen Offizier, dessen Bruder nach Sibirien, nach Krasnojarsk, strafversetzt wurde. Dort leben die Gefangenen – Deutsche, Ungarn, Österreicher, Türken, Bulgaren – in einem Lager, das sie Gorodok – Städtchen – nennen. Es sind schon mehrere Tausend Menschen, und jeden Tag werden es mehr. Sie hausen dort in riesigen Ziegelstein-

bauten, Kasernen gleich, am Steilufer des Jenissej. Er sagt, es sei alles nicht so schlimm, sogar elektrischen Strom hätten sie. Sie werden weder geschlagen noch misshandelt, hoffen weiter darauf, human behandelt zu werden, so wie es im Haager Abkommen von 1907 verankert wurde.

Er schreibt, alle könnten sich frei auf dem Gelände bewegen, ihren Alltag organisieren, Werkstätten und Sportplätze einrichten. Sogar eine Schule hätten sie aufgebaut, weil es unter den Gefangenen auch Lehrer gibt, auch solche aus Ostpreußen. Jeder tut etwas, was er kann: Die Frauen nähen, stricken, basteln, damit die Kinder etwas zu tun bekommen und lernen. Das Beste sei jedoch, dass sie täglich Zeitungen erhalten und gegen ein paar Kopeken den Straßenjungs die allerneuesten Nachrichten abkaufen können. Tabak gäbe es, Tee, grobes Brot, abends Kohlsuppe mit etwas Fleisch und Kascha, ein Brei aus Buchweizen und Hirse. Mehrmals sei schon ein Schwein geschlachtet worden, damit die Ungarn mal richtiges Kesselfleisch essen könnten. Täglich kämen alte Mütterchen vorbei und böten Gemüse, Brot und Honig an.

Leider hätten sie – wie auch wir, wie ich zugeben muss – viele Wanzen. Hoffen wir alle nur, dass nirgends eine Seuche ausbricht. Bei Typhus wären wir alle verloren – und dem Militär ginge das Kampfmaterial aus ...

Du fragst Dich, warum ich Dir das alles schreibe? Du kennst die Antwort. Du weißt, dass ich nicht die Augen davor verschließen möchte, was mir eventuell bevorstehen könnte. Sollte es geschehen, so wärest Du, meine liebe Madelaine, im Bilde und bräuchtest Dich nicht von der Qual der Ungewissheit zermürben zu lassen.

Jetzt aber wollen wir noch hoffen. Bete für mich, mein

geliebtes Schokoladenmädchen! Wenn ich nur an Dich denke, läuft mir das Wasser im Munde – im wahren und doppelten Sinne des Wortes – zusammen!
Schreib mir bitte, berichte mir, wie es Dir geht, wie es dem Kind geht ... pass gut auf Euch beide auf, liebe Madelaine. Ich freue mich so sehr. Jede Nacht schaue ich in die Sterne und denke an Dich, an Euch.
Dein András
Januar 1915

Madelaine war überglücklich: András nahm ihr Kind an, und das, obwohl er nicht wusste, ob er wirklich der Vater war. Er liebte sie viel mehr, als sie sich jemals hätte vorstellen können.
Tagelang dachte sie darüber nach, warum das Schicksal ihr, vor allem aber András so zusetzte. Selbst jetzt noch, in dieser angespannten Lage, bemühte er sich, nicht zu klagen und ihr keine Vorwürfe zu machen. Sie hätte ihn jetzt, in dieser Zeit, so sehr gebraucht. Seinen Trost, seine Nähe vermisste sie mehr als alles andere auf der Welt. Am liebsten hätte sie sich wie ein Greifvogel aufgeschwungen und ihn beherzt dem Kriegsgetümmel entrissen. Sie durfte ihn nicht verlieren. Niemals. Nicht ihn. Er verstand nicht nur ihre Gefühle, sondern er verzieh ihr auch die Freiheit, die sie sich genommen hatte: einen anderen Mann zu lieben und als begabte Chocolatiere Verführerisches zu kreieren. Niemals würde sie András aufgeben. Er war und blieb ihr Ehemann. Und so kam es ihr vor, als hätten sie beide eine gewaltige Prüfung des Schicksals bestanden.
Er musste nur noch aus diesem scheußlichen Krieg zurückkehren.
Lebend zurückkehren.

Vergeblich tröstete sich Madelaine mit dem Gedanken, dass sie nicht die einzigen Opfer waren. An allen Fronten wurde gekämpft, im Westen sogar Giftgas eingesetzt. In den Flandern-Schlachten bei Ypern und Langemarck starben Tausende deutscher Kriegsfreiwilliger. Und in den Rüstungsfabriken arbeiteten immer mehr Frauen: Mütter, Töchter, Schwangere wie sie. Sie alle konnten dem wirklichen Geschehen nicht ausweichen.
Tatsächlich verlief alles so, wie András und Teréza es ihr geschrieben hatten: Im Februar 1915 musste András mit seinen Soldaten auf Befehl des Generals Borojević von Bojna angreifen, um den Belagerungsring zu durchstoßen. Doch alle ihre Versuche wurden von den russischen Truppen erfolgreich abgewehrt. Daraufhin schickte ihr Teréza eine zweite Eilpost, in der sie ihr mitteilte, dass der österreichische General Conrad von Hötzendorf dem ungarischen Befehlshaber der Festung – Feldmarschall Hermann Kusmanek von Burgneustädten – mitteilen werde, dass dieser keine weitere Verstärkung mehr erwarten könne. Man habe die Festung für verloren erklärt. Es war ein Dolchstoß für die eigenen Männer.
Przemyśl war dem Fall freigegeben.
Tags darauf, am 22. Februar 1915, erhielt Madelaine von András per Fliegerpost eine Karte.

Verteidigung nicht mehr möglich, Angriffe werden zurückgeschlagen – Kapitulation sicher. Bete für mich, für unsere Soldaten. András

Madelaine musste etwas tun. Noch in der gleichen Stunde schickte sie zwei Depeschen an Bernhard: eine nach Berlin, eine vor Ort. Sie musste nicht lange warten, bereits am

nächsten Tag stand er vor ihr. Er war verlegen, vermied es, auf ihren runden Bauch zu schauen, und nahm in dem Sessel vor dem prasselnden Feuer ihres Kamins im Salon Platz.
»Wann ist es so weit?«, fragte er höflich.
»In einem Monat.«
Er sah sie nur an, sagte aber nichts.
»Bernhard, ich möchte dich um einen Gefallen bitten.«
»Was immer du willst«, murmelte er und schlug die Beine übereinander.
»András kämpft seit Oktober um die Festung Przemyśl. Sie ist, wie du weißt, von russischen Truppen umschlossen und gilt jetzt als verloren. Ich befürchte das Schlimmste. Auch András könnte in russische Kriegsgefangenschaft geraten. Ich habe Angst um ihn. Bitte, du bist Diplomat, tue etwas, damit er freikommt, sollte er in die Hände der Feinde geraten. Er ist mein Mann, und du hast Beziehungen: Hilf mir, hilf uns bitte.«
Terenzin stellte ruhig das Glas Portwein ab, das sie ihm gereicht hatte. Noch immer sagte er nichts.
»Du weißt, dass ich ihn liebe, jetzt, da er mir verziehen hat, umso mehr. Was kannst du tun?«
Sein Blick wanderte über ihr Gesicht, zu den lodernden Flammen im Kamin und zurück. Sie hörten nicht, dass Stine die Tür leise öffnete, Feuerholz in den Händen. Leise sagte Bernhard: »Ich werde mein Möglichstes versuchen. Es würde mir allerdings leichter fallen, wüsste ich, du könntest es dir noch einmal überlegen und auf András verzichten, bekämen wir ihn frei.«
Madelaine legte ihre Hände auf ihren Bauch, in dem die heftigen Bewegungen ihres Kindes zu spüren waren. Sie stupste zärtlich gegen die energischen Stöße seiner Füß-

chen. Mit größter Willenskraft gelang es ihr, Bernhard ruhig anzusehen. »Du versprichst mir also, ihm zu helfen? Du musst verstehen, Bernhard: Sagst du jetzt nein, könnte mein Kind zu früh auf die Welt kommen. Bedenke, es könnte deines sein …«

Er hielt ihrem Blick stand. »Ja, das mag wohl sein. Ich weiß. Ich würde ihm alle Annehmlichkeiten des Lebens bieten, es gibt vortreffliche Erzieher, hervorragende Internate … Du hättest ein sorgenfreies Leben vor dir, an meiner Seite.«

Madelaine holte tief Luft und schlang ihre Arme fest um ihren hochgewölbten Bauch. Ich muss an András denken, beschwor sie sich, nur an ihn.

Beherrscht sagte sie: »Du bist großzügig. Ich danke dir. Es ist nur ein wenig verfrüht, so kurz vor der Geburt darüber zu sprechen. Du musst wissen, dass ich Angst davor habe, es ist schließlich mein erstes Kind. Sei so gut und versprich mir jetzt, dass du etwas für András' Befreiung unternimmst, sollte ihm etwas passieren. Bitte, Bernhard.«

Sie erkannte sein Misstrauen, seinen Widerwillen in seinem Blick. Auch er kämpfte mit sich. Schließlich siegte sein Mitgefühl. Er erhob sich.

»Ich werde mich erkundigen. Ich verspreche dir, alles in meiner Macht Stehende zu tun, um dir zu helfen.« Er trat vor sie hin, beugte sich zu ihr nieder und küsste sie auf die Stirn. »Sobald ich kann, melde ich mich wieder. Auf Wiedersehen, Madelaine.«

Die Zeitungsmeldungen überstürzten sich. Am Morgen des 19. März durchbrachen Truppen der Eingekesselten unter Kusmaneks Befehl den Belagerungsring, fochten erbittert über sieben Stunden lang gegen die russischen

Belagerer und wurden doch wieder in die Festung zurückgedrängt. Kusmanek blieb nichts anderes übrig, als aufzugeben. Drei Tage Frist wurden ihm zugestanden, drei Tage, in denen die völlig entkräfteten Soldaten es schafften, alles zu zerstören, was den feindlichen Truppen nach der Einnahme der Festung von militärischem Nutzen hätte sein können: Brücken, Waffen, Munition, Forts, Geschütze, Befestigungsanlagen.

Nach dreiundzwanzig Wochen Belagerung, am 22. März 1915, ergab sich Feldmarschall Hermann Kusmanek mit seinen einhundertzehntausend Mann, neun Generälen und zweitausend Offizieren der russischen Armee.

Madelaine erfuhr von diesen Vorgängen nichts. Sie lag in den Wehen und gebar in der Nacht darauf ihr Kind. Es war ein Junge, dessen energisches Gebrüll selbst die Hebamme beeindruckte. Sie nahm ihn hoch und legte ihn Madelaine in die Arme. Er verstummte, blinzelte, drehte sein Köpfchen zu ihr. Seine Augen weiteten sich, und sein Blick richtete sich auf sie, konzentriert und durchdringend: Wer bist du?, las sie in ihm. Sie lächelte.

»Willkommen, mein Liebling. Ich bin die, die so lange auf dich gewartet hat.« Sie hatte es gewusst. Er war András' Sohn. Ganz gleich, was geschehen würde, András würde in ihm weiterleben. Selig küsste sie ihn.

32

Im Überschwang der allgemeinen Freude benachrichtigte Thaddäus alle, die es wissen sollten, über die glückliche Geburt und das neue Familienmitglied im Hause Gürtler/Mazary. Madelaine gab ihrem Sohn den Namen Stefan und nannte ihn mit dem zweiten Vornamen nach seinem Vater, wollte aber mit Stefans Taufe noch bis zum Sommer warten – wenn András wieder bei ihr sein würde. Sie glaubte fest daran, alle glaubten es. Es konnte gar nicht anders sein.
Für diesen Stimmungswechsel waren Urs und Thaddäus verantwortlich. Madelaine war natürlich zunächst über die Niederlage Przemyśl entsetzt gewesen, doch nachdem die beiden Männer den Vortrag eines erfahrenen Militärexperten gehört hatten, hatte sich ihre Stimmung wieder aufgehellt.
»Es wird bald einen kräftigen Befreiungsschlag geben«, hatte Urs allen erzählt. »Und wisst ihr auch, warum? Ganz einfach: Österreich-Ungarn und Deutschland sind, wie ihr euch vorstellen könnt, natürlich brennend daran interessiert, die Russen nach Hause zu schicken. Auf der einen Seite stehen russische Truppen nämlich noch immer auf dem Territorium der Donaumonarchie, und auf der anderen Seite braucht Deutschland einen Puffer gegen Russland, damit es freie Hand hat, an der Westfront weiterzukämpfen. Jetzt müssen sich nur noch die höchsten Militärs der Mittelmächte darüber einigen, wie der Befreiungsschlag durchgeführt werden soll. Im Übrigen täuscht die-

ser Sieg über Przemyśl. In Wahrheit sollen die russischen Armeen schon reichlich ausgedünnt und geschwächt sein. Soviel man weiß, sind sie mangelhaft ausgerüstet, die Armeen sollen unter großen Versorgungsproblemen leiden, weil die russische Industrie nicht – wie alle anderen Staaten – auf militärische Produktion umgestellt hat. Stellt euch vor: monatlich werden fünfzigtausend Gewehre weniger gefertigt als Rekruten eingezogen. Und statt schwerer Artillerie, wie sie die Elfte Russische Armee noch hat, verfügt die Mehrheit der Armeen nur über leichte Artillerie. Und die wird bald gar nichts mehr tun können, weil der Nachschub keine Munition mehr liefern kann. Passt auf, es wird nicht mehr lange dauern, und alles ist vorüber.«
Alle, die ihn so hörten, glaubten ihm, alle wollten fest an ein baldiges Ende der Kämpfe glauben, und so schob Madelaine ein paar Tage lang ihre Sorgen beiseite und genoss die vielen Blumen und Geschenke, die täglich eintrafen, und die Freude über Stefan, die sie mit allen teilen konnte. Auch Teréza gratulierte ihr und schickte ihr ein kleines Kreuz mit Kette aus Gold.

Liebe Madelaine,
ich beglückwünsche Dich zu Deinem Sohn. Möge er gesund bleiben und gedeihen, so dass Du Deine Freude an ihm hast. Dieses Kreuz ist für ihn. Es ist nicht, wie Du annehmen könntest, aus Familienbesitz. Niemand trug dieses Kreuz zuvor. Ich ließ es hier in Szeged bei einem Goldschmied extra für ihn fertigen.
Ich habe viel nachgedacht, über mich, über das, was geschehen ist, seit Du vor dreizehn Jahren zu uns kamst. Ich glaube, seit dem Tag, an dem András Dir in Riga begegnete, begann tatsächlich etwas Neues. Nicht nur

für Dich. Für jeden von uns. Nichts blieb so, wie es einmal war. Nichts wurde so, wie es Vater sich in seinen Gedanken ausmalte. Ich fragte mich lange Zeit nach dem Warum. Ich fand keine Antwort, verleugnete mich, gab mich selbstzerstörerischen Sünden hin. Ich wollte auch nicht verstehen, warum ich glauben wollte, Bernhard zu begehren. Das Feuer der Liebe zu ihm war eingebildet. Ich erstarrte an seiner Seite zu Eis. Wohl zu Recht, denn er schien mich besser erkannt zu haben als ich mich selbst.

Er liebte mich nicht, und ich konnte ihn nicht lieben lernen. Erst jetzt, da ich Ruhe gefunden habe, denke ich, dass manchmal erst etwas zerbrechen muss, um schöner, besser wieder zusammenwachsen zu können. Diese innige Liebe im Geiste ist doch die höchste. Und wenn es so sein soll, ist sie es, die immer wieder, egal, was passiert, Wunden heilt und Seelen wieder zusammenführt. Ich verbringe meine Tage in der Nähe der Frau, deren Liebe ich mir immer sicher war, die mir Halt gab und Fürsorge. Sie ist der einzige Mensch auf der Welt, dem ich mich verbunden fühle. Ich habe mir eine Bank an ihrer Grabstätte aufstellen lassen. Dort sitze ich, umgeben vom Rauschen der Pappeln, und spreche mit ihr, teile mit ihr meine Gedanken. Sie ist für mich lebendiger, als jeder Lebende es sein könnte. Ich sitze bei ihr und bin nicht allein. Das ist mein Glück.

Madelaine, Dein Leben ist ein anderes. Mit Deinem Kind beginnt nun ein neuer Abschnitt im Familienbuch der Mazarys. Die heimatlichen Wurzeln sind zwar gekappt, aber ich bin sicher, dass Ihr dort, wo Ihr seid, eine neue, andere Mazary'sche Familienwelt aufbauen werdet.

Ich wünsche Dir und Deinem Kind Gottes Segen.
Lass uns einander weiter auf dem Laufenden halten,
Madelaine. Und verzeih mir bitte.
Teréza

Es war bewegend, Teréza so offen zu erleben. Madelaine nahm sich vor, sie zur Taufe Stefans einzuladen. Dass ihr aber sogar Nikolas eine Karte schickte, überraschte sie wirklich. Denn ihr Vater hatte ihr erzählt, dass sein rechter Arm wegen der Brandwunden bandagiert war. So hatte er ihr tapfer mit der linken Hand geschrieben und sogar einen Strauß Blumen dazugemalt. »Komme noch vorm Abblühen zu Euch!«, hatte er dazugeschrieben. Also bis zum Herbst …
Madelaine gestand sich ein, dass es sie schmerzte, bis jetzt noch keine Nachricht von András und Bernhard bekommen zu haben. Und obwohl sie Stefan bei sich hatte und sich alle um sie bemühten, fühlte sie sich von den Männern, die sie liebten, im Stich gelassen.

Der April fegte mit Regenschauern und Schneetreiben über die Hansestadt. Kaum ein Tag, an dem es der Sonne gelang, die nassgrauen Schichten zu durchbrechen. Und so brachte Bernhard Ulrich von Terenzin Kälte mit sich, als er am frühen Abend des fünften Aprils ihren Salon betrat. Auf seinem Mantel schmolz Schnee, und in dem Strauß aus Pfingstrosen und Freesien schimmerten Tropfen.
Madelaine saß am Fenster, die Wiege neben sich. Überrascht sah sie auf. »Dass du kommst«, sagte sie leise, eine Spur zu vorwurfsvoll.
Er trat auf sie zu und verbeugte sich. »Verzeih, Madelaine,

die Umstände. Es ist nicht alles so leicht, wie man glauben könnte.«
»Ich bat dich um Hilfe, damals …«, sagte sie noch leiser.
»Du wirst mich heute doch nicht enttäuschen?«
»Ich denke nicht«, gab er ebenso leise zurück.
Sie erhob sich und wartete, bis er seinen Mantel abgelegt hatte. Dann ließ sie es zu, dass er sie in seine Arme nahm. Sie schloss die Augen, lauschte in sich hinein. Ja, ja, es war schön, noch immer. Sie nahm die Blumen an sich, stellte sie in eine Vase.
Bernhard deutete auf die Wiege. »Darf ich?«
Sie nickte.
Zögernd äugte er hinein. »Ein kleiner András«, flüsterte er und suchte ihren Blick.
Sie errötete. »Ja.«
»Heißt er so?«
»Er heißt Stefan András von Mazary.«
Er nickte stumm und trat von der Wiege zurück.
Madelaine nahm den weichen und doch schmerzvollen Ausdruck in seinen Augen wahr. Er liebt mich also immer noch, dachte sie und bat ihn Platz zu nehmen. »Was weißt du über András?«
Es schien ihr, als müsse er sich für die Antwort, die bereits fertig hinter seiner Stirn lag, innerlich sammeln, bevor er sie über seine Lippen bringen konnte. Schließlich sagte er: »Er ist, soviel ich weiß, den Siegern entkommen. Die auf der Festung Eingeschlossenen gerieten alle in Gefangenschaft, seine Truppen harren aber in der Nähe noch immer aus, um weitere Vorstöße der russischen Armee zurückschlagen zu können.«
Madelaine sank aufgewühlt auf einen Stuhl. »Er ist also frei? Bitte sag mir, wie lange muss er dort noch bleiben? Er

hat doch einen Sohn bekommen! Ich bitte dich, ich flehe dich an: Bringe ihn mir zurück! Warum können nicht andere für ihn die Stellung halten?«
Bernhard lächelte sie bitter an. »Ich verstehe, wenn du mich jetzt am liebsten gegen ihn eintauschen würdest. Aber er wird noch ausharren müssen.«
Sie erinnerte sich an Urs' Bericht. Jetzt war es also so weit: Der Befreiungsschlag stand unmittelbar bevor. Ihre Knie waren weich, als sie sich erhob. »Tu bitte etwas, Bernhard. Du verfügst über Kontakte.«
Sie sah ihn an, und ihr war nur zu sehr bewusst, was sie da von ihm erbat und was in ihm vorgehen musste: Er liebte sie noch, und sie zwang ihn, ihr den Mann zurückzugeben, wegen dem er auf sie verzichten musste. Diesen bitteren, demütigenden, verletzenden Ausdruck in den Augen des anderen gespiegelt zu sehen, war kaum auszuhalten.
Hastig sprach Madelaine weiter: »Oder ist es dir gleichgültig, wenn ich leide? So wie damals, als du noch nicht einmal davor zurückschrecktest ...« Ihr Blick glitt hektisch zur Wiege und zurück.
Mit einer heftigen Bewegung stand Bernhard auf. Seine Brust hob und senkte sich vor Aufruhr. Madelaine wich vor ihm zurück. Ich bin zu weit gegangen, dachte sie erschrocken. Wie konnte ich nur so dumm sein, ihn daran zu erinnern, da ich ihn brauche. Ich kenne dich doch, Bernhard. Du möchtest nicht daran erinnert werden, dass ich einmal von dir forderte, deinen egoistischen Grundsatz der reinen, unbelasteten Liebe aufzugeben. Ich habe dich verletzt, in deiner Ehre gekränkt. Ob du dich dafür eines Tages rächen wirst?
Nervös rang sie ihre Hände und schaute aus dem Fenster.

Und wenn er nun geht, fragte sie sich beklommen, dann habe ich auch noch diese Schuld zu tragen.
Langsam wandte sie sich ihm wieder zu. »Verzeih ... es ist nur meine Angst.« Es fiel ihr schwer, seinem konzentrierten, beinahe harten Blick standzuhalten.
»Ich kann dir nur im Vertrauen etwas sagen, was ich gerade heute aus internen Kreisen erfahren habe.«
Sie zwang sich, ruhig zu bleiben. »Was ist es? Was weißt du?«
Er schaute über ihren Kopf hinweg. »Es wird in den nächsten Tagen, Ende April, spätestens Anfang Mai, eine deutsch-österreichische Offensive gestartet. Sie wird etwas über hundert Kilometer westlich von Przemyśl bei Gorlice-Tarnów beginnen, dort, wo András ist. Allgemeines Ziel soll es sein, die russischen Truppen aus Warschau, Brest-Litowsk, Kurland und Litauen, aus Galizien und der Bukowina herauszuwerfen.«
»Das heißt, András muss weiterkämpfen.«
Bernhard sah sie mit unbewegter Miene an. »Alles deutet darauf hin. Ja. Aber unter besseren Bedingungen.«
»Seine Truppen bekämen Unterstützung ... sie könnten siegen ... Wie lange ...?« Ihr Herz schlug heftig.
Er musterte sie. »Du meinst, wie lange es dauern könnte, die Russen zurückzuschlagen? Ich weiß es nicht, Madelaine.«
Plötzlich konnte sie sich nicht mehr beherrschen, ihre Verzweiflung überwältigte sie. »Und wenn András nun doch noch wochenlang irgendwo in einem Erdloch oder Graben hocken muss. Während ihr alle hier seid, in Sicherheit ...«
Er verstand. Kühl sagte er: »Er ist Major, er befindet sich hinter seinen Soldaten, nicht direkt an der Front, Madelaine. Es sei denn, sein Nationalstolz reißt ihn mit ...«

Er provozierte sie, verletzte sie mit Andeutungen, die ihr weh tun mussten. Madelaine ballte ihre Hände und presste sie gegen seine Brust. Lange sahen sie einander an. Zwischen uns ist nichts als Eis, dachte sie, scharfkantiges Eis, und dabei brauche ich dich doch, für alle Fälle ... Matt ließ sie ihre Arme sinken. »Du hast recht, Bernhard. Wir müssen alles Weitere abwarten.«
Ruhig sah er sie an. »Du hättest dir diesen Schmerz ersparen können, hättest du dich für mich entschieden.«
Sie begann zu weinen. Er nahm sie in seine Arme, küsste ihren Hals, ihr Gesicht. Sie stammelte seinen Namen, da löste er sich von ihr und stürmte davon.

Tatsächlich gelang es den deutschen und österreichisch-ungarischen Truppen unter dem Kommando der Generalobersten August von Mackensen und Hans von Seeckt ab Mai, bei Gorlice und Tarnów die Dritte Russische Armee von General Radko Dimitrijew vernichtend zu schlagen.
Jeden Tag fieberte Madelaine nun einer Nachricht von András entgegen. Stattdessen brachte ihr der Postbote Zeitungsmeldungen, die vom fortschreitenden Rückzug der russischen Armeen berichteten. Den ganzen Sommer 1915 hindurch siegten die Truppen der Mittelmächte und eroberten die bereits in russische Hände gefallenen Gebiete zurück, bis abzusehen war, dass in Kürze von Riga bis Rumänien eine neue geschlossene Frontlinie geschaffen sein würde.
Da erhielt Madelaine Ende August die Nachricht, dass András am 30. Juli bei der Explosion einer Granate verletzt worden sei und in einem Lazarett bei Ostrau läge. Sie schrieb ihm sofort und flehte ihn an, ihr unverzüglich mitteilen zu lassen, wie schwer er verletzt sei und wann er

endlich nach Hause kommen würde. Außerdem legte sie eine Fotografie von Stefan bei und berichtete von seinem Gedeihen.

An einem sonnendurchtränkten, trockenen Septembernachmittag läutete Bernhard an ihrer Tür. Madelaine war überrascht, wie gut er aussah, ja, er strahlte geradezu. Und es fiel ihr schwer, seinen charismatischen Charme zu ignorieren.

Sie nahmen auf ihrer Terrasse Platz, wo der kleine Stefan in seinem Kinderwagen schlief. Von den Bäumen waren in den letzten Tagen überreife Pflaumen und Birnen ins verdorrte Gras gefallen, die einen verlockend süßlich schweren Duft verströmten, der sich, je nachdem, wie der sanfte Wind sich drehte, mit dem Bouquet der Bourbonrosen vermischte.

»Du bringst gute Nachrichten?«, fragte Madelaine und vermied es, während sie Bernhard Kaffee einschenkte, ihm in seine leuchtend hellen Augen zu sehen. Dieses Glitzern ... es machte sie verlegen.

»Ich habe von András' Verwundung gehört«, erwiderte er leichthin.

Madelaine zitterte. Sie stellte die Kaffeekanne ab, ohne zu merken, dass ihre eigene Tasse leer geblieben war. »Du weißt es? Seit wann? Und wie geht es ihm?«

Er nahm einen Schluck Kaffee. »Ich habe erst vor wenigen Tagen davon erfahren. Splitter einer deutschen Granate haben ihn getroffen.« Er machte eine Pause und sah Madelaine forschend an.

Sie merkte, wie ihr das Blut aus dem Gesicht wich. »Hat man ihn schon operiert?«

»Ja, keine Sorge. Feldchirurgen sind die besten.«

»Und? Wie schlimm ...?«

»Rücken und rechtes Bein, rechter Arm. Splitter, nichts Ungewöhnliches.« Sein Blick wurde noch durchdringender. Madelaine war verwirrt und bemerkte, wie trocken ihr Mund auf einmal war.
»Woher weißt du das alles?«, flüsterte sie.
»Von einem Freund, der als Hauptmann der Reserve auch ausrücken musste.«
»Könntest du nicht für András' Freilassung sorgen?«
Seine Miene wurde hart. »Wenn ich wollte, könnte ich einen Kontakt zur deutschen Heeresleitung herstellen, aber András ist Ungar.«
»Beide Länder sind Bündnispartner«, warf Madelaine ein, doch eine innere Stimme sagte ihr, dass das nur ein schwaches Argument war.
»In der Praxis entscheiden die einzelnen Militärs, und die liegen nur zu oft miteinander über Kreuz. Mein Freund schrieb mir zum Beispiel, er habe von diesem ungarischen Major Mazary gehört, der so frei sei, offen gegen die Härte eines Generals von Bojna zu protestieren. Über Mazary ging das Gerücht, er führe seine Soldaten umsichtig, schone ihre Kräfte, soweit es möglich sei. Er hat sich wohl einige Feinde unter den besonders mitleidlosen Heerführern gemacht.« Er verstummte.
»Was willst du mir damit sagen?«
»Nicht mehr als das.« Seine Züge wurden wieder weich und zärtlich. Er streckte seine Hand nach der ihren aus.
»Du verschweigst mir etwas, Bernhard.«
»Ja.« Rasch zog er ihre Hand an seine Lippen. »Ich liebe dich, und ich möchte dich noch einmal lieben dürfen, Madelaine.«
Sie schaute ihm in die Augen, die dunkel und voller Begehren waren. In ihrem Bauch kribbelte es. Ich werde nie

bereuen, dich einmal leidenschaftlich geliebt zu haben, dachte sie beklommen und merkte, wie er ihr plötzlich leidtat, so wie er vor ihr saß: bittend, glühend, herausfordernd.
Sie wurde weich, streichelte seine Hände. Er erhob sich und zog sie an seine Brust, roch an ihrem Haar, küsste ihre Schläfen, ihre Augen, ihre Mundwinkel. Seinen Körper wieder so eng an sich zu spüren, das machte sie beinahe schwindelig vor Lust. Und wenn ich noch ein einziges Mal nachgebe, fragte sie sich bebend, nur ein einziges Mal noch, ein letztes Mal? Danach würde alles vorbei sein. Sie lehnte sich in seinen Armen zurück, genoss den Halt in seinen Armen, dieses Leuchten, das von ihm ausging und jede Zelle in ihr zum Glühen bringen konnte. Da presste er sie fest an sich und küsste sie leidenschaftlich. »Nur noch ein Mal«, murmelte er. »Tu es. Liebe mich, Madelaine.«
Sie hörte Stefan glucksen und schmatzen. Es war wie ein Signal: Nein, sie durfte jetzt nicht mehr nur an ihre eigenen Gefühle denken. Sie musste die Reinheit seiner Seele bewahren. Energisch löste sie sich aus Bernhards Armen und trat einen Schritt zurück. »Nein! Es ist besser, du gehst jetzt.«
Auf der Stelle verwandelte er sich. Die Hitze seiner Leidenschaft, die sie soeben noch empfunden hatte, verschwand hinter einer eisigen Fassade.
»Du willst, dass ich gehe? Gut. Dann will ich dir nur noch eines sagen: Ich danke dir, dass du mich nicht enttäuscht hast. Hättest du mir nämlich jetzt nachgegeben, wärest du in meinem Ansehen gesunken.«
Er verbeugte sich stolz und verließ sie.
Er hat sich gerächt, dachte sie schockiert.

33

Sie hatte ihn wirklich geliebt, aus ganzem Herzen, leidenschaftlich und mutig. Doch für ihn war sie die zweite Frau, die ihn zugunsten eines anderen Mannes verließ. Dass er sich für seinen Schmerz rächen würde, hatte sie befürchtet, sich jedoch nicht vorstellen können, dass er es tatsächlich tun würde. Nun war es geschehen, und es verletzte sie sehr. Tagelang brannte dieser demütigende Schmerz in ihr, ohne dass sie ihn hätte lindern können. Immer wieder verglich sie sich mit einer Auster, die – kaum dass sie sich schutzlos darbot – unter der ätzenden Säure der Zitronentropfen zusammenzuckte.
Um sich abzulenken, streifte Madelaine mit Karl durch die großen Hamburger Markthallen. Bei allem, was ihr unbekannt war, blieb sie stehen, befühlte es, roch daran und kostete es, ließ sich Herkunft und Verwendungszweck von Gemüsesorten und Früchten aller Art erklären. Dabei geriet sie unversehens an einen Händler, der Süßwaren und Konfekt vom Balkan anbot: Butterhalwa aus Mazedonien, Halwa mit kandierten Früchten, kandierte Blüten mit Eiweißglasur, kandierte Mandeln, Walnüsse und Zitrusschalen, Rosensirup und türkische Akidebonbons. Madelaine probierte Letztere. Sie schmeckten gut, erinnerten sie an den leicht zitronig-eleganten Duft britischer Earl-Grey-Teesorten. Auf ihre Frage, woraus diese Bonbons gemacht seien, zog der Händler einen Schnupftabakbeutel hervor und lud Madelaine und Karl ein, zu riechen.

»Es ist das gleiche Fruchtöl, und dies hier« – er wies auf den Beutel – »ist der alte Fruchtkörper. Ein Freund schenkte ihn mir, es ist ein altes Handwerk in Kalabrien, und die Frucht ist die Bergamotte. Riecht gut, nicht?«
Madelaine nickte überrascht, schmeckte dem Bonbon nach. »Fruchtig, ein wenig nach Zimt, Minze, Bergamotte. Ich möchte gern wissen, wie sie in natura schmeckt. Wer verkauft hier die Bergamotte?«
Der Händler empfahl ihr einen Obstverkäufer wenige Stände weiter. Sie durfte probieren, der Saft schmeckte bitter, sauer gar. Das Öl dagegen hatte einen blumig, spritzig belebenden Duft. Madelaine konnte sich davon kaum lösen, es schien ihr, als fühle sie sich leichter, entspannter.
»Ob es an der Säure liegt, weiß ich nicht«, sagte der Verkäufer. »Aber man sagt, die Bergamotte hebe die Stimmung.«
Also genau richtig für mich, dachte Madelaine und kaufte eine kleine Menge frischer Früchte und eine Flasche Bergamotteöl, das, wie der Verkäufer ihr erklärte, aus der Schale der Frucht kalt gepresst wurde. Öl und Früchte waren teurer, als Madelaine gedacht hatte, doch das, sagte sie sich, war sie sich wert.
Die Fenster ihrer Backstube waren weit geöffnet. Alle litten unter der Hitze, die die Backöfen zusätzlich zum trocken-heißen Altweibersommer ausstrahlten. Madelaine stand ruhig mit nackten Füßen in einer Schüssel mit Wasser an ihrer Arbeitsplatte und experimentierte mit dem Bergamotteöl eine neue Fondantmischung. Der Duft des Fruchtöls, der aufgeschnittenen Früchte und angeritzten Schalen war die einzige Linderung in dieser schweißtreibenden Luft. Jeder mochte ihn, und hin und wieder trat jemand an Madelaine heran, um sich am spritzig, blumig frischen Bergamottearoma zu beleben.

Die Füllung aus Zucker, Wasser und Bergamotteöl herzustellen, brauchte Zeit, denn sie gefiel Madelaine zunächst nicht, weil sie ihr mal zu bitter, mal zu süss erschien. Um diesen unsympathischen Kontrast aufzulösen, mischte sie leichten Akazienhonig mit ein wenig Zuckersud, fügte ein paar Tropfen des Öls hinzu, probierte, veränderte wieder die Anteile, so lange, bis sie Karl und ihre Angestellten zum Abschmecken zu sich rief. Erst als sie deren Aufleuchten in den Augen sah, ging sie in ihren Vorratsraum und holte eine Kiste hervor, die sie dort schon seit ein paar Tagen aufbewahrt hatte. Sie enthielt eine ausreichende Menge Kuvertüre aus einer besonders aromatischen Criollo-Kakaobohne, die nur auf einer kleinen Plantage auf einer Insel im Indischen Ozean wuchs. Irgendwo, von irgendwem betrieben, geheim und nur ganz wenigen Chocolatiers auf der Welt bekannt.
Tiefdunkel wie beinahe schwarzes Guajakholz würde die Praline beim ersten Biss knackend zersplittern und ihr Mark auf jedermanns Zunge darbieten: warm und goldfruchtig, elegant und zitronig zugleich.
Am nächsten Morgen stand Madelaine besonders früh auf, um ihre neue Kreation persönlich in der Auslage zu präsentieren. Sie stellte ein Schildchen ins Schaufenster und freute sich, als die ersten Kundinnen kamen, um sie neugierig zu fragen, was es denn mit dieser Frucht auf sich habe. Mit ihnen zu plaudern, tat ihr gut, noch mehr, dass auch ihre neueste Kreation Gefallen fand. Sie ahnte, die Menge würde nicht für den nächsten Tag reichen, und machte sich erneut an die Arbeit. Ab und zu brannte noch der dumpfe Schmerz über Bernhards Rache in ihr, dann huschte sie, wenn es keiner sah, in den Laden, um sich ein oder zwei Bergamottepralinen zu gönnen.

Doch auch sie konnten ihre innere Unruhe nicht dämpfen. Irgendetwas musste sie noch tun. Irgendetwas, um András so bald wie möglich zurückzuholen. Nur dann, das war ihr klar, würde die Wunde in ihr, die Bernhards verletzendes Verhalten verursacht hatte, heilen. Ohne darüber nachzudenken, warum sie es tat, nahm sie ein Körbchen, füllte es wahllos mit verschiedenen Pralinen und eilte nach Hause. Um die Mittagszeit legte sie sich mit Stefan auf ihr Bett, um ihn zu stillen. Der Wind bauschte die Gardinen an den offenen Fenstern. Von draußen war eine Amsel zu hören, von der Alster her klangen Ruderschläge und das Kreischen badender Kinder zu ihr ins Zimmer herein. Im Haus selbst war es still. Ihr Vater war in den frühen Morgenstunden mit einer Herrengruppe zu einer Wanderung in der Lüneburger Heide aufgebrochen. Urs traf sich mit Inessa in Wismar. Während Stefan trank und wenig später langsam einschlummerte, dachte sie an András. Dass sie von ihm getrennt war und ihr anscheinend niemand helfen konnte, ließ ihr keine Ruhe.

Plötzlich hatte sie eine Idee. Sie stand vorsichtig auf, ging in die Diele hinunter, wo das Telefon stand, und bestellte einen Mietwagen. Dann verpackte sie das Körbchen mit den Pralinen in einem Rucksack, nahm Stefan auf den Arm und ließ sich zu der angesehenen Keks- und Schokoladenfabrik von Hans Jakob Ems in Wandsbek fahren. Madelaine wusste, dass die Firma einen seriösen Ruf hatte, weil gute Zutaten verwendet und im Betrieb auf höchste Sauberkeit geachtet wurde. Einen Versuch war es also wert.

Als Hans Jakob Ems sie kommen sah, hätte sie über seine verblüffte Miene beinahe lachen können – wäre ihre Absicht nicht so ernst gewesen. Zuversichtlich folgte sie ihm in sein Büro.

Inzwischen war Stefan aufgewacht, da sie ihn aber erst vor kurzem gestillt hatte, hoffte sie, er würde während des Gesprächs ruhig bleiben. Sie legte ihren Rucksack ab, nahm Platz, hielt Stefan, in eine kleine Decke gewickelt, auf ihrem Schoß und bemühte sich, den irritierten Gesichtsausdruck des sechzigjährigen Süßwarenfabrikanten zu ignorieren. Er trug einen breiten, wenn auch gepflegten Backenbart nach alter Mode, als wollte er zeigen, dass er kein Anhänger des aktuellen Kaiserbartes mit den hochgezwirbelten Enden war.

»Ich bin zu Ihnen gekommen, um Ihnen einen Vorschlag zu machen«, begann Madelaine, bevor er sie etwas fragen konnte.

Er senkte kurz seinen Blick und schaute den kleinen Stefan an. »Soviel man hört, laufen Ihre Geschäfte doch sehr gut. Ich kann mir beim besten Willen nicht vorstellen, wie ich Ihnen helfen kann.«

»Wirklich nicht?«

»Ah, ich verstehe, Sie wollen Ihre Produktion erhöhen … Jaja, Sie haben andere Kunden als ich. Ich muss sagen, seit der Krieg begonnen hat, musste ich unsere Produktion drosseln. Meine Kunden sind einfache Leute, und seit alle wehrfähigen Männer im Feld sind, fehlt den Familien jeder Pfennig.«

»Ich weiß. Schauen Sie, ich habe Ihnen etwas mitgebracht.« Madelaine hob mit ihrer Linken den Rucksack hoch und legte ihn auf Ems' Schreibtisch. »Schauen Sie hinein, bitte.«

Ems zuckte kurz zusammen, doch dann überwand er sich, öffnete ihn und nahm das Körbchen heraus.

»Probieren Sie alles, wenn Sie mögen«, sagte Madelaine selbstbewusst. »Aber nur eine Sorte ist dabei, die ich mit

Ihnen, bei Ihnen, in großen Mengen herstellen lassen möchte. In sehr großen Mengen, so dass wir den Preis niedrig halten können und jeder etwas davon hat. Auch Sie und ich.«

»Sie sind ja recht forsch, muss ich sagen«, meinte er, schnupperte dann aber doch an ihrer Auswahl. »Ah, die berühmten Koscho-Nüsse.« Er nahm eine von ihnen, roch daran, biss hinein. Er kaute, schluckte, sog geräuschvoll die Luft ein. »Sehr gut. Die Zeitungen berichteten ja über sie.« Er aß noch eine weitere Praline und musterte Madelaine neugierig.

»Ich möchte Tausende von Koscho-Nüssen produzieren«, beeilte sich Madelaine nun zu erklären. »Natürlich müssen wir auf die Goldblattverzierung verzichten. Dafür nehmen wir Kakaopuder oder belassen es bei der glatten Kuvertüre.«

Er unterbrach sie. »Was natürlich viel billiger wäre.«

»Ja, außerdem müssen wir ihre Form ändern: Nicht mehr Kugeln, sondern runde Scheiben, damit sie besser in kleinen Kästchen aus Blech gestapelt werden können. Ich wünschte mir, sie nicht nur an die Kolonialwarenläden zu vertreiben, sondern an die Soldaten, deutsche, österreichische, ungarische, wen auch immer. Sie sollen aufmuntern, trösten, beleben. Denn mehr als ihre Familien zu Hause bräuchten sie doch Trost und Aufmunterung, das Gefühl, mit dem normalen Leben verbunden zu sein. Wir könnten die Koscho-Nüsse an Lazarette, in Garnisonsstädte et cetera liefern. Was halten Sie davon?«

Ems lehnte sich, bereits die dritte Praline kauend, in seinem Sessel zurück. »Es ist eine hervorragende Idee, Gräfin. Keine Frage. Aber ich gebe zu bedenken, dass die Rohstoffe schon jetzt knapp werden. Deutschland wird bald der Nachschub aus Übersee fehlen. Ich schätze Ihre Idee, sie würde allen Seiten etwas Gutes bringen, doch nicht jetzt. Abgesehen von der bald einsetzenden Knappheit an Kakao, wird niemand ein Interesse daran haben, unseren Soldaten unter die Arme zu greifen. Sie sind doch, offen gesagt, nichts anderes als Kanonenfutter. Niemand würde unseren Vertrieb unterstützen. Nicht jetzt, nicht heute, nicht in diesen Zeiten. Ich fürchte, die Massen werden in Kürze furchtbar hungern. Wie sollte da Ihr luxuriöser Schokoladenstein ins Rollen geraten? Lassen Sie uns ein andermal, zu einem günstigeren Zeitpunkt, über Ihre Idee nachdenken.« Er erhob sich und reichte ihr die Hand. »Trotzdem danke ich Ihnen für Ihr Vertrauen.«

Enttäuscht kehrte Madelaine in Hamburgs Innenstadt zurück. Sie schlenderte über die Spitalerstraße bis zum Jungfernstieg, besah sich die in den Schaufenstern ausgelegten Waren und haderte mit ihrem Schicksal, das sie von András trennte. Stefan war wieder eingeschlafen, und so beschloss sie, in ein Schuhgeschäft zu gehen, um Stiefel zu kaufen. Sie wählte sie eine Nummer größer als sonst und wunderte sich noch nicht einmal darüber.

Kurz nach Sonnenaufgang wachte sie auf. Sie stand auf, trat an das Fenster und öffnete es. Noch umhüllte ein zarter Dunst die Villen auf der anderen Seite der Alster. Doch bald schon würde es so hell werden, dass die Sonne durchbrechen und die Welt mit einem strahlend blauen Himmel überspannen würde. Madelaine wusste nicht, was es war, es schien ihr nur, als läge etwas Lockendes in der Luft.

Sie hörte Stefan schreien und ging hinüber in sein Kinderzimmer, dessen Tür, wie immer, nur angelehnt war. Er war gerade aufgewacht und sah sie drängend an. Er strampelte und quengelte energisch vor Hunger, strahlte aber dabei so viel Kraft und Lebendigkeit aus, dass Madelaine ihn sofort aus der Wiege hob und sich mit ihm zum Stillen in den Sessel setzte. Während sie ihm zusah, glitten ihre Gedanken immer wieder zu András zurück. Und plötzlich wusste sie, was sie zu tun hatte.

Nachdem sie Stefan gewaschen und frisch gewickelt hatte, holte sie sich ihre neuen Stiefel. Sie polsterte sie mit so viel Geldscheinen aus, dass sie noch immer bequem in ihnen laufen konnte. Dann wusch sie sich, kleidete sich an, packte ein paar notwendige Utensilien in ihren Rucksack, rief einen Mietwagen und weckte ihren Vater, um sich, mit Stefan auf dem Arm, vom ihm zu verabschieden. Schlaftrunken und fassungslos zugleich, setzte sich Thaddäus in seinem Bett auf.

»Du kannst doch jetzt nicht gehen.«

»Doch, ich muss.«

»Was ist mit Stefan? Er muss doch noch gestillt werden? Wie bekomme ich so schnell eine Amme für ihn her?«

»Ich nehme ihn mit.«

»Du willst was tun?! Das ist doch Wahnsinn!«

»András soll, er muss seinen Sohn sehen. So schnell wie möglich.«

»Du bist verrückter, als ich es war, als ich euch nach Chile führte!«

»Dann bin ich eben genauso wie du. Ich weiß, was ich tue.«

»Das dachte ich damals auch.«

»Und? Hattest du nicht Erfolg?«

»Eine Tabakplantage aufzubauen, ist ein Kinderspiel gegen deine Suche nach einem Mann, der in einem Kriegslazarett liegt!« Er stand auf.

»Das werden wir sehen!«, erwiderte Madelaine kämpferisch.
Thaddäus schnaufte ärgerlich und schlüpfte in seinen Morgenmantel. An der Haustür läutete es.
»Der Wagen!«, rief Madelaine erleichtert, umarmte ihren Vater und küsste ihn auf beide Wangen. »Wir kommen ja zurück. In ein paar Tagen sind wir wieder hier!«

Am Bahnhof musste sie allerdings eine Weile warten, bis der Zug endlich einlief.
Nachdem Madelaine einen Platz gefunden hatte und die Türen geschlossen waren, entdeckte sie plötzlich ihren Vater, wie er völlig außer Atem über den Bahnsteig rannte. Sie riss das Fenster auf, verstand ihn aber beim Lärm der anfahrenden Lokomotive nicht, konnte auch nicht das Kuvert fassen, das er ihr versuchte zu reichen. Es flatterte aus seiner Hand und geriet in den Sog der stampfenden Räder.

Von Prag aus, wusste Madelaine, war es nicht mehr weit bis nach Ostrau. Vielleicht gut zweihundertfünfzig Kilometer, mehr nicht. Als ihr Zug im Prager Bahnhof einlief, war sie so aufgeregt wie selten zuvor. Überall zischten und fauchten die Lokomotiven. Nur schemenhaft nahm sie die vielen Menschen auf den Bahnsteigen wahr. Ihr Herz pochte heftig, ihre Augen brannten vor Übermüdung, ihre Hände wurden feucht, so dass sie fürchtete, den kleinen Stefan nicht mehr halten zu können. Er war vom Lärm der quietschenden Bremsen wach geworden, begann zu weinen und wehrte sich erst dagegen, als Madelaine ihn aus Angst in seine Decke vor ihrer Brust band. Ich sehe unmöglich aus, dachte sie voller Anspannung, aber es ist mir egal.

Der Zug kam zum Stehen. Die Türen wurden geöffnet. Madelaine schulterte ihren Rucksack und stieg aus. Da auf dem gegenüberliegenden Bahnsteig kurz vor ihnen ein Zug eingelaufen war, strömte von dort nun eine große Anzahl Reisender auf den von Wartenden, Lasten- und Kofferträgern, Schubkarren und Koffern überfüllten Bahnsteig. Madelaine fielen zahlreiche Sanitäter des Roten Kreuzes auf, die mit Tragen und dicken Verbandstaschen ein für alle ärgerliches Hindernis darstellten. Energisch versuchten die meisten der Reisenden, dem Gedränge um einen mit einem roten Kreuz versehenen Sanitätswagen des Zuges auszuweichen. Laut riefen einige Leute, man möge ihnen doch Platz machen, woraufhin innerhalb weniger Sekunden deutsche und tschechische Stimmen einander wütend beleidigten. Es fehlt nicht viel, und sie fangen an, sich zu schlagen, dachte Madelaine bestürzt. Erst jetzt wurde ihr bewusst, dass sie sich hier in Prag mitten in einem ethnischen Hexenkessel befand. Sie musste unbedingt schnell fort von hier.

Der Gestank von heißem Schmieröl und verbrannter Kohle war übelkeiterregend. Gereizt vom Lärm und den ungewohnten Trubel um ihn herum, begann nun auch noch Stefan zu schreien. Vergeblich versuchte Madelaine, ihn zu beruhigen. So gut es ging, drängelte sie sich zu einem der Bahnbeamten durch, um ihn nach der nächsten Verbindung nach Ostrau zu fragen. Er wies auf den Zug von gegenüber.

»Einer ist gerade von dort eingetroffen. Bis zur nächsten Abfahrt müssen Sie bis halb vier Uhr warten.«

Das waren gut zweieinhalb Stunden. Was, fragte sie sich, soll ich nur bis dahin tun? Hier warten? Bestimmt nicht. Die Stadt ansehen? Ich habe doch gar keine Muße für ihre

Schönheiten! Hektisch sah sie sich um. Da nahm sie aus den Augenwinkeln eine Bewegung wahr. Aus dem mit rotem Kreuz versehenen angehängten Sanitätswagen des Ostrauer Zuges sprangen mehrere junge Burschen mit Gepäckstücken. Ihnen folgte eine Handvoll Männer in Uniform, die sofort Befehle erteilten, woraufhin die Menschen zurückwichen, um Platz zu machen.

Nun eilten Sanitäter herbei, um dem medizinischen Begleitpersonal zu helfen, eine Trage mit einem Verletzten herauszuheben. Madelaine fiel auf, dass die Uniformierten, vermutlich Adjutanten, mit ausgebreiteten Armen die Menschen zurückhielten. Der Verletzte musste also einen höheren militärischen Rang bekleiden. Die Träger eilten mit ihm davon, doch die Uniformierten verharrten in ihrer abwehrenden Haltung. Und da sah Madelaine, wie ein Mann auf Krücken, von Helfern zusätzlich gestützt, in der Türöffnung erschien.

Es war András.

Ihr stockte der Atem. Ihre Blicke trafen sich. Er lächelte, hob eine seiner Krücken, winkte ihr, rief ihren Namen. Sie weinte vor Erleichterung, presste den noch immer brüllenden Stefan an sich und eilte zu ihm.

»András!« Sie stolperte ihm geradewegs gegen die Brust. Er schwankte, küsste sie auf die Stirn. »Meine Madelaine, meine Madelaine«, flüsterte er überglücklich. »Du hast also doch noch rechtzeitig meine Depesche erhalten. Und du hast das Kind mitgebracht!«

Einer seiner Adjutanten, die herbeigeeilt waren, um ihn zu stützen, winkte nach einer weiteren Trage. Doch András wehrte ab, er konnte sich von Madelaines Anblick nicht losreißen. Sie strahlte ihn an, hob Stefan aus der Decke vor ihrer Brust, hielt ihn András entgegen.

Stefan strampelte erleichtert und hörte sofort auf zu schreien.

»Stefan, das ist dein Vater.«

András starrte in sein Gesicht – und gab mit einem knappen Wink zu verstehen, dass er nun wirklich Hilfe benötigte. Sobald seine Adjutanten ihn stützten, ließ er seine Krücken fallen, nahm Stefan auf den Arm und ließ sich mit ihm, stumm weinend vor Glück, auf der Trage nieder, die Sanitäter auf den Wink seines aufmerksamen Adjutanten hin rasch neben ihm abgesetzt hatten. András ließ Stefan nicht mehr los.

Madelaine erfuhr nun, dass András und eine Handvoll anderer verwundeter Offiziere das Lazarett in Ostrau hatten verlassen dürfen, wo sie operiert worden waren. Nun befanden sie sich, in Begleitung ihrer Adjutanten und Burschen, auf der Weiterfahrt nach Marienbad, gut hundert Kilometer westlich von Prag.

»Wir müssen uns dringend erholen, wir wissen ja nicht, wie es weitergeht.«

»Wir kommen natürlich mit!«

»Erlaubt dir das denn deine Backstube?«, scherzte er.

»Aber sicher. Ich kann mich auf Karl verlassen, und in der Not könnte noch immer Urs einspringen, Rezepturen habe ich ihnen genügend hinterlassen. Sie müssen sich nur ein wenig anstrengen.«

»Hast du mir denn nichts mitgebracht?«

»O doch, natürlich!« Sie holte ihren Rucksack hervor und gab ihm eine Koscho-Nuss.

»Hm, nur eine? Ich bin ausgehungert.«

Sie reichte ihm eine zweite. »Was ist, wenn du wieder gesund bist? Musst du dann zurück in den Krieg?«

»Eigentlich schon.«

»Wie meinst du das?«
»Ich bin Offizier und werde mich nicht vor dem Krieg drücken, der schon so vielen Soldaten das Leben gekostet hat. Ich sehe es als meine Aufgabe an, alles zu tun, damit er so rasch wie möglich beendet und weiteres Leid verhindert wird. Vielleicht gelingt es mir ja. Vor ein paar Tagen besuchte mich ein alter Freund von Karól und erzählte mir im Vertrauen, dass man mich bald zum Oberstleutnant befördern wird. Sollte der Krieg weitergehen, würde ich nach meiner Genesung als Mitglied des Generalstabs eingesetzt werden. Ich bin dann zwar nicht mehr an der Front, doch ich hätte mehr Einfluss. Ich schwöre dir, Madelaine, ich werde alles versuchen, um so viele Soldaten wie möglich vor dem zu bewahren, was ich in Galizien habe erleben müssen.« Starr blickte er über Stefan hinweg. Dann wandte er sich Madelaine zu. »Du trägst ja tatsächlich meinen Ring nicht mehr.«
Madelaine lächelte. »Erinnerst du dich noch an das, was du mir vor Jahren einmal über die Mütter eurer Hirten erzähltest?«
Er nickte. »Sie opfern einen Goldzahn, damit ihre Söhne, bevor diese ihr Hüteamt antreten, ihren Hirtenstab schmücken können.«
»Schau, habe ich nicht eure Tradition befolgt?«
Sie legte Stefan auf den Rücken, knöpfte sein Jäckchen auf, unter dem Terézas goldenes Kreuz zum Vorschein kam, das Madelaine mit den Perlen und Diamanten ihres Ringes hatte besetzen lassen. Gerührt beugte sich András vor und küsste es. Dann ergriff er ihre Hand. »Ich danke dir, Madelaine. Du bist wunderbar. Ich liebe dich. Ich liebe dich über alle Maßen.« Er zog sie zu sich herunter, so dass Stefan zu glucksen begann. »Madelaine, auch wenn es dir

nicht gefallen sollte: Du bist längst mit einer Faser deiner Seele eine echte Mazary.«

»... mit der ich dich so schnell wie möglich nach Hause ziehen werde.« Sie küsste ihn zärtlich.